2022年杭州市文艺精品工程扶持项目

王霄夫 著

作家出版社

图书在版编目（CIP）数据

天堂客人 / 王霄夫著. —北京：作家出版社，2024.5
ISBN 978-7-5212-2760-4

Ⅰ.①天…　Ⅱ.①王…　Ⅲ.①长篇小说—中国—当代
Ⅳ.① I247.5

中国国家版本馆 CIP 数据核字（2024）第 063637 号

天堂客人

作　　者：王霄夫
插　　图：俞子静
责任编辑：杨兵兵
装帧设计：奇文雲海 Chival IDEA
出版发行：作家出版社有限公司
社　　址：北京农展馆南里 10 号　　邮　　编：100125
电话传真：86-10-65067186（发行中心及邮购部）
　　　　　86-10-65004079（总编室）
E-mail:zuojia @ zuojia.net.cn
http://www.zuojiachubanshe.com
印　　刷：北京盛通印刷股份有限公司
成品尺寸：152×230
字　　数：425 千
印　　张：31.75
版　　次：2024 年 5 月第 1 版
印　　次：2024 年 5 月第 1 次印刷
ISBN 978-7-5212-2760-4
定　　价：68.00 元

作家版图书，版权所有，侵权必究。
作家版图书，印装错误可随时退换。

克里森医生写作《最忆是杭州》

伏申初到沈庐

鸳鸯眼狮子猫小角儿

礼帽编号 21802

伏申北平初遇沈甲妃

沈家三姐妹合照

钱塘江大桥炸毁

蓝栀子诵《海燕》

谭杭丽与张小泉剪刀

"打开它的,不是你就是我"

西湖四季

前　言

《天堂客人》的出版，"血脉三部曲"得以完成。

一如《上海公子》《六尺之孤》的创作初衷，《天堂客人》仍然执着于那个时代的那个人那些人，重复并还原他和他们的花样年华与命运际遇。唯其如此，才能把那个时代的人物、故事以及主题表达充分，称之为"血脉三部曲"的创作，也才能趋于完整，作品的生命力也能更持久。

如果《上海公子》描写的是奋斗和忧伤在身上留下的痕迹，在无我中寻找孤独和牺牲，《六尺之孤》讲述的是少年天使般的幼嫩已经消失，但最后一腔青春热血的终将偾张，那么《天堂客人》展开的是一个巨变中的多彩世界，主人公在三十岁不到的年纪，在身段和面容即将变得粗糙之前，在人生最美好、情感生活最丰富、能量最充足的年纪，把自己点燃，希望在至暗时刻，闪现出最炽烈的如流星般的光亮。

在最好的年龄，遭遇特定的时代，随着时间消逝，所作所为，终将成为历史和传说。只不过，在人生规范而平静的壮暮之年，那沸腾热血铸就的形状，留下的痕迹，足以用来回顾和炫耀，足以令后来者羡慕和向往。

血脉传承，青春荣耀。此书献给年青的一代，甚至未来的一代。人生飘忽，时代多变，可堪追忆的唯有勇敢站立和热烈奔跑过的那段经历。

几位一直关注"血脉"系列创作的作家、评论家和出版界老师，本书的编辑，以及读者朋友，他们基于对《天堂客人》的偏爱，极其认真地提出了中肯而尖锐的建议，使得我沉下来进行了大篇幅的艰苦修改，因此有了目前的成色。对此，我感激在心。

由于作家出版社的支持和厚爱，"血脉"系列得以面世。对于这种立足长远，呼应当下，关照读者的出版家气度和眼光，本人深表感谢。

目 录

引　子　　　　　　　　　　　　　　… 001

卷一　黄　酒　　　　　　　　　… 005

一　三个属蛇的同龄女子　　　　　… 007
二　戴肚兜的鸳鸯眼狮猫　　　　　… 020
三　梅花碑下两个讨厌男人　　　　… 032
四　"大扫除"拖把在手　　　　　　… 045
五　"艮山门催眠术"有没有效　　　… 058
六　平檐礼帽编号 21802　　　　　… 069
七　他第二次在牢里过夜　　　　　… 081
八　洗漱间情谊何以持续　　　　　… 093
九　两只狮猫相约发情期　　　　　… 103
十　他原来何止一个父亲　　　　　… 115

卷二 梅 雨　　…127

一　栀子花香气袭人　　…129
二　谁错过洪公祠特训班　　…140
三　伏晚妹妹晚他十七年　　…153
四　与女童军有"过江之谊"　　…164
五　调查组审讯"小角儿"　　…176
六　钮祜禄氏正红旗逗能西子湖　　…188
七　秋田犬取名"服务生"　　…198
八　翟同学探访乙监零号　　…211
九　一根金条的前世今生　　…223
十　这段人脉太不寻常　　…234

卷三 台 风　　…245

一　他今天仍然少年烦恼　　…247
二　这两所监狱都大隐于市　　…257
三　总有下落不明的人　　…266
四　守口如瓶有这么难　　…279
五　没有完成的学业　　…292
六　追校长追到了南京　　…305
七　上海滩那么近那么远　　…316
八　假作真时真亦假　　…329
九　礼泉方丈道行太深了　　…344
十　与何人共眠雕花床　　…356

卷四 潮 信 ...369

一　这校园不是那校园　...371
二　猫狗游戏结局意外　...384
三　理由是天气不宜人　...396
四　翻旧账为公还是为私　...408
五　二我轩的三姐妹旧照　...422
六　这是不是所谓的窘境　...433
七　厄运中家人来不了杭州　...446
八　还原真相不仅是为了他　...459
九　山核桃好吃也有诀窍　...473
十　满城桂花开了几遍　...484

尾　声　...500

引 子

　　那时候，已经是南京中华民国政府的时候，在习惯帝都皇城说天下、坐北朝南看东西的大多数北平人眼里，江南之城杭州，也许是一个有小山色、过小日子、做小生意、写小诗文的遥远之地。但在极少数也许是极个别北平人眼里，例如在伏申眼里，杭州之所以是向往之地，是因为杭州的女子。

　　十分偶然，也是天意如此，伏申在蒙昧初开、少年烦恼之时，生平见到的第一个杭州人是一个女子，当时他是一个不起眼的旁观者，没有与她交流的机会，但仿佛有一道柔和的光芒，照亮了他；第二次见到的，还是这个杭州女子，他举着旗帜，看到她在鲜血、飞雪和黑暗中，如雕像那样站立，像烈士那样歌唱，从此情有颤动，心有肃然；第三次见到的，仍然是这个杭州女子，在非常特别的环境下，在不多言说的秘密中，他与她在北平监狱里，相拥取暖，共度寒夜。

　　一次又一次，他见到的，都是同一个杭州女子。

　　每次见到，她都邀请伏申到杭州做客，届时她一定尽地主之谊，盛情接待，倾其所好，一定让他宾至如归，感受美好，乐而忘返。然而，当他迢迢千里，奔波辗转，终于来到杭州，更多见到的是别的杭州女子，却没有见到这位向他发出邀请的杭州女子。于是，他就一直等待，等待她陪伴他，一起进入她讲述过的、描绘过的杭州。等待的岁月里，没有她的杭州是陌生的、空洞的、不宜人居的，是容易被人捉弄的。

甚至，让他成为克里森医生的催眠病人和释梦对象。

在外国人，也就是精神科医生克里森眼里，看到的是杭州的病人。杭州很少有人想到，或者不愿意想到，国民政府还都南京之日，就是进入中华民国末期之时。光复以来，短短数年的混乱无序和毫无逻辑，足以暴露一个庞大政权断崖式崩溃的败象，足以使杭州这样的偏安之隅不再令人感到惬意。正是光复以来短短数年的变故刺激和时运无常，使克里森的病人越来越多，直到他离开杭州前，仍然十分尽心地为他们治疗，不管他政治立场如何，不管他属于什么阵营。他是从上海离境回欧洲的，但在他心里，最后只向杭州告别。告别是为了把灵魂，至少一部分灵魂留下，在中国，杭州是最适合用来告别的地方，因为杭州是人间天堂，心留天堂，何其幸运。之后数年里，从马可·波罗书中听说过杭州的家乡人民，他不吝词语，津津乐道，极尽赞美，广为宣传。后来，他曾试图从西柏林越境到民主德国的东柏林，然后前往社会主义新中国，而且目的地是杭州，因为那里还有他的病人。但他最终放弃了，因为他知道他的唯心主义精神病学科不受欢迎，在杭州，他可能很难再得到行医治疗的许可。

后来，他希望他的著作《最忆是杭州》能翻译成中文在中国出版，让他的病人看到，他是多么怀念他们。为此，他写信向伏申求助，但一直没有得到回复。他在信中说，解放以来，人民的杭州一定更美好了，因此他深信，伏申仍然人在杭州，仍然没有回到北平，尽管北平已经再次成为首都北京，他深信，解放以来，伏申个人的命运，家族的命运也一定会更如意。

克里森对"解放以来"充满想象和期望。在未来的《最忆是杭州》中文版序言中，他这样解释，新中国人民对"解放"有最美好最切身的体会和感受，无论公开场合和私下谈论，一提到现实状况，一提到时间概念，都会用"解放以来"或者"1949年解放以来"一词，表示对一个特定时代、特定阶段的特殊情感，就如国民政府后期，也就是日本宣布无条件投降当日至国共内战胜败即将定局这一时期，当时的人们总是说"光复以来"或者"1945年光复以来"，很少有人会说公元纪年，甚至中华民国纪年，从中突显出了对中华民族胜利光复的自豪和赞美。然而，天下大势，不可逆转，"光复以来"很快被"解放以来"取代了，而且取代得那么彻底。当然，随着社会进步、世事变迁，总有新生的，最适合时代和人民心理的，更科学也更通俗的新概念和新状语面世。

克里森与伏申最多最深的交集，是在光复以来，即1945年光复以来的那些日子，也就是故事发生的那些日子。

卷一　黄　酒

　　伏申，一个北方人，一个北平人，一赌人生中可堪追忆的青春年华，忘返于江南一隅，遗落在山水杭州。

　　然而，因缘际会，发生甜美故事，鲜奇经历，温情待遇，其壮阔的自然，是无休无止的梅雨绵延，虚张声势的强台风，以及秋月下的天文大潮；继而，有情相逢，交集男女主家，穷富宾客，地头强龙，其悠深的背景，是往复轮回的天道有变，喜怒无常的众生相，以及湖山下的人间传奇。

　　当然，还有琥珀色的黄酒。

　　终而，伏申有知，这种黄颜色的晶莹液体太有欺骗性，看似入口甜绵，不会喝醉，当时无妨，但后劲十足，北方人往往不以为然，上当受骗，结果醉得头晕眼花，人仰马翻。伏申少年时尝过山西老汾、陕西西凤等北方名酒，然而看到最多的，是北平人每天喝刺鼻辣口、难以下咽的烈性二锅头，一盅一杯地干，似乎当时豪言壮语，酒话连篇，但不过半宿，就清醒如常，醉意全无，次日照吃照喝，神采飞扬。不同于后来伏申在杭州见到北人黄酒喝多，肠转胃翻，几天几夜，生不如死的惨状。伏申本不善饮，更不酗酒，仅有的几次醉酒都是因为黄酒。

　　最早的时候，在伏申十七岁那年，在漫天大雪的北平，一个在他生命中意义非凡的杭州女子提醒他，有一天到杭州做客，遇上好客的主人，千万要警惕黄酒，颜色诱人，入口极好，但后劲极大，容易醉人，往往醉得云山雾罩，不省人事。

　　就像杭州女人。

一　三个属蛇的同龄女子

春末夏初，长江中下游城市的早晨，往往是从男人开始的，从行色匆匆，沉默不语，散发着汗馊味的邋遢男人开始的。

而在湖光山色的杭州，在1945年光复以来第二年，也就是民国三十五年，端午节前夕的一个礼拜天，早晨却是从女人开始，从步履款款，喜笑盈盈，沾满了花草香的精细女人开始的。

两个同年同肖的年轻女子，在同一个时间，各自从不同的地点出发，前往一个相同的地点。

一个是身形略高、步伐轻快，穿着时髦的翻领美式军便装，名叫谭杭丽的女子，从隐蔽在闹市区中正街六号的一个台门里出来，坐上了一辆蓝色布篷的黄包车，汇入嘈杂混乱的人流，经过几条曲折的街巷，到达城的东南角，拐进一个叫梅花碑的地方，然后进入有卫兵看守的浙江省党部大门。几分钟之后，她提着一个皮质公文包走出来，坐上了一辆耀眼的深绿色吉普车。四个轮子快速转动，掉头奔向城的西边，也就是西湖方向。

那一年的杭州城不大，人口不多，路上经常遇到熟人并不奇怪。在一个路口，仁爱医院精神科医生克里森向她打招呼，表达对她的赞美。数年之后，克里森在德文版《最忆是杭州》一书中，称她是一个漂亮迷人，令人遐想，却费人猜度的职业女性，认为在很大程度上，就是像她这样年轻的杭州女人，在日常工作和生活中，以暧昧而性感的真实陪伴，以热情而温婉的关爱照拂，让北平青年伏申流连忘返，十年不归。

克里森得意地写道，此时，一个高个子洋人与美丽知性的谭杭丽握手问候的画面，像一道特别的晨景，引来市民们兴奋而好奇的围观。接着，克里森当众用杭州官话诵读了北宋柳永的词，恳切地请大家评价自己的中文水平。

这首《望海潮》，专写杭州曾经的盛况：

东南形胜，三吴都会，钱塘自古繁华。烟柳画桥，风帘翠幕，参差十万人家。云树绕堤沙，怒涛卷霜雪，天堑无涯。市列珠玑，户盈罗绮，竞豪奢。

重湖叠𪩘清嘉，有三秋桂子，十里荷花。羌管弄晴，菱歌泛夜，嬉嬉钓叟莲娃。千骑拥高牙，乘醉听箫鼓，吟赏烟霞。异日图将好景，归去凤池夸。

九百年以后，城曰杭州，地称天堂，古意仍存，气质尚在，但时逢季节，太阳温热，万物汗湿，虫鸟鼓鸣，人间烦躁，天道有变。

唯其一汪西湖，在绿柳低垂之下，沙堤环绕之中，时隐时现的沧浪活水，给名城杭州一分生机，一分鲜活，一分希望。同时，因为序属春夏之交，时晴时雨的阴阳变化，难免又增添一分是非，一分焦躁，甚至一分危险。

就在吉普车离开梅花碑的那一刻，在邻近西湖，白墙红柱，名叫湖畔阁的茶楼上，一个仪姿生动、韵味十足，绰号俏罗敷的女子，麻利地将丰盛的早餐装进一个木制食盒，一手拎起一小网兜冒着热气的粽子，缓缓下得楼来。一路上，满面春风，迈上一座青石板铺成的小廊桥，跨过一段少有行人的小巷子，走到对面一幢叫沈庐的三层青灰色小洋楼。

沈庐在城的西边一角，在看得见湖的地方。四边凹陷的街路巷道犹如刀切，将这座牢固而寂静的青灰色西式建筑孤立起来，使得它与周边拥挤破败的陈木砖瓦住房构成的市井，相隔咫尺，却泾渭分明，阴阳有界，唯独与湖畔阁相守对立，共望西湖，形成湖滨的一个地标。

俏罗敷的出现，像一丝可以感觉到的微风，吹得沈庐慢慢地生动、清凉起来。

关于俏罗敷，克里森在《最忆是杭州》有不少记述。克里森以愧疚的笔调，承认自己一度把她设想成一个风骚甚至淫荡的交际花，一个为了利益不在乎名誉的市井女人。他对她的不良印象，一开始是因为她与富商沈耀中看起来并不体面的关系，尽管后来的催眠审讯中没有得到验证；也因为她很可能利用一个成熟女人的身体，试图勾引像青春年少、荷尔蒙旺盛的北方青年伏申，尽管后来的催眠审讯中对此片言只语，信息模糊，无法证明。后来发生的事实，完全改变了他对俏罗敷的看法。就其命运而言，俏罗敷是一个不幸而又幸运的人，不幸，是因为她悲惨的人生结局，幸运，是因为她能为了自己的价值观，甘愿牺牲生命。

谭杭丽坐着吉普车穿过热闹繁华、距离沈庐半街之隔的延龄路时，俏罗敷已经拿着粽子，提着食盒，敲响了沈庐青灰色的铁门，见无人应声，就绕到边墙，推开虚掩的小门，经过长满青草的水泥小径，穿过有一口大鱼缸和栀子花盛开的院井，跃过几步台阶，进入了半圆形的客厅。片刻之后，俏罗敷放下粽子，然后从食盒里取出一屉小笼包子和一大瓷碗的虾肉馄饨，连同调羹、筷子和放酱放醋的小木碟，一样一样，摆放在一张材质厚实但形状古怪的餐桌上。

一个穿着汗背心的青年男子从楼上下来，一边抹着胸前"浙大龙泉"四个蓝字的褶皱，一边猫身闪进楼梯下的洗漱间，一番刷牙洗脸。几分钟后，伴随着抽水马桶的声音，他从里面出来，在小圆桌前一坐，鼓起两腮吹着汤碗的腾腾热气，咬上一只小笼包子，大口吃了几个，然后惊讶地看了一眼俏罗敷，似乎对她的不请自来感到诧异。

俏罗敷绕到他的身后,糯糯地说了一句,马上端午了,送几个粽子过来。五个手指轻轻地一甩,打开印着西湖风光的王星记纸扇,颇有节奏地大幅度摇晃着,让凉风能吹到这位名叫伏申的青年男子身上。

几分钟后,汽车喇叭声响了。谭杭丽沿着俏罗敷方才经过的路径进入沈庐,出现在伏申面前时,俏罗敷正好在借用楼梯下的洗漱间。

相比俏罗敷,伏申对谭杭丽的突然而至显然更加感到意外,吃惊地把吃了半口的馄饨吐回碗中。丝毫不感到介意的谭杭丽在他身边一坐,从公文包里取出一沓纸,一张一张地在餐桌上摊开。伏申没有看这些纸,而是十分好奇地注视着脸色通红的谭杭丽,注视着她额头和鼻翼上冒出的细细水珠子,似乎在问她,是汗水还是雾珠啊?

谭杭丽不在乎伏申的眼光,摆正了坐姿,掏出一块都锦生丝绢,轻轻拭了拭脸,不无得意地解释,她不是骑脚踏车来的,而是坐着吉普车从梅花碑过来的,一路吹着清风,哪来的汗珠?哪来的雾珠?省党部从浙南龙泉山区回迁杭州之后,新配了一辆美军赠送的吉普车,专供党部执委和监委以上干部使用。谭杭丽能坐着吉普车来,不管是专程的还是顺搭的,都说明她有重要公事。

正当谭杭丽要脱下军便装,洗漱间突然哗哗传出抽水马桶的声音,随后看到俏罗敷一边整理着衣裙,一边走了出来。

谭杭丽知道俏罗敷是送粽子送早餐来的,因此对她突然从洗漱间走出来只是略感诧异,也就没怎么理睬她,甚至看都没好好看她一眼,只是等着她赶紧离开,以便自己单独与伏申交谈事情。

俏罗敷知道谭杭丽是来公干的,看到她不理不睬,一副想让自己快点离开的样子,也有几分不喜。她伫立在伏申身后,用力地挥着纸扇,但只对着伏申一个人扇,风一大,就将桌子上的纸吹了起来。尽管如此,谭杭丽还是没有理会俏罗敷,只是从腰间取出一把可以折叠伸缩、锃亮锋利的张小泉剪刀，压在纸角上。

看到谭杭丽居然亮出凶器，俏罗敷没有嘟嘟囔囔，也没有骂骂咧咧，而是摇着纸扇，脸不改色心不跳，大模大样地再次进入洗漱间。几分钟之内，里面一遍一遍传出抽水马桶的声音，让外面的人听起来十分别扭。谭杭丽终于觉得不快，脸再次涨红，汗也渗了出来，将公文包一抖，掉出一把崭新乌黑的小手枪，她拿在手上，拉了拉枪栓，声称忘记关保险了，走火了就麻烦了，眼睛朝着伏申，但其实是在警告俏罗敷。

面对枪械，俏罗敷云淡风轻，只是离开时，心有不甘地讽刺谭杭丽的小剪刀，不过是修指甲的，小手枪更像小孩的木头玩具，吓唬吓唬人的，伏申那把英国军官赠送的转轮手枪才威风，如果走火，一枪可以杀死她们两个人。谭杭丽神情轻蔑，但心里奇怪，俏罗敷知道伏申有一把韦伯利转轮手枪，而且知道枪的来历。

在谭杭丽的催促下，伏申终于停下咀嚼和吞咽，认真看起了桌子上的纸。细长的小剪刀一共压着五张纸，一张是需要他填写的表格，一张是打印好的，他签字即可的文件，一张是已经拟好的入党申请书，字体娟秀，一看就是谭杭丽的笔迹，一张也是打印好的，上面是"伏申同志事迹摘要"标题，再一张，其实是一小沓，一共有好几张，是印有中国国民党浙江省党部专用字样的空白信笺纸。

几分钟后，谭杭丽涨红的脸变回原来的玉白色，汗珠也一颗不见，容颜顿时一如往常，尽显美丽和娇艳。而中间不时地拉着伏申的手，对着几张纸逐一作说明时的神态，冷静而严肃，又尽显端庄和气场。数年以后，克里森在《最忆是杭州》中，意犹未尽，评价谭杭丽是一个有理想追求，有政治抱负，对中国国民党十分忠诚的，美丽聪明但颇有心机的女性。如果她后来运气够好，特别是她堂吉诃德式的，雄心勃勃的"大扫除"计划成功实施，那么她将作为国民政府的功臣而载入史册，遗憾的是，历史早已被上帝固定。正如孙中山评述钱塘江潮，世界潮流，浩浩荡荡，顺之则昌，逆之则亡。在当时国民政府行宪制宪的背景下，谭杭丽之举，显然是逆流而动，不逢其时。

然而，她千方百计的，是要把伏申拽到她那条船上，期望同舟共济，击水弄潮。而且，她可能很享受这个过程。

油印的文件其实是一个规范文本，内容有两项，一项是个人对三民主义的誓言书，一项是向领袖蒋委员长的效忠书，他需在左下角签上自己的姓名。那份入党申请书是谭杭丽替他写好的，为此，她对伏申居然还不是国民党员感到吃惊，也为自己这些年来竟然对此疏忽感到惭愧和不安，更是抱怨党部对优秀青年干部漠不关心和管理粗疏，以至于有这样的遗漏，幸亏她发现了。现在弥补的办法就是赶紧补办入党手续，按她写的这份申请书抄写好，但申请时间必须提前几年，最好是他到龙泉不久，如1938年暑假他到省党部实习期间的某一天起算。

谭杭丽还特别向伏申说明，这样做并不算弄虚作假，当时是抗战期间，又是在浙南山区，居无定所，遗失一份党员档案，在所难免，况且那时候他思想上行为上，早已是一个合格的国民党员了。再说，他也是为抗战救国立过功受过奖的，比那些平庸的所谓老党员不知要强多少倍。

"伏申同志事迹摘要"只有一张纸，写了五个方面，也就是五条。谭杭丽解释，党国政要日理万机，时间宝贵，如此既一目了然，又能了解重点。

重要的是那份表格。

此时，伏申喝了一口馄饨汤，弄出了响声，谭杭丽担心汤汁溅到上面，把那张表格移开，叫他把调羹儿放下。看到伏申一时没有反应过来，谭杭丽马上追加了一句，把勺子放下。杭州叫调羹儿，北平叫勺子，伏申到浙江快十年了，脑子里还改不过来。又是几分钟之后，谭杭丽重回正题，叮嘱伏申，表格是政治审查用的，他必须认真填写好，过些日子，国民政府从重庆还都南京，她要专门呈送。

伏申神情疑惑，在暗淡的光线中，费解的面孔呆呆的，显得亲近而真实。此时，之前一直非常沉着的谭杭丽看了看他，突然站起来，关上门窗，遮住外面的光线，双眼饱含泪水，激动地告诉伏申，党部执委监委根据她的意见，作出两项决定：一是荐举他出席即将召开的全国党国模范青年表彰大会；二是参加蒋经国亲自主持的后生精英培训班，对他重点培养。机会就在眼前，一定要把握，一定要珍惜，一定要努力。

伏申把馄饨汤咽了下去，伸手摸了摸谭杭丽的额头，好像问她，是不是在说梦话。谭杭丽拨开他的手，还掐了他一把，指着那几张纸，神情严肃地提醒他，这件事现在对外还要严格保密，暂时谁也不能说，如果让党部那几个对他有成见的人晓得，就麻烦了。趁此又埋怨伏申，自己礼拜天一大早来找他，就是为了避人耳目，不承想居然碰到了俏罗敷，更想不到的是，居然还碰到她在这里上厕所。她就是个开茶馆的，也无所谓，如果她有什么政治背景，有别的身份，那得万分小心了。全面抗战八年以来，一个二十几岁的年轻女子在日本人眼皮底下开茶馆做生意，毫发无损，光复之后又以地下抗战有功人员身份登记，她归谁领导？国民党还是共产党？新四军还是忠义救国军？不简单啊。

接下去好几分钟，两人都没有说话，又过了好几分钟，谭杭丽想起自己没有吃早饭，将就着要吃伏申碗里剩下的几只馄饨，声明自己不会在碗口留下什么唇印，还不忘嘲笑已经离开的俏罗敷，一大早就涂了一嘴的口红让人腻心，更因为自己跟她都是1917年生人，都是同一生肖属蛇，而感到羞愧，说着吃完几只馄饨喝了几口汤，神情才算真正松弛下来，微微低着的脸又泛过一片红晕，看着伏申，声音平静而柔和地说，不谢谢谭姐姐？

伏申一时不知道说什么好，夹起一个小笼包子放在醋碟上蘸了蘸，送到谭杭丽嘴边，笑了笑，都谭主任了，怎么能叫姐姐？谭杭丽一语点破伏申，只有那个也是与我同年同肖的沈甲妃你才叫姐姐，是吧？

伏申许久没有吭声,起身打开窗户,微风吹进来,同时吹进来的还有阵阵浓郁的香气,他用力吸了吸,说了一声,栀子花开了。谭杭丽走到窗边,把伏申重新拉到桌边,叫他回到正题。

那几张纸里最重要,其实也是谭杭丽最在乎的,是要求伏申写自传的空白信笺纸。她特别交代他,写自传的目的,是说明他历史清白,是没有污点的。但唯一要写清楚的是与沈家的关系,尤其是与他有过交往的那个沈甲妃姐姐,因为这事知道的人不少,一定有人会质疑,有人会借题发挥,这是政审中必过的一关。万一有人举报他与共产党有什么关系呢?比如他多年没有见到的沈甲妃,因为这种长年没有消息的人最让人猜想,最让人怀疑。

看到伏申吃惊的样子,谭杭丽又改口,认为沈甲妃失踪这么多年,十有八九人已经不在了,双方萍水相逢的,又不是亲姐姐,比他大三四岁的女人,又不是什么谈婚论嫁的恋人,顶多心中纪念一下就可以了。

谭杭丽不想再讨论关于沈甲妃是不是共产党,人是不是还在的话题,她警告伏申,形势正在变化,国共斗争将趋向激烈,虽然他历史清白,但仍然要重点写清楚与沈甲妃曾经交往的情况,彻底洗清这个污点,谭杭丽这样说,显然希望伏申态度拘谨严肃起来,如此才能写好自传,说清楚疑难问题,配合层层审查,最终顺利过关。

关于沈甲妃,克里森在《最忆是杭州》里面,零零碎碎不断有所提及,更多的是疑问,认为她是个魂灵般的存在,始终无法捕捉。克里森相信,随着青春消逝,容颜老去,她如果是一个具体变化的新陈代谢的人,无疑会让伏申越来越觉得生疏。只不过,伏申记忆深处的那个她,永远不会变,并且无时不在。人生漫长,一个人被长久地记住,被时时地追忆,太不容易了。其中奥妙,其中真味,或许是永远停留在刻骨铭心但难以重现的最美好情景,或许是用漫长时光甚至一生回忆的最短暂时刻。克里森写道,他有机会对伏申实施催眠术,在导师弗洛伊德关于性的重要性的理论指导下，诊断表明，他最初不管不顾从北平来到杭州，起因是沈甲妃，但他后来多年居留于此，除了希望和等待，还有杭州的美景，适宜的生活，当然主要的还是身边无处不在的杭州美人。比如，沈甲妃的大妹妹沈乙嫔，还有真实身份不为人知的，极有可能就是小妹妹沈丙婕的蓝栀子。

当然还有一大早就出现在伏申住所的谭杭丽。

直到此时，谭杭丽发觉自己一早到现在，还没有方便过，就问伏申借用了洗漱间。她也不用伏申引导，自己跑过去，开了门，进去之后关门，发现锁坏了门锁不上，连忙叫伏申离开远一点，不要影响到她。

也就在谭杭丽方便的时候，浙江陆军监狱副监狱长腾阿大，抱着一只猫，从巷尾的钱塘路六号陆军监狱大门口匆匆而出，直奔巷口的沈庐，循着刚才俏罗敷和谭杭丽经过的路径，出现在伏申面前。

原来，伏申养的这只猫经常在狱中捉鼠而食，但陆军监狱正在开展清洁大扫除，为此在各个监舍施放了专门调制的强毒鼠药，腾阿大担心猫误吃了死老鼠，遭遇非命，尤其是以前沈老板住的乙监零号，因为已经多年不关人了，老鼠成窝，猫也最喜欢窜过五道铁门到那里去。这次那里正好是重点大扫除的地方，毒死的老鼠有一大麻袋，但免不了有没清理干净的，于是专门送回，叫伏申暂时圈养几日。

腾阿大把猫交给他时，向他透露了一个消息，延龄路百货店老板沈耀中突然又被关进来了。原来沈老板前些天从浙东四明回到杭州，准备重开四明商会，不知道是哪个部门，也不管什么国共和谈，把他秘密收监了，罪名是抗战时期与日伪做生意，其实真正的原因还是暗中颠覆政府的共产党嫌疑。

沈耀中是第三次被抓了。

第一次是民国十六年即1927年春天，具体时间是4月14日，沈耀中潜回沈庐家中，遭跟踪逮捕，被立即押往隔壁的陆军监狱。

第二次是民国二十五年即1936年仲夏，具体时间是8月16日，沈耀中为前往北平求学的长女沈甲妃送行，在火车站被捕，随即关入陆军监狱。算上这次，是第三次，当日延龄路百货店开张不久，人来人往，生意兴隆，几路军警突然将其包围，不论伙计掌柜还是买卖顾客，一律被绳索束缚，解往陆军监狱拘留待审，而沈耀中作为主要抓捕目标，在南京特派员毛教官具体督导下，当场被戴上手铐脚镣，用美国进口的新式囚车单独押走，在陆军监狱乙监零号单独关押。腾阿大感叹，躲过前面两次，怕躲不过这次，只怕共产党的罪名坐实，又是南京亲谕的专案，不被枪毙，也是无期徒刑。伏申觉得腾阿大危言耸听，之前沈耀中从没承认过自己是共产党，从1927年到1937年，陆陆续续坐了十年冤狱，无非就是别人看他生意兴隆，有心夺他财富。现在国共重庆和谈不久，签订了"双十协定"，哪怕他真的是共产党，或者为他们做过事，哪怕是蒋委员长钦定的专案，那又如何？只怕到头来空空的一无所得。果然，后来沈耀中求死得死，求仁得仁，咽气之时，说着梦话，似乎交给克里森什么东西，但伸开手来，空空的，只有一团空气。数年以后，已经回到欧洲的克里森因为参加左翼运动被捕入狱，在《最忆是杭州》中特别描述杭州商人沈耀中寻求牺牲的悲壮之举。克里森宣称因为被感动，帮助沈实现了终结自己生命的愿望。他写道，作为成功的商人，沈耀中是他在中国见过的最具有理想品质的革命者，是舍生取义这一中国人生哲学的真正实践者。沈耀中对漫长而凶险的监狱生活不屈服，以及我不下地狱谁下地狱的献身精神，足以震慑国民政府和迫害他的对手，也足以让他一个外国医生最终转变成一个左倾进步人士。中间提到，伏申来自富裕且有名望的北平世家，因为私人原因到杭州，结果滞留了十多年，与囚犯兼商人沈耀中产生了耐人寻味的关联。至于伏申后来是否在沈耀中自杀上起到作用，至于他们之间是否传递了特别有价值的信息，当局十分怀疑，也多次审讯，作为催眠医生，他没有提供任何有用的细节，也无从提供，甚至真相如何，也只有天知道。

腾阿大和伏申说话间，洗漱间传出抽水马桶的声音，腾阿大本来也想借机享用一下，知道还有别人在，猜到可能是女客，就忍住内急离开了。伏申送腾阿大出去时，要送他几张十元面额的美元，请他帮个忙。腾阿大犹豫了一下，美元没有收，而是挑了几个豆沙粽子，拍拍胸口答应了，还得意地向伏申炫耀，自己抗战地下工作人员的身份得到承认了，刚得了一笔奖金，也是美元，现在暂时不缺钱了。原来，杭州沦陷后，腾阿大留守监狱，表面上与日本人合作，私下里归属忠义救国军西湖秘密分支，最近以地下抗战有功人员登记在册，获得荣誉褒扬和现金奖赏。

腾阿大离开后，谭杭丽还没有从洗漱间里出来。伏申贴近门，告诉她，腾阿大已经走了。谭杭丽在里面先是沉默，随后突然骂人，骂俏罗敷把厕纸都用光了。伏申从桌子上的空白信笺纸中，撕下两张，要从门下面的缝隙里塞进去，谭杭丽忍不住笑了，有心逗他，要他拿进去，就像上一次那样。

谭杭丽说的上次，指的是民国三十一年，也就是1942年底，他们潜回杭州执行刺杀任务，也就是伏申立功得到忠勇奖章的那次。伏申明白过来，顺手把空白信笺纸塞了进去，然后离开几步，远远地站着，对着洗漱间说了一句，当时不是说好的，不提的吗？

谭杭丽走出来，系好衣服上的扣子，莞尔一笑，朝伏申光光的肩膀一推，紧张什么？又没有叫你挠痒痒。

此时，两个人回想到的情景应该是一样的。简单地说，1942年元旦之夜，两人到当时无人居住的沈庐躲避，不想原来住在这里的日军宪兵司令部官员当晚突然从上海回来了，警备顿时加强。

情急之中，两人在寒冷而狭小的洗漱间里躲了一夜。其间，谭杭丽突然寒虫袭身，身上奇痒，忍不住抓过伏申的手，伸进自己后背，上下左右都抓摸了一遍，不禁舒服了许多。背痒既除，谭杭丽与伏申约定：小伏同志，这种事不足为外人道，以后不要再提。

　　几分钟之后，两人的思绪回到了眼前。谭杭丽告诉伏申，她听到了腾阿大的话，沈耀中被捕的事，她因为参加防共溶共秘密联席会议，事先就知道了，希望伏申不要卷进去。国共两党的矛盾不可调和，很快就会开打，决战在即，不要因为他是沈甲妃父亲，就丧失立场。并暗示他，各个部门都明里暗中紧盯着监狱里的沈耀中，断定他是共产党在浙江的关键人物，伏申千万不要一不小心钻入陷阱，到时候喊救命也没有人相信，至少麻烦没完没了。

　　后来谭杭丽提醒伏申，抓紧修好洗漱间的门锁，不要让别人随便进去。原来她上次就发现了，在抽水马桶一边的红砖上，刻着一串俄文，一个字母一个字母，方方正正，小小细细的，像是女生那会儿无聊时刻上的，但其实刻得很用心，很认真，虽然时间久了，有些模糊了，但光线好的时候还是能分辨清楚。

　　伏申不以为然，那会儿，在里面谁还会留心这个？谁又认得这个俄文？法西斯主义日本佬儿在这里住了好几年，想必也天天上厕所，也没有留意到吧？谭杭丽认真了，批评伏申，她就注意到了，她以前的南京洪公祠训练班同学都认得这个俄文 СИнтернационалом，陆军监狱的共产党被枪决时最喜欢唱的《国际歌》，谭杭丽越说越较真，而且说不定是沈甲妃许多年前刻上去的，难不成这个沈姐姐当小女生时，就每天在洗漱间膜拜共产主义？叫伏申赶紧磨平了。

　　伏申还是不以为然，陆军监狱就在隔壁，里面就有刑场，古人临刑时不也都要唱歌吗？何况很多共产党人会用俄文唱的，歌声嘹亮，随风飘过来，这边听到了，听多了，就刻下这个词，也不奇怪，既然是主人刻的，磨它干啥？

　　关于是不是把 СИнтернационалом 磨掉，两人一时僵持不下。谭杭丽离开沈庐时，看到屋檐上系着小肚兜的猫，正盯着缸里面的红鱼，就向它晃了晃伏申送给她的一颗肉粽，但猫不肯下来，昂起头，凶巴巴地冲着她喵叫起来。

猫的小肚兜原来是血红色的，因为日晒雨淋，时间久了，红色褪去，看上去像是被冲洗干净了的鲜血，变得暗淡，暗淡得发白，与猫浑然一体。

二　戴肚兜的鸳鸯眼狮猫

这是一只鸳鸯眼狮子猫，伏申叫它小角儿。

民国二十六年，阴历丁丑，即公元1937年春天，伏申从正阳门车站登上火车离开北平的时候，随身带着两件东西，一件是紫红色小牛皮箱，里面装了十来根金条和其他值钱的东西，另一件是洋气而美观的藤条箱，里面装着时年一岁多，戴着小红肚兜的鸳鸯眼狮子猫。

时至今日，小角儿已经十岁多了。

伏申与小角儿离多聚少。1937年底伏申匆匆离开杭州，想带走小角儿，但找遍沈庐角角落落，不见踪影。伏申猜到小角儿可能又在陆军监狱找食，于是就以一根金条的报酬，委托没有撤离的腾阿大代为寻找，代为照顾。所幸沈庐周边商家林立，民居紧凑，有的是残羹剩饭，交错密布的阴沟渠道，水涨水落，多的是搁浅鱼鲜，尤其是陆军监狱，鼠患成灾，捕之不尽，小角儿凭此丰富的食物，活了下来，而且活得很健康，很滋润。1942年底，伏申回到杭州，为了看望小角儿，冒险潜入沈庐，想带它去龙泉，同行的谭杭丽担心小角儿俊奇的相貌，刺耳的叫声，会引起别人注意，因此坚决阻止。而且伏申临走时，小角儿被困在陆军监狱，被一群日本看守追玩，腾阿大无法帮它及时脱身。因此，小角儿继续待在杭州，戴着褪色的破肚兜，往返于沈庐和监狱，流窜于邻居近舍，春夏秋冬，昼夜寒暑，直到光复，伏申随同省党部回到杭州，才与小角儿重逢于西湖之滨，并且给它换上了一片新肚兜。

陆军监狱是小角儿的主要活动范围和生活来源。腾阿大因为伏申之前有过托付，对小角儿格外留心照顾。这次监狱要关押更多人犯，开展卫生大扫除。腾阿大生怕小角儿受到伤害，因此亲自把它送回了沈庐。

小角儿的名字乃是清廷懿旨御赐，准确地说，是赫赫有名的慈禧太后最后一次看戏时的最后一件封赏。当时的恩赐除了几个七品顶戴，最特别的赏品就是小角儿的祖母或者太祖母，准确地说，小角儿的名字"角儿"是从它的祖母或者太祖母那里继承来的。

此前，小角儿的祖母或者太祖母作为贡品，由山东巡抚亲自送往京城，但因这时宫闱多事，一时无人看养，任其流浪于深宫贵苑，奔跃于琉璃屋顶，懒卧于玉阶之下，穿越于御苑丛中，不过是人们茶余饭后才会关注的一个生命、一道小景。后来小太监二口吕向慈禧描述，其猫貌似小狮子，故名狮子猫，乃山东临清县回民用波斯猫与本地土猫杂交选育的稀世品种。慈禧这才亲眼见了见鸳鸯眼狮子猫，见它长毛拖地，色白如雪，敏捷善跃且性情温顺，而且是雌性，不禁欢喜，不仅收留下来，还令山东巡抚衙门物色雄猫送进宫中，鸳鸯配对，繁衍后代。

如此尤物，怎能无后啊？

至于小角儿为什么会到伏申身边，还得从小角儿的祖母或者太祖母说起，还得从紫禁城一个10月的大白天，大清慈禧太后终于倒下的那一刻开始。

这是与江南杭州完全不同的冬天景象，落叶一路飘落下来，树木萧瑟。那中海也不同于西湖的碧波荡漾，北风一阵吹刮过来，水色清寒。一群贵妇搀扶着步履蹒跚的慈禧，出现在微弱得几乎暗淡的阳光下。面对水上吹过来的风，慈禧停了下来，稳定自己的仪态，打起精神，指点湖上景色，谈笑风生。这时二口吕气喘吁吁地跑过来，报告了一个异常严重的消息。

大清光绪皇帝活不过明天了。

场面静止许久，慈禧也静止许久，然后神情游移，一阵嘀咕，但最终说出来的话却简洁而木然，想不到我比皇帝活得长，说罢，慈禧仿佛出现了幻觉，兴奋地指着湖中画舫自言自语，谁在唱呢？特耳熟。

大家瞪大眼睛往湖中观看，但那画舫一动不动，又竖起耳朵，却谁都没有听见有唱戏的声音。唯独一脸病容的慈禧听得入迷甚至陶醉，一脸认真地说自己听出来，是芳草园四合班新出科的角儿们唱的。

这时鸳鸯眼狮子猫跳上来，喵喵地叫着，慈禧也许把猫叫声听成唱戏了，随机应变地说了一声，都是角儿唱的，一样，想抱起猫，一阵风吹来，突然身体一歪，跌倒在堆满落叶的杨树底下了。

后来，昏昏沉沉的慈禧还是抱起了猫，支撑着回到了长寿宫。王公大臣们匆匆赶到，一个接着一个轮流进去探视，而太医们的诊治也十分尽心，从华灯初上一直到三更鼓响，仍然不肯轻易放弃切诊病情疑难，争献起死回生良方。

几个老成的宫女和太监轮流牵着小皇储爱新觉罗·溥仪的手，跪在门口，一动不敢动。而在门外，站着一个又高又挺、形削如鹤的带刀侍卫，除了喝水解手，不曾离开半步。现场唯一显得生动活泼的，是带刀侍卫的儿子，一个不合身地披着父亲黄马褂、同样身材坚挺的小男孩。小男孩跳上跳下地逗着猫，试图引起小溥仪的玩兴，对此宫女和太监们看着那个带刀侍卫，眼神里在抱怨，在感叹，似乎在说，大清皇宫里已经没有威严，没有规矩了，连负有警卫之责的带刀侍卫都可以带着自家小孩来值班了，太随便了。那个带刀侍卫当然感受到了敌意，一把抓过小男孩，放在石桌上，用脚尖一踢，分开小男孩的两条小腿，让他当众蹲起马步。小溥仪看到，跑过来跟着小男孩一起蹲。克里森在《最忆是杭州》中写道，这个小男孩，一个帝都宫廷侍卫的儿子，本来不会有机会与江南杭州交集，然而想不到的是，因为跟随伏申来到杭州，他后来一度成为西子湖畔的风云人物，更想不到的是，他最后遇害的地点，与十二世纪中国最令人景仰的悲剧英雄岳飞被杀的地点，近在咫尺。但他清朝旗人的出身，这种联系难以得到主流社会的认可。因为岳飞一生都把抗击金国入侵作为最高使命，哪怕失去皇帝的信任，哪怕被陷害致死。而旗人正是金国人的后裔。

那只猫蹿过来，叫声吵到了里面的人，即将出任摄政王的载沣想出去干涉，病榻上的慈禧支身坐起，摇摇手。此刻，她脑子里想着一件更重要的事，就是看戏，只有看戏才能让她心神安宁，重拾精神，只有看戏才能让她长生不老，重振乾坤。她迫不及待地叫二口吕立刻出宫，传四合班新班进宫唱戏，尤其是新出科的一生一旦非来不可。

载沣惊诧之余，甚至有几分不安，几分痛心，禁不住说了一句重话，都病成这样了还听戏啊？言下之意还有另外的提醒和劝谏，皇帝那头病得重，如果此时戏班在宫中唱戏，太不合适了。载沣试图阻止的另一个原因是，明天的日程应该是召见一帮即将留学日本的少年，如果慈禧看起戏来，岂不耽误正事。

慈禧叹了一口气，突然大声说，听一回少一回了。

载沣尽管觉得极其不妥，甚至觉得极其荒唐，但听了慈禧这句话，不禁生出悲凉，眼圈一红，也没有再阻拦了。

光绪三十四年十月二十一日凌晨，南城的月亮与紫禁城的月亮一样冷清，甚至一样肃穆无情。寂静之中，如同打着鼓板的敲门声传进芳草园，传进四合班新班少年子弟们沉睡的东厢房。新班班主，也就是慈禧所说的一生一旦中的一生，后来成为伏申父亲的伏德魁，正要去开门，还在梦中的另一个少年，也就是慈禧所说的一旦瞿玉郎，跳下炕来，抢着要去开门，两人正在拉扯，四合班也就是芳草园主人连杭生开了门，引着二口吕进来了，高声叫着，老佛爷懿旨，宣咱四合班少班进宫唱戏！

很快每一个新班子弟都被连杭生喊醒了。新班一行数人，在最急迫的时间内完成了洗漱，整好了行头，匆匆离开了南城陶然亭外的芳草园，跟着二口吕，借着月光，在恍惚和惊恐中急奔了大半个时辰，在月亮被一片云层挡住的那一刻，在皇城根下雄鸡鸣叫的那一刻，看到了冷冰冰的、暗漆漆的赭红色宫门。此刻，大家才醒悟过来，这分明是意外之喜从天而降，这分明是梦想中的辉煌即将到来。自乾隆朝四合班祖辈进过宫，同光朝四合班老班再进宫，之后就是新班子弟们如梦想一般，盼望着有朝一日也能进宫，正当希望渺茫，遥遥无期，甚至不再敢想之际，好运突然而至，过度的兴奋使大家对着宫门欢叫起来。

然而欢叫声招来的是阴森可怖的场面。

雾气从护城河里生发出来，一层一层地笼罩着眼前的景物，那原本依稀可见的宫墙楼阁，也由于雾气越来越浓重，慢慢隐去，渐渐消失，身边的人影，也仿佛飘忽起来，像一团团空虚的气体，快速消失在黑暗里，霎时间，新班子弟们以为来到了阴曹地府，一队仿佛鬼魂夜叉影子出现在他们面前，将他们团团围住。

正当大家胆快要吓破的时候，突然传来可爱的猫叫声，雾气突然散开了。原来太阳已经升起，在阳光的照耀下，大家一下子回到了人间世界。

围住他们的是一队宫中侍卫，还有那只目光炯炯的鸳鸯眼狮子猫。

二口吕与那个高高挺挺的带刀侍卫带着新班一行进了宫门。小男孩，也就是那个带刀侍卫的儿子紧跟着伏德魁，自豪地介绍自己叫那义魁，自己的名字也有一个魁字。

长寿宫戏楼闹台的锣鼓刚响了一会儿，宫女们已经扶着慈禧进入了厚重的帘帐之中。因为慈禧情绪过度起落，场面显得混乱，人们显得恐慌，只有不明就里的四合班，锣鼓彩头，唱做念打，全然不知大清朝正处在命运的关头，全然不知自己可能会被卷入危机之中。伏德魁根本没有觉察到所处环境的怪异和恐慌，因为他这时已经不是自己，而是千年之前，天人共敬的诸葛亮。他摇着鹅毛扇上场，还没有开唱，慈禧已经隔了帘帐，叫人传话，赏了世袭七品供奉。

其实在这中间，载沣与慈禧有过一场小小的争执。因为梨园子弟世袭供奉制度早就已经废了，载沣试图阻止慈禧的封赏，慈禧声称自己不知道废了，于是又重复了一遍，赏世袭七品供奉！

慈禧意犹未尽，絮絮叨叨，从同光十三杰，说到四合班，而且为了鼓舞热情，抛出诱饵，说还有好东西赏他们。最后瞿玉郎出场唱《洛神》时，慈禧听到掌声热烈，身体一启，指着朝她奔过来的猫，告诉二口吕，赐名角儿，把它赏了，也不枉角儿的名字。

雪白的狮子猫跳到瞿玉郎的身边，一只蓝眼晶莹剔透，一只黄眼金光闪闪，顿时惹得他爱不释手，连忙抱在胸口，一跪谢恩。

斜阳下，二口吕悄悄告诉了大清光绪皇帝驾崩的消息，指着刚才那几个留学日本的少年坐过的空位子，人家早都走了，催他们赶紧离开。伏德魁一听，心里阵阵酸楚，半信半疑，一时没有站起来。

此时一道道宫门即将紧闭，一队侍卫出现在各个路口，幸好有那个带刀侍卫，也就是那义魁父亲的一路交涉，戏班才得以放行。

当晚回到芳草园，鸳鸯眼狮子猫与瞿玉郎同居一屋，叫个不停，一直叫到天亮，叫声婉转而凄怆，似乎悲伤难以抑制，果然第二天，传出慈禧太后升天的消息。

过了几天，二口吕假借太后遗旨，过来讨要鸳鸯眼狮子猫。瞿玉郎果断拒绝，二口吕又愿意出十两黄金赎回，瞿玉郎不为所动，抱猫逐客。二口吕动之以情，泣声而语，猫是自己对太后的念想，并声称猫本一对，如果让它回宫团聚，也是成全美好。瞿玉郎想了想，道出一番有如戏中人物话语曰，猫本有情，想会时自然有时机有处所，不是人所能窥知的，猫一定能找到各自所爱，不管是去宫中还是来芳草园，夜深月圆时分，幽幽而合，情到深处，那叫声岂不动人？

二口吕无奈，只得再三叮嘱，说尽猫的好处，还讥讽伏德魁得到的七品顶戴，不如猫的一根毛。不久又受人之托，上门告求，一则预求幼猫，言鸳鸯眼狮子猫年产一窝到两窝，五年内都是母猫繁育年龄，其时是否能返回幼崽若干；二则务求善待太后所赐角儿，因其猫寿命可达十多年，如悉心照顾，寿长可数十年，希望天命之时，予以厚葬。

小角儿是角儿后代的后代，小角儿的母亲不知何时何地与别的狮子猫发生了爱情，孕育了小角儿。

小角儿能够活下来，因为一个名叫沈甲妃的杭州女子，也就是沈耀中的女儿，猫有九命，小角儿最早的一命，是沈甲妃救下的。

十年前的那个冬天，沈甲妃为了躲避北平警察局的抓捕，在芳草园暂住了几日。大雪纷飞的夜晚，小角儿的母亲深一脚浅一脚地回到了芳草园，在紧闭的大门口叫了大半夜。因为当晚戏班去保定演戏，芳草园没有什么人，睡在后院的伏申和母亲连琴瑟因为隔得太远没有听到，只有前院外厢房的沈甲妃被小角儿母亲的叫声惊醒了。她起来时，小角儿母亲的叫声已经远去，小角儿幼嫩的呼救声很轻，轻得像雪花落地的声音，但她还是听到了，开门出去，看到门槛下，初生的小角儿躺在一片血泊中，一边无力地挣扎，一边向她微弱地求救。沈甲妃连忙脱下棉袄把它包裹起来，抱回屋内。原来，小角儿的母亲当晚分娩，一路艰难，回到芳草园，最后生下了小角儿。至于小角儿的母亲中间生了几胎，为何离开，离开后为何再也没有回来，也无从知道了。小角儿的肠胃似乎冻坏了，落下了病根，后来一着凉就会拉肚子，腹泻不止，沈甲妃在自己血红色羊毛质地围巾上剪下一段，缝制了一个小肚兜，给小角儿系上，小角儿的肠胃恢复了健康，然而一脱下，就开始拉稀。沈甲妃离开之前，索性用已经缺了一截的红围巾裁制了一打小肚兜。从此，小角儿的小肚兜就不离身了。

系着小红肚兜的小角儿活了下来，而且从北平到杭州，一直活到现在，秋月春风，时光荏苒，直到最后一块小红肚兜也慢慢变淡，变白。

腾阿大抱回小角儿时，顺便还把沈耀中被关进来的消息告诉了伏申。当时在洗漱间的谭杭丽没有听到的是，伏申也不管腾阿大是否为难，要他安排自己与沈耀中见一次，而且为了体面，见面地点不是在森严的监狱乙监零号，而是在湖畔阁茶楼。

杭州光复之后，湖畔阁茶楼扩大了营业范围，不仅有茶，还增加了餐饮，既是茶楼又是酒家，生意兴隆，面貌一新。当天雨后，天色渐暗，浓雾之中，腾阿大和几个便衣狱警走进湖畔阁。在俏罗敷的安排下，伏申在阁楼包间与穿着长衫戴着礼帽的沈耀中单独见了面，商谈了诸多事项。沈耀中一进来，就先脱下礼帽交给俏罗敷保管，俏罗敷拿在手中细看上面一行英文商标，赞叹太时髦了，美国货吧？沈耀中戴的礼帽，其实是一顶粉蓝色的平檐礼帽，恰好适合这个时节，但以前在杭州没有看到有人戴，因此俏罗敷好奇。沈耀中称赞她识货，这是延龄路百货商店刚从上海码头的美国商船上直接进来的，没有一天就抢光了。Straw Hatguh 牌平檐礼帽现在风靡美国，在全世界都很有名的。俏罗敷先是将礼帽往伏申头上戴了戴，然后往自己头上一戴，学着电影里的绅士，来回走步，现场气氛顿时欢快不少。

随后，包括腾阿大在内，大家半坛三敦镇黄酒，就着西湖鳝段、西溪螺蛳、运河爆虾、绍兴腊肠及临安鲜笋腌肉，久别重逢，喜不自胜。此时看到黄酒，伏申总会想起以前在北平时沈甲妃对自己的提醒，只小小地呷了一口，就不肯再喝了。沈耀中也不勉强，北人不擅长黄酒，却常受蒙蔽，喝时轻易，每喝必醉，而且烂醉如泥，因此伏申不喝或者少喝最好。

这时，天空放晴，夜风西湖，三潭印月，因为黄酒的缘故，素来沉静谨言的沈耀中话语比以前多了很多。

关于时局，沈耀中对蒋委员长这个宁波同乡颇有微词，用了一大段话质疑其对和平的诚意，批评其对人民的漠不关心，作为领袖胸怀不够宽广，容不得别的主张，别的党派力量，预判总有一天会发动内战，也总有一天会丢掉江山。沈耀中坐了多年的牢，这次又进陆军监狱，对国民党政权，对蒋介石，怎能没有意见，怎能没有怨言，怎能没有批评。但伏申认为他太过悲观，毕竟抗战胜利，举国欢腾，天下迎来和平，生民安居乐业，党国和蒋委员长怎么会违反民意，逆潮流而动？还劝他放下个人恩怨，洗清冤屈，早日出狱，把生意好好做起来。沈耀中看着伏申老成许多的面孔，清醒过来，想到伏申毕竟是省党部干部，而且多年不见，如果自己言多语失，会让他为难，于是连忙改口，用几句空洞语言对蒋委员长称赞了几句，不再谈及政治。

黄酒喝完，话题转到沈庐。

鉴于十年租期将到，沈耀中明确表示，自己手头仅有资本全部投入重新开业的延龄路百货店，短期内没有余力赎回沈庐，况且又被诬陷资敌通敌，再次身陷囹圄，官司缠身，不知几时能出来，如果此时转回自己名下，十有八九会被当作敌产没收，由伏申拿着房契，继续居住，谅不敢有人来动沈庐脑筋。

当晚最后一个话题是关于沈甲妃。

也许酒后吐真言，沈耀中终于说到了以前绝少提到的女儿们。他眼中含泪，略有哽咽。他本来希望有一天，将沈庐一分为三，给她们作嫁妆。沈耀中的三个女儿，最小的一个自幼随母改姓，早已是别人家女儿，中间的一个不想沾染坐牢的父亲，一心等着空军英雄未婚夫带她去美国，将是天涯海角永不相见的他人之妇，既然都没有关系了，房子也就没有必要赎回了。沈耀中提到的中间的一个，也就是二女儿沈乙嫔，然而她的爱情和婚姻并不如意，因为其头脑简单，比较容易相处，但也时常会生出是非。

比如，因为其外貌显得可亲近，男性同事觉得好占便宜，常常会追求她，骚扰她。克里森一直认为，单就生活而言，在杭州这样的城市，如果让伏申长久地、永远地留下，必须有一段像样的婚姻，同龄的沈二小姐或许是与伏申最般配的。至少她爱他多一点，至少她会让他充分享受男女之欢，至少她会为他生儿育女，在西湖边与他白头偕老，共度余生。可惜的是，由于各种原因，这种可能性变得越来越渺茫，克里森不太确定地认为，中间最大的障碍，可能是她后来一直没有露面的姐姐沈甲妃。

不是还有长女吗？伏申向沈耀中谈到了沈甲妃，相信她总有一天会回到西湖边上，回到这座叫沈庐的房子。沈耀中泪眼顿时有了光芒，刚想说什么，腾阿大打断了他们的谈话，催促沈耀中赶紧回去，万一被人告发，连累大家不说，明天就会被转送到别的监狱，与刑事犯住同一个号子，吃尽苦头，或者解到上海南京，人生地不熟，落得个不明不白的结果。但沈耀中意犹未尽，力劝伏申，不要再找他那个早已断绝父女关系，多年失去联系的大女儿沈甲妃了。逢此乱世，颠沛流离，音讯全无，怎能苟活？即便没死，也已年届三十，恐已嫁作人妇，或珠光宝气，庸俗不堪，或蓬头垢面，不可正视。

一旁的俏罗敷不赞成沈耀中的话，像她们如此风华正茂的女人有那么容易死的？哪一天给伏申弟弟带一个才貌双全的姐丈回来，大家不要太高兴了。俏罗敷提到谭杭丽早上曾到过沈庐，如果伏申当上大官，成了青天大老爷，沈老板不就有救了？到时候三个姐妹感激不尽，随便他挑哪一个。沈耀中没有理会俏罗敷，而是叫伏申不要多管闲事，也管不了，小心自己也被连累了。最后，沈耀中劝他，留在杭州不如回北平，以自己的天赋家传，像他父亲伏老板那样，当一个响当当的角儿，又有钱又有名，多好。

伏申这时突然想起谭杭丽的话，提醒他要小心有人设下陷阱，抓他把柄。沈耀中不禁自嘲，现在自己困在囚笼之中，死蟹一只，还能有什么动静？

沈耀中跟着腾阿大刚刚离开，伏申发现那顶粉蓝色 Straw Hatguh 牌礼帽还戴在俏罗敷头上，一把拿下，正要送下去，俏罗敷拉住他，硬是给他强灌绍兴黄酒，两小杯下去，伏申不觉头重脚轻，手中那顶礼帽也不见了。

至于沈耀中遗落的粉蓝色 Straw Hatguh 牌礼帽后来的诡异旅途，谭杭丽和相关部门动了许多心思，觉得费解，直到后来，其中的秘密得以揭开，但终究无法证实，"大扫除"计划泄露与这顶礼帽之间有什么必然关联，"大扫除"是否真的泄露了，如果泄露了，是偶然的失误还是被人有意地窃取？总之，一团乱麻。

这天晚上，伏申勉强走回沈庐，一头栽倒床上，呼呼深睡之时，忽然雷鸣不断，强风吹刮，喷喷香的栀子花瓣连同叶子飘进来，堆积脸上，但伏申仍然不醒。

到了子夜，他被小角儿的哀叫声惊醒了。

伏申起了床，穿好平日上班穿的乳白色中山装，下了楼，出了门，迎着稀疏的雨点，去寻找小角儿了。他朝着黑暗的方向走了一段，不知不觉走到了陆军监狱门口。他觉得小角儿的叫声就是从那里面传出来的，于是推开了湿淋淋的仿佛淌着浓血的大铁门。值班的腾阿大看到他的面孔，也没有询问，就听他哼着《洛神》中"烟水茫茫何处寻，一片诚心往前进，但愿得见梦中人"的唱词，任由他穿过五道铁门，进入乙监零号沈耀中的号子。果然，小角儿撕裂而急促地号叫着，一对鸳鸯眼，一黄一蓝，泪流如泉，仿佛在等待伏申，向他作最后的诀别。

幽暗的号间里，重囚沈耀中整理着小角儿肚兜露出的毛线丝，看到伏申进来，告诉他，这可是最好的苏格兰羊毛，这种从英国进口的羊毛围巾，当年在杭州没有几条，而且只有一条是红色的，让他买来了，他亲自给去北平上学的女儿围上，她照着镜子，多美啊！伏申告诉他，以后，自己会给她买一条新的，同颜色的。

说话间，猫哀叫起来。沈耀中长叹一声，猫有九条命，可怜鸳鸯眼狮子猫，一定是吃了死老鼠，中了剧毒，一直吐着白沫，一直叫个不歇，就是不愿意咽气，他已尽力施救，均无效果，难不成知道寿数已到，临终希望见一见最亲的人？

雾漫漫的黑夜里，阴沉沉的监狱中，小角儿的临终告别是漫长的，叫声既无奈又绝望又很不甘，渐渐地眼泪干涸，气息微弱，奄奄一息。

沈耀中建议伏申用枪结束小角儿的痛苦。

伏申此时才发现，原来自己手里竟然握着锃亮的韦伯利转轮手枪。他怎么能向小角儿开枪呢？犹豫的瞬间，他还是举起了枪，枪管还是对准了小角儿。

枪声响起时，伏申睁开了眼睛，看到自己躺在床上，透过开着的窗户，看到外面的阳光，看到了湖畔阁的屋顶，看到了在屋顶上欢快跳跃的小角儿。

后来谭杭丽特别安排克里森催眠审讯中，也多次出现了上述片段，是梦境还是真实发生的，当时没有解析到位。如果是梦境，伏申的韦伯利转轮手枪分明开过枪，而且有人听到了枪声；如果是真实发生的，没有任何人证明伏申离开过沈庐，监狱方面也没有发现沈耀中与外面什么人有过接触，而且，所有狱警都没有听到猫的叫声。

三　梅花碑下两个讨厌男人

伏申在杭州的这段时光，所见所识的并不全是好客之道，不全是顺风顺水。反而，排挤和挫折时不时遇到，不如意十有六七。克里森在《最忆是杭州》中描述，伏申觉得在杭州的日子有阳光，因为阳光下的是杭州女人，但也有阴影，因为阴影下的是杭州男人，有的男人甚至在黑暗处，比如梅花碑的两个同事，在很长一个时期里，是多么不待见他。当然，如果没有这二位同事的持续纠缠，他在浙江，在杭州的日子，会少了很大一块乐趣。

梅花碑东起城头巷，西至佑圣观路，南通长寿弄，北通连水亭址，历史上原为南宋德寿宫的一部分，明代在这里设有署理木税的工部分司，明末潞王曾居住于此。当时该署庭院内有梅树和芙蓉石等景物，议事厅有"梅石双清"题额，厅南有一块石碑，上面刻有明代著名画家蓝瑛和孙杕画的梅花和石，称为梅花碑。清时乾隆皇帝到杭州，将碑迁移到了北京的圆明园，另外找来一块石头留在原址，自此杭州本地人将这个地方称作梅花碑。

梅花碑是省政府和省党部的所在地，是杭州的政治中心。

这天上午，伏申走进梅花碑省党部，发现同事们都盯着他看，投来的眼光充满了羡慕，也充满了异样。伏申感到糟心的是，两个他最不愿意见到的人早早出现在他办公桌前，假模假样地向他表示祝贺。先来的是省党部新任的监委屠来根，一边咬着一段油条,一边用油乎乎的手抹着头发,他的神情热切,笑容满面地向他示好,由衷地为他即将拥有锦绣前程感到高兴,感到骄傲,同时还宽慰他,不要担心什么政审,如果中间遇到什么疙里疙瘩的事,尽管跟自己说,自己一定替他说话,作为监委,自己还是有关键一票的。屠来根是党部有名的笑面虎,是本省萧山县人,早前做了一份协助管理档案工作,1937年底还是一名从杭州随迁的省立湘湖师范学校附属小学国文教员,那年寒假从学校所在的丽水县碧湖镇跑到上百里远的松阳省党部帮忙,后来以档案卷宗需要清理为由,留在党部做临时工作人员,他做事勤快,见人一脸的笑容,笑面虎的外号也是由此而来。1945年5月召开第六次全省党代表大会,他负责档案工作,将原来杂乱无章的下级党部组织状况表,干部人事调查表,党部人员的个人材料,各县党部人员名册,入党申请书及入党人员名册,各县党员代表大会报告及代表名册,国民党员卡片、证书等整理得整整齐齐,因此被委任为党部主任秘书。后来分管政治宣传,将有关组织宣传事宜的训令,执行委员会年度工作计划、工作报告,历届执行委员会会议记录,归置得井井有条,由此,又补选为监委,成为伏申的上级。

屠来根对伏申有成见,是因为钱物。到最后,对他的态度突然转变,也是因为钱物。

一直以来,屠来根就看不惯他平常生活优越、乐善好施的派头,比如逢年过节总喜欢把发放给他的那份实物福利,甩手就送给党部伙夫、门房、司机之流,这不是炫耀自己富足又是什么?不是庸俗的笼络人心又是什么?屠来根出身萧山农村,兄弟姐妹七八个,都在家种田,常常需要他接济,有一次为了救急,向伏申开口借钱,不想伏申当时手头紧张,表现出为难。更有甚者,龙泉期间的第三年,党部年节分鱼干腊肉,看到伏申又要把属于自己的那份送人,而屠来根此时正要托人带东西回家,多多益善,于是问伏申讨要,伏申回绝,声称已经答应给人家了。这样,彼此之间算是有了过节,从此屠来根背后就一直说伏申坏话。

此时，伏申对屠来根的热情也没有什么更好的回应，站都不站一下，顾自坐在那里，淡淡一句，啥言语呢？没听懂。

接踵而至的是伏申更讨厌的党部副主任秘书林白履，一个衣着高档，面呈赭色，说话略带口吃的三十来岁男子。在省党部，甚至在省市党政商学各界，他从来都被看成是伏申的情敌，是每时每事的挑衅者、竞争者。因此，后来他突然性情大变，态度大变，试图与伏申进行私下修好的反常行为，甚至试图建立同志或团伙般关系的努力，就显得疑云重重，显得动机和目的令人费解，让人警惕。此时，他老远就高声向伏申恭喜，夸张地祝贺他被评为全国党国优秀模范青年，荣华富贵指日可待，声音大到引来许多人围观。楼上档案室的沈乙嫔听到了，急急忙忙下楼来，听说伏申要去南京受表彰，不禁有些失态，当着这么多人的面责怪伏申没有告诉她这个好消息。林白履趁机挑拨，为什么要告诉你？以为他在跟你谈恋爱？别单相思了。惹得沈乙嫔胸脯起伏，脸扭到一边，擦起眼泪，喃喃反驳，谈恋爱又怎么了？

谭杭丽闻声过来，替伏申解围。一边批评沈乙嫔不顾空军烈士眷属的身份，在这里出洋相，没有影儿的事，有什么告诉不告诉的？一边责问林白履，自己兼管人事的，都从未听到小伏的什么事，谁在造谣？此时，作为党部人事主管兼调查统计室副主任，谭杭丽气场十足，屠来根平常就怵她三分，此时更怕她怀疑是自己把事情泄露给林白履，于是悄悄离开了，然而中间想想又不快，转过头到主委办公室，为林白履抱不平。

这边林白履觉得下不了台，继续冲着伏申，恭喜恭喜地喊着，充满戏弄之意。谭杭丽脸沉下来，话中有话地指责林白履，一个主任秘书，大小也算小伏的上峰，不要以势压人，欺负一个外地青年，小心把小伏惹急了抽你，抽了也白抽。一直不愿意声响的伏申听了，果然怒气上来，突地站起来，指着林白履的脸警告他，再胡说八道，小心抽你。

谭杭丽跟党部许多人看法一样，林白履一直存心针对省党部年轻同僚伏申，是因为女人，是因为嫉妒。一是论体格，伏申分明是一个身形高挑、面如玉色的健儿君郎，站在一起，高过林白履几头；二是论话语，伏申来自帝王之都北平，京腔京调，言语顺畅，气势压人，林白履乡土乡音难改，而且结结巴巴；三是论才能，抗战期间，伏申英雄虎胆，立下功勋，平常偶尔几句京戏，悦耳动听，销人魂魄。总之，在党政机关，尤其在省党部，伏申是一个风光耀眼的北平青年，是一个年轻英俊的抗日功臣，如此种种，这些年来，对林白履来说，伏申是一个看似不在话下的小北佬儿，其实是难以对付的强劲对手。

林白履的背景非常不一般。

据传，他与中央组织部许副部长的孀居女儿恋爱多年，而此时传出他这个未来的岳父要到浙江担任省政府主席，此事真假难以证实。林白履本人称虽然女方已经一厢情愿，但因为目前分居两地，自己尚未决定。传得更多的是，他与国民党蒋总裁有亲戚关系，虽然查不出是近亲还是远亲；办公室墙壁上挂着他与疑似蒋经国的合影，虽然看不出是何时何地拍摄。传得最多的是，他曾短暂担任过国民党中央组织部长陈立夫的秘书，虽然不清楚是什么时候的秘书。省党部南迁浙南龙泉山区期间，林白履曾将一幅书法拿到党部办公地的祠堂天井晾晒，上面题跋曰：长江后浪推前浪，白履同志惠存，落款为立夫。伏申细看，不禁疑问，为什么落款印章模糊、字体不辨？林白履冷笑数声，坦然而对曰，所以模糊，因为年头久远有所磨损；所以难辨，因为古体铭文，不是谁都能认得的。伏申摇摇头，不予赞同。林白履顿时恼怒，口出恶言，一个小北佬儿，岂懂得江南文化昌盛，人杰地灵？岂懂得金石书印，玄之又玄？

党部回迁杭州不久，林白履在党部饭厅公开展览该幅书法，上面落款印章却变得清晰了，仿佛是新刻新印上去的。伏申再次质疑是否真迹，林白履大怒，当场上纲上线，给他扣上诬蔑领袖的帽子。对此，伏申反驳，中国国民党只有一个领袖，哪里来的攻击领袖？在旁人看来，伏申敢于如此回骂林白履，除了当时陈立夫陈果夫兄弟开始失势，还因为他也有自己的背景。当时同为北方人的省政府主席沈鸿烈比较欣赏他，大小会上，人前背后，表扬过他，还几次半开玩笑说，要把伏申调到他那里工作。此外，颇有实权的省政府政务委员陈敬农曾经约他到办公室商量公务，研究工作，而且希望他申请离开党部，到省政府任职。而省党部这边，可能是南京中央监委乔思文所托，也可能是谭杭丽的缘故，主委罗霞天对他也另眼看待，爱护有加。

在旁人看来，伏申这些关系都是眼前的，都是看得见的，比较可信一些，而林白履所谓的那些关系即便是真的，也都比较远，比较虚。之后，林白履对伏申更有成见，更加嫉恨。两人的关系后来势同水火，不是权力位子之争，不是功过成绩之争，不是工作上的矛盾，因为资历和级别毕竟不在一个层次上，在旁人看来，真正的原因是为了女人。

女事主是杭州城最有名气的、最能引起话题的沈氏三姐妹之一。

当年沪上宋氏三姐妹盛名之时，杭州坊间曾经流传，十年之后，钱塘门沈氏三姐妹长成，绝不逊色于宋氏三姐妹。这个比方是否恰当，一直都有不同意见，一直都有激烈争论，随着沈耀中入狱，家庭破败，沈氏三姐妹四散流落，从此神龙见首不见尾。比如，已经多少年没有人看到沈家老大沈甲妃在杭州出现，而且行踪全无，生死不明；比如，沈家老三究竟人在何地，长相如何，姓甚名谁，年龄几许，都无法确定。

林白履到处宣扬与伏申发生奸情的女子，是沈家三姐妹的老二沈乙嫔。

1937年春天，时年十七虚岁的铜元女中学生沈乙嫔与中央航校的飞行员在笕桥机场举办订婚仪式，恰好前来视察的宋美龄亲自到场祝贺并证婚，因此轰动杭州。人们由此又感受到，沈乙嫔的现身，说明沈氏三姐妹的传闻不是虚幻的，不是杜撰的。许多杭州人甚至继续期盼着，随着沈家老二的现身，云里雾中的沈氏三姐妹将一一隆重登场，将如花似玉地出现在西湖边、武林门、延龄路或者更多地方，风情万种地与你擦肩而过并且回头一笑。沈氏姐妹的美丽三人行将与湖光山色媲美，成为"东南形胜，三吴都会，钱塘自古繁华"最生动的现实注解，成为"江南忆，最忆是杭州"最难忘的时代印记，成为"欲把西湖比西子，淡妆浓抹总相宜"这类名句最丰富的真实联想。

而届时，由于岁月不饶人，上海宋氏三姐妹在沈氏三姐妹面前，将显得逊色。

林白履与伏申的矛盾日积月累，但公开于1945年秋天，也就是中华民国成立三十四周年庆祝活动期间，确切地说，是省党部暨三青团支部国庆联谊之夜。当时，不胜酒力的林白履喝了二三两绍兴花雕，乘着酒醉，端着锡壶，红着脸孔，抢到麦克风前，用夹杂着方言的杭州官话，朗诵了白话爱情诗《雨巷》的前半部分，虽然掌声稀薄，来宾哄笑，但林白履全然不顾，非得拉着省党部会计兼档案管理员沈乙嫔上台，要她一起念完诗的后面部分：

> 撑着油纸伞，独自
> 彷徨在悠长，悠长
> 又寂寥的雨巷，
> 我希望逢着
> 一个丁香一样的
> 结着愁怨的姑娘。

朗诵《雨巷》是林白履的保留节目。为此，他年复一年地自我营造了三个真假难辨的传言，一是他与戴望舒同住一条巷子；再是他亲耳听过戴氏在雨中朗诵此诗；更重要的是，此时已移居众安桥的女主人公丁香姑娘，是他的亲表姐。尽管党部上下不以为然，但他自己深信不疑，多次承诺有一天会叫那位风韵犹在的表姐亲临党部做客,与大家见面,并亲口讲述被戴氏追求的经过以及细节。对于林白履的类似举动,当时克里森医生在私下里预示,他患有某种幻想症,只要情形合适,就会产生幻觉,把自己想象成完全不同的另一个人,正如杭州人俗称的,也是沈乙嫔不胜其扰时骂他的神经病。病因有遗传的成分,但更多的是现实困境造成的,通常情况下,病情是轻微的,但是如果某种执念过于强烈,加上周边环境、人际关系的变化和诸事的不顺,会使病情加重,控制不好,就会变成难以治愈的精神分裂症。《最忆是杭州》一书提到,遗憾的是,最后事实表明,预言不幸成真。

沈乙嫔站在一旁,勉强跟着朗读,不等林白履念完最后一句,就难掩羞愧,要跑下台去,林白履早有防备,伸出手臂将她半抱在怀。沈乙嫔一边略略作挣扎,骂他神经病,一边将目光投向台下求救。

几乎所有的人都看出来,沈乙嫔的目光落在伏申身上。于是好事者高呼着伏申的姓名,怂恿他赶紧上场收拾局面。台上依然僵持着,伏申一则看到沈乙嫔楚楚可怜,梨花带雨,二则觉得林白履得意放浪,行为过分,三则大家起哄热烈,自己当仁不让,于是几步跳上台去,把矮小的林白履一挡一推,替沈乙嫔解了围。林白履生气,踉跄几步,一把推倒麦克风,语焉不详地对伏申口出恶言。伏申依旧沉着冷静,不予理睬,扶起麦克风,唱了一小段表现痛骂奸人恶小的京戏,赢得掌声不断。林白履又恼又羞,浊气填胸,锡壶一举,就要往伏申身上泼来。伏申个子高过他两三头,手掌一挡,往上一推,转过壶嘴,壶中热酒,顿时如童子之尿,从高泻低,撒在林白履脸上。顿时,在场的人不管平时亲疏,皆大笑起来。林白履不知所措,呆立很久,等到主持活动的屠来根上来为他擦去脸上酒渍,才恨声而去,回头大放誓言,总有一天,要把伏申赶出省党部,赶出杭州,赶出浙江,江南绝没有小北佬儿的容身之地。

此时此刻,林白履看到谭杭丽如此维护伏申,伏申如此蛮横,顿时也脾气上来，突然指着伏申，大声揭发，礼拜天夜里发生什么事，别以为人家不晓得，那只猫一天吃几只老鼠都有人知道，讲讲清爽，半夜三更到陆军监狱有什么企图？

林白履一番气势汹汹的话，果然暂时把场面镇住了。沈乙嫔生怕伏申真的有什么把柄被林白履抓住，一时有些慌张，想着说什么求情的话。伏申显然真要动手的样子，一旁的谭杭丽奇怪林白履的消息来源，担心他任意扩散，于是走上前去，挡在中间，和颜悦色地搭了搭林白履肩膀，劝他不要小题大做，伏申到陆军监狱，是去找猫的。林白履知道伏申与猫的亲密关系，不禁又迁怒于小角儿，扬言迟早把伏申的猫弄死，让他难受难受。

伏申当即警告，如果小角儿有个好歹，就拿他偿命。

谭杭丽一听，又批评伏申，都是革命同志，都是同事同僚，不要因为林秘书宽容大气，就说这种狠话，以后大家怎么相处？伏申不知道的是，刚才党部主委把谭杭丽叫到办公室，给她一封刚收到的匿名信，检举伏申与在押要犯沈耀中私自交往。麻烦的是，省保安处、杭州军统站，还有警备司令部都收到了同样的举报，连南京中央党部都一早打电话询问此事。但罗霞天认为，伏申与沈耀中来往，不过是一些私人瓜葛，不是政治上的勾连，沈乙嫔还是他亲生女儿呢，也不是没有被牵连吗？只是小伏半夜三更跑去监狱见面，也太蹊跷，必须调查清楚，作出一个合理解释。谭杭丽有心保伏申过关，坚持要求内部调查处理，尽快作出结论，并由自己负责。罗霞天还认为，屠来根刚才向他报告了小伏与林白履争吵一事，但他相信举报信不一定是林白履写的。谭杭丽向罗霞天保证，她会特别提醒小伏注意处理好与林白履的关系。罗霞天又交代，调查要重证据，要息事宁人，也不要太为难小伏，明天乔思文委员到杭州演讲，中间要到梅花碑作一场报告，届时大家见到，也有情面。

乔思文的经历相对清楚，也比较显赫。他作为上海洋务派官员的儿子，早年受摄政王载沣派遣，赴东洋考察留学，后来结识孙中山，加入同盟会，回国后投入国民革命，以其资历，几次全会中连续被选为国民党中央委员会监委，同时在国民政府担任督察专员。

他与伏申的关系，确切地说与伏申父亲伏德魁的关系，要追溯到光绪三十四年十月二十一日。乔思文去日本之前，进宫晋见慈禧太后，当年长寿宫戏楼台下坐着的观众里面，乔思文就是其中的一个。由此开始，乔思文与京剧，与四合班，与芳草园，尤其是与伏德魁，结下了不解之缘。

闹台的锣鼓和唢呐一直响到中午，乔思文兴致勃勃地看着戏台，听着戏班乐队的前奏，享受着等待的时刻。神情焦虑的载沣一直看着怀表，热情洋溢、乐在其中的乔思文拉住载沣的手，发表了一番感慨之词。载沣心神不宁地听他说着，不免惊诧地看着他，点头赞许他，自己没有看错人，日后学成归来，一定前程远大。

乔思文对那些已经等得不耐烦的同伴重复了自己刚才那番话：今天太后请大家一道看戏，应该深感荣幸，以后大家到日本读书，听不到京戏这样的国粹，但一定会在欣赏纷飞的樱花之际，想起今天这个美好的时刻。乔思文因为看戏，还远远地看见了慈禧太后，虽然没有等到面对面的召见或者赐宴，但见证了大清朝所面临的重大危机，因为只隔了一天时间，光绪皇帝和慈禧太后一先一后驾崩。乔思文因为四合班新班的演出，迷上了京剧，对年纪小小的梨园子弟，特别是伏德魁产生了美好的印象。他到天津，在前往日本之前，专程到芳草园拜会了四合班。由于意气相投，当天伏德魁与乔思文跪拜香案，伏德魁为弟，尊乔思文为兄，对天盟誓，义结金兰。

而在伏申的记忆里，他第一次与沈甲妃相遇，是因为乔思文，地点是在北平辅仁大学大礼堂，时间是"一二·九"学生运动爆发前的那个礼拜天。

当天因为逃避与母亲去宣武门天主堂做礼拜，受邀去辅仁大学作报告的乔思文就带他一同去了学校。学校气氛热烈，楼前堂后贴满标语，又长又宽的西式礼堂挤满了师生，表现出对乔思文这位南京来的政府代表兴趣浓厚，寄予希望。坐在台侧的伏申东张西望，充满好奇，然而他一眼看到的是沈甲妃。

她坐在台下前排中间，身姿安稳，表情沉静，眼睛一闪不闪的，似乎要从乔思文讲话的一字一句、一个语气中，发现到什么，判断出什么。

乔思文的演讲一开始就吸引住年轻的学子们。乔思文认为中国和日本，正处于讲和还是全面开战的十字路口，天下兴亡，岂能漠然视之，作为国家和民族未来的希望，青年学子不关心是不可能的。然而他接下来的一番话却引发了争议，虽然声明引述的是他人的观点。乔思文提到，欧美列强殖民中国快一百年了，中日同文同种，应该联合起来，共同对付欧美列强。就像三国时期，孙权和刘备联合，共同对付曹操，有一出戏叫《群英会》，伏老板演的，百看不厌，中国目前就缺少诸葛亮，缺少周瑜。

这时，沈甲妃走到前面，转身面对全场的眼光，用十分清楚的口齿，响亮甚至动听的声音反驳乔思文，日本占中国东三省，进攻山东、上海，怎么能成为中国的朋友？中国不是刘备，日本也不是孙权，这个比喻极不恰当。

乔思文面对沈甲妃有些咄咄逼人的质问，不仅显得宽宏大量，而且饶有兴趣地一再请沈甲妃走到台前，称赞她的国语说得好，有语言天赋，而且一语道破，像她一个浙江杭州人学成京腔京调几能乱真的，还很少遇到。伏申听到乔思文称赞她，对她看得更清楚了。原来她长着一张好看的脸，跟北京大妞相比，肩膀如削，身体如柳，仿佛古画中人，眼前所见又生动真实，果然是伏申想象中的江南女子。

可能因为乔思文的善意，沈甲妃语气平缓下来，介绍自己是杭州人，家住古钱塘门内，西子湖之滨。乔思文一听，完全没有了架子，走到台边，弯下腰，主动与她握手，也自报家门，自己是浙江临平乔家,与她算是同乡。但气氛的融洽只是短暂的,沈甲妃很快回到正题,神情严肃地回答乔思文,如果一定要这样比喻,那日本就是曹操,中国人应该联合起来抗击他,而孙权和刘备,就是国民革命军和北上抗日的红军。

台下学生们热烈鼓掌,台上陪同人员不禁紧张。乔思文并不在意,示意大家肃静,但场内已经沸腾起来,沈甲妃突然跳到台上,高声号召,大家都要加入抗日队伍!口号声中,礼堂内响起《义勇军进行曲》:

> 起来!不愿做奴隶的人们!
> 把我们的血肉,
> 筑成我们新的长城!
> 中华民族到了最危险的时候……

伏申看到这样的场景,不知是否应该跟着一起高呼,一起高唱。然而,沈甲妃注意到了他,竟然走了过来,一把拉过他的手,举起来,一起高呼,一起高唱。

当时,在大学生面前,在沈甲妃面前,他显然只是一个少年,甚至是一个小孩。

乔思文提到当年自己在辅仁大学演讲时发生的一幕幕,伏申不由得想起了沈甲妃,不禁思绪飘忽,神情游离,乔思文看他是思念北平了,思念亲人了,就劝他回北平看看父母,看看瞿老板,十年不见,至亲至爱,思念至极,难以言状。伏申回过神来,告诉乔思文,等有机会了,自己会回北平看看他们。谭杭丽猜出伏申刚才在想什么,向乔思文一阵耳语,提到了沈甲妃,传言都说她参加了共产党,至今下落不明,党部的同志们担心小伏如果被他们父女利用,会比较危险。乔思文一听,有点生气,反驳道,这跟小伏回不回北平有什么关系?别小题大做了。又不禁疑问,小伏有什么好被沈小姐父女利用的?小伏十年没有见到沈小姐了吧？到今天把他们扯连在一起，这太荒唐了！

后来，因为小角儿突然出现不适，伏申不及告别，就匆忙赶回了沈庐。到了半夜，小角儿一直蜷伏于院井之中，口吐白沫，气息微弱，哀叫不停，一双鸳鸯眼下泪迹斑斑，令人揪心。俏罗敷过来救了救，给它系紧肚兜，仍然不见起色，就要帮他准备后事。

伏申不甘心，就去监狱找腾阿大。腾阿大索性陪着伏申到乙监零号找沈耀中，以为他虽然不是兽医，但久居牢中，常常遇到误食中毒的猫，每每观其生死挣扎，多少了解其中痛状病症。沈耀中判断是被人诱喂死鱼，引起消化不良，需用催吐之法救治，或可有救，当即问腾阿大要了一块肥皂，放在温水中化开，用汤匙将浮起的泡浆灌入小角儿口中。不一会儿，小角儿长叫数声，连连大呕，吐出一摊腐烂的鱼肉鱼刺，之后躺在伏申怀中，慢慢睁开眼睛，弱弱地有了叫声。

沈耀中告诫伏申，猫虽有九命，皆因被人所救，如果连连遭难，八条命之后，最终只剩下一命，终有无人救它的那一次，以后要格外小心了。又叮嘱他，不要让它来狱中，免得误食死鼠。狱中鼠药甚烈，足以毒死人。

伏申回到沈庐，又给小角儿刷了牙，洗了四个爪子，一直折腾到天亮，小角儿才恢复了生机，系着干净的肚兜，呼呼睡了起来。

对小角儿遭此一难，伏申当然把这笔账记在林白履身上了。

没有想到的是，后来的一个阴暗下午，在众安桥那间简陋的民舍里，林白履居然向伏申宣称，他是隐藏的资深的共产党。克里森在《最忆是杭州》中，认为林因为私下里突然变脸，向伏吹嘘自己的秘密身份，最终招来了麻烦，受到公事公办的严格审查。林自称与沈耀中平级，之所以日常中表现落后，甚至像一个同流合污的腐败分子，目的就是保全自己，更好地为党工作。而他屡屡故意为难伏，是为了掩护伏，这是革命工作的策略。再后来，一个空气混浊的黄昏，还是在所谓秘密联络点，也就是众安桥那间民舍里，林正式提出要发展伏加入中共，紧接着还多次考验他，要求他为党完成很重要很光荣的任务，比如积极营救沈耀中，窃取机密文件这样的冒险之举。克里森对林白履突然暴露身份，对伏申发号施令大感意外。对此，克里森认为这是一个真假难分的骗局，甚至怀疑自己的催眠术也有发生错误甚至荒谬的时候。他认为，尽管国共双方在无形战线中你中有我，我中有你，但相信共产党不会毫无底线地招募像林白履这样与中国传统道德严重背离的登徒子。随着某些事实的出现，比如伏不惜自损名誉，以为人不齿的告密者形象提供了证言，但还是没有人真的相信林是共产党，包括谭，包括军统著名的审讯专家毛教官，也没有真的相信过。直到最后，由于伏的突然告发，林被捕了，在催眠审讯中，他居然承认了自己的共产党身份，不过，林没有被处决，而只是被关押。克里森认为，林矛盾百出的行为，像是得了类似幻想症的精神疾病。

这里有一个最让人不解的谜，伏为何会相信林？为何在较长时间里会多次到众安桥联络点面见林，却守口如瓶，保密到家？看起来太像一个悬疑故事了。

后来，林设下的谜团最终被解开，证明克里森的推理是极其合理的。按照他的诊断，沈甲妃是伏为什么信任林的最主要因素。林为了使伏相信，精心设计了吊人胃口的说法。他先告诉伏，自己知道沈的行踪，过些日子，又告诉伏，沈即将回到杭州，接着又告诉他，沈回杭州的具体行程，并且只有他知道，等等，林使用了这一招数，牵着伏的鼻子走过了很长时间，尽管这一切也可能是他幻想症的表现。

四 "大扫除"拖把在手

谭杭丽于中正街六号后面的住所，是一处由各种店铺包围着的深宅，里面几进几院，外面很难看清楚。杭州沦陷之前，这里是军统局的秘密联络站，日本人占领杭州后，挂了驻华萤石矿资源中心的牌子，实际上是经济间谍的秘密活动场所。1945年秋天，中统局抢先一步，将其没收，作为在杭州的一个交际站，委托浙江省调统室代管，原来的萤石矿资源中心门面也改成了一个书店。也许知道此时由谭杭丽使用，军统方面居然一直没有索回。因其直属中统局的特殊性，外界从来不好探究。鉴于梅花碑党部人员庞杂，凡是重要的资料，谭杭丽都存放在这里，锁进卧室的一个保险柜里。这种用四个号码开启的保险柜，铁皮质地，而且略显简陋，但却是目前省党部仅有的三个保险柜里最好的。另外两个，一个其实只是保险箱，由沈乙嫔保管，主要存放一些普通档案。还有一个石质保险柜，年久失修，已经废弃不用。不过最近中统局发来通知，一批美国进口的新式保险柜将空运到南京，浙江省调统室能分到一个，届时，将归谭杭丽使用，换下的那个，无偿送给省党部。

谭杭丽的保险柜里，真正重要的资料只有一份，这就是她花心血最多，时间最长，也是最需要保密的，是一份长长的人员名单，以及相关的证据资料。厚重的档案袋封面上写着"大扫除"

三个娟秀的隶书，乃是谭杭丽自己的笔迹。

看这标题，像是一份卫生防疫部门的工作计划。

谭杭丽对所谓的"大扫除"计划的极度痴迷，克里森在《最忆是杭州》一书中有言简意赅的解析，认为谭似乎是得了强迫症，某种意念强烈地迫使她必须实施好这个针对共产党的计划，而这种意念来自为她父亲复仇的执着和渴望。在谭还是一个孩子的时候，在与江西共产党红军的一次战役中，她敬爱的父亲被打死了。但她想再次推动反共高潮的雄心，总是不能得到理解和支持，连省党部主委罗霞天这样的党国重臣都给她泼过冷水，劝说她不要想着在今天再现1927年"四一二"清党的辉煌，不要想着还可以用错杀三千不放过一个的痛快手段，形势变了，方法也只能变，谋事在人，成事在天，尽力而为。

克里森在书中以局外人的口吻，评论说，对日战争胜利后的几年，政府和党务机构实际上一直处在混乱和困难之中，与共产党对垒的前线战事，似乎看不到取胜的可能，某些部门和人士特别热衷的，自以为十分擅长的特殊战线，几乎都以失败告终，像"大扫除"计划这样的志在必得的行动方案，在全国可能有成百上千个，但最后没有看到一个成功的例子。

克里森批评，"大扫除"计划最后陷入了混乱，就像那个混乱的时代。

1939年春节刚过，伏申被借调到省党部帮忙，恰好国民党五届五中全会召开，大会上，蒋介石作了报告，随后的全会军事会议上，通过了两个发动反共高潮的纲领性文件，即《防制异党活动办法》和《共党问题处置办法》。浙江省党部秘密传达会议精神的同时，谭杭丽也从中统局接受了一项绝密任务，即布置各县区调统人员，趁抗战期间国共合作，共产党方面没有防备，摸清辖区地下党骨干人员的情报资料，每个地区至少调查清楚三人，全省争取达到一百五十个人。为了尽可能保密，任务分区分片，甚至逐一落实，并且要求以加强双方合作，增进国共情谊的名义，在不经意之中，得到被调查人员的真实情况。久久为功，到了抗战胜利，杭州光复，党部回迁之时，据说这份名单已经达到两百人，覆盖了全省八个专区、六十多个县，剔除证据不太确凿的部分，真名实姓、坐实身份的有一百多人，其中各中心县委负责人名单和主要落脚点也基本掌握。国共关系一旦生变，就立即采取行动，将共产党在浙江的地下力量一网打尽。作为中国国民党最重要的源头，国民政府最重要的后方，国共内战最重要的战略支撑点，三民主义最重要的模范地区，浙江将是没有一个共产党组织，没有一个共产党人的省份，是清一色的党国天下。从这个意义上，谭杭丽深深觉得，自己数年的努力绝不会白费，比起那些零敲碎打，动辄抓捕的所作所为，更有价值，更有效果。除夕之夜，她独自一人将档案汇总封存，完成之时已经是大年初一，也就是新年的春节了。她往墨砚里倒了几滴冰水，慢慢研磨，用新买的湖笔，在浓墨里蘸了又蘸，然后在坚硬的牛皮纸封面上写下"大扫除"三个字。

这一年过去了几个月，形势更加明朗，只需更适当的时机，她将向中统局高层报告，按照所列人员名单，采取果断行动，其时石破天惊，名单中人无处可逃，届时功在党国，利在民众，自己能不感到欣慰？此前，老师戴笠点破此事，让她吃惊的同时，豁然开朗。原来军统方面对浙江地方疑似中共人员也有掌握，只是暂时没有精力跟进侦办，戴笠有心成就她这个学生，表态说，为了实施好这个计划，军统方面甘为配角，全力为她建立功勋，但要求她务必周全，并寄予一句"假作真时真亦假"的话，叮嘱她保密是最重要的。后来，果然，精心制造的"大扫除"名单可能遭遇泄密，私下里她可以庆幸的是，这份怀疑被泄露的名单其实是不真实的，甚至是假的。更庆幸的是，她握有一份无人知晓的，坚信是天衣无缝的真名单。她回想起戴笠生前的这句话，后怕之余，不禁佩服至极，老师真是英明啊！又觉物是人非，不禁感动落泪。

谭杭丽没有尽快地、立即地实施行动，是因为她感到还有许多不踏实的地方，比如此前此后就有两个问题，让她不能仓促行事。一个是学校方面存在漏洞。1945年光复之前，军统方面主动及时地转来情报，1942年前后，各大学中学，主要是浙大龙泉分校，有多名学生秘密加入了中共，或者相关外围组织，至于具体是谁，还难以查明，但可以肯定的是，这几个学生已经进入多个部门和机构，甚至党政首脑机关，希望各单位严格内部甄别和审查。初步核查，其间各单位新录用的大中学生有几百人之多，要从中发现这几个人，困难很大，而且囿于形势，以前先捕后审，或是宁可错抓三千，也不能放过一个的老办法显然不合时宜。谭杭丽暗中对党部大中学生，包括矮金瓜等人，一一作了排查，觉得嫌疑不大，但心里先记下这件事，等以后有了线索，再进行有针对性的调查。显然，这暴露了"大扫除"计划的不足之处，那就是学校这块工作仍然比较薄弱，及至后来抓到浙江大学学生会主席俞孙一，这个部分才勉强得以弥补。

谭杭丽不踏实的另一个问题，是摸查上来的名单中，竟然没有沈耀中。这是"大扫除"计划的名单中，与军统掌握的情况出入最大的一个地方。

抗战期间，杭州、宁波及四明等地调统人员多次密查，除了经三十二集团军同意，与新四军四明山所部有几笔普通货物贸易，并没有发现沈耀中参与任何团体组织的政治活动，没有发现曾与共产党地下组织和人员有任何联系。更蹊跷的是，但凡与沈耀中有过紧密接触的人，没有一个人出现在名单上。这不禁让人怀疑，除了一百多人的名单，是否还秘密存在共产党地下组织的另一个系统，而且可能是单线联系，而且可能遍布全省。如果真是这样的一个谜团，那么这个谜底就在沈耀中这里。

为慎重起见，谭杭丽没有向浙江省内的任何部门透露过名单，也没有及时把名单报告中统局。她知道，如有差错，"大扫除"计划很可能会被搁置，自己必须做得牢靠再牢靠。在最苦恼、最纠结的时候，她抓住一个机会，请教了南京洪公祠特训班时期曾手把手教过她的老师戴笠。

1945年光复之初，戴笠指挥杭州行动总队，接管浙江境内的铁路管理权，其间与她一起游览西湖。船至三潭印月，碧波荡漾，秋风微寒，戴笠握着她冰凉的双手，关心地问她，为何愁眉不展？谭杭丽借机说出自己的疑虑。戴笠知道她是因为工作的事烦恼，大加称赞，鼓励她一定要沉住气。谭杭丽清楚地记得，戴笠一共讲了三点，一是充分肯定百人名单的价值，因此务必绝对保密，于暗中下功夫，布好天罗地网；二是认为她对沈耀中的猜疑完全有道理，要咬住这条线索不放松，与百人名单一案可分可并，到时候双管齐下，左右出击；三是承诺指示军统部门得力干部，也是谭杭丽的洪公祠特训班的班主任毛教官暗中配合她，相信这将是震惊全国的大行动，没有强大的力量支持不行，当然，也绝不抢功劳。

兴致勃勃之时，戴笠动员她准备好去军统部门工作，以后可以先负责邮件检查部门。原来邮件检查责权一直归属中统，几经争夺协调，原军统主管的图书杂志审查职责移交中统，中统负责的邮件检查权归属军统，此时正在物色负责人。谭杭丽表达了感谢，答应取得成绩后会考虑。她所讲的成绩，当然就是完善和实施"大扫除"计划。戴笠不再强求，而是鼓励再三，临别时还特别交代她与毛教官加强联系，以后需要军统方面支持，直接告诉毛教官就行，毛教官作为她曾经的班主任老师，一直对她心存暗慕，所以一定会尽心。最后，戴笠高度赞扬她做的工作，堪比1927年的清党，相约在一年以后，1945年光复以来第三年的元旦付诸行动，来一场真正的新年"大扫除"，临别，特意交代了七个字"假作真时真亦假"。

后来，中统局因为接收交通运输线的计划完全落空，与戴笠的矛盾加深，作为一条纪律警告谭杭丽，不要被其诱惑，不得私下来往。自此，她没有再见到戴笠。后来，戴笠给她打来电话告诉她，已经在江西找到她生父的骨殖，将派人送回杭州安葬，如有可能，他将亲自参加祭奠。谭杭丽听了，当即在电话里大哭。她父亲与戴笠是黄埔军校先后同学，曾担任中央军团长，十五年前，即1930年在江西被朱毛红军射伤不治，尸身难寻。浙南龙泉期间，她也曾专门去江西寻找未果。戴笠有心，多年来一直派人查找，如今终于找到，她怎能不感动，怎能不痛哭？戴笠在电话中鼓励她把悲痛化为力量，以出色的工作为父亲报仇。

不想1945年光复以来第二年3月，父亲灵柩回葬杭州之时，戴笠在南京附近飞机失事。消息传来，谭杭丽遥相祭奠，想到他对自己的一番开导和提醒，想到他的种种好处，不禁流下了眼泪。同时，也终于定下心来，在省党部、在中统好好干下去，坚定目标，完成任务，不负风云时代，不负青春岁月，尤其是把完成新年"大扫除"作为对他最好的纪念。

此次沈耀中被捕，军统果然暗中相助，想必是戴笠生前真有交代，不禁感动。但浑身不搭界的是，已经身处重要岗位的毛教官忽然向她提供情报，告诉她，最近与沈耀中联系最多的一个人是伏申，希望谭杭丽重点关注。

伏申曾经向谭杭丽说起过，他大老远地从北平跑来杭州，一开始就与沈耀中有了关系。

十年前，1937年10月30日深夜，伏申搭乘运送伤兵的汽车先到松木场，经昭庆寺进入艮山门，一下车，见到的是一个既寂静幽深又陌生怪异的世界。细雨下在脸上，小风耳边刮着，看不到生命的迹象，听不到自己的气息。这到底是不是所谓的人间天堂杭州？他在怀疑和失望中等待了很长时间，好不容易看到一辆人力车过来，问他要了一块银元之后，才答应送他去教场路，因为那地方么佬佬远的，都到西湖边了。一路上没有路灯，没有行人，街道狭窄，泥泞不平，曲折而又漫长的颠簸之后，终于看到仿佛星星一样的亮光。人力车夫停了下来，又向他追讨了一块银元,然后指着灯光,告诉他自己走几步就到杭州有名的湖畔阁茶楼了,沈庐就在边上,就在对面。

伏申一手抱起紫红色皮箱,一脚跳下人力车,朝灯光方向快步走去,进入了一条小巷。借着茶楼的灯光,伏申从白墙壁上看到了门牌号码,接着定睛细搜,看到了与沈甲妃描述十分相像的沈庐。黑暗中,这座石头水泥建造的三层楼房孤零零的,四周一圈不高不矮的灰墙,隔断了与周边的联系,一扇半大的门紧锁着,门环边上贴着白纸黑字的求售告示,请购买者联络湖畔阁茶楼。此时,湖畔阁一片黑暗,他想敲门,又停了下来,最后由人力车夫把他送到靠着湖水的新新饭店住下。至于当时曾遇到那个喊他男伢儿的女子,似乎有意无意地忽略不提了。

第二天,伏申造访了位于西湖边的陆军监狱。

1937年,抗战全面爆发后,国共再次实现合作,按照双方的协议,被关押在浙江陆军监狱的大部分中共党员被释放。林白履因为一度做过浙江反省院的党部代表,此时受省党部委托参与了政治犯的甄别释放工作。其时党部青年学生训练班学员沈乙嫔为父亲申诉,林白履看她青春少女,天生丽质,顿时十分热情,丢下工作请她到西湖坐了一上午的游船,下午到羊坝头看了白天场的戏,到天香楼吃了晚饭,尽管她拒绝了在群英饭店过夜的要求,林白履仍然表现得通情达理,和和气气地把她送回松木场的训练班宿舍。临别之际,他竭尽宽慰,拍胸脯保证,他自己是一个颇有思想觉悟的革命青年,是一个敢于担当的正义之人,一定尽快让她父亲出狱,她父亲沈耀中不过是个商人,哪里是什么共产党?是抓错人了。

但是直到陆军监狱最后一名政治犯获释,沈耀中仍然关在里面,而且由大监换成了单独关押的乙监小号。沈乙嫔问林白履怎么回事,林白履突然改变了原先的态度,当即退还之前几次收下的金首饰等贵重物品以及数十块银元,给出的理由是,她父亲当初虽然是作为政治犯关押的,但审查到现在,他始终没有承认过自己是共产党，既然不是政治犯，因此不在这次释放范围。

当时沈乙嫔以为自己不肯留在群英饭店过夜得罪了人，不知道是因为伏申的出现，林白履才改口了。

伏申在西湖孤山楼外楼饭店订了临湖的包房，所请的客人只有林白履一位。此前林白履收到一封来自南京中央党部的电报，发电报的是中央党部监委兼文教专员乔思文。林白履虽然感到诧异，但想想觉得总是好事，于是欣然赴宴。为了不掉身价，林白履故意迟到了半个多小时，但想不到请客的人竟然比他晚到，心里已经几分不快，更让他感到不快的是，出现在眼前的是一位年轻得不能再年轻、身材好得不能再好的俊朗青年，高高长长，朝气满满，一口北平话，不紧不慢，朗朗动听。林白履自觉气势上矮了许多，只好脸上严肃，摆出磅礴气势，一落座，就板起脸告知伏申，自己忙得很，有事快讲，能办就办，不能办就不办。

伏申似乎故意显示自己北方人性格，喜欢开门见山，还没有坐下，就说明请客的目的，是要求他释放沈耀中。林白履观察伏申小小年纪，口气和做派，不像是什么沈耀中生意场上的伙伴，更不像是共产党派来交涉的干部，正在起疑，伏申已将一对闪闪发光的金镯子放在桌子上。林白履是识货的人，一看金镯子上雕有飞凤，精工细作，绝非普通之物，掂掂分量，略一盘算，至少能抵一块名贵瑞士手表或是延龄路上的一间店铺，不禁想着如果将这对金镯子送给沈乙嫔，岂不让她芳心动摇，喜欢上自己？岂不马上答应跟自己在群英饭店双栖双宿，痛快个几天几夜？林白履心里乐着，但表面对金镯子并不加关注，冷笑了几声，宣称自己充满革命理想，绝不是什么贪婪之人，不好办的事，任你金山银山，自己也绝对不会办的，再则，他一个还没有正式入学的半吊子学生，哪里来的这样贵重的东西？如果犯了什么法，这镯子对他、对自己不就是一副洋铐吗？

伏申神情急切而认真地向林白履保证，金镯子来路清楚，出处可靠，乃无价之宝，为了救人，也是物有所值，让他尽可放心。

又听伏申谈吐，年纪比自己小许多，却分明是个见过世面的人，加上毕竟中央党部也有关系，似乎可以与之相交，于是态度和缓，东拉西扯地跟伏申交谈起来。交谈下来，林白履忽然发现自己慢慢地落了下风，其中原因，是自己平常的杭州官话不知不觉被伏申的北平话影响，无意间多了许多翘舌音，而且本不是翘舌的也翘舌了，如"三"说成"山"，"早"说成"找"，"财"说成"豺"。不过伏申似乎并不在意，更没有纠正他。随着话题的深入，林白履心中燃起的热情很快熄灭，甚至到了冰点，以致不管伏申听不听得懂，索性用杭州土话跟他说话了。

但伏申能听懂一些杭州土话，而且跟着讲了几句。林白履再三盘问之后，伏申承认，自己所以找他，是受沈耀中至亲之托。

林白履顿时警觉，问他，至亲？哪个至亲？要他话话清爽。

伏申知道"话话清爽"就是把话说说明白的意思，于是以充满敬意的表情告诉林白履，托他的人是沈耀中女儿沈小姐。

林白履虽然心中早有猜测，一听果然如此，顿时生气，也没有问清楚是哪个沈小姐，当即就翻了脸，警告伏申还是个小伢儿，人生地不熟，不要中了美人计，人家沈耀中家姑娘，道儿老得很，不要怪自己没有提醒过他。

伏申一边站起来，显出自己的个头，一边俯下身体，告诉林白履，自己已经十七足岁了，按照杭州的习惯，是十八岁了，不是什么小伢儿了。

到底是北平来的，什么小伢儿都晓得。林白履嘴里讽刺着，也站起来，踮了踮脚尖，不留丝毫余地地回绝伏申，沈耀中女儿托的更不行，一个如此重要的政治犯怎么能说放就放？愤愤之下，饭菜也没有吃一口，桌子一拍，扬长而去，那对金镯子也就没有拿。伏申猝不及防，看着林白履气冲冲地离去，坐在那里，看着窗外的湖水，一动不动。

当天林白履不等沈乙嫔找来，就找过去，质问她与伏申怎么勾搭上的，现在两人到底是什么关系？看到沈乙嫔表情茫然，没有要解释的样子，林白履不禁破口大骂起来，骂她对他刻意隐瞒，骂她深藏不露，骂她让人觉得可怕，既然傍上这么个有钱财，有门路，年纪这么小的相好，何必还要找他帮忙，何必还要在自己面前虚情假意，卖弄风骚？骂得沈乙嫔云里雾里，涕流泪下，一脸的委屈，一脸的愕然。林白履骂到一半，突然抓住沈乙嫔的手腕查验，沈乙嫔吓了一跳，连忙抽手，林白履冷笑，正告沈乙嫔，自己就是要看看她的手有没有戴金镯子。

　　沈乙嫔一边用力抽出手，一边大声抗议，什么金镯子？别诬陷人。

　　林白履放开沈乙嫔，但仍然恫吓她，幸亏没有戴什么金镯子，如果戴了，今天就给她换上一副铁洋铐。

　　沈乙嫔不免慌乱，怕父亲凶多吉少，只好低声下气，向林白履问出详情之后，诧异万分，坚决否认自己托过什么人，坚决否认自己见过什么高高长长、小小年纪的北方青年。林白履看出沈乙嫔不像说谎，仔细想想，事情确实有些蹊跷，但总是满心不快，看看四周无人，心一横，要求沈乙嫔向他自证清白。

　　沈乙嫔一怔，急了，自己没有什么不清白，怎么自证清白？为什么要向他自证清白？

　　林白履看到沈乙嫔柳眉倒竖，脸腮通红，更显得可爱，顿时欲火上来，一边突然将她抱住，一边承诺，只要她肯陪自己一晚，自然就证明了清白，如果她是清白的，她的父亲自然也是清白的，明天就可以获得自由。沈乙嫔知道林白履已是有婚约之人，提醒自己绝对不能就范，一边竭力挣脱，表示不从，一边又麻痹他，答应等父亲出来了，再跟他好好相处试试。林白履觉得自己可能太急了一点，动作慢了下来，但又不甘心，还是强行在沈乙嫔嘴上亲了一下，才放开了她，算是有所收获。

　　林白履虽然没有真正得手，但总算得到沈乙嫔的表态，成就好事不过早晚的问题，欣喜之余，内心更加矛盾起来。一边想着自己应该善待沈耀中，抓紧办好释放手续，一边联想到伏申形象，耿耿于怀，怀疑沈乙嫔以后完全有可能对伏申倾心，暗中来往，越想越不踏实，一个晚上都没有睡好，专等第二天伏申找到监狱，好好为难他。

杭州的冬季，忽晴忽阴，伏申在陆军监狱大门口等了一上午，感觉到一阵热一阵冷的，身体已经不适，但想想自己要做的事情，努力坚持着。功夫不负有心人，等到中饭后，大门终于打开。进去之后，林白履一脸严肃，公事公办，先是要求他出示证件，以查验身份，对伏申出示的北平警察局发放的通行证，左看右看，认为北平的东西在浙江不管用，丢还给他。及至最后伏申拿出推荐他到浙江大学上学的信件，林白履看到上面乔思文的签名，对伏申到底是什么样的人更加没底，勉强同意进入程序。不等伏申表示感谢，林白履一股怒气又鼓了上来，语无伦次地警告伏申，信不信，如果老三老四的，就会在杭州地面上遇到麻烦，小心不要被当成漏网的共产党。中央党部有人也没有用，自己在中央党部的资源比他强多少倍，乔思文不过是一个部门虚职，还不是在自己的后台陈立夫陈果夫领导下？似乎还不解气，最后又揭穿伏申，沈家女儿根本没有托过他，他根本就是一个来路不明的骗子，问他，到底有什么企图？

但伏申还是进行了必要的反击。

伏申已经拿到相关文书，上面要求释放的政治犯名单上有沈耀中的名字。据此向林白履摊牌，自己受人之托，忠人之事，如果他利用职权，假公济私，草菅人命，他就到上级告状，揭发他的行为，向报纸披露，将事情公之于众。一口有板有眼的北平话，丝毫不肯让步。林白履嘴上虽然骂个不停，但心里不免有所害怕。如果真的公开，自己可能会得一个破坏国共合作的罪名，引起各界的声讨，如果伏申向乔思文告状，上面一追查，哪怕有人替自己开脱，也难免会有麻烦，如果陈氏兄弟态度不明朗，甚至因此对自己产生不良印象，那就太得不偿失了。

林白履又一通语焉不详，时而土话时而官话的骂骂咧咧之后，答应可以放人，但要再等上几天，理由是有人向十分仇共的上峰密报，沈耀中可能是所谓狱中支部的骨干，鼓动狱友开展政治斗争，表现恶劣，如果情况属实，还要报请各有关部门会审，对其实施训诫，由本人具结悔过之后，才能正式释放。

伏申拿出材料，坚决反驳，沈耀中共产党员都不是，怎么会是狱中支部的骨干？其他人怎么会受他鼓动？

正如伏申所言，沈耀中入狱之后一直没有承认自己是共产党，因此从来没有参加林白履口中所谓的狱中政治犯的斗争。杭州"四一二"以后，首批被捕入狱者，有三十余位共产党员和进步群众，就已经秘密选出了领导成员，几年后，省和杭州市委领导也相继被捕，押入陆军监狱，他们很快就成了狱中斗争的核心人物。特别是1930年春，经秘密串联，三四十名党团员在浙江陆军监狱内成立了中共狱中特别支部，设有书记、宣传委员和组织委员。狱中特支组织纪律非常严密，虽然实行党团员混编，但并不是所有的党团员都是特支成员。在狱中未暴露身份或经证实确有变节行为的党团员都不能成为狱中特支成员，且加入狱中特支还要履行严格的介绍手续。正因为如此，狱中特支的领导更换过几届，但始终没有暴露过。沈耀中1935年秋再次入狱，此次在狱中只关押了两年，而且他共产党人的身份始终没有被证实，当然不可能参加狱中特别支部的活动。

当然林白履拿不到任何相关证明材料，最主要的，伏申居然跑到战云密布的南京，去找乔思文，乔思文在撤退的路上，给浙江省政府主席朱家骅发了电报，朱家骅怕引起舆论，恰巧也知道沈耀中是延龄路百货商店的老板，况且，此次共产党方要求释放的政治犯名单里也没有沈耀中，就此说明他或许真的不是什么共产党，于是，就在百忙之中过问了此事。

至此，林白履也不敢再拖延，而且想来想去，想到沈乙嫔总是承诺要与他相好，自己总算要得个好处，于是让她把父亲接走了。伏申再来探监，看情形林白履似乎恨不得把他也扣下，押在监狱里，但或许又怕他有来头，就没有计较，但警告伏申，总有一天，伏申会把自己也关进陆军监狱。伏申知道人已经释放了，也就没有理会林白履的莫名其妙的威胁，穿过最后一道铁门，离开了。

一直以来，军统驻杭州机构对陆军监狱密切监视，而且派员混入充当狱警，因此，沈耀中是如何释放的，其实知道得一清二楚。伏申就此也进入他们的视野，通过平津站调查了一番，没有什么收获，暂时也就没有下文。

十年之后，也是10月底的一天，林白履在众安桥与伏申的密谈中，兴奋地告诉他沈甲妃即将回到杭州的消息，而且具体到已经在路上，具体到走的是水路等详细情况，让原本似乎起疑心的伏申再次感到振奋。随后林白履重新提起1937年10月31日自己冒险释放沈耀中的事迹，希望伏申向他学习，受其激励，不怕牺牲，营救沈耀中，像一个真正的入党积极分子，以实际行动来接受考验。如果沈耀中不能及时营救出来，我们见到沈甲妃同志，怎么交代？

五 "艮山门催眠术"有没有效

然而,此前在党部,几乎所有的人都以为,林白履一直跟伏申过不去。在伏申看来,这个林白履与自己在众安桥联络点所见的林白履,不是同一个人。

为了息事宁人,主委罗霞天同意屠来根的提议,由林白履分管党部福利,具体事务让沈乙嫔协助。两人工作关系更加密切,早晚相处也更加名正言顺。屠来根这样的建议,显然是对林白履投桃报李。

为表现出积极履职,林白履立竿见影,提出了"六个一"的方案。一是党部按户每人发一把油伞,以应对梅雨季节来临;二是每人一套美国电影联票,共计五场,以接受中美友谊之教育;三是一张上海名伶袁雪芬和范瑞娟的《梁山伯与祝英台》戏票,以享浙江本土文化盛餐;四是在编人员每人发鲜肉三斤,编外人员一斤半;五是按照现有级别,每人龙井茶一斤、半斤、三两不等;六是在日军战利品及没收的敌伪资产中领取价值百元的实物一件。

此举张榜公布后,得到普遍好评,林白履的声望也好了许多。其间他招呼沈乙嫔有了借口,相处时间一多,明里暗里要占她便宜,沈乙嫔也是有苦不好说,只能尽量躲避。

林白履为了表示谢意,联袂沈乙嫔,在拱宸桥下运河船坊请屠来根吃御膳。所谓御膳,传说当年乾隆皇帝到杭州江南,驻跸拱宸桥,在船坊上吃住,留下的菜谱为船家仿制。吃到一半,林白履的结拜兄弟铁头杭带着一坛米酒前来捧场,中间嬉闹无度,惹得沈乙嫔几次想要离开。这铁头杭自称运河帮的帮主,抗战期间加入了忠义救国军,自恃有功,光复后率领一帮亡命之徒,强行接收了运河一带的所谓敌伪资产,其中包括一度用于日本军人和侨民联欢的拱宸桥大戏院。铁头杭酒兴上来,要派人强请袁雪芬和范瑞娟上船陪酒,屠来根担心影响不好,况且袁范乃是名旦,背后有很大的靠山,得罪不起,但他在竭力阻止铁头杭的同时,却动起了另一个心思。

原来那天晚上宴请乔思文,正在上厕所的屠来根碰巧听到了他与谭杭丽的谈话,一心想知道详细,今天机缘巧合,既然铁头杭接收了大戏院,正好麻烦他弄弄清楚,只是事情过去二十七八年了,知道当时情形的人还在不在。想不到铁头杭大包大揽,当即去叫了一个麻脸老头,说故事给大家听。这老头原来就是当年的戏院老板连麻子,因为以前与日本人合作过,光复后被当成汉奸嫌疑,如今沦为看门人,此时生死全在铁头杭手里。林白履听说与伏申有关,顿时酒醒过来,按住沈乙嫔要她一起听听。

连麻子记性过人,仿佛讲的是昨天的事情,尽管啰唆,但讲得有声有色,讲得完整而清晰,尤其因为女主人公是他的亲侄辈,因此讲得令人感慨,令人信服。

民国八年,也就是1919年中秋之后,四合班坐火车南下。其时,江南之行的前站是苏州。苏州为吴中首府,源于此地的昆腔历明清数百年而不衰,于近代催生京戏,市民商户,书生仆役,个个都是戏迷,人人皆为赏家,但凡有演出,百看不厌,尤其是京中戏班到这里,演上几个月都是万人空巷,场场满座。如此盛情,四合班却不敢留恋,原来一个月的戏约,只匆匆演了五天,就退了高额的戏金,包了一艘官船改建的小火轮连夜离开了苏州,次日下午就到了杭州。

九月之秋，天高云淡，在斜阳的照耀下，随着飘过来的阵阵桂花香，首先出现在他们眼前的是这座名叫拱宸桥的三孔拱桥。这拱宸桥初建于明崇祯四年，现桥为清康熙时重建，石砌桥墩逐层收分，桥面两侧做石质霸王靠，气势雄伟。

四合班少班主伏德魁一脚踩上码头，告诉随同而来的未婚妻连琴瑟，见到此桥，就算到了她的祖籍地也就是她父亲的出生地杭州了。

四合班在杭州落脚的第一站，就是拱宸大戏院。一阵鞭炮响过，戏院老板，自称是连琴瑟堂叔的连麻子迎上来，把四合班一行引到码头边的一家形似游船的酒楼，据称这是座御膳坊，当年乾隆到杭州吃饭的地方，民国后在拱宸桥不远处辟专门船坞固定停靠，成为商家经营的高级饭店，也是拱墅运河上的一道风景。当晚，连麻子特意送来一坛陈年绍兴酒，泥封揭开，醇香袭人，闻之已醉三分。四合班风华正茂，又是北人性格，京城做派，不知黄酒性情，开怀畅饮，一坛还没有见底，就醉倒了一大半。

还是第一次回杭州的连琴瑟因为兴奋，一边跟着连麻子学说杭州话，叙不够故乡情谊，一边又作为主人对四合班尽地主之谊，频频向每一位敬酒。伏德魁老成一些，只喝了几小杯，想起戏班初来乍到，还有诸多事务，就以茶代酒作为应付。比较放开的是瞿玉郎，连喝了十多杯，脚步已经踉跄，又不肯回旅馆休息，嚷着要跳到河中洗澡，被连琴瑟拦下后，又非要拉着她到西湖去看夜景。但不知西湖远近，不禁犹豫，好客的连麻子早已雇好日本公司经营的木炭汽车，陪他们一起去，中间可以说寸步不离。

拱宸桥到湖滨，坐上炭车，半个多时辰就到了。夜色下的西湖，轻舟灯火，人来人往，十分热闹。连琴瑟一下车，就拉着伏德魁奔向湖边，瞿玉郎被几个船妓纠缠，慢了下来，后来发现连琴瑟不见了，急忙奔到断桥上从高处寻找，看到伏德魁和连琴瑟坐上一条小船，顺着风波，进入湖光夜影之中了。

湖上点点渔火，小船随波荡漾，身体摇晃了一下，连琴瑟一边扶住伏德魁,一边用北人善马、南人善舟这样的俗语笑话他。后来看到断桥上瞿玉郎向他们挥手,急切地朝他们招手呼喊,连琴瑟这才突然清醒过来似的,愧疚之下,催促往回划船。到此,船没有划更远,连琴瑟也没有跟伏德魁说更多的话。船很快靠岸,然后一前一后上了岸。就这样,憧憬已久,即兴而至的西湖夜游匆匆结束了。

大家坐着木炭汽车回到拱宸旅馆,已经是后半夜了。如此美好的夜晚,如此美好的地方,加上黄酒的后劲仍然持续,令人激动的事情不能避免。

这家日本人开的日式旅馆,除了干净整洁,房间里还放着浴盆可供洗澡,半温的热水日夜供应。连麻子心情激动,当晚充当更夫巡守,一夜未睡,因此看到了事情的全部过程,甚至听到了他们的悄悄言语。

连琴瑟在木头浴盆里放满温水,整个人躺了进去,转头望着窗外的月光,听着运河上传来桨橹的响声,神情惬意,恍如梦中。过了一会儿,门被风吹开了,于是离开木盆,赤裸着身体去关了门,然后继续泡了一会儿,想起了刚才游西湖时的情景,神情仍然恍惚,等感觉到水凉了下来,才擦干身体,披着一件外衣,坐到梳妆台前,愣愣地看着自己。

旅馆庭中有一棵盛开的桂花树,树的另一面就是瞿玉郎的房间。

伏德魁此时已经安然入睡。

本来已经发出鼾睡声的瞿玉郎,突然坐起来,离开床铺,打开行李箱,取出一套戏服,熟练地穿在身上,然后又扎好头,不急不忙地用彩笔在脸上画好妆,轻轻把门关上,快步绕过桂花树,向连琴瑟房间走去。

一切都在熟睡的伏德魁身边完成。

连琴瑟此时仍然没有入睡,一阵辗转之后,重新坐回梳妆台前,开始梳头发,似乎门始终没有锁上,隐隐的一道月光照进来,把门缝开得越来越大。她刚要起身去锁门,一身戏服、化装成一个美丽动人男旦的瞿玉郎已经推门进来了。

连琴瑟仿佛吓了一跳,披在身上的衣服掉落在地上。

瞿玉郎缓缓低下身体,捡起连琴瑟的衣服,轻轻给她披上。一开始,连琴瑟就认出是瞿玉郎,并且认为他是在做梦,因此并没有太害怕。刚才衣服掉在地上,不过是她必须表现出来的本能动作,而瞿玉郎给她捡衣服披衣服,也是最自然不过了,似乎就是她想象过的情景。但连琴瑟感到惊诧的是,瞿玉郎居然开口说起话来,而且承认自己在做梦,正因为梦到了她,所以找到了她,把自己最美好的样子给她看到。连琴瑟连连点头,不知是感动还是敷衍,连忙称赞他的美丽,美丽得像仙女。但瞿玉郎却告诉她,他不是仙女,他是男人,与她梦中相见,是来帮她梳头的,说着拿起梳妆台上的梳子,就要给她梳头。

连琴瑟急着想让瞿玉郎赶紧离开,想明确拒绝瞿玉郎给她梳头,她想归想,但人却端坐在梳妆台前,沉默不语。瞿玉郎走过来,抚摸着她有些凌乱的头发,一边给她梳头,一边连连感叹她的头发,黑油油、亮灿灿的,浓浓密密,柔柔顺顺,誓言要给她梳一个绝佳的发妆。

连琴瑟望着镜中的自己,神情恍惚之时,两人讨论起梳头来了。瞿玉郎回答自己这头是假发,不过也得每次都梳,梳多了,各式各样的头发,就都会梳了,并称赞连琴瑟长得漂漂亮亮,端端淑淑,该梳一个公主千金的发妆。

瞿玉郎的喃喃之语,让连琴瑟有所感动,任凭他给自己梳头,看看镜子,声音低低地感谢他梳得真好,从没有人给她梳这么好看的头发。说话间,瞿玉郎似乎要让事态再进一步,从袖口中取出一件景泰蓝脂粉盒,也不管连琴瑟想不想接受,硬放在她手上,然后向她要了一样很特别的东西,而且口气坚决地表示,这样东西必须给他。不等连琴瑟有所反应,瞿玉郎已经挨着她坐到梳妆台前,一根根捡起她梳头时掉落的头发,然后打结成一小束,原来他要的就是她的头发。

连琴瑟显然感到意外,看着瞿玉郎把这束青丝细细折好,藏在胸口,眼眶温温的,不知说什么好。瞿玉郎也不让她犹豫,就发起誓言,保证自己会永远藏着它,直到他死的那一天,把它带进坟墓。显然,瞿玉郎的话让人感动,更让连琴瑟感到压力,因此变得清醒,表情也变得沉重,她突然站起来,走到门口,打开门,赶他回去睡觉。

其实,促使连琴瑟突然叫他离开,还因她看到月光下闪过一个影子,像是风吹来的树影,又像是波浪摆动和船影,但更像一晃而过的人影。其实这人影就是连麻子。

瞿玉郎走到门口,并没有马上离开,而是要重新关上门,要跟她再说会儿话,但连琴瑟态度变得坚决,无论如何不再妥协,一推,把瞿玉郎推到门外了。然后门一关,一锁,一切都变得异常安静。

走廊上,影子连麻子慢慢地向前移动,但很快就消失了。

瞿玉郎离开之后,绕过香气越来越浓烈的桂花树,回到自己的房间,轻轻把门关上,然后安安静静地躺回自己的床铺,很快就睡熟了。旁边床上,伏德魁翻了一个身,紧接着又翻了一个身,与瞿玉郎同时发出了轻轻的沉睡声。月光泻进来,映在他们的背上。

凌晨时分,四周寂静无人,早早起来的伏德魁正对着运河的小院,打完一套太极拳,迈上台阶,轻轻地推开房间的门。看到瞿玉郎还在深睡之中,不忍叫醒他,轻手轻脚走到里间。瞿玉郎翻了个身,睁开眼睛,问几时了。伏德魁打开窗门,说天亮了。瞿玉郎坐起来,低头看了看身上的戏装,似乎觉得奇怪,自己怎么穿了这身行头。伏德魁平静地提示瞿玉郎,大概是他梦中唱戏了吧。

瞿玉郎脱下戏装,回想自己真怕是做了什么梦,但怎么也想不起来了。伏德魁在脸盆里倒满热水,递到瞿玉郎面前,笑着劝

063

他，再美的梦终究是梦，别想它了。

瞿玉郎擦去脸上胭脂，然后端过脸盆洗漱，一遍又一遍地擦脸。

之后天色微亮，这边连琴瑟再次听到敲门声，并不慌乱，开了门，走到门外，看到是本家堂叔连麻子时，还是感到诧异，因为她想到过最早敲门的人可能是伏德魁，也可能是瞿玉郎，但看到的却是连麻子端着一碗杭州有名的虾爆鳝面出现在面前。连琴瑟表示了感谢，接过了这碗面。连麻子希望能看着她吃完这碗面，凉了，就不好吃了。连琴瑟因为并不饿，就把这碗冒着热气的虾爆鳝面送到了对面的房间。她显然是要送给伏德魁的，但她敲开门进去时，伏德魁并不在房间里，而瞿玉郎端坐床沿，而且看到她时，并没有什么特别的反应。连琴瑟把碗放到靠近床铺的茶几上，瞿玉郎站起来，鼻子嗅了嗅，他正好饿了，端起碗就要吃。连琴瑟挡住，告诉瞿玉郎，面条不是给他吃的。

瞿玉郎显得足够地自信，径直拿起筷子，就插进碗里。连琴瑟表情突然严肃，这碗面已经有主了，是给她的心上人吃的。但瞿玉郎眼神和口气都是坚定的，笑了，他相信她说的人就是自己。

连琴瑟显然充满了坚决，充满了勇气，也没有别过脸或者低下头，而是看着瞿玉郎，短短地说了一句，不是你。

瞿玉郎不相信，摇着头，短短地问了一句，那是谁？连琴瑟转过身，话淡淡的，但声音颤颤地告诉瞿玉郎，这个谁，是活生生的人，不是梦里的人，说着缓缓地坐在了伏德魁的床铺上，面条就是给他吃的。

瞿玉郎放下筷子，再也不发一言，一直看着碗里的热气消失，才转过身，端起架势，迈着花旦特有的碎步，离开了房间。

天已经亮了。

伏德魁回到房间，把已经凉透的面条吃完，等瞿玉郎回来，就把提前离开杭州的想法告诉了瞿玉郎。瞿玉郎感到突然，不是待到月底吗？西湖都没有好好游呀。伏德魁说出这是连琴瑟的意思,他已和连琴瑟定了情,说好了回北京就拜堂成亲。瞿玉郎身体颤动了一下,放下镜子,嘴唇哆嗦了一下,问他是几时的事,怎么都不漏个风声给他。伏德魁告诉他,昨晚才定的。瞿玉郎恍然,他明白了,原来泛舟西湖,挨着断桥,面对着雷峰塔,除了男女爱情,还能想到什么?还能说着什么?短暂的间隙那就是千年,月光水影之下,足以让人订下终身。

伏德魁问瞿玉郎,自己和琴瑟成亲不好吗?瞿玉郎流着泪,一边笑着一边大声叫好,怎么不好呢?不过让他感到伤心的是,他们暗通款曲,自己却看不出来,也够笨的。伏德魁向瞿玉郎作了解释,他这样做也是为了四合班,为了芳草园。

瞿玉郎脸上恢复了单纯的笑容,都说姻缘天成,在他看来这也是天意,既是天意,谁都不能违拗,相信会好好珍惜的,可不像自己,看上去轻佻薄情,人家莫非真把他当妇人了。

连麻子的讲述引人入胜,似乎亲临其境,似乎亲眼所见,沈乙嫔听出是在诋毁伏申父母,是在羞辱伏申,心中愤愤不平,回去就找伏申告状,谭杭丽当即阻止,批评沈乙嫔头脑简单,难道一定要掺和到是非矛盾中吗?一定要叫伏申和林白履起更大的冲突,甚至大打出手两败俱伤吗?非要闹得尽人皆知,满城风雨吗?如此这般,伏申情何以堪?颜面何在?如何在杭州生活下去?说得沈乙嫔不知如何是好,只能抹起眼泪来。

当听到林白履要联络报馆记者写专访,在报纸上发表,屠来根怕事情搞大不好收场,就报告了罗霞天。罗霞天显然感到不快,警告林白履,小伏是党务系统难得的抗战功臣,是党部重点培养对象,是要推荐全国表彰的模范青年,如果此类的传闻谣言满天飞,影响小伏形象,影响党部声誉,必须予以制止,希望他遵守纪律,顾全大局。几位执委商量后,决定由谭杭丽出面处理妥当。

谭杭丽深知其中利害,此事如果传到南京去,蒋经国一定会取消伏申参加表彰大会的资格,取消其党国优秀青年模范的称号。某种意义上,伏申已经和自己,甚至和省党部的形象紧紧联系在一起了，损坏伏申形象，就是损坏省党部，损坏自己，像伏申这样的青年是国民党的未来，怎能被损坏呢？当晚，谭杭丽带着杭州光复委员会的几个便衣，借着到重新开张的拱宸桥戏院看《梁山伯与祝英台》，找到连麻子，连麻子兴致勃勃地向她讲述了一遍，还提到第二天报馆记者就要采访他，更让他兴奋的是，袁雪芬和范瑞娟都听他讲了这段奇闻，打算出高价买他的故事，编成文明戏到南京上海演出。谭杭丽庆幸自己来得不晚，不等戏散场，就把连麻子带到运河边上的树林里，以汉奸罪行处决了连麻子，然而尸身并没有扔进运河里，而是装上一艘前往钱塘江的运粮船，随着退去的潮水，消失在大海里。

与此同时，俏罗敷在接受谭杭丽调查询问时，居然认为伏申夜闯监狱，像是在他自己没有完全清醒的情况下发生的，甚至像是梦中的行为。

为了排除心中的疑惑，也为了慎重起见，谭杭丽专门跑到艮山门仁爱医院，请来了一直有业务联系的精神病科医生克里森，对伏申施行了催眠。

克里森自称是瑞典人，年轻时在奥地利学医，是著名精神分析师弗洛伊德的学生，先是到日本东京，不久到上海，后来就一直在杭州行医，至今十年有余，与政府民间形成良好关系。抗战期间有关部门抓到日本间谍一类的重要犯人，就特别聘请他加入审讯，以催眠等办法突破对方精神防线，获取重要情报。如今入乡随俗，在艮山门仁爱医院挂起"艮山门催眠术"牌子，开设专科门诊。谭杭丽一直负责具体经办克里森报酬待遇等事宜，两人已经是熟人，因此她出面求助，已经买好火车票到上海的克里森立刻答应出诊。

伏申看到谭杭丽带着克里森来到沈庐，问明白怎么回事后，坚决否认自己患有精神疾病，更没有睡眠方面的障碍。克里森一口夹杂着浙沪方言的杭州话，一副绅士派头，耐心十足，声明自己喝完一杯茶就走，不等续水，就缓缓自语起来。伏申虽然有所防备，但克里森已经用催眠之术让他沉睡了。

经克里森引导，伏申在睡眠中讲述了如下情景，作为病例，《最忆是杭州》专门记述：

　　当晚伏申在湖畔阁喝了几杯茶，神清气爽，回去之后，早早关门熄灯入睡。俏罗敷半夜醒来，看到对面漆黑的沈庐忽然灯火大亮，伏申已经起床，穿好簇新的白色中山装，下了楼出了门，骑上脚踏车，全然是去上班的架势。茫然不解的俏罗敷顿时紧张，匆匆下了楼，叫醒在门口过夜的黄包车夫，也不还价格，急急忙忙追上伏申的影子，转入中正街时，眼看就要赶上，俏罗敷高声喊他名字，奇怪的是伏申仿佛没有听到一样，并不回头，停好车子，看着门牌号，进入一条深巷，敲起门来。俏罗敷看到是中正街六号，怀疑是什么人的住所，不禁起疑，跟着伏申走了进去，正要跟他打招呼，门已经打开，看到身穿睡衣的谭杭丽走出来，让他进去。后来里面的情形，俏罗敷无从得知，只得在路边焦急地等待。而谭杭丽神色茫然，随后平静地向俏罗敷解释，十分钟不到，小伏就离开了。

　　原来伏申进门之后，也不与谭杭丽说话，也不到客厅入座，而是一头进入卧室，将丝绵被往身上一缠，便沉浸在梦乡之中。谭杭丽虽然感到不安，但也没有赶他，披着细薄的睡衣，坐在床沿提醒他，她三十岁的人了，比他大三四岁，见得也多了，不会太有所谓，但他要注意自己的名誉，万一被人知道半夜三更睡在一个女人的床上，还有哪个姑娘敢嫁他？不过，伏申并没有进一步的举动，只不过深睡了片刻，就起床离开。看到伏申这么快开门出来，俏罗敷松了一口气，就这么短暂的工夫，他不应该与那个女人发生了什么。后来，她继续尾随，一直看到他骑着脚踏车骑回沈庐，继续睡觉。

伏申很快醒来，但感觉自己睡了很久，克里森把他含糊不清的梦呓记录下来，一边推介自己的"艮山门催眠术"，一边宣传自己的学说，梦游即睡眠行走，也称之为睡眠障碍，很大原因是遗传。

谭杭丽听到了伏申被催眠时的描述，惊诧不已，因为伏申从来没有到过她中正街六号的住所，她根本不曾出现在伏申所说的情景中，更没有坐在床沿上跟伏申说过那样的话，对此，克里森解释，病人睡眠中所讲的不是真实发生的，甚至是虚构的另一个现实，可能是有所思才有所梦，叫她不必在意。最后克里森提到，伏申数次念叨一个女子的姓名，想象与她即将见面的场景。

谭杭丽一路上想着克里森的话，断定伏申睡梦中希望见到的女子是沈甲妃，不禁忐忑难平，一回到梅花碑，就走进电讯室，锁上门，给南京中统局总部发了一封长长的电报，请求知会各地调查机构，严查一位本名叫沈甲妃的女子，紧接着又发了补充电报，概述了年龄、相貌、口音、学历等特征。

然而，谭杭丽回到中正街六号院，发现伏申不知什么时候，把那些入党文件送到这里了，而且没有任何填写，整整齐齐的一沓，放在床上。事后谭杭丽问伏申，是怎么找到她这里的？是谁告诉他地址的？为什么那些文件没有填写就送回来？

伏申一脸茫然，一个问题也回答不出来。

谭杭丽看到他神情认真，不像是说假话，想起克里森所说的，不禁感到一阵紧张，本想尽快结束对伏申的调查，但伏申夜晚半梦半醒的奇怪行为总是不太好解释。

次日，谭杭丽把调查报告提交，附带克里森的诊断书，结论就是，伏申在半夜之时，在神志迷糊的情况下去陆军监狱，是为了寻找心爱的鸳鸯眼狮子猫。报告密转到南京，回复同意核查意见，算是暂时搁了下来。

六　平檐礼帽编号 21802

南方的端午比北方的端午更像端午，尤其是有山有水的地方，端午的传承更为正宗，气氛更为浓郁。伏申是到了杭州，才知道人们像过节一样过端午的。知道糯米粽子，知道黄酒，知道是黄酒让《白蛇传》里女主人公现出了原形，知道还有长得像蛇的黄鳝和白切三黄鸡，等等，知道端午如此地有意义，如此地隆重。

有苏东坡《南歌子·杭州端午》为证：

　　山与歌眉敛，波同醉眼流。游人都上十三楼，不羡竹西歌吹、古扬州。
　　菰黍连昌歜，琼彝倒玉舟。谁家水调唱歌头，声绕碧山飞去、晚云留。

这十三楼为宋代西湖名胜游乐之所，几百年过去，早已经不存在了。伏申惊奇的是，陆军监狱、湖畔阁，甚至沈庐，其实都可能在十三楼旧址上面。

总之，杭州的端午最像端午。

中华民国三十五年，也就是 1945 年光复以来第二年，阴历五月初五，一夜未眠的伏申并没有感到困倦，跑到湖畔阁吃了个晚早餐，问俏罗敷要了几条鲜鲫鱼给小角儿喂下，然后抱着它，坐上黄包车,绕过湖滨古钱塘门,直奔城东。

但见望江门内,艾条雄黄,神符祥瑞,鱼筐肉担,粽叶飘香;梅花碑下,青天白日,红男绿女,张灯结彩,莺歌燕舞,一派人间烟火,气象万千。

端午节这一天,省政府和省党部修饰一新,横幅旗标,各树一帜,争别苗头。

省政府这边,建筑巍峨,人多势众,鱼贯进出,十分威仪,省政府主席沈鸿烈亲临主持,政府委员、厅处科长和所有公职人员齐集小礼堂,收听蒋委员长广播讲话实况转播,不时响起阵阵掌声和"中华民国万岁""蒋委员长万岁""中华民族万岁"的口号。

省党部这边,楼房简架,男女拥挤,沿梯上下,人流汹涌,不久可能离任的主委迟迟没有到场,饭厅改用的会议室内,显得群龙无首,看似热闹,但少有约束,包括怀抱小角儿的伏申在内,好几个人都开始打起瞌睡。白天随时闭目养神,是抗战期间南迁浙南山区时形成的习惯,主要是弥补晚上睡眠的不足,主要方法是借长官发表冗长讲话之机催眠。此时,广播里轮流发言,一个接着一个,讲到第五个时,蒋委员长还没有开始讲话,伏申终于支撑不住,跟着别人一起陷入似睡非睡的状态,而小角儿趁机跳离开,在党部四处玩耍起来。

听完广播之后,专程从南京赶来的国民党中央监委乔思文发表首场演讲。大庭广众之下,他多次对伏申点头微笑,显示关系亲近。乔思文的演讲主题明确,条理清楚,而且比较严肃认真,比较简明扼要,甚至比较精彩,因此大家重新有了精神,伏申也认真作了记录,准备在首期《宣传通讯》上发表。乔思文一共讲了三个方面的内容。一是作回顾,主要讲抗战期间国共合作之本质,从政治限共到军事限共之策略转变。二是讲目前,如何从限共、溶共转向防共、反共及需要掌控的重点和手段。三是说预测,判断国共开战势在必然,认为战事一旦开启,时间长短,胜负如何还不能乐观。让伏申惊诧的是,在预计胜负输赢时,乔思文并不完全看好国民政府这边，他认为胜利的关键在于民心，在于战略，在于团结，而共产党这边并非没有打败国民党的可能，最后的结论是，唯有竭心尽力维护全党一心一意，全体清正廉洁，全民真心拥护的局面，吾辈尽忠三民主义，党国才能立于永远不败之地，中华民族才能和平昌盛。伏申发现，讲到这里时，有一小半人鼓掌，还有一大半人没有鼓掌，他跟着鼓掌的人一起鼓掌，算在一小半人里面。后面其他人的讲话在乱哄哄中进行，直到太阳当空，还没有完全结束。

当天，省党部举办庆祝国民政府回迁南京后正式办公暨端午节活动的午间宴会。酒席中，林白履对伏申还是有几分忌惮的，气氛达到相互干杯时，还彬彬有礼地邀请沈乙嫔一起向他敬了一杯酒。紧接着，屠来根这些党部高层也是主动过来与伏申碰杯。伏申当时认为，这是乔思文在场的缘故。之后，缺少睡眠又不胜酒力的伏申陷入瞌睡，而且做了一个极其不愉快的梦。在颇有声势的呼噜声中，半梦半醒中的伏申发现，活动中发生了几件堪称怪异堪称恶劣，都是针对自己的事情。

先是张贴于食堂的党部抗战事迹荣耀榜上，伏申的名字被污秽的猪血涂上了红色的叉叉，围观者络绎不绝，却没有人清洁更正，也没有人大声谴责，呼吁严查。午后茶会上，在监委屠来根的鼓动下，伏申在浙江大学龙泉分校同室的好友，现任三青团支部秘书、绰号矮金瓜的金干城，竟然以杭州曲艺小锣书、俗称小热昏的地方土话说唱，对伏申高挑身材、细晳皮肤以及北平人的语言风格和行为习惯等原本被称赞的优点，进行了歪曲贬损和肆意讥嘲，他的挑高身姿被比喻成"麻秆儿"，一拗就断，他的细白皮肤被比喻成"豆腐皮"，一吹就皱，他的低沉语调被比喻成"拉风箱"，一听就烦，他的天生才艺被比喻成"纸糊灯"，一戳就破，他的乐善好施被比喻成"空噱头"，一钱不值，等等，现场包括党部高层在内，不仅无人阻止，而且予以鼓掌，甚至再次应邀继续作《限共反共、整顿党务》演讲的中央党部监委，伏申的前辈故交乔思文还特地脱离讲稿，用一大段话评论矮金瓜的小热昏表演，赞扬他插科打诨，幽默风趣，通俗诙谐，讽刺辛辣，自己十分喜爱，而且上纲上线，变本加厉地讥笑伏申的口音和模样会让热爱党国的杭州民众误认为是共产党，引得全场大笑。让伏申无法忍受的，也无法原谅的是，党部同仁座谈会上，主任秘书林白履向他公开挑衅，以半真半假半开玩笑的口吻，以最后通牒的形式，要求他立即离开杭州，离开浙江，回到北平沙漠荒野之地，担负为前清列代皇帝修墓守陵之职，逾期没有离开，杭州军民将以武力方式驱逐其出境。

那一个个原本熟悉得不能再熟悉，和善得不能再和善的面孔，此时变得陌生得不能再陌生，冷漠得不能再冷漠，仿佛与林白履这些对立面合谋，仿佛要把伏申团团包围，完全孤立，然后踩在脚下，让他在极度恐惧、羞愧、愤怒和绝望之中灭亡。因为许多的欢呼，林白履更加得意，拉着年轻美丽的沈乙嫔一块，对伏申作出礼送出境的架势，直到地上的伏申突然爬起来，狠狠地朝他的肚子踢了一脚，直到他把喝下去的酒全吐出来，直到酒污把包括沈乙嫔在内的所有人都淹没了，针对他的闹剧才突然停止，才烟消云散。克里森在《最忆是杭州》中写道，后来自己应伏申的请求，为他析梦，诊断表明，伏申当时的梦境其实是在暗示，自己今后在杭州的日子不会像以前那样好过了，他周围不再都是人人好客了，不会再像善待客人那样善待他了。按照中国人传统习俗，客人一旦待久了，通常不会再被另眼相待，再好客的主人最后也会面露愠色。作为客人，这时候最好的选择，要么离开，要么想办法把自己当主人。当时总是下雨，江浙有一句谚语，下雨天，留客天，意思是要下雨的坏天气，不能让客人冒雨离开，这里除了人之常情常理，还有一个原因，此时客人要走，主人还得赠送雨具，如果客人归还雨具，又要上门做客，对主人来说，更是得不偿失。伏申在中国包括北平光复以后，从浙江南部山区龙泉回迁杭州，仍然继续留下来，其中一个原因，可以说因为杭州的雨水天气，也就是说天意。

何况，现实中确实有林白履和屠来根这样处处为难他，明里暗里跟他作对的本地人。

伏申在欲喊不能的困境中醒了过来，揉着眼睛，发现大家面对自己的神情是友善甚至是讨好的。自己显然刚做了一场白日梦，一看时间，不过睡着了十分钟不到，却似乎睡了几天几夜，而且梦境如此真实，如此激烈，如此可怕。没完没了的小热昏说唱还在耳边响着，生长于下城天水桥小热昏世家的矮金瓜此时果然犯贱，兴头浓浓地不肯停下来。虽然他说的都是杭州方言，还夹杂着周边萧山、绍兴、富阳等地的土话，伏申大致能听懂十之六七，矮金瓜说唱得起劲，大家也听得不断发笑，尽管许多地方不值得笑，或者笑得莫名其妙。伏申一直认为小热昏不如平津地区的相声来得生动有趣，打动人心，与京韵大鼓的豪迈激昂更是不可比较，也不如山东快板来得憨厚圆润，让人可爱，甚至不如上海独脚戏友善的讥讪和真实的自嘲能引起共鸣。因为刚才的梦境，伏申仔细听了听，发现内容跟自己毫无关系。矮金瓜讲的是吴山下清波门内一户人家姑嫂斗法的闹剧，桥段细碎啰唆，效果自娱自乐，虽然天目人氏的主委听得津津有味，但安徽籍执委赵强水表现出厌烦之色，屡次要求主持人屠来根叫停，屠来根怕在场的三青团支部成员反对，就假装没有领会赵强水的要求，躲到一边。赵强水终于难以忍受，带头起哄，把矮金瓜轰了下去。

赵强水拿着京胡，催促伏申唱一小段。伏申似乎还停留在梦境里，还在辨别眼前是真是假，更不知道大家对自己态度如何，如果像梦中呈现的那样，岂不无趣，岂不自取其辱。他一边清醒着头脑，一边双手抱拳，谢绝了赵强水的邀请。赵强水不好强求，就独自拉了一段皮黄过门，过了过琴瘾。

与现场热闹的气氛形成反差的是，谭杭丽一直目光冷峻地注视着伏申。

其实谭杭丽比伏申知道得更多更具体。沈耀中这次回来名义上是重开百货店，实际上极可能负有重要使命，极可能是重建地下党组织。尽管是怀疑，尽管缺乏证据，有关方面迅速将他拘押并故意透露他关在陆军监狱的消息，很大程度上是包括省党部调查室在内的省党军政各个特务部门有意为之的一个重要计划，目的就是让杭州甚至浙江的共产党骨干与他暗中联络或者营救，由此暴露蛛丝马迹，时机一到，顺藤摸瓜，将他们一网打尽，彻底消除隐患。

谭杭丽的调查没有回避伏申，伏申对于夜闯陆军监狱一事，再三回忆，毫无印象，坚决否认，最后想了想，告诉她，如果真的去过，那是为了找小角儿。

对此，见证人腾阿大也提供证明，伏申三更之时是来过监狱，但是为寻猫而来，全程都由他陪同监视，毫无异常，除了口中哼过几句京戏，没有说过一句话，但承认当晚稍早应伏申要求，安排沈耀中去湖畔阁见过面。腾阿大之所以敢提此事，一则觉得此事参与的人不少，不好隐瞒；二则以为谭杭丽与伏申关系非同一般，隐约间或有男女之事，自己说了，相信她会有担待；三则毕竟国共和谈期间，民主自由等话语盛行，况且沈耀中故意言论激进，不像地下党员的做派，况且言谈间伏申仍然一直坚定维护国民党和蒋委员长。但看上去腾阿大更主要的是为了义气，伏申颇有钱财，自己平时得过他许多好处，自然应该为他周全。谭杭丽听了，觉得腾阿大不像胡言乱语，不由得心里一阵不安，严厉叮嘱腾阿大，以后有任何人问起，不许再提，不然追究起来，他要承担主要责任。

谭杭丽生怕伏申此举留下把柄，落人口实，更担心其他部门眼线众多，迟早会知道伏申请沈耀中在湖畔阁吃饭的事，越想越不踏实，主动找到警备司令部、保安处和军统杭州站，作了交流沟通。这几个部门其实一直在暗中监视，还提到沈耀中到湖畔阁时头戴一顶新款礼帽，离开时却没有戴的细节，表明一切尽在掌握中。对此谭杭丽专门说明，监狱方优待沈耀中，也可能是因为他是有钱人，有所图，而伏申找他，是为了商谈沈庐期约的事情。回来后，谭杭丽再次提醒伏申，要求他提供更多令人信服的细节，比如那顶礼帽到底是怎么回事。伏申承认请沈耀中吃过饭喝过酒，不过是为了商谈沈庐的事情，至于那顶礼帽，是不是谁戴走了，自己已经记不清了。

对于伏申夜闯监狱之举，俏罗敷神神道道地认为，是他自己在不清醒的情况下，甚至像是梦中的行为，已经记不清了。

对此，俏罗敷提到过，那天晚上伏申在湖畔阁喝了几杯酒，回去之后，关门熄灯入睡，她半夜醒来，看到对面漆黑的沈庐，一个黑影下了楼出了门，她连忙出门，跟上黑影，喊伏申的名字，伏申加快了步子，直奔巷底，然后腾阿大为他开了门，喊他他也不应，像鬼魂一样地就飘了进去。

对俏罗敷这套说法，谭杭丽不仅不相信，甚至嗤之以鼻，后来马上转移话题，突然问起礼帽的事。俏罗敷似乎早有准备，找出了那顶粉蓝色礼帽给谭杭丽看了看，谭杭丽觉得有点时尚新潮，怀疑是不是沈耀中戴的那顶。俏罗敷冷笑，他一个百货店老板，哪样不能是新的？看上去也不显老，戴起来更年轻不好吗？现在暂时坐了牢，也不至于戴一顶老旧破帽子吧？谭杭丽要把礼帽拿走，俏罗敷不肯，理由是这顶 Straw Hatguh 牌子的美国礼帽很贵，她要送还给沈老板。谭杭丽坚持拿走，俏罗敷要她答应以后物归原主，谭杭丽讥讽，那得看他有没有机会了。

谭杭丽回到党部，仔细检查了粉蓝色礼帽，发现除了英文标识，还有一串 21802 数字，像是生产编号，后来看看，又总觉得有些异样，直到第二天又看了许久，倒过来又看，一读数字是 20812，马上联想，如果把它看成年月日，这不是伏申的生日吗？伏申生于 1920 年 8 月 12 日，这是不是有点巧合了？如此联想，也不算太牵强吧？以后找机会当礼物送给伏申，给他一个惊喜。这种粉蓝色的礼帽，就适合伏申戴，他戴起来的样子实在太英俊潇洒了。

当天，谭杭丽很快发现，罗霞天竟然戴了同样的礼帽，只不过是白色的，一问，原来也是刚从延龄路百货商店买的，晚上党部执委监委一起宴请乔思文，还给他赠送了同款白色的礼帽，乔思文以为奇货可居，欢喜不已，整个晚宴一直戴在头上。谭杭丽看到别人戴的都是白色，唯独自己拿来的这顶是粉蓝色的，不禁觉得奇怪，决定先不送给伏申，而是锁进保险柜，等到他生日那天再看是不是送给他。

席间，谭杭丽给乔思文送来讲演费，也找个位子坐了下来。乔思文出门方便时，谭杭丽把演讲费塞给他，乔思文问起伏申情况，谭杭丽简单地讲了几句，个人倾向伏申夜晚到陆军监狱是为了找猫，还把俏罗敷认为伏申是在做梦的话，当笑料提了提。乔思文听了哈哈大笑，然后久久不语，后来也许是为了替伏申开脱，同时也认定谭杭丽训练有素，身份特殊，是个严守秘密的人，向她透露了一个关于伏申的秘密。

伏申的梦游是遗传自四合班名旦瞿老板。

乔思文知道的秘密，是芳草园上下绝口不提，但心知肚明的一件往事，而且与杭州有关。1919年，伏申出生的前一年，四合班到江南巡演，第二站就到了杭州，就在紧邻大运河的拱宸大戏院演出，住的是一家日本人开的日式旅馆。当晚宴会之后，伏德魁早早入睡，不想酣睡中的瞿玉郎，突然穿着戏服，画好脸妆，走进了伏德魁未婚妻连琴瑟的房间。说到此处，屠来根忽然从厕所里面走了出来，要参与他们谈话，乔思文也就点到为止，不再说下去了。等宴席散去，乔思文感慨难平，留下谭杭丽喝了杯茶，把后面发生的事做了比较详细的叙述。

连琴瑟在回北平的路上发现自己怀孕了。

四合班离开杭州，经津浦铁路北返，到天津下了火车，再从通州坐船回到北平。年关将近，树上挂满霜雪，一片冬天景色。伏德魁牵着连琴瑟的手上船，船摇晃了几下，连琴瑟捂住胸口，猫腰进入船舱，忍住呕吐。船在运河上行驶，天慢慢黑了下来，连琴瑟晚餐吃到一半，突然伸头向着窗外，对着河水吐了起来，伏德魁扶着她，给她捶背，询问她会不会病了。连琴瑟停止呕吐，打起精神，告诉伏德魁，自己是晕船了。如果不是因为交会船暂时停下来，如果不是岸上的一个老妇上船推销冰糖葫芦，可能不会这么早知道连琴瑟怀孕。四合班所有人都买了一串久违的冰糖葫芦，唯独连琴瑟摇摇头不感兴趣。老妇来回观察着连琴瑟，诡秘地笑了笑，悄声向她恭喜。伏德魁惊诧地望着老妇，一脸不解，老妇等他把所有的冰糖葫芦都买下，才提高声音向伏德魁祝贺，你媳妇有喜了。

伏德魁和连琴瑟同时怔住了，相互望望，一时说不出话。

船驶入黑暗之中，只见满天寒星，四周寂静无比。船到通州码头，天上飘起稀疏但如花朵一般的初雪。等所有人都下了船，伏德魁扶着连琴瑟离开了船舱。下船的那一刻，瞿玉郎并没有等他们，只管自己快步离开，离得越来越远，连琴瑟脸上不禁掠过一丝又一丝的失望。

不承想，一场婚礼和一场葬礼正在等待他们，匆忙而紧迫。

马车行走在被洁白的雪花淹没的胡同里，快一阵，慢一阵，最后在芳草园门口停下来时，连琴瑟观望着熟悉的大门、围墙以及四周的一切，却犹豫着不肯马上进去。从通州到北平城的一路上，连琴瑟都在下决心，自己必须在回到芳草园之前，当着瞿玉郎的面，跟伏德魁说明一切。但瞿玉郎一个人单独坐上一辆马车，远远把他们抛在后面，始终没有慢下来等等他们，而紧紧挨在一起的伏德魁一路上却像喝多了酒，滔滔不绝地发表议论，容不得她插嘴，更不让马车停下来，让她有机会说什么话。等到瞿玉郎从自己的马车上跳下来，奔过来招呼他们时，等到伏德魁终于安静下来望着她，准备倾听她说什么的时候，也就是等到连琴瑟觉得应该抓住最后的机会说话的时候，已经到达芳草园大门口了。

红漆的两扇大门打开，里面陆续走出几个人来，包括芳草园和四合班的真正主人，连琴瑟的父亲连杭生，一齐拥上来，将他们迎到里面。连杭生更是一边抓住伏德魁,一边拉住连琴瑟的手,牢牢把他们拴在身边,然后对着众人宣布了明日他们将举行婚礼的喜讯。

直到婚礼举行,伏德魁和连琴瑟对谁都没有提起怀孕的事。

连杭生一手安排了这场婚礼,实际上是两场婚礼。比较正式的这场婚礼在北平南城,俗称南堂的宣武门天主堂举行。作为虔诚的天主教信徒,连杭生每年丰厚的供奉得到教堂的称赞和感谢,教堂因此格外允许他在星期天,即主日繁忙的早晨弥撒结束,为女儿举行婚礼。

宣武门教堂最早于明万历三十三年由天主教耶稣会传教士、意大利人利玛窦修建,历经几百年,数次被毁又数次重建。光绪二十六年,正在教堂避难的连杭生,亲眼看到它被义和团的人焚毁。眼前的新教堂是光绪三十年用庚子赔款重建的,重建之日,连琴瑟在此接受了洗礼,如今在此举行婚礼,也是切合了因缘,体现了虔诚。乐曲声中,连杭生率领大家先到圣母山参拜,接着经过月亮山,进入坐落于东院的罗马式半圆拱形教堂大厅。主持婚礼的神父是连杭生多年的朋友,也是为连琴瑟洗礼的教堂长老,此时不顾年迈,早早等候着他们。

神圣的《婚礼进行曲》中,连杭生牵着连琴瑟的手,缓缓步入殿堂。神父坚持站着主持仪式,而且用一口北平话读完向新人的致辞,致完辞,兴致正浓,意犹未尽,又突然调整了新娘新郎的位置,并要求他们更加靠拢,然后以慈祥的眼神,以沉稳的低语,脱稿重复了一遍致辞内容,虽然不太流畅,但重点更加清晰。一是提醒他们二人此时互设誓约时,要经过深思熟虑,虔诚祷告,因为在他们有生之年相互陪伴,彼此都负有责任和义务;二是从今以后,无论何种艰难险阻,彼此的爱都不应有一丝一毫的减损,直到死亡那一刻分离;三是作为上帝的孩子,因是上帝所配的人,不可分开,他们一生一世的爱情,因为今天而完美了,希望遵从圣父教诲,使婚姻坚如磐石。

神父说完这些话之后，后面的环节如行云流水，进展顺利。唱诗班祈祷的歌声响起，神父又监督新郎新娘宣誓，交换戒指，并催促新郎亲吻新娘。最后以洪亮的声音赞扬新人，尤其是新娘，对新郎则是用了勉励鞭策之词，还不乏中国的俚语警告，如果以后有负新娘，将天打五雷轰。随后是照相师拍照。新郎与新娘合影时，引来许多信徒的围观和祝福。周日宣武门教堂的婚礼成为北平的重大新闻，于次日登上所有报纸的头版。

当天四合班全体合照独独缺少了瞿玉郎，因为他没有受过洗礼，不信天主，不是教徒，所以没有参加教堂婚礼。但是当晚的中式婚礼，也就是在芳草园举办的婚宴，瞿玉郎也没有参加。伏德魁亲自去请他时，瞿玉郎还在沉睡之中。后来知道，连杭生之所以急于举办婚礼，有两个原因：一个是连杭生此时已经身患重症，暗地里看遍了中医西医，确定来日无多，随时都可能离开这个世界，他想自己活着的时候抓紧给女儿完婚。另一个原因是，他似乎知道女儿怀孕了，成婚越快越好，免得横生枝节，夜长梦多。

最主要的是，他对女婿十分满意，女儿是可以托付终身的。

婚礼后一个礼拜，连杭生病死在协和医院，遗体运回了芳草园。为方便前来吊丧的人，前院和正屋客厅设了灵堂，墙上挂着连杭生的肖像。以前的生意伙伴来了几个，更多的是教友来了一批又一批，来了一次又一次，挤满了芳草园上上下下，前前后后。只是瞿玉郎连续几天没有离开东厢房，直到头七，当晚连琴瑟守灵，他才突然出现，走到连琴瑟面前，大哭起来。

当然，娘肚子里的伏申是后来才知道这些事。

谭杭丽听了，顿时明白伏申为何很少谈到北平，为何没有在光复后的第一时间回北平探望多年未见的父母，隐约间，也突然明白，伏申为何心心念念比自己大三岁的沈甲妃了。

端午后一个礼拜，乔思文在杭州各机关团体的演讲结束后，赶回南京。伏申送他到火车站时，透露了自己的想法，十年了，现在自己也确实想念芳草园，想念北平了。乔思文先是劝伏申，毕竟北平是他的家，他不能永远不见家人，于情于理都应该回去看看。接着，心情有些沉重，向伏申透露，蒋委员长已经命令刘峙进攻湖北宣化店的共产党李先念部，如果真的发生，内战就要爆发，此时身处东南，安居杭州，不要远行最好。看到伏申沉默不语，乔思文脱下自己头上白色的 Straw Hatguh 牌礼帽给他戴上。临上火车，又突然问他，沈甲妃如果回到杭州，岂不是又错过了？

七　他第二次在牢里过夜

伏申原本以为，因为沈耀中的再度入狱，自己十年的寻找和等待即将有结果。他自以为是地猜想，现在光复了，为了看望父亲，沈甲妃会随着一道光出现在杭州，出现在眼前。十年的时光，十年的历程，自己还不是为了等待这道光？如同十年之前，这道照亮他的光，今天将再次照耀他，照亮他的心，引领他走向天堂之门，走向未来之路。但乔思文临上火车前告诉他国共即将交战的消息，又让他突然感到失望，一旦国共开战，沈甲妃还能回到杭州吗？还能回来看望有共产党重大嫌疑的父亲吗？

战争气息越来越浓，国共内战不可避免，随即出现的一个个事件，使政治气氛骤然紧张，甚至恐怖。

早上党部正在开会，浙江保安处的一群宪兵突然闯进来，众目睽睽之下把矮金瓜铐走了。面对如此越界的行动，党部几位高层似乎早已心中有数，不仅没有出面干涉，而且严厉地要求在场的其他人也不要阻拦或者哄闹。因此前些天还兴致勃勃看他唱小热昏的人们，包括三青团支部成员，没有一个人敢上前过问和阻拦。孤立无援的矮金瓜，大惊失色，声嘶力竭地喊冤，看到伏申进来，绝望中鼓起精神，连声高呼，伏申救我！伏申救我！我不是什么共产党！

伏申惊愕之中，要冲上前去解救矮金瓜，赵强水与屠来根几步奔过来，合力抱住他，直到矮金瓜被带离党部，带离梅花碑，才放开他。伏申不肯罢休，打听到关押地点后，就以编写《政治情报》的名义，到陆军监狱探望矮金瓜。中间腾阿大透露了审讯情况，矮金瓜被捕，是因为有人举报他在党部举办庆祝宣化店大捷宴会上，唱《空城计》，讽刺国军，更为严重的是，他还公开赞扬毛泽东的诗词。

原来在此之前，共产党代表周恩来偕同中原军区司令李先念与美国代表白鲁德、国民党方面代表徐永昌代理人王天鸣于宣化店湖北会馆举行谈判，三方代表在汉口签订了《汉口协议》。没过几天，郑州绥靖公署主任刘峙在驻马店前进指挥所下达命令，向鄂中李先念部发起总攻，务必全歼共军。先锋师师长胡琏高喊"打下宣化店，活捉李先念"的动员口号，准备在次日拂晓前向中原军区的核心地带宣化店进攻。而与此同时，军调部二十三小组和美国代表怀特却正在密切监视中原部队动向。为了在敌方眼皮底下成功撤出而又不被发现，李先念安排张旅长接替中原军区警卫部队防务，佯装在原地坚守，机关人员进出自如，有条不紊，战士们照常出操，宿舍和重要部门门前，仍然布置哨兵，还不时走过巡逻队伍，甚至有人还看到李先念与人在河滩上悠闲散步。当晚，张旅长邀请军调组成员观看文艺演出，并举办了答谢酒会，会上，张旅长宣布，李先念已经率领中原军区主力突破封锁线，离开宣化店，开往平汉路。宣化店变成了一座空城，胡琏的拂晓进攻计划由此落空。

矮金瓜的小热昏《空城计》，并非京剧里唱诸葛亮的戏目，更不是宣化店战事的新编说唱，而是杭州人人皆知的姑嫂斗法的民间传说，不想有人故意牵强附会要陷害他。沈乙嫔担心是针对伏申来的，劝他不要出头，但伏申心中不忍，还是到天水桥见矮金瓜父母，不巧他母亲到运河边摸螺蛳，他父亲到米市巷唱小热昏，再找也找不到人。后来矮金瓜父亲照例到梅花碑支儿子薪水，才知道儿子被关进去了，无奈求伏申帮忙，伏申答应一定想办法把矮金瓜弄出来。与保安处关系较好的赵强水虽然同情，但也一口拒绝，万一矮金瓜真是共产党，怕自己也会跟着吃生活。屠来根充当好人，专门询问了执行任务的保安处独臂组长，回话说他们只是奉命行事，真正要抓人的可能是军统局，无从透露。伏申直接找了主委罗霞天，不料遭到批评，说矮金瓜被抓的真正原因是去年在大华书场以下里巴人的小热昏，公开说唱所谓阳春白雪的毛泽东《沁园春·雪》，明摆着他这是公开宣扬共党领袖，被责以附庸风雅，左倾时髦，暗慕共酋，曲迎匪情，宣传赤化之罪。现在的形势下，要是蒋委员长知道了，可能就枪毙了。伏申为矮金瓜辩解，自己在离开龙泉的告别晚会上，不是也朗读了这首词，罗主委不是也称赞写得有气势吗？还跟着唱，北国风光啊千里冰封，万里格雪飘。望长城呀内外惟余莽莽格，大河上喔下，顿失格，顿失格，滔啊滔啊。罗霞天听伏申学自己，眼睛一瞪，往他后脑勺一拍，骂他幼稚，此一时彼一时，当时抗战胜利，中华光复，蒋委员长与毛泽东在重庆握手，国共俨然是一家人，现在共产党居然要与党国争江山，你死我活的战争就要爆发了，很快就要动员戡乱，这个时候还敢唱毛泽东的词？这是什么性质？罗霞天看到伏申神情不满，似乎要发作，又只好敷衍他，矮金瓜是三青团干部，目前党团毕竟还是两家，各自由中央直管，因此不好干涉，如果哪天正式合并，他统管全省党团，那一定会出面过问，力保矮金瓜一条性命。

矮金瓜父母投诉无门，再次找到伏申，希望到监狱里看看儿子。

腾阿大喜欢听小热昏，加上矮金瓜是伏申同窗好友兼同事，因此对他十分同情，也不要他们破费，找了凌晨时间领着矮金瓜父母在乙监外空地见面。矮金瓜禁不住提到因为受伏申朗读毛泽东《沁园春·雪》的影响，自己才说唱的，有埋怨伏申的意思，又要求父母多求求伏申，把他当恩人，伏申有门路有钱财，一定会救他。

伏申果然不甘心，去省政府找龙泉期间结识的沙秘书求助，沙秘书知道矮金瓜从小就跟父母学唱小热昏，不可能是共产党，十有八九是被人诬陷的，建议伏申动员杭州上下城艺人联名向新任省主席沈鸿烈陈情，唱道情的、唱小锣书的，包括街头杂耍的，人数不少，而且在市民中的影响力不容小觑。伏申通过杭州市党部，召集了本市文化界的国民党员、三青团员在大华书场开会。果然群情激愤，大家回忆矮金瓜父母抗战期间滞留杭州，尽管多次被宪兵司令部威胁，宁可挨饿，也坚决不给日本人传授小热昏艺术，但仍然明里暗里宣传抗日，在社会民众中产生很大影响，念其事迹和功劳，强烈要求政府对矮金瓜宽大为怀。联名书通过沙秘书递交给沈鸿烈，戴着白色 Straw Hatguh 牌平檐礼帽的沈鸿烈亲自约见了伏申，用一口山东话对矮金瓜父母表示了同情，然后把联名书退还给他，劝他不要帮倒忙。目前情势下，稍不慎重，不仅救不了人，还会把签名的人也连累了。伏申收回联名书，扬言要向中央党部向南京国民政府申诉。沈鸿烈称赞他勇气可嘉，又表示看在与乔思文的交情上，给他讲了一些实在话，所谓实在话，其实都是假设，什么如果美国调停成功，国共都主张和平，那么这个矮金瓜就没有罪了，如果国共谈判失败，形势必然紧张，那他一时也就出不来了，如果国共开战，那他就倒霉了，就会被定罪判刑，八年十年徒刑都是轻的，如果战场上党国失利，被判死刑都不可知。最后劝他不要申诉了，申诉到中央党部到国民政府，没有什么用的，如果申诉到蒋委员长那里，只会让他死得更快。

伏申从沈鸿烈那里出来，心情更加沉重，堂堂一个省政府主席都如此态度，矮金瓜岂有活路？但同时也更加激愤，更加迫切地要救矮金瓜。那天晚上，趁俏罗敷给沈耀中送牢饭，就顺便要了几样菜肴几瓶绍兴酒探望矮金瓜。腾阿大担心他带着那把醒目的韦伯利转轮手枪，引发误会，于是叫人例行公事地搜了身，看看没有什么，就领着他进了乙监，还叫了正在号子里吃饭的沈耀中和俏罗敷一起来热闹。

伏申心中不平，只喝了一口酒，就有了醉意，趁着兴致，脱下头上白色的 Straw Hatguh 礼帽，一边挥着，一边背诵了《沁园春·雪》，其词曰：

　　北国风光，千里冰封，万里雪飘。望长城内外，惟余莽莽；大河上下，顿失滔滔。山舞银蛇，原驰蜡象，欲与天公试比高。须晴日，看红装素裹，分外妖娆。

　　江山如此多娇，引无数英雄竞折腰。惜秦皇汉武，略输文采；唐宗宋祖，稍逊风骚。一代天骄，成吉思汗，只识弯弓射大雕。俱往矣，数风流人物，还看今朝。

沈耀中回自己号子，拒绝伏申把礼帽给他，因为这不是他的那顶。俏罗敷告诉礼帽在谭杭丽那里时，沈耀中郑重其事地拜托伏申，务必帮他寻回来。很久以后，伏申才知道，延龄路百货店当时进了十几顶，只有一顶是粉蓝色的，其他都是白色的，只有这一顶是有编号的，其他都是没有编号的。

俏罗敷催促伏申跟她一起离开监狱，伏申执意留下。迷迷糊糊中，他陪矮金瓜在号子里坐了一个晚上。深夜时，腾阿大顾及影响，要送他离开，伏申不肯，怕啥呢，自己不是第一次在牢里过夜了。

伏申第一次在牢里过夜，还是十年前，而且时节也如词中北国风光，千里冰封，万里雪飘的意境。

民国二十四年，1935 年 12 月，北平刚刚下了一场大雪，混乱和愤怒开始在城里蔓延。军统平津站一个叫齐庆斌的人得到命令，平津军统和中统各调查机构将掌握的情报及时报告南京，对于可能的突发事件，全体人员各自为政，积极行动，必要时可以先斩后奏。警报预示，中共北平地下党准备着手以下步骤：

一、发表宣言，喊出抵御侵略、保卫华北的口号，要求华北地区各级党组织，在群众中广泛宣传，开展抗日救亡斗争；二、对北平市领导机构进行改组，从政治上和组织上加强对抗日救亡运动的领导；三、建立并掌握学生组织，十一月底在北平大中学校成立北平市学生联合会，中共北平市工作委员会在学联建立党团。

正如呈报南京的情报所预判的，北平的学生运动很快爆发了。12月6日，北平学联召开代表会，通过并发表了《北平市学生联合会成立宣言》，随即游行示威活动一波接着一波，声势一次比一次大。平津十五所大中学校联合发出反对所谓防共自治，要求政府讨伐华北汉奸头目殷汝耕，动员全国人民抵抗日本侵略通电。12月7日，传出在日本方面强迫下将成立"冀察政务委员会"的消息，广大学生和各界进步人士极为震惊。在中共北平临时工委的领导下，北平学联决定于两天后的12月9日举行学生大请愿，反对所谓华北自治。

8日晚，辅仁大学的沈甲妃被确定担任游行队伍前列指挥兼举旗手。

次日凌晨，东北大学、中国大学、北平师范大学等校学生分别朝着新华门进发。清华大学和燕京大学因为离城较远，请愿学生到达西直门时，城门已关闭，队伍无法进城，于是就在西直门一带召开第一次市民大会，进行抗日宣传。跟随游行队伍的伏申看到沈甲妃要率先登上大板车发表演讲，只因旗帜沉重，行动稍有迟缓，正被另一名学生抢先，伏申看到，几步上去，一手接过旗帜，一手推着她跃上板车，抢得先机。沈甲妃声音嘹亮地演讲，伏申双手卖力地擎旗，引人注目，一个叫斯诺的美国人用相机拍下了这一镜头。沈甲妃演讲完，意犹未尽，回头看着伏申，似乎在问他，有没有听懂她的演讲。而伏申会意，不假思索地点点头，交还旗帜后，再次为她鼓掌。

至上午十时，新华门前已经汇集了十多所学校一千多人的请愿队伍，并推选代表，要求面见何应钦，提出反对华北成立防共自治委员会、停止内战、立即释放被捕学生等六项要求。何应钦秘书侯成出来与学生会面，对学生提出的要求敷衍搪塞，百般狡辩。学生们极为愤慨，示威抗议。当游行队伍行至西单牌楼平津卫戍司令部附近时，遇到军警的阻拦和袭击。学生们没有畏惧退却，而是高呼口号，继续前进，队伍也越来越壮大。令人鼓舞的是，北京大学、中国大学的几位教授，在燕京大学任教的斯诺夫妇也加入了游行示威，国内外许多报社的记者随行采访。游行队伍经护国寺、地安门、沙滩抵达王府井大街时，已扩大到五千余人，冲突和镇压随之发生。王府井大街南口突然出现大批军警，挥舞皮鞭、木棍抽打学生，学生们与其展开搏斗，当场有数十人被捕。沈甲妃的旗帜被抢走，并遭遇军警殴打，伏申和那义魁一边一个将她护住并强行挟离现场，突出围困。

更大规模的示威游行在一个礼拜后的12月16日，伤痕未愈的沈甲妃主动要求，再次担任举旗手，因此终于成为军警特共同关注、重点抓捕的对象。

据密探侦察，中共北平临时工委获知所谓冀察政务委员会即将成立的消息，进行了更为广泛的组织动员和公开号召，采取更大更激进的行动。游行队伍抵达前门，就在前门火车站广场举行第二次市民大会，沈甲妃发表了打动人心的演讲。数年之后，克里森在《最忆是杭州》慕尼黑首发式上，特别翻到其中的一页，展示了一段文字：在伏后来的梦境中，出现最多的一个情景和意象是，沈演讲时，狂风突起，吹得手中旗帜倾斜，伏连忙上前，接过旗帜，伫立一旁，一直到沈演讲完毕。很明显，这个场景在伏心理上引起的震撼难以低估，其影响的频率和持久性也难以低估。这一具象的深刻程度和生命力量，与胎儿在子宫里面迎接羊水破裂那一刻相比，意义相同。

晚上九点多，沈甲妃准备在游行集会上再次演讲，伏申刚刚接过旗帜的时候,四周的路灯全部熄灭,大批军警挥刀舞棍潮涌而出,数百名学生被砍伤和被捕。鲜血、飞雪和旗帜的碎片混淆成一团,黑暗中难以分辨,哭声、呼救声和斥骂声粘连在一起,在夜空中回响,此时此刻,伏申永生难忘的是,沈甲妃迎着棍棒,一步不退地站在中央,高声唱起了那首《义勇军进行曲》,就像宣武门天主堂前那个女神的雕像。

伏申因为替沈甲妃举旗,也被关进了设在东直门炮局胡同监狱也就是北平陆军监狱的临时拘留所,度过了一个难忘的冰冷之夜。同监的沈甲妃为此提出强烈抗议,要求立刻释放伏申。因为时值深夜,无人理睬,而伏申也不想一个人离开,正好留下来陪她一起坐牢。

当夜寒风刺骨,冻得人瑟瑟发抖,沈甲妃与伏申越靠越近,后来不得已就相拥在一起,取暖驱寒。

谁会拒绝温暖呢?

沈甲妃喃喃的一句杭州话,伏申似懂非懂,但心头一热,紧紧依偎着她,两个人的头发梢几乎交织在一起,呼吸也分不清楚彼此,隔着厚实的棉大衣,也都能感觉到对方的心跳。后来伏申想起来,那时他感受到的温暖,以前从未有过,此后一生难忘。伏申注视着沈甲妃翕动的双唇,听她讲关于杭州的故事,杭州的春天,杭州的暖风,杭州的美景,一个少年应有的陶醉可想而知。其中说到黄酒,此为杭州人暖身饮品,淡淡的,醇厚的,说得伏申流下口水,但沈甲妃提醒他,以后到杭州,见到黄酒要小心点,北方人会甜茶一样地喝,拦也拦不住,非得大醉不可,几天醒不过来,肠胃极其难受,以后要喝,必须她在场。

正是在这浓浓的醉意中,伏申仿佛进入了梦幻的状态,对杭州,对西湖,对沈庐,对黄酒,有了最美好的想象。他还依稀听到,沈甲妃轻声哼唱了一首歌,曲调优美动听,渗透到人的心魄,麻醉人的神经,随着后脑勺一阵阵地抽紧,他进入了睡眠。

伏申恍恍惚惚,身体来回飘荡,迷路难寻。只听迷津中响起声音，仿佛魔鬼撒旦把他推向深渊。吓得伏申浑身颤抖，失声叫了声，姐姐救我，然后惊醒过来。

沈甲妃知道他做了可怕的梦，抱着他说，别怕，姐姐在这里。

关于这一段，克里森在《最忆是杭州》中有简单提及，认为在伏的梦境深处，存在无法完全探究清楚的部分，这个部分包括了与沈甲妃之间的根本秘密，这个根本秘密显然包含了性，而伏梦境中经常出现监狱的部分，甚至他时常表现出对监狱的某种兴趣，或许与沈在这个奇特夜晚的相处相交密切关联。书中，克里森对此有所感慨，老师弗洛伊德梦的释义之精髓，就是梦与性的深度联系。性是美好的，因此入梦，如果伏与沈在那样的特殊环境下，仍然有极其自然的男女行为，他不敢说祝福，但一定会赞美。

快天亮的时候，沈甲妃突然吻了吻没有完全苏醒的伏申，轻轻地对他耳语，姐姐的名字叫沈甲妃，如果她这次牺牲了，将魂归杭州，如果可能，如果有一天他去杭州，就把她的骨灰带回去，交给她的父亲沈耀中。伏申迷迷糊糊中听到了她的嘱托，睁开眼睛，看着窗外透过来的晨曦，头使劲地摇晃着，表示很不认可她的话，他坚信她不会死的。

天亮了，沈甲妃看伏申裤腿间像被浇了水湿透了，一摸，冰冰凉，不禁红了脸，连忙脱下自己身上的大衣，一边给伏申盖好，一边担心他着凉了，催促他赶紧回家。

到了中午，在那义魁的陪同下，伏德魁和瞿玉郎带着保释金来接伏申。原来有一个喜欢票戏的老狱警，与那义魁同属一个旗，当时刚好值班，认出伏申，一大早赶到芳草园，带着他们过来取保赎人。

伏申看到沈甲妃走不了，就不太情愿离开，沈甲妃非得赶他走，再三向看守长证实，伏申是混进学生队伍的，抓错了也关错了，言下之意，他还没有坐牢的资格。沈甲妃还得意地炫耀，来接她的将是北平的大学校长们，风风光光的，比他强多了。

连琴瑟发现伏申一回来就先洗澡,不禁关心,等看到他换下来的裤子,明白了八九分,于是也不叫下人插手,自己就把衣裤都洗了。伏德魁奇怪妻子动手洗衣服,但也不多问,就说了一句,好好洗洗,去去大牢里的晦气。后来瞿玉郎过来帮忙,连琴瑟搓着裤子上的斑点,叹息一声,伏申长大了,是个男人了。瞿玉郎一愣,嘀咕了一句,《石头记》里,宝玉梦到秦可卿了。

当晚,连琴瑟找出《石头记》看,读到了那段文字:

那宝玉恍恍惚惚,依警幻所嘱之言,未免有儿女之事,难以尽述。至次日,便柔情缱绻,软语温存,与可卿难解难分。因二人携手出去游玩之时,忽至一个所在,但见荆榛遍地,狼虎同群,迎面一道黑溪阻路,并无桥梁可通。正在犹豫之间,忽见警幻后面追来,告道:快休前进,作速回头要紧!宝玉忙止步问道:此系何处?警幻道:此即迷津也。深有万丈,遥亘千里,中无舟楫可通,只有一个木筏,乃木居士掌舵,灰侍者撑篙,不受金银之谢,但遇有缘者渡之。尔今偶游至此,设如堕落其中,则深负我从前谆谆警戒之语矣。话犹未了,只听迷津内水响如雷,竟有许多夜叉海鬼将宝玉拖将下去。吓得宝玉汗下如雨,一面失声喊叫:可卿救我!吓得袭人辈众丫鬟忙上来搂住,叫:宝玉别怕,我们在这里!

却说秦氏正在房外嘱咐小丫头们好生看着猫儿狗儿打架,忽听宝玉在梦中唤他的小名,因纳闷道:我的小名这里从没人知道的,他如何知道,在梦里叫出来?正是:一场幽梦同谁近,千古情人独我痴。

连琴瑟知道,伏申梦中到过了伊甸园,不知道梦到的这个秦可卿,是撒旦还是天使,不禁担心。

关于1935年底发生的事,多少年以后,伏申查阅当年度中央党部《政治情报》，看到：

> 一二·九学生运动是在中共领导和煽动下发生的。中共给学运指明了方针，提供了策略。以公开揭露日本帝国主义侵略中国、并吞华北的阴谋为由，打击国民政府的所谓妥协投降政策，其意图是配合红军流窜北上。如毛泽东而言，一二·九运动"是抗战动员的运动，是准备思想和干部的运动，是动员全民族的运动"，它标志着中国人民抗日民主运动新高潮的到来，一二·九运动广泛地宣传了中国共产党与国民党停止内战、一致对外的抗日主张，掀起了全国抗日救国运动的新高潮。另有宋庆龄从上海寄北平学联100元钱活动费用，周树人撰文用"石在，火种是不会绝的"之语鼓动学生。天津、上海、南京、武汉、广州、杭州等城市学生举行请愿集会、示威游行，或发表宣言、通电，呼吁全国同胞一致兴起，集合民族整个的力量，反对任何伪组织之存在，以维护主权而保国土。广州铁路工人，上海邮务、铁路工人举行集会，海外华侨也以各种方式支持学生。是月18日，北京大学、清华大学等六所大学校长，联名要求释放沈甲妃等数十名被捕学生。

沈甲妃是由校长派人接走的，因为她身上有伤，当时就被送到了协和医院治疗，伏申找到医院时，沈甲妃已经准备出院，伏申代她办出院手续时，一个年长的护士看到他的签名，询问之后，不禁兴奋，因为她就是当年为他接生的助产士，为了让伏申相信，还给他看了当年的出生档案。伏申由此知道自己出生的准确时间是1920年8月12日15时30分，也就是下午3点半，同时还看了自己刚刚来到这个世界时留下的脚模和手印。

处于惊奇和激动之中的伏申没有注意到，出生档案中父亲和母亲一栏里，写的都是母亲连琴瑟的名字。

  做梦做到这里，狮子猫闯进来在伏申身上蹦跳，把他叫醒了。伏申回到了此时此刻的浙江陆军监狱，但他似乎仍沉浸在动情之处，躬着身体紧紧抱住矮金瓜，吓得矮金瓜全身起鸡皮疙瘩，腾阿大进来，安抚他，伏申做噩梦了，梦里面把他当成别人了。
  由于后来的情形日趋严峻，矮金瓜迟迟没有获释，而且受到连番刑讯，被逼交代以下问题：一、是否在龙泉加入地下党？具体时间到年月日。二、入党介绍人姓名，一起加入的还有哪些人？浙大龙泉分校有哪几个同学加入？三、在省党部同学中还有谁也加入了？第三个问题最简单，针对性也最强，因为矮金瓜在省党部的同学只有伏申一个。

八　洗漱间情谊何以持续

谭杭丽是军统洪公祠特训班最后一期学员。要不是特训班突然停办，她应该是穿着军装的军统干部。1945年光复第二年的3月，党部正在举办新春酒会，传来了戴笠飞机失事的消息，一开始，大家并不相信，甚至认为是中统局造谣，因此，一笑而过，继续喝酒。已经喝醉的林白履与谭杭丽喝交杯酒遭拒，恼怒之下，骂她是某局长的女朋友，引来哄堂大笑。在场的人都听得出，林白履口中的某局长，指的是戴笠。谭杭丽脸不变色心不跳，冷冷一笑，然后一口杭州话一阵埋汰，要真是女朋友，有的人就没有好日脚过，搞不好哪天被掼进钱塘江潮水里冲到东海饲鱼。旁边屠来根听到，神情顿时严肃，把林白履拉到旁边，提醒他，这是什么场合？如果某局长知道有人说三道四，事情就严重了，搞不好整个省党部都要跟着吃生活。林白履此时酒后胆壮，又听到大家笑声，不禁受到鼓励，故意大声狡辩，某局长知道了又怎么样？可惜某局长不会知道了。女朋友是文明的讲法，又没有讲情人，没什么毛病呀！

赵强水走过来，举起双手拍了拍，要他们肃静，又叫人赶紧把林白履带走。林白履刚被推走，一回头看见谭杭丽拉住伏申，要喝交杯酒，顿时激动，直接奔到沈乙嫔旁边，把她从座位上拉起来，叫她看看清楚，伏申这小北佬有多少女朋友，还要一个个往前凑，都太不自重了。其实沈乙嫔看到谭杭丽与伏申喝酒时，早想表示不满，但又嫌林白履纠缠，不肯起来，而且努力显得无所谓的样子，不冷不热地说了句，人家有战斗友谊，喝个交杯酒算啥子？林白履一怔，然后哼了一声，战斗友谊谁没有？于是倒满两杯酒，一杯递给沈乙嫔，就要跟她喝交杯酒。沈乙嫔终于沉不住气，站了起来，一边朝着伏申那边，大声说喝就喝，一边接过酒杯跟林白履的酒杯碰了一碰，一口把酒喝了下去。这边谭杭丽听到沈乙嫔说话，又看到她的举动，轻轻地把手臂放开，放下酒杯，提醒伏申，沈乙嫔吃醋了，小心被林白履占了便宜。

伏申回头看了看，并没有太多理会，端起酒杯敬谭杭丽。谭杭丽举着酒杯，想了想，不知为什么，眼泪就要流下来，最后忍住，说了一句，为了四年前的生死战斗，为了今后的革命友谊。

虽然交杯不成，但碰杯的声音很响亮，所有人都听到了。

这边林白履也朝沈乙嫔的酒杯重重一碰，不但发不出声音，溢出的大半杯酒还倒在了自己的身上。屠来根冷不丁说了一句，抢什么戏呀，他们岂止战斗友谊，还有生死之交呢。

屠来根说的，是四年前伏申和谭杭丽在杭州的一次冒险经历，也就是这次经历，成就了伏申的功勋。

1942年新年元旦之夜，杭州市发生了一起震动汪伪政府和日本高层的毒酒案，原来的目标对象，新任杭州市长谭书奎侥幸躲过，大难不死，但有几位重要贵宾中毒身亡，其中包括日本贵宾渡边。渡边是谭书奎当年日本早稻田大学求学时的同学，后来长期研究江浙人文经济，汪伪政府成立后，被聘任为顾问，期满卸任，回国就职之前，竭力推荐谭书奎担任浙江省政府主席，遭遇反对之后，又设法为其周旋，终于得到了杭州市长的任命。因此，谭书奎就职仪式上，渡边当然成为头号贵宾。

谭杭丽是谭书奎认养的侄女。对此有两种说法，一说二十年前，谭书奎日本留学回国，几度辗转，在浙江之江大学谋得教职，异乡异客，人地不熟，同为谭姓的杭州籍军事教官对他十分照顾，每逢周末，常邀请他到市区孩儿巷家中做客。不料一天邻家失火，殃及谭家，谭姓夫妇葬身火海，留下幼女被送到天主堂孤儿院。谭书奎得知，犹豫再三，心想既为同姓，不妨认其为亲，在征得新婚妻子同意后，作为侄女领养，除继续由天主堂孤儿院代为照顾日常生活外，膳食及今后学杂费用概由谭书奎负责。此事经人传播，因为谭书奎慈眉善目，一脸佛相，成为杭城万众口中的谭菩萨。此说，主要出自谭书奎之口。

比较可靠的是另外一说。

谭杭丽读到铜元女中，因为父亲在江西吉安前线战死，母亲不堪打击，重病亡故，谭书奎花钱厚葬，同时也负担了这段时间谭杭丽生活读书的费用。后来谭杭丽被杭州警官学校丙训班招录，同期十六人都是十三四岁的遗孤，待遇从优，不仅吃住全免，而且每月有津贴，自此，谭书奎的资助也就终止。谭杭丽因为培训成绩优秀，特别是原来在女中读书时学习底子较好，被警校政治特派员选派到军委会调查统计局南京特训班。本来毕业后留在南京军统局，不想南京陷落，回到浙江，凭着推荐信，到省党部人事部门任职。南迁后，担任过党部和三青团支部联合举办的龙泉青年培训班的班主任，业绩突出，受到上峰关注。在此前后，为了与陈立夫陈果夫兄弟争夺地盘，朱家骅到浙江视察，要求浙江省党部慧眼识才，破格提拔青年人才。在一次座谈会上，发现谭杭丽谈吐稳重，举止得体，而且美而不媚，眉宇颇有英气，却又温婉示人，不禁勉励有加，次日就推荐她为浙江调统室副主任人选。党部不服气的，碍于朱家骅党国大员，一言九鼎，不便反对，也有人猜测是戴笠暗中使力，多重挟持，因此敢怒不敢言。一度曾传言林白履向陈立夫发过电报表达不满，遭到陈氏回电反诘，国难时期，革命青年，投身抗日，唯才是举，何问出处？何问资格？何问男女？何问美丑？

从此，党部人员没有人敢质疑谭杭丽，上峰下级都急着想巴结她，讨好她，连结盟互保、形成势力的屠来根和林白履，也都不再主动挑衅她。而谭杭丽平时不卑不亢,作风严谨细致,工作少有过错,地位得以持续稳固。更令人无话可说,甚至令人敬佩的是,关键的时刻,她总能以女儿之躯,置生死于度外,奋勇当先,挺身而出,可谓巾帼不让须眉。1942年底,谭杭丽因为冒死行刺,大义灭亲的壮举,载入了党部英雄谱。与谭杭丽一块参加行动的伏申,经此机会,立下大功,赢得名声,也以此为投名状,以一个龙泉分校大学生和培训班学员的身份,走进了省党部,站稳了脚跟。

1942年双十节国庆晚会上,在党部帮助工作的培训班成员,浙江大学龙泉分校学生矮金瓜带头唱了半本小热昏,继而伏申上台唱了一段京剧《空城计》,引来全场喝彩。谭杭丽虽然听不出门道,但断定伏申就是她要找的人,当晚谭杭丽特地穿了一件旗袍,借着柔和的灯光,认真而和蔼地找伏申谈话,她要给他一个立功的机会,就看他有没有决心和胆量。伏申听说可以回到杭州,毫不犹豫地就答应了,而且情绪激昂地表示,只要是抗日,他赴汤蹈火,义不容辞。谭杭丽激动得差点要拥抱他,加以控制之后,声音仍然有些发颤,告诉伏申,国家需要他,然后说明了将执行的一个绝密任务,刺杀一个大汉奸,而此人有个偏好,就是喜欢听京戏。

伏申频频点头,目光落在谭杭丽的身体上,久久不能移开。此刻,他想起了沈甲妃曾经告诉他,她在铜元女中毕业那年秋天,穿上了真正的旗袍。什么是真正的旗袍?也许就是谭杭丽现在穿的这种,但与旗人所穿的旗袍不同的是,谭杭丽的旗袍将身体紧紧地包裹,没有一点空隙和多余,往前挺立的胸口,尤其是开衩的两侧,将双腿长长的美丽的白色,尽量地展现出来。伏申看着,联想到沈甲妃穿旗袍的模样,不由得笑了起来。谭杭丽以为在笑她,赶紧拉了拉两边的开衩,故意板下脸骂他,笑什么笑,别乱看。

但是临出发,谭杭丽突然改变了主意,不叫伏申参加了,要换成林白履。

伏申奇怪林白履什么都不会唱,为什么要换成他,心有疑问,有所不甘,就找谭杭丽问明原因。原来之前谭杭丽只知其一,不知其二,知道谭书奎喜欢听戏看戏,但不知道喜欢听什么戏看什么戏,更不知道齐庆斌所说的,这个大汉奸只醉心京剧坤旦的唱腔,对别的行当,别的唱腔,心存淡薄。曾经在军统北平站工作过的齐庆斌提醒她,执行任务的人应该是会唱花旦的,就如梅兰芳,或者瞿玉郎的那种,而不是唱《空城计》挂着胡须的角色。伏申听他们说起瞿玉郎,沉默许久,然后把门一关,开口就唱了一段《洛神》,一旁的齐庆斌一听,掌声不停,夸奖他真是个奇才,刚才唱的《空城计》已经跟伏德魁一样好了,他也听过瞿玉郎的戏,现在唱的《洛神》也跟瞿玉郎一样好,他这样无师自通,唱戏韵味十足,等抗战胜利,不改行唱戏,当个票友也风光啊。

伏申摇头,自己无非小时候听别人唱过,只记得这几段,但没有正儿八经地学过唱戏,不会去唱戏,也不喜欢唱戏,当然以后也不会当什么票友。齐庆斌故意问他的来历,伏申没有作答。

后来才得知,原来林白履知道有谭杭丽这样的美女一路同行,也着实令人遐想,因此主动争取。再是留学日本的谭书奎除了热衷于京剧男旦,也比较喜欢包括日本俳句在内的现代白话诗,尤其是戴望舒的《雨巷》,而林白履自称熟稔此道,因此谭杭丽只好退而求其次,准备把伏申换成林白履。

伏申的一出《洛神》,让谭杭丽喜出望外,信心倍增,果断决定由伏申与她一同执行任务。

几天后,伏申跟着谭杭丽悄然离开龙泉,前往杭州。

两个人扮成逃难的姐弟,乘一段车,坐一程船,忽而翻山,忽而越岭,到衢州稍作停留,由忠义救国军联络站派人送到兰溪,坐船经富春江,直达杭州江干码头。由于伏申的北平腔,遇到检查,总是被多盘问几句。为此,谭杭丽决定,两个人的关系由姐弟变成夫妻,伏申觉得唐突,怕弄巧成拙,但谭杭丽对此已经准备了故事,并作了完善,叫他放心,她不会让别人看出比他大,再说，妻子比丈夫大几岁也是常见的。果然到杭州时，检查极其严格，发现了他们两个人的口音差异，进行了详细的盘问，幸亏谭杭丽事先想好的讲述得以蒙混过关。她称自己是之江大学的青年女教师，过不惯浙南山区的生活，看不到前途，主要是因为喜欢上这个北方学生，为学校所不容，才辞职出走，回到杭州开始新生活的。船上无事，谭杭丽突然问他，有没有参加过共产党？伏申一愣，连忙摇摇头。谭杭丽又问，有没有见过共产党？伏申迟疑了一下，没有马上回答。谭杭丽笑了笑，伸手拍了拍他的脸颊，叫他别紧张，她知道他见过共产党，他刚到杭州，不就到陆军监狱里见沈耀中了。伏申点了点头，但语气坚定地为沈耀中辩护，他没有承认他是共产党，他是被诬陷的，后来不是释放了嘛。谭杭丽再次拍了拍他的脸颊，笑他天真，要不是全民抗战，国共合作，他还在监狱里关着，说不定被判处重刑了，说不定被枪毙了，听说现在去了余姚四明山新四军那里，不是共产党是什么？伏申使劲地摆摆手，表示不能苟同。谭杭丽再次拍了拍他的脸颊，叫他放松，现在共产党不是非得要消灭的敌人，现在最迫切坚决要消灭的死敌是日本侵略者和汉奸，而根据她的观察，认为伏申因为沈家姐姐，才对沈耀中如此关心。

谭杭丽问他，到底喜欢沈家姐妹中的谁？

伏申愣了愣，一时说不出话来。

谭杭丽一边注视着伏申，一边猜测起来。她认为最小的妹妹还小，而且不知去向，应该不可能，而最大的姐姐比伏申大许多，而且也有五六年见不到人了，似乎更不可能，难道真的是为了沈乙嫔？

伏申缓缓说了一句，她现在是培训班的同学，以后是同事，别的没有任何关系。沈乙嫔当时也参加龙泉青年培训班，是伏申所说的同学，再是训练班优秀者将被省党部录用，因此以后可能成为同事。谭杭丽问不出更多，最后提醒他，如果是沈家老大，可能要警惕了，她以前是北平学生运动的领袖，完全可能是共产党，如果人还在，说不定去了延安这些地方。伏申听着，那一刻，脑海里突然闪过《升学指导》内页上的交通图，思绪不禁飞得更远，但一闪就过去了。谭杭丽盯着伏申看，察觉到了他瞬间的游移，看了半天，又问了几个问题，伏申都一一回答，神情自如，一脸坦然。

谭杭丽表情也放松许多，然后又一次提醒他，如果是沈乙嫔，那得千万小心。一则，她是军属，未婚夫是空军英雄，现在无论如何不能对她过于接近，如果之前有什么交往，赶紧断了，而且以后也不能死灰复燃了；二则，许多人都盯着她，其中地位高、条件好的人不少，比如林白履，还不是纠缠不放，所以不要让自己卷进漩涡里。

伏申站起来，表情有些愤怒，大骂林白履作为有妇之夫，对空军家属图谋不轨，与流氓有什么区别。谭杭丽看到他激动的样子，显得有些开心，和风细雨地安慰了大半天。

进入杭州后，一个长相奇怪的接头人前来迎接，安排他们到皮市巷一个饮食店楼上暂住。因为伏申与谭杭丽伪装成一对私奔男女，就住在一间带阁楼的房子，谭杭丽睡床上，伏申睡阁楼地板，倒是井水不犯河水。当天夜里，不知什么时候，谭杭丽换上了一件睡衣，然后叫他也换上，告诉他，这是都锦生的，是真丝，她带了一男一女两套。伏申起先不肯换，谭杭丽一把拉住他，就把他的棉毛内衣脱了下来，硬是给穿上凉飕飕空荡荡的所谓都锦生真丝睡衣。

次日一早，伏申偷偷去了趟沈庐，只见门上加了铁锁，贴了封条，翻墙进去，看到里面冷冷清清的，一点生气都没有。壁炉封堵上面布满了尘泥，甚至还长出了苔青，显然没有被人动过。他上楼到自己房间，在床上躺了躺，等到天完全黑下来，然后低身进入阳台，观察对面的湖畔阁茶楼。此时茶楼已是灯红酒绿，走进走出的，不仅有原来的老客，而且也有许多日本人。伏申看到俏罗敷迎来送往的身影，连忙跳到墙外，正要过去打招呼时，突然被人从后面抱住，拖他回到墙根下。伏申回头一看，竟然是那义魁。那义魁为了看护沈庐,俏罗敷安排他在茶楼当了烧水的伙计,整天装哑巴,如果不慎露出口音,就称自己是东北难民。那义魁催促伏申赶紧离开,不然会危险,原来湖畔阁茶楼正在接待杭州市长谭书奎,周围都是便衣警探,还有日本宪兵队在周围布控,明中暗处,无处不在。伏申答应离开,但向那义魁借那把当年溥仪赏赐的折叠弹簧刀,那义魁问他要做什么用场,如果拿去自卫,不如用枪,如果用于杀人,那就由他代劳,也用不着借,任凭伏申怎么说,就是没有给他,坚决要求把杀人的活交给他来干。

伏申回到皮市巷时,已是夜里,谭杭丽知道他回沈庐看看,也没有责备他,只提醒不要擅自行动,这样会让人担心,如果出什么意外,完不成任务不说,还会造成牺牲,给抗日大业带来不可估量的损失,借折叠弹簧刀干啥?要用,还不如她的小剪刀。但想不到的是,第二天看到了俏罗敷遭到通缉的布告。原来谭书奎昨晚到湖畔阁茶楼品尝龙井茶,因为在茶水中下毒败露,在腾阿大的掩护下,俏罗敷得以逃走。

导致湖畔阁计划失败的是那义魁。那义魁发现俏罗敷在茶水里放白色粉末,就自告奋勇替她动手,一刀结果,简单明快,在清澈明亮的龙井茶里下药,不等开口喝,早就一眼看出来了。但是,一开始谭书奎就注意到了那义魁,听他的口音,更加警惕,不等那义魁行动,随从们一拥而上,要实施抓捕,那义魁并不离开,而是将他们一一打退,亮出弹簧刀逼近谭书奎,不想俏罗敷被控制,那义魁丢下谭书奎,回身救她,混乱中背着她直接跳下楼,消失在对面巷子里。暗中接应的腾阿大将他们藏进监狱食堂的泔水桶里,扔进下水道,顺着污水排入西湖,然后由一条乌篷船捞起。直到谭书奎在就职典礼上再次遭到谋杀,两个人才趁乱离开杭州,逃回了俏罗敷天目山区老家,那义魁被引荐到山中孝丰镇忠义救国军浙江总部暂时安置。

谭杭丽得知,又是遗憾不已,如果俏罗敷成功了,她和伏申就不用再冒险了，又是责怪俏罗敷成事不足，担心如此一来，谭书奎必然警惕，对他们执行任务带来更大难度。

后来，伏申并没有在谭书奎就职典礼上唱戏，谭杭丽的小剪刀也没有派上用场。

谭书奎看到侄女突然出现在自己的就任仪式上，惊诧之中，也欢喜不已，安排她在贵宾桌上入座。听谭杭丽说要让同来的伏申唱一段《洛神》助兴，谭书奎急忙叫人去找琴师，不料琴师因为被拦在门外，与人争吵起来，谭书奎只好亲自出门迎接。谭杭丽看到机会，快速往那坛绍兴酒里撒了药粉。谭书奎的日本同学渡边闻到酒香，早已等不及，招呼几位日本贵宾，一人一碗，喝了起来。谭书奎带着琴师进来时，渡边和几个喝了酒的，已经捂着肚子半倒在地上。谭书奎因为前些天湖畔阁茶楼的遭遇，一下子就知道是怎么回事了，连忙大呼救人，场面顿时混乱，宾客纷纷逃离。谭杭丽看伏申盯着谭书奎不肯走，猛地拉着他离开，外面正好是湖滨四公园，两人穿过一片树林，跳上一条早已等候的乌篷船，消失在黑夜的西湖中了。

船至湖心，伏申不禁后悔，如果手中有那把弹簧刀，谭书奎这个汉奸就没命了，计划也成功了。谭杭丽当着腾阿大的面，兴奋地拥抱了伏申，告诉他，因为毒死了日本人，计划比预想的还要成功。这时伏申发现，谭杭丽旗袍的一边在混乱中被撕裂了，一直被撕到腰部，一看，她的腿显得更长了。

当晚寒冷，他们正要寻找栖身之处，腾阿大建议他们冒充犯人，混进监狱将就一夜，说不定还可以见到小角儿。谭杭丽不放心，现在监狱由日本人看管，戒备森严，怎么能随便进出？进去后怎么出来？腾阿大提到从下水道回到湖中的秘密途径，但被否决了。伏申想到沈庐人去楼空的情景，提出潜回沈庐，同时希望腾阿大找到小角儿，这次他想把它带走。谭杭丽急于找到针线缝补旗袍，也同意先回沈庐再说。

由于遭遇意想不到的情况，两个人最终在洗漱间过了一个寒夜。却说伏申给寒虫袭背的谭杭丽抓完痒，谭杭丽也要给伏申抓痒，伏申并不痒，但还是由她把冰凉的手伸了进来。伏申烫热的身体让她感到温暖，于是两只手都伸了进去，久久不肯抽出来，后来索性整个人都靠过去。惬意之中，谭杭丽只恨夜短，情从心来，说，北平客，今后我会照顾好你。

小角儿也在外面叫了大半夜，后来听到被人驱赶，离开了沈庐，可能回到监狱去了。伏申此次杭州之行，没能来得及带走小角儿，不禁懊悔了好几年。

回龙泉的路上，一向冷静的谭杭丽突然无缘无故地大笑了一次。在永康方岩旅舍，谭杭丽提出喝大碗黄酒，刚喝了几口，就像疯子那样放声大笑起来，笑完，就倒在伏申身上睡着了。伏申把碗里剩下的酒喝了，不禁满脸通红，昏昏沉沉，靠在谭杭丽的身上。旅舍伙计看他们行为奇怪，报告了当地抗日自卫队，结果一下子拥来几十号人，把旅舍包围得水泄不通。伏申与他们交涉，他们听他一口北方话，更觉得可疑，就要冲进来抓人。令伏申感到惊诧的是，这时谭杭丽醒了过来，什么话也没有说，就朝着人群开了几枪，几十号人顿时一哄而散，消失得无影无踪。回到龙泉之后，谭杭丽对自己为何大笑只字不提，好像从未发生过。

谭杭丽和伏申得到了国民政府军事委员会的通电嘉奖，各得了一枚忠勇勋章。因为渡边和几位日本人的性命远远重于谭书奎，原来悬赏法币五万元也提高至十万元，而伏申将自己所得五万元全部捐给了浙江大学龙泉分校。

两年以后的1944年，林白履与忠义救国军担任别动队长的义兄铁头杭潜回杭州，在四公园设伏，成功刺杀了谭书奎。林白履耿耿于怀的是，他们只得到了五万元奖励，而且之前说好的忠勇勋章也始终没有兑现。

谭杭丽听到谭书奎被杀，大哭了一次。伏申这时似乎明白了她当时大笑的原因，谭书奎毕竟对她有养育之恩，怎么能死在她手里呢？

九　两只狮猫相约发情期

这一年立夏那天，浙江省政府主席沈鸿烈郑重其事地接见了伏申。沈鸿烈3月底才到任，百废待举，日理万机，诸事繁忙之中，专门抽出小半天时间与伏申交谈，其中一个重要的原因是小角儿。

据中间联系人沙秘书介绍，沈主席也有一只纯白色狮子猫，不过是雄性的，他听说了伏申的小角儿，早想找个机会让两猫相会。都是源自山东，却有缘在杭州相见，也是一桩美谈。

但沈鸿烈约见伏申并不只是因为狮子猫。

端午节过后不久的一个傍晚，伏申升任省党部《政治情报》主任编辑的消息传到省政府那边，沙秘书专门在门口等他，送了一杯酸梅汤。伏申就请他到奎元馆吃了爆鳝面，吃得两个人满头大汗。之后同路回去，在西湖边吹着风，随后沙秘书告诉他正事，新任的省政府委员陈治平想推荐他到省政府兼职，看能不能面谈一次。陈治平在黄埔学生时期，加入过中共，后来国共分裂，被捕入狱，写下自首书之后，得到国民党方面的重用。沈鸿烈就任浙江省主席，就聘任他为省政府委员。制宪大会召开在即，蒋介石希望他竞选国大代表和立法委员，然而他并不想与蒋同流，果断拒绝了。或许是得到沈鸿烈的庇护和默许，陈治平正着手秘密成立孙文主义同盟，并且担任常委兼组织部长。

不过，沙秘书又提醒他，孙文主义同盟实际上是一个反蒋组织，如果陈治平要发展他入盟，还是谨慎一点，暂时不要加入为好。伏申答应见面，沙秘书反倒劝伏申考虑清楚了，现在什么党派都不是，什么人都不投靠，才是顶好的。他观察世象，大乱将至，伏申有机会不如回去读书，读书不成，回北平学戏，兴许还能吃一口好饭，他自己呢，想过了，大不了卖字为生，题匾额，写招牌，摆地摊，养家糊口不成问题。

伏申听了沙秘书这番话，心里凉淡淡的，空落落的，满腹的话想说出来，但知道沙秘书终究不算朋友，不是曾经呼吸与共，对他关照入微的谭杭丽，更不是可以倾情而诉，心有依恋的沈甲妃，甚至不如通透宽大，对他关爱有加的乔思文，当然不如的人还有很多，一通胡乱联想之后，伏申欲言又止，沉默了半天，最后说了一句，能够自由自在最好，今后就怕约束越来越多。

沙秘书叹息，自由最难了，谁不想多点自由？感慨之后，才告诉他，其实是新任的沈主席想见他，还有他的狮子猫。伏申听到这个理由，也下决心要见一下沈鸿烈，他不为别的，正好有一件事，好当面问问他。

第二天一早，在沙秘书安排下，省政府主席沈鸿烈接见了伏申。一开始都是关于狮子猫的闲谈，先是拿猫两相比较，相比系着小肚兜的小角儿，沈鸿烈的雄猫体形更壮，头毛较短，口大齿利，触须较长，鼻端粉红，相同的是，眼大而圆，都凹镶于眼眶内，双眼一黄一蓝，同左同右，且白底头顶都略有黑斑。两只猫相见，没有马上戏耍在一起，沈鸿烈开怀赞叹，一会儿它们熟了，就是一对痴男怨女般的宝贝。等待了片刻，两只猫还是相对无声，还是默默地观察对方，让人感觉到，此时无声胜有声。

寂静之时，沈鸿烈暂时转移话题，开门见山，简明扼要地希望伏申辞去党部工作，到省政府新闻处任职。对此，在座的陈治平作了补充说明，对于看中他的理由，说得很直白。一、他不是浙江人，用他，别人不好说三道四；二、他受到诬告和省党部某些人的排挤，实为不公，此时离开，党部无话可说；三、他多年来表现优异，成绩突出，是真正的青年模范，省政府一定会比党部更看重他，更能发挥他的才干，当然前程也更加锦绣。陈治平说完，等着伏申表态，伏申自谦地摇摇头，嘲笑自己是个自由散漫的人，缺点错误一大堆，没有他说的那么好。

其实，伏申看到陈治平志在必得的样子，不由得想起沙秘书昨晚的提醒。一个堂堂省政府委员，对自己如此讨好，如此拉拢，不就是要自己参加他那个孙文主义同盟吗？想着，他看了看只管低头记录的沙秘书，一急，一句不怎么恭敬的话脱口而出，陈委员的目的是什么？是不是要我参加孙文主义同盟？

不仅陈治平一脸难堪，沙秘书也面红耳赤，手中的笔停了下来。神色略显尴尬的沈鸿烈很快反应过来，拍了拍伏申的肩膀，笑着说，就是想邀请他为省政府服务，没有别的，如果现在还有困难和疑问，关系暂时可以继续留在党部，省政府这边先作为兼职，如何？

看到伏申多少茫然不解的样子，沈鸿烈继续耐心地做他工作，告诉他，省政府同在梅花碑办公，东西左右，两厢方便，党部人员、军警宪特等部门在省政府兼职的不在少数，而且，在他看来，伏申的兼职可以有两处，一是在新闻处，二是在秘书处，都不是闲差，分身有术，权利兼得，既是兼职，让人无法眼红。

沈鸿烈口气是坚决的，神情是豪爽的，说着，他又一改湖北口音，用带有胶东半岛味道的国语解释了一遍，伏申兼任亲职，每月额外领取约折合银元八十元的薪俸，同时，因为他一口字正腔圆的北平话，聘任他在秘书处担任临时秘书，主要是担任会议及活动司仪，按照工作量领取全额津贴，其实也是一份实薪。

按照沈鸿烈的说法，伏申不仅到新闻处任职，居然临时多出了一个秘书处岗位，如此一下子得到两个职务，更周到的是，两处都是兼职，两处都是全薪。伏申心中惊诧，这等好事为何而来？

对此，连陈治平也感到有些突然，愣了一会儿，但随即频频点头，表示赞同。沙秘书此时也终于抬头看了看他，朝他眨了眨眼，示意他赶紧接受，仿佛又在提醒他，不是有话问沈鸿烈吗？

伏申猛然想起自己的真正目的，于是静下心来，认真打量着沈鸿烈，然后提出了心中积压十年之久的一个问题。

伏申最早是从山东省政府主席韩复榘口中知道沈鸿烈的，1936年他到山东寻找沈甲妃时，沈鸿烈正担任青岛特别市市长。

农历正月十五，寒假已经结束，1936年第一个学期已经开学好几天，沈甲妃还是没有回北平，没有回学校上学。辅仁大学给杭州的电报和信件得不到任何回音。伏申情急之下，竟然向囚禁在浙江陆军监狱的沈甲妃父亲沈耀中发了电报，当然得不到任何回应，后来寄了挂号信，一个多月以后，被拆封检验后盖上"查无此人"四个字退回芳草园。

而1936年，伏申人生中的重要选择，就是要考取大学。

对于伏申的学业，乔思文向来关心，每次见面都建议他尽快补习完成中学课业，以他的资质，半年一年之后，完全可能考上大学，有他的推荐信，他心仪的辅仁大学一定会对他打开方便之门。自从沈甲妃离开之后，伏申显得沉静内敛，时不时温习《升学指导》中收录的试卷。伏德魁夫妇对此欣喜不已，他们一直相信万般皆下品，唯有读书高，读书自然比学戏好，哪怕以后挣的不如唱戏的角儿多，但社会地位高，广得尊敬，备受钦羡，如果伏申金榜题名，那就是四合班，是芳草园的荣耀。而瞿玉郎以伏申兴致为重，对于此事，却是《西厢记》崔莺莺送别张生的口气，什么中与不中，不必在意，三十六行，行行出状元，能考上大学固然最好，考不上也无须烦恼，以此宽心伏申。

不过令他们担心的是，这时，伏申读什么大学的志愿发生了变化，产生了离开家，离开北平到江南求学的念头。因为随着时间推移，伏申越来越强烈地觉得，沈甲妃不会回到辅仁大学读完最后一个学期，不会因为在乎毕业文凭回到北平了。他决定报考江南的大学，明确就是要考上坐落于杭州的浙江大学，这个想法得到了乔思文的支持。乔思文从南京打来电话许诺，浙江大学校长竺可桢是他好友，他可以写推荐函为他争取到名额。

在伏申苦苦钻研《升学指导》的那段日子里，具体是1936年的春天到冬天之间，有关沈甲妃的行踪或是扑朔迷离，或是杳无音信。最初传出一种说法，沈甲妃和请愿学生代表顺利离开了天津站，一路南下，但到济南站时，遭到阻挠。山东省政府主席韩复榘下令，到南京闹事的请愿学生代表，不许一个停留在山东境内，更不许一个从山东过境去南京。请愿学生代表们下车抗议，但被全副武装的军警赶回车上。后来这节三等车厢竟被津浦列车摘离，如同囚车，孤零零地停在前后有障碍物的车站岔道上。

韩复榘态度转变，出乎意料。

原来预判，韩复榘由冯玉祥一路栽培，而冯玉祥与蒋介石的矛盾不断激化，冯玉祥对全民抗日，对学运态度积极正面，韩复榘势必受其影响，对学生请愿即便不予公开支持，也绝不会暗中阻挡，况且韩复榘作为一个河北人多年主政山东，对自己的政治声望和民意支持看得最重，而对于全民抗日，整个山东民意沸腾，热情高涨，在北方诸省中是最明显，最突出，最坚决的，韩复榘岂能熟视无睹，岂能有违民心，背上刁难、阻碍北平大学生抗日请愿的罪名，由此引发全国性的抗议浪潮？

面对突如其来的变化，沈甲妃毅然放弃了南下回杭州的机会。作为回家过寒假的普通学生，她本来可以坐着津浦列车继续南行，因为对韩复榘存有希望，她从即将驶离的二等车厢跳下来，亮明身份，要求与山东省政府当局甚至韩复榘本人交涉。然而，沈甲妃在车站值班室等了一夜，没有任何人出面接待她，她忍无可忍，一边号召困在三等车厢上的请愿学生代表绝食抗争，一边试图向车站外的山东民众求援，但都遭到阻止。僵持了数天之后，一个新调来的火车头强行挂上请愿学生代表乘坐的三等车厢，朝着北方，开回了天津。

孤立无援的沈甲妃身处济南车站，既没有允许南下，也没有允许往北，而是被留置在车站派出所，度过了几个又冷又饿的日夜之后，去向不明。

北平的报纸对请愿学生代表从济南折返的消息作了简单报道，所述原因是徐州至浦口铁路出现故障，难以近日内通行，除个别江南籍学生因回家过年，暂时安置车站，等待继续南行外，其余所有请愿学生代表，受到好客的韩复榘主席热情款待，业已礼送出境，经天津回到北平。

个别江南籍学生又是谁呢？

伏申到各所大学向曾经参加赴南京请愿的学生代表打听，真实情况，无从得知。恰好刚刚被任命为国民政府军事委员会副委员长的冯玉祥到前门戏院看戏贺岁之后，意犹未尽，当晚又亲临芳草园看望，生旦净末各听了几出，直至午夜。伏申其间敬茶，冯玉祥看他少年意气，正努力读书，于是另眼相看。伏申提到之前北平学生赴南京请愿受阻济南一事，希望冯玉祥向韩复榘致电询问。冯玉祥自认为韩复榘对蒋介石颇为不满，不致为难学生，引起民怨，第二天一早就给韩复榘打了电话。韩复榘坚决不承认请愿学生受阻济南，更是否认有什么江南籍学生在济南站下过车、候过车，或者有任何过境行迹。随后，山东省政府为正视听，在北平报端公布所谓真实情况，其中还登载了韩复榘的五点批示：

一、欣闻北平请愿学生代表过境山东，省政府诸位官员及济南军民于火车站热诚欢迎，歌舞标语，以壮行色，以示声威；

二、量山东之物力，尽鲁人之所有，竭尽款待，赠每人计棉衣一套，以御寒冷，肉食三顿，以养身体，大洋六元，作为零用；

三、由省政府秘书处招待，游览大明湖、千佛山、趵突泉等济南名胜，领略风光，感受风气；

四、省教育厅邀请学生领袖数人，莅临山东省立高中、省立济南女中作抗日演讲，双方交谊联欢，以增进团结；

　　五、派精干兵员以铁甲车警卫随同，护送至山东境外，以保学生安全，以尽津浦线防务之责。

　　请愿学生到底是送去南京还是被遣返天津，通篇语焉不详，似是有意回避。

　　对此，当时北平工委和山东省委有过揭露，认为相关命令来自蒋介石，但韩复榘至少起了不好作用。鉴于他主政山东以来，取缔反日宣传，解散抗日组织，与日本驻济南武官交往密切等等劣迹，请愿学生代表停靠济南车站，已是虎口之羊，能退回天津，可算是脱离险境，实属侥幸。

　　山东省委负责济南学运工作的王姓负责人曾经报告，确实有一位在北平上学的江南籍女学生，脱离请愿学生代表团之后，在济南火车站滞留了几天，同情她的车站军警，把她交给了济南学联。但她因为在车站广场等场所，发表演讲，鼓动市民以罢市、集会、通电等形式支持请愿学生，遭到驱逐。之后因为到省立医学专科学校、省立戏剧学校串联号召罢课，以煽动反对政府、扰乱教学秩序罪被特务逮捕，至于关押何处，还没有查明。王姓负责人在报告中对该女同学的英勇行为，予以肯定和赞扬，使以山东大汉自居的本地人士对温婉的江南女子刮目相看，认为江南籍女学生的行为恰好是对本省同志特别是济南同志的重要警醒，是一次焕发山东人民抗日救国热情的重要契机，当务之急，要大声势地发动各界尤其各校学生开展寻找和营救江南籍女学生行动。

　　正当第二天各校游行队伍锣鼓、横幅等准备就绪，在校内集结完毕，等待出发上街时，济南各报发出号外，以通栏标题登载了江南籍女学生乘津浦列车离鲁，韩主席率省府官员亲临送行的消息。

箭在弦上也不能发，王姓负责人临机决断，缓弓收箭，取消了即将举行的济南大中学生游行活动。

到了年底，西安事变爆发，韩复榘于21日发出通电，支持张学良、杨虎城，随后扬言，准备派兵袭击何应钦率领的进攻陕西的中央军后路。有此举动，韩复榘已经低迷的声望再次提升，一时间各界赠送的牌匾放满了省政府礼堂。

然而在1936年期间，种种消息传到北平，质疑声没有停止过，请愿学生在济南受阻的事实，没有解释清楚也就罢了，但时不时被提到的江南籍女学生到底去向如何，一没有本人出面承认，二没有学校声明证实，其中究竟有何隐情，甚至有几分真实，是否确有其事，确有其人，实在令人模糊，令人猜想。因为更多的大事要事需要关注，渐渐地，北平城里关心这件事的声音弱了下来，以至于后来很少有人提到了，包括似乎有关系的辅仁大学，也没有再过问了。

只有伏申，越来越感到疑惑不解，越来越焦急不安，要不是芳草园上下阻拦，他多少次恨不得立刻赶到济南，向韩复榘问问清楚。

迄今为止，他去过最远的地方是天津，那也是为了送沈甲妃去的，如果再去远一点的济南，也是为了找沈甲妃去的。

伏德魁几乎没有想过要同意他去，一则那个江南籍女学生如果真是沈甲妃，芳草园已经冒着风险帮过她一次，仁至义尽了；二则为了一个江南籍女子，找上门去，莽撞而危险，如果沈甲妃真是共产党，那岂不受到牵连；三则韩主席不是他想见就见的，一个还没有成年的孩子，不知轻重，被人耻笑。如果为了至亲，为了挚友，非得要去的话，也是他这个当父亲的去。

伏德魁对韩复榘印象良好，不仅因为他看过四合班的戏，给自己捧过场，更主要的是五年前的一件事，使他本人，包括整个梨园界对韩复榘高看一眼。当时伏德魁参与创立北平国剧学会，因经费问题一度停办，韩复榘在济南听到此事，特别传话过来，鼓励他们务必把国剧学会恢复起来，并赞助4000元开办费及每月400元经常费。发起成立国剧社的名伶因此受到触动，争先恐后，踊跃承担，虽然后来把钱退还给韩复榘，但感谢之意持续至今。

沧海桑田，时势变幻，伏德魁觉得自己算是名家，但事关政治，自己不宜介入，万一弄巧成拙，自讨没趣不说，搞不好带来别的麻烦，累及家人，更伤害了沈甲妃。连琴瑟怕伏申贸然行事，做出赴济南寻人的荒唐之举，就带他到宣武门天主堂，让神父开导他。神父倒是对伏申有几分理解，试图帮他排除苦恼，就专门写信给济南的张神父，请他出面关心查问。张神父很快回了电话，经他多方了解，十分肯定那个江南籍女学生已经不在济南，也不在山东，应该是在南京或者回杭州了。

伏申听了，觉得张神父的话有几分可靠，心情有所缓和，开始专心复习功课，盼望在新学期考上浙大，早日去杭州与沈甲妃见面。但他仍然计划经过山东时，要去济南亲自看一看。

瞿玉郎因为给沈甲妃化过妆，回想起她的音容笑貌，不免感叹正值花季，不应遭遇厄运，香消玉殒，伏申宅心仁厚，为其担忧，也是可怜的，芳草园应该帮人帮到底，努力做些什么，甚至表示如有必要可以带伏申一起去济南，以此逼迫伏德魁放下面子向韩复榘求助。伏德魁其实一直在犹豫，凭良心说，他对学生爱国抗日是理解，是支持的，也是实际出过力的，比如请愿学生代表团困在天津时，伏申找曹老板寻求帮助，自己在电话里没有二话，就答应预支自己全年在天津演出戏金一大半付讫津浦列车的车票，那可不是一个小数目。再是，他对沈甲妃的去向也是关心的，是生是死，总得有个确信，如今平白无故地下落不明，连他都感到焦虑，何况心智仍在发育，与其多有交往的儿子伏申。

伏德魁其实给韩复榘写好了一封信，但始终没有寄出，不想被伏申发现后藏匿了。直到1937年夏天，伏申南下浙江求学，怀揣此信，路经济南，见到了韩复榘。韩复榘知道他的来意，看他少年意气，不更世事，有心戏弄，装着一副神情认真的样子，告诉他，一年之前，有一个女子大闹济南火车站不算，还到城里面向市民发表演讲，到学校煽动学生罢课，把济南城搞得天翻地覆，乌烟瘴气，结果就被中央派来的人抓了，也不知道后来押送到哪里，十有八九已经被杀了，蒋委员长对共产党绝不手软，不管是男是女，生得丑还是长得美，一律枪毙。

枪毙了？伏申身体从沙发上蹦起来那一刻，后悔自己不应该撇下那义魁。他脑子里闪过这样的场面，自己伸手就去抓那义魁腰间的弹簧刀，那义魁一把挡住，不等那几个省政府的警卫反应，又一把将他按回沙发上。然而伏申脑子里一闪而过的念头，让韩复榘感到了危险，他哈哈大笑着拍了拍伏申的肩膀，发起牢骚。他堂堂山东省政府主席不是故意装聋作哑，实在是背不起包庇共产党的罪名，然后表情神秘地提示他，此事他怀疑是南京派驻济南的特务擅自所为。韩复榘为了证明清白，还让伏申查看档案，韩复榘讲了半天的这个人原来是个戴眼镜、梳头髻的中年女子，并非江南籍女学生沈甲妃。伏申脸孔涨得通红，不知说什么好。韩复榘得意，笑了半天，劝导他小心被赤化，生得一副好皮囊，何不子承父业，把戏学好了，今后天南地北的美女多的是。

至于那个文气美貌的江南籍女学生，韩复榘承认知道此事，全山东都找遍了，没有此人，一会儿又改口说，只有青岛没有去找过，他正电令青岛特别市市长尽力查找，还当场打通与青岛的电话，让伏申旁听，对方自称是市长沈鸿烈，表示已经竭力查明，境内并无一个北平师生曾经路过或者逗留。韩复榘撂下电话，骂了一句天上九头鸟，地下湖北佬，然后一本正经地叮嘱伏申，记住这个青岛市长，叫沈鸿烈，日后有机会，当面质问他，不要不敢，老韩会撑腰的。

伏申试图前往青岛，遭到拒绝。其时日军在青岛海面上集聚了大批军舰，虚张声势，企图不战而侵占青岛。沈鸿烈收到蒋介石的密电，炸毁了日本在青岛所有工厂，其作为得到国民政府的高度嘉许。他安排好全市军民撤退后，带着几个随从离开了青岛，前往徐州。

后来，韩复榘实在不耐烦了，一口咬定该女学生已经安全离开山东，并以报纸为证，几乎济南每家报纸都登载了江南籍女学生当天离开的消息，有师生为证，当天送行的各校师生致省政府感谢信上的签名都有真人可查，最主要的是，最让伏申信以为真的是，有照片为证。省政府摄影师拍下一组照片，上面微笑着登上火车的江南籍女学生，分明就是沈甲妃。

也许是韩复榘的暗示起了作用，伏申到浦口下车过江之后，没有坐京沪线转沪杭铁路直达杭州，而是在南京停留下来，一停就是数月。

后来伏申从报纸上看到消息，沈鸿烈接替韩复榘担任了山东省主席兼省保安司令。

1938年1月25日，蒋介石处决了韩复榘，在物色接替人选时，想到了沈鸿烈，但又担心他控制不了韩复榘的老部下，于是通电询问沈鸿烈，有意让他主政山东，但对于安抚军民是否有把握？沈鸿烈回电陈情，自己主政青岛六年，与韩系将领、鲁省名士多有交往，相知颇深，对于政情民俗亦甚熟悉，安抚军心民心稳操胜券，由此打消了蒋介石的疑虑。随即，国民政府明令沈鸿烈任山东省主席兼省保安司令。

想不到，沈鸿烈来到了浙江。

感谢沙秘书的引荐，伏申今天终于跟这位新任省政府主席面对面时，不由得想起这段往事，于是忍不住问起。没想到，沈鸿烈居然还记得，而且承认，韩复榘当时确实为一个江南女学生的事给他打过电话，只是因为战事紧急，自己正忙于撤离市民，因此他只是敷衍了几句，再说在那样危险的情势下，怎么还有人敢来青岛呢？

伏申对此并不认同，当年义勇军不就是奔赴抗日前线了吗？沈鸿烈听了，不仅没有反驳，反而称赞伏申说得对，到底热血青年，后生可畏啊，愈加盛情地邀请他加入省政府，并向伏申预言，党部风气不怎么好,他迟早会离开,而且这一天不会太久。

到了中午,沈鸿烈没留饭,叫沙秘书送走伏申,然而此时小角儿恋恋不舍地叫个不停。沈鸿烈抱了抱小角儿,不禁同情,母猫六个月大就进入初情期,现在多少年了?难怪它见到公的不舍。同时与伏申约定,再过几个月,到了秋天发情,一定要想办法配种,又问,谁见过有系肚兜的猫?这肚兜谁给它缝的?

十　他原来何止一个父亲

1945年光复以来第二年的5月下旬，中央党部和中统局在莫干山召开专题会议，主要研究各省县党务和内审工作，以及会同三青团对全国党国模范青年名单进行初步审核。随同党部主委会与会的谭杭丽列席了会议，比较下来，对于伏申人选志在必得。

不想有人对伏申表格中父亲一栏空缺提出疑问。

早晨散步时，谭杭丽特地向乔思文打听伏申父母的情况。其时伏德魁因赴"满洲国"献演的旧事，已经开始引起社会舆论，有人要求予以追究，乔思文听到谭杭丽这么问，以为伏申受到牵连，就详细解释了伏德魁当年到长春演戏前后缘由和迫不得已，认为即便有争议，也由本人承受，不应该牵涉到伏申。谭杭丽说明，自己与伏申是共过生死的同志，绝不因为政审需要调查他家庭情况，这次伏申的表格是她代为填写的，为了保护伏申，父亲一栏先空着了。乔思文不以为然，伏德魁梨园名伶，一心想演好角色，并不关心政治，伪满之行是被强迫的，情有可原，不应追究。

谭杭丽点头赞同，认为他们有疑问，不过是出于好奇。

乔思文有些激动了，问谭杭丽，他们为何好奇？有什么好奇的？

谭杭丽表情神秘，悄声相告，长期在北平坚持工作的同志跟她，跟军统杭州站的人都讲过，伏申有两个父亲，中央党部和中统局的人因此好奇，都想知道是怎么一回事，自己更想为他澄清事实，所以冒昧问一问，想想怎么办好。

乔思文猜到是齐庆斌散布传言，当即骂道，军统平津区的齐某人吧，他知道什么？他因为在芳草园触过霉头，出过洋相，丢过面子，所以不负责任地胡说八道，纯粹是为了泄私愤。伏申姓伏，父亲自然是伏德魁，还有别人？

谭杭丽没有明确是齐庆斌说的，党部迁到龙泉的时候，自己只见过他一面，没有什么交流，也知道他对伏申的父母有成见，因此不可能太相信他，但谭杭丽也不肯说出是谁告诉她的，犹豫了一下，突然问乔思文，那瞿玉郎会不会认为伏申是自己的儿子呢？

乔思文愣了愣，吃惊地看着谭杭丽，就要离开。谭杭丽连忙拉住他，又是敬礼，又是作揖地哄他，再三解释，自己没有任何不良意图，不过关心小伏，想了解他更多的家庭情况，是为了在中央党部，在中统局，在浙江省党部，方便为他说话，更加主动地维护好他，为评选全国青年模范，为他今后的发展，为党国培养出一个杰出人才，扫清障碍。

乔思文看她说得诚恳，对伏申也是充满善意，而且在晚霞中，美丽的脸孔又白又红，青春透亮，让他这个年纪的男人看了感到舒服和亲近，不禁兴致上来，向她讲述了二十六年前的一段往事，讲得形象生动，引人入胜。

1920年9月的北平，天气晴好，风和日丽，伏申迎来他满月的日子。

芳草园上下，张灯结彩，宾客如云，几桌庆祝满月的酒席摆满了前厅正院，乔思文在内的一班贵客与四合班众角儿齐聚一堂，同坐主桌。

全场肃静之后，首座的一位梨园前辈，宣读了一份契约文书，遵连杭生遗嘱，将芳草园所有房产财物归伏德魁和瞿玉郎所有。

连琴瑟怀抱着伏申站起来要说话,伏德魁轻轻拉住她,似乎要阻止她。连琴瑟坐下,靠着他的肩膀,低声提醒他,现在当着大家把话说清楚好,以后没有机会说了。伏德魁嘴里啊啊了几声,没有怎么反驳,连琴瑟将怀抱中的伏申交给他,上前打断梨园前辈的说话,然后对父亲的遗嘱作了解释。原来父亲是想把芳草园过户伏德魁一个人名下,但他再三坚持要与瞿玉郎共有,作为连家后人,觉得也应该这样,但是话要说清楚,让大家知道这份情谊。

伏德魁把伏申交还给连琴瑟,劝她,既然是叫四合班,就要大家合好,芳草园与瞿玉郎共有是情理之中。此时,琴师李元人神情冷淡,鼻子里轻轻地哼了一声,附在瞿玉郎耳旁,嘀咕了一句,不抱抱满月儿呀?

瞿玉郎脸色一变,猛地一把将他推开。

那天的酒宴上,伏德魁和连琴瑟紧挨在一起,瞿玉郎坐在他们对面的位子上,目光一直注视着连琴瑟怀中的伏申,一脸的迟滞。席到一半,瞿玉郎开始要酒喝,连喝了几杯酒,乘着醉意,端起酒杯,走到连琴瑟面前,稳了稳身体,要给新生的婴儿敬酒。连琴瑟看出瞿玉郎已经喝多了,将伏申交给伏德魁,然后给瞿玉郎递过一杯茶,自己举起茶杯,以茶代酒算是互敬,但瞿玉郎将满杯的酒递给连琴瑟,非得要跟她喝。连琴瑟虽然有酒量,但喂奶期间,只能滴酒不沾。伏德魁起身要代酒,瞿玉郎推开他,说了一句,自己敬连琴瑟的酒,跟他没关系。

连琴瑟端起酒杯,正犹豫着,伏德魁一把夺过连琴瑟手中酒杯,头一仰,一杯酒喝得一滴不剩。全场突然安静下来,伏德魁吃惊地看着空空的酒杯,也不敢相信自己居然喝下一大杯酒。瞿玉郎没有再坚持要连琴瑟喝酒,但要求抱一抱伏申。

伏德魁刚要递过伏申,连琴瑟拦住,自己抱过来,远远地躲避开了。众目睽睽,瞿玉郎显然感到难堪,想做出扔酒杯的举动,但又突然酒醒似的,慢慢退回自己的位子上坐下,直到乔思文夺过酒壶,拉着他离开。

那晚，出生已经一个月的伏申躺在炕上，睁大眼睛，似乎好奇地看着母亲连琴瑟将梳得整齐的头发拆散。伏德魁仍有些酒态，扶住门框站了一会儿。伏申那时当然听不懂父母的对话，但一双眼睛仿佛一直注意着他们的嘴唇，在不停地开开合合。伏德魁正在安慰连琴瑟，中心意思，就是劝她理解瞿玉郎的脾气，别往心里去。而连琴瑟低下头，转到别处，声音颤抖，冷冷地回应，凡是角儿都爱使性子，想说什么就说什么，想做什么就做什么，是吧？然后口气一转，语含讥讽，眼前这个叫伏德魁的角儿，也就是自己的丈夫，跟别的角儿都不一样，没有性子，是吧？伏德魁摇着头，告诉妻子，以后自己会有使性子、耍脾气的时候，日子久了，兴许可能会让她受尽委屈。连琴瑟一听，神情顿时认真了，追问伏德魁，要是她做了很错的事情，会对她怎么样？伏德魁再次摇摇头，也很认真地表示，自己想清楚了，她不会做错什么，她性格那么好，待人宽厚，处事那么周到，冰雪聪明，怎么会做很错的事情呢？

话到此时，连琴瑟声音低沉，一板一眼地作了表达，人非圣贤，孰能无过，千万别把她看高了，看好了。

伏德魁在房间里走了几个来回，最后握着连琴瑟的手，语气柔和，有如念白，吐出一句，执子之手，与子偕老。连琴瑟听了，不禁激动，依偎在伏德魁身上，想说什么，又没有说话。婴儿伏申此时已经入睡很久，四周也寂静了很久。在伏德魁的怀抱里默默地依偎了很久，后来连琴瑟终于打破了沉寂，突然问伏德魁，睡觉会做梦吗？

伏德魁突然脸色一变，慢慢地抽出身体，很久才回答，自己睡得熟，很少会做梦，特别是奇奇怪怪的梦。

就在这个时候，陪着瞿玉郎过来表达歉意的乔思文，已经在门外站了有一会儿，听到了夫妻间的对话，二人一时进退两难。后来叫角儿的猫突然蹿进来，叫个不停，他们才被伏德魁发现，他走出来，把婴儿交给瞿玉郎，让他抱了一会儿。

因为有人喊吃早餐，乔思文没有再讲下去，谭杭丽一阵唏嘘，不禁感叹，小伏的身世真的还很特别，摊上两个阿爹都是名角儿，难怪有人会好奇，会拿他做文章。对此，乔思文一脸严肃地叫她转告中央和浙江省党部的同志，尤其要让中统局知道，伏申是十分优秀的青年干部，怎么能随便诋毁他？绝不能听信江湖传闻，更不能借此在背后损害他的名誉。后来，乔思文似乎后悔自己说得太多，声色俱厉地警告谭杭丽，上次端午在杭州跟她私下里说的话，包括今天讲的事情，当他没有说过，不算数，更不许乱传。

对于乔思文忽然不信任的态度，谭杭丽有些尴尬，急忙声明，自己没有向任何人透露过一个字，而且为了阻止谣传扩散，她已经作出努力。现在提起这个事情，不代表党部，没有任何组织上的意图，自己更没有任何恶意，她只是关心朋友，不让小伏吃亏而已。谭杭丽所说的自己作出努力，包括了处理连麻子的事，当然不能明说。

乔思文顾忌身边人多，不便发火，眼睛一瞪，指着谭杭丽，低声怒骂浙江省党部荒唐，中央党部的人荒唐。骂着，又一口气说完为伏申抱不平的话，伏申一介少年，不远千里，求学江南，逢国家民族生死危难年代，以一片赤诚，投身党部，报效国家，以青春热血之身，不怕牺牲，屡立功勋，如此坦白清爽的青年，各级党部还要为难他，叫他日子难过？不让他进步？还要叫他再找一个父亲证明他清白？

谭杭丽看到乔思文怒气难消，也觉得有些不安，赔了笑容，连声感谢他对伏申这么高的评价，作为同事，她感到欣慰也感到骄傲，也认为传闻确实荒唐，对伏申政治前途构不成什么危害，但她担心人言可畏，会对伏申的生活和精神造成困扰，他毕竟还是一个未婚青年，对今后组织家庭或多或少总有影响，如果她能了解到更多更真实的情况，还能更好地维护他，为他说话。

看到乔思文吃过早餐，心平气和许多，谭杭丽找他说明了自己的意图。如果伏申父亲这一栏填的是瞿玉郎，对他极为有利，从全国尤其是北平的舆论判断，现在政府部门，社会各界，高度赞赏瞿玉郎在抗战期间蓄须明志的壮举，公认他是具有民族气节的爱国艺术家，这点连蒋委员长都赞扬过，如果伏申有这样一个父亲，将得到更多的尊重，他在浙江省党部的日子会好过得多，中央党部和中统局都会看重他，对他今后的进步极其有利。

乔思文听了，似乎明白了谭杭丽的用意，微微点头，表示赞同。

后来据说因为蒋经国在南京参加接待美国顾问团一行，无法分身，莫干山会议只研究了前几项工作，会同三青团审核全国党国模范青年预备名单一项议程暂时取消，说要等7月份再议了。

浙江省党部有人打听到莫干山会议情况，故意假传消息，伏申党国模范青年评选资格被取消了。原因有很多，其中一条是因为他的父亲出现了问题，受到影响。谭杭丽怕伏申听到谣传沉不住气，就透露了会议的真实情况，鼓励他不要泄气。伏申不以为然，当天就申请了探亲假，但没有得到批准，而且得到命令，在党国模范青年表彰会召开之前，不许再申请。

伏申回北平的计划又被搁置了。

上一次是1945年秋天。

光复以来第一个双十节刚过，连琴瑟发来电报，她已经订好12月初北平经天津直达杭州的火车票，到时候到火车站接她就行。原来此时伏德魁已经被光复委员会限制离开北平，不能一起来，而瞿玉郎正在好年节，戏约缠身，脱不了身，况且连琴瑟也不让他陪同。此时那义魁行踪飘忽，不见其人。连琴瑟独自一人远行，路上极不方便，于是大家都建议让伏申回来看望大家。伏申也没有反对，毕竟离开北平八年了，于情于理他都应该回来，跟大家好好过一个年。这自然是人人赞同的上策，芳草园里望眼欲穿，但是到了大年三十，收到的却是一封浙江省党部的电报通知，因为党部回迁之时，每个人都很忙，一律不准请假回来，特向家属表示慰问，对理解支持党部工作表示衷心感谢。

但真正的原因是在伏申身上。原来伏申从龙泉回到杭州之后，听到沈甲妃可能在四明的消息，于是四处寻找沈耀中，希望他带着自己到四明山。情报显示，四明山共产党浙东武装根据地新四军所部已经撤离，想必她应该回到杭州，而不是随军北上。到了年底，沈耀中仍然在四明待着，没有回到杭州，伏申正要赶到四明，沈耀中却叫人带信给伏申，劝他不要误听传言，明确告诉他，沈甲妃从来没有在四明出现过，自己也没有在别的地方见到过她，叫他务必不要到四明来，伏申不由得失落。更主要的是，这时已经听到伏德魁被人举报到北平光复委员会的风声，连琴瑟担心连累伏申，急电他延缓行程。正当伏申犹豫的时候，林白履出来帮忙了。

当时在人们看来，林白履与伏申的矛盾还没有公开激化，知道他要回北平探亲，巴不得他离开，顿时积极。预判了形势，认为他一去未必回得来，拍胸脯帮他解决好交通问题。伏申几次拒绝，林白履不高兴了，责怪伏申见外，动情而语，同志之间，工作中产生过矛盾，就不能有所弥合，互相帮助了？不由分说，就托铁路党支部的关系，订了十天之后经上海去天津的火车票，又觉得要等太久，打听到宁波有一艘往平津驻军运送火炮的轮船，正在等候出发通知，于是想尽办法，通过宁波党部的熟人联系了船长，给伏申腾出了一个军官的舱位。一时间，又是铁路，又是海路，双重保险之下，伏申回家探亲之旅势在必行。

沈乙嫔看到伏申三番五次想走，心中不快，也不好明显阻拦，这次经林白履一捣鼓，仿佛箭在弦上，不得不发，就忍不住责问他，为何突然要回北平？是不是沈甲妃有什么消息了？

伏申本来想说，正因为这么长时间没有沈甲妃的消息，才打算走了。伏申的话最终没有出口，其实是因为他的希望并没有破灭，仍然觉得原先的约定不会作废，仍然相信沈甲妃总有一天会出现在杭州，以一个安居乐业、充满自豪感的主人身份，倾其所有，热情地接待他，陪同游览她曾经讲述过的好山好水、好景好物，他呢，像一个受到款待的客人，心满意足地告别杭州，回到北平。沈乙嫔不禁伤感，要是真打仗了，还回得来吗？沈乙嫔没有等伏申回答，回头就向党部请假，要跟着他一起去北平，并期望到北平之后，伏申以应有的待客之道，陪着她看看昔日的北京城，看看故宫，看看伏申生长的芳草园，有何不可？同时还认真地表示，毕竟是沈甲妃说过的话没有兑现，是违约了，自己作为妹妹，愿意替她弥补。

林白履看到沈乙嫔如此冲动，如此不加掩饰，不禁怒火中烧，当场就打电话给铁路党支部的朋友，把火车票退了，又联络上宁波的轮船，谢绝了舱位。随后想了想，觉得别人会在背后说自己小气，又做了一下挽回，当着众人向伏申表达歉意，自己只能保证他一个人走，没有本事弄到两个人的火车票，军火轮船多要一个舱位就更难了。

此事说不上是一场风波，但党部知道的人不少，议论多少还是沸沸扬扬。谭杭丽看不过去，索性帮伏申联络飞机，一天内就能到北平，何其便捷。不想真的有一架中央银行的飞机，三天后从笕桥机场起飞经停济南到北平，一周之后飞回上海，这样的话，伏申可以原机返回。沈乙嫔一想他有可能很快回来，心中稍感笃定，不好再要求同去北平，但提出要到机场送他。谭杭丽觉得不妥，一个英雄飞行员的遗孀千万不能让笕桥机场的空军们笑话，万一林白履借机生事，不是送人送出一场新闻来？

没有想到的是，踌躇满志、图功心切的党部主委罗霞天没有准任何人的假，还明确表示，光复之初，多方矛盾尖锐，随时发生不测，正是青年干部备受考验、努力建功的关键时期，伏申要走，也要过了年再说，除非辞职。其实，伏申即便辞职，党部也不会同意他离开。在找他谈话时，还拿重话恫吓他，如果有才干的青年都走了，浙江省党部后继无人，被外部恶势力算计乃至消灭，那大家都是中国国民党罪人，都要被追究。

伏申清楚，口中的外部恶势力，并非共产党，而是军统局方面。伏申早已观察到，人们光复后的喜悦随着形势的变化开始烟消云散。除了担心国共双方难以调和，随时可能撕破脸面，兵戎相见之外，更令人烦恼和不快的是，党部与军政之间，中统与军统之间，矛盾日益加深，有的单位、有的地方已然公开，已然激化。省党部有识之士气愤地认为，日本宣布投降后的一段时间里，军统中美合作所意图掌控全部胜利果实，所部抢先挺进宁沪杭，附带着侵占了应该属于党部的势力范围。其中，中美合作所第一班教导营编成直属第一支队挺进富阳与杭州之间郊区。杭州行动总队负责维护杭州铁路交通安全。忠义救国军鄞杭区指挥官鲍超，率部挺进至杭州近郊设防，掌管党政民一应事务，沿运河及富春江一线长期潜伏的党部地下工作者被视作汉奸处理。天目党部的赵公望还以老同盟会员的资格，到省党部控告忠义救国军第一第二纵队，以防守天目山区，监视浙西共军活动，相机支援杭州的名义，收缴县党部游击队和村镇自卫队的枪支，收编所有在册党员，擅自改组党部组织，强迫他们听从指挥。挺进富阳与杭州之间郊区的中美合作所直属第一支队，忠义救国军第三纵队，联合采取行动，阻止省党部直接部署的受降和接收事务，以武力没收业已由党部充公，用于抚恤党员的不法伪产，同时将数个县党部同志冠以通敌通共的罪名，公开杀害。更为严重的是，戴笠亲自指挥杭州行动总队，以负责维护杭州铁路安全，防止共军破坏的名义，全面接管了浙江境内的铁路管理权，使中统局接收交通运输线的计划完全落空。

短短的一二年时间里，省党部、中统局和浙江调统机构明亏暗吃，遭受排挤，已经退无可退。在这样的情形下，请假离开，都将被看作对党部没有信心的表现，当然不会允许，尤其像伏申这样的青年才俊，正是发挥作用的时候，岂能随便就走。因为伏申没有走成，为此，在全体大会上罗霞天隆重表扬了他，称赞伏申，一个北平青年，十年不见父母，诚以大局为重，为党国利益而舍小家。

一直拖到 1945 年光复以来第二年的清明节后，国民政府即将还都南京，其时各方庆贺，伏申有可能作为抗战杰出青年代表参加还都典礼。后来由于南京方面接待困难，限制名额，各地也都没有派代表参加。伏申只是和大家一起在省党部食堂大厅收听了实况转播。紧接着，省党部忙于重整旗鼓，千头万绪，所有干部，继续不准请假。就在这时候，几年不见的那义魁来到沈庐，把两封亲笔信交给伏申。伏申把信放到一边，让那义魁喝了一会儿茶，那义魁催促他赶紧看看父亲的信。

父亲？伏申神情有些茫然，看着那义魁，似乎在疑问，哪个父亲？

那义魁没有回答，递过信封，似乎在说，看了就知道了。

伏申接信，一手各拿一封，细细辨认着信封上的笔迹，好像在犹豫应该先拆哪封。那义魁指着两个信封，提示伏申，一封信是伏老板的，叫他先不要回北平，另一封信是瞿老板的，希望他尽早回去。伏申先拆了那封叫他不要回去的信。信是用上好的宣纸写成，字迹还是那么工整规矩，苍劲有力，语气显得有几分正规客套，但充满着慈爱和关怀。这位那义魁口中的伏老板希望他继续留在南方，留在杭州，近期暂时不要回北平，而且尽量不要有更多联系。总之，似乎在担心什么，忧虑什么，但言下之意，是在为他着想。

而第二封信是写在淡黄绢纸上的，蝇头小楷，字体秀丽，字里行间，尽显思念之情，却又把握着分寸。这位那义魁口中的瞿老板催促他回北平的意思十分坚决，连归期、路程、交通都提出建议和规划。还特别说到，两三个月之后，即阳历 7 月 7 日，为纪念七七事变和全民抗战爆发日活动，北平光复委员会邀请他在前门戏楼演出《穆桂英挂帅》，希望伏申能赶回北平，参加活动，看他演出。

伏申又分别看了几遍，想问那义魁，又没有问。到了第二天清晨逛湖滨时，他告诉那义魁，杭州多好，他还没有待够，刚刚与杭州熟悉了，开始喜欢了，怎么能离开呢？那义魁显然是站在伏老板一边的，对伏申的决定表示赞同，伏老板不叫他回去，正是顾及父子之情，不想连累他，伏老板比谁都盼望他回去，如果没有麻烦，早就到杭州来看他了，等事情过去了，他一定会来杭州接他回去。

那义魁认为，瞿老板正风光的时候，希望伏申回去分享，也是出于情理，然而国民政府可能要安排他到南方巡演，既然如此，等着来杭州见面也好，不过写一封回信最好。伏申写了回信，但最终没有寄出，只是发了几个字的电报祝贺。至于伏老板那里，那义魁替伏申寄了回信，所谓回信，其实是一幅请省政府秘书沙孟海写的岳飞词《满江红》书法，放进专门寄送公文的大信封里，在端午前一天寄出了。

1945年光复之初，天下方定，但伏申的表现出了状况，连那义魁看了，都以为伏申此时的心思或许更多的是在等待，等待多年不见的沈甲妃回到杭州，回味那种见面的感觉，应该酸甜苦辣都有，应该会发生激动人心的事。但这只是那义魁的猜想，毕竟十年过去，人地两疏，毕竟伏申周边不缺少年轻美丽，关心他喜欢他的本地女子，在那义魁看来，她们中的哪一个，相比那个沈甲妃，都差不了。还有，毕竟伏申年少了好几岁。

后来，伏申还是离开了一次，只不过是在浙江境内。听说罗霞天带谭杭丽去宁波巡察党团工作，伏申要求跟随。中间凭吊黄宗羲去了趟四明，只见道路崎岖，山高水急，层层茂林，墙上路边，到处是新四军所部留下的痕迹，问遍所见的人，包括当时潜伏在四明的中统人员，都没有人知道沈甲妃是谁。

回杭州时路过绍兴，县党部接待中饭，上了一坛陈年黄酒。多饮了一杯，伏申眼神迷糊，瞌睡起来，醒来睁眼看到谭杭丽端茶过来时，差一点就把她认作沈甲妃了，不禁心中发汗，果然黄酒好饮，催人松懈，既误心又误事。

卷二 梅 雨

伏申有一个体会，杭州的黄梅雨天是最典型的梅雨季节。

回溯早春二月，北方茫茫雪国，一轮红日，晴空万里，而江南却是冷冷的阴雨连连，没完没了，一直从月初下到月底，将整个大地湿透了。伏申一开始误以为，这二月的阴雨就是沈甲妃给他讲过的梅雨季节。

关于梅雨，伏申在参加浙江大学党团活动时，专门求教了校长竺可桢。作为气象学家，竺可桢解释因果，更加学术。要点为，一是东亚平均在五月下旬的夏季风始于南海夏季风的爆发，这个南海夏季风属于热带西南季风的范畴；二是南海夏季风逐步增强，北移到长江中下游一带，和西北侧的副热带西南季风合体，与冷空气交汇、风速辐合等形成梅雨带；三是连绵多雨的梅雨季过后，天气开始由太平洋亚热带高压主导，正式进入炎热的夏季。

当然，他最记得的是，沈甲妃曾经讲过，梅雨的妙处有三：一妙，两个人同撑一把雨伞，在细雨绵绵的西湖边漫步，或者有哪个少了伞的，可如许仙向白娘子借，来回有还；二妙，雨夜漫长愁人，知己或亲人来了，索性闭门不出，一起听着雨声，细语唧唧，只剩惬意，并无烦闷；三妙，到底了，就三杯两碗黄酒，午休连着黄昏，或可复饮到夜里，夜里接着天明，终看到雨后日出。

克里森从伏申这里听说了这段故事，推断出沈甲妃非常热爱生活，而且有很好的酒量。所以，伏申的等待是值得的，尤其是刚好在梅雨的天气中等到她回来，那就更值得。应该相信，沈甲妃也一定是这么想的，也一定非常希望自己与伏申一起度过杭州漫长的梅雨季节。

一　栀子花香气袭人

及至1945年光复以来回到杭州的第一个6月，真正的梅雨季到来，伏申回想起沈甲妃曾经讲过的关于梅雨的知识，终于知道，2月的雨水，是倒春寒引发冻雨，不是有温度的梅雨，只有端午以后的雨水才是梅雨。作为气候现象，每年6、7月份，东南季风带来的太平洋暖湿气流，经过长江中下游地区、台湾岛及日本中南部、朝鲜南部等地，出现的持续阴雨天，由于正是江南梅子的成熟期，故称其为梅雨，这个时间段就被称作梅雨季节。梅雨也叫黄梅雨，杭州人称之为霉雨。因为梅雨季里，空气湿度大、气温高，衣物容易发霉，所以把梅雨称为同音的霉雨。不像2月阴风习习的冰冷雨透发的寒凉，杭州的梅雨像蒸汽一样潮湿，像蒸汽一样闷热，像蒸汽一样熏人。加上2月份已经下了足够的雨水，此时杭州的江湖沟河涨满，整座城市像浸泡在温水里，所有生物慢慢地被煮得半熟，人们稍有行动，便大汗淋漓，身体里的汗液源源不断，止也止不住，身上散发出的霉馊味充满人间，让人情绪烦躁，让人行为急促。

在伏申看来，杭州的梅雨季是万物生长的日子，并不那么令人窒息，甚至可以在草木的茂盛和清气中，感受到真实的温情，感受到洋溢的滋润，甚至感受到荟萃和芬芳。

这个时间段，正是沈甲妃提到过多次的栀子花盛开的季节，花香袭人,捧而闻之,几乎醉倒。

沈甲妃向伏申讲过,沈庐的栀子花树是她亲手种下的。她还是一个小女孩时,为了庆祝考上铜元女中,找了一颗果核埋下,不久就长出了苗叶。她离开杭州到北平求学时,这棵栀子花树已经像茁壮成长的青春少女,既朝气蓬勃,鲜活亮丽,又清白分明,浓香如醉。时隔数年,沈庐人去楼空,不知谁人照料,不知是否还活着,是否还在开放。伏申1937年冬天来到杭州,走进沈庐那一刻,首先探访的就是栀子花树,所幸还活着,并且长成了茂密的灌木树丛。时值隆冬,没有开花,但挂满了橙色的球状果子。1942年元旦前后,他跟着谭杭丽潜回杭州,因为也是冬天,栀子花也没有开,看到的也是果实。隔了四年,这次真正回到杭州,回到沈庐,第一次真正看到栀子花开了。从4月开始,开了又开,花朵越开越多,香气一阵一阵袭来,从早到晚,没有间歇。细细回想,当时闻到沈甲妃身上的气息,原来就是栀子花的香味。

因为杭州四季分明,因为杭州雨水充足,因为杭州阳光热烈,栀子花树的生命得以延续,一年一年地活着,一天一天地生长,等待有一天,当初种下它的人回来,必将尽情地展现生命的意义,释放沁人心脾的芳香,共同迎接来年的浓郁和美好。

但是,栀子花盛开给伏申带来的愉悦,还是被人破坏了,他还是被人带回了燥热而充满汗臭的现实之中。

雨水暂止的一个傍晚,素有人间天堂之誉的杭州,江河湖泊尽显雾气腾腾的时令景象,官民人等共享天水一色的地域风光,与梅雨季节般配的,一起桃色事件如约而至。正如本埠大报《东南日报》和上海《申报》争相报道的,作为爱情之都,本来男女之事,为宋都传统,钱塘特色,彰显的是千年气质,展示的是市井百态,百姓风情,呈现的是日常写照。粗略统计,这一年已经过去的十个月,时间、地点、人物、细节、过程,经公开报道并且有具体描绘的类似事件,仅上下二城,一线湖墅,半面湖滨,《东南日报》报道了一百零八起,《申报》报道了七十二起,而街谈巷议、捕风捉影、无中生有、凭空捏造、听过算过的风月八卦，就不计其数了。

正如《东南日报》连续配发的时评所言，这一起将成为年度最有名、最特别的一件，将毫无争议写进大事记、载入地方志。这是一起与年份、季节、环境、气场、景致、风物、流俗等众多因素高度吻合、深刻交融的男女绯闻，于普通民众而言，多少在闷热之中增添了世情之娱，人事之趣，男女之好；对市商买卖而言，多少增添了繁华之气，烟火之味，香粉之色；于迁客徙家而言，多少增添了偏隅之忆，城巷之幽，居住之宜。《申报》更是话藏玄机，一语破的，有了这起事件，此事此情的杭州，最像此时此人的杭州了。

这起事件如果说有名或者特别，首先因为当事人的有名或者特别。

事情起始于一场事先张扬、结果失败的捉奸行动。组织策划这次行动的是林白履，作为一个有地位有身份的党务官员，许多人认为他的动作举止，与民间草根之徒的行事风格如出一辙，且有过之而无不及，斯文扫地，为人不齿。而在另一部分人看来，为争抢自己喜欢的女人，采取乡野村夫手段，也算是展示了南蛮豪杰的一面，有令人击掌称道之处。

但在更多的旁观者看来，1945年光复以来第二年，虽然是伏申到浙江的第十个年头，这十个年头中，他真正在省党部的时间不长，即便从1939年培训班算起，断断续续也不足五个整年，真正在杭州的时间更短，即便从1937年底经艮山门进入杭州城算起，连头算尾只有两年不到，其余时间都在浙西浙南，飘忽不定，很难形成自己的人脉。而林白履本省人氏，祖宗三代，党政商、军公教各界关系盘根错节，特别在省党部深耕多年，朋党众多，友属遍布。两人真要全力较量，伏申当然处于弱势。

次日庆祝省政府和党部回迁全面完成的环湖庆祝活动，当时在别人看来，林白履或许闲来无事，然而接下去发生的事情，简直就是无事生非，是胡闹透顶。以致后来伏申在众安桥那间民舍里听他介绍自己共产党员的身份时，首先回想起的就是这一幕，认为当时林白履就算演戏，也演得实在过头了一些。

当时林白履毫不忌讳地承认自己因为伏申在党部出尽风头，气不过，就与参加游行的船行领队、结拜兄弟铁头杭商议了如何出气的办法。铁头杭一听他被一个小北佬儿欺侮，不禁义愤填膺，当时就要带人找伏申算账，并扬言要把他沉到运河里，漂回北平去。林白履知道说的是大话，但想象伏申溺亡漂尸的情景，顿时舒了一半的心，因为情绪平复下来，脑子一激活，就想到了更妙的计策。酒到半酣，频频与铁头杭附耳，交代他如此这般，带领几个心狠手辣的兄弟到伏申住所日夜蹲守，伺机捉奸，到时候男女都暴打一顿再说。林白履想象这个场面，更是解气，另一半心也舒服了。后来又一冷静，重新叮嘱铁头杭，此次行动，目的是惩戒羞辱小北佬儿，女的还是不能打，万一手脚有轻重，打坏了姑娘家的脸不好，自己以后怎么与她相处？让她无地自容，认错就好。铁头杭连忙点头赞同，也认为不管正房偏房，以后总是嫂子，做过头了就不好见面。

然而，林白履精心设想，迫切想看的这幕情景并没有出现，捉奸行动刚一开始，就被伏申粉碎了。

究其失利的原因，有两个：一是林白履所托非人，机密走漏。傍晚之时，一轮红日，霞光万道，伏申推窗眺望，发现巷子里有可疑人迹，俏罗敷似乎认得，正向他们招呼，于是以邀请她一起观看落日景象为由，询问她。原来俏罗敷早看出蹊跷，因此将这几个人请进小包间喝酒，打了个五折，套出话来，这些运河撑船佬是铁头杭手下，今天是来捉伏申和沈家老二奸情的。因此，伏申有了防备。

二是伏申神助，巧妙反制。这些人酒喝至半夜，已经醉眼蒙眬，只见月光下一个形似伏申的黑影挥着东西，前来驱赶。铁头杭手下群起对峙，黑影不管俏罗敷劝阻，单手闪击，似握利刃，连划数下，铁头杭负伤，大叫不止，倒于楼下。叫声引来驻地警察，封锁了附近街巷，进沈庐查询伏申，却见他在床上侧身沉睡，似乎整夜都没有离开过自己卧室。目击全过程的俏罗敷吃惊不已，幻觉是伏申梦中杀人。

警察排除了伏申伤人的可能，次日《东南日报》的新闻报道，是路人仗义，暗中出手相助。其描述有鼻有眼：

> 黑影鹤行而至，湖墅一霸铁头杭率身怀利器的徒众围殴之，不想混乱之时，眨眼工夫，徒众悉数被打倒在地，凶器也被夺走，出手于无形，铁头杭中伤，昏厥倒地。警察赶到时，场面业已稳定，细查再三，也不知何人所为，匪夷所思也。

天亮之后，见风就是雨的所谓杭儿风刮起，人们纷纷争睹因情色纠纷引发的火并。从上下城赶来看热闹的，挤满东西两头，东头，从相邻相交的西大街，一直挤到车水马龙的延龄路；西头，从钱塘路陆军监狱门口，一直挤到滨湖一公园。令围观者失望的是，女事主沈家老二不在现场。

捉奸捉了个空，捉奸者成为笑柄。伏申没有与老二沈乙嫔私奔，并且再次挫败了林白履的明攻和暗算。

警察为平定秩序，第一时间披露：事件属于个人纠纷，所谓男事主小北佬儿伏申被人陷害，遭遇捉奸一事实系误传，其本人整夜安于沈庐卧室，高枕无忧，一觉睡到天明，对当夜发生之事全然不知。确有人见到地痞流氓酒后伺机滋事，已被见义勇为之士制服，乃虚惊一场。

风波似乎很快平息，但沉不住气的是沈乙嫔。捉奸就是冲着她和伏申来的，捉奸捉双，男女双方，其中一方，会不会是别的女人？一念间还疑心到俏罗敷，因此她悄悄回到沈庐盘问俏罗敷，以解疑惑。俏罗敷称自己目睹了整个过程，中间为伏申打过掩护，帮他获得消息，然后还把伏申梦游杀人的事告诉了她，劝她以后离伏申远一点，以后真住一起，也是吓死人的。沈乙嫔听了又惊又吓，捂住俏罗敷的嘴不让她说，俏罗敷也感到说漏嘴了，屏住气不敢再出声。此时，沈乙嫔心里已排除了俏罗敷，但怨气难平，迁怒于她，骂她胡说八道，不是路人见义勇为，怎么是伏申梦中杀人？又伸手捏住她的双唇，恨不得要把她的嘴缝上。俏罗敷只得改了口，她看见的男人也是高高的，挺挺的，不过跟伏申身形相像而已，但绝对不是伏申，保证如果有任何人问起，包括警察，她都会这么说。

沈乙嫔常常认为父亲以前帮助过的这个小女子，总是太活跃，总是太妩媚，对伏申总是过于关注，自己曾多次警告过她，但她总是大喊冤枉，总是指着陆军监狱高墙发誓，自己满心思都在沈乙嫔阿爹沈耀中身上，就盼他出狱后仍然可以照顾他。沈乙嫔听到这话，心就软了，俏罗敷还挂念正在坐牢的父亲，真是令人感动。俏罗敷大不了自己几岁，也没有嫁过人，如果以后她真的能够陪伴父亲，父亲有人服侍，老来幸福，哪怕有一天成为自己的后娘，自己也应该感激的，与其和睦相处。不过，沈乙嫔观察到俏罗敷到底还是关心伏申多点，忍不住提醒，伏申的麻烦够多了，不要时不时到沈庐找他，给他添乱。

俏罗敷嘿嘿笑着，哼了一声，背后搞伏申的是林白履吧？还不是吃醋？如果那个女人时不时插在他们中间，那才添乱。一句话气得沈乙嫔噎了半天，掉下眼泪。

这次沈耀中重新入狱，林白履帮忙安排沈乙嫔去探监，但被监狱方面拒绝，其实拒绝的是沈耀中。沈耀中请腾阿大转告，他不喜欢这个女儿，况且早已断绝关系。

民国十六年5月，沈耀中第一次被关进陆军监狱，就与时年七岁的沈乙嫔有关。

这天，他为新上学的二女儿沈乙嫔拿新书包等文具用品，冒险回到已经被查封的延龄路百货店，被预先埋伏的军警逮捕。以当时宁可错杀三千的恐怖气氛,原本要判处死刑,时年十岁的大女儿沈甲妃四处奔走,说服四明同乡会和杭州商会联合铺保,沈耀中因此关押待审,没有被即刻处决。沈耀中不胜感慨,经过激烈的内心挣扎,果断刊登两则声明:一则为与发妻离婚广告,不复连累,唯幼女仅五岁,应归母所养,可从母姓,或改嫁后也可从继父所姓;另一则宣布即日起与长女甲妃、次女乙嫔断绝父女关系,仅存家财全数赠与,平均二份,用于生活学业,长成后婚嫁诸事,自主选择,从此之后,探监送别一概谢绝,清明冬至等不必祭祀。

而这一次入狱,也多少与沈乙嫔有关。

因为那天沈乙嫔到各部门分发电影票,到党部电讯室时,无意间看到宁波党部发来的一份关于沈耀中已经离开四明山回到杭州的情报。几天后,延龄路百货店重新开张,料想父亲已经回到杭州,于是四处找他,想问他要点钱,为自己置办几套新衣服,找来找去,猜到父亲可能住在俏罗敷曾经住过的一处隐蔽住所,不想,有人循着她的踪迹,费了一番周折,最终抓到了沈耀中。后来有说法是沈乙嫔大义灭亲,有意而为,目的是像伏申那样立下功勋,让人高看一眼。

当时,沈乙嫔心中愧疚,想当面向父亲解释,想想伏申都可以随便进出监狱,自己为何不可?非要探监,与阻拦她的腾阿大起了冲突,正在巡视监狱的军统局人员知道她的身份,把事情报告到了南京。中央党部责令浙江省党部监委开会研究,关她禁闭,同时将处理结果上报。

此时,林白履表现出两肋插刀,积极安排沈乙嫔到富阳县暂避,中间借机提出要与她共处一晚,但遭到拒绝,后来又想半夜里破窗而入,沈乙嫔早有防备,手握剪刀,将他拒之门外。原来在龙泉时,林白履看到沈乙嫔对他冷淡,几次大着胆子爬上宿舍后面的香泡树,跳进她的房间,试图来个措手不及。沈乙嫔倒是机警,看他这副不顾一切的样子,不是当即严厉拒绝,或是高声喊叫，而是用缓兵之计，稳定他的激情冲动。先是答应条件成熟，水到渠成，再慢慢成就好事，接着软中带硬，拿出参加远征军的未婚夫照片，人在印度，死活不知，如果上峰知道了，后果严重。但林白履不予理睬，仍然强行求欢，最终她亮出匕首。林白履欺软怕硬，悻悻而去。

富阳几日，林白履看看占不到便宜，就撒手不管，把沈乙嫔赶回了杭州。浙江保安处派人到党部，要把她移送到军统方面，遭到党部上下阻挠。沈乙嫔向伏申求助，伏申只好接她回到沈庐，叫俏罗敷陪她住了几天。

不知出于什么目的，屠来根好意提醒伏申，要与同事搞好关系，林白履一直喜欢沈乙嫔，不要有意无意地把人得罪了。

林白履不禁念想强烈，半夜里闯入档案室，按住正在伏案瞌睡的沈乙嫔，就要硬来。沈乙嫔挣脱不得，也无处喊人，一直骂他神经病，情急之下，只得跟他摊牌，表明心志，自己已经心有所属，决不会委身于他。林白履顿时气恼得全身颤抖，原来他已经准备好与许副部长女儿断绝联系，与沈乙嫔结婚，不想竟然遭遇背叛，顿时大骂沈乙嫔欺骗他的感情。沈乙嫔推开林白履，回骂他，不用装出气愤的样子，离不离婚跟她不相干，就不怕许部长千金追到杭州，打得他满脸是血？沈乙嫔这一提，林白履脑子一冷，收敛许多，但一时难以消气，非要她说出喜欢的人是谁。沈乙嫔此刻只想打消他的念头，心中一急，就告诉他，是大家的熟人。林白履脸色又一变，要追问清楚。沈乙嫔也不犹豫，伏申的名字就脱口而出了。

林白履并不感到意外，但听到沈乙嫔亲口说出来，还是难以忍受。一方面对伏申更加怀恨在心，诅咒他不得好死，一方面自觉失败，当晚找屠来根倾诉。屠来根劝了一个晚上，叫他先忍忍，以后找机会雪耻，目前千万不要声张，如果被许小姐在杭州的耳目知道，可不得了。林白履知道准岳父被留在西南，因此并不担心，一心急于出气。想了一个晚上，想起之前六次浙江省党代会代表对伙食有意见，怀疑克扣经费一事，就示意铁头杭举报管账的沈乙嫔从中贪污，所得款项由相好伏申挥霍。

伏申听说牵连到自己，怒气难消，不听谭杭丽劝说，连续好几天一大早在梅花碑党部门口堵截林白履。屠来根得到消息，怕他们动枪动刀，弄出人命，天不亮就候在门口，准备从中劝解。屠来根皮笑肉不笑，说话软中带硬，批评伏申没有证据就猜疑林白履，是不是想多了。伏申知道屠来根帮林白履，甚至认为他们是同盟，让屠来根转告，林白履休想用如此下三烂手段整治他，逼他离开党部，离开杭州，这样做反而会使他愈加坚决地留下，跟他们奉陪到底。最后屠来根找来了谭杭丽，暂时劝住了伏申。当晚党部全体干部大会上，屠来根当众宣布了调查结论，还了沈乙嫔清白，至于伏申，根本与此无关，是遭人诬陷。

林白履还是没有出现。原来他听到伏申已经怀疑到自己头上，就以富阳县巡检基层党务为由，在富春江游船上住着，几天没有回过杭州。

对于伏申在这过程中某些过火言行，谭杭丽也代表组织予以批评和提醒，说，没有人会逼迫他离开党部。

逼迫伏申离开的，是沈乙嫔。

林白履远避富阳县这几天，沈乙嫔约伏申到天香楼包间吃饭，还点了一壶黄酒和四五样荤素，不等动筷子，她已连喝了三杯，开始脸色泛红，灿若桃花，成心要自己喝醉。伏申虽然在江南多年，但还是喝不惯或者说不敢喝黄酒，因为这种黄颜色的晶莹液体太有欺骗性，看似入口甜绵，不会喝醉，当时无妨，但后劲十足，北方人往往不以为然，上当受骗，结果醉得人仰马翻，不省人事。伏申少年时在北平尝过山西老汾、陕西西凤等北方名酒，也喝过北平的烈性二锅头，虽然刺鼻辣口，难以下咽，一盅一杯地干，似乎当时便醉，但后面无事，不同于黄酒喝多，到了第二天肠转胃翻，生不如死。伏申本不善饮，更不酗酒，仅有的几次醉酒都是因为黄酒。一开始在浙江大学求学，初来乍到，不识其诈，醉过一次，加入省党部之后，因为立功受奖，在龙泉醉过一次，后来逢年过节，党部聚餐，公务接待，总是被迫无奈，尤其是对林白履趁机唆使同僚劝酒灌酒之类的举动防不胜防，每每乘醉而归，授人笑柄。伏申每次醉后，誓言不再碰黄酒，哪怕珍藏花雕酒，陈酿女儿红，精制甜善酿，都坚持半口不尝，一滴不沾，才能避免上当，避免难堪。

伏申不碰黄酒已经有些日子了。此时看到沈乙嫔居然贪杯，连忙劝她少喝。沈乙嫔却神情严峻，一本正经地向伏申说明这顿酒的意义，敬他三杯酒，第一杯，名为声东击西的迷魂酒。今晚林白履知道他们一起吃饭，知道她和伏申乘着酒兴回到沈庐过夜，叫人堵上门来，那时候会不会扑个空？第二杯为送他的壮行酒，她认为，伏申离开党部的时候到了。吃完这顿饭，他先离开杭州，越快越好，能去哪里就去哪里。第三杯，为两人共同奔向美好生活的誓师酒。沈乙嫔动情地许诺，她已经决定和他一起私奔。等风波暂歇，她就马上勇敢地抛下杭州的一切去寻找他。

伏申陪她喝了两口，却很冷静，重申了自己的态度。第一，如果林白履胆敢再用捉奸这样卑劣的手段陷害他，以此损害沈乙嫔的名声，那他一定坚决还击，你死我活，斗争到底。第二，他要走也不是这样匆忙这样仓皇，而是主动辞任，堂堂正正。第三，他一个人去寻求新的生活出路，决不能拖累她，更不赞同她牺牲在杭州拥有的一切去找他。

沈乙嫔看到伏申不解自己的用心，心下难过，哼了一声，讽刺他，就是喜欢比自己大的女人，如果是沈甲妃跟他说这些呢？

正在此时，沈乙嫔未婚夫早已在1944年成都空战中阵亡的消息得到确认。为此，国民政府授予沈乙嫔未婚夫生前所得的空军甲种一等懋绩奖章和追授的三等云麾勋章，同时，委托中央航校和浙江省政府发布新闻，并举行隆重仪式，将遗物信件转交沈乙嫔。中央航校方面寻找沈乙嫔时，发现她因为其父受到牵连，于是报告了南京，随后，接到曾任航空委员会秘书长的宋美龄要接见沈乙嫔的通知，而且带话来，表扬她敢于划清界限。后来，因为宋氏要去美国，委托此时正在笕桥中央航校视察的国民政府参谋本部空军司令部毛副司令代为授勋。中央党部知道沈乙嫔是浙江省党部的同志，也觉得光荣，委派乔思文参加仪式，也安排赵强水作为省党部代表，在仪式上致辞。

省党部为了补偿沈乙嫔，给她发放了三百美元的抚恤金，中统局还专门在杭州举办秘密仪式，给她颁发奖状，表彰她在沈耀中一案中的义举。决定将档案室秘书室由原来林白履代管，转划调统室由谭杭丽分管，沈乙嫔作为机要人员，参与机密工作，实际上是加入了调统室，成为一名中统人员。

克里森在《最忆是杭州》中解析了沈乙嫔这种心理状态，认为她私奔的想法并非一时冲动，而是对自己幸福生活的美好渴望。在她设想的幸福生活里，排除姐姐沈甲妃是必要的，因为这个姐姐与一个陌生人无异，但却像阴魂一样横亘在她和伏申中间。她十分肯定，如果没有沈甲妃，伏一定百分之百喜欢她，百分之百会与她私奔。克里森认为，姐妹之间尤其是旗鼓相当或各有千秋的姐妹之间成为情敌的，在东西方都普遍存在，只不过中国杭州遇到的这个事例，显然是单方面的敌视行为，沈甲妃对于妹妹沈乙嫔对自己的偏见甚至恨意，应该一无所知。然而，据观察，沈乙嫔的爱情并不是柏拉图式的，她一心以为，自己是现实爱情争夺战的赢家，自己也绝不是单相思，伏留在杭州不走，是因为自己和他每日相见相守，是因为自己活生生的肉身存在吸引住了他，坚信总有一天，他们会喜结连理，终成正果。

二　谁错过洪公祠特训班

动员沈乙嫔转到调统室之前,谭杭丽是希望伏申先加入的。为此,她专门买了块都锦生丝绸料子,带了一个裁缝到沈庐找他,说天气要热了,给他做件短袖衬衣。量好尺寸,支走了裁缝后,她把自己的想法告诉了伏申。目前,她还是主持工作的副主任,其实跟主任差不多,哪怕一时转不了正,中统局也不会另派人来当主任,届时可能再派一两个副主任来,但一定是在她当上主任以后,如果伏申愿意加入中统,她就争取向南京多要一个副主任编制留给他。她有一个想法,期望有一天,伏申成为"大扫除"计划的参与者,作为新生力量,与她日夜相处,并肩作战,这样,她和他就不会孤独。

然而,伏申拒绝了。他声称早在十年前,他就发过誓,不加入名声不佳的特务组织,包括中统局这样的遭到青年人诅咒或憎恨的机构。

谭杭丽当然不赞成伏申的话,中统局是中央党部的政治机关,是革命组织,不是什么特务单位,如果他这话是十年前听到的,一定是误听误信了,她认为,发誓一说不过是伏申的借口,之后想想,怀疑应该是沈甲妃给他说教了,给他灌输了损害中统形象的危险言论。

谭杭丽没有逼他,而且收回了自己的建议。但很快成功动员了沈乙嫔参加进来,她这会儿想,沈甲妃是她的亲姐姐,如果亲妹妹参加了自己诅咒或憎恨的所谓的特务组织,她会作何感想?

沈乙嫔进入浙江调统室,要先有一个宣誓仪式,尽管是秘密的,但知道伏申总会知道,会笑话她,因此仪式一拖再拖。几天前,看到北平光复委员会发来电讯,要查询伏逆德魁之子伏申的情况,不禁又担心又生气,当即以浙江调统室的名义发了回电,拒绝了对方。谭杭丽知道后,向对方解释,这是沈乙嫔个人行为,而且她现在还不是正式人员。借此,又批评沈乙嫔名不正,言不顺,是在帮倒忙,至今三心二意,没有宣誓,是不是也像伏申那样,给沈甲妃带坏了?

言下之意,也连带批评了伏申。

谭杭丽猜得没有错,伏申的观念,包括对中统这类组织的看法,是受了沈甲妃的影响。

在他十七岁的时候,在监狱的特殊环境里,他第一次,也是唯一的一次,向别人,也就是沈甲妃,讲述了芳草园不为人知的往事,包括自己父母的那些秘密,由此一吐而快,心中豁然,一片光明。沈甲妃是他懂事或者说开蒙以来,遇到的最合适的,也是最可信赖的倾听者,是他最愿意交谈的知己,是不想有任何保留的倾诉对象。这一段梦境般的人生,虽然极其短暂,却让他感到无比激动,永远难忘。自此,伏申感到自己身心健康了,情绪稳定了,感到自己真正成长了,可以毫不畏惧地跳入人世间的汪洋大海里游泳了,而且游得越来越勇敢,而且感觉到了自信和愉悦。当时,沈甲妃说到抓捕殴打学生的那些人,说到戕害学生的那些人,告诫伏申,他们都是特务,都是见不得阳光,见不得人的坏人,或是受更坏的坏人指使的,以后,不仅坚决不做这样的坏人,更要坚决和这样的坏人做斗争。伏申不知道,这样的坏人,是不是包括中统,是不是包括浙江调统室,然而他郑重地点了点头,虽然没有说话,但暗中发了誓。

知道他家庭底细或者秘密的人,还有谭杭丽。

第一次填写表格时，发现伏申在父亲一栏空着的，是谭杭丽。她在初审中，也没有要求他填上，但总会说上一句，要是特训班不停办，要是他参加了特训班就好了。一开始，谭杭丽从齐庆斌那里听说过伏申的家庭情况，以及伏德魁赴长春给溥仪唱戏的事情，后来，也就是光复不久，北平传来内部通报，所列文艺界汉奸名单中就有伏德魁，伏德魁可能因汉奸罪被逮捕即将受到审判。因为消息没有正式公布，结果还不十分明朗，谭杭丽也不便告诉伏申，更不能向他提出发表声明断绝与伏德魁父子关系之类的建议，再后来，省党部接到北平光复委员会的密函，通报伏德魁将被追究一事，要求协查伏申的情况，幸好密函被她扣下，正考虑如何应付。在这过程中，谭杭丽多次有意无意地向伏申提到这句话，要是当年参加了特训班就好了。

谭杭丽说的特训班，就是军统局在南京洪公祠举办的特务人员训练班。说到特训班，谭杭丽总会掩饰不住自己的情绪，眼泪晶莹地提起戴笠，要是他在就好了。此时北平光复委员会几位要员都是军统骨干，而且都是戴笠的亲信。

如果九年前伏申参加了特训班，就是戴笠的学生了。

九年前，伏申记不清楚是哪一天离开火炉南京的。

1937年7月17日那天，因为天气炎热，得了俗称中暑的肠胃性感冒，卧床多日的伏申，被高音喇叭惊醒了。国民政府军事委员会委员长蒋介石正以一口浙江官话发表后世称之为庐山讲话的全面抗战宣言：

　　……我们知道全国应战以后之局势，就只有牺牲到底，无丝毫侥幸求免之理。如果战端一开，那就是地无分南北，年无分老幼，无论何人，皆有守土抗战之责，皆应抱定牺牲一切之决心……

那一天，南京黑云压城，暴雨将至，在副热带高压中挥汗如雨的首都军民集会响应蒋委员长的讲话，男女老幼群情激愤，奋勇聚集，血书誓言，绝笔声明，一个接着一个；社会各界悲壮游行，此起彼伏，前呼后拥，首尾相接，昂扬行进，一茬接着一茬。在首都饭店门口观看的伏申脑子陡然清醒，回想起一年半之前北平的那个寒冬之夜，想起东直门内外激情澎湃的男女学生，想起沈甲妃在风雪中振臂高呼口号的身影，想起自己高举旗帜热血沸腾的感觉，深深受到感染，精神为之一振，不禁产生加入游行队伍的强烈冲动。正当他血脉偾张之时，突然看到一个中山装笔挺，神情庄重严肃的女子高举旗帜从眼前走过，伏申搓了搓眼睛，误以为看到的人是沈甲妃，于是拨开人群，迅速跟了上去。

　　跟了很长一段，游行队伍进入一个广场，由于传言蒋介石要亲临现场发表训话，各路人马纷纷集结，沿着中间的喷泉不停地绕行，如大海的环流，气势汹涌但波动有序。伏申顺着人流挤进中央，跳上喷水池，站在高处，一面面旗帜地找过去，终于看到了那面旗帜和举旗的女子。无论从侧影还是背影上看，她太像沈甲妃了，最主要的是伏申还发现，人群寂静片刻之时，她突然振臂高呼，随即全场响应，如此情景，分明与沈甲妃无异，兼任领呼口号之职。细听上去，声音和腔调几乎一模一样，分明是瞿玉郎盛赞过的，是吐字清晰、婉转动听的杭州官话，是底气充沛、亢亮清丽的女声高音。

　　她振臂高呼之时，一阵狂风吹过来，她仅用一只手握住的旗帜摇晃起来，伏申看到，奋力冲过去，面红耳赤、气喘吁吁，一把抢过她手中的旗帜，替她牢牢地高举着，如之前在风雪中抢过沈甲妃的旗帜高举着一样。

　　人生重要的情景总是何其相像，相像得犹如同一个情景的重复。

　　她透过在他们之间穿梭而过的人流，认真地看了看伏申，感激地对他笑了笑，然后继续集中精神领呼口号。尽管中间不断有队伍走过，不断有人挡在中间，让伏申无法细看她，更无法跟她说上话，但伏申的心是颤动的，扑扑得仿佛要跳出自己的身体，脸上也像是被点了穴位，神情飘忽得如同一张纸片，双腿也像踩上云朵，仿佛飞起来，无法着地。在炎热得如同火山爆发的世界里，伏申却似乎身处寒冷的梦境之中，满脑子呈现的是北平的冬天，漫天大雪之中，沈甲妃的一举一动，以致喊出了记忆中的口号：

　　打倒日本帝国主义！
　　团结抗日，一致对外！
　　坚决不做亡国奴！

伏申的口号被更多的声音淹没了，因此没有人听清楚，然而，她注意到了他，一把拉过他的手举起来，一起高呼：

　　拥护蒋委员长，拥护领袖！
　　全国统一，全民抗战！
　　中华民国万岁！

伏申没有领会到她的意思，仍然把她当成沈甲妃，仍然沉浸在北平冬天的情景里，因此，当游行队伍高唱《三民主义歌》时，他唱的却是《义勇军进行曲》：

　　起来！不愿做奴隶的人们！
　　把我们的血肉，
　　筑成我们新的长城！
　　中华民族到了最危险的时候……

幸好她及时果断地制止了他，但动作极其温情且亲昵，伸出细绵绵的手指压了压他的嘴唇，提醒他唱错了，然后以更加响亮的声音引导他一起唱了起来：

三民主义，吾党所宗，以建民国，以进大同。
……矢勤矢奋，必信必忠，一心一德，贯彻始终！

伏申印象深刻的是，当时她把伏申拉到巷子里面，一脸严肃地审视着他，最后可能发现他的少年模样让她忍不住要伸手在他的两腮掐上一掐，他的神情更是坦白的，坦白得让她不好意思火辣辣盯着他，然而她胸中此刻涌上的一阵快意，使得她不想马上放过他。她于是失声笑了起来，一只手突然压着他的脖子，问他，刚才呼喊的口号是从哪里学来的？为什么要唱跟大家不一样的歌？

伏申看着她在自己脖子上的手，表现得没有那么顺从，不仅没有回答她，而且反问了她：是不是杭州人？你怎么像是我认识的沈姐姐？

举旗女子没有想到他会这样问，而且问得如此直接，不禁怔了怔，压着他脖子的手也松开了。伏申发现，原本感觉她细绵绵的手指一展开，手心里居然是一把铮亮的小剪刀，剪刀的两环纤细而圆小，仿佛可绕于手指，但两刃尖利而刚直，如同双刺，刚才足以刺坏他的脖颈。伏申还是第一次看到如此奇妙美观的剪刀，难免惊诧，瞪着它看了一会儿，突然伸手要拿过来。她的反应异常迅速，马上重新把手收紧，指缝间露出两点刀尖对准了他的脸，但身体退了一步，问他，到底是什么人？

伏申像被惹毛了的牛犊，反击了。

后来伏申向谭杭丽回顾此事时，认为落到具体行动上，他的反击是有选择的，因为毕竟她是女人。谭杭丽一语点破，或许吧，之前他一直把她当成沈甲妃，但那一刻他脑子清醒了，已经知道她是另外一个人。假设他面对的是沈甲妃，就不会真的动手了，当时他那股矫健和较劲，她印象太深刻了。

伏申身体一蹲，就是一个扫堂腿，那用力的样儿，就是要把她击倒。

谭杭丽似乎被击中了，往后退了退，试图靠着墙壁站住，但身体摇晃，几乎跌倒。

伏申连忙走过去，紧紧地扶着她。

谭杭丽站好之后，主动跟他握手讲和，但不忘嘲笑他三脚猫的功夫，像戏台上演的武艺，好看不实用，不如请个正规的老师，教身真本事。

然而上述情景在《中央日报》晚刊中，却另有一番花絮：

一名叫伏申的北平少年立于首都饭店门前观看游行，也没有看清楚在许多青天白日满地红中间的这面旗子，是代表国民党中央党部的青天白日旗，不看看这一列队伍是地位显赫、位居要津，一律穿着簇新中山服的党国精英，更不知道这位举旗女子乃是身份特殊、青春靓丽的中央党部女中才俊。只是一刹那，伏申看到她与某女子年纪相仿，神态相像，口音相似，突然奔上前去，不由分说地就要与她一起举旗。举旗女子反应敏捷，立刻严词拒绝，将旗杆牢牢掌握，伏申仍然要争要抢，举旗女子不仅把他推倒在地，而且速令维护秩序的纠察阻止他加入游行队伍。

报道大部分接近事实。举旗女子正是后来成为伏申同事的谭杭丽，她与沈甲妃同年所生，正当青春美好，身材也差不多，而且都是杭州人，口音自然相同。后来伏申多次提起此事，谭杭丽却好像记不起自己曾经遇到过这样一个莽撞少年，讥笑伏申当时由于暑热引起脑子糊涂，把她误认成什么恋人、情人还是幻想中的什么女神了。伏申承认自己确实中了暑，人不是十分清醒，但他当时上前抢旗的那一刻，确实是因为眼前浮现以前自己替人举旗的情景，谭杭丽把他推倒在地那一瞬间，确实也令他万分愕然，尽管当时热浪一阵阵袭来，但他还是浑身凉透，感到寒心，有大梦方醒的感觉，因为他产生的幻觉，如此决绝地把他推倒在地的，是沈甲妃，而不是谭杭丽。

事后，沮丧的伏申回到了饭店，在昏昏沉沉中入睡了。第二天醒得很迟，他到楼下吃早点时，餐厅已经关门。这时，谭杭丽穿着漂亮的裙子出现在他面前，带他去外面吃了风味独特的豆浆锅贴，在和蔼的交谈中，回答了他提出的问题。

谭杭丽知道他就要去杭州，于是告诉他，她也可能会回去，如果有机会在杭州见到，就带他游西湖，她家就在不远的中山街上，可以去做客。在提到相互怎么称呼时，她希望他可以叫她谭姐姐，因为她于1917年6月6号出生，比他年长三岁，伏申诧异她竟然与沈甲妃同年同月同日出生，怀疑她是不是认识沈甲妃，怀疑她是不是在捉弄他，如她自己所说的，杭州就那么大，就那么些人，何况同龄同是女性，难免遇见过，碰到过，见到了，说不定真的认识。

吃完早饭，谭杭丽又邀请伏申到她工作单位做客，让他看到了一张蓝色徽标的登记表，终于使他相信，她与沈甲妃的种种相似，确实只是巧合。

中央党部位于行道树整齐茂盛的湖南路上，是一座庞大的西洋宫殿式建筑。谭杭丽带着伏申进去，门口，过道，楼梯，有许多荷枪实弹的卫兵，但没有一个阻拦或者盘查。他们都认得她，都对她敬礼，对她的客人自然也准予通行。她带他上了二楼，她的办公室虽然不大，但有一对沙发，有一张办公桌，有一部电话机，十分精致，十分洋派。她从办公桌上拿出一张有她身份信息的蓝色登记表，上面写着她的籍贯和出生年月等，说明她所言属实。玻璃台板下面，压着几张照片，其中有一张是她学生时代的，穿着裙装，有着刘海儿和灿烂的笑容，神情饱满，意气风发，像极了沈甲妃，仔细一看，照片下角印着"二我轩"三个字，伏申顿时想起沈甲妃赠送的《升学指导》里面那张三姐妹合影也有这三个字。谭杭丽看出伏申对"二我轩"几个字好奇，告诉他，这是她在杭州照的，二我轩是杭州最有名的照相馆。于是，伏申提到了沈甲妃落在书里的三姐妹合影，谭杭丽顿时恍然地惊呼，原来如此，这哪里是落下的，她是故意的，原来就想赠送给你的。

此时，伏申绝不会想到，将近十年之后，谭杭丽还没有忘记照片的事情，还数次到重新开张的二我轩照相馆，追寻三姐妹的来龙去脉。

之后谭杭丽特地带伏申参观了陈立夫和陈果夫办公室。此时，二陈兄弟已经离开南京，人去房空，似乎没有要马上回来的迹象。在场的警卫人员也是漫不经心的，见到谭杭丽，开她玩笑，问她哪里来的小伙子，是不是谈恋爱了？谭杭丽神情闪过几分得意，但很快一脸严肃地介绍伏申，他是北平来的，是到杭州求学的学生，哪里是谈恋爱的时候？还早着呢。

由于乔思文的关系，伏申听说过中央党部，这类机构是干什么的，多少有点知道，但此时看着跟自己年纪差不多的谭杭丽一路春风的样子，仍然感到奇怪，奇怪她为何会出现在这样的地方，奇怪那些衣冠楚楚，神色威严，多少有年纪的男人，对她表现出来的态度，竟然有几分爱护，有几分尊重，至于这些尊重和爱护演变成敬畏和恐惧，那是以后的事了。

在这过程中，谭杭丽还把一些不为人知、不为人道的事情告诉了伏申，其中包括戴笠对她的一些关照。原来当时戴笠考虑到战争在即，准备解散洪公祠的特训班，届时特训班人员都会分配到第一线，今后都在生死场上打打杀杀，不忍心谭杭丽可能的牺牲，也不方便将她这样的一个年轻女子留在身边，因此让她提前毕业，并推荐她到中央党部工作。中央党部有意留她担任机要秘书，并先行到江西庐山再撤离去武汉，但她坚决申请回浙江党部工作，要求把关系转到中统局，条件允许后，派她回浙江调查统计室，参加第一线的革命实践。在此之前，她暂时留在南京，代为处理一些临时性杂事。

后来传过谭杭丽是二陈秘书或者亲信，缘由在于这段经历。与此同时，多少撇清了与戴笠的关系，传言因此暂时消散，她以清新周全的面貌出现在了浙江。

那天他们离开党部大楼，又转了几处别的地方。在中央大礼堂门口，谭杭丽向伏申讲了一年多前汪精卫被刺的事情。1935年11月1日，刺客孙凤鸣作为特别记者报道国民党中央四届六中全会，开幕式结束后，中央委员们到礼堂前集中合影，孙凤鸣突然高呼打倒卖国贼口号，朝汪精卫连开三枪。汪精卫虽然不死，但重伤在身，至今未能痊愈。

在许多人心目中，包括在伏申的心目中，不久前被推举为国防最高会议副主席、国民党副总裁、国民参政会议长的行政院长汪精卫是一个英雄人物，然而他感到奇怪的是，年轻时的汪精卫是曾经轰动北京城的刺客，一个前辈刺客反而被其他人刺杀，听起来像戏文，听起来很新奇。伏申有一次去什刹海玩耍，听大人讲起，旁边的银锭桥是原来刺杀大清摄政王载沣的地点，人们谈到此事，大多是神情佩服。那个来自遥远的南方，以身赴死的刺客叫汪精卫，被捕后曾作豪迈之诗，感动了血气方刚的天下赤子。

诗曰：

慷慨歌燕市，从容作楚囚。
引刀成一快，不负少年头。

记得沈甲妃说起，如果汪精卫当年刺杀摄政王之后被杀了，那他在人们的心目中，将永远是一个大英雄。可是，以后未必有这样的机会，人是会变的，听听他的言论，哪天变成一个与人民为敌的奸雄，为天下人共讨之，也不奇怪。

谭杭丽听了伏申的讲述，微微一笑，揶揄跟自己一般年纪的杭州老乡姐姐说得太绝对了，大人物想的问题跟别人不太一样，

149

孙凤鸣和汪精卫处于不同时代，命运不同，作为也不一样，但其勇可嘉，其中道理，等过几年，他长大了，成熟了，就会明白，就会有自己主见的。最后话题一转，勉励伏申，大人物年少的时候就跟普通人不一样，趁此青春年华，国家危难之时，正可以建功立业，报效中华，希望他好好抓住机会。

谭杭丽所谓的机会，是试图让伏申争取她参加过的一个学习培训机会，也就是洪公祠特别训练班。

正当谭杭丽替伏申报名申请时，特训班突然停办了，她自己也成了特训班的最后一期学员。为此，谭杭丽一直替伏申感到可惜，今后自己虽然可以帮助他，但在遇到真正的危机时，总是不一样。如果伏申参加了训练班，就可以成为一名军人，能穿上一套军装，他们可以成为前后届同学，拍一张合影，今后一起战斗，一起工作。如果他成为一名真正的特务精英，背靠强大的组织，关系牢靠，盘根错节，为所欲为，如此，亲朋再有错，父母再不堪，也没有人会欺侮。后来，北平光复委员会置他父亲于死地，存心为难他家人时，屠来根伙同林白履和铁头杭吞没他们在杭州的产业时，她都为此替伏申后悔不已。

那天傍晚，已经是中央党部工作人员的谭杭丽，脱下中山装，换了一身军装到首都饭店接他，先陪他游览了朝天宫，然后带他到了附近的洪公祠。此时的洪公祠，几个大厅和大小百余个房间已经空空荡荡，看上去形同废墟，没有任何动静，只有几张没有来得及销毁的桌椅上，还残留着"中华复兴社特务处"字痕，没有完全洗清。

所谓洪公祠，最早是清初朝廷大员，时任两江总督洪承畴的宅第。洪承畴为明万历四十四年丙辰科殿试二甲第十四名，后任兵部尚书，是风雨飘摇的大明王朝的中流砥柱，兵败变节后，入清为官，这位前明太子太保，清太子少保，于康熙年间告老，到南京此处建亭台楼阁，水榭歌台，颐养天年，他死后改为洪公祠，成为后人祭祀之地。伏申知道洪承畴这个人，鼓书说唱，京津相声，都讲到过他的故事。后来汪精卫政府成立，他回想起来，觉得两个人有相同之处，都是戏台上的白脸反派。

而且，洪公祠又与张学良有关。1928年东北易帜，张学良买下了洪公祠房产，几经整修改造，成为公馆。1931年，张学良丢失东北，该当何罪呢？是不是戏台上的白脸反派呢？西安事变后，戴笠接收了这个地方，洪公祠大院变成训练特务人员的场所，但愿这个叫戴笠的人，在国家危难时刻，形象能正面一点，做不了忠义千秋的红脸烈士，也最好是不为人诟病的蓝脸好汉。

有关于此，谭杭丽有自己的评价。她的想法是，个人再拥有本领，也要依靠组织，如果要去做大事，更需要强大的后盾，有了组织，有了并肩战斗的同志，就不至于像孙凤鸣那样孤军奋战，白白牺牲，也不至于像当初汪精卫那样，行事不周，后果难料。这也是她想动员伏申加入特训班，学到真本事，争取好前程的原因。

离开洪公祠，两个人在朝天宫旁边一个包子摊吃了晚饭。谭杭丽因为有紧急公务先一步离开，告别时，特别希望有一天在杭州相见，承诺如再相见了，一定会送给他一样礼物，一把跟他的高个儿相匹配的张小泉剪刀。

1942年元旦他们回杭州的那一次，谭杭丽打算兑现这个承诺，但因为当时任务紧急，危险和匆忙之中，伏申没有顾得上跟谭杭丽到河坊街剪刀厂逛一逛，弄几把张小泉剪刀带回龙泉，赠送蓝栀子她们。当然也没有顾得上到母亲连琴瑟曾经拍照的吴山上走一走，看一看她讲述了多少遍的，那山脚下与北平胡同不一样的烟柳画桥，古街古巷。谭杭丽告诉他，站在山头一瞥，就能看到河坊街上许多货通南北的商号，如纸扇厂、剪刀厂、茶叶坊，当然还有连家是大股东的丝绸厂和火腿厂。

伏申最感兴趣的是张小泉剪刀厂。张小泉剪刀是康熙二年创立的，算起来已三百年了。宣统二年有了这个商标，送至知县衙门登记，报农商部注册，几年后在巴拿马万国博览会上获奖。随后工艺不断改进，原来裸糙的把手和刀面改为抛光镀镍，锃光瓦亮，握之适可，特别是品种丰富，大小各异。最小的一寸长，四钱重，可放入火柴盒，最大的有三十六寸长，七斤多重。对此，伏申在谭杭丽这里得到印证，他从来没有见到过哪个人像她这样，拥有这么多把花样百出的剪刀，而且都是同一个牌子的，而且从不离身，随时可取。

直到1945年光复以来第二年春天，伏申有机会跟着谭杭丽到河坊街，参观了大井巷的张小泉剪刀厂，谭杭丽购买了一把形状精巧的袖珍剪刀，赠送给伏申，兑现了九年前的许诺。

谭杭丽本来对伏申有一个更好的安排。之前她就预感到，军统因为有戴笠这样的领头人，中统的前途一定不如军统，伏申以后索性投奔军统，也是一个不错的选择。可惜的是，戴笠一死，这个计划就此打消。

三　伏晚妹妹晚他十七年

奇怪的是，几年以来，几乎没有人，包括伏申本人，提到过他有一个亲妹妹。直到光复以后回迁杭州，伏申联系上了北平家人，才确定了有一个妹妹的存在。为此，中间他想回一趟北平，多半是为了见一见这个从未见面的妹妹。

上海的《申报》、浙江的《东南日报》经常采用外国通讯社和中央社电文，伏申对有关北平的新闻多少还是关注的，但很少见到报道四合班的内容。春节期间，谭杭丽给他送来一捆《北平日报》，这是她特地托北平的同志到地处钱粮胡同的报社，问他们要了自光复以来发行的日报，用押送囚犯的专列托运过来。伏申数了数，三个多月的报纸一共有上百张，足足翻了一天，在1945年光复以来第一个元旦号外上，看到北平市军民庆祝光复新年文艺活动集锦专版，在显要位置上，有一篇四合班在广德楼戏院登台献艺的特别报道，通栏副标题写着：

九龄女童伏晚夺目，瞿家花旦首秀传人。

文章不仅报道了台上摆满了花篮，观众拥到台前不肯离去，热烈的掌声盖过整个戏楼等等演出盛况，而且还大段描述了收徒拜师仪式，呈现了瞿玉郎抱着伏晚，频频向不肯离去的观众鞠躬的场景，上面有一张图片，十分模糊，几乎看不清人脸，幸好字里行间，描绘的现场见闻，跃然纸上，令人身临其境。

伏申看了自然十分激动，再次细读，因为没有看到伏德魁身影，不禁疑问重重，还生出极大不满。疑问的是，通篇没有说到父亲伏德魁，图片上的人虽然面目不清，但断定他不在里面，整个看起来，仿佛这个名叫伏晚的女儿与他没有什么关系。不满的是，如果真的像报纸上所说，妹妹今后跟着瞿玉郎学唱旦角，那就必定不去念书了，连小学的学业都中断了，今后再也不可能上中学，不可能考大学，都什么时代了，文盲一个，唱得再好又有何用？

因此在1945年光复以来第二年3、4月间，伏申曾想过回一趟北平，目的是想为这个从未见过面的妹妹争取更好的命运。他想过，如果她的身世，也是说不清，道不明，不如带她到南方，就像他当年那样，远离北平，远离芳草园，远离父母，做一个南方人，读书，工作，生活。打算清明节一过，省市党部联袂祭祀抗日英烈活动一结束，就赶去北平，结果一拖，拖到端午，也没能成行。

他不知道的是，母亲居然对他这个妹妹是有怨气的，而且随着事态的变化，内心的怨气越来越重。因为这个女儿伏晚，与日本医生二阶堂结下了因缘，多年之后，得到了丈夫伏德魁遭遇厄运的后果。

1937年，连琴瑟波澜不惊，以三十六岁年纪顺利生育了一个起名伏晚的女儿。但后悔和怨恨也开始伴随着她，因为生这个女儿，她错过了第一时间赶到济南找回儿子伏申，紧接着，也错过了在战争全面爆发之前赶到杭州陪伴伏申的最好时机。在这之后，因为思儿心切，仍然不怕战火纷飞，好几次行计已成，总因为女儿离不开她，尤其是伏德魁总以此为理由，劝阻她南下，由此错过了一次又一次机会，最终与伏申中断了联系。

因此，在她心里，一开始就对这个迟来的女儿不亲不近，不咸不淡，几近陌生。作为母亲，她明显偏向于已然成年，已然远行的儿子伏申。比如，她从不带伏晚去教堂，不像伏申成长过程中，几乎每次做礼拜时，都要带上他，也没有想着送女儿到最好的学校念书，比如，没有送她到哥哥伏申曾经就读的南堂小学上学，甚至任由她的天生喜好，从小学戏，任由瞿玉郎收她为徒，带她登台，也从未有过一次真正的阻拦。

伏德魁看不过去，亲自给女儿报上女校就读，请来名师启蒙知识，奈何她沉迷戏台锣鼓，钟情油彩脂粉，宁可在台前台后，看他们的演出，也不肯上学堂，拜学师，整个就是梨园生、梨园长的梨园后人。稍长之后，姿容之肖，眉宇之似，不用细看，就知道其父是谁，令伏德魁不由得感叹，到底是自己血脉，血浓于水，虽然是女儿，虽然是晚生，也算伏氏后继有人也。他心有缺憾的是，女儿终归是女儿，喜爱的是俏丽的花旦装扮，天生的是甜美的雌音亮嗓，仿佛芳草园内，非做瞿玉郎女传弟子不可了。而且瞿玉郎也放话要培养女旦，其志在此，其意甚明。伏德魁作为补偿，也作为笼络，往往给女儿过一个隆重的生日，想不到的是，女儿对此十分淡然，力求从简，而且常常遗忘，一心一意只在学戏上。外人看来，女儿与瞿玉郎不是父女，胜似父女。

相差十七年的哥哥伏申，虽然是母亲的最大牵挂，虽然在照片见到过，但对她而言，始终是一个陌生的存在。

这个叫伏申的哥哥1937年春天离开北平不久，母亲连琴瑟发现怀有身孕。刚开始，只觉得腹胀，食欲不振，以为是因为担心伏申，引起精神恍恍，没有想到是怀孕引起的。

那天传来伏申在济南受韩复榘款待的消息，伏德魁和瞿玉郎在广德楼日夜登台，无法分身，连琴瑟迫不及待地整顿行装，订好车票，决定只身赶往济南。行前一日，她到宣武门教堂告别，神父看出她脸色不佳，说话虚弱，建议她马上去医院检查身体。她急于成行，没有听从劝告，不及休息，又赶了几处商场，采买了许多伏申喜欢吃用的北平特产，当她大包小包地回到芳草园时，突然晕厥，倒在门口。正在登门拜访的日本医生二阶堂立即作了诊断，确定连琴瑟有喜了。

这对于准备南下的连琴瑟来说，绝不是什么好消息。为了实现前往南方寻找伏申的计划，连琴瑟试图让二阶堂暂时隐瞒，但她的身体似乎不允许，晕沉沉地连步都迈不动，二阶堂道喜之后，芳草园上下顿时沸腾，从将信将疑到纷纷祝贺，一片惊奇，一片欢笑。伏德魁更是激动得发狂，吐着长长的粗气，连续几天几夜流泪不止。因此，连琴瑟南下济南一事已经不容商量，芳草园里，包括瞿玉郎在内的所有人，都不由着她以一个高龄孕妇舟车劳顿，长途跋涉。

很快，伏德魁将连琴瑟怀孕的喜报在北平诸报上连登三天，使得尽人皆知，前来道贺的梨园行名流和热情戏迷络绎不绝。连琴瑟尽管烦恼伏德魁把动静搞得太大，但希望也油然而生，期望伏申能看到报纸，知道自己母亲怀孕的讯息之后，会赶回北平。不过希望很快落空，北平国剧社转来韩复榘回电，伏申数日前已经离开济南，前往南方了。

临近夏天，北平周围，整个华北，已是战火纷飞、枪林弹雨的世界了。不仅伏申没有任何消息，连之前赶往杭州的那义魁也没有捎回片言只语，千方百计联络上人在南京的乔思文，但也是杳无音信。到了深秋，临近生育，连琴瑟越来越提不起精神，整天躺在床上一动不动，经常落泪，逢人看她，口中都是念叨伏申，后悔自己因为怀孕，到南方找回伏申的机会就这样生生错过了。

天主堂神父过来看望她，劝她放下心，遥远而潮湿的浙江是国民政府蒋委员长的家乡，远避战火，相对安全，求学的杭州，更是人间天堂，景色美丽，民众温儒，善于待客。如果伏申还在北平，一腔热血的他如果参加中国军队，说不定就在卢沟桥，就在宛平县牺牲了。

此时，摇身一变成为驻北平宪兵司令部情报官的二阶堂，一如既往的是芳草园的常客，一如既往地关心连琴瑟的状况，每次给她诊断时,都是竖起拇指夸奖腹中胎儿如何健康,苦口婆心地嘱咐她,要多增加营养,多做运动,不宜卧床太久等等,一股股热情扑面而来,让人感激连连。

伏德魁因为二阶堂身份的变化而感到不安,试图与他拉开距离。然而二阶堂却是相交如故,努力显得自己是个医生,每次将听诊器收好之后,都细心安慰伏德魁,夫人会顺利生产,最后认真告诉他们,预产期将在一个月以后,希望做好准备。二阶堂热心的态度和专业的医术,令人放心,令人感动,连琴瑟将早已准备好的一封银元赠与他时,二阶堂是拒绝的,理由是车马费已经收了,不能再额外收钱。表情和语气等等,完全是一个乐善好施、仁心仁术的医生,根本不像一个现役日本军官。后来因为连琴瑟情绪起伏动了胎气,二阶堂十分负责地向伏德魁建议,毕竟高龄产妇,事关夫人和胎儿的安危,应该尽快住进医院候产,如有意外,可以及时抢救。

伏德魁打算提前送连琴瑟住进协和医院待产,二阶堂却建议到西单的山本医院,他也方便照应。瞿玉郎对此质疑过,生孩子最好的就是到协和医院,谁听说有人到山本医院的?伏德魁不顾瞿玉郎反对,同意了二阶堂的提议,为了表示感谢,还赠送了一大沓帖子给他,告诉他,这些是他的私人帖子,可以凭这些帖子进场看戏,一张帖子看一场戏,用完了,再送上。二阶堂一副欣喜若狂的样子,不停鞠躬,流着眼泪表达感谢之情,迫切希望能看到他们尽快登台。仿佛真的如他所言,对他来说,能看伏老板的戏,是他最大的荣幸,最大的享受。

1938年初,日本人顾及他们统治下的北平,年节的味道显得淡漠,繁荣的景象难以展现,于是想了很多办法营造热烈祥和的气氛,重头戏当然就是戏班。由于二阶堂的推动,四合班率先在广德楼鸣锣开戏,随后,各大戏院陆续重新开张,北平城因此恢复了以往既热闹又松快的气息。戏迷们也暂时忘记了日本人枪炮带来的伤痛和不快,在激昂和豪迈,充满了英雄气势的戏台上,找到了胜利的骄傲与快感；在喜庆和滑稽，洋溢着巧妙机变的表演中，感受着民族的宽厚与智慧；在悲情和失意，演绎出同感共情的虚拟里，满足了人世的幸福与圆满。

在如此特殊的从艺环境下，伏德魁和瞿玉郎两位梨园大牌也在现实中，努力寻求有分寸的妥协。

那天在戏院，刚下台的伏德魁回到化妆间，给瞿玉郎补好眉线，瞿玉郎帮他扎了扎头套，都没有开口说话。等屋里只剩下他们两个人，伏德魁关上门，隔绝了外面的锣鼓声，顿时静谧之后，才正儿八经地坐到瞿玉郎对面，告诉他，此时现在只有他们二人，自己想说一件正事。

瞿玉郎望着镜中的自己，紧张神色一闪而过，强装镇定地说，别让他猜了，赶紧说事。伏德魁移动身体，坐到他身边，似乎怕刺激到他，神情认真地向他作事先提醒，都是几十年的亲人了，如果自己说话得意了，可别往心里去，然后压低声音，说出了这件天大的喜事，连琴瑟快生了。

没想到的是，瞿玉郎只是耸了耸双眉，表情也显得平淡。伏德魁没有在意瞿玉郎的态度，依然沉浸在自己的喜悦里，不停地自言自语，如果琴瑟生个男丁，则是大喜的事，伏家老生有后人了，如果是闺女，那也是天意，终归儿女双全。

瞿玉郎站了起来，指着自己的俏脸说，闺女也很好，将心比心，瞿家花旦不能后继无人啊，这国民政府不是准许妇女唱戏了吗？瞿家男旦怕是到了头，将来有个女旦有何不可？言下之意，心中所图所谋，昭然若揭。

不等伏德魁说话，瞿玉郎告诉他，所以有一件事，自己想了一些日子了，如果琴瑟生下个男孩，姓伏，从今往后海阔天空，任凭驰骋，做长辈的管不着，如果生个亲亲的闺女，当然也是姓伏，希望为父母的，把她好好养大，希望他这个为叔为师的，好好教她学戏。

中间谁也没有提到伏申。

次日一早，伏德魁匆匆赶到山本医院时，二阶堂已经站在门口，从从容容地告诉他，目前夫人身体还算健康，这里有最好的医生，尽可放心，建议他先回家睡一觉，毕竟演了一个通宵的戏，辛苦了。

不怕辛苦的还有瞿玉郎，他紧随其后，赶到了医院，半路上还到杂货店，买了一斤最好的金丝蜜枣。

生男生女，以及是否顺利生产，伏德魁心中总是关切。二阶堂十分肯定地告诉他，连琴瑟怀上的是女儿。

之后伏德魁陪着连琴瑟，一直嘘寒问暖，瞿玉郎一屁股坐在床沿，打开纸袋，抓起一把金丝蜜枣，递给连琴瑟。连琴瑟连吃了几枚，看了看伏德魁，也叫他吃，伏德魁摇头，提醒她慢慢吃，别噎着。他本想咨询二阶堂，孕妇能不能吃金丝蜜枣，看看连琴瑟吃得津津有味，也就不去问了。

连琴瑟显然发现伏德魁脸色不太好看，停了下来，拉住他的手，声音娇娇的，这回一定给他生个儿子，再给他一个伏申。

伏德魁心中有所不忍，叹了一声，听天由命吧。看到连琴瑟听了他的话，仿佛感到委屈，眼泪都涌出来，连忙双手搂住她连声安慰，闺女也好，他喜欢闺女。

连琴瑟失声哭了出来。

后来瞿玉郎靠在连琴瑟的病床上睡着了，过了片刻，伏德魁也眼睛一沉，迷糊起来。

在梦中，伏德魁突然被什么声音惊动了，连忙推开窗户，看到伏申手中举着什么东西，没有理他，却对着窗台边的连琴瑟高声喊叫，他抓到了一只蝴蝶。

窗台上，连琴瑟已经不见了。伏申发现不见连琴瑟，四处观望，一不留神，手中的蝴蝶飞走了。伏申一路追赶，连琴瑟从另一边现身，跑过去，最后一把抱住他，小宝贝儿，可逮住你了。

此时伏德魁心口一阵纳闷，惊醒过来，发现瞿玉郎身上披着棉被呼呼大睡，正诧异间，连琴瑟也醒了过来，告诉他，刚才自己做梦了，梦中看到伏申追逐蝴蝶，就跟了出去，伏申追逐的蝴蝶已经飞往窗外的花丛里，伏申继续追逐，连琴瑟就继续跟着，然后就醒了。

伏德魁猛地掐了掐脖子，惊奇自己刚才做梦了，梦中的她，也见到了追逐蝴蝶的伏申。瞿玉郎睡得越来越沉，连琴瑟不经意间，拉了拉即将滑落的被子，多少有些怜惜地谈论瞿玉郎，凭着戏唱得好，由着性情，也不好好抓紧时间睡觉，还梦游呢，以前看到天不亮时像个鬼魂似的乱窜到别家屋去，差点没有把别人吓个半死。

看到连琴瑟如此兴致，伏德魁反倒不以为然。瞿玉郎梦游在小时候就有过，二阶堂大夫给他看过，说那是精神方面的一种病症，没有什么，不过是做梦，是梦游罢了。想到此，伏德魁身体一抖，突然脸一沉，玉郎梦游的事，以后不要再提了。

克里森在《最忆是杭州》中记述，伏申在夜晚发生的睡眠行走，病因基本上应该是遗传。以往多起临床病例表明，这种遗传源自父亲或父亲直系亲属，但得到实证的，主要都是江浙沪的南方病例，至于中国北方人，特别是多民族杂居的北平人，是否如此，还没有病例证明。因此，他希望有机会见到伏一世或者传言中的瞿，作出诊断，取得实例，找出关联，从而有针对性地给伏二世治疗。遗憾的是，直到离开中国，他也没有机会与二位著名的艺术家见面，因此就无法最终断定病因了。

那天晚上，在大栅栏戏场演出《龙凤呈祥》，山本医院派来的一位护士奔上来，大声报告喜讯，恭贺伏老板得了一个千金。

伏德魁和瞿玉郎来不及卸装，匆匆离开大栅栏戏场，坐上马车赶往山本医院。两个人一下马车，二阶堂就引着伏德魁进入产房，一路恭喜他，千真万确是他的女儿，她太像他了。伏德魁轻轻地抱起女儿，眼泪落下来，溶化了脸上的油彩。女婴突然高声啼哭起来，伏德魁试图哄住，但啼哭声越来越响，怎么也止不住。连琴瑟伸手抱了过去，说她饿了，得喂她了。等伏德魁拉上帘布挡住外面的瞿玉郎,连琴瑟撩开衣服,开始给女婴喂奶。很快,女婴停止了啼哭。

不想第二天,连琴瑟身体出现了不适,情况一时十分严重,到了护士不停地给她做人工呼吸的地步,直至二阶堂给连琴瑟打了刚刚送到的日本针剂,连琴瑟才脱离了生命危险。到了晚上,连琴瑟一直处于昏迷中,婴儿啼哭声也没有吵醒她。对此,瞿玉郎心生埋怨,怪伏德魁没有送协和医院,又要找二阶堂责问,被伏德魁好容易拦住了。几天后,连琴瑟苏醒过来,但仍然昏昏沉沉。护士抱着女婴走到她床前,迷糊中的连琴瑟在女婴脸上轻轻吻了几吻,女婴安静下来,停止了啼哭。很快,连琴瑟似乎恢复了元气,仔细观察着女婴,眼睛一红,叹出一口气,她感到遗憾的是,儿子伏申不在身边,还不知道自己有了一个妹妹,如果伏申知道了,也应该高兴的,应该回来看看的。

伏德魁和瞿玉郎每天夜里登台,也每天到医院看望连琴瑟和新生的女婴,每次在盥洗室洗去油彩,每每围绕女婴的成长以及今后的人生和事业,都是剖腹掏心地交谈一次,都是充满了憧憬。连琴瑟如此年龄最终得以平安生养,是上天眷顾。这样的女孩,加上又是芳草园的女孩,以后的人生,就应该不一样,就应该美丽珍贵,就应该一生幸福。

总之,他们都没有提到伏申。

连琴瑟听到过他们的谈话,但没有加入进来,而是默默地在两个男人之间穿过,仿佛他们谈论的是别人家的女孩,跟自己毫无关系。他们也没有试图与她一起谈论,最后商量如何向二阶堂表示感谢时,连琴瑟也是面呈犹豫之色,不置可否。因为她想到自己生伏申的时候,是多么地顺利,多么地简单,多么地愉快,包括情绪的所有反应,身体的所有系统,甚至本来应该承受极大的痛苦的生殖器官,都是美妙而舒服的。

只是想起伏申,连琴瑟不死心,打听到南下火车时通时断,想着过了新年,就托人买火车票,先到济南找起,同时正好找韩复榘还钱，以免欠他人情。但报纸报道了济南被占领的新闻，韩复榘已经离开了，意外的是，后来又传来他被枪毙的消息。坊间传言，南京被日军占领后，蒋介石在河南开封参加军事会议，部署下一阶段计划，会上大家检讨，蒋介石怒斥韩复榘没有抵抗就放弃山东，韩复榘当场反驳，山东丢失，他有责任，可是南京丢失算谁的责任？搞得蒋介石十分难堪。马上他被骗离会场并遭到拘捕，并送往武汉军法执行总监部审判。听说韩复榘正妻高氏找到老上司冯玉祥求情，但冯玉祥深恨韩复榘当年背叛过自己，推辞不见。高等军事法庭以违抗命令、擅自撤退的罪名判处其死刑，当晚枪决，韩氏家人在一片哭声中，四散各处。

是日，春节将至，家家户户红灯高挂，胡同街口鞭炮声声。伏德魁想起韩复榘支持国剧社，也有恩于四合班的旧事，于是在芳草园内点燃香火祭拜，连琴瑟也抱着女儿烧了几串黄纸铜板，算是替伏申还了钱。

伏申真正知道自己有个名叫伏晚的妹妹，是在光复以后。

他从那义魁口中得知，因为妹妹得了病，一直住院，尽管现在差不多痊愈了，但身体还是虚弱。听到这个消息，伏申一夜未睡，快天亮时，眯了一会儿，就这一会儿，就进入了梦境，梦中的妹妹却是以一个充满朝气的、健康活泼的形象，出现在他面前：

这是十分难得的晴朗的早晨，一个十岁不到，穿着戏服的女童子军，像一道美丽的风景，骑着自行车经过佑圣观路，出现在梅花碑。奇怪的是，过往行人纷纷驻足观望，有认出她的人，争相同她打招呼。

这是伏申第一次亲眼见到妹妹伏晚。

妹妹到省党部去找伏申，一开始走错了地方，找到了旁边的杭州市政府。其时杭州市参议员正在市政厅开会，她居然进去旁听了市长讲话，觉得索然无味，就离开了，会场上的人也都似乎认得她，为她鼓掌送行。妹妹最后找到了梅花碑，看到省党部和省政府灰色的高墙气派依旧，大门洞开着，能看见里面长长的甬道，和两旁的庭院式建筑，不禁为自己的哥哥在这样的地方办公感到自豪。门口的卫兵看到她，也不检查证件，就请她进去了。正当她感到诧异时，远远看到哥哥向她招手，原来站岗的宪兵正是因为哥哥的招呼才放行的。

伏申在宽敞的贵宾室接待了她，因为心里有些忐忑，居然一时说不出话来。妹妹说得一口非常标准的国语，就像广播电台的播音员。她是向伏申求助来的，而且认真地介绍了自己，她出身北平大户人家，与父亲断绝了关系，母亲逼迫她学戏，还不给饭吃，因为她反抗，双脚被七尺白布缠住，受尽虐待、辱骂，让她饱尝精神和肉体上的痛苦，倔强的她，只身出走，背井离乡，不远千里，到杭州寻找哥哥倾诉，恳请哥哥为她做主啊。

一边讲述，一边掩面痛哭。

伏申心头烈火般燃烧，当时就要拉起妹妹去火车站，赶往北平找父母亲评理。他想把韦伯利转轮手枪带上，却怎么也找不到，于是他只好用准备赠送给妹妹的钢笔写了一封控诉信，寄往北平芳草园。他正写信的时候，看到林白履领着一帮人过来，诬陷他们兄妹是共产党，将他们投入西湖之滨的陆军监狱。他被关在监内的大监，妹妹被关进女监，相互看得见，却被远远隔开，只有小角儿在中间窜来窜去，给他们传送消息。

妹妹不停地抽泣，不停地埋怨哥哥伏申，什么人间天堂，还不如北平呢。

后来是谭杭丽把他从梦里面叫了回来，伏申喝了她泡的一杯茶，脑子顿时清醒了，说起梦中所见，谭杭丽安慰他，只要国民政府一统天下，回北平的机会有的是，到时候，我们一起回芳草园，看望你可爱的妹妹。

四 与女童军有"过江之谊"

在伏申看来，相比沈乙嫔，沈甲妃年龄大几岁，也可能记性更好，当时在芳草园给他看三姐妹照片时，记忆相对详细准确。父亲沈耀中带她们三姐妹到二我轩拍合照，时间是1927年6月的一个礼拜天，父亲一大早就开始催促她们穿好新买的连衣裙，随便吃了一块面包，就急忙出发了。为了抓紧时间，也为了避开日头，一点点路，本来可以步行过去，却雇了两辆黄包车，她和父亲坐一辆，母亲抱着小妹和二妹坐一辆，过了一个路口就到了，各得了一块银元的黄包车夫因为路太近，很是难为情。照相时，父亲也没有按原来说好的拍一张电光全家福，而是加价五元银元加急又加印，只让三姐妹拍了一张合照，就带着母亲和小妹突然离开了。几天后，看到父亲在《杭州民国日报》事先拟好的启事，声明与发妻沈虞氏离异，长女、二女生活读书费用均由本人股本支应，直到学成独立，自食其力，唯幼女尚未成年，由沈虞氏带回四明原籍抚养成人，沈虞氏或日改嫁，幼女如改他姓，绝无异议。原来那天拍完照，父亲先是送母亲沈虞氏和小妹坐上回老家四明的汽车，自己就去了萧山，几天后遭人揭发，杭州清党委员会旋即派几位能员将他缉捕。

对于光复后党部全员审查工作，在许多党部同事看来，谭杭丽格外地认真，格外地仔细，就像在做自己的头等大事"大扫除"

计划。连沈乙嫔这样的人都不随便放过，以致有很多人担心或怀疑，自己会不会因此被列入"大扫除"计划。谭杭丽虽然十分确定她不可能是"大扫除"计划名单上的人，但认为严格是必要的，因为牵涉到她姐姐，或许还有妹妹。谭杭丽发现沈乙嫔填写亲属一栏，姐姐和妹妹都空着，于是再三询问。沈乙嫔一口咬定，姐姐和妹妹很多年没有见面了，音讯全无，因此她无法填写。谭杭丽不好把沈乙嫔资料归档，又想起戴笠所说的，防共清共应该从最亲近的人突破，应该从最不引人注意的角落开始清扫，"大扫除"计划不应该把党部排除在外等等，这些话，使她不禁对她的姐妹去向更加好奇。后来回忆再三，脑子闪过当年她们在二我轩陈列的照片，试图从中找出蛛丝马迹，捕风捉影，查明究竟，交代清楚。

看到沈乙嫔逼问不过，更担心她迫于压力，说出什么不利的话，伏申就对谭杭丽信口开河，沈甲妃早就去苏联了，上哪儿找去？谭杭丽不相信，伏申只好提起《升学指导》中那张去苏联的路线图，当时沈甲妃说了什么话，还说到自己如何提供路费等等，连骗带哄，让谭杭丽减少了怀疑。但她最后还说了一句，苏联是要输出革命的，现在他们把德国人日本人打败了，反法西斯战争胜利了，正好把沈甲妃这样的人派回中国，说不定还会回到杭州。伏申不以为然，现在国内局势这么混乱，沈甲妃怎么会回来？谭杭丽点点头，表示赞同，又不禁讽刺，是呀，说不定斯大林看中她这个东方美女，把她留下了。

谭杭丽得意，笑了笑，同意了沈乙嫔在姐姐沈甲妃一栏先填失联。在说到妹妹一栏应该怎么填时，伏申哼了哼，反问她，从小就分开了，还填什么？是死是活，谁见过她？

其实，伏申很可能在1937年底就已经见过沈氏三姐妹中最小的，已经改了姓名的沈丙婕，只不过，当时伏申就难以确定，她本人也不确定是否知道，她可能是沈甲妃最小的妹妹。因为当时相遇的时间和地点都十分特殊，伏申至今记忆深刻。

八年前，伏申在过潮水汹涌的钱塘江时，听到一位女童军背诵了高尔基的《海燕》。伏申发现，那位女童军不是沈甲妃，但一定跟小女孩时的沈甲妃很像。这是1937年圣诞节的前一天，伏申被堵在桥头，进不得，退不得。如果往前，就能过桥到达南岸，由于要优先照顾绝望中的妇孺过桥，像他这样的青年男丁被暂时拦了下来。如果回头，离桥头数里之遥就是准备进攻大桥的日军，就是已经被占领的杭州城。彷徨之时，桥上突然出现了骚动，伏申看到，十几个原本走上桥面，已经可以过桥的女童子军，也跟自己一样被往回驱赶。

要炸桥了。

大桥的设计者和建造者茅以升即将亲自下令炸桥。

钱塘江大桥可以说时运不济，多灾多难。作为中国第一座自行设计建造的铁路公路两用双层桥，是在一个黄道吉日，即1934年8月8日开始兴建的。据记载，大桥由当代桥梁专家茅以升博士设计并主持建造。为此，茅以升毅然辞去北洋大学教席，只身来到杭州。他主持制订的建桥方案不但切实可行，而且比美国桥梁专家华德尔提出的方案减少投资约二百万元，很快就被采纳。更令人振奋的是，在异常复杂困难的情况下，首次采用气压沉箱法掘泥打桩获得成功，打破了钱塘江水深流急，不可能建桥的预言。施工进度加快，三年以后，大桥建成，突兀江面，天堑通途，蔚为壮观。

尽管上海八一三抗战第二天即8月14日，建造中的大桥遭遇了第一次敌机空袭，但是一个月后，大桥铁路公路相继通车。

茅以升的喜悦是短暂的，他担心大桥命运，担心这个划时代的新生命随时夭折。

在日军战火逼近杭州的一个下午，南京工兵学院的丁姓教官突然造访大桥工地上的茅以升。他出示了一份国民政府的绝密文件，简单介绍了当前十分严峻的形势，如果杭州不保，钱塘江大桥就等于是给日本人造了，鉴此，上级命令，因敌军逼近杭州，要立即着手准备炸毁钱塘江大桥，以防敌人过江南下。丁姓教官还透露，炸桥所需炸药及爆炸器材都已经直接由南京运达，大桥工程处协同办理炸桥事宜，限明日完成。好不容易建成的大桥，铁路桥刚刚通车，公路桥竣工也将通车，自己倾注了无数心血和汗水的心爱之物要亲手去炸毁它，这使茅以升经历着一生中最痛苦的时刻。冷静之后，他最终告诉丁教官，建造大桥时，已经考虑到毁桥问题，有意在靠南岸的第二个桥墩里，准备了一个放炸药的长方形空洞。

炸桥方案得到南京方面许可后，当晚工兵开始行动，到凌晨时，埋放炸药全部完毕。然而形势瞬息万变，正在这时，茅以升突然接到浙江省政府命令，因为日军进攻武康，窥视富阳，大量难民拥入杭州，渡船根本不够用，钱塘江大桥公路必须于当天全面通车。因为炸桥一事高度保密，浙江省政府此时也不知道大桥上刚刚装置了炸药。大桥公路的路面早在一个多月前就竣工了，只因为预防敌机空袭，所以才没有开放通车。

然而通车盛况还是给茅以升带来了欣喜。得到大桥开通的消息，人们挤满了大桥两端的江边。当第一辆汽车从大桥上驶过时，两岸数十万群众掌声如雷，盖过滚滚钱江怒潮。兴奋的人流随后拥向公路桥，桥面挤得水泄不通，许多人脱下鞋子，在人行道上走了一个又一个来回，兴奋地喊叫，谁说两脚跨过钱塘江是办不到的，这不是做到了？两脚跨过钱塘江，此时每个从桥上走过的人，都实现了这个愿望。

但没有几个人知道，数百公斤炸药此时就安置在大桥身上。这座刚刚建成的大桥在落成之日，即将面临被炸毁的命运。战事越逼越紧，杭州已经是危在旦夕了。此时南渡的人越来越多，钱塘江大桥成了撤退的唯一通道。据铁路局当时估计，炸桥前一天，撤退过桥的机车有三百多辆，客货车二千多辆，逃难的难民有数十万之多，抢运出来的物资价值，更是难以估算。

1937年12月23日，日军攻打杭州。当天中午，茅以升终于接到炸桥的命令。但此时过桥的难民仍如潮涌，茅以升站在桥头，看着桥上黑压压的人群，急切地希望，过去一人就是一人，迟迟不愿执行命令，直等到下午五时，敌人的枪声越来越近，日军的太阳旗已然隐隐可见，他这才断然下令禁止行人，准备实施爆破。

伏申的两脚没有跨过钱塘江。

在即将炸桥之际，伏申在桥头上看到了一群女童子军的交涉甚至抗争。原来她们是中国童子军浙江省理事会教练员训练班的女学员，在没有接到撤离通知的情况下，决定自行组织南迁。她们匆匆赶到时，已经到了最后时刻，执行炸桥任务的丁姓军官和茅以升一起，动员她们就地解散，逃到江边山上暂且躲藏，然后由游击队转移到天目山区。但这些女童子军坚决要求过江，因为恐惧和焦急，一个个都哭了，只有带队班长，一个说一口标准国语的十三四岁小女孩相对冷静，与丁姓军官交谈之后，提出了解决办法，她们为了找到原单位组织，必须到达南岸会合，同意撤离到桥下，但要求马上安排轮渡让她们坐船过江。

伏申指着气氛怪异的空空的桥面，帮着她们质问，为什么不让过桥？不用十分钟就可以过去了。茅以升指着南边远处的桥墩，来不及了，没有时间了，已经是最后时刻了，自己还有重任，如果耽误了大事，谁都负不起这个责，又指着没有上桥的人群，大家都想过江，但都不能上桥了，自己实在不能带她们走，更不能让她们有危险。他一边坐上车，自言自语地说出了"殚精竭智千日功，通车之日却炸桥"的诗句，一边指着江堤一个隐秘之处，催促伏申，一个七尺男儿，应该勇于担当，那里有两条桥工处雇用的民船，赶紧带领她们渡江吧。

伏申惊愕地站了一会儿，细细想着他的两句诗，猛然醒悟，带着那班女童子军奔向桥下的那处江堤。

此时，寒江开阔，风吹波动，日军的飞机并没有炸桥，往江面扔下几颗炸弹就离开了，所有的轮渡都躲避在南岸，江上已经看不到任何船只。

隐藏在江堤下的民船，其实就是渔船，伏申刚要说明是茅以升的意思，说国语的女童军已经急于与船老大夫妇商量，但遭到拒绝。一来他们怕飞机轰炸；二来印证了伏申猜测，他们听说要炸桥了，会有危险；三来没有什么好处，茅以升说了也不管用，连桥工处的工钱都还没有结给他们。说罢船老大夫妇就弃船到岸上，准备到梅家坞山里亲戚家躲藏去了。伏申一手拖着紫红色小牛皮箱，一手握住船老大的手，把他拉到一边，耳语了几句，然后打开箱子让他看了一眼，之后，船老大夫妇就答应撑船，让大家都过江。说国语的女童军怀疑伏申做了什么交易，伏申轻描淡写地告诉她，不过是谈好报酬，允诺替大桥工程处付清工钱。

说国语的女童军向伏申敬礼，代表全体童子军表示感谢，然后提议船老大夫妇划船，伏申负责照顾大家。伏申朝她竖起拇指，欣然答应，又称赞她普通话说得好，字正腔圆，十分悦耳。说国语的女童军戳穿伏申，是不是在夸奖自己呀？说着不禁有一丝得意，头一仰，对着江水朗诵起来：

　　一堆堆乌云，像青色的火焰，在无底的大海上燃烧。大海抓住闪电的箭光，把它们熄灭在自己的深渊里。这些闪电的影子，活像一条条火蛇，在大海里蜿蜒游动，一晃就消失了。
　　——暴风雨！暴风雨就要来啦！
　　这是勇敢的海燕，在怒吼的大海上，在闪电中间，高傲地飞翔；这是胜利的预言家在叫喊：
　　——让暴风雨来得更猛烈些吧！

伏申除了鼓掌，也有提议，认为目前的处境可以有更好的比喻，比如风萧萧兮易水寒，壮士一去兮不复还。

说国语的女童军指着宽广的江面，反问伏申，易水有这么大的水浪，有这么汹涌的潮流吗？

最后讨论钱塘江到底是不是大海的问题，说国语的小女孩的论点是，钱塘江就是杭州湾，就是东海，还连着太平洋，怎么不是大海？

船到江心，伏申和女童子军们看到了悲壮的一幕。

只听得轰隆一声巨响，烟雾冲天，水花四溅，如一条长龙的雄伟大桥被截断了，如同为抗战悲壮就义。船老大停下划桨，手指着瞬间伤残的大桥，突然泣不成声，用这么长时间，这么多钱，造好一百天还不到，就自己炸了毁了，痛心啊。这时，几架日军飞机掠过江面，似乎要向渔船扔炸弹，情绪波动的船老大就要跳江，伏申一把抢过船桨，与说国语的女孩一道，拼命划了起来。日军飞机一次次冲下来，盯住不放，但后来遭到南岸高射机枪扫射，匆匆扔下一颗炸弹就飞走了。炸弹在江面上爆炸，掀起的巨浪将渔船推上半空，但伏申仍然双手不停地划着，缓过神来的船老大也从说国语的女童军那里夺过木桨，一起努力，让船平稳下来。

一直到船靠南岸，谁都没有再说话。周围死一般地静止，听不到一点声音。伏申最后一个下船，从浸了水的紫红色小牛皮箱里取出一根金条，悄悄塞到船老大手里。说国语的女童军恰好回过头来，看到了这个情景，等众人走到公路边，各自搭上汽车分别之时，她突然问伏申是不是付清工钱了。伏申点点头，从皮箱里取东西给她，但被拒绝了，还提醒他别以为是百宝箱取之不尽，他一个北平人，人生地不熟，兴许还要她帮助呢。因为场面有些混乱，时间有些紧迫，伏申也没有来得及问她名字，更没有来得及问她认不认识沈甲妃，更主要的，那一刻他发现，她与沈甲妃并不相像，如果贸然一问，岂不唐突。至于是不是应该问她，知不知道沈耀中这个人，更是一犹豫，也就不问了。由于江风太大，伏申当时也没有闻到淡淡的花香，直到几年之后丽水畲山的那个月夜，他才嗅到了她身上和沈甲妃一样的栀子花香味。

此时，几个记者围上来，给伏申拍照片，要宣扬他帮助女童过江的勇敢表现。听到说国语的女童军向他高喊,不要忘了今天的过江之谊,再见。伏申寻找女童军时,都已经不见了。不过,他听懂了她说的这句像成语的话。

在许多天以后,伏申看到自己划船过江的照片刊登在报纸上,同时还看到,大桥炸断当天,茅以升挥泪写下一诗哀之:

斗地风云今变色,炸桥挥泪断通途。
五行缺火真来火,不复原桥不丈夫。

之后,茅以升主持大桥工程处修复大桥再次通车,而国民党败退时应付性地炸了桥,被大桥工程处当天修通,那是几年以后的事了,相信茅以升最终感到欣慰。

中国童子军浙江省理事会后来迁到云和县沙溪村,而说国语的女童军在丽水县吕步坑村所设教练员训练班继续学习,直到机缘巧合,再次遇到伏申,直到远赴重庆,考上了直属中央有关部门并且享有津贴的速记员专门学校。

在浙南的深山里再见面时,两人都有了变化,主要是长大了许多,伏申变成了一个真正的男子汉,知道说国语的女孩名叫蓝栀子,此时也从一个含苞欲放的少女成长为鲜花盛开的一个女青年,交谈中,免不了提到钱塘江,提到高尔基,也算是有了难忘而美好的共同记忆。

七年后的1944年,由日军修通的钱塘江铁路桥,很快就被忠义救国军又一次炸毁,桥上层的公路桥修复计划因此被迫搁置。日本宣布无条件投降当日,大桥工程处先行回到杭州,着手修复大桥,但预计要用一年多时间,才能完成临时通车的目标。

八年过去,钱塘江仍然天堑阻隔。

伏申发现,由于缺乏调度,连续几天拥挤在南岸堤坝上等待过江的人越来越多,场面既壮观又混乱。省党部机关在优先过江之列,但也是从夜晚一直等到早上,一直等到下午,好容易登上一艘由日军炮艇改装的破旧渡轮，半沉半浮地驶向北岸。船到江心时突然天色阴沉，裹着黄沙的褐色狂风从杭州湾入海口刮过来，轮渡晃动得就要立即倾覆。本来有些晕船的沈乙嫔首先吓得花容失色，紧紧拉住伏申的手，不敢出声尖叫。林白履拼命挤过来，往沈乙嫔身上一靠，半开玩笑地向她保证，如果船沉了，只有他能救她，谁叫自己是浪里白条呢？林白履中学时横渡过钱塘江，一度颇有名声，每每拿来吹嘘。这时怪风怒号，浪潮涌起，斑驳陆离的轮渡发出哐当哐当的破碎声音，随波逐流，东倒西歪，在江心打转，打得越来越快。沈乙嫔更加紧张，又被林白履的大话一吓，连忙松开伏申的手，但不知再往哪里放。林白履趁机一把抓过，还拿出一副从容淡定的派头戏笑北人善马的伏申，难得遇到天文大潮，命可休矣。伏申没有理睬，几步跨到积满水花的甲板上，脚跟用力一跺，蹲开马步，岿然不动，还一边伸手耍击飞溅过来的浪花，一边取下插在护栏上的青天白日旗帜挥舞起来，看上去犹如狂风中的一道幻景。谭杭丽和党部诸位同事看到伏申如此大胆，如此潇洒，不禁呐喊鼓掌，称赞他是个真正的弄潮儿。沈乙嫔受到感染，忘记了害怕，恨不得也走上前去，与伏申一块儿做冒险之举。此时，忽然风停云住，潮息浪默，似乎归于平静，而且船驶离江心，彼岸在望。俄顷，突然道道闪电，阵阵惊雷，大家猝不及防之时，大小不等的冰雹已经铺天盖地地落在甲板上，噼里啪啦如机关枪扫射下来。伏申不仅不躲，反而更加来劲，头一仰，对着汹涌的江面，迎着子弹般的冰雹，用那一口北平京腔亮嗓，高声朗诵起苏联文豪高尔基的名句：

  这是胜利的预言家在叫喊：
  ——让暴风雨来得更猛烈些吧！

  伏申说得没有错，比暴风雨更猛烈的不是冰雹又是什么？
  林白履似乎看到伏申出风头，心中不悦，半真半假地发出警告，高氏是苏俄共产党作家领导人物，以宣传共产主义思想得到列宁和斯大林的宠幸，伏申公然宣传此人作品，显然有赤化之嫌，应予以惩教。但对伏申的指责没有得到响应，连屠来根也是哈哈一笑，宣称他也读过高尔基的作品，也是描写本人生活和民众苦难见长，不算是宣扬共产主义，而且斯大林对他颇为忌惮，有所压制，因此郁郁而终。曾经研究过苏联的赵强水认为屠来根一知半解，林白履看起来更是小题大做，希望有一天请到蒋经国同志，专门谈一谈苏联政治和文学，提升见解，开阔视野，如此更有针对性地加强对共产党的研究和斗争策略。还表扬伏申背诵高尔基的作品，是好学精进，知己知彼，方有胜算。

然而此刻，伏申并没有关注他们的争论，他的内心趋于平静，思绪飞到了八年之前的钱塘江上，那个说国语的女童军朗诵诗歌时的情景。

克里森在《最忆是杭州》中对钱塘江赞美不绝，预言有一天，它如果变得更加美丽和温顺，就会像西湖一样，与杭州城紧紧依偎，成为彼此的一部分。但他认为，来自北平的伏或许更加切合壮阔的钱塘江，他与女童子军一起过江的探险般的镜像，已然深深镌刻在各自的心中。其情景的独特性，不亚于北平风雪之中他高举旗帜，与沈甲妃相伴相护的那一刻。克里森赞叹，伏人生最精妙的片段，总是与某位女子密切相关，而神奇的是，这些女子很可能是同属一个血缘的沈姓。

伏申再次见到蓝栀子，是在楼外楼的宴席上。

1945年光复以来第一个端午节过后，蒋委员长在杭州召集甲种会报。原来抗战爆发后，为加强政治军事情报分析汇总工作，国民政府于1940年起建立了甲、乙、丙三级"特种会报"制度，乙种会报由中央各相关部门组成，丙种为省一级联席会议，由省政府主席主持，省党部主任委员协助，而甲种会报是最高国务和军事会议，由蒋介石主持，参谋总长、行政院长、中央党秘书长、中央组织部长、教育部长、内政部长等参加，军统、中统主要负责人列席会议。时值东北、中原战事在酝酿之中,蒋介石为展示从容气度,决定会报从南京转至杭州秘密举行。蒋介石本人和各部门长官集中于一地,由南京方面派人统一安排,不得闲暇,与会各部门的随员,人数众多,也比较空闲,由浙江省各对口部门接待,如中央党部的人就由省党部负责对接会议间隙的游玩吃喝等方面事宜。

伏申因为接手内部期刊《政治情报》和宣传资料《特种宣传通报》《宣传通讯》编纂呈报工作,这次刚好中央党部资料室三位资料员随行,因此也参加接待。三个人当中有两个女性,一个是苏北口音,自称是扬州人,实际上是淮安人,一个是本省湖州南浔人,与国民党元老、前省主席张静江沾点亲戚,林白履早已探知其真实来历,原来也只是她父亲做过张主席老家几个月的佣工而已,倒是猜测那个淮安人,说不定有什么背景。至于那个男资料员,因为姓岳,又是河南汤阴人氏,自称是岳飞的后人,每天只去岳王庙祭拜,也不要任何人陪同,回来吃饭时,眼睛红润,是刚哭过的。他自掏腰包喝完三两绍兴酒,借着酒兴,十分痛心地发牢骚,党国就是少了一个岳武穆啊。两个女的刚开始还一本正经,等到熟识了,显得精力充沛,玩兴浓厚,空下来就要逛延龄路,去都锦生,游湖心岛,不管价格,喜欢的就买,好吃的就吃,还不断发表通透的感慨,哪天仗真打大了,钱不值钱了,后悔都来不及了。沈乙嫔觉得伏申陪同两个女人不合适,就主动过来替他,从早到晚一步不离带着她们大街小巷地走,直到她们喊累了。

会报结束前一天,蒋介石提前回到南京,留下来的人顿时轻松活跃,原来会报期间不准私自宴请的规定随之打破。这天党部赵强水出面,在楼外楼宴请中央党部一干人物,林白履、屠来根和谭杭丽陪同参加,看到主人比客人多,而且位子空了好几个,就临时叫来几个其他部门的随员一同参加。

蓝栀子亭亭玉立的身影出现在楼外楼门口时,伏申一眼就认了出来。蓝栀子也早就认出了伏申，奔过来就跟他握手，原来她作为中央党部会议的实习生，临时担任这次会报的速记员。提起当年在钱塘江上的"过江之谊"，两人不禁有拉手和拥抱的动作，让旁人误以为兄妹或者恋人。

林白履听说，连忙提醒沈乙嫔，伏申跟南京来的女实习生黏上了，人家朝三暮四的，就骗痴情女子。

沈乙嫔并不受他挑唆，讥笑林白履什么记性，什么南京来的，不是在龙泉的时候就见过了。原来蓝栀子由中国童子军理事会丽水办事处蓝主任收养，给她改名叫蓝栀子，但不久就离开龙泉去了重庆，加上女大十八变，难怪林白履一时想不起来，谭杭丽也没有马上认出来。

党部全员审查告一段落之后，对于沈乙嫔被为难被审查一事，个别嘴巴不严的党部高层私下里笑话，谁会真的把沈乙嫔列入"大扫除"名单？连屠来根也逢人便说，谭杭丽有意捉弄人，拿所谓的"大扫除"计划吓唬沈乙嫔，是为了让伏申难堪，让他们产生嫌隙。

有关沈乙嫔遭遇审查的风波，造成了一定的后果。原来十分保密的，一会儿云里一会儿雾里的"大扫除"计划，一时间在党部传得沸沸扬扬，引起了种种猜测和反弹，以致谭杭丽保持了较长一段时间的缄默，才平息了传言，也更促使她要更加认真更有决心地实施好"大扫除"计划。她从戴笠那句假作真时真亦假引申开来，联想起虚虚实实，虚则实之，实则虚之这些话，内心既感到空洞孤独，又感到充实激奋。克里森在《最忆是杭州》里议论，公道地说，在当时成百上千的对付共产党计划的负责人中，谭是最认真最勤勉的。

五　调查组审讯"小角儿"

在谭杭丽的意愿中，最不可能在"大扫除"计划名单上的，是伏申。

围绕国共势必一战的形势，中统局在江浙沪党部调统室例会上，特别要求浙江在进行反共活动方面，不能落后于江苏，否则不好向蒋总裁交代。谭杭丽传达后，省党部迅速布置各县市党部，积极响应中统组织，抓紧实施行动。谭杭丽将前段时间的工作成绩口授给伏申，请他整理好，用《特种宣传通报》形式上报中统局及中央党部，信任之情，溢于言表。

伏申对光复以来，特别是1945年光复以来第二年的任务完成情况作了总结：

其一，重在先发制人，以求主动作为。如5月底，查获从杭州江干码头经绍兴运往余姚四明合作社的一艘运送物资船只，扣押运送物资者多人，没收手摇发电机十部及药品一批。如抓捕共产党地下负责人沈耀中，破获以延龄路百货商店为据点的地下交通站。

其二，搜集情报，进行策反。以破坏中共地下组织及其活动为目的，建立临时工作团第一、二、三团。一团针对宁波主要是四明地区，二团针对温州周边地区，三团针对金华及诸暨地区。侦察中共秘密组织，配合军事"清剿"，该三团配有电台，分别领导所属各县工作，以联合商行名义，组织策反委员会，特勤人员打入中共和民盟内部，仅金华地区就建立了十一个特情据点。

其三，采取各种手段，破坏责任区内民众所谓爱国民主运动。如杭州人民和平请愿团乘火车受阻后，改变行程，趁夜坐船经苏州前往南京，刚至三墩镇，本县调统干部受中统局电命，由林白履协助，调集地方骨干，由铁头杭同志率领当地乡绅、无业游民数百人配合，倾覆船只，请愿团一行纷纷逃逸，行动迟缓者，落水呼救，现场十分狼狈。各地调统人员还通过控制学校校长、指使有特务身份的教师恐吓学生等手段，有效破坏了杭州高级中学、镇海中学、东阳中学等名校的罢课活动。

其四，建设和强大组织，积极应对形势之变化。凡工作期间被举报贪污行为，先去职调查，视结果给予坚决处分。每月一次工作讨论会，组建城区工作组、行动队等组织，主要工作为刺探中共情报，监视和破坏学运和工运，具体内容是：一、敌匪分子调查，二、各地区敌匪活动调查统计，如番号、数量、流窜情况等。

其五，整肃内部，党务调查。清除潜伏人员及通共分子，如抓获矮金瓜。

写到此处，伏申不由得担心，矮金瓜作为一个典型，命运堪忧。于是又找谭杭丽求情，谭杭丽知道伏申陪矮金瓜在陆军监狱住了一个晚上的事，不仅没有批评，而且向他保证，如果他暂时不回北平，政治上积极进步，工作中认真表现，不辜负党国栽培，许多事情都会有转机。当务之急，他要抓紧填写好文件表格，由她亲自早日送往南京，作为条件，她想办法帮助矮金瓜出狱，并争取保留公职。因为她可以断定，矮金瓜不会是共产党，在"大扫除"计划摸排过程中，他的名字一直没有出现过。

随后的党部执委监委联席会议，基本同意谭杭丽建议，即在"伏申同志事迹摘要"中，增加了他受省调统室指导，在陆军监狱方面大力协助下，对老资格共产党嫌犯沈耀中进行审讯感化的典型事例。针对持枪劫狱的传言，调查表明，伏申利用与沈耀中以往的关系，与副监狱长腾阿大紧密配合，以怀柔宴请和探监威吓的方式，恩威并施，阻止了沈耀中在狱中要开展所谓斗争的意图，挫其锐气，使其消极，从而认真考虑悔过自新之出路。此外，还举了一个很有说服力的事例，即伏申主动承担挽救矮金瓜的工作，对其说服教育，令其承认错误，痛改前非，接受惩戒。

屠来根在会上没有发表反对意见，但心里不认同如此这般把坏事变好事，把本应追究处分的行为变成褒扬奖励的先进事迹，连原本到陆军监狱找猫的调查结论都不作数了，也太过分了。于是他故意将开会情况透露给林白履，试图激起林白履的强烈反应，而林白履也仿佛早就知道会议详情，特别是看到沈乙嫔为此欢喜的样子，显得无比气愤，在多个场合扬言，自己有办法让所谓先进模范出丑，让党部难堪。明显的是又一次针对伏申而来，又一次让党部众人有热闹可看。不久，有人就将伏申无法无天，与陆军监狱腾阿大共谋，收受巨额贿赂，意图打通关节，营救共党嫌犯沈耀中和矮金瓜等问题，向南京反映，吁请中统局派人调查。

举报信一式多份，通过关系送到了军统和警备司令部等部门，后来，连国民政府主席和蒋委员长都收到了。《东南日报》等报纸收到后，不敢发表，但编辑记者四处扩散伏申即将受到惩办的消息。

因为事关省党部声誉，事关党国青年模范评选，中央党部责令中统局派组调查清楚。因为罗霞天要离任，也没有出面接待，确定赵强水和屠来根配合。腾阿大是第一个接受调查的，屠来根亲自陪着调查组到监狱找他，做了笔录。腾阿大坚决否认与伏申勾结，收受钱财，而且把沈耀中押过来作证。沈耀中坦白了自己为伏申医治小角儿的事，别的一概不承认。

几天下来，赵强水和屠来根有了分歧，调查组无所适从，请示中统局主持实际工作的徐恩曾，徐恩曾让他们征求浙江调统室谭杭丽的意见。屠来根反对，警告调查组，谭杭丽与调查对象关系很不一般，党部其他同志知道了就会瓜田李下，诸多非议，如果有人捅到中央党部陈部长那里，调查组就会被动，将在外君命有所不受，徐局长不了解实际情况，不一定听他。调查组左右为难，最后出于对党国负责，对调查对象负责的态度，沉下心来，从三个问题上着手，即个人经历档案、平素喜好和财物来源。

首先是个人经历档案，调查组得来全不费工夫。

党部回迁杭州第一个月，谭杭丽尽职尽守，严格按照中统局的内部通令，按要求对所有党部干部重新一一甄别，重新建立了档案。

其实，就在此时，就在党部同事以为沈乙嫔风波既过，所谓的"大扫除"计划只不过是虚张声势，已经偃旗息鼓之时，谭杭丽真正的"大扫除"计划其实已经提上日程，而且刀口向内，从党部开始。想到戴笠教诲过，要避免"灯下黑"，要防止出现盲区，她此后的调查，完全不同于对沈乙嫔那种半真半假的档案复核，而是极其秘密，悄无声息。为了让上层领导信服"大扫除"计划的可靠性和高质量，在正式实施那一天，争取高度重视，大力支持，借此重新甄别档案的机会，在送交中统局和中央党部最终审实之前，她可谓一丝不苟地对相关人员的档案核了又核，捋了又捋，竟然在几个级别不低或者平时比较亲近的党部干部身上筛出了一些很难发现的疑点，也以此确保她的"大扫除"计划不会遗漏任何人。如赵强水有一个同父异母的弟弟，多年失去联系，以为在抗战中殉国，这次却查到在山东共军悍将许世友部当文化教员，而且已经申请加入共产党。再如屠来根一向吹嘘自己家族清一色国民党员，祖父早年死于农民暴动，因此与共产党不共戴天，但查明他的祖父其实是农民暴动的参加者，而且分到了浮财，是得利者，并不是农民暴动的受害者。林白履不知从哪里打探到消息，就以自己身份需要保密为由，自行将个人原始档案藏匿并销毁。谭杭丽追索时，林白履谎称已交由南京中央党部保管，省调统室无权查看。谭杭丽找到他擅自销毁档案的证据，报请对他予以处分，但因为上下多人为他说情，特别是许副部长的干涉，此事不了了之。

当然还包括伏申。伏申的档案，薄薄几页，清爽如水，唯独父亲一栏，一直空白。这次伏申在重新填写表格时，父亲一栏依然空着。

谭杭丽初审时，说明只是例行填表，希望他填写清楚，而且找出登刊瞿玉郎事迹的《申报》给伏申看，试探性地问他，与瞿玉郎情同父子的传说是真是假？伏申想到龙泉期间，军统平津站的齐庆斌散布了损害自己名誉的流言蜚语，讥讽谭杭丽对几年前齐庆斌的浑话念念不忘，还威胁她，如果再这样听到什么就相信什么，就与她断绝来往。

谭杭丽收起报纸，拿出档案往桌子上一放，突然拉下脸来，一副公事公办的模样，询问伏申，当年为什么要离开北平？为什么一别十年没有与父母家人联系？如果没有什么可隐瞒的，为什么不填？

伏申态度强硬，不仅对谭杭丽问的问题，一概不作回答，而且准备直冲楼上执委监委们的办公室，表达不满和愤怒。谭杭丽死活拦住，泡了一杯茶，又哄又劝，才让他挨着她，在她午睡的长沙发上坐了下来。谭杭丽胸脯一起一伏地靠近伏申，多少有些嗔怪地向他诉苦，自己作为这次党部内部人员审查的负责人，别人的事可以不管，他的事她必须得管，搞清楚这个问题，不仅完成省党部和中央党部布置的一项政治任务，也是对他有一个交代，对他们两个人的生死情谊有一个交代。谭杭丽说着，不停地拍着伏申的肩膀，一边拍着，一边笑着，很快使气氛缓和了。

沈乙嫔听到声音过来，看到他们坐在一张沙发上促膝谈心，不高兴了，也要坐下来。谭杭丽告诉她，自己与伏申在谈公事，要她走开。沈乙嫔哼了一声，什么公事这么神秘，不会是利用职权，假公济私吧？看看伏申也不理会她，就把原先半开的门重重一关，离开了。

那一刻，伏申甚至都没有注意到沈乙嫔来，没有听到她说了什么话。因为谭杭丽刚才的责问，勾起了伏申内心已经沉睡的回忆，这种回忆一旦唤醒，随之而来的就是空落落的，虚泡泡的，无可奈何，无法减缓的滞郁和酸胀，而不是实切切的，血淋淋的，可以呻吟的，可以呼救的疼痛和酸楚。在过去许多年以后，他不得不再次思念芳草园，不得不再次魂游芳草园，不得不再次回想和浮现曾经发生的，而已经忘记，已经碾碎的，似真似幻的景象。

那一天，不知是秋天还是春天，也不知是白天还是夜晚，芳草园内空无一人，周围异常安静，还是小孩的伏申不知道自己为何起床，为何离开卧房，为何来到了前院，为何止步。他恍惚间，听到了母亲连琴瑟和瞿玉郎在争吵，而且可能已经发生了推搡。听声音，母亲似乎很生气，而瞿玉郎也语调沉重地要把一样东西还给她。看情形，母亲是犹豫的，她欲言又止，显然不知道应该如何反应。伏申像轻轻扬起的精灵那样贴在窗户上，他看到瞿玉郎打开一个柜子，掀开里面的衣物，取出了一个红布包，母亲看着红布包，有些茫然，直到瞿玉郎慢慢打开它，翻出一束乌黑的青丝，激动得摸了摸自己的头发，无声地流下了眼泪。瞿玉郎捧着青丝，靠近母亲，比对她头上略显枯黄的头发，喃喃而语，这是她当年的头发，他一根一根地捡起来，攒起来，直到今天，依然还是活生生的，因为每过一些日子，他就要给它抹上油，让它永远乌黑发亮，永远保持鲜活，保持青春。

母亲感动了，她真不敢相信，这是她的头发，她曾经有过的黑亮的头发。最后哽咽化作了眼泪，流个不止。瞿玉郎的泪水也跟着流下来，继续赞叹她曾经拥有过的青春，发誓自己的脑子里将永远停留在那一刻，那一刻他想到戏里面唱过的一句词，春宵一刻值千金。

忽然间，母亲的感动停顿下来，泪水也瞬间收住了，语气变得极其淡然，轻轻吐出三个字，过去了。瞿玉郎依然沉浸在自己的语境中，尽管是疑问的，是柔声的，但口气是十分坚定的，是毋庸置疑的，过去了还能再收回去吗？

母亲沉默了一会儿，避开瞿玉郎明亮的目光，自说自话，却似有所指，看来有的人还记得当时的情景，但那是在梦中，是梦游。

瞿玉郎知道母亲说的有的人，指的是自己，他向母亲承认，他当时确实像是在做梦，在梦境中见到了她，做了那一切。当时瞿玉郎近乎厚颜无耻却又天真无邪，深情地向母亲复述了那一切，包括如何开门入户，如何动情相拥，如何欢愉床笫，如何意犹未尽，如何交合再顾，如何丧魂失魄，如何依依不舍，等等一切，让伏申仿佛看到了一部情节生动、画面丰富的有声电影，多年以后，每每想起，心心念念，脑海深处激起的惶恐不安，压迫全身，难以言表，无法排遣。

母亲对瞿玉郎说的那一切，并不感到奇怪，只是轻描淡写地回应了一句，既然是做梦，就不要当真。瞿玉郎旧情复燃一般，一把拉住母亲的手，声音颤抖地向她告白，对他来说，梦才是活的，才是真实的，因此他无法忘记他和她所做的那一切。瞿玉郎过度强烈的表现终于使母亲无力站立，靠着他坐了下来，趁此机会，瞿玉郎神情认真地向母亲提出，他要问一件事，一件重要的事。

伏申听到，又往窗户靠近了。

接下来瞿玉郎和母亲交谈的话语核心，由所谓的那一切，变成了所谓的那一刻。母亲对瞿玉郎认真的样子感到害怕，似乎知道他要问什么，支撑起身体，就要离开。瞿玉郎站起来，注视着母亲，问她，伏申是他的亲生儿子吗？

母亲用力推开瞿玉郎，回答是坚决果断的。她觉得瞿玉郎的话问得可笑，问得奇怪，伏申当然是她和伏德魁的亲生儿子。瞿玉郎接下去的话十分绕口，让外面的伏申感到糊涂。瞿玉郎告诉母亲，他问的不是这个意思，他想问的是，他是不是伏申的亲生父亲。

母亲此时的神志显然已经十分清醒,因此没有被瞿玉郎的话绕糊涂,而是简单明确地重申了自己的意思,她生的儿子,她最清楚,不是伏德魁的还会是谁?当然是伏德魁的。瞿玉郎很焦急但也很自信,郑重地提醒母亲,杭州之行的某年某月某夜某时的那一刻,她夜游西湖之时,离开伏德魁,匆匆回到拱宸桥下旅店,他陪伴她度过梦幻般的那一刻。

母亲的反驳是坚定有力的,语言也是严正严密的。儿子出生之前,她自始至终,三百六十五天,一直跟伏德魁生活,他们从来没有离开过一天一晚一时,他所说的那一刻子虚乌有,不曾出现。

瞿玉郎承认自己或许是在做梦,或许是梦境,但他没有记错,三百六十五天中那一刻属于他和她,伏申是他的儿子。母亲紧闭着眼睛,笑了起来,但笑得有些冷,她笑瞿玉郎病了,又做梦了,又说胡话了。瞿玉郎一口咬定,他没病,此刻他没有在做梦,但要求她亲口告诉他,是还是不是。

不是。母亲站起来,不愿再理他,背对着他就要离开。瞿玉郎似乎看出母亲的不肯定,就拦住她,恳求她能给一个肯定的回答。于是,母亲迫不得已,最终很肯定地告诉他,伏申是她和伏德魁的亲生儿子。

瞿玉郎仍然跟在母亲身后,不停摇头,直到母亲离开,握着那束青丝发愣了很久,终于没有了声息,仿佛睡着了。

母亲开门出来,看到站在门口的伏申,并不觉得惊诧,而是关心地问他,刚才还睡得好好的怎么醒了,怎么跑到这儿来了?

伏申指着门内的瞿玉郎,问他是不是睡着了。

接着,瞿玉郎拿着篮子走了出来,告诉伏申,他母亲知道自己病了,给自己送吃的,同时又提醒母亲,篮子忘了拿。不等瞿玉郎把篮子递给母亲,伏申一把接了过去,一边拉着母亲恍然而行,而且还发出呼噜声,一边满口呓语,仿佛身处睡梦中,说着含糊不清的梦话。

瞿玉郎眼泪夺眶而出，追上来告诉母亲，伏申就像他一样，在做梦，在梦游。伏申转过身体，看了看瞿玉郎，突然问母亲，他说什么了？但是母亲什么都没有说，只是催促他赶快回房间。

伏申醒了过来，看到母亲坐在床沿，轻轻地给他拭汗，他叫了一声，要母亲陪他一起睡。母亲上了床，躺进被窝，摸着他发烫的额头，又是不安又是担心。

伏申闭了一会儿眼睛，但怎么也睡不着。母亲继续哄他，明天还要上学，赶紧睡觉。伏申索性坐起来，想说话。母亲把他摁下，半夜三更的，睡吧。

后来伏申似乎睡着了，但一直在做梦，一直在说梦话，而且都是关于母亲的。母亲一直在他身边释疑解惑，回答他提出的一系列甚至有些怪异的问题。比如伏申说到自己看到箱子里有两个一模一样的脂粉盒，一个是父亲伏德魁送的，纳闷还有一个是谁送的，母亲就告诉他，是瞿玉郎叔叔送的。那是多年以前的事了，那时还没有嫁给他父亲呢。

伏申奇怪母亲为什么没有嫁给瞿玉郎，难道不喜欢他吗？母亲坦然回答，因为她喜欢的是伏德魁，伏申姥爷选中的也是伏德魁。伏申不太相信，瞿玉郎不好吗？英俊潇洒，想说什么就说什么，想干什么就干什么，真如很多女人说的，到这会儿了，瞿玉郎有朝气，有生气，还像个大小伙子。

母亲并不认同，摇摇头，瞿玉郎是不错，以后伏申长大了，会明白的，这做人呀，不能被理解的事情太多了。他父亲伏德魁是挑起四合班这副担子，是聚起芳草园人心的男人，他姥爷没有选错人。伏申知道是姥爷选的，但还是问母亲，要是她自己选呢？选谁？母亲毫不犹豫，告诉伏申，她当然选他父亲伏德魁。

后来，伏申把这段日有所思夜有所梦的谈话告诉过沈甲妃。沈甲妃认为，在很多女性看来，可能伏德魁说话很少不是一本正经的，跟瞿玉郎说话，自在多了，现在他母亲是不是觉得瞿玉郎比他父亲可爱？不然，她为什么这般照顾他？

母亲知道了他们的谈话，责怪沈甲妃一个南蛮丫头片子懂什么呀。芳草园是一个大家庭，她照顾瞿玉郎多点儿，因为他是一个人生活，自己更多的是同情，跟自己和伏申父亲是两码事。她最爱的是伏申的父亲，这辈子就跟他了，好好地帮着他把四合班带出体面，让芳草园永远亲如一家，还能有别的念头啊？

当然母亲做的比说的更好。哪怕父亲因为后来负有盛名，因为有了名誉地位，偶尔出现移情别恋的苗头，母亲都是坚信不疑，待之宽容。比如，伏申知道父亲曾经到上海演出，带回一块瑞士名表，母亲看着闪光的手表，惊奇他怎么会有这样的手表。伏德魁隐瞒了几天，后来还是告诉她，这是上海大老板杜先生一位姨太太送的。母亲疑心，人家为何要送这么贵重的东西。伏德魁坦白，那位姨太太对他表达过喜欢之意。母亲责怪父亲，怎么能收呢？伏德魁觉得冤枉，因为他婉拒了，是那位姨太太后来偷偷把手表藏在点心盒子里，自己上了火车才发现的，总不能把它扔了吧。

母亲一边好奇杜先生姨太太居然对自己丈夫如此主动，一边又后悔不该让丈夫去上海，至少自己应该一起去。伏德魁发誓，上海离北平远着呢，她不来北平，他不去上海，永远不会再见到的。

母亲虽然心里头一宽，但总觉得丈夫想得太简单了，现在哪个角儿不去上海？再说火车这么快，不用几天就到了，来来往往多容易。

父亲把手表送给了母亲，有一天母亲发现手表停了，就还给了父亲。

这是伏申第一次真正了解母亲的故事。

如此，他在父亲一栏理所当然要填写伏德魁。不过当时谭杭丽考虑到伏德魁被指骂汉奸的传闻，劝导伏申，如果这样，不如先不填。

在调查组这里，谭杭丽如实介绍了伏申，北平子弟，早早离家,求学浙江,历史清白,至于家庭背景,梨园之中,恩爱情种,你侬我侬,没有什么复杂的,也没有什么可责怪的,有错也不在伏申同志,他有什么可选择的?最后还说,每个人都有自己的秘密,不是每一件事都适合写入档案的,也不是什么事都得向党国说明的。

调查组看谭杭丽把事情包揽下来,也没有再细究。之后也采纳她提供的情况,写进调查报告里。不想调查组丰组长也是喜欢养猫的人,于是意犹未尽,既然猫是事情发生的一个重要因素,那就先看看名叫小角儿的猫到底是什么稀罕物,能让伏申从北平带到杭州,这次还半夜三更上天入地地到处寻找,费神费时,不管不顾,送到监狱内央请一个在押人犯医治。

为此,由赵强水通知伏申,第二天把猫带到党部,与调查组见面。丰组长一见小角儿,一双眼睛一蓝一黄,雪白被毛,顿时欢喜,不禁炫耀自己的见识与博学,与左右大谈小角儿,什么是波斯猫与鲁西狸猫繁育而来的后代云云,认为诸多品种中,以小角儿这样的鸳鸯眼黑白狮猫最为珍贵,不禁又抱起来,指着颈部的两块黑斑,告诉伏申,有这黑斑的,诨号叫做雪中送炭。伏申听了丰组长的话,觉得大开眼界,不禁注意到,小角儿全身越来越白,颈部原来两个小白点变成了两块黑斑,白中带黑,更显生动可爱。丰组长唯一奇怪的是,小角儿戴了一个肚兜,在南京上海见过小洋狗戴肚兜的,没见过猫也戴肚兜。伏申如此解释,小角儿大雪天出生,差点冻死,因此后来就离不开肚兜,江南阴冷,水土不服,更脱不下来了。

屠来根看到丰组长分明喜欢小角儿,就提示伏申,宝剑赠英雄,红粉赐佳人,今天遇到真正识货的高人,不如把它送给丰组长,带到南京去养。丰组长一听,连忙放下小角儿,拉下脸来,批评屠来根,喜欢是喜欢,岂能夺人所爱?屠委员此言差矣,是误我害我。屠来根脸一红,又看猫伸出爪子,似乎要来抓他的脸,只好连忙躲开。之后,根据丰组长的提议,由伏申抱着猫先回沈庐，调查组的人与赵强水一起，在陆军监狱暗处观察，以求证当时的情况是否属实。果然不一会儿，小角儿从巷子里蹿出来，从旁边的屋顶上，纵身一跃，跳进高墙里面。随后，伏申从巷尾那头紧跟过来。腾阿大则依照当时的情形，开了铁门，放伏申进来。而此时，小角儿已经从门边的缝隙里，钻过后面五道铁门，进入了乙监。伏申在腾阿大的引领下，一道一道门地走进去，当他进入乙监时，小角儿已经成功捕获了一只肥大的老鼠。

调查组目击了这个过程之后，不禁豁然，从而采信了伏申寻猫之说，把结论写进了调查报告。幸亏他们是在极小范围内进行的秘密调查，避免造成对党部不利影响，避免了冤枉同志，还特别注明，伏申从学生时代开始就由党部培养，没有其他部门的任职经历，根正苗好，人品端正，工作出色。此外，伏申抗战期间建立几件功勋，在广大青年党员和三青团员心目中形象好，被奉为学习楷模。

调查组回南京那天，罗霞天终于出面，与谭杭丽一起，在楼外楼宴请调查组一行。因为伏申是当事人没有参加，丰组长因为不见小角儿出现，左顾右盼，十分遗憾。谭杭丽敬酒时，替伏申承诺，如果产下小猫，一定送上一只。丰组长连连感谢，非得让她传话，伏申是党国优秀青年，前程无量，要注意保护好自己。酒至半酣，担心小角儿是否有合适的求偶对象，表示来年春天发情时，自己争取来杭州看看配种情况。

后来，林白履在众安桥那间石块墙茅草顶的矮房子民舍里，也就是他表姐家中，向伏申透露自己的秘密身份时，顺便提起，写信告状的人是屠来根，信是由他递送的，因此别人以为是他举报的，这样，也使人们误以为这是情感纠纷，是私人恩怨。然而，他把事态掌握在可控范围，比如将丰组长的调查引入歧途，让他们把兴趣和功夫用在弄清楚伏申混乱的家世上，把关注点集中在一只猫上，从而让自以为是的调查组蠢相毕露。

187

六　钮祜禄氏正红旗逞能西子湖

然而，相比北平，杭州也太小了一点，梅花碑更是人多嘴杂，伏申被调查的消息很快传开。那义魁得到消息，心急如焚，半夜翻墙进入沈庐，力劝伏申赶紧带着小角儿走人。那义魁仍然那种当年皇宫里的人才有的口气，回到北平多好，不用留在这里受人欺侮，爱怎么玩就怎么玩。

在那义魁看来，抗战胜利之后，北平那边，一心盼望他赶紧回去团聚。后来一度传言瞿玉郎准备离开四合班，离开北平，到杭州自立门户。

对瞿玉郎而言，杭州与北平的景象多么不一样，可堪追忆的江南，就是京杭大运河最南端的杭州，而最难忘记的，是一个叫湖墅的地方。小桥流水，烟笼雨润，桨声灯影，茶香酒黄，轻言细语，来往于此的男女过客，留下的都是最美好的印记，比如忽然之间触景生情，心绪恍惚，于是心意难平，燃起欲火，在充满阳光的午后，或者寂如静女的月夜，在你爱我爱的梦幻般境界中，找到自我，任其升华，任其释放，对于天下有情人，于此得到的不仅是短暂的美好瞬间，而且是永恒的爱情果实。

对于瞿玉郎而言，人间天堂杭州具有特别的意义。后来由于抗战爆发，加上伏申去了更南更远的浙南龙泉，失去了音讯，瞿玉郎到杭州的想法落空。

当时想迁居杭州的还有连琴瑟。连琴瑟只盼望伏申年纪渐长，懂得亲情，想着早日回北平看望家人，不然，她不惜以病弱之身，亲赴杭州陪伴伏申。

况且，早在民国八年，她就曾经产生留在杭州不走的念头。

民国八年，1919年，已经名震平津的四合班首次到富庶的江浙巡演。他们没有像其他戏班那样，先选繁华的上海，而是直取苏杭二地。表面上看，其中原因是四合班子弟们从小听多了乾隆下江南这样的故事，对传说中上有天堂，下有苏杭早已神往，但真正的原因是四合班恩主连家祖籍杭州，几代往返京杭两地，经营丝茶，供应朝廷，富裕之后，散财梨园，早年为了四合班有容身之所，雪中送炭，买下芳草园馈赠。四合班出名之后，衣食无忧，但连家仍然隔三岔五予以资助，直到新班成长，戏约不断，日进斗金，也没有忘记锦上添花，时不时地送去时鲜物资，稀罕特产，恩续不减一分，情分不差一厘。四合班如今辉煌，自然要知恩图报，只恨没有机会。

1919年的四合班江南之行，其实就是杭州之行，其实就是为了帮助连家独养女儿连琴瑟实现回到祖辈出生地寻根的心愿。当时连杭生病重，曾留下话，希望女儿选四合班弟子中佼佼者为夫，成婚之后，这个人就是芳草园，就是四合班的主人。这次杭州之行，既是四合班展示看家剧目的宣扬之旅，也是到繁华江南的淘金之行，更是获取芳心，赢得美人，登上主人之位的最好机会。鉴于当时连琴瑟未曾明言的态度，似乎四合班每个未婚子弟都有可能，除了少班主伏德魁志在必得，瞿玉郎当仁不让，连拉琴打鼓的跑龙套的也争先恐后。不仅因为连琴瑟有上辈留下的丰厚财产，也因为她那种北方女子少有的秀美和清丽，更因为她善良的特质和温婉的性格。虽然没有人敢表达出来，但娶妻如斯，如美梦一般，萦绕于四合班每个年轻的、充满期待的人心里面。

只不过，连杭生眼里的佼佼者铁定是伏德魁，只不过，没有把话说明，是为了不使另一位佼佼者瞿玉郎不至于觉得不公平，只不过，把决定权交给了女儿，交给了杭州之行，他十分自信，女儿最终一定会选择伏德魁，最终好姻缘天时地利，天造地设。

后来发生的事情表明，连杭生的判断是对的，女儿的缘分就在江南，就在杭州，伏德魁就是女儿的真命天子。

如今，光复之后，连琴瑟还一时回不了已经二十七年未见的杭州，而伏申何时回来也似乎没有定期。对此，那义魁越来越觉得内疚。要不是自己惹上事端，开始与日本人，后来又与铁头杭他们纠缠不清，也不至于束缚手脚，耽误了带伏申回北平的机会，自己对不起连琴瑟，对不起伏德魁。

甚至对不起大清宣统皇帝爱新觉罗·溥仪。

至少在当时，整个杭州，整个浙江省，至少是梅花碑浙江省党部和省政府，伏申可能是唯一亲眼见过大清宣统皇帝爱新觉罗·溥仪的人。对此，罗霞天和几任省主席都啧啧称奇。

回迁杭州之后，林白履与伏申矛盾激化，到处指责伏申是一个骗子，北平拉黄包车的、烧水的、拉皮条的，连要饭的，哪个不以身居帝都为荣，哪个不吹嘘自己隔三岔五与皇帝见面？要说帝都，人文鼎盛的大宋王朝老早就在杭州建都了，清朝有啥花头？溥仪有啥花头？不过唱戏的，讨人欢心，有啥了不起？为损害伏申，费尽嘴巴功夫。

不少本省籍的同僚对此也酸溜溜的，站在林白履一边，质疑伏申的人品，至少认为他好吹牛的北平人性格不讨人喜欢。伏申对此置之不理，不予丝毫说明与辩驳，有人当面问他此事，他也否认自己曾经说了见过溥仪的话，哪怕见过，也不记得了。

直到1945年光复第二年的年底，伏德魁汉奸案公审，人们从上海《申报》发表的庭审实录中，看到有关陈述和证言，其中证实伏申确实在1924年与溥仪有过交往。

1924年，也就是民国十三年的初冬，伏申刚过完四周岁生日的一天，很久没有露面的清室内廷管家二口吕突然到访南城芳草园，以清逊帝溥仪的名义，邀请四合班到紫禁城唱戏。

在伏申片段的记忆里,当时发生了争吵。二口吕一进门,一边和颜悦色地与伏德魁寒暄,一边将几十根金条放在桌子上,然后脸色一变,居高临下地传达了溥仪旨意。不等伏德魁表态,瞿玉郎已经硬生生回绝了二口吕,表示自己不仅不会去,而且四合班谁都不会去。

二口吕不由得恼怒,认为瞿玉郎太会记仇,事情都过去十六七年了,当年没有赏他顶戴,但赏了狮子猫了,不肯去,要不把角儿还给大清?瞿玉郎不等他说完,端起茶杯就泼,但茶杯是空的,什么都没有,吓得二口吕不停地晃动头脑躲闪,生怕空杯子砸过来。瞿玉郎放下空杯,要拿倒满茶水的杯子,伏德魁上前拦住,同时看着连琴瑟,希望她说几句话。连琴瑟移开茶杯,将瞿玉郎推到一旁,然后提醒伏德魁,作为班主,拿定了主意,其他人都听着就行。

瞿玉郎掷杯泼水不成,就紧紧抱着角儿,气得满脸通红,但看到连琴瑟有了态度,也不再争吵。二口吕听到连琴瑟这句话,不禁有了底气,又搬出四合班的竞争对手压瞿玉郎的气焰,扬言要不是五庆班去了天津,皇上请的兴许就是他们。伏德魁急忙警告二口吕,现在是民国,清廷虽然享受待遇,但也不能再强求百姓了,今天看在从前的面子上,不下逐客令,容他跟瞿玉郎他们几个商量商量再回准话。

二口吕眼泪一抹,感叹世态炎凉,他如何回禀皇上?坚持要留下金条,嘴里嘀咕着,皇上还是赏得起的。然后强调,伏老板可是欠着大清的人情。又趁势对瞿玉郎说了一通软话,算是赔礼,对其他人也一个个求过来,宣统皇帝是惦记四合班了,大家何必拧着呢。最后看到正在哄角儿的伏申,低下身体向他发出邀请,逗他,宫里有许多稀奇玩意儿,正好小孩子玩。

这天冬日高照,伏申自己抱着角儿,走一段,大家轮流背着他走一段,一个时辰后便进入紫禁城,来到寂静冷清的皇宫内廷。伏申第一眼看到的场景,也是深深留在他记忆中的一幕。一位身穿黄马褂的瘦健青年在前面疾走，后面溥仪骑着一辆一前一后两个轱辘的自行车紧追，很快就抢到前面，得意地停好车，看到二口吕带着四合班的人过来，将自行车往地上一扔，擦了擦额上的汗珠子，一行人一一行礼时，看到伏德魁，立即回想自己儿时见到过的伏家老生，就紧紧握着他的手，随后就抱起伏申，感叹地回想光绪三十四年，朕就跟他一般大。又拧了拧伏申的两腮，问这是谁的孩子。溥仪见伏申只管逗着猫不理他，就在他们几个人脸上搜索起来，仿佛要证实自己的猜测。伏德魁连忙抱过伏申，父子一块儿向溥仪叩首问安，溥仪大笑，原来是伏老板的公子，朕差点猜错了。

四合班的人此时相互看看，正不知说什么好的时候，那位身穿黄马褂的瘦健青年上前，不禁好奇地问了一句，皇上猜谁了？

听到那位瘦健青年突然问这样的话，大家不由得愕然，尤其是瞿玉郎脸色不好看起来，似乎要发作，别的人低着头，不知如何是好，场面顿时尴尬。二口吕哑然失笑，一句话打破了僵局，讥讽他这不是多余嘛，皇上慧眼一猜，就看出是伏老板的亲生儿子。

这位瘦健青年，正是当年四合班进宫时见过的那个小孩，也就是那个带刀侍卫的儿子那义魁。十多年过去，当年玩耍的小孩已经成为一个瘦健的高个儿了。现如今那义魁子承父业，成为溥仪的带刀侍卫。此刻他与四合班算是故人相见，简短交流之后，气氛轻松不少。那义魁像父亲那样，挎着那柄刀把镀金的钢刀，只是腰间多别了一个细长的皮袋，里面像是一把时兴的连发手枪，他看出大家的好奇，于是打开皮袋，取出一把可以折叠，可以掌握的弹簧刀。原来这是德国公使赠送溥仪，溥仪玩了几天，认为比不上手枪，就转赐给他的。那义魁觉得枪那玩意儿不好使，要配弹药，而且枪声太响，而这把折叠刀，人家不以为然，只当是玩物，便于藏带不说，使用起来，可长可短，可刺可剜，可深可浅，花样百出，奥妙无穷，伤人于眨眼工夫，夺命于无痕状况。

四岁的伏申始终没有忘记这样的情景,那义魁显然想展示弹簧刀的好处,同时也惹伏申开心,手一伸一张,单手就练了起来,锋利透亮的刀刃从掌中时而伸出时而隐没,一时间电闪雷动,看上去眼花缭乱。

伏申幼小的心灵对那义魁既好奇又好感,惊喜的是,他还抱着自己到皇宫各处新奇的地方转了又转,陪他度过了一个愉快的下午。到了晚上,玩累了的伏申没有顾得吃饭,就抱着角儿,在那义魁的暖房里早早睡着了。

当晚宫中寒月当空,伏德魁和瞿玉郎于豪华厢房同居一间。夜深人静,瞿玉郎似乎听到了留声机传来的音乐,于是辗转反侧,披衣而起,循着声音找到了溥仪的寝宫。瞿玉郎掀帘而入,看到忽明忽暗的灯光下,溥仪正津津有味地欣赏着西洋音乐,也没有理会是否有人进来。瞿玉郎站在那里,一直等到唱机停止,才向溥仪问安,开口第一句话就是索要顶戴,皇上,答应赏赐给瞿家的七品顶戴呢?

溥仪看到他半夜出现在面前,并不感到惊讶,但听他这么一问,神情不禁茫然,顶戴?什么时候说过要赏给你顶戴呀?朕怎么就记不得了。

瞿玉郎站在灯光下,有意与自己的影子重叠在一起,如此就分辨不出身体还是影子。面对溥仪的疑问,他非常有耐心地回忆了光绪三十四年的往事,提醒溥仪对自己三岁时的情景唤起记忆。溥仪点了点头,似乎想了起来,既然是慈禧太后欠下的,这次一定补偿,一定赏赐瞿家七品顶戴。瞿玉郎得到了满意的答复,叩了叩头,离开自己的影子,一步不差地回到了厢房,一头睡下,睡到天明,直至隆隆的炮声把他震醒过来。

炮声是从宫门外传过来的,但显得零零散散,稀稀落落。到外面打探情况的二口吕带着侍从和内臣拥到溥仪床前,呈报了一个不幸的消息,冯玉祥的新军把紫禁城包围了,随时可能杀进宫来。趴在床上研究戏单的溥仪大吃一惊,戏单掉在地上,沉默了很久。炮声时响时停，溥仪一会儿表现镇定，把丢在地上的戏单捡起来，全神贯注地看了又看，一会儿又突然不知所措，激动得又喊又叫，大清国跟临时政府有八条优待条款，他们不能闯进来，这是紫禁城，是爱新觉罗的家，他们不能闯进来！

吃着馃子的伏申跟着那义魁挤进来，看到的是众人的面面相觑、惊慌失措的状态，还有溥仪举着戏单，嚷叫着唱戏，怎么能不唱戏？语气虽然坚定，但难掩恐慌的模样。最后使场面稳定下来的是一位老得不能再老的老臣，他努力安慰溥仪，提出了一个奇怪的建议，让戏班唱一出《空城计》。当年诸葛亮只有三千老弱病残，竟令司马懿大军后退四十里。冯玉祥就是司马懿，皇上就是诸葛亮，大家就是三千老弱，只要皇上沉住气，有大家在，有戏班在，保准冯玉祥的新军不敢轻举妄动，不敢闯进来惊扰皇上，等挨过了今晚，明天京城大清国的遗民百姓就会蜂拥而至，为皇上护驾云云。

溥仪龙颜大悦，在戏单勾画了《空城计》一栏。一会儿，二口吕引着伏德魁进来，溥仪抓住他的手不肯放下，仿佛见到了救星，仿佛见到了真正的诸葛亮。

身负重任的伏德魁一时没有顾得上伏申，混乱之中，已经吃完馃子的伏申一步不离地紧跟着那义魁，那义魁职责所在，跑到宫门口一探究竟。伏申和角儿欢快地在前面跑着，一直跑到宫门口，看到人群，又继续跑，最后差点一头撞上一门大炮。

几个新军围了上来，看伏申有没有撞坏脑袋，一边责怪那义魁任由一个小孩跑到危险的地方，都撞到炮口上了，还真不怕死。那义魁抱起伏申，另一只手摸了摸大炮，再看到四周还有几门，不由得惊诧，责问他们，是不是要造反？怎么敢把大炮对着紫禁城？皇上还在里头呢。几个新军开始有几分怵他，知道他身份后，又警告他，这大炮就是冲着皇上来的，叫他不要护主心切，冯大帅说了不伤无辜，要走就赶快走，不然大炮一响，谁也走不了。

伏申看到那义魁神情镇定，冷冷一笑，挡在炮口前面，大义凛然，晓之以利害。里面四合班在唱戏，男女老少在看戏，大炮如果想轰就轰，多少无辜一块儿成了炮灰，岂不都是冤魂？那几个新军当然知道这四合班的名声，不由得感到惊诧，都这时候了，还愿意给倒霉的皇帝唱戏？

那义魁的劝阻暂时起了作用，大炮没有再响，而且后撤到了宫门之外。

那义魁抱着伏申回来时，四合班却出现了一阵混乱。冯玉祥的新军围住紫禁城随时炮轰的消息已经传开。四合班正在为了演还是不演，走还是留下，产生了恐慌，都觉得末代皇帝要完蛋了，不要给他唱戏了，就连伏德魁也担忧新军真的开炮，连累四合班当炮灰，真的成千上万的人杀进来，那么四合班可能就得给溥仪殉葬。如此想着，不禁万分焦虑万分犹豫。

按照溥仪的旨意，原先瞿玉郎开场的《贵妃醉酒》改成《空城计》。伏德魁穿着诸葛亮的缁衣，手中拿着鹅毛扇出现时，溥仪兴奋得大喊，诸葛孔明来了，朕不怕了，朕不怕了。

开演之前，伏德魁显得有些乘人之危，几乎要挟了溥仪。伏德魁知道时间紧迫，于是单刀直入，开口就要顶戴，瞿家传人瞿玉郎，慈禧太后答应赐给七品顶戴，未尽之事，请即刻兑现。溥仪似乎早就知道了，立刻答应，只要唱好《空城计》，多少顶戴都给他们。溥仪随手从那位最年迈的老臣头上摘下顶戴，一看是一品的，觉得不合适，又摘下旁边一个侍从的顶戴，却发现是没有品的，正不知所措，二口吕把早已准备好的一顶七品顶戴交给溥仪，让他送给瞿玉郎，不想瞿玉郎一推，顶戴落在地下，伏德魁捡起顶戴要给他戴上，瞿玉郎于是明确拒绝，如果在梦里，自己可能渴望得到，但现在自己脑子清醒，不想要了。

紫禁城的寒夜中，伏德魁的四合班唱起了《空城计》，一开始，臣僚和妃子们全然忘记已经兵临宫门，喝彩声不断。唱到后面，一向不疾不徐的琴师傅，操琴的节奏比往常明显快了许多，显然是在催戏，伏德魁跟着琴声，也马上加快了节奏。溥仪听了出来，皱起眉头，这慢板怎么变成快板了？正要下旨纠正，那义魁过来，要带溥仪离开，但溥仪坚持要听完戏，冯玉祥敢把朕怎么样？要躲也躲在紫禁城，哪里都不去。

伏申原本是由瞿玉郎带离紫禁城的。到宫门口时，穿着花旦戏装的瞿玉郎正要与新军交涉，一群痛哭流涕的旗人遗少突然向宫门拥来，与举着枪刺的新军发生了冲突。其中几个年老旗人呼天抢地，先后一头撞在墙上，顿时鲜血四溅。大队的新军赶到，完全封锁了宫门。情急之中，旗人遗少们也纷纷拥到护城河，瞿玉郎被挤下河去，那义魁脱下棉袍，跳到河里救人，但怎么也找不到人，正当伏申以为瞿玉郎憋死水中时，瞿玉郎突然在河中浮起来，原来护城河的水并不深，人一站就站了起来，那义魁一把将他拉上岸来。

瞿玉郎顾不得浑身发抖，急切地寻找伏申，但伏申却消失得无影无踪，原来发现猫不见了，回去找了，最后那义魁帮他找到猫，把他带回宫里，与伏德魁会合了。

由此，伏申看见了历史性一幕后面的花絮。

旧臣们向溥仪跪拜不起，嫔妃们从二口吕手中领走金银细软，向溥仪哭泣辞别，而溥仪表情麻木，朝他们挥挥手，叫他们赶紧离开。等到人流散去，还没有卸装的伏德魁带着伏申向溥仪告别，溥仪此时已热泪盈眶，含糊不清地对他说了许多话，最后拉住带刀侍卫的手，下了一道旨意，让他到芳草园看家护院。

伏申隐约记得溥仪赠送伏德魁许多珠宝金器，装满了一个紫红色小牛皮箱，伏德魁不肯接受，溥仪喊过伏申，叫他拿着，伏申用尽力气，紫红色小牛皮箱不动丝毫。

那时候伏申不明白溥仪说了些什么话，让伏德魁感动得流泪不止。多年以后，伏德魁复述了溥仪的话，意思是改朝换代，风云变幻，但这戏总是有人看，不管谁上台，都有饭吃，叮嘱那义魁，伏老板凭着这嗓子，红上世世代代，造福子子孙孙，跟着他，吃穿不愁，终身可靠。

那义魁没有说任何话，而且一直站着，场面有些僵持，直到他看了看伏申，才向溥仪跪下，叩了头，一手抱起伏申，一手提起那个紫红色小牛皮箱，跟着伏德魁离开了紫禁城。

伏申隐约记得，他们是坐着马车回到芳草园的。那时，天上的云层已经散去，太阳露了出来，那义魁抱着伏申坐着，一言不发，最后回头看了看紫禁城方向，一颗泪珠掉了下来。瞿玉郎和母亲连琴瑟笑容满面，站在门口迎接他们。连琴瑟从那义魁手上接过沉甸甸的小皮箱，伏申帮着拎，却没有拎动半分，连琴瑟告诉他，等他拎得动时，小皮箱就属于他了。

伏申后来知道，从水里救起瞿玉郎，帮他找回猫，抱他回来的人，叫那义魁，是满姓钮祜禄氏正红旗。

其实，那义魁的计划是，送走伏申之后，自己回到杭州。就如他后来告诉伏申的，他已离不开杭州，离不开西湖了。一度伏申以为，那义魁是迷上了江南味道十足的俏罗敷。因为1942年伏申潜回杭州，看到那义魁与俏罗敷在一起，后来，又知道光复前夕，那义魁与俏罗敷一起在天目山忠义救国军待了一段时间。

之后，更令伏申吃惊的是，这个爱新觉罗·溥仪曾经的侍卫，这个芳草园四合班曾经的护院，这个加入过忠义救国军，曾经帮助他们刺杀伪市长的那义魁，居然有一天成为共产党人。一年多后的清明节前，据说是铁头杭提供情报，那义魁与俏罗敷曾出现在天目山共产党游击队的地盘上。因此，两个人双双被捕，最后死在陆军监狱的刑场上。

七　秋田犬取名"服务生"

林白履牵着狼狗出现在梅花碑时，胆气冲天，豪情万丈，仿佛所向无敌。这就像林白履后来所说的，考虑到形势的严酷性和复杂性，也是为了对敌斗争的需要，他努力在大庭广众下表现得像个坏人，之所以剑指伏申，时不时地把他拉下水，是为了让敌人看起来，两个人形象不佳，半斤八两，从而骗过无处不在的军情敌特，骗过手伸得过长的毛教官，甚至骗过不太好骗的、一心想着"大扫除"的谭杭丽，最终在虎穴龙潭双双成功立足，伺机共同为党立功，比如，合力营救沈耀中，彻底粉碎"大扫除"计划，甚至有机会谋刺国民党重要人物等等。

省党部端午福利"六个一"的方案中，其中之六，每人可在日军战利品及没收的敌伪资产中，领取价值百元的实物一件。为此，林白履委托铁头杭，帮他物色一条日本狼狗。日军投降后，一批没有来得及运走的秋田犬，也就是狼狗，由驻富阳的忠义救国军接收。因其凶残的名声，也为了解恨，大部分狼狗都被当地军民炖了肉吃，剩下的几只有人想要，也是每只二三十元低价而售。铁头杭花了十元钱买的，却问林白履要了一百元。林白履也没有计较，反而欣喜不已，请铁头杭到知味馆吃饭，以示感谢。

正如后来林白履告知伏申的，他第一眼看到狼狗，即刻就有了自己的计划，而这个计划，将让他们成为最成功的伪装者，将让他们的演出取得空前效果。

原来猫最怕狗，想象以后用一条凶狠的猛犬对付一只温顺的狮子猫，是怎样令人鼓舞的场面！铁头杭一帮人听说他的设想，无不拍案叫绝，不禁嘲笑伏申，如不知趣，再敢把猫带到党部，到时候猫狗相遇，性命不保。更使大家齐声叫好的是，林白履当即给狼狗取名服务生，杭州话中，务字发音含糊，"服务生"三个字听起来就像"伏申"二字，呼叫狼狗服务生就是呼叫伏申，伏申有什么不满，也是无可奈何，无话可说。

几天后，林白履牵着狼狗到党部到处转悠，故意服务生、服务生地高声呼叫，人们一开始听了果然以为叫伏申名字。林白履逢人就讲，他的这条猛犬名叫服务生，专门对付狮子猫，显然有意挑衅。只是让他感到美中不足的是，当天伏申并不在党部。党部有好几个人被惊吓到，其中包括沈乙嫔，敢怒不敢言，要求阻止。几个人让屠来根劝说，屠来根表示为难，趁机替林白履说话，所以这样做，是被两件事激怒了。一件是中统局调查组没有认真调查就草草走人，听说伏申以赠送小角儿明年产下的幼猫作为贿赂，蒙混过关，以致邪气得彰，正气不扬。义愤之下，用狼狗讨伐宠猫，虽然是下策，但也是为自己出一口不平之气。

正如林白履公开宣称的，真正激怒他的，是屠来根说的第二件事。有人为了报复林白履，故意将他个人新档案遗失，被人公开披露，致使林白履编织的经历被揭穿。那份不慎泄露的新建档案里写着，林白履原籍是天目人，十岁那年跟随拉黄包车的父亲到卖鱼桥落脚，不是他本人标榜的是出生在官巷口的地道杭州人。就学历来讲，小学四年级辍学，回天目老家务农一年余，后补习中学课程，但没有取得文凭，不是他自己一直填写的大学肄业。就其家庭而言，除童养媳的妻子家里有几个远亲从政经商，但都是小官僚小商人，他自己的父母和亲戚都是底层百姓，属于劳苦大众，不是他本人平常宣称的那样与党部最高层有特殊关系。对此，林白履光火不已，要找沈乙嫔算账，扬言一把火烧了档案室。

沈乙嫔大喊冤枉，因为她从未参与过新建档案工作。最后问来问去，牵涉到调统室，甚至中统局，林白履心里明白是谭杭丽怀疑他告状所以对付他，也是为伏申出头，但没有证据，加上毕竟履历有假，再闹下去讨不到便宜。妥协的结果，林白履的档案按照他自己的意愿，也就是按他原来提供的说法重建。让林白履出丑的目的达到，别人也就无所谓，就像执委们讨论这个事情时所说的，只要没有政治上的瑕疵，亲属中没有共产党嫌疑，其他履历无关紧要。

于是党部的人都知道，林白履十岁之前还识不了几个字，就是个半文盲。十岁那年离开天目山区到了杭州，人生才算发生了重大变化。

伏申人生第一次面对重大变化，跟林白履一样，也是在十岁那年。

就像许多世家子弟那样，伏申十岁那年，就看到了，听到了，深宅大院才有的历史传奇，梨园豪门才会发生的秘闻往事。唯有这样的历史传奇，唯有这样的秘闻往事，芳草园才会显得与众不同。在人们看来，伏申因而与林白履不可同日而语。

当时整个芳草园一致主张伏申今后要继承父亲的事业，掌管四合班，但围绕他是学花旦还是唱须生，发生了一番激烈的持久的争执。

分歧主要是存在于伏德魁和瞿玉郎之间。自伏申出生以来，伏德魁理所当然认为他以后会拜自己为师，而瞿玉郎对于他的自以为是，也终于看不下去，公然批评他向伏申灌输伏家须生才是最好的执念，简直就是在蛊惑。难道瞿家花旦就不好？就没有前程了？他的责问也源于自信，他相信伏申会有主见，会作出正确的选择，绝不会让他失望。他在多个场合多次表扬伏申这孩子有血性，有一股子劲，将来前程比谁都要好，比父亲不知道强多少倍。夸奖伏申的同时，也狠狠贬低了伏德魁。

而伏德魁云淡风轻，语重心长，天经地义，认定伏申天生是块好材料,学伏家须生最能发挥他的天赋。只要他成长过程中听话,不惹事端,只要老老实实地学戏,一定会有大的出息。话里也有话,暗批瞿玉郎从来个性张扬,自以为是,麻烦不断,他如此这般要把伏申带入歧途,是越俎代庖,是无事生非。对此,瞿玉郎嗤之以鼻,只有听话,只有老实就能成角儿了吗?戏是有灵性的,须是稀罕材质的,伏申的心气完全对得上自己的路子,他要学了瞿家旦行,今后天下旦角儿,谁能比过他?同时,还质疑伏德魁阻止伏申跟自己学戏,意在让瞿家花旦断后,是横刀夺爱,是没有胸怀、没有格局的表现,身为班主,行不正,端不平,怎能服人气?怎能得人心?

伏德魁神闲气定,不作辩驳,任由瞿玉郎怎么说,一口拒绝,改学行当的事,今后免谈,让伏申学伏家须生的主意不容更改。

芳草园所有人都觉得这是大事,要慎之又慎,不能轻率决定。后来其他行当以公允之心,提出折中的办法,让伏德魁和瞿玉郎各自教伏申一段戏,学成之后,上台演一演,让眼高耳灵的观众看一看,如果两个行当都很合适伏申,再商量怎么办,如果一个行当明显好或者一个行当不太好,就再改回来,让他学最适合最喜欢的行当,毕竟伏申长大了会有自己的主见,免得今后埋怨。

瞿玉郎还是一意孤行,不肯让步,还是拿瞿家花旦说事,反复提醒大家放远眼光,要看到京戏所以成为国剧,皆因花旦,如今这行最是红火,而且今后越来越火,如果伏申的锦绣前程就此夭折了,瞿家花旦也就在他这一代断了,过不了一二十年,四合班就散伙了,芳草园就可以关门大吉了。

争论到最后,连琴瑟这边不答应了,认为这分明是为难耍弄伏申,找声调最高的瞿玉郎理论,非得用这种办法证明一个十岁孩子是哪块料?非得演砸了一个行当才能遂了对方的心愿?非得让孩子夹在中间受折磨才高兴,才算好?一番质问,劝他放弃。

瞿玉郎觉得自己一心为伏申着想,事情到这一步,还不是伏德魁给搅的。连琴瑟叫他不要怪别人,伏申学什么,伏德魁也是早就规划好的,要伏申改行当,他当然不能接受,伏申学自己父亲的行当,最合适不过,还争什么。

瞿玉郎看到连琴瑟帮伏德魁说话,不禁难过,仍然坚持让伏申试试,不然自己会后悔一辈子,伏申长大了懂事了也会埋怨一辈子。连琴瑟其实也不想让瞿玉郎伤心,叹完气,又到伏德魁这边劝说。伏德魁一听,垂下泪来,向连琴瑟说出自己的担心,他是怕伏申学了瞿家旦角就会离开他,那一天,就不认他这个父亲了。

连琴瑟看到伏德魁伤心至此,顿时哭了,一边抱住他,一边安慰他,怎么会离开,怎么会不认呢?伏申是你儿子。

两人相拥着,除了听得见彼此的心跳,气氛是沉寂甚至凝固的。那天出现如此情景,原因在于伏德魁几乎就要说出一句始终难以启齿的话,而连琴瑟感受到了这一句隐藏在他内心深处的话。事情到了这一步,伏德魁似乎不得不问连琴瑟,伏申是不是他亲生的儿子?迟迟没有说,是因为他不知道一旦问出了这句话,后果会多严重,芳草园会不会被随之而来的风暴倾覆,四合班会不会就此终结散伙,连琴瑟和伏申会不会离他而去,最严重的,会不会因此真的投入瞿玉郎的怀抱,让自己陷入无地自容、痛不欲生的境地。

种种可怕的猜想充斥他的脑海,他像咽下泪水那样把话咽了回去。

然而连琴瑟注意到伏德魁脸上的变化,因苦凄、恐慌、渴望而变得僵硬、扭曲、狼狈,原先红润光滑、方正大气的脸庞,变得苍白松弛、细狭局促,变成了她完全没有见过,陌生冷漠的另一个男人脸孔。伏德魁因心绪急剧起伏、翻江倒海而引起的表情变化,让连琴瑟长久身心处于惶恐不安和不知所措之中。正当伏德魁对此刻的气氛感到绝望,要冰冷无情地推开连琴瑟之时,连琴瑟爆发了。她突然打破了沉默,双手狠狠地捶打伏德魁的身体,含泪痛骂,他想什么乱七八糟的话,伏申就是他和她的亲生儿子,一个顶天立地的男子汉,一个誉满天下的名角儿,竟然如此猥琐不堪,竟然如此小心眼,只知道在心里偷偷地犯嘀咕,如果让伏申听到了,察觉到了,不是撕他的心吗?连琴瑟理直气壮地骂着,然后逼着要他说实话,有没有仔细看看伏申?

伏德魁被连琴瑟一骂,胸口被穿透一般,打开了通道,一股闷气突然释放出一半,人顿时舒坦了许多,脸色也慢慢恢复了正常,此时,他对连琴瑟突如其来的痛骂虽然猝不及防,但感激不已,想也不想,就点了点头,长叹一声,骂得好啊骂得好啊。

连琴瑟继续保持着愤怒,保持着怨责的气势。她神情严肃,提醒伏德魁,八岁的伏申,越来越像他了,眼睛,眉毛,鼻子,连嘴唇下的这颗看不出来的黑痣,都是一模一样,不是亲生的,能长得如此一样吗?

伏德魁似乎如梦方醒,不禁气短,又仿佛为自己的理亏表示愧歉,心里暖暖地抱了抱连琴瑟,又大度地为自己作了辩解。他只是觉得伏申学瞿家花旦自己面子过不去,瞿玉郎明明知道自己的想法,非得抢着叫伏申学他的行当,想想有点气不过,所以要跟他争。此事无关他人,劝连琴瑟千万不要多心,自己绝对不会想什么、说什么、做什么让她伤心难过的事。

最后,十岁的伏申把这场风波平息了。

心有不甘的瞿玉郎买了几大串冰糖葫芦送给伏申,郑重其事地告诉他几层能让他听明白的意思:一层意思是,他真的想教他学戏,要学戏,只有自己可以教他最好的;再一层意思是,学好了戏,像他那样,以后大家都喜欢他,尊敬他,想怎么玩就怎么玩,多好;最后一层意思是,既然他是这块料,他应该试试,他唱一段,伏申学一段。

之前伏申听到了关于自己学戏的话题,借此机会,认真地问瞿玉郎,是不是要收他为徒?瞿玉郎的表情近乎恳求,他是想啊,就怕他父亲伏德魁不答应,要跟他争,世上一流的瞿家花旦,不学可惜呀。

伏申也许看在冰糖葫芦的分上,也许看到瞿玉郎可怜的样子,就点了点头。

瞿玉郎还哄诱伏申穿上自己事先准备好的戏装,又给他画上脸妆,教他唱了一段新编的《洛神》:轻移莲步踏波行,翩若惊鸿来照影,深似神龙对海滨……

学到第三遍时,瞿玉郎禁不住鼓掌叫好,更加认定伏申应该跟自己学戏。后来,让伏申接着唱,伏申不干了,无论如何不肯再唱。急于宣告胜利的瞿玉郎还请来了照相师傅,和穿着戏装的伏申留下了合影。

然而,厚重的戏装闷坏了伏申,他开始觉得浑身不舒服,后来连冰糖葫芦都不想吃了,路上就告诉瞿玉郎,他不想学唱戏了。

连琴瑟看到伏申病恹恹地回来,饭也不吃,躺倒便睡,因此对瞿玉郎十分不满,一通埋怨,瞿家花旦能学好,伏家须生还不是一样能学好?这样猴急地抢着收徒,如果害得他病了,有什么好?

胜券在握的瞿玉郎,尽管有些不安,但还是那句话,瞿家花旦,不能后继无人啊。

连琴瑟一连串地反问和反驳,瞿家花旦不能后继无人,伏家须生就应该后继无人吗?今后四合班缺的难道不是像他父亲那样的顶梁柱吗?他父亲亲自培养他有什么不好吗?

瞿玉郎不同意连琴瑟现在就为小小年纪的伏申作这样打算,而应该让他自由自在地成长,今后更不能让他为戏班子操心,总之,如果爱护他,只有跟他学唱戏才是最好的。

伏德魁显然是后发制人。同样地,他也让伏申穿上戏装,挂上髯口,只不过为了有个比较,一身羽衣,轻薄许多,希望伏申感到舒适。

在平静安详的气氛中,伏德魁教伏申学唱《空城计》:

我正在城楼观山景,耳听得城外乱纷纷。
旌旗招展空翻影……

十岁的伏申为公平起见，也只学唱了这三句，就不肯唱了。那天，伏德魁同样请来照相师傅为他们拍照留念，不同的是，除了自己和伏申的合影，还多照了两张，一张是伏申单独照，一张是有连琴瑟的三口全家福。

更不一样的是，伏德魁还把托人从天津买来的留声机，放在伏申的房间里，天天播放自己刚录制的首张唱片，让伏申听《空城计》的主要唱段。

最终，连琴瑟与伏申共同作出了决定。

芳草园的宴席上，乔思文得知伏申学戏之事，夸奖他长高了，面如傅粉，气质如兰，有乃父之风，但紧接着当着伏德魁和瞿玉郎，问他为什么还不上学？必须上新式学堂，念书学文化，今后若学戏，也能学得更好，唱得更好，如果再像他们那样不认字，死记硬背，事倍功半，道路只会越来越窄，能争得过日本话剧，西洋歌剧？现在是民国了，1929年了，再要学唱戏，不能像从前那一套，今后的幼功是什么？是文化。瞿玉郎和伏德魁对乔思文的这番道理并不完全赞同，伏申似懂非懂，但欢欣鼓舞，一跃跳到乔思文的背上，紧紧地抱住了他。乔思文的话，伏申的肢体动作，显然震撼了连琴瑟，她先是亮明态度，希望大家为伏申将来着想，让他上学，要学戏以后再学，随后决定，伏申转学到南堂小学念书，一是他受过洗礼，学校会录取他；二是南堂小学就在宣武门外，离芳草园近；三是南堂小学原本是法文学校，正如乔思文所说的，是新式教育。

多少年以后，确切地说，是六年以后的那个冬天，沈甲妃在芳草园做客或是暂避，她看到墙上相框里面伏申穿着戏装和瞿玉郎合影，听了伏申上学故事之后，与瞿玉郎有过一次半真半假、饶有趣味的交谈。

沈甲妃希望有一天瞿玉郎给自己画上美丽的脸妆并教她唱戏，耿耿于怀的瞿玉郎看着伏申，摇头拒绝，他不会教女人学花旦。

沈甲妃对他的态度感到奇怪，花旦本来就是女性角色，为什么不能？瞿玉郎认真地告诫沈甲妃，养闺女的，就是让她们念书，识文断字，知书达礼，有文化，将来嫁个好人家，退一步，遇不上好的主，也不至于被人欺负，可以自个养活自个。一旁的伏申听到瞿玉郎这番话，不免吃惊，想必是为了让沈甲妃开心，临时想出来的。接下去沈甲妃的反应，让伏申看到了她南方女子的另一面，生动可爱，机智有趣，令人难忘。

沈甲妃像是乐坏了的样子，一本正经地向瞿玉郎表达自己的主张，唱戏也好呀，像瞿老板，唱得这么好，功成名就，谁不仰望？所以，她也想学戏，而且，清清嗓子，唱了起来：

Нибог, ницарьинегерой！

瞿玉郎摇摇头，表示听不懂她唱什么，称赞沈甲妃有一副好嗓子，如果真喜欢，玩玩票行，但书不能不念。沈甲妃笑了，笑完了，平静下来，神情认真地告诉瞿玉郎，书真想不念了，现在中华民族到了最危险的时刻，还怎么念书？等人民幸福自由，民族解放独立，等中国革命胜利那一天，大家都过上苏联人民那样自由幸福的生活，她一定拜他为师，跟他学戏。

瞿玉郎皱了皱眉头，听说苏俄革命杀了很多人，把许多艺术家赶出了自己的国家，流落到东北，在北平也有，靠着拉小提琴，教人弹钢琴维持生计，就像乞丐一样，这样的苏俄，叫人害怕。沈甲妃反问瞿玉郎，劳苦大众觉醒了，把贵族们打倒了，人人平等了，社会公平了，这样的世界不好吗？希望他有一天，到苏联去看看，就会明白了。

话题多少有些令人难堪，但沈甲妃的激情和气质显然感动了瞿玉郎。沉默之后，他突然激动了，叹了一口气，要是伏申能娶上她这样的媳妇就好了。又教导伏申，沈甲妃是个聪明漂亮、真诚正气的好女孩，要珍惜她，不然被人抢走了，后悔一辈子。

沈甲妃急忙摇头，把话止住，她谁的媳妇都不当，要当就当他瞿老板的弟子。

瞿玉郎对她有意回避的态度感到沮丧，想了想也冷静下来，抚了抚伏申的头发说，这孩子现在太小了点儿，这会儿，年龄上两个人是配不上，但过几年难说，俗话说，女大三，抱金砖，那些童养媳也有大五六岁的。

沈甲妃这时有些急了，请瞿玉郎不要误会，她和伏申是大姐姐和小弟弟的关系，也可以说是同学和同志关系，没有别的，什么童养媳的，封建社会的东西，要彻底清除的。伏申此时并不理会他们的对话，而是沉浸在沈甲妃刚才唱歌的神情里，歌的声音里，想再听她唱，沈甲妃答应以后再唱，唱完全首给他听。

瞿玉郎颇为失望，推门出去，又回头说，什么大姐姐和小弟弟，什么同学和同志，这世界上只要有相遇就有相投，就有相互惦记，时间长了，缘分就有了，如果不抓住机会，失之交臂，后悔莫及。

瞿玉郎离开后，沈甲妃继续看照片。她比较了伏申挂着髯口和伏德魁的合影以及多了一个连琴瑟的全家福，突然冒出一句，伏申与瞿玉郎长得更像，看上去更像父子俩。对于沈甲妃这样唐突的话，伏申神情平淡，并没有流露出不快或者异常，也许沈甲妃因为他和瞿玉郎的花旦脸妆完全一样，才这么说的。

第二天，齐庆斌带人搜查芳草园，为了掩人耳目，躲避搜查，瞿玉郎给沈甲妃画上的花旦脸妆，在伏申看来，也是一模一样的。

那天，伏申迷迷糊糊地睡着了，恍恍惚惚中梦到自己拿着包点心到了正阳门火车站，意图劝阻沈甲妃不要去南京，以免让大人担心，而沈甲妃对着成千上万的人大声疾呼，偌大的华北放不下一张平静的书桌，鼓动大家到南京政府请愿，却没有注意到大批军警像鬼魂一样从四面八方飘过来。伏申发现，连忙大声向沈甲妃警告，但她怎么也听不到，仍然引领大家高呼抗日救亡的口号。伏申焦急之时，看到几个军警要抓她，为了引开他们，连忙

207

将手中点心朝他们泼去，然后撒腿就逃。那几个军警果然来追他，黑暗中，伏申越跑越快，那几个军警追赶不上，回头再向沈甲妃扑过去，伏申梦醒一般，一把拉着她，腾空飞起，逃出生天。云雾之上，沈甲妃低头下望，看到军警殴打学生，踩住云头，仿佛诀别似的与伏申谈心，告诉伏申，其实组织上警告过她，要求她不要冲动，不要暴露自己，要隐蔽下来进行地下斗争。上级的最新指示是要她把精力放在北平京剧界梨园，筹办全北平梨园行抗日救国大会，争取由伏德魁瞿玉郎等头面人物出来团结整个文化界。接着，不慌不忙地嘱托伏申，对此项任务，他完全可以凭借自己的有利条件，从中出力。

沈甲妃与伏申惜别，落下云层，主动要求加入被捕学生之中，梦中，伏申只好向瞿玉郎求救。

负责这次行动的北平警察局段队长是瞿玉郎的戏迷，他知道瞿玉郎来赎人，多少有些意外，但沈甲妃有共产党嫌疑，觉得事情有些难办，因为这事由不得他，现在凡是共产党，凡是蒋委员长有批示的，就活不了。瞿玉郎当即回驳，她是学生，怎么是共产党？即便是共产党，主张团结抗日，也不该抓，更不应该被杀，蒋委员长下旨杀一个女学生，不是草菅人命的暴君是什么？从前的皇帝也没有这样的。

段队长多少认同瞿玉郎的话，大叹苦衷，自己不是不肯帮，蒋委员长裁定的名单中，有好几个都是学生，太过头了。

让伏申感动的是，向来脾性强硬的瞿玉郎为了沈甲妃居然低声下气，恳求段队长高抬贵手，并愿意奉送一年的戏票作为回报。段队长动了心，但没有马上松口，表现出左右为难的样子，私放共产党，也是杀头之罪，如果把人放了，局里追究不说，军统的中统的，也会找他麻烦，自己能放，还不放吗？

最后，瞿玉郎愿意立下字据，担保沈甲妃不是共产党，如果不相信，他也留下来，跟她一块儿坐这个牢，还横下一条心，向段队长耍了耍大牌，自己今儿来，就是代她坐牢的，要求把他关起来,把她放了。

段队长耐下性子求瞿玉郎不要逼他,如果把瞿老板关了,全北平的戏迷还不把警察局给一把火烧了?主要怕南京已经发来电报,如果有确实证据证明她是共产党,搞不好马上枪毙。瞿玉郎把桌子一拍,一口咬定沈甲妃绝不是共产党,就算是共产党,也没有可杀之罪。

段队长吓了一跳,连忙提醒瞿玉郎不要替共产党说话,不然事情闹大了,后果很严重。瞿玉郎索性横到底,如果这孩子也算共产党,共产党有啥不好?

两个人争个不休,而沈甲妃已经被五花大绑地押走了,伏申混沌中拦也拦不了,救也救不得,正在干着急,连忙叫小角儿,赶快追上她。瞿玉郎却安慰他,午时三刻他会赶到菜市口,皇上必定会降下刀下留人的圣旨。伏申一听,急得满头大汗,提醒瞿玉郎,沈甲妃不在菜市口,菜市口如今不杀人了。

瞿玉郎仍然去了菜市口法场,而且他很快领着沈甲妃出现了,还让伏申仔细辨认,她是人是鬼?沈甲妃抱上小角儿,朝着伏申大笑,大白天的,当然是人。后来,一阵阴风吹来,瞿玉郎忽然体力不支,晕倒在地。伏申急忙过去,扶住他,慌忙之中,嘴里居然叫了他一声爹。

这一声,是伏申梦中喊出来的,他醒过来之后,默默发誓,以后再也不会叫了。

此时穿着新肚兜的小角儿喵喵叫着,沈甲妃被引到他面前,给他唱起了歌。

1945年光复以来第二年6月的这一天,人在沈庐的伏申听到林白履计划用日本狼狗加害小角儿的消息,就拿着韦伯利转轮手枪,要出门应对。俏罗敷把他堵住,劝他不要为了一条狗拼命,不如想想怎么帮帮里面的人。

这时,监狱的高墙里传出沈甲妃唱过的旋律,这是即将枪决犯人的前兆,尽管枪声还没有响起。

后来，也就是克里森认为的幻想部分，林白履要求伏申提交入党申请的那一天，特意提到，如果伏申当时拿着手枪真的与自己决斗，那将在全杭州引起真正的轰动，也许会受到党部处分什么的，但因此敌人的所有怀疑和防备都可能没有了，我们做自己的事情就更加方便了，总之，这对革命事业是多么有利啊。

然而，公开场合，也就是现实部分，林白履在口舌上继续针对伏申，比如诋毁伏申家庭出身，什么梨园世家子弟，不过是戏子家养的私生子。后来可能有点过了，沈耀中有所怀疑，如此方法策略，显然只是林白履的独门诀窍，不符合原则，提醒伏申，小心有诈，装疯卖傻，目的无非有二，一为谋财，二为害命。虽然如此，伏申仍然没有把林白履知道沈甲妃行踪这件事说出来。

八　翟同学探访乙监零号

光复以来第二年春末，翟泫衣在上海提篮桥监狱释放，到了6月，在被遣送回日本之前，专门来杭州看望伏申。后来知道，他到杭州是想到浙大本部完成学业的。

翟泫衣刚出火车站就被人跟踪了。

其实有关部门一直怀疑他的真实身份，只是无法确定，意想不到的是，刚从重庆回迁南京的苏联大使馆出面交涉，要求给予优待，理由是他的一个姐夫是在远东工作的苏共党员，他算半个侨民。特别法庭接到指示，先是将他减刑，接着释放。由此，有关部门也开始密切关注他的动向，得知他没有回日本或哈尔滨，而是要去杭州，更觉可疑，于是布置得力人手暗中监视，看看他到底与什么人联络。

此事由中统局牵头，军统毛教官提供情报，浙江保安处与中统浙江调统室通力协作，具体由谭杭丽负责落实。因为之前在浙南时谭杭丽就参与过对翟泫衣的调查，当时就已经排除了各种嫌疑，因此没有予以重视，只安排了刚加入调统室的沈乙嫔时刻留意。之所以把任务派给沈乙嫔，一是她与翟泫衣在龙泉时就已经相识，二是翟泫衣一定会联系伏申，伏申也一定会接待翟泫衣，沈乙嫔与他们交往，自然又方便，不会引起警惕。

毛教官向谭杭丽透露，有情报怀疑，翟泫衣可能是上海中共地下党派往杭州的联络人，很可能是"大扫除"计划名单中没有落实到人的某个化名，如果真是如此，他此行可能负有特别使命，比如传达中共高层对浙江工作的指示，或者送交什么重要文件，比如了解抗战胜利后杭州地下组织遭到破坏的情况，以便呈报上级作出评估，对今后行动进行部署。毛教官认为，中共向来讲究实事求是，只有掌握实际情形之后，才会作出决策，实施方案。

翟泫衣的名字或者他的化名都没有列入"大扫除"计划名单，还有一种可能，他是苏联间谍，与中共没有关联，与浙江地下党组织没有关联。如果真的是这样，他的任务是什么？代表哪方面的利益？是中共还是苏共，还是兼而有之？令人疑惑的是，他为什么到浙江到杭州？想针对美国人吗？现在国内形势国际形势风云变幻，苏联趁机染指中国事务不是没有可能。

但是后来的情况，让谭杭丽不以为然。沈乙嫔报告，翟泫衣到杭州后，真正见过的只有伏申一个人，除此之外，再也没有与别的人吃过饭，喝过茶，说过话，连游西湖，也是只有伏申和沈乙嫔两个人全程陪同。而且，翟泫衣到杭州的主要目的，是想回浙江大学继续学习，完成龙泉期间未完成的学业。

那天中午，日本名字叫海部泫衣的翟泫衣，为了显示同学之谊，特地穿上当年浙江大学龙泉分校的土布校服来见伏申。他一出现在湖畔阁茶馆，精气神好得不能再好，走起路来还是腿脚一蹦一跳的，坐着的时候上身还是一伸一倾的，一口流利的哈尔滨土话，谈笑风生，全然不像是刚刚从牢里出来的。翟泫衣甚至得意地向伏申炫耀，因为他的日籍身份，如何在监狱里受优待，可以读书看报，可以听唱片，偶尔可以买东西。如果他是中国人，那就是人们所说的汉奸，就没有这么好的待遇了。

翟泫衣到杭州还有一个目的，就是感谢伏申。

当年在龙泉，伏申提供帮助，证明他没有从事间谍活动，他的日谍嫌疑因此得以排除，说伏申对他有救命之恩一点不为过。但后来却遭到贪污指控，证据虽不充分，但判了两年徒刑。服刑一年不到，因拿出自己是日本籍的证明，获得释放，并以普通的平民身份遣送回国，对于他出狱是因为有个苏联姐夫，却只字不提。

可能觉得到浙大本部学习的希望显得渺茫，翟泫衣情绪有些起伏。他告诉伏申，他的家在中国东北，在日本他没有什么亲属，他最终还是要回到哈尔滨的，以后他将邀请伏申到哈尔滨做客，他也可以到北平芳草园看望伏申。尽管有这样憧憬，但翟泫衣还是表现出诀别的样子，尽情地嗅着新茶的香味，郑重其事地提出要听伏申唱京戏，怕以后没有机会了。

在一旁续茶的俏罗敷起哄下，伏申唱了《空城计》中的几句，但翟泫衣更喜欢听女人嗓子的，又请求伏申唱了《天女散花》。翟泫衣沉醉其中，流下了眼泪，最后大哭起来，俏罗敷怎么劝都劝不住，问他为何如此。翟泫衣解释，要不是伏申，他在龙泉的时候就做了枪下之鬼了，想起以前同学的日子一去不返，悲从中来，所以有此一哭。

对于伏申来说，龙泉的日子是美好的，美好的部分包括有翟泫衣这样的同学。

1937年4月，浙江省主席朱家骅与第九行政督察区专员公署商定，省政府准备南迁，包括龙泉在内的丽水地区作为第二临时省会，将成为浙江政治、经济和文化中心。杭州沦陷之后，日军很快逼近金华，进犯浙赣铁路沿线，省政府一迁再迁，最后在松阳县、云和县、景宁县、龙泉县、庆元县相继落脚。接任的浙江省政府主席黄绍竑在云和县城郊瓦窑村、龙泉县垟移村、庆元县松源镇等地设公馆，国民党浙江省党部书记长随省政府迁移，也在龙泉等地多处辗转后，才找到合适的处所。

随省政府迁移的机关和企事业单位，以临时省会为中心，自北向南迁移，从紧靠公路的乡镇到不通公路的偏僻山村，祠堂、庙宇全被占用，民房挤满员工、家属，甚至灰铺、凉亭也住着避难的人群。但是，敌机似乎对省政府迁移路线和详细安排提前获知，尤其是在1938年3月中旬的四天里，每每轰炸，有章有法，目标明确。对此，军委会调查统计局东南办事处怀疑有日谍活动，但始终无从侦破。直到几年以后，瞿泫衣为生活计，在迁至龙泉的上海华美大药房担任销售员，突然以间谍嫌犯被抓，搜集到的他的罪证，就是他保存的作文本中记录了当时省政府各单位迁移的批次和名录：

第一批，省临时参议会、民政厅、财政厅、教育厅、建设厅、秘书处、保安处、会计处、无线电总台、社会处、审计处、卫生处、田赋粮食管理处、粮食管理局、地政局、合作事业管理处、军民合作指导处、战时物产调整处、缉私处、赈济委员会、农田水利贷款委员会、粮食增产督导办事处、交通管理处、驿运管理处、公路管理局、水陆联运管理处。

审讯人员认为，上述单位都是重要部门，而且在当天早上首先受到轰炸，这显然与瞿泫衣提供的记录密切相关。

第二批，物价管制委员会、丝绸管理委员会、战时卷烟管理处、浙江邮政管理局办事处、浙江电政管理局、浙江电话局、图书杂志审查委员会、图书杂志审查处、地方行政干部训练委员会、地方行政干部训练团。

这所谓的第二批，是在上午紧接着的第二次空袭中，遭遇敌机轰炸的。十个单位分布在六个地方，敌机投下六颗炸弹之后，便扬长而去。审讯人员认为，如果不是瞿泫衣的情报，天下哪有如此巧合之事？

第三批，战时青年训练团、战时工作人员训练团、农业改进所、高等法院、中国国民党浙江省交通特别党部筹备处、三青团浙江支团及三青团浙江支部筹备处。

这一次时间是中午，敌机出动数量较当日前两次有所减少，轰炸的地方也相对较少，由此分析，瞿泫衣提供的情报何其精准。

第四批，农会、妇女会、商会联合会、民船船员工会联合会、民众联合通讯处、中国航空建设协会浙江省分会、战时儿童保育会浙江分会、中国童子军浙江省理事会、中国地政学会浙江分会、战时碧湖绘画研究会、外交协会浙江分会龙泉支会、新生活运动促进会、社会事业协进会、全国节约建国运动委员会浙江分会、文化界抗战协会、文化运动委员会。

单位如此之多，目标也比较明显，但敌机袭击时，却象征性地只投下了一颗炸弹，或许纯粹为了恐吓，或许知道这些都是次要单位，扔太多炸弹意义不大，无论哪种情况，显然是有人提供了详细的情报，而翟泫衣的记录中，将这些单位放在最后面，恰好是一个依据。

铁证如山，毛教官负责的军统东南办事处显然认为是大功一件，应尽快结案，于是严讯逼供，要他招出同伙，尤其是电台的下落。翟泫衣百口莫辩，命悬一线。此时已经被借到省党部的伏申，听到这个消息，深感意外和震惊。

1939年清明节前，翟泫衣与伏申报名参加师生战时工业学习团，分在同一个小组，两人从此开始交往。恰好，那天中共中央重要领导人，也是国民政府军委会政治部负责人周恩来，在浙江省政府主席黄绍竑陪同下视察了云和的浙江铁工厂，两个人挤进人群，聆听了两位大人物的讲话，尤其是周恩来听出伏申的北平口音，还与他握了握手，说了一些勉励的话。伏申发现翟泫衣性格好动，但听介绍时很专心，不停地在作文本上做记录。回学校座谈，伏申讲的是对周恩来和黄绍竑的印象如何良好，而翟泫衣谈的是学习参观工厂的体会，无关其他。看到他对浙江铁工厂详细记录，包括解体工厂1938年9月在云和县小顺村建立，原省建设厅大港头铁工厂何时并入，分别生产步枪、轻机枪、手榴弹等，共有职工二千多人，所参观的小顺为第一厂等等，犹如完整准确、一丝不苟的数学作业题，伏申不禁感觉到了他的认真和优秀的一面。

一个多月后，奉祀官孔繁豪接南宋孔子楷木像，从衢州迁龙泉县八都，伏申和翟泫衣被推选为学生代表参加典礼，两人在三青团青年招待所共住一室，彻夜交谈，相知甚深。之后，两人一起参加了一系列活动，如接待浙江省话剧团到校演出，省儿童教育馆、省立图书馆设分馆仪式,到石村参观文澜阁四库全书及其他善本和中西文图书、善本迁藏庆元等等,都相约参加,相处机会越来越多。以至后来一同加入烧炭队,友谊更加深厚。

伏申不相信翟泫衣是间谍,正觉得无能为力,不知道怎么帮助他的时候,不想接下来由于一次偶然的机会,轻而易举地推翻了翟泫衣是日谍的所谓证据。

原来伏申为了整理历年党部的功绩,需要查阅资料,正无从下手,也是刚到党部档案室上班的沈乙嫔看他是新人,有心帮助,提议他找找前些年的报纸,里面都有东西可抄。伏申果然轻松完成了任务,中间闲暇,看上面武侠小说连载时,发现缺了一期,寻找不得,沈乙嫔见他着急,让他找档案室前辈询问,不想这个前辈也是武侠小说迷,清楚地记得这一期报纸刚刚印好就被收回销毁了,因为报纸印刷厂就在他住所隔壁,他是偷偷讨要来的,又问伏申要了几块钱,才把收藏的这一期报纸借给他看。伏申发现这一期报纸居然公开报道了省政府南迁时的计划安排,所列的四批名单与翟泫衣作文本上的完全相同,既然来公开报道,翟泫衣是提供情报的日谍之说自然就不成立了。伏申慎重起见,还找谭杭丽商量,谭杭丽仔细看了材料,反复查对之后,支持了伏申。

救人心切的伏申马上将此事告诉了浙大龙泉分校,由郑晓沧出面保人,翟泫衣获得释放。而这家报纸辩解当时就收回并销毁了报纸,但不敢保证这一期是否流出,因此只好认错求饶。虽然此事很快以泄露机密罪处置了这家报纸的相关人员,算是有所交代,但军统东南办事处的脸面因此受损。高兴的是中统驻浙江调统室,当然包括省党部,罗霞天决定正式招录伏申到党部工作,并且指示三名干部当介绍人,尽快吸收他为中国国民党党员。

省政府迁丽水地区,无疑产生积极影响,正如伏申后来在翟泫衣作的题目叫《战时对地方发展推动之调研报告》的论文草稿中看到的,丽水地区获益如下:

一、人口得以骤增。中央、各战区派驻机构，省属各单位，学校、工厂等人员及家属陡然拥入，僻静山区一时参差十万人家，堪比省会杭州。而流动军民，每日万计，从不间断，仅户丁一项，为抗战大后方支撑人力，东南数省，贡献最大，名副其实。

二、工业得以发展。省工业改进所和浙江铁工厂、浙江造纸厂、浙东电力厂、浙江丝织厂、东南化工厂、浙江省化学工厂、浙东纺织公司及省赈济委员会所属难民工厂，省地方银行所属工厂，省手工业指导所所属工厂迁入和兴办，使之如现代之工业区。

三、交通得以发达。集中了浙东船舶运输司令部瓯江民船公会，瓯江快船公司联合办事处，省战时食盐运销处省贸易特种有限公司手车运输队云和运输站，致水陆交通兴旺，瓯江水运船只有四千余艘。

四、农业得以推动。省农业改进所等单位迁入，遂昌、龙泉、云和战时经济建设实验县和八个经济建设实验区的创办，对发展农村经济，推广作物良种，传播生产技术，开发农田水利，开垦荒山荒地，种粮栽桑植桐等方面，产生有益的影响。

五、商业得以振兴。省贸易特种股份有限公司、省战时火柴公卖处、上海华美大药房、上海稻香村食品店、上海老大房食品店、杭州采芝斋食品店、杭州天香楼酒家、杭州知味观酒家、杭州聚丰园、杭州金龙茶室、杭州冠生园茶食号浙东商场、张小泉五金玻璃店、青年摄影社、杭州毛源昌眼镜分号、亨达利钟表行龙泉分行等杭州、上海等地一批商店名号迁入，使各县城镇乡村商业顿时繁荣。

六、金融得以生机。浙江省合作金库、邮政储金汇业局浙江分局、中央银行杭州分行、附设中央信托局杭州代理处、中国银行杭州分行、交通银行杭州分行、中国农民银行杭州分行、金融浙江省地方银行等云集浙南，无异于上海外滩。

七、文教得以昌盛。以浙江大学龙泉分校为首，英士大学、省立湘湖师范学校、私立绍兴稽山中学等数十所学校迁入，使一批无力外出求学的青少年得到入学机会。（附录：省立宁波高级工业职业学校、浙江医学专科学校、省立杭州高级医事职业学校、省立湘湖师范学校、杭州高级中学、杭州初级中学、杭州师范学校、杭州女子中学、省立民众教育实验学校、嘉兴中学、湖州中学、省立临时联合高级中学、私立绍兴稽山中学、省立金华中学、杭州武德中学、省立高级商业职业学校、省立杭州蚕丝职业学校、浙江邮电子女中学、浙赣铁路子弟学校、省建设厅子弟学校、浙江邮电小学、浙江地方银行子弟小学、省第一保育院、省第二保育院、省立贫儿院。）如省立西湖博物馆、省抗敌后援会流动剧团、天行报社浙江支社、时事日报社、党军出版社、江南出版合作社、现代英文研究出版社、大公出版社、青年读书生活社、幼幼文化服务社、中国新文艺社、民族正气出版社、中国史地学社、中国速记学社、建国文具社等文化单位集聚，形成东南文都。一批著名文化人士、爱国青年云集丽水地区，以进步报刊、戏剧歌咏、时事图片等多种形式，进行抗日救亡宣传，激发群众抗日热情，文化生活一度相当活跃。

诚然，国难之际，牺牲在所难免，省政府迁丽水地区，也给人民带来沉重负担。据丽水、青田、龙泉、庆元、缙云、遂昌、景宁县不完全统计，数年间，征用民夫约八十万工，有的乡每个壮丁年负担劳役两个月以上。云和县赤石区，1942年底至1943年初，为过境军队筹措粮菜、柴火、船只和代办膳宿等近七万人次。另外,虽然医疗众多,有卫生省卫生事务所、省民政厅医疗队、省立医院省第一辅助医院、省第二辅助医院、省第三医院省传染病院、省战时医疗器材经理委员会等等,却无暇惠民。

1944年夏天,还没有写入党申请却被误以为已经入党的伏申,以国民党员的身份参加了党员会议。中间,他把抹去翟泫衣名字的这篇论文草稿给谭杭丽看,谭杭丽不禁吃惊,觉得有泄密之嫌,要他告诉这位同学姓名,如果抓出一个间谍,将是一件值得炫耀的功勋,其功绩远比刺杀谭书奎要大。

后来伏申遇到了几件事,不免对翟泫衣有了怀疑。

第一件事,他发现翟泫衣的作文本里用红、蓝、棕、灰四种颜色的蜡笔画出 ABCD 四类中央在浙机构,还标注了驻地。红色的 A 是军委会所属机构。计有战时新闻检查局浙江新闻检查处,驻龙泉县贤良坊;运输统制局监察处丽水检查所,驻云和县某村;抚恤委员会驻浙抚恤处,驻云和县村头;军委会特种技术浙南训练班,驻青田县油竹村。

蓝色的 B 是部委派驻机构和中央金融单位。计有外交部特派员公署筹备处;社会部合作事业管理局;军政部驻赣军粮局金华办事处,驻云和县岗头村;中央赈济委员会浙江办事处,中央救济委员会运送配置难民龙泉总站,财政部浙江直接税局,两浙盐务管理局,浙赣铁路东段办事处,两浙盐务丽水收税局,东区货运管理处,花纱布管理局浙江办事处、烟类专卖局丽水区云和业务所和苏浙区所等六家机构的驻所;财政部贸易委员会所属的东南运输处金华分处。中央银行、中国银行、交通银行、中国农民银行联合办事处浙江分处。

棕色的 C 类是中央直属经营机构。计有中国茶叶公司,复兴商业公司浙江分公司,富华贸易公司浙江分公司等多家经营单位的大概驻地；全国合作社物品供销处东南分处龙泉供销站，中国工业合作协会丽水事务所和浙皖区工业合作社供销业务代营处丽水分处；运输部东路运输总站运输队手车大队。

　　灰色的 D 类是军警特别机关。计有第三十二集团军总部与英国军事代表团合办的训练特务机构，中央医疗防疫队西南干训班，浙东行署浙西行署第十一区行政督察区专员公署省驻渝办事处，宁波警察总队驻省通讯处等。

　　伏申奇怪翟泫衣对此这么感兴趣，把 ABCD 也搞成五彩缤纷。翟泫衣哈哈一笑，半真半假地回答他，这是情报资料，如果以后想卖个高价，就必须鲜艳夺目。

　　第二件事，翟泫衣居然预先得知他们潜回杭州刺杀谭书奎的行动，还故作神秘地劝他不要冒险，因为有可能暴露，太危险了。一个中国人认为的汉奸，死就死了，没有什么好大惊小怪，但他不想牺牲伏申这样的好朋友、好同学。伏申本想把此事告诉谭杭丽，但又觉得翟泫衣吹牛，也就没有提起。

　　第三件事，翟泫衣偶尔谈到女人，认为伏申在北平遇到的那个女子，存在于他的心里，已经成为他灵魂的一部分，而沈乙嫔没有婚配，也不适合他，那个女童子军蓝栀子更可爱一点，以为他们应该走到一起，无奈分别，而且这么久没有音信，都是战争之过，相信今后有缘相见。

　　当时伏申认为他胡说八道，没有当回事，不过事后想想，翟泫衣竟然了解自己都不了解的东西，简直太精明了，完全不像表面上那么简单，实在不好让人猜测。

　　不过，翟泫衣很快有了一个表现机会，当年双十节活动刚刚结束，伏申又接到了中国国民党成立 33 周年纪念活动的任务。原本没有这项事情，省党部自己提出来想办，因此也由党部系统承担所有事务。原来罗霞天已经把这件事交给地方党部承办，但他们因为缺少经费踢回省党部。于是任务最终交给了伏申，给的钱不多，有多少钱办多少事，叫他应付就是了。因为有传言蒋委员长可能到浙南视察，要出席相关活动，虽然人们不太相信这个传言，但也不敢完全不当回事，浙江毕竟是他的家乡，万一真的来了呢？经费少，也缺人手，伏申想到了几个人可以帮助甚至替代自己，除了矮金瓜，他特别向罗霞天提到了翟泫衣。罗霞天叫谭杭丽查问清楚之后，随即指示解除对翟泫衣的审查，让他全力配合伏申，活动结束，他们都受到了表彰。

此刻，在湖畔阁茶楼，面对同学翟泫衣，也就是海部泫衣，伏申说出了心中的怀疑。翟泫衣感谢伏申没有揭发他，作为报答，也作为临别赠言，他告诉伏申，中国将发生内战，国共谁会赢呢？不是国民党，而是共产党。

一旁的沈乙嫔听到这句话，不禁脸色都变了，急忙阻止，警告他们，再说下去，她得去报告了。翟泫衣神情散漫，甚至有点油腔滑调，劝沈乙嫔不要紧张，要报告就报告，现在谁不在议论？连美国人都这么说，其实这是警醒之言，是为国民党好。

在杭州的几天，翟泫衣向伏申提出了自己的三个愿望或者要求。

首先提出的是一个要求，就是想看一看小角儿。在龙泉分校期间，伏申无数次地说到自己的鸳鸯眼狮子猫如何如何，思念之情不能自制，无数次许诺，胜利后回到杭州，让大家亲眼见见他的小角儿。翟泫衣既然提起此事，伏申当场就带他到沈庐，但四处不见踪影，想必小角儿出去串门了，只好告诉翟泫衣，多半又是去了陆军监狱，一时半会儿回不来，要见它，只能到监狱里见它。

再一个愿望是看望同学矮金瓜，但这是临时想到。后面的一天，伏申为尽地主之谊，租了条游船，沈乙嫔买了几串塘栖枇杷，一起陪翟泫衣游湖。船过断桥，看到白堤亭子上有人正在唱锣书，翟泫衣听了觉得耳熟，问作为杭州本地人的沈乙嫔，是不是听得懂小热昏？沈乙嫔听不出来是什么，反应不过来，看看伏申，问他是不是呀？伏申讥笑她，一个杭州人，听不出小热昏，那也不应该忘记矮金瓜唱过的曲儿吧？沈乙嫔连忙点点头，她想起来了，是矮金瓜唱的小热昏。翟泫衣不禁问起，他人呢？怎么没有见到他？伏申指了指湖滨的陆军监狱，被当成共产党关着呢。翟泫衣愕然，他怎么会是共产党？看到伏申沉默不语，翟泫衣突然感慨，关着关着真的成了共产党了，所以共产党越来越多。

　　后来翟泫衣有没有提出要探望矮金瓜，有没有真的去探望，沈乙嫔的报告里没有提到，监狱方面也没有任何记录。其实，当时三个人是在监狱见过面的，谈了许多当年在龙泉的事情，最后还约定要一起申请完成学业，伏申大包大揽保证，一定要帮他们一起争取，共同完成这个心愿。

　　最后一个既不是愿望也不是要求，而且与小角儿有关，实属偶然，在翟泫衣杭州之行中可以忽略不计。临走时，伏申在沈庐家中招待了翟泫衣，因为多喝了几杯黄酒，翟泫衣开起沈乙嫔的玩笑，问她什么时候与伏申结婚。沈乙嫔不禁激动，故意刺激伏申，讥讽他因为她父亲关在牢里，怕受连累，所以不敢跟她结婚。话题由此牵涉到关在陆军监狱的沈耀中，大家趁着酒意就要去探监，正好也看一看小角儿。正好腾阿大也过来喝酒，借着夜雾把他们领进了监狱，一路来到乙监，见到了已经睡觉的沈耀中。伏申把小角儿抱回了家，换洗了肚兜，让它陪翟泫衣睡了一个晚上。次日醒来，听到翟泫衣在楼下的洗漱间里唱俄文歌，重重复复的就是刻在墙壁上的那一句。

　　沈乙嫔一早出去买了两斤龙井茶，感谢他昨天晚上提到她与伏申结婚的事，这层纸算是捅破了。后来的报告中，提到了他们到监狱探望父亲的事情，谭杭丽觉得有点问题，亲自进行了核查，监狱方面证实沈耀中与翟泫衣没有任何交集。

　　但没过多久，发生了意想不到的情形，杭宁沪等地码头车站四处张贴的缉捕公告，翟泫衣的名字赫然在上，照片也特别清晰。

　　尽管一直无法证实，翟泫衣或是他的化名是否列在"大扫除"计划名单中，但他却成了该计划正式实施前被抓的第一人，他最后被补充进名单里，已经是他在陆军监狱被杀害后的事了。

九　一根金条的前世今生

乱世的征兆，由许许多多个体的零乱起始，个人之乱，家庭之乱，团体之乱，引至生活之乱，阶级之乱，人心之乱。青天白日之下，繁华人世之中，一个个乱局由小到大，无人不陷其间，无物不受其扰。乱局之所以成为乱局，因为总有人乐此不疲，总有事态不断生发，总有道理为其美化，以至乱局成乱象再乱世。

时至1945年光复以来第二年夏天，煌煌中华民国仿佛世界列强，南北西中迎来和平一统，军民人等从此自信自豪，岂为乱世哉？尤其长江中下游城市，车水马龙，熙熙攘攘，富贵安康，如杭州者，人间天堂，舍我其谁，芸芸众生，逸情有加，何见乱象哉？梅花碑党政机关，人气高涨，评功摆好，意犹未尽，团结互利，井然有序，焉是乱局哉？

1945年光复以来第二年夏天，主人公伏申对上述问题，有自己的体会。看到周围熟悉的人们，他原本平常的心，开始剧烈跳动，频率越来越快，越来越乱，鉴此，他需要特别努力的，是如何保持一颗炽烈但宁静的心，怀着希望，向往明天。因此，一段时间里，伏申仍然时不时地把小角儿带到党部，在食堂和档案室这些地方抓老鼠，但林白履的狼狗却没有牵来。原来前几天狼狗因为要伤到路人，反而被路人击打，受了重伤，正在治疗。屠来根透露，狼狗是被利刃所伤，凶手跟之前刺伤铁头杭的手段如出一辙，此话显然意有所指。奇怪的是，林白履如同无事人一般，照常到党部上班，少言寡语，偶尔谈起服务生被伤之事，也是云淡风轻，毫无所谓，其状态，仿佛一个伟大的演员演好一出大戏后的无比轻松。

但是，严谨心细的人，譬如谭杭丽这样的人，会发现，林白履其实还另有所图，只是怀疑有局限。后来，听沈乙嫔说起伏申曾去过众安桥的一个地方，担心伏申被欺骗或者愚弄，例如安排一个不良女人勾引他。于是提醒伏申，不要随便接受林白履邀请，去什么不好的地方，更不要与他成为什么朋友。

林白履听说江浙沪党部各分到了一只从美国进口的保险柜，要到南京交钱提货。因为货到后归谁使用，还不明确，也没有哪个部门愿意白跑一趟。不想林白履主动请求由他代劳，预支了一大笔钱，一个人去了南京，并以等待到货为由，多逗留了四五天。其间活动频繁，用支付保险柜的款项设了几个饭局，宴请了许多人，包括军统局上班的几位故友亲朋。不料提货时，竟然被要求付双倍的钱，因为带来的钱花得所剩无几，连付个零头都不够，于是林白履当众大骂腐败什么的，与人吵了一架，索性把事情搅混。再加上原来保险柜是由中统局专门拨给各省调统室的，正好不管了，两手空空挤了火车回到杭州，一进党部大门林白履就破口大骂火车上盗贼猖獗，居然把他的钱偷了。屠来根帮着说话，一块指责军统没有把铁路治安管好，以至混乱如此。分管财务的赵强水只好叫林白履写出书面说明，把账冲销了。谭杭丽只得申请了一辆卡车，让沈乙嫔再去一趟南京，把保险柜直接运回杭州她中正街的家中，再把换下的旧保险箱送回梅花碑，让秘书室使用，这样也算填了亏空。

再说林白履从南京回来之后，谁都看得出来，他每天眉飞色舞，兴高采烈，楼上楼下地来回走动，有时候还到隔壁省政府串门，总之，精神亢奋，仿佛在等待什么大事发生。然而就在这一天，也是第一次，林白履突然把伏申叫到众安桥表姐家中见面，激动地告诉他，他从南京得知，有人控告他有共产党嫌疑，告他的人是军统特务齐庆斌，让他马上作应对之策。接着，就在伏申十分惊诧之时，林白履突然判若两人，一脸正色，密声相告，自己与共产党员有联系，今天是他们第一次正式见面，至于自己到底是什么人物，看他的表现，下次会明确告诉他，让伏申大吃一惊。林白履还补充说明，自己考查伏申已经很长时间，严格地说，从 1937 年 10 月底，他们第一次见面就开始了，当时的情形至今历历在目，当时就觉得他是一个有进步思想的青年。如今自己越来越相信伏申的政治觉悟，相信他不会出卖自己，最后，指着门外那位衣着简朴，身体圆丰，讲一口杭州土话，正在望风的妇人，隆重介绍，她曾经是一个被污辱被损害的阶级姐妹，现在已经从良，成为劳动者中的一员，是心向共产党的革命同志，是值得依赖和依靠的地下联络员。

伏申看着神情怪异的林白履，一时不知道怎么反应。后来，他回绝了那个一口杭州土话的妇人留他吃饭，匆匆离开了。很久之后，伏申才知道，那个看起来尚未色衰的妇人，也就是所谓的联络员，其实就是林白履的亲表姐，也就是他曾吹嘘的，是戴望舒诗歌名篇《雨巷》中女主人公丁香姑娘。

正如林白履的预警，果然没过几天，关于伏申是共产党嫌疑的一件协查信函从中央党部统计调查室直接转了下来。上次到过杭州的调查组丰组长负责督办，亲自打来电话，讲明协查信函源自军统局总部，与中统局无关，但因为关系到共产党，性质严重，谁也不敢包庇，所以要求查明具报。后来才知道，丰组长知道自己索要小猫的事情居然已经搞得尽人皆知，怀疑伏申心怀不满，到处散布，不禁心中气愤，但表面淡然，一口否认，声明自己从不养猫的，上次因为办案需要，才跟猫有所接触。丰组长正想着怎么善后，不想正好看到军统信函，就不由分说，转了下去。

这份注明绝密的函件中特别提到，伏申在民国二十四年参加了北平共产党组织的学生运动，而且是负责举旗的积极分子。对此，谭杭丽根据党部和中统局以前的核查结论，迅速作了反馈。根据档案登记、年资经历和时间推断，民国二十四年，也就是1935年，伏申虚龄不过十六，如何是共产党呢？最多只能认定伏申当时不过是一个激进的中学生或者普通爱国青年，在当时全民抗日情绪高涨的形势下，伏申的行为最多算是因不明真相被共产党学运组织煽动利用，如此陈年往事比比皆是，人人有份，若要深究，如何处置，又如何收场？

几年之前，浙江省政府和党部迁移浙南山区第五年的秋天，国民政府军委会在丽水龙泉召开情报工作东南片会，恰逢双十节庆祝活动，各机关、各学校举行联欢，鼓掌声中，伏申被推上台唱了一段京剧《空城计》，引起了与会代表、七七事变前军统局平津区负责人齐庆斌的注意。齐庆斌于民国二十一年至二十六年常驻北平，其间听过不少京剧名家的戏，尤其对伏德魁和瞿玉郎的精彩演唱印象深刻，由衷喜爱，这时居然在浙南深山沟听到如此地道的伏派唱段，顿时震惊不已，不禁把他跟伏德魁当时稚气未脱的儿子联系起来。齐庆斌当晚找机会与伏申见面，怀疑他就是城南芳草园伏家公子，就是阻止自己抓捕学生游行女指挥的那个莽撞少年。但不敢完全断定的是，伏申原来与自己差不多高的身体往上蹿了许多，原来细柔的脸庞轮廓变得有棱有角了，虽然当时画着戏妆，但神形依稀，追本溯源，就是当年的那个伏申。齐庆斌为了进一步确定自己的判断，主动与伏申握了握手，用之前学到的北平土话对他耳语，特别提到了地点、时间和几个人的姓名，十分肯定两个人应该是见过面的。但伏申却神情漠然，摇了摇头，而且挺了挺高挑的身体，对齐庆斌的自以为是不以为然，仿佛在表示，自己未必就是他眼中那个当年的少年。

盘问了半天，伏申冷冷的，一副素昧平生的神情，让齐庆斌甚觉尴尬。

伏申其实也认出了齐庆斌，当年他到芳草园搜捕沈甲妃时，与自己发生争执，甚至肢体冲突，特别是母亲连琴瑟给他偷偷递送金条，他假意推来推去的情景，顿时浮现在眼前，让他心存警惕，冷漠以对，让他一脸不屑，嗤之以鼻。

齐庆斌似乎捉摸到了伏申的内心活动，索性提到了当时的情景，对伏申当年的冲撞，表示淡忘和谅解的态度。哪个人年少时不曾气盛？不曾好打抱不平？随后又一脸冤枉地对收取金条作了义正词严的解释，情绪激动地保证，自己参加革命工作以后，没有图取一分一厘的不义之财，像金条这样的贵重之物，自己绝对不敢收，也不会收。如果当时收了，还怎么秉公执法？后来还怎么面对民众指责、舆论压力，对那个年轻的女学生领袖穷追不舍？自己做的一切，没有私心，更不为钱财，完全是为了党国利益，为了社会稳定，为了坚决履行攘外必先安内的既定国策。

伏申听到最后还是无动于衷，还是摇了摇头，似乎表示对他说的这些既不相信，也不感兴趣。

对于伏申奇怪的态度，让齐庆斌一度对自己的判断产生怀疑，于是又让一起参加会议的陈树生辨认。陈树生当年是北平参谋本部特务警员训练班人像专业学员，临时抽调到齐庆斌专门小组参与行动，也一同进入芳草园抓捕游行指挥，也就是那个女学生领袖。陈树生暗中观察伏申之后，觉得就是那个冲上来阻止他们的伏老板儿子。虽然当时刚刚扮上花旦脸妆，显得晕目迷幻，五官不辨，但依自己受过人体相貌特征辨别训练的能力，此时伏申的举手投足，眼神嘴形，仍然与数年前十分相似，尤其是说话语调气势，尽管寥寥数语，但与数年前几乎一样，是同一个人无疑。

陈树生肯定地告诉齐庆斌，应该是同一个人，但又劝他，是又怎么样？他当时不过是一个看热闹好出头的小男孩，并非那场共产党策动的一二·九学运的参与者，事隔多年，人生无常，如今都是党内同志，都在为党国服务，都在为打败日本侵略者，为中华民国民族光复大业而奋斗，彼此应该谅解，没有必要耿耿于怀，更没有理由深究。陈树生劝罢齐庆斌，又主动找到伏申，提起当年之事，说明所赠金条已经于次日由他退回伏老板夫人，伏德魁和瞿玉郎当时在场，皆可证明。齐庆斌和他都是有品德的人，绝非贪财之辈，切不可记忆有错，误解和冤枉革命同志。

伏申默然许久，突然冒出一句，分明亲眼看到了，有人收了金条，收了还要抓人，这算什么品德？

陈树生激动得涨红了脸，几乎向伏申发誓，金条确实是他送回去的，人是后来北平警备司令部抓到的。

陈树生气不过，回头报告齐庆斌。齐庆斌顿时神情急切，就要去找伏申审问清楚，陈树生赶紧拦住，细细分析之后，认为伏申并没有承认自己是谁，不过提到了金条的事，明显是在反将一军。齐庆斌怔了怔，淡然而对曰，清者自清，浊者自浊，收了又怎么样？不收又怎么样？嚷嚷了半天，虽然没有马上再去找伏申麻烦，不过，更担心的是，万一伏申一心想着为那个女学生领袖复仇，危害党国呢？他清楚地记得那个女学生领袖不仅才华过人，而且颇有姿色，像伏申这样的年少男子，其时正血气方刚，情窦初开，焉能不被迷惑，焉能不生情欲，焉能不坠恨海，焉能不寻衅所谓的元凶？万一伏申加入了共产党，至少是外围组织的成员呢？当年那场学生运动，席卷平津，震惊全国，参加者后来多半陆续加入共产党阵营，成为其中坚骨干，像伏申这样的热血少年，共产党学运组织岂能不争取不囊括？从当时他在芳草园不管不顾，装神扮鬼，全力维护那个女大学生领袖的情形来看，伏申如果不深受蛊惑，岂能如此？然而更可怕的是，万一伏申是共产党精心培养的一枚暗棋呢？借躲避日本人的机会，独自离开北平，辗转来到浙江，表现积极勇敢，不仅加入了国民党，成为省党部一名优秀青年干部，而且背靠多位高层人士，工作出色，广结人缘，前途看好，这一步步走下去，比当年钱壮飞等人有过之而无不及，到头来铸成大错，悔之晚矣。

齐庆斌越想越觉疑团难消，焦虑难安，对伏申始终倍加关注，不敢有所放下，有所忽视，有所遗忘。

因为时值抗战期间，齐庆斌心想此时建议调查伏申不太合时宜，搞得不好，不仅被误认为对浙江省党部不尊重，是在无事生非，是在制造矛盾，还可能被伏申及其后台诬陷收受金条贿赂，名誉被损害不说，说不定还要被追究，被处分，得不偿失。因此，齐庆斌为了稳住伏申，特地在离开龙泉前约了陈树生到伏申住处告别，为表达善意，还赠与了几份中美合作所送的美国画报，伏申不阴不阳，不理不睬，既不请坐，更不倒茶，随便应付了几句，但收下了画报，看了几天之后，转赠浙江大学龙泉分校的同学传阅。

到了1945年初秋，齐庆斌回到军统北平站担任督察，到广德楼看戏时，专门拜见伏德魁，询问他儿子是否去了浙江，是否有联系？伏德魁知道齐庆斌的军统身份，但不知他的用意，只是看着旁边的瞿玉郎，含糊其词，答非所问，甚至连儿子是否去了浙江也没有明确的回答。齐庆斌不好强问，但疑虑更深，经多方调查，翻遍当时报纸，终于在1935年12月10日的《京报》上发现一张照片，这张时间虽久但仍然清晰的照片上，一个青年女子挥举拳头发表演讲，而旁边站着一个举旗少年，应该正是伏申。接着，他又从天津《大公报》上找到同样的照片。可以确定的是，发表演讲的这位既是学生领袖，也是共产党学运组织成员的青年女子已经在当天的通缉名单上，但她逃脱了追捕，藏匿在芳草园，齐庆斌得到举报，率领陈树生等几个特务警员训练班学员前去抓捕。从后来发生的事情来看，伏德魁为防止被追究伏家窝藏之罪，畏惧之下，唆使夫人连琴瑟拿金条贿赂他们，他虽然没有当场拒绝，但第二天就叫陈树生退还。不久，女学生领袖抓获归案后，坚称是自己误入芳草园，与伏家，与瞿玉郎毫无关系，因为伏德魁的四合班在北平颇有声望，再加上乔思文出面作保，伏德魁、瞿玉郎及芳草园其他人得以无事。

在很长的一段时间里，齐庆斌都在后悔，后悔没有当场公开拒绝连琴瑟塞到他手中那根重约十两的金条，以致一时糊涂，轻易放过了伏家。他搜查到后院厢房时，遭到了几重阻拦。先是一个少年隔着房门对外宣称，这是他们的练功房，不许随便进去，齐庆斌非要敲门进去，同在房中的瞿玉郎高声斥骂，四合班密授私家子弟场所，外人不得进内。正僵持之时，院子中间的槐树下突然冲出一个高瘦男子，在还没有近身情况下，忽发功夫，逼得齐庆斌连退数步，差点跌倒在石阶上。陈树生等人看到，一齐持枪上前围住他，不想此时门突然打开，走出一个画着京戏旦妆的少年，从那个男子手中拿过一把弹簧刀，冲着齐庆斌，眼花缭乱地耍了起来，毫无防备的齐庆斌一边失声喊叫，一边脑袋左右晃动地躲闪着，像个滑稽的木偶小丑，窘态百出，引人哄笑。

齐庆斌回过神来，发现自己油光整齐的头发弄乱了，而且簇新的中山装衣领被划了一长条口子，不由得勃然大怒，拿出枪来威胁旦妆少年。那个瘦高男子抢到中间，一边用身体挡住枪口，一边十指紧扣，准备随时出拳。齐庆斌看自己没有退路，一会儿瞄准戏弄自己甚至可能伤害自己的旦妆少年，一会儿又指着要拳击自己的那个瘦高男子，做出随时射击的架势。

正当事态即将恶化之时，瞿玉郎带着几个同样画着旦妆的弟子从房中走出来，一齐拥上前，围着齐庆斌等人，阻止他们开枪。齐庆斌听过瞿玉郎的戏，同伏德魁的须生戏相比，更有几分痴迷。此时看到瞿玉郎，心里一乱，收了枪，向瞿玉郎点头招呼。瞿玉郎叫那几个弟子散去之后，解释自己正在教他们化装，因为这是戏班内部传艺，不想被外界打扰，因此没有请他们进来。齐庆斌态度一软，让陈树生带着人离开了，但是看到对他耍弹簧刀的旦装少年似乎还在嘲笑自己，顿时怒气上来，不肯罢休，拿着枪就要抓人。此时，伏德魁夫人连琴瑟不知从哪里冒出来了，而且当着众人，神不知鬼不觉，将一根沉甸甸的大金条塞到齐庆斌手上。

齐庆斌双手紧紧攥住金条，脑子瞬间空白，连琴瑟说了什么话也没有听清，或许其他人也收到了什么东西，忽然一个个都消失了，包括陈树生也低着头匆匆离开了后院。恍惚之中，齐庆斌不知道自己为什么把金条装进了中山装大口袋，鼓鼓囊囊的一眼就能看出来，而且一沉一沉地把衣服往半边拉扯，一高一低，仿佛系错了好几个纽扣，回想起来，当时自己的模样显得多么地不堪，多么地狼狈。

没有继续深究的另一个原因是，与何应钦同时到北平，专门视察教育文艺界爱国运动状况的中央候补执委乔思文恰好到芳草园做客。他下榻在六国饭店，但多数时间待在芳草园与伏德魁叙旧，由于乔思文出面阻止，齐庆斌无功而返。

齐庆斌离开芳草园的最后一刻，恍然大悟。那个女学生领袖一定是那几个画了戏妆中的一个，一定是趁着混乱躲藏到别的地方了。他想回头再闯进去搜查时，刚好几辆黄包车停在门口，乔思文下了车，警告齐庆斌，这是他朋友的私宅，如果他故意侵犯骚扰，破坏各界人士的团结局面，他马上找何应钦讲道理，并致电南京军统局负责人，将他撤职查办。

真正让他却步的是那根金条。

第二天陈树生转告他，伏德魁夫人连琴瑟跟他说了道歉的话，还专门向裁缝铺交了定金，叫他过去做件料子更好的新衣服。齐庆斌思前想后，想必许多人知道自己收金条的事，不禁又是生气又是烦躁，坚决要求陈树生替他把那根金条还回去，并且愤愤地表示，自己不要什么新衣服，大不了补一补再穿，如此还能彰显节俭艰苦本色。尽管乔思文扬言要向军统局告状，齐庆斌还是下定决心，要在乔思文离开北平以后，突袭芳草园，杀个措手不及，不仅要抓住通缉犯，也要以窝藏罪追究伏家，绝不轻饶。

不久，齐庆斌从警备司令部接收被捕的学运分子，见到了那个女学生领袖，看了档案，她是浙江杭州武林人，民国六年出生，辅仁大学三年级学生。齐庆斌审讯时问她，芳草园伏家跟她什么关系，为她出头的是不是伏家的儿子，等等。但这个叫沈甲妃的女子坚决不予承认。齐庆斌没有把她列入建议枪决的名单，当然也没有释放她，更没有把她拘押在军统站不放，而是把她交给北平警备司令部。因为他知道，如果自己处置了她，不管结果如何，伏家都会找他麻烦，或者替他报仇雪恨，让他时时都有性命危险，或者拿更多的金条收买他，让他在道德上陷入万劫不复的境地。

这是伏家永远想不到的，作为一个女学生，沈甲妃居然被关进了北海边上、俗称草岚子监狱的北平军人反省分院，与外界，与亲友，与师生，完全隔绝联系，刑期不明，生死不知。当然这也是齐庆斌希望看到的局面，伏家因为无从打听，无法知情，再多的人脉，再多的金条，也无济于事，而那个张狂的伏家儿子，为此受到折磨，唯有真正发狂而已。

这封关于伏申可能加入过中共组织或是接近中共组织嫌疑的协查信函，由军统局方面提供，不排除他们有意为之，制造冤假错案、损害党部团结之可能，应予以澄清加抵制。谭杭丽之前听伏申提到齐庆斌的事情，猜测应该与他有关，但奇怪的是，中统局丰组长改变了之前的友好态度，一再催办，没有半点要想息事宁人，尽快让事情过去的意思。为此，谭杭丽跑了趟南京，直接找了丰组长，果然丰组长对此显得强硬，讲了一番大道理，劝她对共产党的事情不要掉以轻心。谭杭丽也不示弱，当即用大道理反驳，中统局浙江区对党部每一位成员，对伏申，明里暗中进行的审查是系统的，长期的，严密的，所掌握的材料是详细的，可靠的，翔实的，不能因为似是而非，甚至莫须有，困扰同志，逼他们离开，给党国事业带来无法弥补的损失。随之，谭杭丽转告了罗霞天的意见，希望丰组长能够按照浙江省党部提供的结论，回复军统方面，如若不然，就自己直接找过去，她不相信军统由着齐庆斌这样的人任意妄为。最后，她还特别提到齐庆斌当年因贪图金条遭遇难堪一事，暗指此事是他挟私报复。丰组长听了，也不免相信，骂起了齐庆斌，经此推断，仿佛坐实是他背后搞了名堂。

后来丰组长态度缓和下来的一个原因，是谭杭丽搬出了罗霞天。就地位来说，他是中央执委，就声望来说，日本无条件投降，他在浙江富阳宋殿主持对侵杭日军受降仪式，获得抗战胜利勋章，声誉日隆,从利害来说,此时传言他将要当选国民政府监察院监察委员,不好得罪。于是,丰组长开始松口,大骂军统多管闲事,齐庆斌这样的人挟私报复,完全可以不予理睬。其实真正的原因,是谭杭丽提到了小角儿。她突然提醒丰组长,如果林白履的日本狼狗没有把狮子猫吃了,到明年春天,伏申一定会抱一只健健康康的猫送到南京来。丰组长顿时半喜半忧,喜的是伏申没有忘记自己的承诺,忧的是如果大张旗鼓,怕影响不好。谭杭丽宽慰他,不过是一只小猫,送谁不是送?又不像有的人拿了人家金条,还要陷害人,那才是腐化分子。丰组长知道她提的是齐庆斌,也不禁同仇敌忾,自己不仅坚决站在党部这边,维护伏申,而且严肃提醒军统,不得染指中统,干涉党务。

林白履显然认为,正是由于自己的通风报信,保护了伏申,此项举动,为取得伏申的进一步信任,加强彼此间的关系,打下了基础。他告诉伏申,从此,他们可以表面一套,虚虚假假,配合默契,并肩战斗。随后屏退表姐,与伏申商议了有关沈甲妃的事情。

十　这段人脉太不寻常

在较长一段时间里，连浙江省党部高层也这样看，伏申一个外来客，一个北平人，到浙江十年，中间有人三番五次对付他，明里暗里要下重手，也始终置不了他于死地，其背后的各种力量，也始终没有对他造成大的伤害。细究原因，其中很重要的一点，是杭州商界无形中对伏申的好评和支持。

多少年来，杭州商界藏龙卧虎，盘根错节，表面上，商人唯利是图，不问政治，但唇亡齿寒的关键时候，其作用也难以低估。但凡疑难官司，人际纠纷，杭州商界大多能消弭平息，脱离本埠范围的，也都能够通融南京上海军政各界，化险为夷，大事化小。以沈耀中所获罪名，屡屡与死神错过，与杭州商界的存在及其暗中运筹和力挺是分不开的。

沈耀中1927年入狱，1933年7月间被人诬陷为共产党杭州地方负责人，解往南京受审，正当杭州四明商会接到去南京收殓尸体通知时，两浙茶商百货同业赶在第一时间上书国民政府，并公开登报声明为其担保。同为四明人氏的蒋介石受到惊动，过问案情后发了感慨，认为共产党最讲阶级，沈耀中是资本家，就是共产党要革命要消灭的剥削阶级，如果要消灭，就让共产党来消灭他。几天之内，各地解往南京裁决的政治犯除自首变节者之外，其余全部被枪决，唯独沈耀中是以证据不足为由，发回浙江重审。

不久以抵押延龄路百货店保释,并得以继续经商。不想几年之后的一个夏天,即1936年秋天,有人举报沈耀中在湖畔阁接待共产党杭州特派员,虽然凭据不足,仍然遭到秘密逮捕,被关押在与沈庐数墙之隔的陆军监狱。后来知道,沈耀中此次入狱,与长女沈甲妃有关。狱中几方严审,但沈耀中始终无法给出口供。几个月之后,西安事变,国共合作,形势松动,再由中间人士打通关节,沈家变卖沈庐筹得金条,保释沈耀中。沈耀中获得自由后,中间人士提议,将湖畔阁交给俏罗敷管理,余下五十亩龙井茶园委托四明商会代为经营,随后只身投奔四明老家,从事山海贸易,土特产买卖,资助抗日救亡工作,光复回杭州后不久,再次入狱。

此间伏申的所作所为,杭州商界是看在眼里,记在心里的,商业联合会的新老理事们都知道,当时沈耀中身陷牢狱,极其困难,大家都无从帮助的情况下,突然出手相助,以五根金条买下沈庐,把人接出陆军监狱的,是一个年轻的北方人,也就是时年十七岁的伏申。

光复以来第二年春,沈耀中回到杭州即遭栽赃诬陷,伏申又一次挺身而出,以实际行动为其大鸣不平,不仅多次探监,而且不畏风险,不顾利害,在湖畔阁设下宴席为他压惊,消息传出,杭州商界同仁莫不称道,对伏申更加敬佩,只等他一旦有求,即施援手。

如果说杭州商界有可能给伏申带来人脉关系、舆论声援以及财力后盾,那么,在人们眼里,乔思文就是伏申仕途上的靠山、政治上的导师和父亲般的监护人。

屠来根多次提醒林白履,老资格的乔思文有可能得到重用,说不定哪一天做了数得着的党国重臣,陈氏兄弟也要谦让三分。屠来根的话并非空穴来风,从1937年杭州沦陷,省政府和党部迁往浙南山区开始,关于乔思文到浙江任职的盛传不断,有几次任命都要发表了,这边欢迎会都筹备好了,到任的却是另外的人。屠来根打听到的,其中原因是国难当头,鉴于他留日背景,中央党部、国民政府和军队系统希望他在加强对日工作方面出更多力气。省党部高层还听到其他说法，乔思文看不上省党部主委，希望做省政府主席，此事真假且不论，但总是让林白履有所担忧，万一乔思文真的做了省政府主席，或者是党部主委，那自己以后的日子不会好过，与伏申的争斗中有可能吃亏，到时候忍气吞声，没有面子不说，能不能继续在浙江党政部门待下去都成问题。

然而，在林白履口中的敌人看起来，他似乎心有不甘，且满腔疑惑，始终想搞清伏申与乔思文到底是什么关系。屠来根也有同样疑问，费了九牛二虎之力，通过中央党部驻北平的调统机构，还有军委统计局北平站的朋友，还有在上海的秘密渠道，知道了大致脉络。

党部随同省政府迁移到丽水的第三个年头，即1939年秋天，国民政府军委会召开情报工作东南片会。屠来根早年的三民主义短训班同学，在北平从事对日情报工作的齐庆斌到丽水汇报工作，恰逢双十节庆祝活动，各界举行联欢，伏申被推上台唱了一段京剧。齐庆斌民国二十一年就到了北平，听过地道的京剧，此时居然在浙南的山沟里听到，深感震惊。齐庆斌知道他叫伏申，又是北平人，就与伏德魁联系起来，但伏申却不承认，林白履提起乔思文介绍他到浙江大学读书一事，齐庆斌由此提到了一段旧闻。

光绪三十四年十月二十一日，乔思文去日本之前，被传进宫晋见慈禧太后，当年长寿宫戏楼台下坐着一班秀才模样的少年观众，乔思文就是其中的一个。由此开始，乔思文与京剧，与四合班，尤其是与伏德魁，结下了不解之缘。

虽然大清倒台了，但与慈禧一起看戏，始终是乔思文时不时要炫耀，并且引人羡慕的难得经历。若干年后，乔思文的好友、上海滩著名大亨杜先生在一次大型聚会中，向在场的宾客这样介绍乔思文：前清上海道采办乔泽民公子，早年以少年之身，受摄政王载沣委派留学东洋，见过大世面，当年还和慈禧太后一块看过戏，是见到她最后一面的人。

于是宾客们充满好奇，争相与他攀谈，而乔思文难掩得意，讲述了光绪皇帝升天当天，西太后驾崩前一天，摄政王请他们进宫向太后辞别情景。但更多的讲到四合班如何唱戏，锣声响起，伏德魁诸葛亮打扮，摇着鹅毛扇上场的风采；讲到慈禧太后因为被插科打诨的丑角惹怒，哭笑不得，如何又奖又罚的热闹；讲到伏德魁台上台下，台前台后，宠辱不惊，得体大方的精彩表现，等等，每次都讲得引人入胜，令人好奇，叫人探究，使人向往。每次都会感叹，要不是光绪皇帝和西太后先后驾崩，四合班不演上三天三夜下不了台，那真是梦幻般的享受啊。

旧闻讲述者无心，屠来根和林白履听者有意，真正让他们感到忌讳的，是四合班通过乔思文，与上海杜先生的关系，简单一点说，杜先生也是伏申的后台。

由于乔思文不遗余力地宣传，四合班在上海早早就有了名气，只是在很长一段时间里，只闻其名，不见其人。几次报纸采访，乔思文和杜先生围绕着四合班，一唱一和，频频发表谈话。自认为等待了许多年的杜先生感慨而言，民国已经建立十年了，风水应该转到上海了。乔思文欣然附和，感叹自问，上海滩商贾云集，十里洋场，但少了点什么？杜先生一言蔽之，少了四合班这样顶尖的戏班。乔思文随即激昂陈词，京剧是国粹，好的戏班，有名的大牌名角都在北平，上海也应该有这个福气。于是杜先生频频点头，当场承诺，自己要做点贡献。

于是有了后来的上海大舞台。

杜先生在上海大舞台开工仪式上表态，自己要让上海热闹起来，有巢才能引得凤凰来，大舞台年底动工，明年开春就建好开张，到时候请个响当当的戏班开台，请到北平的名角轮流上演。乔思文在高度赞扬杜先生眼光的同时，还尽情展望那一天，北平那些戏楼跟上海大舞台相比，将显得寒碜、老旧，大舞台将有天底下最好的戏班，一年三百六十五天，天天在这里唱，而天底下最好的戏班是在北平，碰巧的是好中又好的四合班，班主伏德魁与自己有兄弟情谊，开台的戏一定能请到伏德魁来唱。

接着，乔思文从《申报》上看到伏德魁大婚的消息，随即致电祝贺，对自己错过婚礼深感歉意。等到乔思文从上海赶到北平，伏德魁特意补办了婚宴。当日芳草园前厅正院，华灯四放，热闹异常。宴席的高潮已经过去，但乔思文意犹未尽，不停地向伏德魁介绍上海的繁华时尚和大气开放，是展现戏班风采的好地方，四合班风华正茂，正是到上海发展的大好时机，如果伏德魁带着大家到上海，自己一定全力相助，让四合班扬名上海滩，让全世界瞩目。

伏德魁听得认真，似有所动，如今民国了，观众对京戏的入迷是否依然，自己是有几分担心，京戏要不跟上时势，不改良，多少年之后必然没有前途，但是四合班根基毕竟在北平，观众都在北平，上海是洋人云集之地，吴侬软语之乡，真的有京戏的用武之地吗？乔思文不容伏德魁犹豫，又晓以利害，北京城情势恶劣，乱哄哄你方唱罢我登场，绝非太平盛世，戏班暂时避一避，离开这个是非之地。

话题转到这里，伏德魁更觉不安，但是要离开，又能到哪儿去？

乔思文又动之以利，自己特地跑来北京请四合班到上海发展，因为上海花几万大洋建了专门演戏的大舞台，专门等四合班去唱开台戏，戏金十倍甚至百倍保底，到时候分红何止万金，一句话，到上海唱戏能发大财。

乔思文这番情真意切的话，让伏德魁心里不禁热乎乎的，但他还是摇摇头，还是有所疑问。四合班当年因北京生，因北京红，以前到各地巡演，去得最多的是天津，还不是因为离北京近，交通方便，当日就可以回来，即便最早最远也是仅有一次远行江南，经苏州到杭州，是为了连家寻根访亲，但不也是匆匆回来了。如果真的到上海，真的能像当年在北京那样，四合班得以发扬光大吗？

乔思文的保证是具体的，除了自己，还有一位势大力大的上海朋友会竭力帮助他们，四合班到上海一定能获得更大辉煌。

乔思文所说的这位上海朋友，就是名扬海内外的杜先生。

几个月或者半年之后，也可能是伏申周岁之后，四合班终于开启上海之行。火车刚进站，乔思文已站在车头的烟雾里，兴奋地高喊。月台上，"欢迎北平名伶伏德魁莅沪"的横幅下，站着一层层激动的人群，不停地向他们欢呼。在洋号洋鼓声中，大家簇拥着他们，坐上气派豪华的小汽车，经过繁华的街道，经过一路的洋房，来到了巍峨而幽深的杜公馆。杜公馆大厅早已宾客云集，名媛淑女穿梭其间，脸庞瘦削，年有三十五六的杜先生站在门口等候，与伏德魁寒暄几句之后，不让他有一刻的休息，拉着他坐上自己的专车，来到了新落成的上海大舞台。

大舞台看似像西洋建筑，罗马柱，喷水池，立体雕塑，但再细看，却透出中式韵味，琉璃瓦顶，朱漆大门，大门口居然还有雕着龙凤的照壁。大门口闪亮的霓虹灯映现彩色的海报和伏德魁、瞿玉郎的照片。正在围观的一伙戏迷认出伏德魁，纷纷围了上来，要求与他合影。镁光灯下，伏德魁一阵美意涌上心头，忍不住想放声唱起来。

最夺目的并非建筑外观，而是演戏的舞台。伏德魁站在台上，犹如身处九霄之上，顿感广阔无边，三五步行走万里远，又觉穿云破雾，一二声唱出宇宙外，不禁感叹，上海大舞台，实至名归呀。正当他走到台中间，一道如盛夏正午阳光的强烈灯柱照在他的身上，他连忙用手挡住眼睛，侧耳只听到杜先生的声音，伏老板，够大了吧？

伏德魁脚下一稳，随着紧跟他的光柱，在台上边走步，边回答杜先生的话，这台够大了，太大了，就怕自己嗓门不够用啊。乔思文连忙称赞，伏老板的嗓门响亮着呢，再大的舞台，也够他的嗓门用，不信就唱一段试试。不等伏德魁开言，杜先生早已拍起手来了。

伏德魁睁开眼睛看看四周，又走到灯光下，随着杜先生的鼓掌声，突然冒出的乐队迅速就位，鼓板一响，李元人的京胡过门已经传来。伏德魁一喜，顿时来了劲头，念白之后，唱了一段《借东风》。声音在剧场里回荡，又响又亮，伏德魁不由得一愣，停下来，倾听着仍在回响的声音，显得惊讶、兴奋。乔思文解释，一是伏德魁的嗓子太好了，二是剧场用的材料都是从德国进口的，隔着音，声音跑不到外头去，只在里面久久地回响。

接连几天，伏德魁演出之时，听到的是电影摄影机转动的声音，他的表演被拍摄下来。谢幕之际，看到的是台上摆满鲜花，还有杜先生赠送的各式大花篮。下场之后，面对的都是戏迷们的围观、簇拥和欢呼。卸装完毕，铮亮的黑色轿车已经等候着，杜先生和乔思文跟他一起坐车，穿过夹道致敬的人群，来到不同的饭店，参加各界人士轮流举办的庆祝宴会。觥筹交错之中，杜先生代表上海观众表达衷心感谢的同时，总是表达了美中不足之意，与乔思文一起，不停地劝说甚至请求，甚至百分之百地承诺，如果四合班能够久留上海，绝无后顾之忧，只管好好唱戏挣大钱，过上高级外国人过的好日子。伏德魁对杜先生的盛情和诚意，感谢不已，答应唱完杜先生新提供的戏单。十分为难的是，回北平的计划已经一再推迟，戏总有唱完的一天，戏班总要回到北平，那毕竟是自己的家。

最后导致四合班离开上海的，是发生在杜公馆的一场争论。

热情挽留四合班的还有名媛淑女们。但她们想留住的是瞿玉郎，在大小宴会上，她们对伏德魁只是举起酒杯，红唇上沾了沾，却一口没有喝，而对瞿玉郎却是诚心诚意敬酒，干了一杯又一杯。

可能因为乔思文介绍了伏德魁在北平有一个娇妻，还有一个叫伏申的儿子，是个有美好家室的人，因此伏德魁举起橘子汽水回敬她们的时候，她们大都没有热情回应，就连以世故练达闻名的杜先生三姨太，在向瞿玉郎连敬三杯之后，却告诉伏德魁，自己既不吃酒，也就不敬他酒，让他有些下不了台。乔思文为了圆场，称赞杜先生这位如夫人原来也是伶界名角，与伏德魁应该有共同语言。已有几分醉意的三姨太并不领情，拉着瞿玉郎的手，宣称他们两人才有共同语言。杜先生因为三姨太对伏德魁和瞿玉郎区别对待表示不满，板起脸大声讥讽一向娇宠的三姨太，不过是绍兴嵊县乡下的笃讨饭班，算什么名角？三姨太哼了一声，一顿反驳，早已经没有什么的笃班了，早就叫绍兴文明戏了，上海人早就叫越剧了，早就登大雅之堂，连外国人早就喜欢得不得了了。杜先生自然知道三姨太脾性，本来不再计较，但是当晚一向话少的瞿玉郎此时却站在三姨太一边，充满敬意地夸奖越剧唱腔柔软动听，低婉优雅，完全可以与京剧媲美。这上海，这江南，喜爱越剧的人恐怕比喜欢京戏的人要多吧？杜先生听了，觉得瞿玉郎为了取悦三姨太，居然贬低本工所学的京剧，太没有主张，太没有道义了。他用硬邦邦的口气提醒瞿玉郎不要听三姨太胡说八道，什么越剧，昏昏沉沉，不死不活，怎么能与大家喜欢的京戏相比？

看到瞿玉郎与三姨太为一方，杜先生为一方，陷入一场有些混乱的激辩，伏德魁担心大家伤了和气，急于息事宁人，因此抢过话来，叫瞿玉郎不要再参与争论了。三姨太认为伏德魁当众充大，有意压制瞿玉郎，干脆就冲着伏德魁，要求他当场唱一出，显示显示好还是坏。伏德魁其时因为大舞台唱了一晚上，嗓子极其疲劳，于是婉拒了三姨太的提议。三姨太不高兴了，讽刺伏德魁被捧上了天，真把自己当神仙。

杜先生一边生气地摔了高脚酒杯，一边连珠炮大骂三姨太。伏老板是京城名角，让他唱就唱呀？让他什么地方唱就什么地方唱呀？伏老板是给西太后唱戏的名角，有这么贱吗？谁叫唱都唱啊？

眼看场面不好收拾，一位侍者掀开一块台布，一架钢琴出现在众人面前。乔思文坐上琴凳，一边弹，一边讲解。他弹的是《茶花女》的一段抒情曲，像中国的《梁祝哀史》。乔思文尽兴地弹着钢琴，钢琴的声音在宴会厅回荡，伏德魁带头鼓掌，表示自己不懂钢琴，但他听懂了，很悦耳、很美。

瞿玉郎觉得因为三姨太对自己的热情，得罪了杜先生，不好在上海再待下去了，坚持马上回到北平。伏德魁无奈，只好向杜先生告别，带着戏班一起回去了。

虽然是一段传闻，但由此可见杜先生与伏德魁关系非同一般，爱屋及乌，伏申焉能不得其庇护？

但最管用的，最现实的，是谭杭丽明里暗里对伏申的保护甚至迁就。

作为一个大伏申三岁多的端庄女子，兼着人事部门主任的谭杭丽不仅在关键时候，比如在薪酬评定中为伏申多争取了一级工资，每年的奖金都给他同级中最高等级，平时也像大姐那样很照顾他，教他讲杭州话，介绍社会关系，私下里还经常提醒他如何处理与别人的矛盾，如何识别什么是对你好，什么是害你，语重心长，和风细雨，温暖贴心，胜如亲人。谭杭丽有一个做茶叶和丝绸生意的亲友，性格豪迈，每年都给他新出的龙井茶叫他品尝，有一次还送来以前作为贡品的缂丝被缎，叫他寄回北平家中，只是被俏罗敷看到，告诉了沈乙缤，沈乙嫔得知，劝伏申还给人，因为缂丝太贵重了，无商不奸，凭空送你，不知道有什么企图。伏申估了价格，给了谭杭丽二百元钱，算是买的，谭杭丽不仅没有不高兴，反而收下一百元，称赞伏申为人正气，不占人便宜，以后必然有大作为。那一百元钱，谭杭丽以伏申的名义，在楼外楼宴请了党部的高层。伏申当时虽然不快，但知道谭杭丽一片用心，也只好感动了。

最主要的是五年前，伏申和谭杭丽因为在杭州的一次冒险经历，使两人的关系更加接近，更加牢固。

1942年新年将至，伏申与谭杭丽伪装成一对私奔男女，进入杭州，在谭杭丽义父、杭州市伪市长谭书奎就职典礼中，往绍兴酒中投了药粉，致使几位日本贵宾中毒身亡，制造了震动汪伪政府和日本高层的毒酒案。为此谭杭丽和伏申得到了国民政府军委会的通电嘉奖,各得了一枚忠勇勋章。此行最难忘记的,是在沈庐洗漱间度过了回味无穷的一夜。逃离杭州前的晚上,为了找小角儿,伏申和谭杭丽冒险潜入沈庐,情急之下,躲进了洗漱间。难以启齿的是,因为久久无法脱身,当时连方便时都无法回避对方,到了后半夜,由于实在太寒冷了,两人只好挤在一起,抱在一起,不由自主地脸靠近了,亲吻了,事态的发展无法避免。谭杭丽当时感动得流泪,感谢伏申给她的似火热情,当然,她也暗示自己一直是个守身如玉的人。谭杭丽坐在抽水马桶上,伏申靠在她的身边,向她坦白,自己曾在梦中梦到过这样的事。谭杭丽一听,坐了起来,一把推开伏申,想说他梦里的人一定不是自己,但马上看到活生生的热血青年分明就在自己身边,也不禁释怀,不禁兴奋,不禁得意,一把将伏申搂过来,坐回到马桶盖上,随后两个人抱得紧紧的,让全身再一次沸腾起来。事后,谭杭丽向伏申约定,她永远不会忘记这件事,这是两个人的秘密,一定要放在心里,以后也不要再提,就像做了一个美好的梦。

由于此种经历,谭杭丽对伏申更了解了,公事公办的情形下,怀疑自己难免因情而懈,百密总有一疏,她透露了自己中正街六号的地址,而且,迄今为止,整个党部只有伏申进出过这个地方,而且在她床上躺下,如此,甚至可以看到她打开保险柜。

屠来根和林白履对谭杭丽畏惧三分,是因为她表面之下,复杂难懂的背景。为了查清楚到底是谁匿名举报,谭杭丽打电话咨询了毛教官,毛教官犹豫了一番,很快提供情报。情报证明,举报的人不是林白履,也不是屠来根,而是军统的人,最有可能是齐庆斌,但这只是可能,他这也是职责行为,不必细究。不过谭杭丽还是提醒了伏申,叫他千万小心以往有过节的人,伏申猜出是谁,不由得多了一分对齐庆斌的轻蔑,少了一分对林白履的怀疑和防备。

卷三 台 风

伏申不怕台风。

在北平的某一天某一夜，面对特别肆虐的狂风暴雪，沈甲妃不仅不怕，而且有几分喜欢，因为她见过江南的超级台风，比较起来，就不算什么了。每年，伴随台风而来的充沛雨水，浸湿了干旱的土地，带来了秋天的丰收，造福了东南的人民。如果没有台风，东南沿海一带，干旱将导致农民颗粒无收。

然而，话分两头。

沈甲妃说起过，她在大海之滨四明成长的父亲沈耀中认为，台风往往也带来灾害，比如摧毁房舍，民众流离失所，洪水泛滥，淹没道路交通，等等，因此，过猛的台风也是人类必须防备或躲避的。

然而，沈甲妃仰看北平上空的漫天雪花，更多的是赞美台风。台风登陆前，带来了沙沙沙的雨水，仿佛是对大地持久的隆重的洗礼，之后一阵阵呼啸而来的强风，把眼前看到的一切破破烂烂、秽里秽气都吹走了，仿佛理发师傅用锋利的剃刀，把乱七八糟、脏里脏气的头发胡子修理得一干二净。台风就像革命，是猛烈的，却是带来希望的，因此她总是张开胸怀，迎接每年的台风，尽管台风不是每年都来，尽管台风更多的只是预报而没有到来。

伏申终而有知，台风很少吹进杭州。能吹进杭州的一定是强台风，然而，人们只是从西湖上吹散开来的游船，看到台风的强劲和凶猛，而身心感受到的是，台风吹走了酷热，带来了凉爽，荡清了污浊，迎来了清朗。

一　他今天仍然少年烦恼

在浙南龙泉期间，伏申每年都切身感受到当地人对台风的紧张和无奈，而他更多的是喜欢和期待。在龙泉的最后一个夏天，也就是1945年的7月，一个在台湾生成的超强台风登陆温州之后，沿着瓯江，自东往西，受阻于巍峨群山，在龙泉谷地之间徘徊，很快变得像龙卷风那样，在原地扭曲，一遍又一遍舞动身躯，力图将所有的村镇和青山都掀翻，把人畜和房屋都卷走，其时，人们纷纷躲避，唯独伏申，站立在党部前面的操场上，仰着脸，朝着强劲的风雨，好像一个在淋浴的孩子，尽情地享受着水柱的喷射。要不是谭杭丽带着几个年轻的士兵，把他硬拉进来，他多半被风刮到九霄云外了。

到龙泉这几年，伏申亲自经历了台风，体会到了沈甲妃的那番话。因此，每到盛夏，台风的来临，成为他的期盼和念想。及至不久在杭州的陆军监狱，说起狱中的闷热，沈耀中表现出乐观，他相信，等台风来了，送来新鲜气流，就会变得清凉。像台风这样的话题，总使谭杭丽对伏申过去的猜想，对他成长中的故事，尤其是与沈甲妃相遇后有多少特别的段落，萦绕心头。在独自闲暇间歇，在辗转不眠时刻，会有一个个问号浮现在眼前，令她费思量，令她想求解。因此，在某个时间里，从伏申已知的人生轨迹中，找出同时间的旧情报，甚至找机会询问本人，拼接出接近真实的情形。

伏申最后一次与沈甲妃相处，是在京奉铁路上以及在天津等待转车的一天一夜。之后，整个1936年，一直到1937年夏天，都没有再见到她。以他一个十六七岁的少年之身，找遍关系，托尽人情，只得到一些难以确定的消息，从学校方面传来的说法是，沈甲妃回到了杭州，与关在浙江陆军监狱中的父亲度过农历春节，并等待全民抗战，时局变化的这一天尽快到来，接父亲出狱。到了3月，沈甲妃没有回到北平继续念书，等到暑假过去，学校开始新的学期，沈甲妃仍然没有回校，等到1936年底，西安事变发生，等到寒假过去，等到1937年春天到来，国共合作、全民抗战局面出现，沈甲妃还是没有回到北平，等到学校开始内迁，发电报通知杭州沈家，连片言只语的回电都没有。沈甲妃如人间消失，再无音讯。

伏申没有再等待，在1937年5月间，登上了南下的火车，一路寻找，一直找到杭州。伏申相信沈甲妃在杭州老家等待父亲出狱的说法，相信到了杭州就一定会见到她。

记得一年多前，北平几所大学的学生代表在正阳门车站集合，坐火车到南京请愿。已经逃过追捕的沈甲妃以学生身份，借杭州探亲的名义，随车同行。北平工委领导人提醒沈甲妃，尽量不要公开露面，但要及时了解动态，掌握情况，给予指导。恰好这天四合班从天津演出归来，伏申跟母亲连琴瑟到火车站迎接，发现了沈甲妃，就抢过她手里别致的藤条箱子，要为她送行。伏申把沈甲妃送上车后，又坚持要陪她一段，至少送到天津。沈甲妃拒绝了，但叫他下车时，火车已经关上门，驶离了车站。由于他们所在是三等车厢，没有对号入座，因为挤满了学生，已经找不到座位，伏申拿着箱子，拉着她穿过几节车厢，进入了舒适的二等车厢，正要坐下，查票员带着两个带枪的乘警跟了过来。沈甲妃不禁警惕，怀疑自己身份暴露，一边环顾四周，寻思应对之策，一边担心连累伏申，催促他赶紧先回到三等车厢避一避，并且在下一站停靠时下车，但伏申无论如何不肯自己一个人离开。查票员已经过来，先看了看沈甲妃胸前的校徽，好像知道她是请愿学生，于是睁一只眼闭一只眼，没有查问她。然后盘查伏申，断定他想逃票，一脸严肃地叫他赶快交钱补票，并处以罚款，不然把他交给乘警。伏申摸遍口袋，一共找出三块银元，查票员收下后，没有放他走，因为三块大洋只够三等车厢的票钱，伏申所在的是二等车厢，到天津的票价是大洋六块，如果一等车厢，就是十块大洋。沈甲妃打开藤条箱子，从一只绣着西湖山水的锦袋里取出所有银元，准备交给查票员，查票员似乎对藤条箱子感兴趣，要查看里面装了什么，还解释说，他检查过了，警察就不会看了。沈甲妃连忙盖住箱子，告诉查票员，都是书，没有什么好看的。伏申以为查票员要为难沈甲妃，突然扯着衣袖骂他狐假虎威，拿警察吓唬人，自己大不了坐三等车厢，大不了下一站下车，大不了以后不坐什么京奉铁路，大呼小叫着，试图把注意力吸引到自己身上。

果然被激怒的查票员开始一心对付伏申，威胁他到站之后，就把他交给车站派出所，关他个十天半月，吃吃天津的牢饭。伏申逼近几步，就要跟查票员产生肢体碰撞。沈甲妃知道查票员不过是例行查票，而且对请愿学生有几分善意，但又怕那两个乘警如果未必像查票员那样同情请愿学生，搞不好可能借机生事，给请愿活动带来阻碍甚至危险，于是一边拦住伏申，一边要替他补票。查票员口中骂骂咧咧，讽刺伏申空有一副少爷范儿，不如沈甲妃有气魄，懂世道，又替沈甲妃不平，敬佩她是个请愿学生，才不难为伏申，但去南京请愿是去冒险，又不是去玩儿，带个半大不小的愣头弟弟，不怕给自己惹事？沈甲妃表示了歉意，也不多解释，补了六块银元的票款，又主动交齐追加的三块银元的罚款。

本来事态就此平息，但查票员还是气不过，临走挖苦伏申靠一个女人替他擦屁股，日后非摔跟头吃苦头不可。查票员的话让围观乘客哄笑起来，也使得伏申下不了台。伏申不管沈甲妃怎么劝阻，又一次抓住查票员的肩膀，就要使出那义魁教他的手段，将其掼翻在地。查票员挣脱不开，连忙大声求救，正在一等车厢的几个乘警闻声过来，就要给伏申戴手铐。伏申将查票员往过道中间一推，一手抓起藤条箱子，一手拉着沈甲妃，往回就跑，一直跑回挤满请愿学生的三等车厢。查票员和乘警紧追不舍，正要挤进来时，火车突然一个急刹车，一阵剧烈的震动之后，停了下来。其中一个乘警吹起哨子，高喊这是防空演习，要求大家不许惊慌，不许拥挤，不许踩踏。但车厢里的学生们已经东倒西歪，跌成一团，哭着叫着，一片混乱。那个查票员连忙安抚，叫学生们不要紧张，不要慌乱，尽量趴在原处不动，等待演习结束。

沈甲妃紧紧挽着伏申的身体一起挤在座位下，两个人相互看看，觉得挨得太近，又稍稍分开一点。过了一会儿，伏申打破沉静，悄声问她，什么防空演习，怕日本人轰炸？沈甲妃看着他，沉默着，没有回答。伏申又问，日本人不在东三省吗？不是还没有炸北平炸天津吗？沈甲妃似乎还沉浸在刚才发生的那一幕情景之中。指指查票员，咬着伏申的耳朵，低语了一句，人家把他当她弟弟了。因为人多拥挤，伏申脸上流下汗来，沈甲妃掏出手绢给他擦去额上的汗珠，还笑他火气太大，这样的季节，这么冷的地方，还出汗。伏申闻到了手绢发出的香气，使劲吸了吸鼻子，又闻了闻沈甲妃头发和脖子，不由得哦了一声，仿佛在说，原来是她身上的香气。伏申陶醉在沈甲妃身体气息中时，沈甲妃又轻声说了许多话，伏申眼睛眨也不眨地注视着她鲜红的、充满弹性的双唇，似乎专心听着，神情迷离，仿佛梦中，享受着此时此刻的一切，至于她讲什么，并没有记住，事后回忆，也没有想起来。

过了很久，沈甲妃和伏申站起来，正当查票员和那几个乘警半低着身子搜寻伏申时，火车突然猛烈摇晃了一下，继续开动了。中间经过几座小站非但没有停下，而且加快速度，呼啸着一直开到了天津西站，查票员和那几个乘警也没有再找伏申的麻烦。

此时天上的月亮透过云层，大地的雪光升到空中，天地共同发出像乳汁一般的光亮，把灯火管制、漆黑如墨的天津城照得灰白灰白的。

从火车上下来，要等到第二天早上才能换乘南下。天津工委派人与沈甲妃联络，征得同意后，请愿学生代表接受了天津各界的盛情款待，每人拿到了一袋狗不理包子和麻花等点心。沈甲妃叫伏申一起吃，伏申怕别人认出自己不是大学生，不好意思吃。沈甲妃一边笑他，一边掰开包子塞进他嘴里，硬是叫他吃饱了为止。不想后来铁路方面突然提出，尽管他们愿意给请愿学生代表提供优惠，但接到通知，必须付清每人半价的票钱，才能允许换乘津浦列车。由于款项数目过大，天津学联和地下工委一时无法解决，陷入困难，当晚请愿学生被安排到附近旅店住宿，等待通知，事实上面临着滞留天津或者返回北平的尴尬境地。

沈甲妃后来不再把伏申当成孩子看待，是因为伏申解决了这个当时几乎无法解决的困难。

旅店旁边刚好有一家戏院，亮着霓虹灯，还挂上宫灯，又洋又土的，使伏申欣喜的是，大门口居然还张贴着几天前四合班的演出海报，伏德魁和瞿玉郎戏装照十分夺目。因为沈甲妃愁眉不展而情绪低落的伏申此时忽然来劲，不由分说就敲门进去，自报家门。曹姓戏院老板听他大晚上的居然是借钱来的，当然以为骗子，就要叫人关门谢客。伏申情急之下，张口就唱了一段《空城计》，曹老板一听，显然得伏德魁真传，不禁神情吃惊，怀疑半响，怕事出偶然，不肯松口。心情迫切的伏申，又唱了一段瞿玉郎的旦戏名段《贵妃醉酒》，曹老板愣了许久，忽然发问，伏申是伏老板的儿子，还是瞿老板的儿子？伏申当即怔住，喉咙被锁住了一样，发不出半点声音。沈甲妃急忙替他回答，当然是伏德魁伏老板的儿子，但瞿老板也教过他，芳草园四合班都是一家人。曹老板仿佛恍然，诡异地笑着，频频点头，问伏申借多少。伏申低声问过沈甲妃，然后提出是否可以预支明年伏德魁的戏金，曹老板一时不敢答应，要伏申跟他一块到对面邮局打电话。

　　后来的事情意外地顺利，曹老板与北平打电话之后，没有直接把钱交与伏申，而是连夜与津浦铁路达成协议，让请愿学生代表明天早上先乘车南下，所需银元在三日内由他支付。至于伏申，如伏德魁电话中要求，请曹老板提供方便尽快催促他回到北平。伏申答应第二天就返回北平，但以马上要还钱为由，向曹老板借了五十块现洋。伏申当即要交给沈甲妃，沈甲妃只肯收下自己补交的六块票款和三块罚款共计九块银元。

　　因此，突然变得富足的伏申与沈甲妃一起，在天津度过了难忘的、愉快的、温暖的，甚至是奢侈的寒冬之夜。

　　伏申向谭杭丽提到过，这是因为伏申和沈甲妃居然在冰天雪地的境况下一起吃了冰激凌，听她唱俄文歌，而且自己也跟着唱了一段中文的。

　　正因为是隆冬季节，这样的经历更加让人铭记，那尖刺般的冰冷渗进肺腑和心脏，激荡全身，因此获得痛感，也因为其中蜂蜜般的甜美，融入血液和骨髓，刺中经络，因此获得愉悦。

　　伏申跟着沈甲妃在积雪的洋房林立的大街上走了一长段，除了偶尔遇上喝醉酒跌跌撞撞的外国男女，已经没有什么行人。河边有人在凿冰垂钓，他们看了一会儿，又走开了。寒风吹来，沈甲妃的头发飘起来，冻得连忙去捂双耳，伏申靠近她，对着她的耳朵吹了几口热气，沈甲妃叫了一声痒，一把将他推开了。

　　走了一段路，发现一家饭店旁边的糕点房还开着，透过玻璃窗户，看到一位戴着白色高帽的洋师傅正在做一种白色的冰球，沈甲妃拉着伏申进去坐下，感到了浓浓的暖意，先要了一盘糕点吃着，然后看到洋师傅已经做好冰球，就要了一个，沈甲妃咬了一口，冰得不敢再咬，递给伏申。伏申拿在手上，看着缺口上红色的唇印，犹豫了一下，张嘴吃了大半个。另一个冰球已经做好，沈甲妃伸出舌头轻轻地舔了舔，咬了一口，递给伏申，伏申示范性地猛咬了一口，告诉沈甲妃，要大口吃才有味道。但沈甲妃不敢再吃了，伏申忍不住，咬了一口，又咬了第二口，把沈甲妃吃剩的大半个冰球吃了个干净。

生活在北平的伏申和来自杭州的沈甲妃都知道，这种冰球叫冰激凌，之前虽然是稀罕之物，价格昂贵，但他们也能经常吃到，不过都是在夏天，从来没有在12月的冬天吃过。在以后的几年里，至少伏申想起的最愉快的一件事，或许就是在天津，在寒夜里，与沈甲妃一起吃冰激凌。尤其是盛夏酷热之时，在台风吹来的时刻，回想起这段时光，回想起冰激凌的味道，真是人间美妙。

两个人一起度过了那个夜晚，因此没有觉得寂寞，有的是热情，没有觉得寒冷，有的是温暖，没有觉得疲劳，有的是激动。沈甲妃轻声哼了一遍俄文《国际歌》，然后提高声音用中文给伏申重复唱了一段。

起来，饥寒交迫的奴隶！
起来，全世界受苦的人！
满腔的热血已经沸腾，要为真理而斗争！
旧世界打个落花流水，奴隶们起来，起来！
不要说我们一无所有，我们要做天下的主人！
这是最后的斗争，团结起来到明天，
英特纳雄耐尔就一定要实现！

伏申跟着她哼唱起来，一直到天亮。沈甲妃显然要忙更多的事情，在与他告别时，从藤条箱子里拿出一本书赠送给他。书名叫《升学指导》，都是全国各省历年考试大纲和考卷总汇，勾勾画画，用钢笔写满了漂亮娟细的提示，但因为封皮包着，依然是簇新的。原来这是沈甲妃自己以前用过的，希望伏申作为纪念，也希望伏申用得上。重要的是里面还夹着一张早前她和两个妹妹的合影，照片上有1927年春节留念字样，背面已经写好赠伏申留念几个字。沈甲妃指着照片介绍，大的妹妹，民国十年生人，与伏申同岁，再过一年应该在杭州铜元女中毕业了，小的妹妹民国十三年生人，那时刚五岁，后来跟母亲一起回宁波四明老家，现在应该读完小学了。

　　这是她们最后一张合影，沈甲妃把照片夹回书中，告诉伏申，同样的照片每个人都有一张，相信她们还一定保存着。伏申发现，在书内封的空白处，画着一幅地图，上面用红笔画出两条交通线，后来他知道，一条是从东北哈尔滨经过苏联西伯利亚到莫斯科的铁路，一条是从新疆迪化经过阿拉木图和里海再到达莫斯科的山海通道。后来他又知道，地图画得十分清楚，连比例、里程及其主要中转地，都标注得明明白白，可见沈甲妃对此已经了然于心，已经胸有成竹。

　　《升学指导》后来在伏申于浙大龙泉分校读书时被沈乙嫔借走了，索讨多次，才归还给他，后来伏申又把它借给蓝栀子，约定她考上大学之后，就还给他。

　　沈甲妃快离开时，接到天津工委转达济南学联的电报警告，山东省政府主席韩复榘可能按照蒋介石的命令，强行劝返请愿学生代表。沈甲妃感到问题的严重性，把自己的担忧告诉伏申，如果到济南时韩复榘不阻拦，就可以按计划到达南京，在完成请愿任务后，赶上回杭州过农历新年，如果阻拦，哪怕自己牺牲了，仍然要坚决抗争，决不后退。最后她还提到了父亲，父亲知道了，也一定会支持会理解，更会为此而骄傲的。

　　怎么会牺牲呢？伏申不愿意听她这么讲，韩复榘无论如何也不至于的。

　　韩复榘是不至于，后面有比他更危险更凶残的人也不至于？沈甲妃自信地抓住伏申的手，神情豪迈，又显得轻松，自己已经做好为革命牺牲的准备，这一天会到来，如果可能，到杭州接他父亲出狱的事就委托他了。不等伏申说什么，沈甲妃已经夹住他的手指与他拉了拉钩，算是约定了。

　　之前曹老板找了火车站值班员，替他联系了一趟去丰台的货运列车，分别之际，伏申向沈甲妃保证，等她再回北平时，他一定会去找她，如果她不回来，他会去杭州找她。

沈甲妃爽朗地笑了，爱怜地摸了摸他的头发，点点头，随后又叮嘱他，到了丰台就赶紧回芳草园，十七岁了，是成人了，不要让家里担心。

也许成人两个字让伏申感动，神情突然认真得像个真的成人，拉住沈甲妃的手，一脸严肃地宣布，他要谈恋爱，找着一个最好的，最美的，像她的，然后再结婚。

沈甲妃一愣，注视着伏申，认真地对他说明，自己真正的生日已经不是1917年的6月6日，而是11月7日，俄国发生十月革命的那一天，比他年长三岁，永远是他的大姐姐。她作为一个女子，已经想定了，终身为中华民族的解放和独立而奋斗，唯有牺牲，才是她生命全部和最终的归宿。伏申作为一个男人，在民族危难关头，要心怀天下，国家兴亡，匹夫有责，匈奴未灭，何以家为？

此时一阵风吹来，沈甲妃冻得通红的双耳露了出来，伏申看到，靠近她，张口又要呵热气。沈甲妃一把推开他，轻声警告，以后不准瞎吹女人的耳朵，这里最怕痒知道吧？不等伏申反应过来，沈甲妃突然用力把他推上了货运火车。

火车一路震动，伏申裹着麻袋，躺在货物上，想着沈甲妃说的许多话，睡熟了，正进入美好的梦境时，车厢的门打开了，那义魁一脚跳进来，大喊，到丰台了。

回到芳草园的前几天，伏申多少显得心不在焉，甚至惆怅无聊。连琴瑟带他去宣武门天主堂做礼拜，这次他对园中那尊无名女神的雕像特别注意，甚至她的双耳，细细地观察着，抚摸着，而且还贴得更近，吹了几口气，似乎想给她吹热，给她驱赶冰冷。

连琴瑟感到诧异和不安，然而神父对她说了一句哲人的诗：哪个少女不怀春？哪个少年不烦恼？

作为母亲，连琴瑟既惊奇又担心，伏申过了新年才十六周岁，还是个孩子。

　　谭杭丽了解伏申这些过往，甚至细微之处，就把伏申拉回来，拉到自己的轨道上来，拉到党国的道路上来。但她不认为伏申因为唱了《国际歌》就被赤化了，在那样的环境下，那样年龄，唱歌是多么浪漫的事，换作是她，也会唱的，不管是什么歌，都是好听的，都是令人心潮澎湃的。不过，她找机会多次提醒伏申，把这件事忘了，把歌词和旋律忘了，在任何场合都不能再唱了，唱这首歌，哼这个旋律的，都是共产党，唱这个歌是为了遇见自己的同志同党。她绝对不会原谅唱这种歌的人，因为唱这种歌的人杀死了她父亲，今后可能还会杀死她。在她多次说过之后，没有再听到伏申提起这件事，也没有听到他再哼出那个调调。由此，她相信伏申很快就会把沈甲妃也忘了。要不是党部里还有一个沈乙嫔，要不是再次现身的沈耀中，她对伏申的指引和矫正几乎成功了。由此，她深感责任重大，使命有待完成。她想象过许多次，像伏申这样如此特别的青年才俊如果成为党国栋梁，成为一代中坚，当然也成为一个顶天立地的而且可爱的男人，自己作为一个与他并肩而行，与他身心相通的女人，拥有的幸福和快乐，谁能夺得走？

二　这两所监狱都大隐于市

在杭州度过第一个端午节以后,又第一次经历杭州的梅雨时节,在1945年光复以来第二年的夏天,伏申好好打量了杭州。他发现,比起北平,杭州虽然小很多,但北平有的,杭州许多都有。北平有明清故宫,杭州有南宋故宫,只是因为年代久远,被尘土和废墟埋在了下面,只剩下似有似无、忽此忽彼的所谓遗址。还有,街巷名称相同。比如让伏申印象特别深刻的,北平有炮局胡同,杭州有炮局巷,胡同和巷都是城市道路的最小单元,其实是一个意思。还有更让伏申诧异的,监狱的名称都有一样的。1936年夏天,伏申在喜欢票戏的郎狱警安排下,时隔半年又一次到东城东直门外俗称炮局胡同监狱,官名北平陆军监狱的地方,而伏申1937年初到杭州就探访的监狱叫浙江陆军监狱,一南一北,所在城市不同,但都叫陆军监狱。

十年前的1937年,他刚刚到杭州,刚刚在新新饭店住下,就造访了位于西湖边的陆军监狱。

陆军监狱建于民国之初的1912年,监内设有大监、女监、南监和东监。监狱四周筑有双层高墙,东北、西北角设有岗楼,监内与外界的通道有七层铁门加哨卡。监狱最早叫浙江省警察局拘留所,原是关押赌徒、小偷等较轻刑事罪犯的,直到1927年性质改变,重要性也突然提升。是年蒋介石实施反共清党,发动

"四一二"政变,国共两党全面分裂。浙江各地被国民党军警逮捕的政治要犯,大多被押送杭州,囚禁在吉祥巷的浙江反省院,后来由于抓捕的共产党人、国民党左派人士和同情者越来越多,警察局拘留所新辟为关押政治犯的场所,更名为陆军监狱。为了便于看押和审讯,反省院的囚犯也都集中于此,从此这里成为关押共产党人的主要监狱。高峰时,这里关押的政治犯包括几届中共浙江省委书记、代理省委书记,省委常委和县委书记,共有上千人。

北平陆军监狱在前清时,叫炮局监狱,上一辈有句挂在嘴上吓唬人的话:不老实就送去炮局。炮局指的是炮局监狱,送炮局就是送监狱的意思。民国之始,炮局监狱改为北平陆军监狱,与杭州按史狱署改名浙江陆军监狱,应该是在同一时期。

北平有一口四眼井,杭州也有一口四眼井。北平的四眼井在东直门北小街针线胡同和炮局胡同相交的地方,1936年冬天伏申和沈甲妃被押到附近的北平陆军监狱临时拘留所,走下囚车时,看到路灯下一群居民正围着一口井打水,周围冰雪满天,井水却冒出四孔腾腾热气。沈甲妃告诉伏申,这叫四眼井,杭州也有。伏申因此对四眼井印象深刻,多少年以后专门寻访,杭州果然有四眼井,只是不在浙江陆军监狱旁边,而是在临近西湖的虎跑东边,乌龟潭侧,被一片桂树包围着的一处风景。井口有石板覆盖,仅留四个圆孔,因而得名。

远在山东的韩复榘不仅否认沈甲妃身陷济南,而且散发消息,称辅仁大学女学生沈甲妃其实回到了北平,准备组织发动学生在暑假之前举行更大规模的抗议活动,结果行踪走漏,遭到平津警备司令部秘密通缉,在天津或者是北平被秘密抓捕,秘密关押在北平的某个大监狱里。

心存关切的伏申听到传言,放下《升学指导》,到外面奔忙了几天,但没有任何进展,加上天气火热,焦躁得如同热锅上的蚂蚁。连琴瑟观察伏申的情绪,不能无动于衷,就托请乔思文向同事和朋友打探沈甲妃的下落，但问遍了所有可能关押女犯的监狱和拘留所，都是查无此人。对此，北平各大中学校也给予高度关注，纷纷致电或上门质问，平津警备司令部赶紧出面澄清，予以否认，何应钦本人也公开宣布，所有因参加学运或者南下请愿被捕的男女学生业已全部获释，后来再无学生遭到通缉和拘押。

对于是否应该关心和帮助沈甲妃，芳草园上下发生了分歧，尤其是伏德魁与瞿玉郎之间有了激烈的争论。当天在前门戏楼演《东吴招亲》，伏德魁扮刘备，瞿玉郎演孙尚香，中间茶歇，原本要来看戏的何应钦临时赶回南京，送来花篮致歉。瞿玉郎因为准备借机向何应钦求情的打算落空，不禁感到失望，怀疑何应钦有意回避。伏德魁以自嘲的口气讥笑瞿玉郎以小人之心度君子之腹，有些自以为是了。何应钦堂堂一国重臣，就算知道会遇到说项求情，即便十分为难，又岂用回避梨园中人？然而他越说越激动，谈到今天局势下，平津司令部没有必要瞒骗大众，何应钦说的也应该是真话，沈甲妃很可能回到杭州了，只不过不想让外界纠缠罢了。芳草园已经帮过她一次，于情已到，于义已尽，于心可安，事情到此为止了，伏申年少气盛，赤子之心，但不能一而再，再而三地被错用、滥用，周边大人们再也不能鼓励怂恿。瞿玉郎听得义愤填膺，一边用孙尚香的剑在伏德魁面前挥舞，一边质问，官府抓学生，于理于法都是大错特错，学生爱国，何罪之有？学学刘备，仁义道德，救人水火，有何不可？

在伏德魁看来，瞿玉郎拿戏中刘备比喻，好像替伏申着想，其实是在火上添油，激化矛盾，说到底还不是出于私念，分明是借此讨好伏申，博取好感，还不是别有用心。如此一想，伏德魁脸上顿时不屑，冷冷一句"学生就是要专心读书，抗日是政府和军队的事，一个年已二十的女子当务之急就是回家侍亲，结婚生子"结束了争论。

晚上散戏回到芳草园，骨鲠在喉，怒气未消的瞿玉郎再次挑起话题，当着伏申反驳伏德魁，游行示威，请愿抗议的学生都是血性青年,他们看到东北沦陷,山河破碎,日本人得寸进尺,得陇望蜀,哪有心静下来读书?那个女学生的所作所为,越发可歌可泣,真是巾帼不让须眉,难道非叫一个现代女性嫁人生子才是当务之急?

伏德魁怕大家听到,更担心伏申受到刺激,也就装聋作哑,回房间洗了凉水澡,早早睡觉了。第二天,连琴瑟带着伏申到天主堂向神父求助,希望开导伏申,神父手指着东边,赞扬伏申已经与人共过一次患难,足见他本性善良,此时关心他人命运如同关心自己,将是又一次美好的救赎,应予以理解和支持。伏申从天主堂回来,一路上不停地回想神父的话。神父提到他与人共患难,分明指的就是他与沈甲妃关在拘留所的事,这使他突然想起炮局胡同看守所,突然怀疑沈甲妃被关押了,而且再次关押在这个地方,于是又突然想到了郎狱警,恨不得立刻去炮局胡同,找到沈甲妃,像上次那样把人赎出来。伏申当晚向连琴瑟要了几封银元,就要去炮局胡同赎人,被伏德魁、瞿玉郎和连琴瑟一起拦住,计议之后,叫那义魁先送银元过去,请郎狱警疏通清楚,先找到人,再想办法赎人。那义魁果然有了消息,原来郎狱警养病在家,充当票友为乐,隔十天半月才去一趟监狱,但最近济南遣返回天津的请愿学生被平津司令部送到了北平陆军监狱,人手忙不过来,监狱长催他回去帮忙。

伏申当时就拿上手电筒和一块擦汗的毛巾离开了芳草园,坐了马车,往东城方向去了。

伏申相信,沈甲妃一定在里面,一定在炮局胡同监狱。

按照郎狱警的说法,炮局监狱以前主要关军事犯,现在也关押政治犯,但凡关到这里,都是要判重刑的,按常理推测,请愿学生最多像上回那样,关几天临时拘留所就释放了,怎么能关到正式的监号里?吉鸿昌也枪毙了,还在乎什么学生?怕是凶多吉少。

一二·九游行示威遭到镇压,他们被关在拘留所的那个夜晚,沈甲妃为了鼓励伏申,讲述了一年前,也就是1934年冬天,爱国将领吉鸿昌因为从事反蒋抗日活动在天津被抓,在陆军监狱被秘密杀害的情形。当讲到吉鸿昌临刑写下的那首五言绝句,沈甲妃泪眼蒙眬,忍住哽咽,用清纯动情的国语背诵给伏申听,然后,伏申模仿着她的声音语调,背下了那四句诗:

恨不抗日死,留作今日羞。
国破尚如此,我何惜此头。

但伏申相信,自己一定能把人救出来,哪怕花上更多的银元。

郎狱警拿到那义魁送来的银元,果然行动起来。他给了管理女监舍的分监长几块,让伏申以给姐妹送牢饭的名义,先混进之前做过临时拘留所的办公区,然后让伏申换上女看守的服装,随同看守长查房。但查看了全部十二个监室,八十多个犯人都查验了一遍,原来的学生都已经被转走或者释放了,仅有的几个年轻一点的女犯,经仔细辨认,无论模样、神形和声音都相差太多,不可能是沈甲妃。

至此,郎狱警只得发誓,沈甲妃没有被关押在炮局胡同监狱,同时建议,到别的监狱再找找,北平那么多监狱,不找怎么知道?

同样托了关系,想了办法,伏申又去了北平其他几家监狱,没有见到一个学生囚犯。迫于全国高涨的抗日情绪,因游行示威或请愿抗议被捕的学生,之前都统统释放了。相关的大学和中学也证实了这个说法,在校方和师生们的争取下,原来遭到拘押的学生都保留了学籍,陆续回到了学校,身体有病的给予治疗,生活困难的得以救济,待暑假结束后按期回校完成余下学业。其中的毕业生顺利拿到毕业文凭,已经离校,一部分从军参加抗日,一部分还去了陕北,加入了共产党的红军队伍。

唯一还没有查找过的是草岚子监狱。

北平军人反省分院在北海西边一条狭长的叫草岚子的胡同里面，因此俗称草岚子监狱。几年前这里作为临时看守所，用于关押平、津两地被捕的共产党人，按照郎狱警的说法，那里是关押共产党政治犯的地方，看守森严，一般不许探监。经乔思文证实，这里确实关押过学生，只要悔过具结，可以在经济上得到适当补偿，就由保人接走了。伏申不相信沈甲妃会写悔过书，再是她也没有什么保人，父亲在杭州坐牢，两个妹妹更加不可能，辅仁大学认为她已经回到杭州，与她没有任何联系。

伏申相信，沈甲妃如果要找保人，就会找他，找芳草园。

想不到的是，伏申居然不用探监的家属身份，而是作为各界人士组成的观察团随员，大摇大摆地进入了草岚子监狱。当然这次是通过乔思文介绍，经军委会北平分会同意，瞿玉郎代表四合班，代表梨园界参加了观察团，伏申虽然不在名单里面，但作为随员，与正式成员一样，可以通行无阻。

但此时草岚子监狱已经人去楼空，观察团仿佛在参观一处遗址。

监狱坐南朝北，西边一座灰色二层小楼，监狱当局办公的地方，楼的后院有幢长筒状的房是牢房，牢房分为南监和北监，各有二十四间牢房。留守的狱警介绍，元代此地属积庆坊四铺，明清时属皇城西苑范围，多是为宫廷服务的设施和仓储之地。后来此地设有酒醋局、羊房夹道、御马仓草栏等地名，草岚似由草栏谐音而来，成名于民国初年。

留守的狱警还口无遮拦地透露了所谓的秘辛，其中多有对何应钦的调侃甚至讥讽。

何应钦主持国民政府军委会北平分会后，加强了对草岚子监狱政治犯的审查。放风次数少了，时间短了，不许看书看报，时常搞突击检查，还搞了几波所谓反省大审查。第一次以谈话方式，提出家庭关系、个人前途、政治立场等问题让人回答，借机威胁利诱，但政治犯们没有任何妥协，都以抗日有理，爱国无罪，无过可悔，无省可反的话回答反驳。再一次是政治犯挨个儿被叫去回答几个法官的轮番提问，结果法官理屈词穷，政治犯远胜一筹。最后一次是吓唬，把政治犯叫到饭堂里训话，从语重心长地劝说，到言辞严厉地威胁要枪毙他们，但都没有什么效果，只得草草收场。

审查不成，转而变着法从生活上对付政治犯。此年冬天，北平奇冷酷寒，但监舍里却不许生炉子，伙食也比以前更糟了，新病号一天天不断增加，老病号病情一天天沉重，政治犯下了更大的决心，集体绝食抗争了七天七夜。何应钦无奈之下，答应了政治犯提出的一些条件，如允许看书看报，病号和体弱者不戴脚镣手铐，增加火炉，改善伙食等等。

留守狱警还提到了学生。

其间，被关押在里面的学生目睹了政治犯们的抗议，对他们的斗争精神和办法十分钦佩，数度要求加入他们的行列，但都被他们劝退，因为学生们只是临时关押，没有进入定罪审判程序，没有立案，更没有刑期，加上外界一直关注，在社会舆论的强大压力下，应该很快就被释放，回归社会，回到校园，不然就应了那句"华北虽大，放不下一张书桌"，国民党当局岂不颜面丢尽？

想不到的是，政治犯们早于学生离开了草岚子监狱。

留守狱警绘声绘色地讲了一段近乎传奇的事情。春天三四月间，监狱里面上上下下都听说，因为形势发展，时局松动，共产党方面迫切需要一大批干部出狱参加共同抗日事宜，以密信指示草岚子监狱里的政治犯，用假自首和登报启事的办法出狱。密信转到狱中，政治犯们觉得可疑，担心是何应钦设下的圈套，更不相信是共产党组织上的指示。但紧接着第二封密信送了进来，进一步讲明局势，发出了明确的出狱指示。然而狱中大家共同商议，用外文书面向北方局汇报了他们不同意登报出狱的意见。

留守狱警得意地告诉观察团，信是他帮忙送出去的，不过上面的字他一个也看不懂。

不久第三封密信传了进来，这次是北方局负责人亲笔所写，信中充分证实了这些信件是共产党中央方面的指示，使政治犯们最终打消了顾虑，很快，所有六十一名政治犯全部获释。

名单一个个看过去，里面都是男性，当然不可能有沈甲妃。

查看前后名录，在政治犯全部释放后不久，二十几位暂时拘留的学生已经取保获释。但是经出狱的一位政治犯私下证实，他曾看到一个女学生模样的人半年多前关进来，也没有与拘留的学生关在一起，而是单独关押，后来被送走，生死不明。因为她不在争取出狱的政治犯名单里，也没有人能确定她的真实身份，因此监狱地下支部比较慎重，没有及时向狱方交涉，以致她在较长的时间里孤立无援，独自战斗。

在那间单独关押犯人的监舍里，有人发现一封没有寄出的信和一张折成几面写着古诗词的白纸，伏申想拿走，结果留守狱警要了他十块银元，解释监狱规矩，凡是信件、书籍等文字物品要拿到外面，都有价格，上次他替政治犯送外国字信，就向收信人要了十块大洋，除分给看守长等几个人，大部要上交监狱长，与此同例，也要了伏申十块大洋。

那只有半页纸的短信一体的娟秀钢笔字，仿佛沈甲妃笔迹，但看了内容，又觉得可能判断错了。信有三百来字，是一个临刑的死囚写给自己亲人还有恋人的，信中她像姐姐甚至母亲那样浓浓叮嘱，细细交代：

　　危难之世，覆巢之下，幸有完卵。妹妹长成，心中有爱最好，不要贪恋名利，嫁个如意郎君，平安一生。

　　妹妹年幼，从小聪慧，悲伤不落泪，做个好女儿，爱大众爱世间美好。

　　来日方长，既然相遇，不恨相逢。多年以后，自然会遗忘一切，奔向自己的幸福，但国家、民族不得解放，于个人何以为安，希望他始终觉醒着，奋斗着，牺牲着，一身正气,一片纯真,一腔热血,为我,为自己,为天下大众。

那张被折叠过的白纸上,同样是一手娟秀的钢笔字,也仿佛沈甲妃笔迹,像是为了练字而抄录的三首诗。前两首是写杭州的,一首是宋代苏轼的《饮湖上初晴后雨·其二》:

水光潋滟晴方好,山色空蒙雨亦奇。
欲把西湖比西子,淡妆浓抹总相宜。

后面一首是唐代白居易的《忆江南》:

江南好,风景旧曾谙。日出江花红胜火,春来江水绿如蓝。能不忆江南?
江南忆,最忆是杭州。山寺月中寻桂子,君亭枕上看潮头。何日更重游?

纸的末端,字体略小,略显潦草但流畅自如,写的却是清人曹雪芹所著《红楼梦》中一首词曲:

为官的,家业凋零;富贵的,金银散尽;有恩的,死里逃生;无情的,分明报应;欠命的,命已还;欠泪的,泪已尽。冤冤相报实非轻,分离合聚皆前定。欲知命短问前生,老来富贵也真侥幸。看破的,遁入空门;痴迷的,枉送了性命。好一似食尽鸟投林,落了片白茫茫大地真干净。

到底哪个是沈甲妃写的,或者两个都是,或者两个都不是,只有等她回杭州的那天,问她本人才能知道了。

三　总有下落不明的人

缉捕翟泫衣的公告张贴很多天之后被人揭了。

翟泫衣被通缉十分突然，后来消失得也十分突然，但伏申一心以为翟泫衣能逃过缉捕，就像龙泉期间，成功地避过危难。这一次，想必他已经安全地离开了杭州，甚至已经离开了中国，正如他自己一直向往的，在世界上的某一个地方，自由自在地工作生活。尽管一时回不了学校继续读书，但人安全了，以后总有一天，能回浙大本部完成学业。不管怎么样，他仍然要继续为他争取。

此时，听到公告被揭的消息，伏申不禁担心，多方打听，都没有结果。林白履看出伏申焦急，故意散布消息，说揭公告的是他的兄弟铁头杭他们，如今翟泫衣关在一个秘密场所，生不如死。伏申要责问清楚，却被谭杭丽劝阻，提醒他，林白履明摆着是在气他，铁头杭根本没有这个能耐，不要信他胡说八道。

正如谭杭丽所以为的，林白履是在故意气伏申。后来林白履提到，中间几次约定到众安桥联络点见面，伏申都没有出现，知道他忙于接待翟泫衣，担心他因此暴露，影响大局，于是为了警告他，就像以往那样，把沈乙嫔拿来说事，意在制造麻烦，混淆视听，引起警惕。林白履教导伏申，这是革命工作的智慧，叫声东击西，乱中取胜。

翟泫衣在杭州那些天，沈乙嫔借口工作，与伏申日夜相处，双双陪同，难免引起关注，一时风言风语不少。然而，别人看来，心怀醋意的林白履想象两个人如何如何的情景，胸中憋闷，因此挑衅。

阴历七月初七当天，大华电影院新装了电风扇，上映连场美国电影，林白履以招待南京中央党部贵宾的名义搞到两张雅座票，兴冲冲地到机要室给沈乙嫔送去，并且计划晚上请她在井亭桥旁的面馆吃爆鳝虾面。沈乙嫔觉得时间不合适，等电影散场都半夜了，太晚了，不想去，而且党部领导已经答应，可以用党费开支，已经订好了白天场，大家约好了一起去看。林白履显然以为她是约了伏申，顿时情绪激动，厉声警告沈乙嫔，她和伏申的事演变到此，现在到了必须解决的时候了。

我和他有什么事？有事也是光明正大的。沈乙嫔涨红了脸，喃喃地反驳。

什么事？偷鸡摸狗的事！林白履声音虽低，但口气严厉，一边说着，后手将门一关，一边前手伸到沈乙嫔胸口，被挡开后，后手索性突然向下，要抓她的腿根，沈乙嫔弯腰躲开，双手举起热水瓶要砸他。林白履暂时住了手，但不停地骂她是假正经真婊子，还威胁她，别以为他们中间做了什么勾当他不知道，有一天把伏申和她双双关进牢里，将她绑赴松木场陪枪毙，眼睁睁看到伏申被开花子弹打死在眼前，最后让他们成为党政学商全体嘲笑的对象，成为杭州市民眼里的反面角色。沈乙嫔心里恐慌，但表面上不甘示弱，大骂林白履公报私仇，她宁可毁了自己名誉，也要把他多次对自己动手动脚的丑行公开，不要以为她没有留下证据，每一次都记下来了，时间、地点，连旁证都有。林白履故作轻松，讥讽她，敬酒不吃吃罚酒，自己随便动点人脉都能整死人，如若不信，很快有她感到极其害怕的人找上门来。

果然，当晚自称是浙江保安处的独臂组长专门约谈她，重点询问伏申与苏联间谍翟泫衣的交往过程，她和伏申从中所起的是什么作用，以及有什么违法行为没有交代等等。沈乙嫔拒绝回答任何有关伏申的问题，但心里已经七上八下，替他担心起来。更严重的是，素无关联的军统杭州站一位隗姓负责人突然堂而皇之地现身党部，奇怪的是，当日值班领导屠来根不仅不阻止，而且主动引着他到机要室找她。

隗姓负责人态度平和，言语一本正经，希望她配合调查，要求她诚实说明与伏申的关系，说明翟泫衣和伏申之间有什么不可告人的言行，而且叮嘱她，谈话内容不许向任何人透露，也不许向谭杭丽报告。临走，屠来根好意劝慰沈乙嫔尽量配合人家，不要有串联活动，因为她已经被监视，她的一举一动都在他们的掌握之中，如果伏申是共产党，如果巴结苏联间谍证据坐实，那他就完了，连带着她也完了，统统立即逮捕，立即枪毙。如此过激的话由一向圆滑的屠来根口中说出来，令沈乙嫔颇感意外，震惊不已，一时方寸大乱，浑身颤抖。

在当时的情景下，林白履动员的这些人脉，足以使沈乙嫔感受到前所未有的压力，少了把持，情急之下，也不追究真假虚实，也不去向谭杭丽问个明白，就紧急约伏申到天香楼包间吃饭，一来把遇到的情况马上告知他，二来催促他立刻离开，无论如何，先到别处躲一躲也好。

伏申听完之后，笑她上了当。独臂组长和隗姓负责人跟林白履是生意伙伴，一直狼狈为奸，徇私枉法，见不得阳光，上不得台面，她作为烈军属，还怕他们讹诈？听到伏申说这话，沈乙嫔连忙纠正，自己不过曾经是别人的未婚妻，算不得是谁的烈军属，还有，她不担心自己，担心的是他们真的在调查伏申，担心翟泫衣真的是苏联间谍。

伏申嗤之以鼻，这些年调查得还不够？自己没有对不起党国，更没有做违法的事，为什么要逃走？林白履如此虚张声势，公报私仇，伤害无辜，自己倒要看看他的好下场，屠来根色厉内荏，虚张声势，行为扭曲，完全可以当面开销他，让他难堪。此刻，伏申突然脸色凝重，对她发誓，为了沈家姐妹，他也不能一走了之。

伏申没有说为了她沈乙嫔，说的是沈家姐妹，这一次终于提到了她姐姐。沈乙嫔醒悟过来，心中除了感激，对伏申的疑惑再次油然而生。这么多年，自己只知道伏申是北平人，只知道他是来求学的，只知道他的父亲是梨园名角，但他从来没有提到过他隐藏在后面的秘密，自己也从来没有问过，总得让她知道一点，沈乙嫔在心里几乎恳求过，这么多年了，什么都没有告诉过她，现在这个时候了，应该跟她说了。

此时，借着天香楼的酒，沈乙嫔终于提出要求，至少，她要和姐姐沈甲妃知道的一样多。

伏申因为喝了一杯黄酒，已经开始头晕，迷迷糊糊中，想起曾经有人说过同样的话，提过同样的要求，但这人并不是沈甲妃。

端午之前，评选全国党国优秀青年进入审核程序，要求候选人伏申书面澄清几个问题，其中有一项居然是伏申帮助掩护在童子军教练员训练班学员中传播禁书。尽管是陈年往事，不值一提，但伏申还是如实说明。1945年光复以来第二年春天党部回迁杭州，在轮渡过钱塘江时，伏申当众诵读苏联作家高尔基的诗句，其中内容确实出自丽水县图书馆书籍，但并非禁书。然而，有自称省图书杂志审查委员会的人提供证据，指1942年初夏，伏申利用临时担任图书新闻检查工作之便利，暗中庇护已经怀疑被共产党渗透的女童子军教练员训练班学员朗读会，在军统检查人员突然袭击之前，通知她们隐藏和烧毁包括高尔基著作在内的多本禁书，不仅造成丽水县查抄行动失败，而且致使追查共产党外围人员重要线索中断，由此造成破获地下党组织的计划失败。对此，谭杭丽一边帮伏申辩护，认为他当众即兴朗诵一个外国作家的诗句，符合当时的意境，算不上什么政治问题，一边又是公事公办，如果伏申因为无心之过，走漏风声，造成证据销毁转移和拟捕人员逃失，以今天国共双方互为敌人即将开战的形势，追究起来，还真不算什么小事。伏申应该说明清楚，特别是当时训练班里，哪些是积极分子，行动之前，他见过谁，知会过谁，都应该一一回忆，以便一一查明，为党国消除隐患，也为自己证实清白。

伏申的表现真如谭杭丽希望的那样，心里坦荡，据理力争，同时也提供了一共二十多个人的名单，任其调查，并且断言，中间没有一个人是共产党或者后来会成为共产党，调查也是白调查。谭杭丽在伏申再三确定没有遗漏之后，把名单交给核查人员，果然一时查不出名堂。原来当年女童子军教练员训练班学员，有一半已经嫁人在家当起了太太，她们的丈夫都是政府中、军队中的高级官员，之前都已经作过严格筛查，还有一半参加了工作，主要在文教部门，履历单一，经过调查，暂时没有发现什么疑点。此事表面上暂时搁置，但名单中的这些人仍然被秘密监视，或有新的发现，随时进行审查处置。但很快消息外泄，还传出要把她们作为共产党嫌疑，列入"大扫除"计划。一时间，情况似乎变得严重起来。她们原本是受过教育，见过世面的，当然知道问题的性质，也当然知道怎么维护自己，于是纷纷鼓动丈夫或者男朋友，联合起来，集体向中统局施加压力，本来国共谈判期间，此事敏感且不宜公开，谭杭丽担心"大扫除"计划会受到影响，赶紧要求中统局马上撤案再说。

但伏申不肯罢休了。他怀疑是屠来根从中作祟，要求当面对质。原来省党部在龙泉期间，屠来根竞选省图书杂志审查委员会常任委员，误以为伏申对此也企图，就以帮他得到更好职务为诱饵，劝他不要参与竞争。伏申原无此意，但反感屠来根的做法，当场予以拒绝，并通过竞选投票获得任命。伏申认定今天此事突然被质疑，十有八九是屠来根为当年落选出口恶气。屠来根对伏申的质问嗤之以鼻，宣称自己早就忘记此事，以自己的势力和位子，可以明刀明枪地对着他，何必背后举报他？说得义正词严，光明磊落，说得伏申哑口无言，一时气短。谭杭丽也批评他没有证据随便冤枉屠来根同志，是以小人之心度君子之腹，太不成熟了，况且，这只是对优秀模范青年评选对象的普通核查，没有故意为难，没有什么针对性，有事情说清楚了不就好了，没有必要小题大做。历史问题，经得起查实，岂不更加证明了自己的清白和可靠。然而屠来根也不想完全与伏申撕破脸皮，于是主动提醒他，此事最有可能的是军统方面的人利用这次甄别审查的机会，提供黑材料，报当年之仇。

原来早前，图书新闻检查权一直把持在军委会调查统计部门手里，而他们十分看重的航空邮电检查权则由中央党部调查统计局掌握。几经协调和争取，于1938年达成妥协，两项职能互换，图书新闻检查权力移交党部调查统计部门。但军统各区负责人拿到了航空邮电检查权之后，仍然以侦办异党活动为由，时不时插手图书新闻检查事务。伏申当选委员之后，年少气盛，又一副北方人做派，几次出头阻止军统人员的越权行为。伏申在当时工作总结报告中就举例说明：中国女童子军浙江理事会教练员训练班正常阅读活动受到干扰之时，他按照职责分工和党部要求，坚决支持她们进行抵制和抗争，比如得到对她们采取行动的消息时，迅速通知她们提高警惕，积极防备，机智应对，使军统人员无功而返，丢尽脸面，从而捍卫了党部的名誉和权益。

所谓的核实只在表面上，在无关紧要的细碎的小事上，没有牵连到其他人。其实，伏申对童子军教练员训练班给予关心，敢于关照，是因为蓝栀子。

此前，蓝栀子已从首期训练班结业，留下来担任新学员辅导员兼教授普通话。在伏申看来，所谓的朗读活动，是女学员们兴趣所至，是值得倡导的爱好，各个单位和组织对她们多有表扬，称赞她们的身影犹如浙南僻静山区的风景，青春亮丽，光彩夺目，比喻她们的声音犹如深谷森林的鸟语，鲜活清脆，优美动听。每个周末的晚上，蓝栀子召集学员在溪水边，在草坪上，讲解和诵读诗歌和小说，不仅引来附近学校的师生，而且受到附近村民的欢迎，但同时也引起了有些部门的关注和警惕。尤其曾经潜入陕北延安的军统丽水站一位资深督察,对此颇为敏感,认为培训班表现出来的是不折不扣的陕甘宁边区作风,与共产党学习宣传运动那一套没有区别,怀疑她们已经被利用和操持。原军统平津区的齐庆斌到丽水开会,参与了分析,断定这是共产党利用激进师生通过文艺活动,进行政治渗透,潜移默化,争取青年,今后与党国争个高下,建议在获得确凿证据情况下,迅速采取行动,将其消灭在幼稚阶段。

巧的是,那天齐庆斌回到龙泉见到伏申,仗着酒劲,批评浙江省党部失职,图书检查形同虚设。伏申由此得知童子军浙江理事会训练班在丽水继续举办,得知军统方面已经盯上了她们,并很快要对她们动手。伏申显然知道她们已经成长了,不再是1937年跟他同舟共济、一块过江的那班女孩,但他仍然觉得焦急不安,当晚翻山越岭到了丽水。让伏申庆幸的是,他见到了最想见到的,最熟悉的那个说国语的女孩,也就是蓝栀子。他把她从熟睡中叫醒了,几年过去了,她虽然长高了,容貌变了,也长得更美丽了,但伏申还是一眼就认出了她。蓝栀子感到突然,难以掩饰激动和喜悦,不知道眼前见到的是真实的还是在梦中,结结巴巴地问他,怎么会到这里的?伏申顾不上叙旧,也没有更多的解释,就把她们即将面临的险情告诉了她,希望她想办法应付,万一真有什么问题,他可以帮助她离开。蓝栀子仰起脸,望着高挑的伏申,一股暖流涌上来,为表达此时的感动,差点要拥抱他。伏申看她犹豫,拉着她就要离开,蓝栀子此时沉静下来,一边整理有些凌乱的头发,一边告诉伏申,她担心学员们一惊慌一害怕,就可能承认了不该承认的事,从而被他们抓住把柄,自己应该出头面对,把事情担待下来。

伏申表示坚决反对,同时提出应急办法:一是叫她赶快把容易被挑出毛病的书籍和物品交给他处置,他们找不到证据,就无法追究;二是立即派人向中国童子军浙江理事会告状;三是他马上向省党部报告,要求以图书新闻审查委员会的名义接管此案。其实，伏申一路上一直在想主意，这三点是经过深思熟虑的，不确定的是训练班方面会怎么想，会不会接受，此时一见面，竟然是蓝栀子，顿时觉得上天相助，一块石头落地，把自己的想法一股脑儿说了出来。

蓝栀子相信了伏申，采纳了他的建议，允许他带走比较敏感的书籍和笔记。隗姓负责人带领军统查抄人员中午赶到时，童子军浙江理事会的一帮妇女干部已经前来阻止，双方各不相让时，蓝栀子却坦然处之，直言为不使大家为难，可以任由他们搜查。军统方面来的人多，查得也十分仔细，教室和宿舍都检查了几遍，甚至连她们的个人用品都全部翻验，除了从一位学员的被子下面发现了一本日文版的图书，没有任何实质性的发现。来人中有精通日文的，一看原来是苏联高尔基的《母亲》，由于作者的苏联背景，认为也算是一个收获，于是就准备带回去研究确定是否可以作为传播赤化的证据。军统查抄人员撤离时，因为遭到哄笑，恼怒之下，又要带蓝栀子和几个学员回去进行调查审问，遭到童子军理事会妇女干部的阻拦，附近学校师生听到吵闹声，纷纷过来声援，后来还出现了一群拿着锄头的村民，一时人多势众，把他们赶走了。

伏申看到蓝栀子暂时不会有危险，马不停蹄地回到了龙泉，报告了军统方面擅自到丽水查抄图书的越权行为。刚好省党部召集各县党部书记长研究党代会筹备事宜，听了伏申的话，一时人多嘴杂，群情激愤，强烈要求中统机关出面严正交涉，追究军统责任，还扬言以牙还牙，夺回航空邮电检查权。

事情最后由中央党部商请国民政府军委会，重申各方事权，明确职责所在，从此互不干涉。驻浙南及丽水军统区站为此遭到责骂，参与行动的责任人包括隗姓负责人，均受到了大小不等的处分。军统上下表面上咽下了这口气，但自此对童子军浙江理事会耿耿于怀，屡屡为难，对训练班学员紧盯不放，伺机报复，而对行动的失败更是疑窦丛生，断定是省党部的人暗中搞鬼，只是一直没有证据。

风波过去，伏申把图书和笔记送还给蓝栀子，蓝栀子要把刚刚要回的那本高尔基的《母亲》送给他，伏申因为自己不懂日文，没有接受，但要求她给自己朗诵一遍《海燕》，因为当年过钱塘江时，对她的声音印象深刻，所以就记住了她。

那天夜晚，没有大海乌云，没有暴风骤雨，没有电闪雷鸣，没有波涛汹涌，而是山峦森林，明月当空，微风轻拂，清鲜宁静，催人入梦，与《海燕》的情景不够协调。蓝栀子的声音也是柔和的，细慢的，仿佛是在摇篮边，轻轻吟唱一首引人入梦的安眠曲。

伏申听着听着，一副茫茫然瞌睡的样子，神情是放松的，眼睛是迷离的，呼吸是均匀的，他脑子一阵阵地迷糊，感觉到自己回到遥远的北平，回到芳草园，但见到的并不是父母和那些长辈，而是一个叫沈甲妃的女子，以及跟她在一起时的种种场景，飘着雪花的大街，快速行驶的火车，甚至包括炮局胡同监狱，只有他和她。他幻想着，如果她是那只海燕，此刻飞到这里，那该是怎样的情景？

此时，蓝栀子已经朗诵完了，注视着伏申，等待他的反应。伏申缓过神来，为她的声音鼓掌，蓝栀子感觉到了他的游离，不禁笑了笑，问他的所思所想。伏申也笑了，点点头，承认自己此刻想到了一个叫沈甲妃的人，很多年没有见到她了，因此思念。蓝栀子一愣，怔了怔，但马上平静下来，提出能否听一听沈甲妃的故事。伏申欲言又止，停顿了一会儿，终于说，沈甲妃长他三岁，是他的大姐姐，正如他长她六岁，是她的大哥哥。

然后是久久的沉默，谁都没有再说话，哪怕轻微的呼吸都没有。

直到一阵风吹来，伏申闻到了花香，感到惊诧的是，那分明就是栀子花的味道，而且仿佛就是从蓝栀子身上散发出来的。蓝栀子学他的样子，跟着闻了闻，然后笑了，一把推开他，这有什么奇怪的，漫山遍野都是芬芳的野花，哪有不香的？后来风越吹越大，连大树也都摇晃起来，伏申再闻到的，已经是浓浓的枝叶和野草的气味了。然后蓝栀子说话时的神态和语气，这情景让伏申想起1935年底的冬天，沈甲妃转过身去，告诉他，哪有什么花香，她闻到的是血腥味。

月光映在蓝栀子发呆的脸上，她想着是不是要问伏申，他是好人还是坏人，以后见还是不见，以后还会不会再见到，以后见到会是多久以后，见到以后会是什么样的情景等等问题，总之，想问的问题很多，但最后什么也没有问，说出来的一句话是，太晚了，回去吧。

伏申嗯了一声。蓝栀子离开前，望着伏申，希望下次再见到时，他能说得更多一些，至少，她要和那个沈甲妃姐姐知道的一样多。

几天之后，童子军浙江理事会迫于压力，宣布教练员训练班停办。

伏申听到训练班辅导员可能受到重点审查的消息，急着想让蓝栀子离开丽水。本来由童子军浙江理事会推荐，蓝栀子准备参加国民党积极分子培训营，然后报考省政府或者省党部等部门的相关岗位，但军统这些特务机构也是培训营主办单位，而且地点就在浙江大学龙泉分校，如此，等于身入虎穴龙潭。还有一个备选方案是，约上另外几个童子军教练员，直接去较近的赣南，申请参加蒋经国亲自主持的青年骨干特别学习班，但因为报名手续严格，而且不能保证录取，加上路上有危险，蓝栀子一时下不了决心。

正当不知道能去哪里的时候，由朱家骅领队，乔思文随国民政府文教代表团视察浙南，约伏申见面，知道他发展得好，打消了要带他去重庆的想法，只是反复叮嘱他多跟身陷北平的父母亲人联系。同行的一位邝校长，办有一所上海速记学校，此时已迁移到重庆，专门为党国重要部门培养速记员。伏申想请乔思文带蓝栀子离开，一起从浙西南的衢州坐飞机去重庆。把这个情况告诉蓝栀子，不想蓝栀子对报考速记学校表现出浓厚趣味，托伏申向邴校长打听详情。邴校长一口答应，同意留出一个名额给她。蓝栀子不好马上决定，似乎还要征求什么人的意见，才能做出最终选择。

蓝栀子问的是中国童子军理事会丽水办事处的蓝主任。蓝主任是一位体态丰满的当地畲族女人，自称是蓝栀子的长辈亲戚，所以对她格外关心。伏申在门外等候她们商量结果，无意间在窗外听到，蓝主任十分高兴，拍着大腿，高声喊着太好了，真是太好了，这是一个机会，千载难逢的机会。她动员蓝栀子一定要去报考，只许考好了，不许考坏了。最后声音一低，交代蓝栀子对任何人都要说，自己去的是赣南，或者别的什么地方，而不是重庆。据伏申所知，蓝主任还想给蓝栀子办理加入国民党的手续。这位有名的国民党左派妇女干部，在动员会上的讲话中，公开说明，本党顽固派掀起的反动逆流中，特务活动十分猖狂，为了更好地抵挡顽固派，取得更有利的掩护条件，就要取得本党党员的身份，以便更好地掩护和保全自己。

周到的是，蓝主任还抓住机会，利用关系很顺利地弄到了几份特别入党的申请表格，然后要找包括朱家骅在内的当时在浙南的三个中央委员，请他们当介绍人，希望用这种特别入党办法，尽早取得国民党党证，让这几名优秀的女青年今后工作和生活中免去许多麻烦，更好地为党国服务，为抗战做贡献。也许因为操之过急，朱家骅以不了解情况为由，没有答复，其他二人，索性回绝了。

就这样，蓝栀子拿着没有来得及填写的特别入党表格和前往江西的路条，离开了四季分明、绿水青山的浙南畲山，又在去赣南的路上突然消失，几天后到达衢州，搭上了飞往中华民国陪都重庆的飞机。

飞机上，乔思文根据蓝主任提供的信息，专门给邴校长介绍了蓝栀子的身世：

父亲中年谢世，母亲不堪重负，为了给她们姐妹换取温饱，改嫁他人。她在蓝家姐妹中，跟大姐最亲，但大姐十八岁时，背井离乡，到远方求学，终因学费告罄而辍学，至今流落在外，音讯全无，今逢乱世，国家危亡，是生是死，谁人怜惜？说到二姐，乔思文说不上来，问蓝栀子，蓝栀子脑子里一片模糊，最后想起伏申给她编的话，简单提了一下，她二姐读到小学，就被迫嫁给一个比她大十几岁的地主儿子，饱尝精神和肉体上的痛苦，命苦如此，只求苟活，不知道现在人在哪里，是不是还在人世等等。

邝校长慈祥之人，听到此处，已经潸然泪下，当即承诺，只要她够上分数线，一定优先录取，而且膳食费全免。又称赞她清秀端正，聪明机警，是可塑之才。

蓝栀子不停地感谢，同时不忘补充有关自己的回忆，她从小倔强，向往国民革命，誓言反对封建。如七岁那年，双脚被七尺白布缠住，她拼死反抗，大人不得不放过她。从此她积极独立，敢于向命运挑战，今后一定努力学习，努力工作，为民族，为国家，为大众而贡献青春。

乔思文前面已经与邝校长同感，听到这里，情绪不再克制，为她鼓掌，也承诺自己会支持她关心她，保证在她学成之后，举荐她到重要的部门，以更好实现自己的人生理想。那一刻，蓝栀子内心起伏，往事历历，目光是沉静的，沉静中含着眼泪。

飞机到达重庆上空，气流平稳，场面寂静，一股清香在机舱里弥漫须臾，乔思文闻到，寻找香气来源，怀疑来自蓝栀子身上，顿时恍然，笑称人如其名，是栀子花香，然后与邝校长开怀大笑。

意外的是，这一次，林白履有意针对谭杭丽。他向沈乙嫔透露，翟泫衣人在哪里，只有谭杭丽知道。沈乙嫔告诉伏申，伏申怎么也不相信，不禁又猜测林白履的用意，谭杭丽知道，劝他不要理会林白履。林白履指示他傍晚到众安桥见面说清楚，伏申刚离开党部，谭杭丽叫他一起到奎元馆吃虾仁面，伏申一边吃，一边几次要说话，却欲言又止。林白履等了等，没有再等下去，吩咐表姐先如何接待，又看看时间还早，就到沈乙嫔那里去找人。他刚离开，后脚伏申来了，推门进去，只听到撩水的声音，一口杭州土话的妇人探出半个身体，说自己正在汰浴，叫伏申稍等。伏申知道"汰浴"就是洗澡，刚想回避，妇人又叫伏申把擦布递过去，见伏申没有动作，就赤身裸体地走了出来，两颗乳房像大白菜，晃得耀眼。伏申掉过身就要离开，妇人赤脚赶上几步，用湿湿的擦布打了打他的背，怕什么呀，我们都参加革命了，还在乎你一个小伙子白看我？伏申不理，出门走了。不想，沈乙嫔出现在门口，伏申一怔，你怎么在这里？沈乙嫔更诧异，说，是林白履这个神经病告诉的，你果然在这里，这是什么地方？里面是谁啊？

这时，妇人没有完全穿好衣服就走了出来，似乎认得沈乙嫔，玩笑说，是你啊，林秘书叫你来的吧？可惜吧，捉奸没有捉到现场。事后，沈乙嫔质问伏申，伏申解释，林白履受人之托，想问他买运河旁的伏记火腿厂和伏记粮油加工坊，他们是在谈交易，不想被人知道。

于是，沈乙嫔忍不住告诉了谭杭丽。谭杭丽还特意过来暗中观察，发现进出的确实只有林白履那个表姐，稍稍放了心，但还是劝说了伏申，表示自己以后要看紧他，免得被人带坏，一时糊涂，不慎失足。

四　守口如瓶有这么难

在公事上，谭杭丽希望自己做到守口如瓶，包括对伏申，不能说真话，也不说善意的谎言，真正问得急了，最好沉默以对，不置可否。关于翟泫衣的下落，林白履显然只是猜测，但谭杭丽明白，很快有一天，伏申会知道一系列情况，知道她清楚他这位翟同学的下落，知道人是在南京由毛教官抓捕的，而且很快把人押送到杭州，会知道人关进了陆军监狱。所以，她现在既不承认也不否认，只能含糊其词，说出不要理会林白履这样的话。

洪公祠特训班的第一课，讲的就是保密。主讲人戴笠的两句话让谭杭丽印象深刻，永生难忘。戴笠眼睛一瞪，突然提高声音，一边在黑板上写着，一边一个字一个字地念着：

越重要的事越要保密，难度也越大；越是重要的事越可能泄密，后果也越严重。

话十分拗口，但令人紧张、惊醒。

谭杭丽给初入中统的沈乙嫔讲的第一堂课，也是关于保密。她认为，国民党隐蔽战场上顾此失彼的被动局面一直难以改变，在情报上的损失难以估量，究其原因，从外部来说，是敌对方面早有布局，无孔不入，从内部而言，内部纪律松弛，纷争不断，使对方潜伏人员有了可乘之机。

沈乙嫔一时没有听懂，但没有表现出来。

谭杭丽列举了许多个发生过的事例，加以说明。沈乙嫔从她所举的例子中终于明白，谭杭丽讲的敌对方面，不是之前同仇敌忾的日本人，不是军阀反动派，也不是其他什么力量，而是共产党及其关联组织。

比较早的，如1939年1月，国民党中央召开军事会议，蒋委员长刚刚主持出台《防制异党活动办法》和《共党问题处置办法》两个反共纲领性文件，中共根据其情报来源，迅速编写了名为《摩擦从何而来》的小册子，公开了国民党的计划方案，引发争议。其实，正是从那个时间起，谭杭丽开始酝酿她的"大扫除"计划。

近的就更多了，1945年10月，国共谈判期间，国民党密商谈判策略的情报被人通报给中共中央代表团。看透对手底牌的毛泽东和周恩来，掌握了国共谈判的主动权。今年年初，政协开幕，国民党代表每天晚上的党团会讨论第二天如何针对共产党的策略，商定在会上攻什么，守什么，谁先发言，最后谁提折中方案等等，被人连夜送交中共南方局。更令人震惊的是，最近国民党中央一个会议上，详细得连蒋委员长讲话，批评下边人腐化无能的话，下边的人小声反驳，腐化无能也是总裁领导的话，等等核心人物的语言、表情、动态，都记录下来，被送到中共负责人的办公桌前。

身边发生的，如浙南期间，大小所谓秘密会议，根本无密可保。

南迁那几年，被调查的内部泄密人员不计其数，仅谭杭丽参与调查的涉案对象就有数十人之多，至今仍然有十多人尚无结论。如外交协会浙江分会龙泉支会理事王成远，省文化运动委员会干事庞大通，省无线电总台驻龙泉分台主任马才新，省社会处直属服务处云和县孔庙办公室童兰生，省审计处丽水驻平阳县留守点会计蒋祖望，省卫生处缙云县仙岩铺村卫生所总务杜守正，省田赋粮食管理处云和县办事处陆祥松，省粮政局龙泉供应点代理主任徐水根，省地政局丽水县支局龚应彬，省军民合作指导处丽水县碧湖镇办事处王晓东，等等，目前仍然在案，不排除其中有共产党地下人员。

讲完这些，谭杭丽提到戴笠的第二句话，越是身边的人越不能相信，越是身边的人越会窃密。

后来，沈乙嫔向伏申求解这句话的真正意思，伏申想了想，作了解读，真正的敌人是自己人，看看党部，看看去年开的党代会，谁不把自己人当敌人？

1945年5月，为期四天的国民党浙江省第六次全省代表大会，至少从表面上看，开得相当成功，按照事先的设计，平顺地走完了全部程序，取得了满意的成果。

罗霞天意气风发，精神昂扬，全程主持了会议。

第一天，讨论并表决通过了国民党浙江省党部隶属国民党中央党部、综理全省党务的决议；第二天，经充分酝酿，对下设执行委员会和监察委员会，分别负责日常事务之处理和监察之安排，形成了一致的意见，并公告全体党员；第三天，通过了省执委暨财务委员会报告，县、市党部执委会章程，各级监察委员会纠察党员政治活动办法，沦陷区各地党务工作实施办法纲要等文件；第四天，上午选举了既定的人选，徐浩、罗霞天同为执委会主任委员，但徐浩因身体原因随即请辞，由一人担任，以赵强水为监委会常委，张强、胡维藩为执委会主任委员，下午为全体正式代表、列席代表和政军警首长莅临参加的闭幕大会。

正如新当选的主任委员罗霞天在闭幕致辞中形容的，大会可谓圆满。第二天的《东南日报》上，刊登了《罗主委春风得意三喜临门》的评论文章，暗指罗霞天一人是大会的最大赢家，列举多个例子说明：一喜大会前几天，当选为国民党中央执行委员，跻身中央之列；二喜作为1932年10月五次全省代表大会执委会常委，出任浙江省党部主任委员，众望所归；三喜兼任浙江省银行董事，以虚就实，党部统金，党部从此有经济后盾。以上三喜既是罗主委本人之福，也是浙江全体党员之福，可喜可贺。署名越剑，据说是该报主笔，也是徐浩的浙东上虞同乡。文章看似祝贺叫好，实则隐含讥讽，其中"报人书生，是绝对兼不了董事这样的职位的"等句，明显是为记者编辑出身的徐浩鸣不平。罗霞天只当是好话听，最多只是口舌之快，也不计较，而且亲自打电话给越剑，称赞文章写得好，感谢他的祝贺，希望自己喜事一件接着一件。果然8月日本无条件投降，在省党部着手迁回杭州的同时，罗霞天于9月6日在富阳宋殿主持浙江对侵杭日军受降仪式，获得国民政府首批"抗战胜利勋章"，声隆至极，被舆论称为"大喜"。后来又于1945年光复以来第二年冬当选国民政府监察院监察委员，可谓喜上加喜。相比不久之后病重离世的徐浩，是福将，也是官场赢家。

但光鲜之下，几件发生在代表大会幕后的事情，一直饱受争议，所引发的风波暗潮，始终没有平息。究其因果，无非都是有人为了出一口恶气，匿名举报，相互攻讦。直到1945年光复以来第三年的年底，党部多名干部仍然遭到询问和调查，没完没了，成为浙江省党部不安定不团结的因素，成为被其他单位诟病嘲笑的话题。

因为会期一直没有确定，在筹备处打杂的工作人员伏申，闲来无事，却能就近旁观，多少看到了一些内幕。开始时，对一些现象感到奇怪，不得其解，比如代表资格审查工作名义上由赵强水负责，实际上却是由谭杭丽具体操作，重要事情直接向罗霞天本人汇报，而另一个主委徐浩因为身体原因，诸多不便，形同摆设等等。

筹备过程中发生的矛盾，集中反映在两个方面，一是代表名额分配，二是代表资格审查。

名额分配本来应该先确定原则，然后再制定分配方案。因为罗霞天经常在各地开会，具体工作无暇过问，各位执委和监委纷纷趁机为自己争取名额和提名，赵强水不好拒绝，就推给谭杭丽，还叫她能照顾就尽量照顾。不想大家提出的名额汇拢之后，远远超过了核定的代表总数。谭杭丽交还给赵强水砍减,赵强水不想得罪人,就提议大家发扬风格,自减名额,但谁都不肯退让,一搁置又是许多天。罗霞天回来后看了看名单,实在不好协调,建议上报中央党部,申请增加与会代表总数。谭杭丽没有当面反对,但与中央党部相关部门沟通时,自然做反工作,陈述利害,警告提醒,浙江省党部要求增加的名额何止几倍,如果同意增加,一头按下去,另一头就摆不平,最后必然会闹出事来,大会将无法召开。可想而知,中央党部下达了不予同意的批复。无奈,罗霞天只得要求赵强水辛苦辛苦,重新制定分配原则。一拖拖到 3 月底,离开会只有一个月时间,才确定分几步走的方案。第一步,按全省在册党员计定代表数额;第二步,以县为单位和省党政军各单位确定比例,分别推选,同时增加特邀代表三十人左右;最后一步,特殊情况则由党部两委另行规定。

一时间,代表之争出现白热化,奇怪的是,有的县出现了两个党部,或者一个党部出现了两套人马。如此一来,使得后续的代表资格审查更加复杂,明争暗斗更为激烈。由于矛盾重重,筹备处的几个资深工作人员,都是老甲鱼,唯恐引火上身,以各种名目躲避。于是,在党代会筹备处赋闲的伏申,突然被任命为资格审查小组的成员,并且具体经办那些属于"另行规定"范围内的代表资格审查手续。

伏申平生第一次参与如此重要的政治事务,然而也平生第一次利用职权按照自己的想法办成了两件事情。

第一件事,看似因为伏申的疏忽,使屠来根和林白履落选执委。

代表资格审查的难度在于处理好各种举报信,执委监委以下,包括候补的,大多被各种举报困扰,而且大多是迁往浙南之前的陈年往事。如林白履 1933 年在拱宸桥粮管所供职时接受日本商人贿赂,同时,因年少冲动,发生偷袭上司老婆胸脯,遭到降职降薪,被调离现职等劣迹,被人以书面形式揭发。屠来根迫使萧山县党部出面，帮助其祖坟迁移至风水宝地及强拆本家祠堂邻居住房之事，也再一次被人翻了老账。对谭杭丽的举报，则是冷饭热炒，无非是之前与谭书奎收养关系疑点重重，应予以严格甄别等等。此时罗霞天显示其魄力不凡，把大家召集到一起，讲了一番话，当众把所有的举报信一把火烧了。

熊熊火焰让大家松了一口气，一直等到伏申把一盆水浇上去，升起腾腾烟雾，才各自安心散去。

然而，负责清理灰烬的伏申最后发现有一个沾过水的牛皮纸信封完好无损。

这是一封刚刚投送的，揭发前几天发生之事的举报信。信中讲道：

> 三青团浙江支部直属三分团书记郑琴隐与屠来根、林白履合伙做了两笔大生意，现公之于众：一笔为三百斤糯米高价转卖给各单位食堂。端午将近，省政府决定祭祀屈原，鼓舞人心，准许省属党政警教医正式在编人员每位发粽子两个，因为糯米短缺，大部分单位都是要掺杂一半陈米代替，引起不满。因此，这批私下囤积的糯米奇货可居。
>
> 一笔是带鱼生意。据证，林白履有结义兄弟做河海鱼虾生意，与神通广大的郑琴隐合伙，借用忠义救国军的卡车，星夜专程从沿海某县运来新鲜带鱼。有职有权的党政机关科处干部和事业单位负责人私下得到消息，于某日凌晨五点到三青团宁波青年招待所后门，以最便宜的价格领取两斤带鱼。

伏申的"疏忽"就是把糨糊一涂，趁着风吹来，手一放，把这只有一页的揭发信粘贴在礼堂的门墙上。其时正好薛岳部有一位将军作宣传前方将士牺牲事迹的报告，听者多为在校师生和各单位普通工作人员，散场之后，上前观看，顿时议论纷纷，甚至义愤填膺，要求追究。揭发信时间地点，有事有人，有据可查，因为大多数人没有吃到货真价实的粽子，没有分到带鱼，因此一经传播，舆论大哗。此时党代会召开在即，速查之后，略作开脱，认为屠来根和林白履所得无几，没有大错，要处分的应该是郑琴隐，但他此时已经去重庆领受重要任务，也就不好追究了。

最后的结果是，屠来根和林白履以数票之差落选候补执委。后来，在众安桥联络点，林白履提起这件事，反而称赞伏申足智多谋，完全具备一个地下党的素质和本领，今后加以培养和实践，必成大器。

第二件事，伏申在谭杭丽拟定的代表名单中没有看到松阳县的礼泉方丈，提出异议，并最终使之翻盘。据查证，原来松阳县从1930年就设有党部，对付异党特别是防共反共一直十分积极，抗战期间鉴于形势严峻停止了活动，党部书记和其他成员与日伪周旋，相安无事，后来看到日军大举进攻，以为大势已去，就走起曲线救国的道路，加入了维持组织，一直等到日军兵败撤退，才一边向省党部联络报备，一边反戈一击，将日军遗落的太阳旗帜作为缴获向公众展览，以振奋全县人民，激发爱国热情。但礼泉方丈所谓的党部以及所有活动都是自发的，没有得到原县党部的许可，省党部也没有予以承认。日伪撤离松阳，原县党部恢复活动，对礼泉方丈的擅自作为颇有意见，一度还要求追究他冒用党部头衔沽名钓誉、招摇撞骗的非法行为，只是因为浙保三团还有驻军出面说情，风波才算平息。

伏申看了材料，不禁深感不平，就把当时自己的所见所闻讲给谭杭丽听，谭杭丽其实也知道真实情况，也同情礼泉方丈，建议伏申将亲眼见证的方山岭大捷中，礼泉方丈如何在鸡公骑坳英勇阻击日军精锐奈良支队的情况，写成书面材料分送给各执委监委，如有必要，她会直接呈报中央党部。最后，罗霞天和徐浩一致同意，在所谓的"另行规定"中，安排礼泉方丈作为列席代表参加。原县党部书记咽不下这口气，一度表示拒绝与会，并扬言要向中央党部告状，甚至捅到省政府和军统局等别的部门，把事情搞大。赵强水要批评伏申，谭杭丽揽了下来，还讲了一番道理，驳得谁也不好再说什么。不久，中央党部转来一封中统局的密函，内容是控告礼泉方丈在方山岭战役中窝藏和帮助一个共产党女新四军，同时还附上调查核实意见，证实确有一位女新四军在建阳徐市镇集中营逃到松阳，被礼泉方丈收容，之后共事数日，于方山岭战役期间，派人护送其离开，经云和到衢州，之后去向不明。中统局的最新情报显示，这位女新四军目前人在苏北共占区，内部审查过关之后，有可能继续从事电报机要工作。不过，中央党部函件的信头上有一位大员的批示：考虑到国共合作期间，且又遭遇战况，自当同仇敌忾，事关方山岭大捷和各军政大单位，此事不予追究为宜。最后还重重写了"切切"两个字。细认笔迹，有的说是陈立夫的，有的说是徐恩曾的，甚至还有人说是蒋总裁的手迹，罗霞天和徐浩没有多发一言，指令作为绝密件存档。

　　与此相关的是，大会期间出了一起由伏申导致，然而被轻轻一抹，变成了花絮的"事故"。

　　因为松阳县抗战期间发生过重大战事，情况特殊，而且诸项工作起到模范作用，许多代表希望他们在党代会上作典型发言，以慰其人，以资鼓励。筹备处报经同意，松阳县党部在第二天下午作大会发言。原松阳县党部书记得到通知，兴高采烈地准备了发言稿，连夜交筹备处审核，刚好值班的伏申接手，发现上面所讲的都是礼泉方丈所做之事，分明是贪天功为己有，心中不平，辗转反侧，一早就设法通知了礼泉方丈，叫他暗中做好发言准备。当天下午，到了大会发言环节，会议主持人看到修改过的名单，愣了一会儿，不等说什么，礼泉方丈已经身着新做的金黄色僧衣，迈步上台。罗霞天醒悟过来，灵机一动，将错就错，带头鼓掌。全场顿时起立，掌声雷动。已经在候场的松阳县党部书记怔了一怔，待反应过来要抢上前去时，礼泉方丈已经对着麦克风发言了。

礼泉方丈的发言时间不长，语调沉稳，但十分生动。

他讲的三件事情，内容翔实，朴实易懂，在当时来讲，具有很实用的推广价值。第一件事，党团合并走在全省前面，争取了主动，形成了合力，此事受到三青团浙江支团干事长宣铁吾的书面表扬。根据战时需要，国民党松阳县党部与三青团县分团合并为国民党松阳县党团合并统一委员会，书记长设两人，除礼泉方丈外，还有三青团代表赵姓青年，统一委员五人；执委会委员九人、候补执委一人；监察委员五人；秘书二人，组训干事、宣传干事、总务干事各一人，录事三人。人数虽多，但一概不取一分薪俸。第二件事，适应抗战需要，组织游击队，上述党部全体成员皆为游击队员，在方山岭战役中，表现英勇，多人殉国。因此，得到浙江省政府及战区司令部锦旗各一面，他本人得勋章一枚。第三件事，发展党员及三青团员数十人，每个乡镇及县中学，商会、农林协会、木业协会都配备了党团联络员，每个自卫队都有一个在党部记名且只领取微薄报酬的党务指导员，全县现有的宣传队、晨呼队、龙灯队皆服从县党部领导，光复之初的县政府、警察局、民政科主动与党部交好，合作官民事宜，全县革命气焰及其爱国热情高涨，力请诚邀他出面报告训令者数不胜数。礼泉方丈特别表扬了那个赵姓青年，呼吁大胆提拔像他这样经受实际工作考验的青年才俊，与此同时，对三青团支部表示了隆重的感谢，不禁令全体在场的三青团员起立鼓掌，高呼向礼泉方丈致敬的口号，那个赵姓青年更是激动得登上台去，向礼泉方丈又是鞠躬又是敬礼，使全场兴起高潮。

如果礼泉方丈所述属实，那么松阳县已经完全在他控制之下了。

罗霞天听了，也觉得脸上有光，看到这样场景，更是兴奋不已。那时在他看来，不论哪个是正规的哪个是野路子的，反正都是党部的，因此作评点时，大大赞扬了一番，并且得意地透露，是自己点名礼泉方丈发言的，事实证明自己做对了。一直表现得病恹恹的徐浩不禁起立，带头为罗霞天的慧眼和英明鼓掌，并且当即表态，要把礼泉方丈列为新一届执委会人选，同时，建议把事迹呈报中央党部，使其发扬光大，为浙江省党务干部争光，为中国国民党争光。

松阳县的经验一经推广，各县市的党部人事安排上头寸宽裕了许多，省党部忙于应付接待和批复，一时门庭若市，让省政府方面冷清不少。

当年六七月间，各县党部和三青团支部为拿到经费和编制，纷纷开始加快合并，稍有革命资历者或是有钱出钱者，都得到了安排。有的地方别出心裁，巧立名目，竟然在这过程中设置统一委员数人，合并筹备委员会委员十数人，每人一次性领取法币五百元到一千元不等津贴。合并之后更是组织机构重叠，人员成倍扩大。执委会除常委、委员多于以前人数，在原有组织、宣传和总务三股之外，还设立党务指导委员会，也有常委数人，委员十数人，而且还下设组织、宣传、训练三部，新增训练干事、宣传秘书、组织干事、助理干事、录事加起来有几十人。因此，也自然人满为患，引发矛盾，社会各界评价开始趋向负面。

问题反映到省党部，罗霞天觉得不妥，连忙召集执委监委开会研究，下达了《县市党统一精干，蠲除冗员整顿办法》，严令改正，但各地仍然强调理由，极尽敷衍，有的党部书记和执委会主委及监委主委合谋，乘整顿之机，将党部所有委员、常务委员、总务及组训干事、宣传委员、助理干事、录事全都变成自己的人，无非同宗同族，亲朋好友。

后来，礼泉方丈知道自己的发言被曲解，被利用，甚至被指责为始作俑者的祸首，深感革命事业无望，中国国民党无望，于是果断辞去了委员职务，准备独自回到方山岭，栖身于废庙，一心求佛，成为一个真正的出家人。为此，那个赵姓青年组织人员，热烈欢送。恰好经过的谭杭丽与他交谈了几句，留下了名片，希望光复之后，党部一旦回迁，有机会到杭州交流。赵姓青年听说她在省党部重要部门工作，又是极其漂亮的女干部，把名片好好放在裤腰的手表袋里，然后硬是拉住《东南日报》的摄影记者给他们拍照留念。

当天，伏申和沈乙嫔他们一直送礼泉方丈到方山岭上，留下来喝了茶，吃了素斋，回来时已经是深夜了。

半路上沈乙嫔崴了脚，一直呻吟着让伏申背回来。几天后，谭杭丽看到她脚还没有好，不禁讽刺她装病，好让人照顾她，背着她到处走。后来《东南日报》的摄影记者送照片过来，谭杭丽给伏申看，伏申称赞那个赵姓青年笑容满面，惹人喜爱。伏申记得，谭杭丽虽然有几分得意，但把两张照片和底片都留了下来，一直没有给人家。

事后人们议论，写信的人，或许是没有吃到好粽子，没有分到带鱼的人。但判断，应该是吃到好粽子，也是分到带鱼，而且是和两个人有竞争关系的人，这一点像伏申这样的青年以后会明白的。

党代会之后，礼泉方丈果然在方山岭废庙沉寂了一年有余，却因为一件偶然事情重回俗世。

原来三青团代表赵姓青年这次又被委任为县调统股的股长，身兼多职，收入增长了许多倍。此外，在全县蠲除冗员整顿中，收了一些钱财，而且源源不断，加起来是一笔巨额财富，几代人都用不完，意外的是，有人犯事请他周全，不惜送上了温州城里的一处豪宅。如此这般，心中纠结，几天几夜难以安睡，直到国民党在前线屡屡获胜的消息传来，猛然觉得共产党似乎快完蛋了，于是为了不想自己的仕途和财富受损，在端午节后一个雨夜，向礼泉方丈求情，请他疏通省里的关系，交代自己是共产党卧底的情报，更重要的是，他有一次去龙泉，因找不到宿店，只好在一个瓷窑里过夜，半夜醒来，听到相邻的窑孔里灯火一闪一闪，于是蹑手蹑脚走过去，贴近砖缝偷看，发现窑壁上挂着一面有镰刀斧头图案的红旗，前面站着几个青年学生，分明正在举行入党仪式。后来，听到里面一个教书先生模样的人声音激动地说了一句话，祝贺他们成为龙泉分校的第一批预备党员。第二天一早，他再过去看了一眼，已经没有人影，窑壁上的红旗也已消失。他当时怀疑自己夜里看到的是南柯一梦，后来定神细想，自己看到的人，尽管都是背影，但却似曾相识，很可能真是龙泉分校的人。

这一次，他希望以此作为立功，保住自己的官职，如果能够升迁那是最好。

礼泉方丈听了，觉得牵涉到龙泉分校，事情很大，但神情淡定地询问他，是否把这些信息透露给除他以外的其他人，赵姓青年连忙摇头，再三表示，自己目前只告诉给他一个人，因为他担心如果自己把这个情报说给别的中统局成员，对方会为了邀功而秘密将其处死，这在中统局并不少见，因此他只能找到自己比较信任的礼泉方丈，希望通过他找到办法，要到更好的条件。

礼泉方丈点头赞许，要求他务必保密，绝不能对第二人说起，随即他安抚对方，表示自己会保护他的安全，不会让他受到中统的伤害。次日一早，礼泉方丈带着赵姓青年来到杭州，在傍晚时分，引他到梅花碑等候伏申。伏申知道他是来坦白的，问他还掌握了多少。赵姓青年把自己给礼泉方丈说过的话又说了一遍，担心自己说得不够，表示可以继续利用自己是地下共产党员的身份，提供更多的情报。

听完这些话，伏申表情平静如水，没有进一步的态度，当晚带他们到群英饭店住下，让赵姓青年写了书面材料，礼泉方丈在上面作了旁证画押。

不想到了半夜，赵姓青年跟礼泉方丈争执起来，认为伏申不过是党部普通干部，可能帮不上大忙，想出去找别的什么人。礼泉方丈知道他要找谁后，再三阻止，劝他不可造次，如果遇人不淑，性命不保。但赵姓青年还是趁礼泉方丈熟睡时，悄悄离开了房间，不想出门迷了路，在官巷口转来转去转不出来，最后在没有路灯的拐角处，被人射杀了。

原来赵姓青年在自己的手表袋里找到了谭杭丽给他的名片，不禁想起她的音容笑貌，想起与她的合影，以为自己与她是有交情的，正好以问她要照片为由找她，如果自己说出更多情报，她能不能开出更好的条件，给他更好的待遇。

第二天上班，伏申带着礼泉方丈到党部说明情况，估计赵姓青年人生地不熟，遇到了抢劫杀人。谭杭丽看了赵姓青年写的书面材料，眉头皱了皱，又很快舒展，沉默了一会儿，最后才说，真奇怪。伏申不知道谭杭丽奇怪什么，是对谁奇怪，是对礼泉方丈还是自己，但有一点他看出来，赵姓青年显然不在她的名单上，她对自己居然没有掌握如此重要的情况，当然奇怪了。伏申又一次提到翟泫衣的事，本来他还有矮金瓜三个人在龙泉就有过约定，光复以来一起回到浙大本部完成学业，不想人走了，也不知去哪里了，一定得找到他。

谭杭丽整了整伏申的衣袖，会心一笑，如果自己再小三岁，就陪他一起读书。

五　没有完成的学业

伏申要求回浙江大学读书的申请并不顺利。

原来几个学生认为省党部的人回学校读书，是占据了学籍名额，是滥用权力，于是发表声明质疑：伏申于1939年至1941年在浙江大学龙泉分校学习两年不到，即被选送参加省党部主办的先进青年训练班，三个月后借用到省党部帮忙筹备党代会，后来补发的浙江大学毕业证书不妥，一个只读过两年分校的人，最多只能拿到一张结业证书。现在学校如果接受他的申请，等于承认了他的资格，这对广大学子而言，极为不公。举报信不仅同时写给了校长竺可桢，而且递送到了南京有关部门。反映到教育部的举报材料中，伏申的问题更为严重，罪名是伪造学历。不想此件转到中央党部，听说陈立夫震怒，批示如下：如果此人学历都是假的，那么其他履历都可能是假的，包括对国民党的忠诚，对领袖的忠诚，甚至其整个身份，都可能是假的，希望浙江省党部予以重视，严厉查处，望将结果呈报中央党部并教育部。

尽管如此，罗霞天一开始以为这个问题很简单，很容易说清楚，完全可以在党部内部消化，不是非报教育部报中央党部不可。因为伏申申请的本来就是大学教育，是从三年级读起，完成原来的学业，为此，罗霞天还亲自给人在南京的竺可桢打了电话，竺可桢对伏申有印象，对龙泉分校的事也很了解，认为不存在任何违规的情况，表示浙江大学的大门对他永远敞开。

罗霞天即将离任，但还是好人做到底，委托谭杭丽负责处理此事，尽量还伏申一个清白，不然，不了了之，会给当事人留下污点。谭杭丽不以为然，伏申在浙大龙泉分校的事，大家都可以作证，要说有问题，也应该由党部承担，如果当初没有借调他到党部帮忙，他还不早就读完四年书了，况且，抗战期间，情况特殊，许多同学都有类似经历，还不是都发了毕业证书？

尽管如此，罗霞天还是希望拿出一个调查结论，予以正式答复，让二陈以后无话可说。而且，他怀疑这是浙大学生会那帮人煽动的，背后极可能有共产党的影子，谭杭丽不正好借此与"大扫除"计划结合起来，不正好从掌握学校师生政治倾向入手，从而查出共产党嫌疑，争取突破。经罗霞天提醒，谭杭丽细一想，这确实是一次介入学校，补齐"大扫除"短板的绝好机会，如果有人因此被发现，被暴露，"大扫除"就可以率先在学校开始了。过后，她又觉得机会虽然到来，但不能操之过急，于是平静下来，征得罗霞天同意，先把伏申的读书问题落实了。

真正落实起来，却变得复杂了。

首先伏申的入学登记资料不在浙江大学龙泉分校，如果这样，他不是在册学生，遍查学籍档案，都没有他的名字，矛盾之处在于，核对毕业证书，却有时任分校主任郑晓沧的签名。谭杭丽亲自跑到海宁县，向正在老家养病的郑晓沧核实，郑晓沧确认伏申的毕业证书是自己签发的，因为战时情况特殊，又是在党部工作的，加上伏申建立过功勋，在丽水龙泉一带知名度很高，发给他毕业证书也没有什么不对，而且据他所知，伏申是在1937年底，在学校本部由竺校长介绍，于1938年初筹办期间，就入学先修班的。

谭杭丽担心教育部那边对这样的说明吹毛求疵，不会轻易认可，考虑再三，认为关键是补齐当初入学证明材料。对此，伏申解释是自己由于错过时间，没有参加入学考试，但当时确实是竺可桢校长签字同意招收的。

　　谭杭丽提议他去找找竺可桢写个证明。同时提醒他，因为竺校长是留洋回来的科学家，一向远离政治，最好不要佩戴党徽见他，又叫伏申换下中山装，穿上西装，让他有好感。临了，谭杭丽给他布置了一项任务，对于伏申也是职责所在，就是借此机会观察了解竺校长的政治立场和思想动态，重点是他以后个人有什么计划，对时局尤其是国共之战持何看法，对浙江大学的所谓进步组织的活动持何态度等等，主要是细节，越细越好。

　　竺可桢人在上海，一直等了一个礼拜，伏申才在省政府沙秘书那里见到了他。沙秘书知道伏申因学历问题被调查，一针见血地告诉他，教育部那边好说，如果他们有关于此的电话或者函件，省政府这边会帮他压一压，因为有事实摆在那里。听到党部调统室帮他取证，沙秘书提醒他，一个简单的学历问题用得着他们如此大费周章？别看这些特务机构表面上时有龃龉，其实在整人的时候往往互相配合，沆瀣一气，对此要十分警惕，不要吃亏。

　　谈话间，竺可桢出现了。他见过省主席沈鸿烈之后，到沙秘书这里要幅书法，准备到南京讨要学校经费时，送给财政部一位喜欢字画的科长，沙秘书写了好几幅，但只向竺校长象征性要了几块钱的润笔费，提出的条件是请他给伏申写个书面证明。

　　竺校长一眼就认出了伏申，兴奋地告诉沙秘书，他们十年前就见过了，应该算是老朋友了。

　　伏申第一次见竺可桢，准确地说，是在九年多前的1937年11月底。那天，他初次踏入浙江大学校园，看到的是忙乱而紧张的情景。

　　上海八一三抗战以后，浙江大学成立了特种教育执行委员会，竺可桢亲任主席。委员会下设总务、警卫、消防、救护、工程、防毒、研究、宣传、课程等九个股，另外开办警卫、消防、救护、防毒等训练班，要求全体学生必须参加其中一项工作。伏申此时看到的，是他们正在进行的各类演练，场面热闹而有序。演习间隙，竺可桢脱下防毒面具接待了伏申，遗憾地告诉他，新生入学早就结束，而且都已经撤离到浙西。原来在此之前，为了使一年级新生能安心学习，竺可桢早于9月就和西天目禅源寺方丈妙定商定，租借寺院多余房屋，作为新生教学和生活用房，因此，一年级新生一入学就迁到了天目山区。

竺校长了解到伏申一路耽误的原因，不禁感叹，他一个北平少年出远门求学不容易，当时就签字同意他入学，等有机会派人送他到天目山区，与一年级同学会合，至于入学补考和相关手续以后再说。竺可桢一个科学家，快人快语，急人之所急，给伏申留下了极好的印象。

多少年以后，伏申始终认为，时逢国难乱世，竺校长对于浙江大学，对于浙大师生，诸事繁忙，万般操心，可谓功勋卓著，业在千秋。自己在他领导下的浙江大学学习，尽管是龙泉分校，也是倍感光荣和自豪。

当时仍在杭州的浙大本部，在日机狂轰滥炸的情况下，还照常上课。直到11月初，日军在金山卫登陆，逼近杭州，全校师生分三批迁至杭州西南一百多里的建德，凡是可以搬运的图书仪器，也几乎全部搬离。

伏申搭乘载送女童子军浙江理事会一行的汽车刚刚出城，就被铁头杭的游击队拦了下来。他们强行征用了车辆，还吓唬他们，浙西形势危急，战火逼近，他们将随时陷入险境，劝他们赶紧步行从钱塘东大桥过江，找省政府去。他们还透露了一个重要的绝密消息，马上要炸桥了，再不去就过不了江了。伏申与铁头杭交涉，仍然坚持要去天目山与浙大一年级新生会合。铁头杭坚决阻止了他们，告诉他，浙大天目山校区的新生也全部踏上西迁之路了，他去了也白去。

原来之前教育部来电同意浙大迁移江西南部和浙江南部，竺校长此时已亲赴江西，落实校址。此时，浙大所有人员，都已经陆陆续续汇集在浙赣铁路局所在地江西玉山了。

无奈之下，伏申与包括蓝栀子在内的七八个童子军一起步行赶往钱塘江大桥。

以后有关浙江大学，有关竺校长的种种事迹，伏申是在到达龙泉之后，在报纸上看到的。杭州沦陷之日，浙大开始撤离建德，向江西吉安搬迁，在西迁之路上，浙大师生抗日热情很高，经常进行救亡宣传，演出《卢沟桥》《汉奸的末路》《中华民族子孙》等话剧，并以此募集救护伤兵的资金，还有浙大教授节约自己的膳食费作为捐款，赴前线慰劳。学生自治会发起给前方将士捐献棉背心，竺可桢就专门拨出房子作缝制场所，带头捐献制作费用。在一次次募捐活动中，竺可桢夫妇率先捐款捐物，最后捐献了他们的结婚戒指。影响所及，各地中小学生们热烈响应，同仇敌忾的正气一路激荡各地。

竺校长以其惊人的胆略和魄力，毅然率领全校师生西迁，历经两年多时间，途经浙、赣、湘、粤、桂、黔六省，行程近三千公里，迁校至贵州遵义。中间危险不断，但竺校长大难不死，如途经金华时，遭遇日机轰炸，落弹点就在身边，竺校长却凛然处之，机智应对，死里逃生。

几乎是同时，伏申往南而走，先是在先修班学习，不久正式到浙江龙泉分校上学。事后比对，自己过钱塘江时，曾遭遇与竺校长同类情景，虽然护送的是一群女童子军，作为一个浙大学生也算不辱使命，没有愧疚了。

后来再遇竺可桢，他提起这段往事，仍然激动不已，知道伏申因为学历问题受委屈，当场就给他写了证明，并且勉励他，要向着光明，向着进步，向着未来，做一个正直的人，做一个对国家，对民族有贡献的人。最后安慰伏申，龙泉分校属于浙江大学大家庭，他理所当然是浙江大学的学生，这一点名正言顺，毋庸置疑，龙泉分校的师生是最坚强、最优秀的。

竺可桢还表态，伏申一同代为申请的翟泫衣和矮金瓜也应该同样对待。

其实伏申当年没有想到，自己会在一个叫龙泉的地方一住数年。

为使福建、安徽、江西、上海和本省青年学生能继续就读高校，浙江大学在浙西南山区开办龙泉分校。校址设在龙泉县大沙乡坊下村，村子因当地有叶姓孝节牌坊而得名，曾任浙大教务长的分校主任郑晓沧是邻近杭州的海宁人，海宁话的坊下和芳野同音，雅兴所至，于是将坊下改名芳野。分校初设文学院、理学院、工学院、农学院一年级及先修班，次年秋，又增设了师范学院，办起了二年级，因此，伏申后来读到二年级为止。

分校为坐南朝北，立面为典型的巴洛克风格，是由三条轴线组成的中西合璧式建筑，建筑面积将近三千平方米，是当地最牢固、最宽敞，也是最美观的房屋。

伏申印象深刻的是，穿过后厢房，看到两个水池，一深一浅，时清时浊。浅池养了睡莲和水草，还有一群大小不等、有红有青的鲤鱼，既供观赏，又可食用。深池碧水清澈，却深不见底，八面风起处，清波荡漾，却无滔浪，四周树静时，水平如止。看到池面如镜，来自哈尔滨的流亡学生翟泫衣经常低着头照自己的脸容，有一次突袭警报响起，矮小的同学翟泫衣一急，一头栽进深池里，四肢朝上，挣扎不停，要不是个高的伏申迅速跃入池中把他生生扶起，翟泫衣必定淹个半死。从此，翟泫衣把伏申当救命恩人，关系更加亲近。

第二年，分校在芳野村西头矮山坡上辟出一大块空地，建造了七八幢杉树皮屋顶的木头房子，用作教室、学生宿舍及单身教职员工宿舍，不久，又在一座寺院边侧改建了一个简陋而空旷的旧房，既做礼堂，也当饭厅。之后，分校还在曾氏宗祠办了一所芳野小学，解决了浙大教职工子弟和当地村民孩子的入学问题。

伏申对郑晓沧主任的进一步了解，直到心怀敬重，源于两次后来戏称为林间漫步的劳动过程。时节并非漫山绿树、遍地杜鹃的春天，也不是层林尽染、栗果飘香的秋季，而是浙南山区最令人难受的月份。

早的一次是在烈日当空，酷闷如蒸的7月盛夏。

尽管有暑假，但因为无处可去，有家难回，多数人仍然留在学校里，而政府所拨经费却是按假期预算，为弥补欠缺部分，郑晓沧号召全体师生自力更生，丰衣足食，并一半调侃一半认真地要求大家向共产党学习，发扬延安作风。但邻近大多是有主荒地，剩下的都是山高坡陡，为此学校组织砍柴队，要求每班以灌木草丛为主，每天伐薪一捆，供一日三餐之炊。郑晓沧带头，凌晨就进入大山深处，砍了两捆，自制柴冲，肩挑一担，至黄昏时，已经悠然出山。伏申学习他，依照戏台上棍棒粗细，砍下一条枝干，削尖两头，一头先插上自己的这一捆，然后一头挑起翟泫衣的这一捆，上坡下坡踉跄着走了一段，停停歇歇，被郑晓沧看到，紧跟上来指点于他，很快伏申不仅行走平稳，而且学会换肩，因此沿着树荫处持续向前，中间不用停歇，也在天黑前回到学校。一路上，郑晓沧与他谈笑风生，笑言自己在地处平原的海宁生长，祖祖辈辈都不曾有过磨刀砍柴的机会，也是到龙泉后，悉心向当地山民请益，学到了这个本领，真所谓天下无难事，只怕有心人。第二天一早，郑晓沧又当众表扬伏申，一个出身京城的北平青年，估计从小富足，却如此不怕辛劳，乐于助人，对劳动的悟性又这样高，把挑柴归来当作林间漫步，令人感慨系之，心向往之，是同学们学习的好榜样。

伏申当时听了，不禁精神爽朗，劳动带来的浑身酸痛顿时消失得无影无踪。

但是到了晚上，郑晓沧亲自在黑板报上写了告示，通知取消暑期劳动安排。原来，当天下午，他被找去谈话，教育部驻浙江省政府代表严厉警告他，国民党五中全会通过了《整理党务》的决议案，下达了《共党问题处置办法》等秘密文件，他公开宣传向共产党学习，发扬延安作风，很容易诱导学生，引起误会，要求他引以为戒，在适当场合予以纠正，把讲过的话收回去。之前，郑晓沧那番话被人第一时间汇报上去，中统局和军统局都主张对他进行审查，远在重庆的竺校长得知这个情况，马上致电担任过浙江省政府主席和国民政府教育部长的朱家骅，提出严正交涉，此事才交由教育部自行处理。郑晓沧情绪受到打击，沉默了许多天，直到八月中秋的晚会上，听到伏申一段《空城计》，突然觉得自己应该像诸葛亮那样，气定神闲，临危不惧，用机智和勇气击退反动派对自己，对学校师生的攻击和迫害。于是，皓月当空之际，他上台发表了演讲，伏申对其中一段话记忆犹新：

> 浙江大学龙泉分校师生以革命的乐观主义精神共渡难关，在这战火纷飞的年代，侵略方日本至今没有新办一所大学，而在抗战前沿的后方，浙江龙泉新开办了大学分校，同学们怀着拳拳报国之心，在桐油灯下刻苦攻读的情景，那微弱的灯火，照不明书本的字里行间，却熏黑了每个师生的鼻孔。时局如此艰难，同学们要勇于替国家，替学校分担，自力更生，丰衣足食！

最后一次是在寒风刺骨，大雪封路的腊月隆冬。

之前学校在山北面修建了一座土窑，烧炭供应师生取暖。因为烧炭队吃住都借在山下的一个军事机构，为了防泄密，人员挑选严格。伏申被郑晓沧点名担任烧炭队副队长，翟泫衣本来不在名单上，但他以祖辈开过煤矿，煤炭相近为由，自告奋勇要求加入。

刚刚烧好第一窑炭，炭窑就遭遇轰炸。此时知道这个军事机构叫军委会特种技术浙南训练班，由美国提供武器，派教官与国民党军统组织共同训练特工人员。他们一度怀疑是轰炸他们，而不是炭窑，至少是炭窑的烟火暴露了目标，引来了敌机。烧炭队成员受到隔离审查，翟泫衣胆小，面对刑具，吓得几次要跳入深涧自尽，而伏申忍无可忍，向审查人员提出强烈抗议。烧炭队队长郑晓沧据理力争，要求释放学生，为此自己甘当人质，即使被枪毙也愿意。当晚伏申翻越木栏逃出，在雪地里走了一夜，天亮时找到学校，师生听闻，愤慨至极，全体到十几里外的垟移村省政府主席黄绍竑公馆请愿，黄绍竑十分恼怒，派秘书长前往调查交涉。几天之后，郑晓沧带着烧炭队胜利归来。原来，特种技术浙南训练班内部有人自首，坦白了日谍身份，烧炭队员的嫌疑自然排除了。但炭窑也因此被封，郑晓沧努力争取，带着伏申他们把已经烧好的一窑炭运了出来。大雪封路，大家深一脚、浅一脚地走出来，每个人都是又黑又白，黑的是脸上的炭灰，白的是身上的雪花。郑晓沧调侃自己像白居易描写的那个卖炭翁，伐薪烧炭南山中，满面尘灰烟火色，两鬓苍苍十指黑。

该年冬天，学校的炭也不够自己烧，但郑晓沧听过伏申讲中国童子军教练员训练班的事情，担心都是女孩子，尤其怕冷，就叫他带着翟泫衣一块，挑一担送过去。蓝栀子看到伏申的样子，也不禁笑他像卖炭翁。

到了春天，伏申离开之后，与龙泉分校的联系有过多次。一次是代表省党部参加学校《春雷》文艺社座谈，一次是审查他们在《东南日报》上发表的文章，再一次是参加校文艺研究会联合发起的纪念屈原大会。至于郑晓沧，因为临时帮忙参加核审党代会代表资格工作，伏申有机会接触到他的档案，知道他是美国哥伦比亚大学教育学硕士，是教育学术研究家，曾任浙江大学教务长，浙大龙泉分校筹建后，郑晓沧受竺校长之聘，任特约教授。后来他的党代会代表落选，因为他的另外一份档案表明，他的政治立场过于左倾，曾经发表过同情共产党的论调，而这另外一份档案，是由有关部门掌握的。

回迁杭州之前，郑晓沧一直担任分校主任。

谭杭丽到海宁找到郑晓沧时，他已经卧床不起，知道她们的来意，不禁精神一振，披衣相迎，回忆起龙泉分校的旧事，泪流不止，他对伏申的印象最为深刻，就他一个北平学生，玉树临风，英风豪杰，甚至对翟泫衣等每一个同学都历历在目，如数家珍，而且对谭杭丽和同行的沈乙嫔也有记忆，省党部的姑娘真是青春亮丽啊，不禁感叹，当年龙泉期间，异常艰苦，但精神昂扬，每一天都是纯洁美好、充满希望的，此生无法忘记。他工工整整地给伏申写了说明，还郑重其事盖了私章，装进当年浙大龙泉分校旧信封，交到谭杭丽手上，希望她为这批学生鼓吹呼吁，给其正名，因为这不是伏申一个人的事，关系到所有因战争没有完成全部学业的同学。离开时，郑晓沧坚持送她们到火车站，临别时，说出了自己的担心，会不会因为自己的一些言论和倾向，影响了伏申同学？谭杭丽连忙解释，就事论事，没有别的意思。

后来，罗霞天看了调查结论，担心那些学生不肯罢休，继续告状，成心为难党部，于是给主持战时教育复员工作的朱家骅打了电话，希望下达明令，给这批当时提前参加党部工作，抗战有功的大学生特别关照，防止再生枝节，搞乱人心。朱家骅对此早就不满，因为此前已经有人向中央党部反映，批评这是多年来教育部管理混乱所致，在浙江省党部发生的这件事，是与他关系亲近的罗霞天纵容包庇所致，因此料到二陈收到举报，一定会过问此事。二陈果然批示，小题大做，表面上指责浙江省党部，给罗霞天难看，真正的用意，是找他这个教育部长麻烦，以便在接下去的中央全会上有所针对，借此发难，于是当即答应罗霞天，尽快行文浙江大学，要求对龙泉分校同学一视同仁，按照实际情况，妥善对待。

据说，朱家骅向讨要经费的竺可桢问起伏申，讲到抗战期间教育的种种困难，讲自己巡视龙泉时的所见所闻，希望他以校长之责，为这些学生提供便利。

其实，竺可桢的情况也不好过。在此之前，因为他白纸黑字同意伏申入学，有些学生为了阻止，索性指责伏申是省党部派来的特务，还公开展示材料，披露伏申参加全国党国优秀模范青年评选以及即将加入调统室等相关信息。林白履看到沈乙嫔难过，于是趁机劝慰她，伏申被说成特务，名声是受损害，但事实胜于雄辩，他什么时候加入调统室了？他怎么是特务？我看是共产党。说得沈乙嫔顿时紧张，一颗心怦怦乱跳起来，一个劲地骂他神经病。事后，林白履向伏申如此解释，他之所以冒着违背组织纪律的风险，是在看她对特务是不是憎恨，是在试探她的政治立场和对共产党的态度，是在看情况能把她争取过来成为自己的同志，以进一步壮大党部内的革命力量，但结果不太理想。

  当时，沈乙嫔差点失声大笑起来，如果要说共产党，整个党部，整个浙江省党政警部门谁都可能是共产党，唯独伏申不可能是。说他是共产党的人实在是太坏了，实在是太险恶了，最后，沈乙嫔还是自我宽慰地笑了出来，伏申是共产党，没有人会相信，没有人会当回事，因为不会有任何证据，因为他不可能是，这样被人诬陷，我宁可他是党国的一个好特务。沈乙嫔不知道林白履突然这么说伏申是何用意，什么要留心身边同事，甚至上级等，还故作深奥地提醒她，小心防备的，往往是不露声色的人，往往是关系良好的人，往往是自身行为得体的人。听了这些话，更加反应不过来，脑子转了一圈之后，情绪突然激动，说了一句气话，伏申有一天要成共产党，那她该怎么办？也跟他加入吗？说完，又担心林白履误解她，从而抓她把柄，连忙又解释，她要请伏申做她的入党介绍人，但不是共产党，是中国国民党。也许就是这句话，让林白履认为结果不理想，认为争取沈乙嫔的条件还不成熟，但当时他也跟着笑了起来。沈乙嫔以为自己一番逻辑混乱的胡话，把林白履搪塞过去了，不禁得意，不想林白履突然一脸神秘，低声问，你看我像不像共产党？沈乙嫔先是愕然，继而讥笑。但林白履又一脸正色，严肃地说，伏申是不是共产党只有我能证明，但我宁死不会暴露他，这是纪律。沈乙嫔顿时警惕，推开靠过来的林白履，说了句算是那一段时期里最严厉的话，林白履，你神经病呀，不会是要诬陷伏申是共产党吧？你要动歪心思，要谋财害命，小心我举报你这个神经病！

在以后，看起来立功心切的林白履从沈乙嫔那里得知浙江大学的若干情报，与铁头杭主动出击，积极查办，得出了俞孙一是共产党的结论，秘密报请予以缉捕。谭杭丽觉得会遭到师生反对，引起更大学潮，主张暂时放一放。林白履不甘心，暗中报告中央党部的朋友，请他们施加压力，甚至不惜让出一部分功劳，准备报告此时改名为保密局的军统方面，联合行动。不得已，谭杭丽叫林白履补充若干证据后，提交保安处，让他们抓捕俞孙一。但不知为什么，此事被人捅了出去，学校方面找林白履质问，林白履一度被学生围困，被市民唾骂，如同过街老鼠，甚至受到威胁，要取他性命，于是不禁后悔，回应校方时，没有说出沈乙嫔，但承认如果不是伏申被人告了，这个调查俞孙一的任务就应该是他的。

伏申问林白履，是谁告的？

林白履沮丧之时，面对伏申的疑问，心里的想法脱口而出。原来他想借此让谭杭丽中计，趁机把事情闹大，激发学生情绪，继而鼓动社会各界加入，把杭州闹个天翻地覆，推动革命形势成燎原之势，如果因此引发浙江全省造反，那一定会严重动摇国民党政权。

后来，因为发生龙泉分校学生继续入学的风波，谭杭丽怀疑党部有人把伏申的资料泄露出去。沈乙嫔从林白履那里听到，泄露资料的人是屠来根，于是告诉了谭杭丽。谭杭丽不想再追究下去，但还是试探了此时正要争取当选中央党部候补监委的屠来根。屠来根听出弦外之音，矢口否认，怀疑是不是林白履胡言乱语，嫁祸于他。谭杭丽自然予以否认，林白履和他是莫逆之交，是亲密战友，怎么会说没有证据的话呢？事后，她还是把自己的怀疑和猜测报告给已经在中央党部就职的罗霞天，罗霞天又告诉了朱家骅。事情过去了很久，朱家骅仍然耿耿于怀，于是想办法把屠来根从候选人名单里拿了下来。

屠来根自从被取消中央党部候补监委候选人之后，心境有所变化，还央请沙秘书写了一幅陶渊明的《归园田居》挂在办公室显眼处，时不时地跟人讲，自己打算以后弃官从农，回萧山当一个快快活活的地主。此前，屠来根已颇有田产，此时又看到旁边邻舍在钱塘江边围田有成，也禁不住花钱圈了片无主滩涂，但后期人工用材费用奢巨，资金一时难以筹措齐全，只得暂缓。至此，也为以后向伏申借钱，埋下了伏笔。

此后，在党部同事看来，屠来根与林白履的关系一直维持良好，凡是需要合作的事仍然随时合作，但暗中拆台的事也将必然发生。后来林白履被检举被关押，有传言是由屠来根从中鼓动伏申所致。

六　追校长追到了南京

竺可桢向教育部争取学校经费迟迟没有进展，一直待在南京没有回到杭州，因此伏申返校读书的申请无人签批。新学年将至，眼看要过了时间节点，情急之下，乔思文联系到暂住在首都饭店的竺可桢，让伏申到南京见面，看看能否同意签字。伏申为此向党部请了假，沈乙嫔怕他去了南京就可能回北平了，要一起去。因为临行前几天，伏申突然接到了母亲从北平打来的电话。

电话里的声音伏申已经快十年没有听到了。想到这个女人居然是自己的母亲，伏申既感到愕然，更觉得陌生。母亲告诉他，父亲伏德魁因为汉奸罪被拘留了，可能要押往南京受审，如果罪名最终成立，可能被判处死刑，让他尽快赶回北平，或者到南京等待，争取与父亲见上一面。电话里母亲的声音冷峻，语气坚定，希望他务必相信父亲是无辜的，至少是万般无奈之下，被要挟被蒙骗到伪满洲国的。

这辗转而至的电话由于通话时间过长，被军统电话侦听部门注意到了，发现是梅花碑党部的电话，就通报了值班的屠来根，屠来根透露给了林白履，因此党部知道的人不少。当然，没有证据证明，是因为林白履的散布，早于国民政府开庭公审文艺界汉奸公报正式发布，伏申父亲伏德魁因为汉奸罪在北平或者南京特别法庭接受审判的消息，在省党政军各部门不胫而走。传播更为广泛的是,《东南日报》不仅迅速刊登了伏德魁当年到长春为伪满皇帝和日本高官献演的报道,而且还发表了许多封强烈要求将汉奸之子伏申清除出党政队伍的读者来信。

其实调统室也一直窃听电话,知道伏申与母亲通话的内容。谭杭丽因此认为军统小题大做,伤及无辜,提出了严正交涉,同时,就伏德魁伪满之行作了说明。因为负责电话侦听的是以前洪公祠特训班前一期同学,加上毛教官过问,谭杭丽知道是党部内部有人背后搞鬼,因为没有证据,也不好责备,人多嘴杂,封也封不住,她应该关心的是伏德魁如果定罪,伏申如何渡过这一关。

接下来的南京之行,让伏申暂时渡过了难关。

伏申抵达南京之前,乔思文已致信特别法庭,要求依据《处理汉奸案件条例》草案提出最终意见建议,按照"只问职位,无关罪状"的原则予以宽大。乔思文援引的《条例》规定,南北汉奸首恶得死刑外,伪省长级原则上亦处死刑,部长级为无期徒刑,次长级为七至十年徒刑,局长级为三至五年,其余人均两年半刑,以示薄惩。其中,曾为协助抗战工作或有利于人民之行为证据确凿者,得减轻其刑,而伏德魁抗战期间的一贯表现,伪满之行的缘由过程,足见无辜,显属其例。

在等待特别法庭回音的那几天,伏申跟着乔思文去见了竺可桢。由于首都饭店费用太高,竺可桢已经迁居对面的一家小旅馆,但为了方便见面,仍旧约了首都饭店的后厅花园喝茶。竺可桢看到伏申,安慰了他几句,并对上次在省政府沙秘书那里匆匆见面,没有顾得上他的事情,表示了歉意。答应回去以后,一定尽快帮他办好。伏申趁机提出,另有两名与自己情况类似的同学也申请了,能不能同意一起完成学业。竺可桢没有当即表态,但留下活话,因为关系到扩大名额,最后要看争取多少学校经费再作决定,希望他们耐心等等,机会总会有的。

竺可桢知道他父亲遇到了麻烦,劝他先把读书的事放一放,等家里的事过去了,再安心学习。喝完茶,竺可桢抢付茶钱,还特别说明，这是他自己工资的开销，不是学校经费，临走时，还劝伏申好好游览一番南京，这是一个多难的城市，现在回到中国人民的怀抱，其中的滋味自然不一样了。

这是伏申第二次来到国民政府首都南京。

第一次是从北平南下。1937年6月29日早晨六点，伏申捧着藤条箱子，那义魁扛着紫红色小牛皮箱，坐上火车一等车厢，从正阳门东站出发。

火车已经超载，除了一等座，其他车厢都很拥挤，尤其是三等车厢更是人叠着人，叫声骂声一片，听口音更多的是逃离北平的南方人。六个小时后，火车中午十二点抵达天津站。到天津换乘时，伏申从那义魁手里拿过小牛皮箱，骗他坐上了回北平的京奉车二等车厢，自己则悄悄换乘津浦车前往南京。

一开始那义魁没有发觉自己坐错了车，直到车过丰台站时觉得不对，于是挤进一等车厢寻找伏申，只见空空的只有几个乘客，根本没有伏申，询问了列车员，才知道车是开回北平的。那义魁到正阳门站下了火车，借着月台上的灯光盯着一个个下车的人，根本没有伏申的影子。

那义魁回到芳草园时已经是深夜，当然没有见到伏申人影。连琴瑟马上猜到伏申骗过了那义魁，自己一个人去南方了，不由得担心，连忙与伏德魁商量，打算过几天就去杭州找伏申。伏德魁训斥那义魁太大意了，居然连朝南朝北的方向都分不清楚，又责怪连琴瑟太草率了，让伏申带着百宝箱一样的紫红色小牛皮箱，路上岂不是给他招来灾祸？这一说，连琴瑟更紧张了，第二天一早就要和那义魁坐火车去找伏申。瞿玉郎倒是镇静，安慰连琴瑟，南京是去杭州必经之地，伏申一定会在南京停留，会找乔思文给浙江大学校长竺可桢写推荐信，建议马上给乔思文发电报，让他在伏申到南京时先留住他，得到回音，再让那义魁动身赶过去会合。但连琴瑟还是焦急，想自己亲自去，也正好回杭州看看。看到瞿玉郎这态度，伏德魁感到有几分惭愧，提出等演完已经卖出去票的几场戏，陪连琴瑟一块去。看着大家着急，与各大戏楼商量后，又退了几天的戏票，预订了两张火车一等票，计划7月10日乘坐京奉车到天津，休息一晚后，于次日转乘津浦车到南京。

然而，乔思文回电，伏申没有到南京。

原来伏申在济南下了车。

伏申本应该三天之后即7月2日到达南京，当黎明时分火车停靠济南站加水时，睡眼惺忪的伏申产生了幻觉，透过长长的灰白色的月台，仿佛看到了一年多前请愿学生的队伍和沈甲妃的身影。伏申顿时神志清醒，觉得他们是在召唤自己，于是在济南站下了车。

九年之后，1945年光复以来第二年初，省党部内部甄别龙泉期间参加工作的学生，调查延伸到过往，就济南之行，伏申有过如下说明：

此日，找到山东省政府，并见到了省主席韩复榘。韩复榘当时正在召开军事会议，研究日军侵犯华北的同时，如何防止突袭山东半岛等重要事项，按理根本不可能有时间接待他，皆因为他带着伏德魁之前未曾寄出的信以及印有四合班字样的拜帖，门卫才予以通报，自己才得以被召见。

而真实的情形复杂得多：

伏申站在省政府门口等待通报的时候，他的紫红色小牛皮箱引起韩复榘一个首席幕僚的注意，而这个首席幕僚曾经是前清皇室的近臣。他匆匆赶来参加会议，一眼就认出曾是溥仪所用紫红色小牛皮箱，判断伏申可能负有"满洲国"方面的重要使命，就径自把他带到了韩复榘的办公室。韩复榘盘问了几句，尤其是发现藤条箱子里的小角儿，马上判断他就是北平来的单纯少年而已，岂能与溥仪的"满洲国"有什么瓜葛？正要离开，伏申连忙送上拜帖和伏德魁的书信，韩复榘草草一看，敷衍了几句，要叫那个首席幕僚替他接待。当伏申缠着韩复榘，追问沈甲妃的下落时，韩复榘突然变得客气，重新坐下来，耐心地向他作了解释，不仅否认所有请愿学生在济南遇到过危险或者任何别的麻烦,更重要的是还出具了种种可靠的证据,证明伏申提到的沈甲妃,自己口中文气美貌的江南籍女学生,当时确定已经安全离开山东省境,一路南下回到浙江。

总之,济南之行使伏申相信沈甲妃已经回到了西子湖畔的家中,内心暂时得以安定,杭州之行也变得更加坚定明确,更加义无反顾,更加迫不及待。

在韩复榘亲自安排下,伏申在济南略作观光,逗留到7月6日,然后坐上津浦火车一等车厢前往南京。伏申告辞之时,韩复榘还客气地留了一留,坦言如果不是山东马上要打仗,如果不害怕守不住,一定让他在济南最好的大学读书,学成以后留在自己身边做事,博取远大前程,到时候他父亲在戏台上帝王将相唱的那些豪言壮语,都可以实现。伏申当时不辨虚实,甚是激动,以肺腑相对,自己找人心切,恨不得长出翅膀飞到杭州,看到沈甲妃。韩复榘干笑几声,称赞他少年豪气,然后又真诚劝导他,男子汉大丈夫何患无妻,少年雄壮,应当好好学习,日后才可报效国家。

7月8日,火车到达浦口,伏申下车乘坐轮船过江之后,没有坐京沪线转沪杭铁路直达杭州,而是在南京停留下来了。

津浦线的终点站浦口是一个小镇,位于长江北岸,但归南京管辖。因为长江之上没有大桥,火车轨道修到浦口就截止了,所以只能坐到浦口。按照计划,他在浦口下火车,在码头上买一张船票,坐轮船渡过长江,再雇人力车赶往南京火车站,然后换乘去上海的火车,可以在当日傍晚抵达上海,在上海旅馆住上一夜,第二天早晨,从上海火车站坐车,下午就可以抵达杭州了。

但是轮渡过长江时,伏申在船舱内寻人启事栏边上看到了剥落得只剩下半张的布告,布告由江苏高等法院颁发,时间是1936年2月,字迹已经斑驳模糊,但仔细辨认,男女都有,刑期不等,还有死刑的,唯独姓名部分已经被撕了下来,因此不知道具体是什么人。伏申发现其中一个女犯姓名模糊得左右都辨认不明,但年纪写着二十岁,却还十分清楚,思前想后,忽然心情沉重,改变了原来的计划。

伏申渡过长江后,没有去南京火车站,而是雇了一辆人力车直接到了南京市区,在中华门附近的南京首都饭店住下了。记得几年前听乔思文说起,在他住所隔着一堵城墙的地方即将建成一家高级饭店,希望开张之日,专门请四合班去南京演几天戏,以示庆贺,届时还请他们住在自己中西合璧的楼房里,伏申如果随行可以住在最高的阁楼上,从窗户里可以天天看到中华门,看到秦淮河。

伏申一住下,就想去找乔思文,急于问清楚那张1936年2月布告上被判决的二十岁的青年女犯到底都有谁。

首都饭店另一侧果然有一堵城墙,墙的一边果然有一幢中西结合带着阁楼的房子,房子果然对着中华门,伏申由此很容易就找到了乔思文的住所。房子里面亮着灯,但门关着,敲了半天,一个北方口音的青年宪兵出来,把汗流浃背的伏申挡在门口,他似乎知道他是谁,先是说了一个他不太愿意相信的消息,日本人昨天夜里在北平开战了,然后告诉他,乔思文被蒋介石请到江西庐山了,那里比南京凉快多了。这次说是避暑,其实是开会,这几天就会回来了。

伏申回到饭店,当天报纸上关于中日军队在卢沟桥交战的消息已经铺天盖地,《中央日报》还罕见地转发了中共中央号召中国军民团结起来,共同抵抗日本侵略者的通电。不过,见到的人都很平静,似乎并不相信会打得很久,很大,不相信会打得无法收拾,没有退路。伏申穿梭在人群里,想起在丰台火车站看到的一队队抬着重机枪,举着太阳旗的日本军人,想起以前曾到永定河上那座有许多大小狮子和石象的桥上行走,曾在乾隆御笔的"卢沟晓月"的碑亭前合影,由此想起沈甲妃预言过、呼吁过,也是请愿过要阻止的事情还是发生了,种种情景,交错显现,不免思绪有些混乱,神情有些恍惚,一个人沿着秦淮河走了又走,走得已经疲惫,但还是漫无目标地走着,最后炎热还是把他打倒了,他眼睛一黑,腿脚一软,瘫在地上。后来他在杭州盛夏时节,也遇到过这样的情形,才知道自己是中暑了。

昏昏沉沉中,伏申努力睁开眼睛,看到一个警察提着棍子朝自己走过来,突然旁边蹿出一个衣衫褴褛、满脸污垢的少年,从背后猛推了他一把,叫他快跑。伏申一边吃力地跑着,一边还不时回头,要守护那个少年。警察加快脚步追过来,伏申站住,回头迎向警察,不想警察看了看他,只挥舞了几下手中的棍子,指着已经跑远的少年狂骂了一通,随后消失在河边了。

伏申两脚踩着棉花,身体轻飘飘地往回走去,看到那个少年坐在城墙下,神情沮丧地唱着歌。伏申坐了下来,与那个少年交谈了几句,知道他是东北人,想求学和投亲都未遇,已经在南京流浪一年多了。伏申请他吃了饭,还给了他几块银元,希望他换一身好衣服,然后带自己游览一番南京城。

那天下午,刮了一阵风,下了一场雨,天气稍见凉爽。那个少年带伏申去游览秦淮河,经过中华门时,看到有几个士兵正清洗墙壁,准备张贴新标语或是什么公告。伏申就想起轮渡上看到的布告,问那个少年。少年想了一想,然后像是知情人一样作了回顾,认为请愿的学生目的地是南京,如果其他人没有到达就半路折返了,伏申的那个朋友却是有可能到过南京的,如果监狱里没有,有可能枪毙了,地点就在这雨花台。

那个少年带着伏申登上了不远处的雨花台。

雨花台在中华门南边,是一座松柏环抱的秀丽山岗,有一百多米高,五六里长,看上去是由几个山岗组成的大平台。那个少年用流畅的东北口音,向伏申介绍起雨花台的历史和名称由来。自从越王勾践在此筑越城始,到三国时,因为山岗上遍布五彩斑斓的石子,又称石子岗、玛瑙岗、聚宝山,到南朝梁武帝时,佛教盛行,有一位高僧在此设坛讲经,感动上苍,落花如雨,雨花台由此得名。后来又几度沦为战场,抗金名将岳飞在这里大败金兵，太平天国的天京保卫战决战也在这里展开，辛亥革命时与清兵在此几番激烈争战。看到伏申有些不以为然，那个少年猜出了他的心思，似有同感地长叹一声，比起大华北大东北，这地儿有点小了，随后，突然话题一转，冒出一句，打动了伏申。

十年之前，荒凉已久的雨花台成为刑场，成为一个做噩梦的地方。

不过眼前的雨花台，看不到肃杀之气，感受不到血腥弥漫，听不到鬼魂哀鸣，有的只是单调、静穆如荒漠沉寂，以及雨后的闷热和泥泞。一直到晚霞满天，伏申才离开雨花台，原本想找几块雨花石，却没有找到一块像样的，那个少年给他的一块，他看了看，连小时候那次游览卢沟晓月，在卢沟桥下捡到的、永定河里的普通石头还不如。

据有关记载，那天是南京当年气温最高的一天，毒日当空，炎热难当，伏申坚持了很久，最后还是眼前一阵发虚，一头栽倒在一堆乱石上面。

迷迷糊糊中，伏申由那个少年搀扶着回到了饭店，并见到了当晚的游行。中华门下，人群聚集，举着小纸旗的学生像洪水一样涌动，走在队伍最前列的一个青年女子振臂高呼，众人一齐响应。伏申因为只看到他们张动的嘴型，却听不到他们发出的声音，想跟上去听听清楚，但人群瞬间消隐不见，突然冒出的军警追赶那个带头呼口号的女子，而那个女子却对危险视而不见，不急不忙，独自行走在空旷的大街上。伏申焦急，想高声警告她，但喉咙被什么东西卡住了，想跑过去提醒她，但双脚沉重如铅，迈不动半步，最后眼睁睁地看着女子被如虎似狼的军警抓走了。

首都饭店的门早早关上了，到了半夜，四周显得冷清。伏申敲门，没有人开门，他坐在墙角，望着北方的天空，神情既沮丧又担忧。

那个少年劝伏申不要光发愁，不要在这儿干等，要想办法进去。伏申看了看墙高，伸了伸沉重的双腿，爬上墙头，拉了那个少年一把，几个巡警过来时，两人已经跳进墙里面了。

伏申知道自己是擅自闯入，多少感到紧张，但见那个少年打开窗户，带着伏申进入饭店，打开了灯，光亮就像戏台上的灯柱，只照得见伏申和那个少年，四周的家具就像观众那样在阴暗里看着他们。伏申被灯光照耀得全身是汗，胸口透不过气来，赤着脚进入一个房间的浴室，用凉水冲了冲身体。那个少年听到声音，放下手，缓步走到门口，提醒伏申，出汗的时候，不能洗澡，尤其是不能用冷水，不然要生病的。伏申打着寒战走出来，看到那个少年蓬头垢面脏成猴子的样子，叫他赶紧去洗一洗。那个少年穿着不知哪里找到的睡衣，走出房间，放着水，但没有裸露着身体冲洗，而是用毛巾隔着宽大的睡衣擦了擦。心神不宁的伏申挂念呼口号的女子，想要出去寻找，那个少年认为外面太危险了，不值得，要劝阻伏申。伏申态度坚决，夸奖呼口号的女子非同凡响，值得他去冒险。那个少年擦着湿乱的头发，有些得意地学着南京话，真有这么好？真要这么认为，真的老开心了。

伏申对那个少年的话感到愕然，刚要细看他时，突然觉得困乏，眼睛一闭，竟睡着了。

月光照进来时，伏申已经躺在一张大大的软床上，辗转反侧，仿佛是从睡梦中醒来，瞪大眼睛，环顾四周，觉得自己处在一个陌生的地方。

伏申用了很大的劲才坐起来，开门出去，一眼看到外面原来是一个看不到边的草坪花园。那个少年穿着睡衣从花园深处走了出来，披着长发，身形完全像是个女人，再走近时，竟然就是那个呼口号的女子，不禁头一晕，瘫倒在地。

模糊的月光下，那个少年走近躺在草地上的伏申，问他怎么还不睡。伏申想爬起来，但身体沉重得像是粘连在地上，完全动不了了，他用乞求的眼光看着那个少年，问他究竟是谁。那个少年递上一个杯子，告诉伏申，喝一杯牛奶，就能睡着了。

伏申接过杯子，一口喝了下去，顿时感觉有了力气，起身站起时，那个少年却催促他赶紧离开。伏申当然不肯走，并且一把抓住他，希望他也安心在饭店住下，既来之，则安之。那个少年大笑起来，指着突然变得荒凉的四周，提醒伏申，这里是杀人的刑场，是自己这样的鬼魂住的地方，伏申血气方刚的少年儿郎怎么能住在这里？伏申显然被吓住了，浑身一阵阵的冷汗，因为他认出那个少年竟然就是那个呼口号的女子，而这个呼口号的女子竟然就是沈甲妃。

女鬼！女鬼！女鬼！伏申大叫几声醒来了，发现自己还躺在雨花台那堆乱石之上。

伏申仿佛做了一个梦，7月的南京让他难挨暑热，生了几天病，让他神志恍惚，永生难忘，始终不清楚是遇到鬼了还是遇到仙了。他在陆军监狱探监时，向沈耀中提及此事，无神论者沈耀中竟然觉得伏申因为住的地方离雨花台太近了，遇到冤魂也是很自然的事，又何止一个女鬼？克里森在《最忆是杭州》中提到，给伏申施行催眠术时，发现他的这段经历，认为是渡轮上的布告暗示或者纠缠了他内心，以致引发他类似做梦这样的幻觉。沈乙嫔怀疑伏申当时是因为对姐姐的思念太过投入，神神道道的，不能自拔，只有岁月，只有她，才能让伏申将这段记忆抹去，成为一个精神和情感正常的人。只是蓝栀子对此并不相信，不断质疑他，认为这是他编出来的故事，因为她觉得沈甲妃还在现实世界里，只是没有与他联系罢了，怎么会出现在他生病时的怪梦中呢，而且是那样种种毫无逻辑的，混乱不堪的怪异形象。

这次南京之行，伏申没有等到父母。可能是乔思文的活动有了效果，特别法庭以《处理汉奸案件条例》为依据，专门复函北平光复委员会，不必将伏德魁解到南京受审，并建议宽大处理。北平光复委员会回电力争，鉴于伏氏为著名艺人，伪满洲国之行榜样极坏，影响广泛，如不公开处理，北平民众的爱国热情恐受打击。为此，乔思文致电北平光复委员会，大加批评，还表示要专程奔赴北平交涉，想尽办法制止他们制造冤假错案，诬陷良善，伤害梨园，牵连无辜。乔思文想劝伏申回北平看望父亲，与家人团聚，同时又担心伏申回北平后，光复委员会的人求之不得，找他麻烦，那岂不是羊入虎口？犹豫再三，问伏申意见，伏申仍然希望读书，拿到竺校长的签字，然后到学校报到。

　　第二天，伏申到首都饭店对面的小旅馆找竺可桢时，不想他已经退房，前往上海了。原来财政部长俞鸿钧6月底到上海，商讨印发纸币事宜，一直没有回过南京。迫不得已，他在电话中向竺可桢诉苦，本年1月至5月，中央支出为15000亿元，而收入仅有2500亿元，这12500亿元亏空怎么弥补？现在前方打仗的钱最要紧的，学校的经费只能暂时削减了，希望能理解他的难处。据旅馆伙计描述，竺可桢听了电话，怔了半天，后来突然发火了，声音顿时大得像是吵架，对着电话吼叫，不打仗，钱不就有了，再没有钱，也不能少教育，少学校的。放下电话，就直奔火车站了。

　　由此，伏申想到竺校长之不容易，又回想起当年他全力以赴迁校的情景，鼻子一酸，眼睛竟然湿了，最后忍不住，走到旁边小巷里，哭出声来。对于自己的哭声，伏申觉得生疏，他不记得离自己上次哭鼻子是多久前的事了。

　　当天，伏申不等与乔思文告别，留下字条，告诉他，自己要回杭州等竺校长了。

七　上海滩那么近那么远

伏申7月中旬的上海之行，有三件事情，其实是为了三件事以外的一件事。

其中一件是公开的，也是他向党部请假的理由，那就是找竺可桢签字。竺校长本人在南京的时候，答应给学校打一个电话，他即可上学，但回来之后，学校管事的教务长非得见到亲笔签字，因此伏申只好专程到上海找竺可桢，同时为人在狱中的矮金瓜和还没有下落的翟泫衣再争取争取。还有一件，他帮助省政府委员陈治平充当一回信使。原来上次与沈鸿烈一起见过伏申之后，陈治平再三争取他参加秘密组织"孙文主义同盟"。他向伏申透露，自己不仅担任盟常委、组织部部长，而且兼任上海盟支部的负责人，统管江浙沪，如果伏申愿意，可先送几个文件到上海，以后担任上海与浙江之间的联络人，成为骨干盟员，就像当年加入同盟会的先知，如今哪个不是声名显赫的党国元老，不是当今政界学界的高层前辈？因为陈治平答应派省政府专车送他来回，他想着说不定可以把竺校长接回来，就答应下来。

第三件事，也是他此行比较重要的，就是见杜先生。

端午节晚上，俏罗敷以伏申的名义，请乔思文到湖畔阁喝茶，谭杭丽和沈乙嫔等人作陪，中间小饮黄酒，讲到戴笠遇难的事情，多少有些唏嘘，也因此发生争论。

乔思文略酣，指着谭杭丽直言，知道她关系通达，长袖善舞，十年前千方百计引导伏申加入特务训练班，还好他当时把伏申带到上海了，否则伏申加入军统，就是完全不同的人生道路了。谭杭丽不想争辩，笑道，有人喜欢喝茶，有人喜欢喝酒，都是喜好，没有谁对谁错。忆起往事，谭杭丽意犹未尽，端起酒杯，拉着伏申一起敬乔思文，笑着说，伏申应该感恩乔先生，多亏带他去上海，当然在上海没有被拉进青红帮，也是自己的造化。此话一出，让乔思文一噎，一口酒吐出来，差点喷到伏申身上。伏申连忙递过一杯茶，乔思文喝了几口，脑子一清，不想再争论下去，拍了拍伏申的肩膀，赞道，尔乃名家子弟，杜先生是待客之道罢了。

沈乙嫔脸上堆着喜悦，举杯上前，感慨发言，伏申不参加军统特训班，也没有误进上海青红帮，命中注定就是要到杭州的，要跟大家在一起的。谭杭丽拿着酒杯，在伏申的杯子上碰了一下，讥笑沈乙嫔自作多情，什么命中注定，伏申背井离乡地追寻到杭州来，为什么呀？如果在南京找到人，他还会来杭州吗？

全场沉默了一会儿，只听乔思文一声叹息，伏申离家十年了，吃了不少苦头，早知道如此，十年前就应该送他回到北平的，尽管北平在日本人的统治下，再煎熬，终归是与家人在一起，留在那里的人不也是熬过来了？

伏申喝了几口酒，红着脸劝慰大家，对于当年来杭州，他一点都不后悔。

1937年7月底的这一天，伏申一回到首都饭店，就见到了从庐山提前赶回南京的乔思文。乔思文告诉伏申，党政军机关都已经离开，南京现在是一座空城，待不得了，催促他赶紧收拾行装，共同搭乘一辆军车，离开南京前往上海。

伏申想到那张江苏高等法院的布告，想起中暑病倒时似梦似真的所遇所见，疑问难消，疑团未解，犹豫着不想马上离开。对此，乔思文劝他，自从在辅仁大学礼堂见过沈甲妃之后，对其印象深刻，赞赏有加，作为一个师长，自己对她的生死怎能不关心？之前，他确实听到过一种说法，辅仁大学学生沈甲妃带领部分北平学生赴南京请愿，扰乱国民政府正常办公，引发社会秩序混乱，导致国民误解高层决策，因其中共秘密党员身份遭到侦查，旋即被捕，证据查实，供认不讳，经军事法庭内部审判，按照军事委员会有关条例，以江苏省高等法院名义，刑决于南京雨花台。但这完全是讹传，谣传，乔思文向伏申保证，他愿意用自己的人格担保，绝无此事。中间，他受辅仁大学所托，向多个部门求证，均予以否认。军事法庭几个主审法官还列出具体事实说明，在起于民国二十五年元月，迄二十六年当日，在雨花台枪决的犯人中，无一妇女，其他刑场亦是相同。

伏申相信了乔思文的言之凿凿，内心顿时释然了许多，想起南京的炎热和种种不愉快，想起雨花台病倒时怪诞的梦境，想起与谭杭丽的充满暖意的互动和接近，答应马上离开南京。

他提着紫红色小牛皮箱登上军用卡车时，向乔思文提出，他想去杭州，而不是上海。谭杭丽会在杭州等他，帮他找人，并提到了与谭杭丽交往过程中的所见所闻，当讲到洪公祠的情况时，乔思文没有听完，就激动起来，极其严肃地提醒伏申，那是军统特务机构，不要上当，要做事情，也要堂堂正正地做，不管怎么样，先读书，沈甲妃不是给他一本《升学指导》吗？她一定也是这个意见。乔思文把伏申拉上卡车，然后向他解释，去杭州就要路过上海，到上海之后，再送他去杭州，最后还劝解伏申，如果沈甲妃也可能路过上海再回杭州呢？说不定还能在上海见到她。

没有如希望的那样，在上海遇到沈甲妃，然而凑巧的是，伏申在上海遇到了又一个与沈甲妃同年的人，而且也是一个女大学生。

京沪公路上都是开往南京的军队，卡车一路走走停停，几乎是从士兵、军车和大炮的缝隙中穿行而过，本来当天中午就应该到达，结果到了晚上七八点钟才进入混乱拥堵的上海市区。

那是迄今为止，伏申唯一一次到上海。他本来是路过，想不到一待，就从1937年盛夏待到了秋天。难忘的是，他在上海按照南方的习惯度过了十八虚岁的生日，难忘的还有，与他共度生日的不是他的家人，不是从南京亲自送他去上海的父亲般的长辈乔思文，也不是盛情邀请他留下的上海滩大名鼎鼎的杜先生，而是一个之前没有任何关系的陌生人，一个曾经就读于著名的哈尔滨第一音乐学校的东北籍女学生，后来，伏申还知道，她其时还是杜先生最小的姨太太。

在南京前往上海的路上，乔思文怕闲来无话，又为了安抚伏申，特别承诺，要在上海给他过十八岁生日，并且还动情地回忆起自己当年到芳草园喝满月酒，到宣武门天主堂参加洗礼的情景，不禁发出了"时间过得真快，转眼都十八岁了"诸如此类的感慨。伏申感到惊诧的是，自己怎么算都是十七岁，怎么忽然变成十八岁了？难道自己已经忘记时间了吗？乔思文对此解释，南方与北方不同，南方人算虚岁，北方人算足岁，入乡随俗，当然要按照南方人的习俗为他庆祝生日。乔思文还提前向伏申透露，到时候可能会给他一个惊喜，因为四合班将来到上海。但是，伏申没有感到高兴，他不仅认为这不是什么惊喜，而且猜到四合班不会出现在上海，因此这样的惊喜不会出现，而且一句"国难当头，过什么生日"说得乔思文甚是无趣。

原来之前乔思文从庐山回南京时途经上海，为邀请四合班到上海一事专门见了杜先生。杜先生和乔思文商定，由乔思文电话联系伏德魁，随后发出正式邀请。他们十分自信地认为，在日本人完全占领华北之前，四合班完全有机会离开北平到达上海的。

但是通话显得费劲，显得不顺畅。

态度诚恳的杜先生站在电话机旁，与乔思文一起劝说伏德魁，主要的意思是华北打仗了，日本人一定会长期占领北平，趁着胶着混乱的时候，不如赶紧把四合班带到上海，他们在上海的戏迷不会比北平少，芳草园固然很好，但不会比上海的花园洋房好。

后面这句话让北平那边不太愉快了。电话中伏德魁反驳，花园洋房有花园洋房的好,芳草园有芳草园的情致,住的人不一样,比不了,如果仅仅为了住洋房,不是为了演戏,还不如蜗居芳草园,过自己的老日子。

杜先生着急了,抢过话筒,答应伏德魁,如果来上海,除了把法租界最好最大的一套花园洋房赠送给戏班,每月赠送三千大洋之外,还把大舞台交给四合班,让三百六十五天场场爆满,收入五五均分。

电话那边是久久的沉默。

出面拒绝的是瞿玉郎。他在电话里让乔思文转告杜先生,他乡总不是故乡,梁园虽好,终不是久恋之家,四合班的家在芳草园,四合班的观众在北平,离不开,抛不下,舍不得。

杜先生显然急了,说了一句"难道日本人来了还不肯离开北平"这样难听的话。

电话那头的瞿玉郎直接驳回了杜先生的诘问,明确表示他们想留在北平,哪怕日本人来了,也不会来上海,因为上海话听不懂,上海的东西吃不惯,总之,对上海人,还是怕。最后还声明,他们决不会在日本人眼皮底下唱戏,哪怕饿死。

杜先生差点被噎住了,生气得想摔电话,最后还是忍住性子,劝他们尽管放心,四合班的事,就是他的事,现在南京国民政府权威,军令统一,政令统一,有他在,中国范围内,包括上海,没有人敢欺侮他们。

电话那边伏德魁久久没有说话,过了许久,又以"折杀伏某,伏某不敢当"之类的话一味回避。乔思文听到伏德魁如此犹豫,瞿玉郎如此固执,只好搬出了伏申,他对着话筒大喊,有什么不敢当的?四合班由伏老板和瞿老板领衔,在大舞台唱戏当之无愧,还有伏申现在到南方读书,给他上最好的大学,如果来到上海,有事无事,可以经常见面,有什么不好?

伏德魁感受到了杜先生的真诚,没有再说死话,留有余地地表示,对他们的好意,感激不尽,日后有缘,一定来上海。当然,乔思文提到伏申,多少也让瞿玉郎心动了。

这次乔思文在南京接到伏申,觉得事情已有九成把握,但最后要真正促成,需要最后一把火,而这把火就是连琴瑟。

乔思文到上海之后的第一件事情,就是给连琴瑟打电话。连琴瑟正好到宣武门天主堂做义工,乔思文又拨通了神父的电话,找到了正在向难民施舍的连琴瑟。连琴瑟知道伏申已经到达上海的消息,不禁放心,对乔思文谢了又谢。乔思文提到了伏德魁与瞿玉郎通电话的经过,希望连琴瑟从四合班的安危和前程着想,催促他们尽快离开日本人占领的北平,到靠近首都南京,且有英美法列强保护的上海发展。连琴瑟此前已经知晓,电话里一口答应跟伏德魁和瞿玉郎认真谈一谈,尽力促成四合班的上海之行,如果他们不愿意,她就不得不翻脸了。乔思文听到连琴瑟这样说,连忙劝她不要操之过急,伤了和气,然后提到要在阳历8月10日给伏申过生日的计划,希望四合班届时能赶到上海,如此不仅顾及杜先生的一片诚意,也能一起为伏申庆祝生日,得以全家团圆,岂不是美事一桩?

因为差点忘记了伏申的生日,连琴瑟不禁感到难过,忍住哽咽,向乔思文保证,戏班别的人不肯来,她一定会来。乔思文踏实了许多,然后马上告诉杜先生,只要连琴瑟肯来,伏德魁瞿玉郎也一定都会来。杜先生颇感意外,故意问乔思文,连给自己儿子过生日都这样难请吗?作为父亲,不至于吧。

伏申1937年8月12日十八虚岁生日,是在上海法租界的一个防空洞里度过的。

说是防空洞,其实是杜公馆别业的地下室。这个杜公馆别业在霞飞路东头角一条闹中取静、曲径通幽的小弄堂里,原来是犹太商人的别墅,几经转手,成为杜先生的别业之一。绿树环绕下,只见一座一大一小前后两个花园,楼高三层,有尖顶的巴洛克建筑,显得精致而又牢固。尤其是地下室很开阔,一直延伸到花园下面。打开大厅旋转楼梯底下的地板,沿着石阶走下去,再打开灯，可以看到一个客厅和一个餐厅，四面都是单独的卧室，有门有锁，一共有七八间，再往里面是一个暗道，不知通往哪里。

生日宴会由杜先生事先亲自安排，不仅有蛋糕鲜花，而且还布置了留声机和电影放映机，简单却很周全。

后来，杜先生美好的计划都落空了。

首先，杜先生和乔思文于8月11日那天突然接到通知，赶往南京参加紧急会议，一直到20日才回到上海。再是四合班也没有到上海，乔思文临走打电话催促，因为北平的线路不通，已经联系不上。因为防空演习，租界当局实行交通管制，筹办生日宴会的管家、用人、厨子，包括送鲜花和蛋糕的商家店员，都无法到杜公馆别业工作。电影放映机提前几天就送到了，因为放映员始终没有出现，电影也没有放成。唯独留声机摆放在那里，而且有一张录制了伏德魁和瞿玉郎著名唱段的唱片，但是没有电，留声机也就成了摆设。伏申看着唱片纸封上伏德魁和瞿玉郎的头像，心头一热，不禁哼哼了一段。

那天附近全区域停电，四周陷入一片黑暗。当晚天热，外面没有一丝风，加上停电，电风扇也开不了，伏申躺在床上，一边不停地用手抹汗，一边盼着电灯亮了，可以看那本《升学指导》。等待的时候，看到旋转楼梯后面有一束光亮，就走了过去，发现地板张开了一个口子，光亮正是从下面的地下室发出来的。伏申走下去，只见蜡烛高照，如同白昼，以为许多人在里面，感觉到自己是擅自闯入，多少有些紧张，大着胆子叫了几声，但没有任何人回答。

然后他仿佛像一个观众，看到了一幕戏剧般的情景。

他不知道这个女学生模样的人是怎么出现的。暗淡的烛光下，空旷的客厅里，这个穿着睡衣，用红手绢束着长发的女学生缓步走到琴凳前坐下，轻轻掀开一块薄纱一样的白布，出现了一架黑色的钢琴，她接着看了看自己的双手，随后神态专注地弹了起来。曲子是孤独而忧伤的，让伏申感觉到仿佛置身于举行葬礼的教堂。

女学生看到伏申，朝他点了点头，又弹了起来，但是曲调突然变得优美欢乐，让伏申感到舒适和宁静，也感到了清爽。不知道弹了多久，那个女学生罢了手，低头坐着，默声沉浸在刚才自己弹奏的乐曲里，过了一会儿，一边弹一边轻声唱了起来。

她弹唱的是她家乡哈尔滨的歌，名叫《雪花随歌声飘过》。

太阳升起云端，雪花仍在飘舞。我唱着温暖的歌，雪花随歌声飘过。那是我难忘的家乡，永远回不去的地方。

亲人月夜离开，雪花仍在飘舞。我唱着思念的歌，雪花随歌声飘过。那是我难忘的家乡，永远回不去的地方。

钢琴声终于停了，那个女学生走过来与伏申交谈，对他像小弟弟那样，直言不讳地介绍自己是杜先生的小姨太，一年多前到了上海，在国际饭店弹钢琴，但不久失业，是杜先生帮助了她，而且杜先生答应，等中国和日本不打仗了，就让她在上海读大学，做喜欢做的事情，比如弹钢琴唱歌，甚至开个人音乐会。伏申知道，她比自己大三岁，曾经就读于哈尔滨第一音乐学院，先是到北平，然后到南京，几年里一边流浪，一边参加游行请愿，直至到了上海，总算安定下来。

多亏了杜先生。

随后，她回想起刚到上海时的情景，提到了一起从北平过来的一位辅仁大学女学生，叹息一声，多亏了这个杭州姐妹。

那天，上海晴热的一个上午，杜先生率领欢迎学生请愿团赴沪分团的队伍，站在月台上，等候火车的到来。火车徐徐进站，她拿着好几件行李，显得吃重，那位辅仁大学女学生连忙走过来帮助她，此时几位长相凶恶的男子挤进车厢，拦住了她们。其中一个壮汉要强行接过行李。那位辅仁大学女学生一边用杭州话，当时她听起来以为是上海话,对壮汉说了声,请侬让开,一边提起行李拉着她下车。壮汉愣了一下,让开了那位辅仁大学女学生,转过脸来突然抓住她的手,坏笑着提醒她,听她口音是北方人,小心被人骗了,要她跟他走,他带她住又高级又实惠的旅馆。

那位辅仁大学女学生这时用一口地道的上海话,叫他放手,光晓得欺侮外地人,不要面孔了?壮汉下不来台,因此迁怒于她,就推了她一把。那位辅仁大学女学生抽出另一只手,猛然一个耳光打在壮汉脸上。壮汉恼怒,没有还手,但索性抱住她的身体,威胁要捉她们去警察局。她挣扎着,但被越抱越紧。那位辅仁大学女学生放下行李,扑上前去,与壮汉拉扯起来。另外几个男子显然听出那位辅仁大学女学生的杭州口音,顿时鼓噪起来,乡下女人还敢到大上海逞威风,充悍妇,真是不知羞耻,要对她们动手动脚。后来,她知道,当时上海人不敢轻视首都南京,但认为杭州是乡下,杭州人是乡下人,所以骂那位辅仁大学女学生是乡下人。拉扯间,那几个男子并没有注意到杜先生已经出现在车厢里,而且看到瞧热闹的人多,更加起劲地侵扰她们。

这时,杜先生掏出一把小手枪,对准壮汉的脑门,声色俱厉地大骂,大庭广众,调戏妇女,不怕吃子弹?话毕,把手枪递给她,见她不敢接,又递给那位辅仁大学女学生,鼓励她,这位杭州同学受惊了,侬来。

那个被杜先生叫做杭州同学的辅仁大学女学生,握枪在手,神情多少有些愕然,摇了摇头。杜先生拿过枪,推子弹上膛,继续鼓励她,只要不打死人,打哪里都可以,手、脚、耳朵、屁股,都没有关系。

那位辅仁大学女学生拿着枪,又摇头,她显得犹豫,也不知道怎么开枪。

杜先生仍然义正词严地表示,杭州同学,到上海地面绝不能让各位学生受委屈,侬打,一人一枪,出口气。

那位辅仁大学女学生把手枪推还给杜先生,也义正词严地表达了自己的观点，中国人不打中国人，杭州上海一家人，是好邻居，更不能打。

杜先生不肯罢休，突然朝着车顶开了一枪，一笑说，很简单，扳机一扣，子弹就出去了，打吧，不打，他们走不了。

那位辅仁大学女学生再次接过手枪，手指放在扳机上。

那几个男子恐惧之中，急中生智，突然齐声高喊，杭州姑娘讲得对，中国人不打中国人，杭州上海一家亲！

后来那位辅仁大学女学生情绪激动，一把挽住她的手，叫他们睁大眼睛看看，一个从东北逃难到关内的女学生，一个失去了家园的同胞，怎么能这样对待她？中国要亡国了，不去抗日，却在这里欺侮自己的姐妹，还要不要面孔？几句话说得那几个男人顿时无地自容。

杜先生听了，不禁热泪盈眶，也冷静了许多，命令那几个男子向她们鞠躬赔罪，然后还责问哪个堂口派他们来捣乱的，明明一群苏北人还混充上海人？后来，杜先生把手枪递给那位辅仁大学女学生，叫她留下防身，上海的地盘上，谁敢不尊重她，尽管开枪，打死人他负责。

那位辅仁大学女学生想把枪还给杜先生，但他已经转身下了车，呼着口号消失在欢迎人群里了。

那几个男子也趁机溜走了。她守着行李，等着那位辅仁大学女学生出现，但车站里人来人往，拥挤不堪，直到夜色降临，一直没有等到人。最后是杜先生把她接走的，他告诉她，那位杭州姑娘应该回家去了。

四姨太说到这里，告诉伏申，自己一度担心，那位辅仁大学女学生，那位杭州姑娘是否还活着。听四姨太这么说，伏申不禁失望，也就没有再问别的，也不敢问，那个杭州姑娘，那位辅仁大学女学生，怎么可能是沈甲妃呢。

此时烛光忽明忽暗，伏申觉得困乏，刚要离开，四姨太叫住他问，听刚才他哼哼的声音，像是会唱歌的。伏申摇摇头，但还是哼了一段，又点了点头，说自己只会唱几段京戏，说罢端起架子，唱了一段《空城计》，突然嗓门一紧，变成假嗓，唱起了《贵妃醉酒》。四姨太似乎听得有些痴醉，身体摇晃了几下，学着伏申的样子，唱着《空城计》，然后头发一解，又唱起《贵妃醉酒》。看到伏申脸上汗珠，就把红手绢递给他擦汗，伏申看着手绢中的一朵朵六棱绣花，似乎有点舍不得。四姨太笑了，问伏申漂亮不漂亮，那是她自己绣的雪花，哈尔滨的雪花就是这么好看的。

此时蜡烛突然灭了，两人顿时处于黑暗之中，只有红手绢上的绣花闪着白色的光亮，如同真正的雪花。

上海的地下室潮湿闷气，与北平干燥凉爽的地窖不一样，令人无法入睡。心情愉快的四姨太也不顾外面的警报声，带着伏申去了外面，陪他看看黄浦江，看看外滩，看看一排排高大的洋房。路上除了遇到一个印度巡捕，没有见到一个行人。后来四姨太带着他走进一座几层高的饭店大楼，也就是她工作过的地方，一起吃了夜宵，然后沿着江边边走边谈，直到天亮。中间，四姨太似乎知道伏申的心思，突然劝他，比起上海，杭州到底是小地方，不如去杭州，兴许能碰见她。

说话间，成群的日本飞机忽然出现，扔下了无数的炸弹。混乱之中，伏申仍然得以回到杜公馆别业，而四姨太却没有了踪影。8月20日，杜先生回到上海，派人四处寻找，怎么也找不到她。

事隔九年，伏申找到杜公馆别业，看到正在重新装修，而之前在重庆的杜先生此时转道香港停留，还没有回到上海，要到中秋节前才回来。杜公馆的人告诉他，那个四姨太一直没有消息，杜先生派人多方寻找，除了上海，还有附近的南京、杭州，甚至苏北新四军那里都打听了，光复后，还特地致电接收哈尔滨的熟人，找到了她父母，也是没有任何音讯。近十年间，苏州河、黄浦江经常有女尸漂上来，留守上海的杜先生手下，也都一个不漏地予以关注，但显然都不是四姨太。杜先生由此相信，四姨太还活着，某一天会回来的。

伏申内心充满了失望。他这次到上海，最主要的一件事其实是想见四姨太。原本以为，见到她之后，会从她那里听到辅仁大学女学生，也就是那位杭州姑娘的消息。后来，被催眠的伏申说到了这次在上海的相遇。克里森在《最忆是杭州》中没有多加评述，但作了比较深奥的解析，认为伏把见到的相似的女人，包括在上海见到的女人，往往会当成同一个女人，以弥补或是强化心中对这个女人的记忆，而原因是，他十分害怕像现实生活那样，在记忆中，也会丢失了这个女人。

当然，乔思文认为伏申去上海找杜先生，是为了父亲，不禁夸赞他懂事多了，有担待了，于是安慰他，杜先生回来之后，一定会积极出面的。凭借他的影响力，对于伏德魁，特别法庭不会太为难，北平光复委员会不敢太为难。

伏申到孙文主义同盟上海盟支部时，遇到中统局上海调统室的人正在例行检查，因此也受到盘问。他没有隐瞒自己的身份，指着眼前的中央银行，解释自己是去那里找人，只是路过而已。对方打电话向谭杭丽核实后，也没有为难他。

碰巧的是，竺可桢就住在旁边的旅馆里，而且要到了一半的经费，已经准备回到杭州，正好搭上伏申的汽车回去。一路上，伏申讲得最多的是矮金瓜和翟泫衣的情况，不仅请求竺可桢满足他们三人相约回杭州完成学业的迫切愿望，而且希望他能出面争取矮金瓜获得自由，帮助翟泫衣避免遭人迫害。竺可桢听了，不禁感慨，他们是为抗战中断学业，现在形势再紧张，国共再要打仗，也不能囿于政治立场就不让青年读书啊，自己一定竭尽全力。

后来，伏申因为帮助一家报纸复刊，差点受到处分，回校读书的事就迟迟没有了结果。之前，这家报纸发表了浙大自治会主席俞孙一演讲遭到查封，伏申应浙江大学学生会请求，为了让报纸尽快复刊，同意该报刊登最新一期的浙江省政府公报。内容为新颁布的《中华民国境内外人出入及居留规则》《各机关员工福利竞赛办法》《首都高等法院检察处通缉汉奸人犯表》，以及温岭县民王振夏为改选乡民代表事件不服县政府处分提起诉缘由、丽水县民周水清为拆让房屋事件不服丽水县政府处分提起诉缘由等有关地方事务公告。报纸经理眉头一皱,问伏申,报纸都被查封了,还怎么发表公告?伏申反问,报纸发表省政府公告,谁能阻拦。经理于是明白伏申用心,该报因而得以复刊。

　　对此,参与查封的部门意见很大,要求省政府予以追究,要求省党部对经办人伏申予以处分。陈治平一边让伏申暂时停止这边的工作,一边向省党部说明,并承担了责任。

　　谭杭丽却表扬了伏申,这样做,能获得学校和学生的信任,能让背景复杂的浙大学生会这样的组织对他放松警惕,慢慢地就会把他当成自己人,从而暴露他们自己的共产党身份。

八　假作真时真亦假

礼泉方丈的频频出现，尤其是赵姓青年的事情发生后的一段时间里，谭杭丽对伏申被克里森催眠时呈现的情景，始终挥之不去，生怕那不是梦境，生怕伏申和俏罗敷，或者别的什么人，在自己浑然不觉的情况下，进入过中正路六号的密室。到了欲凉还暑的时节，焦虑仍然不减。她总怀疑保险柜被人打开过，名单和相关资料可能泄露了，总担心等不到新年查实和完善名单，实施真正"大扫除"，要查找的人，要抓捕的人都销声匿迹，一个都不见了，自己多年的努力都白费了，如果真是这样，自己真应该感到难过，感到不堪，感到绝望。难过的是，自己无法告慰父母在天之灵了，自己不能报仇雪恨，不能一解胸中怨气了；不堪的是，会被当成笑柄，被同僚攻讦，什么贪功心切，不自量力，被上峰训斥，什么一意孤行，妄自逞能；绝望的是，此生再无时间，再无机会，从头开始，重新再来，此生再也不可能有"大扫除"这样的大手笔，大作为了，当初洪公祠向戴笠豪言的，什么巾帼不让须眉，什么身不得男儿列，心却比男儿烈，都是笑话了。

但情绪归情绪，怀疑归怀疑，谭杭丽不得不振作起来。考虑再三，她重新设置了密码，但也只存放普通的文件，或者任意放一些无关紧要的东西，甚至私人物品，或是开着沉甸甸的钢门，门户开放，里面什么都不放。

跟谁生气呢？

是因为国共内战没有正式爆发，中统局认为时机不到，迟迟没有下达抓捕命令，以致夜长梦多，横生变数？

谭杭丽也明白，这不能完全怪中统局。毛教官直言不讳，一直提醒她，如此规模的行动，牵涉到方方面面，中统局其实没有十分把握。浙江的情况十分特殊，许多人在省里，在军界，在南京，都是有各种关系，不是亲戚乡党就是同学朋友，稍有不慎，就会被人抓住，攻其一点，不及其余，最后满盘皆输，别人正好借此进一步削弱中统。

毛教官言下之意，可以联合军统，共同行动。为此，谭杭丽曾专门到南京请示，徐恩曾告诉她，现在国共谈判，阻止的人一定很多，这件事要做，浙江方面自己去做，不用都报告，现在容不得犯错，比如泄了密，动静搞得很大，收获却很少，看笑话的人就多，总裁不正好拿中统开刀吗？

早该在五六月间共产党武装撤往江北，趁各县地下组织对国共合作抱有希望的第一时间，调动力量，迅速收网，却因为党国高层存在分歧，各大特务机构纷争不断，特别是同样对和平抱有幻想的人士，阻碍了决策，延误了行动。

是自己保管不严，密码被盗，以致名单上的人听到风声，逃出生天？

后来发生的事实也说明，哪怕决策及时，行动迅速，要取得预期的效果也是十分困难。总之，恐慌已经造成。

据各地调统干部密报，名单上大部分人踪影难觅，少数拖家带口，本乡本土的人，或有合法身份掩护的人，多半由宗族势力或者民间组织敲锣打鼓，作公开自首，知道并无证据，于是倒打一耙，不仅不承认自己是共产党，而且要求严惩诬陷者，致使各地党政军机构陷入被动，纷纷推过于当地调统人员。对此，谭杭丽不禁后怕，虽然泄露的是份假档案假名单，真正的问题在于，没有人知道这是假名单，因为假名单也是名单，一切都按真名单仿制的，而且连一式一份的假证据也都丢失了，在别人看来，什么事后补救，包括补充侦查等等都已经错过了时机，如果真的泄露，不管真假，只能说明问题严重，说明"大扫除"计划名单被盯上了。对于只知其一不知其二的上司，谭杭丽的解释是，礼泉方丈的事情发生后，自己更加慎重了，对每个名单上的人逐次地核实，尽量做到万无一失，但如此时间一再拖延，混乱难免，名单被泄露的可能性就更大了。这件事，最生气的人是她。想想从1939年开始着手调查，足足用了六年多，费尽时间和人员，费尽心机和精神，差点功亏一篑，能不生气吗？

但是她也承认，无论如何，怪不了别人，只能怪自己，只能跟自己生气了。

谭杭丽怪自己，跟自己生气的是，可能是最可靠的人利用了她的信任和大意，以致百密一疏，铸成大错。最大的困扰是，脑子里整天整夜像放电影一样，不断地掠过一个个人影，一幕幕场景，然而总是稍纵即逝，难以捕捉。此时，毛教官鼓励她，事实证明，戴笠老师"假作真时真亦假"的遗教是多么伟大！为了他，也一定要保管好完善好，争取"大扫除"计划百分百成功。当天，毛教官跟她商定，所谓保管好，就是档案藏匿的地点必须保密再保密，知道的人越少越好，真正做到真真假假，万无一失；所谓完善好，就是计划名单和证据材料要再细化再落实。浙江地方盘根错节，水深如海，不同于别的地方，可以从速行事，错捕错抓也无所谓，而这里稍有差错，或者证据不足，就会被人告状，引来党政军商各界大人物的干涉阻挠，到时候自己受处分受制裁事小，只怕最后使"大扫除"计划前功尽弃，使党国在浙江这个大后方的基业受到动摇，使全国的反共大业蒙受不可弥补的损失。

对于后续应该怎么办，毛教官的计策有二：一是任由假名单泄露一事蔓延扩大，转移周边有心之人的注意力，可以使真名单中的嫌疑分子自以为能高枕无忧，从而放松警惕，继续蛰伏。二是为保周全，当务之急，要想尽办法抓到一个或几个负责过浙江事务的中共重要干部或重要联络员，促其变节，至少让他指认名单中的骨干分子，从而顺藤摸瓜，层层剥笋，在最短的时间内，获得高层长官特别是蒋委员长的亲笔裁决，立即行动，一网打尽，迅速处置。至于怎样找到有价值的中共叛徒，毛教官首先想到了一个人，其实谭杭丽也想到了，但吃不准的是，这个人是否真的知道其中的秘密，知道了，会不会配合交代，交代出真实情况。后来，两个人分析了半天，又请示了南京高层长官，得到了认可。之后，谭杭丽不禁信心满满，只盼不久以后，时机到来，努力实施，大功告成，一扫晦气。

毛教官还认为，要确保上述计划成功，大张旗鼓，认认真真查办尽人皆知的所谓"大扫除"计划名单泄露一案，显得十分重要，借助此案，可以怀疑调查任何人，甚至包括他这个军统要员。对此，谭杭丽的应对之策就是那句"假作真时真亦假"，保证不让人看出任何破绽。

这真真假假的，连十分善于观察的精神科医生克里森都被蒙骗过去了。一次他到党部预支报酬，与谭杭丽交谈时，提醒说，自己不理解为何她的工作突然显得混乱，杂乱无章，甚至毫无逻辑，这显然是过于焦虑引起的，建议她接受催眠治疗。谭杭丽否认自己精神状况有问题，拒绝了克里森的好意。

在一定范围里，人们以为，由于"大扫除"计划名单泄露，谭杭丽似乎遭遇重大挫折，不得不把别的事放一边，在自身接受中统局调查的同时，认真调查每一个头脑中闪过的人影，仿佛在力求侦破此案，抓到窃取档案的人，一为洗清此间疑难，自证清白，二为推动反共大业，作出贡献。

克里森没有放弃，再次建议她试一试催眠。谭杭丽刚一入眠，克里森就问到了她心里的症结。

谭杭丽在睡梦中描述：

> 毛教官亲自带人把保险柜抬了进来，其他人都离开

之后，毛教官指导她设置密码时提到，如果要把四位数改成最先进的五位数，难度会比较大，但她宁肯费神费时，坚持要五位数，最后她终于掌握了要领，毛教官主动回避之后，她开始设置自己想要的密码，怎么又要保密又不会忘记呢？想了又想，想了很久，她随手拿起那顶平檐礼帽，戴了又戴，玩了又玩，看了又看，突然眼睛盯住帽子里面的编号不动了，最后鬼使神差，就把密码确定了下来，试了又试，真如毛教官所说的，具有高度的私密性，既容易记住又不容易被人破解，谁能够想到会用这五个数字呢？

克里森根据催眠中的呈现，仍然认为谭杭丽梦中的是虚构的现实，但不排除她在设置保险柜的整个过程中受心理暗示，或者受到某种程度上的心理操控。

谭杭丽表面镇定，但心里不禁紧张了一下。自己能受到谁的心理暗示，能受到谁的心理操控呢？是伏申吗？伏申在克里森催眠术作用下，承认进入过中正街六号密室，有一念间，她怀疑伏申故意赠送她的平檐礼帽，暗示她的密码设置。如果自己像受了巫术那样的心理暗示或者操控，那也太不可思议，太让她沮丧了，太让她惭愧了。

还有一种可能，事情自始至终都是俏罗敷一手所为，伏申根本不知情。伏申尽管在礼泉方丈的事情上，在赵姓青年的事情上，表现得过于投入，有一念间，她怀疑伏申用他的韦伯利转轮手枪，在黑暗巷子里杀了赵姓青年，结果发现是被三八大盖子弹射穿了心脏，开枪的是一个劫财的天目籍在逃游匪，尽管那个游匪，是被伏申的韦伯利转轮手枪射杀。

许多一念间，都是不对的，都是冤枉了无辜的伏申。这么多年来，他的所作所为，光明磊落，他的来龙去脉，近乎透明。联想起以往的情景，特别是1942年冬天沈庐洗漱间的那个夜晚，谭杭丽觉得自己真应该为无端的怀疑感到惭愧，感到歉意。

伏申不属于一闪而过的人，应该始终在她的脑海里停留，跟她一起，审视那些一闪而过的可疑人物。可疑人物分成三部分：一部分是党部的人，就是与保险柜有联系之人，比如沈乙嫔，比如林白履；一部分是平时有交往并且有疑点的人，比如腾阿大，比如铁头杭，比如俏罗敷；还有一部分，是有关联但没有理由怀疑的人，如毛教官，以及他找来的人，包括那几个帮助她整理名单和材料的海军，却努力不在脑海里出现，免得被克里森发现什么。

毛教官当然配合默契。谭杭丽当着别人与毛教官说起自己的怀疑，中间提到伏申被催眠中的情景：俏罗敷曾经尾随伏申找到中正街六号，并且在四周待了一段时间。毛教官思索一番之后，先亮明了态度，表示军统方面会全力支持她，提供一切必要的帮助，随后给她作出判断，第一个要调查的应该是俏罗敷。

1945年光复以来第二年7月的最后一天，要来的台风没有来临，俏罗敷突然失踪了。

一开始有传闻，俏罗敷因为风化罪被杭州市警察局收容。伏申托市党部熟人过问，查证了几个地方都无此人。直到一个礼拜以后，伏申看望沙秘书，正巧见到来求取书法条幅的蓝栀子，沙秘书因为要临时挥毫，就让他们在阳台喝茶等候。闲谈中，蓝栀子与伏申回顾往事，又聊起工作，提到浙江省保安处、军统杭州站、中统局浙江调查室在灵隐召开了联席会议，鉴于最近天津、四川等地开展了大逮捕行动，收获甚大，浙江军警特系统倍感压力，决定不管证据是否充分，先逮捕一批共产党疑犯。看伏申没有什么兴趣，索性告诉他，被捕名单中有几个女性，其中有一个年龄和样貌与他的熟人俏罗敷相符，但没有名字，只有代号。会议之后由保安处具体采取行动，遭到秘密逮捕的共产党嫌犯很可能被带到了离杭州不远的莫干山。离开时，蓝栀子又说了一句没头没脑的话，显然是在提醒他，林白履不像一个好人，怎么变都变不了一个好人，只会越变越糟糕，要小心点。原来，蓝栀子偶然听到，齐庆斌与林白履偷用保密会议线路频繁通话，怀疑他们有着什么勾连，而且这种勾连他们是不想被各自单位知晓的。

伏申想亲自到莫干山查实，但又拿不准主意，于是到陆军监狱探望沈耀中，询问他的意见，顺便把小角儿留在他那里。沈耀中沉吟片刻，劝他不要贸然行事，俏罗敷一不是他的亲人，二不是他的生意伙伴，虽然是多年邻居，他也关心不上，但伏申一个党部青年才俊，大张旗鼓地跑去莫干山，算怎么回事？爱人？女友？姘头？相好？都不是吧。俏罗敷只要坚决不承认自己是共产党，不至于有生命危险，相信抓她的人没有铁证，希望伏申千万慎重，不要上当，国民党特务机关不讲法律，不知道他们背后有什么企图，说不定是想拿她作诱饵，抓更多的人。如果她承认自己是共产党，更没有必要救她，因为共产党最讲牺牲，她也只有牺牲一条路。

伏申到杭州认识的第一个人是俏罗敷，而且留下了不错的第一印象，在初冬的南方感觉到了一丝温暖。

十年前，1937年10月30日的深夜，伏申一手抱起紫红色小牛皮箱，一手捧着藤条箱，一脚跳下人力车，朝亮光快步走了过去，进入了一条小巷。借着湖畔阁的灯光，伏申从灰色墙壁上看到了门牌号码，接着定睛细搜，看到了与沈甲妃描述十分相像的沈庐。黑暗中，这座石头水泥建造的三层的楼房孤零零的，四周一圈不高不矮的灰墙，隔断了与周边的关系，一扇半大的门紧锁着，门环边上贴着白纸黑字的求售告示，请购买者联络湖畔阁茶楼。

伏申回头看到了对面的一栋楼，古色古香，是一座仿古建筑，灯光突然闪亮起来，原来是稀有的霓虹灯，顿时增添了一分洋气。一个女子正站在茶楼下观察他，伏申走近之后，女子笑了起来，说了一声，原来一个男伢儿啊。

女子声音柔和，且有几分嗲气，让人听起来感到亲善。伏申放下小皮箱和藤条箱子，微身一躬，跟她打了招呼。女子此时已经把他看得更清楚了，说话也更亲近，问他是谁家的小开，怎么以前都没有见过？还开玩笑说，找房子金屋藏娇是不是太年少了点？因为女子说的是杭州话，伏申只听得懂一小半，也就无法回答她的问题，但问了她一句，是不是沈家的人？女子一听他的口音，吃惊得打量着他，原来是北方佬儿。伏申听懂了"北方佬儿"四个字，点点头，介绍自己是北平来的，到浙江大学求学。女子听他说话，一脸恍然，原来是北京城来的大学生，难怪这么有礼貌，沈甲妃介绍来的？伏申连忙再点点头，女子神情闪过一丝诡异，说了声原来如此，也就没有多问，就引着他进了茶楼，又是上点心上茶，还烧了碗馄饨给他吃。伏申此时已饿得厉害，端起碗就要狼吞虎咽，女子递过一把小瓷勺子，叫他一个个慢慢吃，没有听说过心急吃不得热馄饨吗？

此时，藤条箱里的小角儿醒了过来，喵喵叫着，显然是饿了。女子打开藤条箱看到小角儿，不由得称赞，还带着这么漂亮的猫呢，还戴着这么个奇怪的肚兜，我看它饿坏了，眼泪水都掉出来了，说着去拿了几条半活的鲫鱼，一条一条地喂给小角儿吃，小角儿很快就跟她熟悉了，跳到她双膝上要她抱，她一边安抚着小角儿入睡，一边耐心看着伏申吃完，一直到了午夜。

其间，女子看到伏申一直在观察自己，表情似乎有些迷惑，却又不问她更多问题，于是忍住笑向他解释，她不是沈家女儿，她和沈家老大沈甲妃同岁，在铜元女中一年级同过学，自己读书不太灵光，就没有再读了，不然也考个辅仁大学，或者像他一样，读浙江大学，成为一个女大学生。伏申又点点头，似乎知道她后面想问的，主动作了解答，沈甲妃有事回不了杭州，她这会儿在北平挺好的。

女子沉默了一小会儿，但愿吧，一定会好的。

伏申又不免疑问，沈家不是还有其他女儿吗？

女子把早准备好的委托书给他，沈家二女儿跟他差不多大，三女儿还小，已经多年没有消息了，自己不过受沈家主人沈耀中所托，经办沈庐出售的事情。伏申细细看了看用毛笔写的委托书，又点了点头，然后把小皮箱往桌子上一放，打开一条缝，伸进一只手，取出一把金条放在桌子上。女子一数，共有十根，但只拿了五根，告诉他，沈老板是定的十根这个价钿，但他只拿五根。伏申委托女子把多出的五根交给沈家姐妹，因为这是他跟沈甲妃说好的。女子将信将疑，沈甲妃不会说这种话的，编的吧？不过她也就没有坚持，收好金条，并且告知了分配方案：二小姐三根，三小姐两根。至于为什么二小姐多一根，后来才知道，原来二小姐沈乙嫔与笕桥中央航校的一个飞行员热恋了很久，现在光复了，应该要结婚了，三根金条就当作嫁妆吧。但她又把三小姐的两根退回伏申，因为她也不知道何时见面，如果日后有机会，希望伏申当面交给她。

离开湖畔阁时，女子笑他话语不肯多说一句，点起头来倒是蛮勤快的。

当晚，伏申拿着钥匙和房契，住进了已经打扫得干干净净的沈庐。女子推荐二楼有朝南阳台的房间作为他的主卧，正如沈甲妃之前跟他说过的，里面电话、浴缸、壁炉什么都有，仿佛住在六国饭店。但是现在这一切都成了摆设，电话线已经被掐断，水管出不了热水，壁炉封堵生不了火，更不方便的是，原来进口水管老化，因为买不到没有配套的材料，一时修不好，因此二三层时常停水，多数情况下要跑到一楼客厅使用洗漱间。

女子对此表示了歉意，因为沈老板出事以后，沈庐遭到查封，最近才解封，换了主人以后，希望花点钱，什么都能恢复成原来的样子。女子正想跟他交代得更多，伏申已经困得不行，往床上一躺，很快就睡着了。

伏申醒来时，已经是次日中午，深秋的阳光透过窗台，直接照到床上，照在他的身上。他从床上起来，就走到阳台上，第一眼看到的是一汪湖水，微波荡漾，一波一波地涌往远处的山边，一层一层的山，不高不矮，有浓有淡，与湖水连成一体，似乎伸手可摸，又仿佛遥不可及。再目测一下，伏申发现，沈庐与湖畔阁茶楼离湖边还有一段距离，但因为前面没有遮挡，那湖水可尽收眼底，那景物可身临其境。伏申不禁想起沈甲妃的话，西湖就是她的家，她的家就是西湖。

他站在阳台上看着西湖，昨晚对杭州的坏印象被完全冲淡了。

西湖漂亮吧？

女子站在对面，朝他挥了挥手，叫他去吃饭。他下楼后，发现女子原来就借住在楼下的客房，但已经收拾好自己的东西准备搬回湖畔阁。她向伏申直言，沈庐换了青春少主人，自己再住下去就不合适了，杭州不比北平，因为地方比较小，一丁点儿事情就满城风雨，好端端地别把他一个大学生的声誉给搞坏了。

伏申听了她一番话，也不知道该说什么，只是点点头，送她出了门。她回头一笑，神情有点妩媚。

女子当时故意没有告诉自己的名字，也一直没有告诉她的真实名字，后来知道，别人都叫她俏罗敷，他也就一直这样跟着叫了。

此次被逮捕的共产党嫌犯被带到了离杭州不远的莫干山，并进行分别囚禁，伏申打听到俏罗敷关押在原国民政府主席黄郛之前的别墅里，于是没有听沈耀中的劝告，借了辆车就前往莫干山。

风声传到党部，林白履似乎对真实情况并不了解，真以为是风化案，或者如后来谭杭丽认为的那样，是故意装糊涂，或者挑衅伏申。

林白履得知伏申居然敢这么明目张胆地为俏罗敷出头，就紧急约他到众安桥联络点见面，准备当面批评他无组织无纪律，责问他是不是想暴露了，是不是不想加入共产党了，等等，但左等右等也没有等到。情急之下，就拉着屠来根一起向赵强水施压，要求公开调查伏申与俏罗敷的关系，找到伏申不明巨额财富的来源和生活腐败的证据。看上去，林白履试图引向经济问题。他甚至判断伏申与俏罗敷是生意伙伴，借着湖畔阁作掩护，什么生意都做，什么钱都敢拿，只有一查到底，可能查出大案，窝案，牵出更大的后台。赵强水突然大怒，连同屠来根一块予以严厉斥骂。这次逮捕和审讯杭州市区共产党嫌疑犯是最高会报会制定的绝密行动，伏申和林白履这个层级的人是不应该知道的，他们这样公然一闹，搞得尽人皆知，将严重干扰整个计划部署。林白履不服，结果当天被关了禁闭。至于屠来根，这时突然在赵强水面前替伏申开脱起来，伏申是到莫干山旅游的，如果要帮俏罗敷，也是情理之中，既是熟人又是邻居，抗战期间还是战友，有什么不可以？如果真的跟共产党有牵连，也得要证据。屠来根此时改变态度，其实是为了日后好开口向伏申求助，后来他果然为老家围田一事，向伏申借钱，而且为了能借到更多的钱，不惜卖掉林白履。

　　林白履这边碰了壁，不等一天禁闭结束，就怒冲冲地找到沈乙嬷，一见面就挖苦她讽刺她没有看清楚伏申的品行，太糊涂，太没有判断能力。沈乙嬷听了，不禁生气伏申竟然毫无顾忌地为俏罗敷出头，更担心伏申万一被当成共产党，像父亲沈耀中那样，就算性命暂时保住了，也得把牢底坐穿，也得连累家人抬不起头，像她，任由林白履这样的人欺侮，像大姐，杭州不敢回，音信全无，像妹妹，连自己是沈家人都不承认。沈乙嬷想着，大哭起来。林白履趁机抱了抱她，安慰了几句。林白履不认为伏申是共产党，最多是个贪财好色的腐败分子，杀头不至于，但伏申能这样挺身而出帮俏罗敷，说明两个人关系非同一般，说明早就搞到一块，暗中做了夫妻了。

　　沈乙嬷当然不愿相信，他们两个平时一点迹象都没有，怎么可能？而且俏罗敷在天目山忠义救国军时，就和一个叫那义魁的在一起了，里面一定有别的原因，也许只是为了帮助俏罗敷，只是显示他仗义，只是标榜他为了那个叫那义魁的朋友两肋插刀。

　　林白履听沈乙嬷这么为伏申辩护，恨不得对她拳打脚踢，让她脑子清醒清醒，但想着正是与她亲热的好机会，只好忍了忍，好言好语相劝,而且保证,他一定会拿到伏申与俏罗敷苟且的证据。等不到第二天,当晚林白履就约了保安处的独臂组长,带着铁头杭几个人赶往莫干山了。

屠来根劝不住林白履,就通报了赵强水,林白履刚到山下,先是保安处一个电话过来,把独臂组长召回去了,然后是铁头杭几个要强行上山,与驻守山口的宪兵发生冲突,被扣押在当地派出所。林白履不甘心,趁着夜色一个人偷偷上了山,找到黄郛别墅,拿着照相机试图闯入,拿到伏申与俏罗敷淫乱的证据。

但林白履看到的是俏罗敷受了酷刑后正在接受克里森的催眠审讯。

宽敞的客厅里,在炽烈的灯光下,毛教官和几个穿军装的陌生人围着昏睡的俏罗敷,桌上美国最新款的录音机吱吱地转动着,克里森的发问一词一句断断续续,而俏罗敷闭着眼睛,机械地点头或者摇头。也许是在山林之中,又是深更半夜,没有人注意到林白履会出现在这里,会看到这一幕。意想不到的是,主审的是一个面目不清的女人,此刻她背朝着在窗外偷看的林白履,一边喝着牛奶,吃着饼干,一边不断给克里森提示审问的要点。林白履贴近墙壁,轻轻推开窗户,里面的声音顿时变得清楚了。克里森问的问题都与别人有关,而且都是林白履熟悉的人。问得最多的是沈耀中,沈耀中跟她的关系,派给她的任务,她知道多少相关的人员,等等,中间还突然问到她与伏申的关系,是怎么认识的,私下里到底是什么关系,伏申有没有被沈耀中发展成为共产党,等等。

至于俏罗敷的回答,始终是含糊不清的,唯独对关于伏申的问题,回答得相对清晰,他一个小孩,什么都不懂,还能是什么关系?俏罗敷停了一会儿,不等克里森再问,又回答,伏申与他女儿搞上了,他要救岳父,他知道岳父不是共产党。克里森听了,向众人点点头,似乎确定俏罗敷还在睡眠之中,因此她的回答也是可信的。

主审的女人并不相信，喝光杯中的牛奶之后，取出一把小手枪，拨开俏罗敷额前的头发，仔细检查她的眼睛，试图在证实她是不是真的被催眠了。紧接着，出现了让克里森感到得意的情形，本来已经安静得没有一丝响声的客厅里，俏罗敷发出的呼噜声越来越响，越来越均匀，出现了断断续续的喃喃自语，提到了谭杭丽，提到端午粽子、洗漱间，还有匕首、手枪等等词语，最后还提到了平檐礼帽。主审女人听了，似乎知道俏罗敷在说什么，脸色有些难看，忍不住想叫醒她，但被克里森阻止了，说催眠术生效了，必须马上进入正式的审问。

问题是预先准备好的。克里森和主审女人各自问一遍。

在克里森的引导下，俏罗敷有问必答，吐字清楚。主审女人问她，怎么知道中正街六号的？

俏罗敷回答，她因为跟着伏申，找了这个地方，然后一番详细的讲述，主审女人听了万分惊奇。后来克里森问到保险柜，要求她描绘一下，俏罗敷把保险柜型号大小、颜色和放置地方一一说出，主审女人打断她，怎么进屋里的？俏罗敷摇摇头，作了否认，克里森点点头，认为俏罗敷说的是真话，她的确没有进过放保险柜的房间，甚至从来没有见过，有关保险柜的描述，都是她想象出来的。

最后主审女人问了三个问题，俏罗敷都作了肯定的回答。

主审女人问她，怎么知道密码的？

俏罗敷声音低弱，一个字一个字地回答，知道，是二一八〇二。

主审女人顿时严肃，追问她，有没有透露给别人？

看看俏罗敷没有反应，克里森连忙叫主审女人问最后一个问题，主审女人想了想，突然发问，是不是预先知道礼帽上的编码？是不是故意送给我的？

此时，俏罗敷微微点头，然后突然醒了过来，毫不客气地反驳主审女人，礼帽是被强行拿走的，忘记了？

克里森摆摆手,示意催眠到此为止。

等主审女人转过身来,林白履发现此人竟然是谭杭丽,他愕然了半天,正要敲门进去,树林里突然蹿出一个黑影,一把将他按倒在地,拖进树林里,然后撬开他嘴,灌了一大瓶酒,不一会儿林白履已经不省人事了。

次日一早,伏申出现在空空如也的别墅里,里面什么人都没有,只见客厅里布满尘土和飘进来的枯叶,墙壁上的书画不是卷曲就是掉了下来,沙发桌椅都盖着落满灰尘的白布,电源和自来水已经切断很长时间,楼上楼下房间的门窗都上了锁,楼梯和走廊见不到任何新鲜的脚印。

陪同的管理人员告诉伏申,主人黄郛于民国二十四年,也就是 1935 年为摆脱汪精卫拉拢,托病隐居莫干山读书学佛,并于次年底病逝上海,之后,这里就没有人住过了。

因为伏申和林白履都未经请示擅自去莫干山,意图干扰上级计划,属于无组织无纪律的行为,受到扣除当年一半俸禄的处分。林白履回想自己的遭遇,不得其解,向谭杭丽求证当时的情况,谭杭丽听了惊诧不已,坚决否认自己去过莫干山,审问过什么俏罗敷,认为林白履是在做梦,或者得了幻想症,建议他找克里森好好看看。

林白履愤愤不已之下,不禁质疑她的身份,甚至怀疑她秘密处决了俏罗敷,因为怕共产党知道了以后找她报复,所以矢口否认。谭杭丽气得差点要扇他耳光,骂他在莫干山上烂醉如泥,出尽洋相,如果再敢胡说八道诬陷她,她就向中央党部控告他。谭杭丽与林白履大吵了一架之后,估计林白履可能会到伏申那里说自己坏话,马上给伏申打预防针,提醒届时不要听林白履发神经乱说话,因此林白履告诉伏申在莫干山看到谭杭丽的情况时,伏申当然置之不理。

俏罗敷当时有没有被押到莫干山,有没有在黄郛的别墅里受审,已经无法证实。后来,有人在 1945 年光复以来第二年或是第三年的秋天，在陆军监狱的刑场上，看到俏罗敷与学生领袖俞孙一及其他人一道受刑，矮金瓜在先，翟泫衣在后，俞孙一在更后，她是中间的一个。

　　林白履对自己在莫干山的行为，后来在众安桥联络点向伏申这样解释，他之所以心急火燎地赶到山上，一来担心俏罗敷受不了刑讯，尤其是怕她被催眠诱导，糊里糊涂地说出什么事情；二来也可以阻止伏申可能的鲁莽之举。

九　礼泉方丈道行太深了

自从克里森催眠发现伏申半梦半醒的状态下找到过中正街六号，尤其是俏罗敷尾随而至，发现了这处住所，不管是不是虚构的另一个现实，谭杭丽还是在梅花碑租了一处带有小院落的砖石混砌的一层小楼，就近住着，方便办公。人们看到她下班之后，都回到这座小院，早上也从里面出来，似乎已经没有别的住处。伏申参观了小院，虽然小了一点，虽然只有一层，但青砖黑瓦，显得结实牢固，红门紫窗，显得精巧醒目，一片小花坛，一株绿桂树，一级青台阶，简洁有致，尽显生机。比起沈庐，小是小，却别有风味。谭杭丽看到伏申疑惑，解释了一句，她已经把中正街的房子还回去了，进屋参观的时候，告诉伏申，他是这里的第一个客人。

屋里面，也是时尚温馨，整整齐齐的有三间房子，外间是会客厅，放着一张布面长沙发，中间是小书房，书架上除了政治书籍，工作手册，还有几本张恨水的小说，里间是卧室，有一张挂着蚊帐的雕花床，据说是清朝皇帝赏赐给一个杭州籍状元的新婚礼物，后来，状元家道破落，几经转手，最终被作为敌产没收。

卧室和书房之间是洗漱间，里面居然有抽水马桶。谭杭丽试了试，抽水马桶的声音哗哗响起，刚停下，又试了一下，如此试了三遍，笑着问伏申，是不是试用试用？伏申伸进头去看了看，拒绝了，还试什么？比沈庐的好。

走进卧室，谭杭丽掀开像幕布一样的蚊帐，向他介绍床上的雕花图案，原来雕的都是红楼故事，男男女女，诗酒花茶，金玉良缘，木石前盟。此谓百工床，意思是工匠花了一百天才雕刻完成，因而珍贵。靠墙的床头间，雕有奇花异卉，掩藏着多处暗格，肉眼难见，谭杭丽将其忽略，没有告诉伏申。

谭杭丽鼓动伏申躺上去，试试状元当年的感觉。伏申只是在床沿上坐了坐，就要起身离开。谭杭丽推了他一把，叫他再坐一下，听她把话说完，然而她自己站着，多少带有情绪地抱怨了几句。

在此前后，党部曾出现传言，这里是谭杭丽为自己准备的新房，她要结婚了，至于新郎是什么人，没有人能猜测出结果。谭杭丽指着床上的雕花故事，苦笑了一声，不是阿猫阿狗就能躺到这张床上来的，革命尚未成功，同志仍须努力，成家结婚，先放一边吧，缘分不到，金玉良缘也好，木石前盟也好，都是虚话，缘分到来，就是秦可卿那样的事，也是没有不好的，只要自己幸福，外人也说不了，管不着。

其实，中正街六号，仍然由谭杭丽使用。

毛教官从南京派了工兵，悄悄砌了一堵墙，封了前后进出的路，在紧靠着的那间书店里开了一个出口，尽管书店是毛教官安排的据点，谭杭丽仍然在中间加了一道铁门，由一排书架挡住，绝少轻易开启。外面看上去，似乎是一排排书架挡住的一条死墙。里面几进几院，外面已经很难看清楚。

看起来，保险柜仍然存放在里面，保险柜里仍然放着那份需要保密的档案以及相关证据资料。

直到礼泉方丈大闹党部的事情发生。

这与抗战期间的一段往事有关，与这个叫礼泉的方丈有关，而礼泉方丈出现在假名单上，是因为礼泉方丈与伏申非同一般的关系中，牵涉到一个尼姑。

在上报的伏申全国党国优秀青年的评选材料中,有人提到一件事,发生在伏申借调省党代会筹备工作期间,需要个人说明情况,并由审查组核实清楚。

事项为:伏申参加浙江省三青团与国民党合并调研工作,从云和县出公差到局部沦陷的松阳县,在突然遭遇方山岭战役,也就是日军所称的松阳作战中,他是如何表现的,又是如何脱逃的。重点需要说清楚的是,他是否擅自带着一位装扮成尼姑的三青团成员离开,而随后这位尼姑下落不明,据与会的松阳县党部同志回忆,这位尼姑的真实身份其实十分可疑,因此伏申有必要说明此事,尤其是与这位尼姑到底是什么关系。

包括谭杭丽在内,省党部许多上级同事其实都知道当时是什么情形,也知道伏申是如何表现的,基于他当时的身份和经历,不太可能与这位尼姑存在什么瓜葛。因此,伏申针对该事项举报写出情况说明后,审查组作了简单的查核,很快就有了一个基本结论。审查确认,指控伏申因贪功而伪造川军88军21师感谢信一事,纯属诬陷。前后有多人证明,感谢信由副军长兼师长罗将军亲笔起草,由书记官钢笔誊抄,由政导处范干事送达党部,只不过接收人是谁,无从查证而已。另外,浙江保安三团要求口头表彰伏申的信函系有人杜撰之说法,也站不住脚。党部不止一个人看到过,信函使用浙江保安处信笺,用比较少见的圆珠笔写就,落款并非公章而是个人签名。只不过党部频频转移,函件没有归档保存,一时难以查证而已。所谓有人杜撰,显然指的是沈乙嫔。她曾与别人言,那天党部庆祝方山岭大捷的晚宴上,看到林白履和屠来根酒后站在食堂门口嬉闹,还争相拆信取悦,浙保三团的信函掉落地上,她走上前从地上捡起,只是由于当时情形混乱,慌忙之下,不知道交给两人中的谁了。然而林白履和屠来根都不承认从她手中接过信函,还讥笑沈乙嫔不是脑子糊涂,记性不好,就是受人干扰,故意杜撰。尽管如此,沈乙嫔在谭杭丽询问时,依然坚称自己看到过信函,虽然匆匆一瞥,但确实看到了上面伏申的名字。谭杭丽怀疑信函十有八九已经给人扔了毁了，也没有再找浙保三团核实。

其实伏申当时的表现，谭杭丽亲眼所见。

全面抗战进入高潮，国民党五中全会召开期间，蒋介石主持专题会议，研究决定三青团与国民党合并，以形成大力推行三民主义的统一力量，并由浙江等地拿出方案，先行一步。但由于战局变幻，敌情危伏，形势严峻，加上一触及人事，暗潮汹涌，纠葛顿起，一时进度缓慢，甚至停滞不前。

一直拖到省政府和党部南迁五年之后，也就是在1942年，党部负责人徐浩和罗霞天召集省党部临时执委会议，研究制订了关于党团合并的试行方案，并向各县党部下发明文，同时成立组织，确定屠来根、谭杭丽、林白履三人为推进筹办小组成员，负责各项具体事务，还敲锣打鼓地招收了一批可靠青年充当工作人员。伏申与同学矮金瓜及沈乙嫔被聘任为联络员，在浙西南各县三青团与党部开会座谈，来回奔忙。同学翟泫衣与林白履分工负责联络组，其时伏申还不算正式干部，却叫他独当一面，联络龙泉县。一是因为龙泉情况相对复杂，合并双方阻力很大，联络起来比较困难，搞不好得罪人，伏申作为临时人员可进可退。二是伏申在龙泉分校时的许多同学加入了当地三青团，人脉算是有一些，至少不会连门都进不去，连人都见不到。三是伏申的几个事迹，使得他在青年人当中有些名气，三青团方面对他有过多次争取，1939年9月成立三青团浙江支部筹备处时，曾经叫他过去帮忙，只是因为在丽水、云和、景宁等县一再迁移，没有固定办公地点，伏申也就没有去成。1942年6月初，担任三青团浙江支部直属三分团书记的郑姓同学，请他去云和出席阚家祠堂青年宫落成典礼。其间，三青团浙江支团干事长宣铁吾还多次邀请他参加新春联谊等活动。

鉴于伏申的影响力，党部人事部门许诺，该项工作完成后，不仅正式录他入编，还可能任命相应的职务，希望他积极表现，先声夺人。

但实际情况是，抗战时期，诸事繁多，机构分散，人员流动性强，党部与三青团合并的条件并不具备。林白履却借此便利，开始对空军飞行员未婚妻身份的沈乙嫔展开了攻势。每次他那边支使伏申去龙泉，这边就带着沈乙嫔出差。因为没有实质性的事务，时年历经春夏秋冬四季，沈乙嫔也算难得度过了几天轻松惬意的时光。林白履人前人后，极尽照顾，令沈乙嫔多少有些自得。中间无非是县党部安排下，游山玩水，会朋见友，打打牙祭，还不忘带回当地时鲜土特产敬送党部执委监委。去庆元县，则是参观古廊桥、荐元塔，借此思古话今，顺便带回的是野菇、木耳、茶叶和笋干等赠礼。去云和县，则是考察摩崖碑刻、慧云讲寺，以显文明高雅，大包小包捎回的是竹荪、板栗、荸荠等特产。去景宁县，则是逛畲寨，听山歌，客随主便，吃乌饭，喝曲酒，剥粽子，入乡随俗。几次之后，沈乙嫔觉得乏味，开始不太喜欢林白履带着她，一副四处招摇、有意炫耀的样子，而且跋山涉水，太过辛苦，后来就找各种借口拒绝同他一起出差了。林白履欲擒故纵，任其自然，偶尔会带上伏申充数，但发现伏申人长个高，又是一口京腔，明明抢了自己风头，尤其是那些三青团的女青年，眼光始终在伏申身上飘来飘去，几次下来，让他醋意顿生，难以忍受，不仅不再一起出去，连龙泉也不叫他联络，索性打发他就近联系松阳，别的哪里都不要去。那几天，伏申独来独往，白吃白住，在外过夜还有差补，乐得快活。沈乙嫔羡慕，希望与他一起工作一次，一起出一趟门。恰好三青团云和青年宫落成，两人都收到邀请，但这次难得的机会被林白履阻止了，理由是他们都是聘请人员，没有资格参加类似公开活动，要去也得由他带着沈乙嫔一起去。与此同时，林白履安排伏申做好功课，想办法联系松阳县。其间，松阳县城沦陷，县党部暂时失去联系，伏申只能在与云和交界的乡镇公所打探情况，等待机会，前来接头的松阳县党部和三青团赵姓青年和临时联络员翟泫衣双双得了痢疾，就留在龙泉医治，暂时回不去了。

看到工作迟迟没有进展，林白履批评伏申，如果他胆子大有本事就去松阳境内，那边已经来电报催促了，等着有人去，正好立功表现。不想伏申当即就答应，林白履此时又不想承担责任，声称自己得知一点军事情报，所以好意提醒他，那里到处是日军，大名鼎鼎、凶狠无比的奈良支队、神户联队这样的精锐之师都已出现在松阳，情况危险得很，真要去，想周全了再逞能，勿谓言之不预也，不然有什么后果自己负责，他一个临时人员，万一为国捐躯了，抚恤金、勋章什么都拿不到。林白履如此一激，伏申非去不可了。松阳之行，险象环生，而与那个尼姑，可谓巧遇。

1942年8月初，上万日军在松阳集结，准备大举进攻浙江临时省会云和。

此时，松阳党部和三青团骨干成员转移到地下，在方山岭一处废弃的寺庙办公，此前早已电告省党部，切盼派人指导。为掩人耳目，临时县党部书记长李权扮成礼泉方丈，其他青年男女则化装成小僧尼。尽管身处凶险，工作没有停止，尤其是合并事务照常进行，只是等待省党部派员协调。就在这天，他们一边等待伏申，一边召开双方恳谈会，初步商定，如果意见达成一致，就在党部代表见证下，合并仪式也一并完成。想不到一场大战在他们眼皮底下突然爆发了。

原来松阳与云和之间的方山岭上，有一道低矮的山坳，叫鸡公骑坳，日军试图从此处突袭，进攻云和。是日一早，伏申从云和出发，一刻不停，到达山岭之下，看看天色不早，就询问了浙江保安三团的一处哨卡，抄了近道，力争在天黑前赶到方山岭上，不想中间迷路，在鸡公骑坳转起了圈子，四处观望之时，猛然发现成千上万日军埋伏在谷间坳下，但见漫山遍野，草木皆兵：

　　红日一轮已倾西，血色点点太阳旗。
　　奈良神户虎狼师，攀山绕岭欲偷袭。

伏申愕然之后，抬头一望，看到了那处寺庙兀现山崖，急忙攀登而上，从后面墙垛翻入，也容不得他们鼓掌欢迎，就以省党代表名义提议他们赶紧逃离。礼泉方丈到底有些年纪，处变不乱，神色镇定地指着正在热烈讨论中的各位代表，不禁讥笑伏申过于大惊小怪，日本军队几曾识得浙南山路？怎敢在穷谷恶岭间贸然行军？伏申又如何看出日军是出奇兵偷袭云和？一番质疑，坚持要求完成会议流程，还告诉伏申，松阳县于极度困难之境况下，在合并工作上为全省起到模范表率作用，不也是他这个党部代表的成绩吗？

在伏申看来，礼泉方丈此刻的角色显得混乱，既像一个老资格的党务干部，对自己过于年轻过于紧张而表示失望，而少了尊重，又像一个真正的和尚，话里话外，老谋深算，自以为是，似有禅机。但是他多少有些嘲讪讽刺的话，使伏申随即惊醒，顿觉情形万分严峻。山岭中的日军如此之多，分明就要对云和发动进攻，分明要以奇兵制胜，伏申转身回望，另一边岭下云和县境，山色清朗，梯田如鳞，军民人等井然有序，安宁祥和，何曾觉察到危险将至，灾难将临，处在前哨的浙保三团分明浑然不觉，仍然优哉游哉：

  炊烟万千与天齐，片片翠禾青云梯。
  杭州云和生死缘，醉生梦死在旦夕。

伏申顾不得礼泉方丈的面子，严肃地下达了撤离命令，但礼泉方丈仍然宣布开会，只是三下五除二，议程简单了许多。开会之后，其他人都神态局促，一言不发，那个尼姑装扮的三青团代表低着头，三言两语作了表态发言。伏申此时才认真地看了看她，忽然觉得面熟，但又不敢断定，她匆匆讲完，又低下头不看伏申了。

接着，礼泉方丈气定神闲，作了冗长的讲话。内容共三个部分，第一，合并是形势所需，第二是合并的重点内容，第三是合并后的主要任务和工作重点。让伏申眼前一亮，并且感到敬佩的是，礼泉方丈宣布，会后立即组建松阳边区游击队，而且首战就是阻击即将发动突袭的日本军队。轮到伏申讲话时，气氛已经十分紧张，他除了祝贺的话，别的不多讲，感动之余，再三劝说他们不要白白牺牲。会议最后，礼泉方丈让其他代表留下，请伏申带着那个小尼姑立即离开，赶回云和报告敌情。伏申不同意礼泉方丈的冒险举动，建议大家一起前往云和暂避，等以后有机会再为抗战好好工作。礼泉方丈无奈，也不再隐瞒，把实情告诉伏申。原来除了小尼姑，其他人虽然都是松阳本籍的，但根本不是党员、基层干部或三青团骨干代表，他们连国民党员都不是，都是临时找来凑数的山民，他这样做，是为了应付省党部这次调研座谈。既然遇上了敌情，借此正好组织游击队骚扰日军，为抵抗侵略者作出实际贡献。至于小尼姑，饥困之时，找到了这处寺庙。听她吴侬软语，却难掩刚毅，再看她额头及双手留痕，似乎当过军人，仔细盘问，果然是与部队走失，流落松阳，潜入岭上，遇到了礼泉方丈。礼泉方丈此时正在为合并会议缺少三青团代表而犯愁，看她是个军人，谈吐间又有文化，于是就说明原委，请她临时代替。听礼泉方丈这么一说，伏申再看小尼姑，终于认出她正是6月初在建阳徐市镇见到过的，为他们倒茶的女新四军。与之前比较，小尼姑尽管剃了头发，眉宇间仍然透出一股英气，更因为获得了自由，身心得到解放，曾经拥有过的青春气息重新回到她的身上，看上去脸容鲜润，皮肤细皙，分明一个如杜鹃花盛开的美丽女子。

小尼姑发现伏申认出了她，既没有看他，也没有跟他打招呼，而是扭头看向别处。伏申也有意不与她多交流，只是用一口北平话，批评礼泉方丈不知轻重缓急，不知事态严峻，不知爱惜生命等等，试图说服他一块离开。礼泉方丈也不跟伏申多理论，当场给每人发了一条枪，号召他们准备投入战斗，随时以身殉国，青史留名。

不过礼泉方丈显然也感到情势严峻，十万火急，于是以一个老国民党员的名义，以伏申个高腿长，宜于快奔为由，命令他即刻下岭，尽快把敌情报告我方守军，但小尼姑不能白白牺牲，必须带她一起离开。伏申知道多说无益，内心焦急，也顾不得更多，一把拉着小尼姑，快步离开了寺庙。两个人借着黄昏的弱光，沿着山坡小路走着，一前一后，小尼姑突然笑了，笑他认错人。伏申也跟着笑了，似乎为她的获得自由，为他们的巧遇而感到高兴。小尼姑主动拉了拉伏申的手，表达了对他的感谢，要不是他的帮助，她就没有办法离开集中营。令人难忘的是，当时伏申和摩尔少校到徐市镇战时青年训导团东南分团、其实是集中营参观，中间发生的那个小插曲。当时，小尼姑给他们倒茶，打破了热水瓶，当即就要被关禁闭，伏申见状，立即承认是自己把热水瓶碰倒了，表示愿意赔偿。但小尼姑还是被押了下去，关了禁闭。伏申和摩尔少校一起交涉，并且把一大沓钱塞到看守的衣兜里，希望他多加照顾。几天后日本飞机轰炸，看守打开了监门，小尼姑趁机逃离了监舍，离开了福建。

小尼姑说着，仍然抓着伏申的手，告诉他，那是她第三次越狱了，前两次都没有成功，而那一次，要不是他贿赂了看守，她能逃得了吗？所以不管伏申是什么人，她都应该表示感谢。

伏申摇摇头，觉得自己当时没有尽力，不然，她一个堂堂正正的新四军，怎么会沦落为一个小尼姑，吃尽苦头呢？

小尼姑放下了伏申的手，快走了一段之后，突然停下来，笑着说，她知道伏申把她当成另一个人了，一个跟她一样的人，同样的年纪，同样是女孩，甚至有同样的信仰，反正相同之处太多，是吗？

伏申怔住了，想点头承认，但又恍恍惚惚地说不出话来。

周边山岭无比的寂静，两个人再也没有说话，沉默中，很快就找到浙保三团的那处哨卡。此时哨官正带着人撤下路障,准备熄灯早睡,听了伏申的报告,哨官打电话到团部,浙保三团紧急吹号动员,迅速布阵防守,不等天完全黑下来,岭上已经响起枪声。伏申知道礼泉方丈他们行动了。浙保三团前锋循着枪声冲到岭上,很快与日军主力遭遇,枪炮隆隆,惊动夜空。

至于后来与21师的联系,不得不归功于小尼姑。伏申看到大批的保安团官兵前去增援,松了一口气,但小尼姑担心国民党军队常常一盘散沙,遇到如此紧急情况未必及时通气,提醒伏申,就凭保安团能打得过那么多日本鬼子吗?要不要报告国民党守军?

小尼姑看到伏申着急,作出了一个显然对她而言是极其危险的举动。她让伏申带她去浙保三团团部,借用他们的电台分别向云和的88军21师和丽水县城的32集团军司令部发报,报告观察到的敌情。

可能由于小尼姑的电报,浙保三团的抵抗将被击溃之时,四川军21师及时赶到,接手阵地,与日军激战三天三夜,歼敌无数。战后,战斗前锋的21师62团的陈团长,用一口四川自贡话告诉伏申,松阳游击队全部光荣牺牲,队长礼泉方丈一身是血,合十坐化。同时,罗师长听到呈报后,亲笔致信浙江省党部要求表彰伏申。浙保三团也不甘落后,发函表扬伏申的功劳。军统东南办事处和32集团军电讯处第一时间追查密码电报何人所发,很快怀疑是新四军一机要员的发报指法,下令追查时,浙保三团和21师皆守口如瓶,坚称是所部地下人员所为。等到查出蛛丝马迹时,小尼姑已经不知所终。之前,伏申考虑到小尼姑的安全,催促她趁乱赶紧离开,到云和或者龙泉先暂时躲避。但小尼姑在伏申的帮助下,即刻实施了自己的计划,她以21师文化教员的身份,连夜搭乘英国军事代表团的卡车到衢州,然后再转往浙北长兴,甚至去江北,找新四军,找自己的上级和战友,在共产党的领导下,重新投入了战斗。

方山岭战役使日军从此止步云和。战后记载，精锐的奈良支队作为主力参战，但林白履宣称的所谓神户联队，要么是他信口杜撰，要么是他记忆错误。

浙江省党部计划回迁杭州后，再着手三青团支部与党部机关合二为一之事，到光复以来第二年底，中央党部严令催促，务必在明年上半年完成合并，使得此事有了实际进展。

谭杭丽当时在中统局和浙江调统室支持下，进行秘密调查，掌握了第一手的资料。证据显示，礼泉方丈很可能是当地中共地下党负责人，他的使命就是明里暗里保护救援像小尼姑这样的人。有迹象表明，他利用自己的身份，假装糊涂，显示愚蠢，帮助了上百名新四军和游击队骨干成员脱险，同时，发展了不下数十人，包括地方乡绅、县区文员和激进青年，秘密加入了共产党，从截获和搜集的名单中，发现礼泉方丈与他们都是单线联系，只要他供出名单，这些成员将一网打尽。1945年光复回迁杭州之前，云和一个教员被人举报贪污，该教员坚决不承认，却坦白自己是共产党员，揭发礼泉方丈是他的介绍人，但此人很快被县自卫总队以勾结日寇罪名枪决，因此死无对证，调查中断。

谭杭丽看那个教员的供认材料，觉得比较可信，等时机一到，礼泉方丈将是第一批遭到逮捕的人。不想此时礼泉方丈却主动出击，带领一批佛教界人士跑到杭州，聚集于梅花碑下，向省党部讨要说法，后来灵隐、净寺、径山诸庙长老纷纷前来声援，最后扩大到整个宗教界联名请愿，喊出了反对迫害空门化外之人的口号。礼泉方丈气势更盛，召开记者会，宣称自己受到冤枉迫害，要求揪出幕后操纵者，公开赔礼道歉。

考虑到正在进行的国大代表选举，也顾及国共谈判的局面，由浙江省党部出面，代表各有关机构发表声明，礼泉方丈是忠诚的国民党员，是浙南抗战有功人士，名单之事，子虚乌有，调查之事，空穴来风。

礼泉方丈风平浪静，回到丽水，受到夹道欢迎，支持他参加国大，参加国大代表选举的呼声高涨。

其中的秘密就是，礼泉方丈在假名单里。鉴于此例，让谭杭丽担心有人如果发现泄露的是假名单，那么一定会再盯真名单，"大扫除"计划将面临危险。因此，尽管是假名单，但仍然必须查实是怎么泄漏的，而且做得必须像真的一样。最好的办法，是查清礼泉方丈是怎么知道的。

对此，她想到过伏申，因为他跟礼泉方丈有过那段交情，方便接近，而且那位教员的供词中说到，礼泉方丈是通过伏申帮助那个尼姑的。

礼泉方丈到杭州期间，伏申请他在知味观吃了顿饭，除了素菜，还有鱼鲜。吃得正欢，谭杭丽进来了，抿了一口酒，送给礼泉方丈一张汽车票，告诉他，这是用公款买的，劝他早点回松阳，安心做好本地工作。中间，伏申提到尼姑的事，承认帮助她的人是自己，礼泉方丈发挥的作用很小，他没有佛心，不想帮别人。

十　与何人共眠雕花床

礼泉方丈回去之后，别的县区一直没有动静，连续几天，各地党部没有什么反应，当地调统人员没有任何报告，在杭党政军警特各部门也没有接到异常讯息。谭杭丽不由得怀疑自己多心了，礼泉方丈很可能是偶然行为，而不是因为他知道了什么秘密，有的放矢。如果真是这样，保险柜里的假人员名单以及相关证据资料是不是没有泄露？

谭杭丽失眠了，望着雕花床上的图案，辗转反侧，几个晚上没有好好睡觉。

她仍然仔细作了回顾和检讨，感到不踏实的是，真名单拟定的过程并不严谨，是有漏洞的，所以像毛教官要求的，名单需要查实完善。像礼泉方丈这样的人，在证据不充分的情况下，将他抓捕，造成个别冤案不说，很可能会危害整个计划，影响各级调统机构的可信度，不仅导致六年的努力、六年的心血白白浪费，而且使真正的共产党员成为漏网之鱼，成为隐患，不仅使浙江防共反共大业最关键的一役功亏一篑，而且严重伤及基层组织，损毁党国形象，丧失信心破坏团结。

从1939年到1945年，名义上是国共合作期间，中统局秘密布置了对各地共产党地下人员和秘密活动的调查。浙江方面因为调统室主任走马灯似的换，没有人真正管过此事，一开始就是谭杭丽经手，在此过程中，只有她清楚名单如何从二百人到一百多人，中间多次变化和调整，其中小部分人，比如礼泉方丈的名字，也是几次列入，又几次移除，最后又列入，因为证据勉强，上面打了问号，最终还是移除，但列入了假名单。况且，档案有过丢失和遗落，毕竟不是每一个名字、每一份证据都是自己亲自审查，亲自核实的，时间一长，工作一乱，比如借他人之手，在抄录、归档、编号等一系列环节中，稍有差错，张冠李戴也是有可能发生的。

最不踏实的是后期，在敲定名单时，正值党代会筹备和召开期间，人多眼杂，手忙脚乱，难免造成疏漏。

而且，确确实实发生过文件档案丢失事件。

原定于1945年4月召开的第六次全省代表大会推迟到5月，其中一个原因，是议程中有一项浙江省党务工作历史回顾展，需要陈列党部成立以来的历史资料，但是筹备过程中，发现有关文件档案找不到了。

事后马上追查，部分认为不便公开或者比较重要的档案，经过清理核对，仍然保存完好，包括1929年到1943年期间，三百多次历届执行委员会会议记录，党部执委会各种内部期刊、宣传资料，如《政治情报》《特种宣传通报》《宣传通讯》等；各级党部训令，民运工作报告，党务工作人员从政资格甄审条例等；党部监委会关于监委会历次会议的人事提案和决议，监察法规，对各级党员的处分决定等。具体负责全会筹备事宜，同时也是分管党部档案工作的屠来根认为，此次遗失的不过是一些没有什么价值的普通文件，有可能在搬迁过程中当废纸处理了，因此也没有用心督促查找。后来有人把事情汇报给罗霞天，他听了情况，也没有责怪，轻描淡写地批评了几句，叫屠来根负责从现有的档案中整理出一套文件来应付一下。

不想此事传到了中央党部，陈立夫认为并非小事，要求有所重视，理清责任，对相关人员给予必要的提醒和处分，通报各省党部，引以为戒。罗霞天凭着自己有老资格，向陈立夫解释，浙江省党部迁移到浙南山区，虽曰后方，实为前线，敌情严峻，形势仓皇，同志们能保存性命已是万幸，档案资料总没有生命重要吧？再说遗失的部分多数属于公开文件，广发全省党员，无关机密，同时又保证，浙江省党部一定会把事情处理好，希望大事化小，不至于授人以柄，使党部形象受损。陈立夫虽然松了口，但批评罗霞天思想如此糊涂，党部工作要求不严格，今后还会犯同样的错误。罗霞天连连点头称是，随即致电屠来根，通报了陈立夫的意见，要求他务必引起重视，尽快采取措施，积极争取主动。

中央党部要追究，中统局也想插手，屠来根压力很大，权衡一番后，当即自请处分。罗霞天此后忙于浙江省境受降事宜，一时风光无限，见不得屠来根委屈的样子，安慰了他几句，还出主意叫他找一个头脑简单、勇于担当的普通干部出面承认过失，然后给予一个轻处分，中央党部这边就算应付过去了，中统局也就没有理由再介入了。

屠来根担心弄巧成拙，落人口实，不禁犹豫。心中一急，向罗霞天透露了他的推测，认为谭杭丽与中央党部关系密切，又与军统这条线上的人经常联络，比如与戴笠、毛教官等人关系都不错，有的事情可能是从她的渠道报告上去的，至于中统那边，自然算是她的职责，于是建议罗霞天以征求意见为由，问问她应该怎么办，一来堵她的嘴，二来也争取她的支持，把事情平息了。

屠来根一上门，谭杭丽的态度友好许多，一开始还开导他，连年战乱，谁不是颠沛流离地过日子，丢失一些文件资料，火烧了，炸弹炸了，水冲走了，免不了的，如果中央党部非得要一个交代，普通干部的处分都不需要，如实说明，口头检讨就行了。

谭杭丽重要的话没有说出口，她担心的是各县党部呈报的一些材料，尤其是各调统室不定期编报的《抗敌活动》和《匪情动态》一类的内部报告，也在丢失之列。《抗敌活动》报告的是各地党部和自卫队、游击队与日伪势力斗争情况，而《匪情动态》是各地调统室关于当地共产党活动的点点滴滴，以及可疑人员的蛛丝马迹，里面列举了人名地名和数目细节，这样的文件如果被有心人捡获，被当事人知道，必然会引起警惕，想好对策，或者销声匿迹，进行深度蛰伏，或逃之夭夭，变成漏网之鱼，前往他们的根据地。

因为屠来根见她轻描淡写的样子，不禁释然，正要谢她，谭杭丽却又把话收了收，语气一重，警告他，必须担心这些东西落在共产党手里，如果那样，另当别论了。

谭杭丽清楚地记得，自己说出这句话时，屠来根脸上挂不住了。他提高声音，指责她如此危言耸听，不是想小题大做吗？都是公开过的，就是一堆废纸，共产党要这些东西何用？然而如果真的把此事与共产党挂钩，从而让中央党部，让中统局方便介入，自己将百口莫辩，陷入被动。想到此，屠来根不禁郁闷不已，后悔自己不应贸然出头担责，自请处分，而是应该坚决按照罗霞天的意见，找一个普通干部承担这个过错。

想了半天，屠来根终于想到了一个合适的人选。

第二天，沈乙嫔到各科室发放学习资料，屠来根给她泡了杯金华县党部刚刚送来的茉莉花茶，顿时芳香四溢，气氛融洽。谈到如何补救档案遗失一事，屠来根神情为难，唉声叹气，沈乙嫔于心不安，主动请缨，提出把丢失的文件列出清单，制作画板，配上图片，替代原始资料参加展览。屠来根眼睛一亮，精神一振，连声夸奖她人长得漂亮，想不到脑子也这么灵光。为表达谢意，屠来根从抽屉里找出一瓶南洋花露水赠送给她，同时又是续茶，又是递折扇，请她无论如何都要帮他这个忙，牵头落实好这项工作。沈乙嫔看到屠来根态度诚恳，不知是计，愉快地接受了任务。事后她向伏申提起，屠来根真正打动或者迷惑了她的，就是他提到了父亲沈耀中。屠来根似乎无意间透露，军统东南办事处始终不肯放过她父亲，至今还派人到余姚四明追查他的行踪，因此，千万要留心他们的暗算，当然如果有需要，他一定会尽力周旋，保证她父亲不被重新投入监狱，保证他们父女平安。

　　沈乙嫔问遍省党部甚至调来其他部门的老同志，查漏补缺，一一记录，用了半个多月的工夫，终于把清单用毛笔正楷抄写清楚，整理成新档案。

　　这批材料主要有，浙江省党部历次党代会文件，如执行委员会年度工作计划、工作报告，历届执行委会会议记录等，每次召开会议的背景不同，所保存的原始资料也不完整，但都各有特点，细列计有六项，1926年3月在杭州举行国民党第一次全省代表大会，正式成立国民党浙江省党部全过程的记载，两名执委会常委和一名监委会常委选举票根；1927年6月成立国民党浙江省改组委员会和实行清党的决议手写草稿及油印件修改稿；1929年2月第二次全省代表大会报告，选举三名执委会常委和一名监委会常委投票记录；1930年7月召开第三次全省代表大会，朱家骅代表三名执委会常委的报告和陈布雷作为监委会常委的会议总结稿；1931年8月第四次全省代表大会，选举许绍棣三人为执委会常委和王廷扬为监委会常委的唱票统计表；1932年10月第五次全省代表大会，许绍棣、张强、方青儒、胡健中等六名执委会常委的发言记录，王廷扬连任监委会常委后以诗代文的感言七律诗二首。

　　还有历年的一些常规性文件资料，主要是表格名册和零零碎碎的一些文字材料，不知散落何处，以致有人猜测是不是食堂作为引火之物烧掉了。

　　恢复整理的也有六项，全省下级党部组织状况表，干部人事调查表，党部人员个人材料；各县党部人员名册，入党申请书及入党人员名册；各县党员代表大会报告及代表名册；国民党员卡片、证书；组织宣传事宜的训令；扩大印发到各县党部的领袖公开训话。

　　完成如此大量工作的同时，沈乙嫔找人设计图案，采购纸板，聘请美工，十分积极。

　　党部例行会议上，屠来根表扬了沈乙嫔，希望她放下思想包袄，以更加认真负责的态度，效力党国，等等，说了一些让她既感到困惑又感到鼓舞的话。由此，党部所有的人都认为，她如此积极，如此卖力，是由于她不慎丢失了档案资料，她这样做是在将功补过。

巧的是那些天，林白履和伏申都不在云和。

林白履到了衢州，遇到陈立夫的秘书，才知道出了这件事。在林白履看来，屠来根是候补执委，级别高于自己，但并没有上下级关系，即便某种意义他是党领导成员，自己是中层干部，但也算是盟友，是兄弟，只是近期以来，想到五中全会屠来根可能当上执委或者监委，两人将拉开距离，心中多少感到不是滋味，此时又知道这件事情上这般包庇他，说不定有意培养他接替书记长的位子。如果真是那样，屠来根高出自己几个头，他在台上讲话，自己坐台下听话，那朋友就做不成了。这样一想，林白履竟然幸灾乐祸，火上浇油，一副斗胆直言的派头，强烈要求中央党部务必处分相关责任人，不然权威何在？如果连下面省党部都这般搪塞，陈立夫以后说话谁还会听？林白履相信，他的这些话如果传到陈立夫的耳朵里，省党部一定有人会倒霉，如果这个倒霉的人是屠来根，大不了自己把他当好朋友好同事安慰一番。

而此时伏申半公半私出差去了龙泉，一是参加浙大分校主办的浙南抗战英烈周年春祭活动，祭奠对象主要是浙江省境历次战役中殉国的将士，包括方山岭战役宣教馆落成仪式等等，二是同学会，与师长同学聚一聚，活动内容颇为丰富。后来教育部明电，要求祭祀活动与远在陕北的黄帝陵祭拜大典同日举行，于是伏申等了一个礼拜。本来活动结束后第二天就回云和，郑晓沧主任又留了他几天，要他到学校做几场形势报告，尤其讲一讲潜回杭州刺杀伪杭州市长等个人英勇事迹，以鼓励青年学子们弘扬正气，发奋学习，报效国家。伏申勉为其难，讲了讲抗战即将胜利的大好形势，其中讲到天目、四明等地浙江境内国共合作打胜仗的例子，引起青年学生的浓厚兴趣，纷纷要求投笔从戎。几场报告下来，受欢迎的程度出乎意料，除了他讲得生动有趣，完全不像一个党务干部，他一口北平话，让大家充满好奇。中间郑晓沧主任还临时提议，鼓动同学们用掌声欢迎伏申唱一段国剧，伏申猝不及防，盛情难却，唱了一段《空城计》，一段《天女散花》，深深吸引了在场的男女学生。附近各学校自然十分羡慕，纷纷上门邀请，甚至堵在饭桌上房间里，让他无法推辞，如此又在龙泉多逗留了一个礼拜，半个多月之后才回到云和。

伏申一回来，沈乙嫔见面就一边讽刺他在龙泉风流潇洒，乐不思蜀，一边自鸣得意，讲自己这段时间过得如何充实，如何找到了存在的价值，如何努力工作取得成果，如何让党部同事和上司刮目相看云云。伏申感到奇怪，觉得蹊跷，找谭杭丽询问。谭杭丽笑沈乙嫔在这件事上真是个十三点，忙忙碌碌，干劲十足，把这些分外之事揽到自己头上，分明是入了屠来根的圈套，到头来被人卖了还替人数钱，只不过她做了这么大量的工作，也确实辛苦，大家看在眼里，也就不好说她什么了。

伏申不禁又是恼火又是悲哀，恼火的是屠来根暗行奸诈，透过于下属，让一个参加工作不久的普通干部替他背锅，替他担责，悲哀的是沈乙嫔一脸的聪明伶俐，遇事遇人却不动脑筋，自找苦吃，自投陷阱，最后还被人笑话，跟沈甲妃真不像亲姐妹。要是沈甲妃，十个故弄玄虚的屠来根都不是对手，十个两面三刀的屠来根都会被揭穿，十个威逼利诱的屠来根都难以得逞，可惜是沈乙嫔，不是沈甲妃。伏申本来不想做点什么，但随着问题的严重性突显出来，让他不得不有所作为。首先是沈乙嫔感到了害怕。有传言说，因为在延安发现了上述档案资料，中央党部已将此确定为政治案件，严令追查，一经查实，将给予最严厉的处分，判刑枪毙都有可能。再是由此沈乙嫔病急乱投医，居然求助于林白履。林白履当然清楚是屠来根嫁祸于人，但也不好与他反目，毕竟沈乙嫔没有给过他什么便宜，自己动力不足，师出无名，只能一边虚张声势地替她喊喊冤，一边约她到党部后面的竹林里商量对策。看到她面色憔悴，委屈落泪，仿佛梨花带雨，林白履不禁豪言壮语，宽慰她说，情报来自军统方面，是真是假，是虚是实，让人多有怀疑，只要她坚决不承认，最终无法查证。沈乙嫔听了，不禁感动，任由林白履摸手，他趁机要拉她到怀抱里的时候，突然一阵清风徐徐而来，她陡然一醒，理智地往后退了几步，然后觉得肚子有点胀痛，就匆匆回寝室去了，留下林白履一个人两手空空在竹影婆娑的泥地里站了很久。

一大早，林白履在饭堂里散布，沈乙嫔已经按照屠来根的意见，写好书面检讨准备上交，处分甚至开除是逃不过了。伏申一听，早饭也不吃了，闯到女宿舍，一把将躺在床上的沈乙嫔拉起来，要求看看她是怎么写的。沈乙嫔昨晚应约见过林白履之后，一夜未眠，满腹委屈，此时伏申仿佛从天降一般，抱住他就大哭起来。伏申慢慢地推开她，拿起煤油灯旁边的半盒火柴，把桌子刚刚写了半页的检讨书烧了，不禁责问，要写也是屠来根写，怎么是你写？沈乙嫔抹了抹眼泪，告诉伏申，她不想写了，大不了离开党部，回杭州找人结婚去。

伏申点点头，认为这是个好办法，为了尊严，与其被人开除，不如自己辞职。沈乙嫔愣了愣，突然又改变主意，抓住伏申的衣袖说，她不走了，有他在，她不怕他们。伏申愕然许久，好言劝说，自己是参加工作的新同志，帮不了她太多，如果他们欺人太甚，鱼死网破而已，抗战即将胜利，她应该做好打算，尽快回到杭州。沈乙嫔一脸沮丧，看着伏申，她那飞行员未婚夫去了印度之后，不知道什么时候回来，万一死了怎么办？

伏申安慰她，飞行员未婚夫艺高人胆大，青天任翱翔，绝不会死的，如果壮烈牺牲就是英雄，英雄不是那么好当的，不过，即便不死，也是英雄。沈乙嫔一脸茫然，眨眨眼睛，努力控制着泪水。伏申又说，如果党部有人不公，冤屈无辜，他就向罗霞天申诉，如果还不行，他索性跑到重庆找乔思文，到中央党部击鼓鸣冤，为英雄飞行员的未婚妻讨回公道。

沈乙嫔显然感动了，眼泪像泉水一样往外涌，很久才平静下来，她擦了擦眼睛，吃了一块番薯，喝了几口米汤，突然注视着伏申，问他，这样帮她，为了她，还是为了她姐姐沈甲妃？

怎么会问这样的问题？伏申不能表现出不耐烦，但也没有回答沈乙嫔的问题。离开的时候，他告诉她，眼睁睁看到她被人恶意摆了一道，他就算帮不了也要帮，算是回答了她的问题。

最后，伏申还真是帮上了。可谓刹那间峰回路转，到头来虚惊一场。

当天晚上，还在龙泉上海华美大药房兼职的翟泫衣到党部隔壁的云和分店配药，顺便给伏申送一盒进口新药，看到他正在为沈乙嫔写申诉状，问清原委，不禁哈哈大笑起来。翟泫衣告诉伏申，这些所谓的遗失档案材料被当成墙纸，贴在云和分店的墙壁上了。次日一早，伏申敲开上海华美大药房云和分店的木板门，一眼看到柜台后面的砖墙上贴满了印着浙江省党部信笺头的公文纸。

云和分店的几个伙计口径统一，一致证明档案资料是从一位党部重要人物的自行车后座上掉落下来，当时有路人大声提醒他，他回头看了看，好像不想要这些东西了，摆摆手，晃了晃车铃，飞快地骑进了党部大门。

当时，党部有自行车待遇的人没有几个，其中屠来根就是一个。而伙计和路人恰好都认得他，虽然不知道他的全名，但都叫他来委员或者来主任。

几天后，罗霞天最后一次回到云和，召开临时执委会议，一致决定向中央党部书面报告，档案资料丢失一事纯属误传，由此证明，所谓这些档案资料出现在延安的情报，完全是捏造，是别有用心者的恶意诽谤。会上，罗霞天代表党部对伏申、沈乙嫔两位青年同志予以口头表扬，均提前晋升为副主任科员。屠来根在会上则作出说明和检讨，其敢于担责的作风受到一致好评。

报告到陈立夫这里，他也觉得事情不大，不宜深究，也就没有任何态度了。

　　此时想起，当时谭杭丽尽管有些担心，后来因为文件有了下落，算是有惊无险，也及时调整了名单，更换了相关资料，以为这样就消除了隐患，也就没有再放在心上。不想，这次礼泉方丈一闹，其中提到的依据，分明来源于《匪情动态》的某一期，说明当时文件丢失后，是有人看到过的，至少有人跑到上海华美大药房云和分店买药时，看过砖墙上贴的公文纸。

　　当晚，谭杭丽把自己关在梅花碑的小楼里，茶饭不思，脱了中山装，提了把小花锄，整理了一会儿小花坛，出了一身汗，洗了澡，看了几页张恨水的《啼笑因缘》，觉得累了，往蚊帐里一钻，躺在雕花床上，想睡觉了。片刻后又起来，到了洗漱间，试了试抽水马桶，听着哗哗哗的水声，脑子又清醒了，肚子也饿了，就想出去吃碗片儿川，又犹豫一个人吃没什么滋味，想着联络什么人一起吃，当然，沈乙嫔是随时可以叫的，但此时叫她不知道人在远近，也许在伏申那儿，或许自己去沈庐找伏申，在湖畔阁吃点东西，不是最好吗？但一看，已经快十一点了，显然太晚了，她后悔自己没有早作安排，一想，又躺回了雕花床。

　　此时，整座房子死一样的安静，安静得只听得见自己的心跳。不是有传言，这是她的新房吗？谁能跟她一起躺到这张床上？那一瞬间，谭杭丽想到，也许有一天，像持之以恒的毛教官这样的人，会在她三十五岁之前，乘虚而入，比如在这样孤寂的夜晚，以得体的、有分寸的行为，最后打动她。但她瞬间又抹去了这样的念头，并且狠狠给了自己一个耳光，心里狠狠骂自己，想什么呢？下贱的东西。

　　骂了一声之后，谭杭丽赶紧让自己想正事。一开始想正事，她顿时没有了食欲，也没有了睡意，她一边抹着半垂的长发，一边靠着床头间，伸手触摸着雕花，手指移到奇花异卉间的暗格时，突然灵光一闪，想到了一个绝妙的主意。兴奋之时，发现自己什么也没有穿，一丝不挂地在雕花床上仰面而卧，何其惬意。

接下去几天，谭杭丽声称有公事去了南京，其实是找了毛教官，重温了戴笠那句假作真时真亦假的箴言，畅谈了自己的计划。毛教官惊喜万分，拍案叫绝，当即表示愿意全力帮助。为了保密，毛教官从毫无关系、不着边际的海军借调了几个人手，帮她制成了另一份所谓的名单及其证据资料。这份假名单也是一共有两百人，也覆盖了全省八专区，六十多个县，真名实姓，坐实身份也至少有一百人，其中也有标注各中心县委负责人名单。

因为虚实难分，假名单几可乱真，毛教官还提醒她做下只有她自己才知道的记号，免得以后搞混了，不好收拾。谭杭丽不禁感谢，收下了毛教官送的鲜花，让他轻轻拥抱了她。至于那几个海军，拿到了钱之后，就离开南京前往青岛了。

沈乙嫔打听到谭杭丽去南京找了毛教官，而且一住就是几天，以为他们开始谈恋爱了，就跟伏申商量，应该准备送什么结婚礼物。伏申虽然之前有所耳闻，知道毛教官是戴笠的亲信，也是谭杭丽洪公祠特训班的老师。记得1942年元旦回到杭州，两人躲进沈庐洗漱间的那个夜晚，谭杭丽跟伏申交往秘密，曾亲口告诉伏申，戴笠有意做她和毛教官的媒人，因为抗战爆发，戴笠严格规定，在此期间，军统人员不许谈情说爱，不许谈婚论嫁，因而此事再也没有提起。

伏申颇感不平，骂戴笠，这是什么破规定？不管它，偷偷谈恋爱，谁知道？

谭杭丽当时紧紧挨着伏申，缓了缓急促的呼吸，撞了他一下，匈奴未灭，何以家为，民族大义都不懂呀？偷偷的？怎么偷偷的，像现在这样？

后来抗战胜利，可以成家了，也许戴笠忘记了此事，也许他原本就无意促成此事，直到飞机失事，也没有听谭杭丽提到过有关此事的一言半语。

因此伏申还是感到意外，就把几个月没有领的薪水一次性取了出来，交给沈乙嫔，让她找机会送出去。谭杭丽把钱送了回来，然后支开沈乙嫔，约伏申去吃了片儿川，天一黑下来，又拉着伏申去她的小院子。伏申一进去，她就把门关上，不放他回去了，骂他，谁胡说八道说她结婚了？谁发神经病送她礼金了？钱多啊？作为惩罚，要关他一天一夜的禁闭，明天晚上才让他离开，到时候让整个党部的人都知道他失联了，让沈乙嫔满杭州地找他，就像他满世界地找沈甲妃，怎么找都找不到。

显然，谭杭丽是真生气了。

她靠着床头，一声不吭，伏申无聊地触摸着雕花，手指移到奇花异卉间时，谭杭丽突然坐了起来，拉着伏申的手，叫他别碰。看到他有些吃惊，她马上悄悄说了一句，要是你看中了，喜欢这张床，找个什么时候，把这张床抬到沈庐去。

卷四　潮　信

　　钱塘江的潮水天下奇观，伏申于1937年底南渡和1945年底北归，两次渡江，都是在冬天，而不是在阴历八月十五或九月十五的日子，因此错过了钱塘江潮水最汹涌最壮观的时候。在北平的时候，沈甲妃曾与伏申相约秋天到钱塘江观潮。关于钱塘江潮，沈甲妃当时没有介绍更多，但朗声背了一首唐代李益写的五言乐府《江南曲》，让伏申难以忘怀：

　　　　嫁得瞿塘贾，朝朝误妾期。
　　　　早知潮有信，嫁与弄潮儿。

　　沈甲妃讲解，此诗叙述了丈夫常年在外经商的女子的闺怨，曲折而传神地表达了女子由盼生怨、由怨而悔的心情。伏申以为，这是沈甲妃对自己生活和境遇的写照，之后两过钱塘江，觉得并非如此。只盼望钱塘江大潮之时，能与她一同观看，向她问明白其中意味。
　　宋初潘阆《酒泉子·长忆观潮》曰：

　　　　长忆观潮，满郭人争江上望。来疑沧海皆成空，万面鼓声中。
　　　　弄潮儿向涛头立，手把红旗旗不湿。别来几向梦中看，梦觉尚心寒。

　　然而，伏申知道，八月十八日，江潮奇观，盛况空前，或许遇潮大，涌上江岸，冲溃观潮者，伤者溺者死者，年年都有。
　　没想到，每年的秋天，谭杭丽都约他，当年钱塘江天文大潮，到观潮胜地一游，看一看席卷江面的潮水，令人烦忧全无，胸怀开阔，令人精神振奋，热情澎湃。

一　这校园不是那校园

总之，表面上看起来，谭杭丽因为名单可能泄露，因为"大扫除"计划一时难以立即实施而自责。她仿佛整整一个夏天，都在跟保险柜生气，想着把它赠送给党部财会室，随便用于保管账目什么的。党部也没有人愿意接收，分管财物的屠来根还不以为然，什么保险柜，哪里保险？倒贴他钱都不要。

退还给中统局，没有得到同意，还被批评她不以工作为重，无端闹情绪。

但是，不被看好的保险柜又一次派上大用场，是因为浙江大学新潮社的俞孙一，新潮社的名字明显是来自钱塘江。

随着国共内战已经开打，形势日趋紧张，保密工作被放到重要的位置，尤其是针对共产党地下工作以及外围组织，是重中之重。具体到浙江地区，如何加强防范，把共产党活动和影响消除在萌芽状态，重点要放在青年师生身上。为此，中统局布置了针对学校的调查任务，仍然按照宁可没有也要防止泄密的原则，有关个人档案材料在上报之前，暂宜一个管道一人掌握一式一份之方法，由各省调统机构负责落实专人保管。

接到任务后，谭杭丽再次启用保险柜。

为了确保安全，确保万无一失，她特别致电此时人在南京的毛教官，请他帮忙。毛教官刚刚晋升为少将，正好与谭杭丽庆贺庆贺，就立马带着专家到了杭州，用了一个整夜，改装了锁芯，加置了警报器，配上了新钥匙。如此，哪怕有人知道密码，一时也难以打开，谭杭丽于是也放下心来。其实，毛教官忙完之后，私下里却郑重告诫谭杭丽，密码不是绝对保险的，系铃还有解铃人，总有人能解开，其他档案可以放在这里，唯有真正的"大扫除"档案务必另行放置，哪怕是放到郑介民那里，蒋总裁那里，都不能放心，都不如密藏在只有她一个人知道的地方。还告诫她，要牢记当年洪公祠特训班讲过的一个案例。1931年春，中共特工领袖顾顺章在武汉被捕，押送他的负责人将他答应交代上海中共中央机关的重要情报，密电人在南京的中统长官徐恩曾，不想被其秘书亲信、中共秘密党员钱壮飞截知，迅速通知了所有涉案人员转移或潜逃，此举使中共领导机关成功躲过灭顶之灾。悔恨呀，如果当初没有泄密，哪里还有今天的共产党！

而在这个时候，眼看开学期要到，伏申向党部递交回到浙大继续读书的申请一直没有得到批准。情急之下，伏申与党部执委一再请求，到杭州的浙江大学本部校园学习，是他当年离开北平时的最大心愿，希望得到同意，况且也是当初罗霞天承诺过的。不想人人推诿，屠来根还嬉皮笑脸地回绝他，既然罗主委答应了，就找罗主委去，找我们干吗？伏申只好找谭杭丽商量办法。谭杭丽答应帮忙，但条件是伏申到学校执行一项重要任务，相互帮忙，两全其美。

谭杭丽所谓的两全其美，伏申既可以读书，还可以兼顾工作，既可以脱产，又可以薪水照领，学费报销，而且，沈乙嫔可以一块入学，协助他完成任务，既可以看书学习，又有人陪伴，何乐不为？

其实，伏申一开始并不知道谭杭丽要交给他和沈乙嫔的，是什么任务。任务有两条：一条是利用在校生的身份监视学生自治会的同学，重点是主席俞孙一。这符合谭杭丽的风格，正如当年趁国共合作搜集各县地下党人员情报，及早部署，未雨绸缪，这次瞄准学生，为完善实施"大扫除"计划的学校部分，做好功课。还有一条，似乎是积极为之，就是在浙江大学这样的学校发现青年才俊，如同自己当年在龙泉参加的培训班，为党国广罗人才。

迫在眉睫的是前一项任务。

1945年光复以来第二年夏，浙江大学从贵州迁回杭州，邀请原来龙泉分校的师生回学校参加联欢活动。学校党部书记长密报，校园内有人趁回迁之初，秩序比较混乱，以座谈会的名义，公开抨击国民党操纵国大代表选举。其中多人呼吁，年内召开的制宪国大，必须按照年初政治协商会议的决定，遵从中国共产党和中国民主同盟提出的国大代表应进行适当调整的要求，必须在内战停止、政府改组、训政时期结束、宪草修正完成后，始能召开国民代表大会。而且四处张贴反对内战，反对独裁这类诋毁党国和蒋委员长的标语，怀疑是否有共产党在背后煽动，要求派人调查。

谭杭丽布置沈乙嫔扮成学生，听听演讲，抄抄传单，整理一份报告，回头叫伏申帮助润色后，报上去就可以了。话虽然这么说，但心里却十分警惕，最后还是非亲自去学校看看不可。真正的原因，学校在"大扫除"计划真名单中的人不止一个两个。

谭杭丽让沈乙嫔到图书馆，看看有没有读书会，自己一个人到浙大新潮社，旁听了一场时事形势座谈会，拍了一些照片，还和活动主办方负责人，一位叫俞孙一的学生自治会代表交谈了几句，之后，豁然开朗，在名单里的俞孙一很不简单，一定知道更多的秘密，一定能指证更多的人。那一刻，她想到了后面要实施的一个方案，如果沈耀中开不了口，就想办法让俞孙一开口。

伏申到了学校，去校部找竺可桢，因为竺可桢到南京开会去了，伏申没有找到别的接洽人，就前往联欢会现场，遇到了正和谭杭丽交流的俞孙一。听说伏申想继续求学，俞孙一热情地作了自我介绍，希望他跟自己一样学习农艺。谭杭丽显然不希望他们再深入谈下去，一把拉过伏申，要他一起到校园里随便逛逛。俞孙一热情未减，要陪同他们参观，正好沈乙嫔过来，谭杭丽叫她赶紧跟这位学长交流讨教，把他的进步思想记下来，好好学习研究。

谭杭丽明显是在布置工作，沈乙嫔也似乎领会到了，拿出笔记本，就要记录俞孙一说的话。然而此时一群学生突然围过来，簇拥着俞孙一离开了。原来一部分师生正在礼堂集会，等待俞孙一去发表演讲。沈乙嫔看看谭杭丽，又看看伏申，犹豫着是不是跟过去，谭杭丽拦住她，指着伏申，还是陪他游览校园吧，说着，自己朝着俞孙一的背影，快步跟了上去。

沈乙嫔正求之不得，希望接下去伏申什么活动都不参加，跟她一起，就两个人，在流水边，在树林下，在书声里，在人群中，在沉默间，享受这个晚霞满天、凉风习习的傍晚。伏申很少说话，沈乙嫔问他在想什么时，伏申指着"庆祝学校回迁"的标语，如实告诉她，此时此刻，他想起了九年前，也就是1937年的夏天，北平辅仁大学校园里的情景。

沈乙嫔嘟了嘟嘴，怎么又是沈甲妃？

1937年上学期，北平几所大学都估计到日本军队占领华北，进攻北平的情形将很快发生，下半年新一届学生招生入学存在很大的未知数。对此，北平包括天津的大学都开始积极准备内迁，教学秩序和招生考试都已经不正常。不过，辅仁大学还是发布了新学年的招生公告，还特意通过乔思文告知伏德魁，他们会尽最大可能招录伏申，甚至建议伏申可以作为预科生先入学旁听，等待正式招生，届时学校无论留在北平还是西迁内地，都会优先录取伏申。一开始，芳草园内几乎一致认为辅仁大学是最佳选择。一是学校与北大、清华、燕京齐名，对于芳草园来说，符合目前身份，今后又可光耀门楣；二是学校背景不同一般，是罗马教廷支持建立的，作为天主教徒的连琴瑟当然非常高兴；三是创建人马相伯是乔思文多年的朋友，会有所关照。伏德魁和瞿玉郎都主张伏申应该尽快报名，考取辅仁大学，其中一个原因，他们了解到那位曾在芳草园躲藏的杭州籍女大学生就是辅仁大学的，她给伏申《升学指导》，一定希望他考取自己的学校，而伏申一定想成为她的校友，因此，辅仁大学也符合伏申的意愿，伏申因此快乐，也是他们的快乐。

那也是一个红日西倾的下午，凉风习习，一扫北平上空的干热。伏申骑着脚踏车到了后海，找到李广桥西边的辅仁大学。门卫听说他是来报名的，就放他进去。因为学校早早就放了暑假，校园里没有什么人，黄昏的树梢上知了发出的叫声，使校园显得空旷，显得冷清。高高的三层角楼巍然而立，像一座大山。在一楼礼堂前面，伏申愣了好一会儿，才推开大门进去，站在空空荡荡的台上，张开喉咙喊了几声，声音传回来，回荡了很久。此刻，伏申眼前浮现的是沸腾的人群中，沈甲妃站在台上，带领全场高呼口号，浮现出沈甲妃拉着他的手，一起唱响《义勇军进行曲》的一幕幕情景。

伏申哼哼着《义勇军进行曲》，踩着旋律走出礼堂，快步上了三楼。

记得沈甲妃说过，她的教室在东边角楼三层，离楼梯最远。伏申一间间看过去，但门都锁着，透过窗户可以看到黑板上还留着上个学期老师的板书，虽然大多是各科期末考试辅导题，但四边显然都是学生涂写的"全民抗日，筑起我们血肉长城"这样的口号，课桌凳椅都歪七歪八堆在一起，仿佛也在罢课。走到最里面一间，门没有锁，推门进去，教室干干净净的，连黑板都擦得好像被洗过好几遍，课桌都整齐地叠在一起，由几根绳子牢牢捆住，似乎随时搬运走的样子。

显然，这间教室是毕业班的，教室已经空了半年多，有的可能不回来了，有的可能给学校内迁打前站去了。墙壁上贴着一张发黄的纸，仔细一看，居然是1936年1月学生考试成绩表，上面写着沈甲妃的名字，她各科分数赫然排在第一位。

伏申在校园里转来转去，一直到傍晚才在门卫的催促下离开。至此，没有了沈甲妃的辅仁大学只能留在他心里面了。

而且，向伏申打开欢迎之门的并非只有辅仁大学。

变数首先发生在连琴瑟身上。连琴瑟征求宣武门天主堂神父意见，不料神父对伏申报考天主教会办的辅仁大学不太赞同，而是以开明的姿态建议报考基督教会资助的燕京大学，理由是燕京大学办起了宗教学院，伏申可以到那里学习深造。伏申童年的时候，或者更早的幼儿时期，跟随母亲到宣武门天主堂做礼拜，神父有好几次提到过，伏申天性纯真，如果有意愿，今后可以上神学院，这样就可以救赎更多的人，更好地为上帝服务。连琴瑟每次听到这样的提议，神情是激动的，虔诚的，眼中是含泪的，除了频频点头，还叫伏申跪在神像前，感受神的旨意，听从神的召唤。几年前，神学院改成燕京大学宗教学院，神父认为伏申以后考取燕京大学，成为宗教学院的一个学生是最佳选择。

伏德魁和瞿玉郎最终也赞同连琴瑟的意见。连琴瑟告诉他们三点理由：一是燕京大学也是名校，甚至比辅仁大学还有名；二是校长是美国人司徒雷登，看过他们的戏，曾有缘交往，自然会有所关照；三是美国人办的教会大学，一旦日本人到了北平，也不敢太过冒犯，师生可以平安，可以安心学业。此外，燕京大学在西郊，经西直门往南到陶然亭有一条大路，回芳草园也方便。

对上述三点理由，伏德魁和瞿玉郎都表示同意。伏德魁认可的是最后一点，觉得日本人再强大再蛮横，也不至于对美国人办的学校肆意妄为，如此，伏申得以安心学业，就不需要再折腾了，连琴瑟自然可以安心。而瞿玉郎在乎的是第二点，他认为司徒雷登喜欢看四合班的戏，其实就是喜欢看自己的戏，他亲耳听到的是称赞自己的扮相和表演艳丽得无与伦比，而不是伏德魁的须生戏，今后伏申在学校里有什么需要关照的，相信司徒雷登会给自己面子，也可以让连琴瑟感到满意。但是不是非得读宗教学院，伏德魁和瞿玉郎都保留了自己的意见，尤其是听到伏申看着《升学指导》，背着中国四大名镇、四大米市或者氟氯溴碘这些不是宗教学院的考试题目，相信他不会读宗教学院，不会去当神父。

但伏申的决定是报考北平以外的大学，明确地说，就是在杭州的浙江大学。

事关伏申，事关伏申前程，芳草园内突然发生了严重分歧。

犹豫不定的，显得瞻前顾后的连琴瑟随着伏申的转变而转变。她之前希望伏申到燕京大学宗教学院学习神学，将来成为一个神父，但此时她明白自己的想法不切实际，根本得不到任何支持，最近连天主堂神父也开始劝她不要太坚持了，因为伏申应该有更加开阔的世界，应该有爱的人，将来有自己的事业，有自己的家庭，有自己的生活，而不是非得像他那样在教堂里祈祷终日，度过一生，相信伏申是上帝的孩子，这一点不会改变。连琴瑟对神父的话想了又想，不禁觉悟，既然自己愿望落空，既然伏申向往更加开阔的世界，不如趁此机会，让他离开芳草园，离开北平，避开终将公开的争执，免受今后无尽的纷扰，像一只飞鸟，天高云淡，自由飞翔。

连琴瑟像一个深明大义、现代开明的母亲，不仅用一句通俗易懂的好男儿志在四方的话，坚定地表达了对伏申的支持，而且以显而易见的理由努力说服伏德魁和瞿玉郎，要他们看到战事一触即发，华北危急，北平危城的事实，看到伏申在遥远的江南，在杭州，躲避战火，保得平安，安心求学的好处，同时，她也用重话把后果挑明，如果有朝一日风言风语传开了，大家如何看待芳草园？叫她如何面对？叫伏申如何面对？言下之意，希望伏申离开芳草园，离开北平，是为了避免将来因为他们两个人之间的恩怨过节带给他困扰甚至伤害。

在戏台上神气十足、威风八面的伏德魁和瞿玉郎此刻只能面面相觑，默默无语。他们其实明白连琴瑟此时有违情理的态度，是在努力避免两人之间冲突公开，避免矛盾激化，芳草园最不堪的一面如果被公然揭开，伤害最大的是伏申。

伏申以前听到过他们的争吵，然后问了本不相干的，如那义魁这样的人，那义魁回答不出来，叫他问父母。他也没有问父母或者瞿玉郎，仿佛对他们时不时的争吵漠不关心，虽然有时候从一言半语中隐隐约约感觉到似乎与自己有关，至于关系多大，他也没有再问。

这次他要离开了，离开芳草园，离开北平，引发了更大的争吵，他突然醒悟似的开始正视这个问题，感觉到自己是他们争吵的原因，是他们争吵的当事人。

由此伏申想起协和医院接沈甲妃出院那天，遇到的那个日裔助产士，想起他出生档案父母一栏填写的好像都是母亲的名字，不禁产生疑问。于是，他去了协和医院，找到了那位助产士，以十张前门戏楼戏票的代价，请她找出自己的出生档案，仔细看了看，果然没有父亲的签名，果然签的都是母亲连琴瑟的名字。

助产士无须回忆，告诉伏申，自己清楚地记得，那天两个年轻的却已经著名的京戏头牌伏德魁和瞿玉郎吵架了，吵得很厉害。

1920年盛夏之日，协和医院这位日裔助产士惊讶地看到，还没有来得及卸装的伏德魁和瞿玉郎，一个上半夜，一个后半夜，一先一后，来到产科病房，看望产妇连琴瑟。先到的是伏德魁，他显然刚刚演出完毕，是从戏楼赶来的。他一进来，摘下演戏时的髯口，轻轻地抱起伏申，注视许久，突然间，眼泪就一颗颗地落下来，流出了数道痕迹，溶化了脸上的油彩。但是产妇连琴瑟身体显然十分虚弱，她微微闭着眼睛，一直到伏德魁离开，都没有睁开过。助产士记得，她找伏德魁签字时，他已经消失在医院长长的廊道里了。

后半夜到医院的瞿玉郎，也像是刚离开戏台匆匆赶来的。因为身上还穿着宽衣长裙的戏装，冒出浓浓的脂粉香气，让人开始以为是个女性。他解开沉重的假发，慢慢地半跪下来，看着连琴瑟有气无力的样子，坐到床上，依偎在连琴瑟的身边，长眉紧锁，一脸担忧。然而，婴儿的啼哭声使他精神振作，一下子站起来，从助产士手中接过婴儿，仔细地看着。助产士似乎看出婴儿比较像他，就想当然地对他表达了恭喜。而瞿玉郎怔怔地抱着婴儿，目不转睛，也不知说什么才好。此时，婴儿突然高声啼哭起来，瞿玉郎试图哄住婴儿，但婴儿啼哭声越来越响，怎么也止不住。一直沉默着的连琴瑟突然坐了起来，告诉他，孩子饿了，让他抱过来。助产士连忙从瞿玉郎手里接过婴儿，走到床边，交给连琴瑟。瞿玉郎看也不是，站也不是，坐也不是，茫然不知所措。助产士发现连琴瑟神情犹豫不安，甚至有些难堪，感觉到了什么，连忙拉上帘布挡住连琴瑟，连琴瑟这才撩开衣服，开始给婴儿喂奶。

瞿玉郎到盥洗室擦去脸上的油彩，用热水洗了脸，犹豫着是回到病房还是离开。助产士过来，让他在父亲一栏上签字，他的手猛烈颤抖了一下，笔掉落在地上，然后头也不回一下，就逃跑似的离开了医院。

次日天明，伏德魁和瞿玉郎同时到达医院，还没有进病房之前，就发生了争论，因为声音急促而低沉，旁人无法清楚他们在争什么，只是从表情和手势中看出他们此刻并不友好。此时，连琴瑟已经起了床，问助产士要了出生档案，在父亲母亲一栏都签上了自己的名字，两个人停止争吵要进来时，助产士已经拿着出生档案离开了。

助产士热情的回忆和详细的讲述，其实还不能给伏申一个明确的答案。作为一个十七岁的少年，对复杂的世事和情感将懂未懂，对事关至亲的疑惑和猜想未得其解之时，如果遇到突然而来的变故，不知道如何把握，如何驾驭。于是，伏申独自去了天主堂。

这是伏申第一次单独去宣武门天主堂。

当天教堂内部清洁，几乎没有信徒和游客，神父带他到空空荡荡的前院，围着那座女神的雕像散步。走了几圈之后，神父告诉他，他给燕京大学宗教学院的推荐信在几年内仍然有效，如果他厌倦了南方生活，看清了世间万事，仍然可以回来上学，像他母亲希望的那样，拿到神学学位，当上一个称职的神父，甚至有一天继承他的位子。当时,伏申专注地看着那座女神的雕像,似听非听,等神父讲完话,才点了点头,然后指着雕像,问神父,自己可不可以抚摸她?神父表示同意,拉着伏申的手,放在雕像身上。片刻后,伏申把手收了回来,声音平和但神情坚决,告诉神父,自己要去找她,找到她,才会知道更多更好的,知道今后应该怎么办。

神父微笑着,叹了一声,称赞伏申长大了,能听到自己内心的声音了。又指着雕像,突然问伏申,像不像他母亲?伏申注视着雕像,又看着神父,一脸的疑惑。神父没有解释,一路送他到门口,才告诉他,每个人都有自己心中的女神,他也有,青春少年的伏申当然应该有。伏申听了,似乎恍然,但一时也说不出什么。神父宽慰地勉励他,既然听到她在召唤,去吧,去吧,找到她,找到光明,也不用回头了。

伏申后来回想起来,那天神父是慈祥的、伤感的,像父亲一样在向他惜别。伏申离开的时候,神父给了他一封信。他有一个侄儿在杭州的教会医院当医生,相信有机会见面,他乡有朋友有故人有亲情可以得到帮助,可以免受孤独的忧愁。

回来的路上,伏申脑子里不断出现女神的雕像,想着神父的话,神思恍然,不断地问自己,神父心中的女神难道是母亲连琴瑟吗?而自己心中的女神真的是沈甲妃吗?

伏申回到芳草园,没有像平常一样,先过来与母亲见面,而是把自己关到中院的房间里,看了一会儿《升学指导》,做了十多道题目,又看着里面的到达苏联的交通图,研究了一会儿,肚子饿了,也没有吃夜宵,灯一关就早早睡觉了。晚上半梦半醒,满脑子是大学的校园,耳边也都是知了的叫声。

次日吃早饭时,大家不见伏申出现,以为他睡过头了,再去找他,发现他消失了。快中午时,连琴瑟从外面回来,表情平静地告诉众人,伏申已经坐火车离开北平,去浙江杭州了。

当时对于伏德魁和瞿玉郎而言,伏申的离开没有先兆,连琴瑟一开始也表现得似乎全然不知。伏申赶在他们吊嗓练功之前，半夜里就起来收拾好行李，提了装着小角儿的藤条箱子，趁着月色悄悄出门了。只是火车是六点钟开车，伏申因此等了一会儿，临上火车时，连琴瑟和那义魁赶到正阳门火车站送他。其实连琴瑟对伏申此行早有安排，毕竟是头一次出远门，放心不下，坚持叫那义魁陪他到杭州，等落好脚了再回来。同时，还准备了1924年溥仪送的紫红色小牛皮箱，叫伏申带走。紫红色小牛皮箱是德国货，有密码锁，别人不知道密码就打不开，里面放了一捆金条和几百块银元，沉甸甸的。同时，还给伏申换了一等座，车厢高级，路上也更安全。火车开动时，连琴瑟流着眼泪，告诉伏申，过了夏天她就会到杭州来，那里毕竟是她的父籍地，来伏申的大学看看，到底比北平的学校好在哪里。最后，连琴瑟透过藤条箱子的缝隙，看了看里面熟睡的小角儿，说了声，咱们杭州见。

当然，多少个夏天过去了，连琴瑟也没有机会来杭州，也没有来看望小角儿。如果伏申在浙江大学继续求学，也许有一天，连琴瑟就会到伏申的校园看看，也许还可以看到小角儿在校园跑来跑去的样子。

天快黑的时候，谭杭丽还没有过来找他们，沈乙嫔问伏申，这里比北平的学校好在哪里？伏申仍然沉浸在辅仁大学的情景中，怎么说呢？盛夏时节的大学校园都应该是一样的，树是绿的，天是蓝的，也都有知了声，夜晚的校园，是安静的，空空荡荡的教室里，过去和未来，曾经活跃的身影和琅琅的读书声，最值得回味，最值得留恋。

沈乙嫔眼睛里透露出羡慕和嫉妒，不禁讥讽伏申，把浙江大学当辅仁大学，还不是因为沈甲妃。她告诉伏申，如果他要继续读书，她也要跟着申请，这样，今后就是他们的大学，就是他们两个人的校园，省得他经常像一个老人那样，整天回忆陈年往事。

回来的路上，谭杭丽泼了沈乙嫔一盆冷水，叫她不要痴心妄想，不要试图脱离工作岗位，脱离党国事业，现在政治形势如此严峻，谁还能有心思读书？这话显然也是说给伏申听的。

这次去浙大，伏申因为没有见到竺可桢，又担心学校师生反对，党部有阻力，继续求学的目的难以达到，就再一次去找了罗霞天。罗霞天表扬了他求学的上进心，然后要求他坚持做好本职工作，等国家真正统一，真正和平的那一天，再去上学，届时，他一定亲自跟竺校长讲，让他读到博士。

伏申感到沮丧的时候，情况突然发生了变化。

中统局南京会报会上，谭杭丽提到了俞孙一的情况。徐恩曾十分重视，特别指出，要予以密切关注，因为大学师生对国民党的批评最多，对蒋委员长的反对声音更激烈，如果形势必要，及早采取措施，相信军统和浙江保安处很快会盯上他，绝不能被他们抢得先机。

谭杭丽建议再等等，看看俞孙一的重要性有多大，暗中查清他与哪些人员交往，重点是查清背后的共产党地下组织。总之，她要继续深入调查，让更多的人在"大扫除"计划名单中得到确认。届时，毕其功于一役。

回到杭州后，谭杭丽不仅请求罗霞天同意，让伏申仍然保持他党部干部身份的前提下，尽快到浙大插班学习。同时，谭杭丽决定帮沈乙嫔注册为农艺专业的学生，在无需上课和考试的情况下拿到学历。谭杭丽的原话是，书读不读，考不考试，无所谓，本职就是派往学校执行任务的调统室人员，以学生的身份，监视重点对象。伏申因此知道了俞孙一，知道沈乙嫔整理的材料中，把他列入关注目标。备注上写明，俞孙一，1943年冬在学校集体参加三青团，次年毕业，离开安徽到重庆，考入已迁至贵州的浙江大学农艺系，其间参加了浙大战地服务团，抗战胜利后，即同三青团脱离关系，正式参加了新潮社。

之后，谭杭丽开始故弄玄虚，瞒天过海，故意将一份学校普通师生的名单和资料列入档案，放进了保险柜。此刻，她想到的是戴笠说的那句话，假作真时真亦假。如果保险柜还是不保险，泄露的仍然是一份无关紧要的档案。而包括俞孙一在内的真正嫌疑人的档案，则另行放置在她一个人知道的地方。

直到很久以后的一个下雨天，谭杭丽到沈庐找到伏申，告诉他沈耀中在狱中死亡的消息，然后交给他保险柜的钥匙，同时建议他可以重设密码。伏申有些茫然，问她原来的密码是什么。谭杭丽愣了很久，贴近他的耳根，悄悄说了几个数字。伏申听了，也愣了很久。

二　猫狗游戏结局意外

这一年双十节刚过，杭州警察局在《东南日报》头版左下方公布了督促劝导自首人员名单。上云，为维持治安，要求他们于10月底前，自带铺盖棉袄等御寒衣物和毛巾肥皂碗筷等日杂用品，到住地派出所登记，逾期不到者，将予以公开通缉。名单上一百多人，都颇有知名度，如孩儿巷李家兄弟，官巷口菜头父子，刀茅巷铁算盘夫妻，皮市巷烟行跷拐儿，等等，都是上下二城兴风作浪多年的人物。此举多少有整顿社会秩序清理治安环境的意义，也是每年的惯例，但今年的动作却比往年大得多，似乎铁面无私，动起真格，毫无情面。

因为名单上出现了几个以前没有出现过的显赫人物。

如卖鱼桥船行老大铁头杭。铁头杭1940年就是忠义救国军浙江总部中层干部，担任过天目山抗日别动队大队长，曾多次冒险潜回杭州组织动员船行袭扰敌伪的行动，留下诸多事迹在民间传扬，光复后受到国民政府通令嘉奖，名字被录列杭州抗战英雄谱。铁头杭仗着自己的功劳，在卖鱼桥一带占地为王，经商谋利，甚至巧取豪夺，欺行霸市，因为之前的光环以及人脉，也没有什么单位和组织过问和追究，尤其是警察局许多当年忠义救国军战友，更是公开帮衬维护，甚至合股经营，坐地分赃，成为牢固的利益团伙。加之上层省政府、省党部、保安司令部、驻军长官及军警特机关，都有朋友，铁头杭也就有恃无恐，藐视法纪。这次公告铁头杭被列入催促自首的名单，自然成为杭州的一个重大新闻，纷纷关注求证，铁头杭是不是得罪了什么要害部门或者重要人物？但街谈巷议中不免质疑重重，铁头杭势力大靠山硬，真的会关进去吗？

果然名单公布后第二天，许多人看到铁头杭不仅像以前那样，一大早站在武林门码石阶上大声嚷嚷，招呼过往航队，而且大中午的还与几个年轻女子在西湖荡舟，一边吃肉喝酒，一边打牌听歌。几个有正义感的市民心生义愤，到警察局举报，警察认真作了笔录，派人到现场查看铁头杭的行为，并予以口头警告。

铁头杭无事人一般，理直气壮地反问，不是没有到自首时间吗？到了月底最后期限，他自然会去交代。

林白履多方打听，想知道是谁主张把铁头杭列入名单的。报纸主管告诉他，他们只是按警察局要求公布名单，而警察局的名单也是各个机构提供的，因此来龙去脉一时难以查明。后来有线索表明，检举铁头杭的电话，是局长亲自接的，而局长似乎不知道打电话的人是谁，或者知道了也不便透露。

林白履左思右想，觉得铁头杭是帮自己出头，得罪了什么人。几个人商量时，有人怀疑伏申捣鬼，但一时判断不好，屠来根此时可能已经动起问伏申借钱的心思，怕事情闹僵，被伏申误会，自己日后不好开口，于是劝铁头杭，伏申即便有些关系，也不可能用如此手段对付他，一定有别的原因，不搞清楚，切不可误判误打，草率行事。铁头杭一脸轻蔑，不以为然，凭伏申本事，岂能掀起这么大的浪头？搞他的一定另有其人。但林白履当着众人的面，还是要将自己的怀疑告诉铁头杭，林白履似乎不嫌事大，提醒铁头杭不可大意，即便不是伏申直接所为，也不能排除背后有什么人帮伏申出头。显然，如林白履后来在众安桥联络点向伏申所说的，他是借想此事整治一下国民党特务谭杭丽。当时果然，铁头杭对林白履的话愣想了半天，也想不出什么来，只是提起了

1942年的一件往事，伏申与谭杭丽刺杀谭书奎不成，途经天目山，因为食宿安排上为难他们，伏申与他发生冲突，被谭杭丽拦住了。林白履一听，顿生疑窦，难道是谭杭丽从中作祟？铁头杭难压怒火，就要到梅花碑省党部旁边的宿舍找谭杭丽，林白履由着他去，告诉他，如果在那里找不到她，就找别的地方，说着又给了他另外一个地址。当晚铁头杭趁着酒劲，先到梅花碑，没有找到人，就按照林白履给他的地址，一个人半夜跑到中正街六号边上的书店敲门。过了很久，门开了，铁头杭看到谭杭丽，张口就骂。谭杭丽啐了他一口，不等他反应过来，紧接着又给了他一个耳光，一只手绕着一把小剪刀，一闪一闪，晃到铁头杭的眼睛。铁头杭大怒，也不管谭杭丽是女人，就要施以拳脚，不想里面冲出一群穿美式新军装的壮汉，围上来就要打他，领头的毛教官要掏出枪来，谭杭丽拦住了，说今天自己家庭聚会，不想吵骂打架，扰了自己的兴致，叫他们放他走。

铁头杭不肯马上离开，嘴上骂骂咧咧的，意思是自己今天暂时动不了谭杭丽，但会让伏申难看，到时候让她先收尸。

谭杭丽听了，冷笑了一声，也没有理会他的话，把门一关，把铁头杭关在书店外面了。

铁头杭一路上想想，实在咽不下这口气，就联络了几十个义兄义弟，不等天亮就直扑中正街，找到门牌号，硬是把门敲开，却发现书店里空空荡荡的，里面什么都没有，连点亮光，连点烟火气都没有，要找暗门通道，怎么找也找不到。

铁头杭怀疑自己怒火之下把地方记错了，或者就是酒后失忆了。

第二天上午，党部例会刚结束，林白履找到谭杭丽，直言要替铁头杭问问清楚，讨讨说法。谭杭丽讥笑他跟结义兄弟铁头杭一样糊涂，自己的宿舍从来都在梅花碑党部，什么时候住到中正街了？什么时候开书店了？林白履怔了一怔，马上反唇相讥，狡兔都有三窟，一个正当年的丰韵女子另辟别馆，有个安乐窝也不奇怪。谭杭丽脸色顿时变了，沉默了一会儿，拉开抽屉，拿出一把手枪，拉拴上膛，往桌子一放，正告林白履下不为例，如果再有这样的事情发生，再胡说八道，被她一枪杀了，还落得个背叛党国的罪名。林白履当时就气得满脸煞白，直接到赵强水这里告状。赵强水已经知道事情经过，好言好语地劝他算了，谭杭丽毕竟也受中统局领导，同时又一脸严肃，拿纪律要求林白履不许再声张，否则会吃大亏，如果一纸调令把他调往共产党后方做地下工作，岂不冤哉危哉。

林白履还是咽不下这口气，真如谭杭丽认为的，他动不了自己，就要让伏申难看，而要使伏申难看，最好的办法就是对小角儿下手。

怀孕的小角儿因为受了惊吓，生病了。

这天伏申带小角儿到党部，沈乙嫔抱着它到戏台上晒太阳，没有想到，林白履牵着服务生出现在梅花碑，神情得意，充满挑衅。

起初服务生因为没有主人的命令，十分温顺地伏在地上，直到看沈乙嫔拿着几条小鱼喂小角儿，林白履叫了一声，服务生，去去。服务生突然腾起，跃上戏台，朝小角儿扑过来，小角儿咬住一条鱼，连忙闪身避开，服务生一头撞在台柱上，痛得汪汪大叫。小角儿吃着鱼，喵喵地叫着，喜气洋洋，服务生大怒，吐着长长的舌头，狂叫起来。林白履恨服务生没有用，捡起一块石子扔它，服务生被石子击中，跳起来就冲向小角儿，重重踩了几脚。小角儿往台下一跳，全身落地，顿时叫声凄厉。

沈乙嫔抱起它时，小角儿仍然惊恐地叫个不停，再哄也不停下来，仿佛叫到气绝为止。

当晚，伏申从杭州市党部开完会回到沈庐，看到沈乙嫔哭丧着脸抱着小角儿，而小角儿气息奄奄地在她怀里缩成一团，耷拉着脑袋，一动不动。伏申问明事情经过，第二天一上班，就要去找林白履问罪。这时，谭杭丽看到他绷着脸，拦住他，还找人家？林白履正在门口哭呢，他的那条日本狼狗被人杀了。

服务生死了。

党部里有过杀生经历的人不少，纷纷围上去察看，判断出服务生是被人下了重手，而且死了不久。因为林白履是苦主，谭杭丽为了安抚他的情绪，免得他胡乱针对，安排调统室的鉴定人员，配合警察局的人，详细勘察，查明死因，并很快找到几位目击证人，得出了结论，服务生是高手所毙。据目击者描述，该高手用的凶器非常独特，是一把十几公分长、两面都带尖的木头橛子。起因是主人放狼狗吓唬行人，行人起初跑进巷子躲避，狼狗紧追不舍，在它扑向行人的一瞬间，突然跃出一位身形健瘦的男子，顺势将一根木头橛子竖着塞进狼狗嘴里，直接卡住了狼狗的舌头和上牙膛。

林白履听了，脸色煞白，狠声冷笑，知道是什么人干的了。屠来根在一旁劝他别冲动，到底是何人，等调查清楚了再做计较，不过这凶器，这身形，应该是北人所为，浙江人，尤其是杭州人，不会这样凶残的。

关于服务生的死因，调统室的鉴定人员有不同的结论。查验了服务生的口腔，认为是被人徒手所杀，而不是什么木头橛子。对此，也有别的目击者予以佐证。狼狗扑进巷子时，有一个行人毫无惧色，对着凶悍的狼狗微微招手，意图引向自己。狼狗如闪电一般扑向此人，而此人不退反进，一个箭步向狼狗扑过去，当双方接近的一瞬间，此人突然飞起一脚，正好踢中了狼狗下颔。狼狗大叫两声，再向此人扑来。此人全然不惧，飞脚又踢，而他的一只手，则变成了呼呼带风的铁拳，一击就打进了狼狗嘴里。意想不到的是，此人变拳为爪，一下子就抓住了狼狗的舌头，硬生生地将狼狗的舌头拽出了一大半，顿时一团狗血，喷溅了此人一脸。狼狗受此重击，不及挣扎，即倒地死去。

大家不禁骇然，再细看服务生口腔，果然舌头已经藕断丝连一般，随时会掉落下来。

屠来根一脸惊愕，脱口而出，会不会是那个谁？林白履受到提示，痛心疾首，捶胸顿足，厉害大喊，不是那个那义魁能是谁？林白履当即要带人去寻仇。屠来根劝他，堂堂浙江省党部干部，岂能与社会闲杂人员一般见识？林白履不肯罢休，作为报复的第一步，设法把那义魁的名字在《东南日报》头版显著位置单独公告。

省党部几乎没有人知道那义魁与伏申的真实关系，即便抗战时期，那义魁有所表现，大家认为这是一个华北流亡民众仇恨日寇和汉奸的正常行为，并不觉得他有什么特别和神秘。林白履留意那义魁是为了找伏申的把柄，而那义魁神龙见首不见尾，让他无从入手，这次铁头杭的遭遇，使林白履豁然开朗，心想如果那义魁作为江湖流氓列入自首名单，在审查审问中，他的前世今生将暴露无遗，活罪受尽，死罪难逃，多半就会牵出伏申，坦白出许多与伏申相关的不为人知的秘密，其时伏申必定会出面斡旋，到时候脱不了身，就会陷入其中，受尽屈辱，命运堪忧。林白履联想到这里，不禁满怀得意，眼前不断浮现出伏申的真实面孔和狼狈窘境，权钱交易的贪污犯？鸦片甚至军火走私犯？贩卖人口甚至抢劫财物的江洋大盗？那时候，上当受骗的沈乙嫔将无地自容，痛心疾首地表达悔恨，痛哭流涕地跪在自己面前请求原谅，而傲慢的谭杭丽，湖畔阁茶楼的俏罗敷，甚至还有那个什么速记女秘书蓝栀子，等等，这些女人，将成为天下笑柄，将惭愧不已。

最解恨的是，杀害服务生的仇恨得报，服务生在天之灵得以安息。

那义魁的名单一公告，伏申就断定是林白履设计陷害。报馆经理拿出的公函，虽然没有信笺头，但仔细一看就是省党部专用信纸。伏申又到警察局询问，知道是省保安处提供的。有关那义魁的材料很详细，详细得有些情况连伏申都不清楚。保安处的案卷里面，开头就写明，那义魁原为满姓钮祜禄氏，正红旗，光绪末改那姓，家族中排行末尾，又称老魁。辛亥革命后，跟随清逊帝左右，民国十三年冯玉祥逼退清室，投北平四合班，为其宅芳草园看家护院，其后行踪隐匿，及至抗战前后在杭州多次出现，其身份殊为可疑。

保安处闭口不谈详情，只暗示伏申，他们也是受人之托，提供情报的，想收拾那义魁的，另有部门另有其人。

然而伏申很快弄清楚资料的来源。给伏申看那义魁案卷的是谭杭丽，谭杭丽告诉他，提供书证的是北平军统站的督导长齐庆斌。之前伏申得罪过他，因此有人一联系他，他十分主动地进行了调查，摸清了那义魁的底细，形成书面案卷寄送浙江保安处，保安处分析之后，不想多管闲事，就将案卷移交给了杭州市警察局。谭杭丽解释，她是因中统局浙江调查室的身份得到通报的，因为记得1942年元旦她与伏申到杭州刺杀伪市长谭书奎时，那义魁曾经有过帮助，可以证明他是好人，想必是有人小题大做，别有用心，她提醒伏申，如今负责匪情的部门很多，不能排除有人会制造冤案，所以要特别留意，一些相关人员最好通知他们，不要有什么动作，以免授人以柄。

伏申对谭杭丽苦笑，那义魁是他的家人，不过是之前他父母请来照看自己的保镖，不识字，不会看报纸，有他名字，他也不知道。又提到1937年初夏，那义魁提着紫红色小牛皮箱赶到火车站，然后在天津被伏申骗上回北平的火车的情景，引得谭杭丽哑然失笑。保镖？真是可怜天下父母心，既然是保镖，怎么不见他跟随左右？伏申知道谭杭丽在笑自己，但还是认真作了说明，兵荒马乱的，又各忙各的，向来很少联系。

谭杭丽半真半假地警告伏申，千万小心，小心自己的保镖真的被共产党收编了，自己都不知道。

第二天《东南日报》虽然作出重要更正，撤销了通缉那义魁的公告，但是那义魁还是被警察局关了几天，遭到了审问拷打，逼他承认自己是飞檐走壁的江洋大盗，是几起大案的主犯，同时交代隐藏于党部和政府里面的同谋，但那义魁紧咬牙关，一概不认。后来又出现几个来历不明的男女，对那义魁谆谆相诱，希望他迷途知返，坦白与共产党的关系以及具体任务，争取立功。甚至列出一个名单叫他指明，谁是地下党的组织成员。那义魁不认识字，但认得伏申名字，不禁迟疑了一下，但马上摇摇头。随后来人读名单给他听，那义魁还是一问三不知。快一个礼拜，伏申从警察局接出那义魁，送他到医院检查了一下，除了软组织略有挫伤，并没有内伤。原来那义魁内功运气，经受了电击和麻醉等刑讯，以至看上去遍体鳞伤，而实际上却完好无损。

　　后来，伏申从那义魁口中得知要他指认的名单上有几个关系亲近的人，无非沈乙嫔、俏罗敷等，奇怪的是还有谭杭丽，最无辜的是蓝栀子，居然一度在被怀疑的情况下，在名单中列进列出。伏申到陆军监狱探望时，向沈耀中保证，他会讨回公道。沈耀中劝他不要太冲动，万一是圈套呢？引诱他套进去，本来一桩民事纠纷，变成与共产党有牵连的政治案件，弄出一个什么杭州地下组织来，叫你吃苦头。沈耀中建议不如让沈乙嫔知道知道，自己背后被人冤枉，她毕竟是空军英雄的遗孀，不能平白受到怀疑，无端遭到陷害。最后，沈耀中告诉伏申如此这般，到时候适可而止，小胜即罢，穷寇勿追。最后叮嘱了一句，伏申与蓝栀子不算是熟人，不必为她出头，否则使她引人注目，给她惹出麻烦。

　　伏申听了沈耀中的建议，一心往个人恩怨上处理此事。第二天一上班就找罗霞天告状，指责林白履暗中使坏，陷害别人。罗霞天不想过问，叫赵强水和屠来根出面协调。林白履倒是好汉做事好汉当，承认自己参与其中，是为铁头杭出气，但绝对不承认自己以共产党嫌疑对付那义魁，因为他不会抬举那义魁这种看家护院的跟班来抬高伏申。那义魁是封建皇帝的走狗，是国民革命的对象，更是中共苏俄式革命要消灭的阶级敌人，共产党不会让那义魁这样的江湖人物加入他们的队伍。伏申岂肯罢休，要在报端公开声明，揭露这种迫害平民百姓，以逼迫幕后机构和人物出来负责。《东南日报》不管伏申怎么强硬，都不肯刊登。谭杭丽知道自己也在用于诱供的名单里，非常生气，公开声援伏申，宣称自己和伏申在抗战时期就是出生入死的同志，容不得别人半点污损和诬陷，否则就向中央党部控诉，向蒋委员长控诉。私下里又劝说伏申，如果其他人与共产党有什么瓜葛，趁早躲一躲，不要参与，如果有困难，可以一起想办法。

瓜葛？最可能有瓜葛的是沈乙嫔。伏申颇为担心地告诉谭杭丽，只怕他们针对的是沈乙嫔，因为她父亲沈耀中毕竟还关在陆军监狱里等待判决，是想借此把她牵连进去。

沈乙嫔不是早就和沈耀中断绝父女关系了？谭杭丽不禁嘲笑，如果自己是共产党，要那义魁也不会要她这样的人。伏申不赞同谭杭丽的话，女儿维护自己的父亲，天经地义，谁也不好责怪。谭杭丽不得不称赞伏申有智慧，想到能利用人，沈乙嫔要是知道了，当然不能被人诬陷，肯定要抗争了。

沈乙嫔果然大闹了一场。她找了党部所有的执委和监委，声言如果事情得不到澄清，名誉得不到昭雪，她就要到南京空军总部喊冤，把烈士证书和勋章都还给他们，随后果然买了当日稍晚去南京的火车票，只是被赵强水和林白履连哄带吓拦了下来，没有去成。接着中央航校不知从哪里知道此事，立即致电国防部，声明如果这类阴谋诬陷烈属、损害党国空军形象的行为不予以严厉追究，他们将直接向领袖本人提出控告，向远在美国的空军创始人、航空委员会名誉委员长宋美龄寻求声援。

但是始终没有人出面承认，沈乙嫔回头再向杭州警察局要说法，杭州警察局先是推得一干二净，最后顶不住压力，认了下来，向那义魁赔礼道歉的同时，以擅自伪造姓名与真人巧合为由，开除了一名见习文书。铁头杭心有不甘，要找杭州警察局大闹一场，林白履专门在楼外楼摆了一桌安抚他，铁头杭开始酒都不肯喝，埋怨他重色轻友，为了沈乙嫔向伏申妥协退让，越说越气，甚至提出要与他割袍断义。林白履迫不得已，只好向铁头杭透露了一点内幕，原来确实是某个专案机构为了破获共产党地下组织，才指示抓的那义魁，不想那义魁宁死不肯指认，加上风声走漏，以致被动。至于这个专案机构是哪些人，林白履也说不清楚，只知道是针对共产党地下组织重要人物设立的，他猜测关在陆军监狱里的沈耀中就是专案对象。

那义魁真是共产党？铁头杭不相信，更不相信能从他那里挖出共产党地下组织重要人物的有用线索，更不要指望他会乱咬出什么人来。

林白履敬了一杯酒，表示自己其实也不相信，但如果那义魁屈打成招，指认点什么，那伏申不就是共产党了？如果伏申吃不了苦头，再招认出什么，那岂不是既出了气又立下功了？

铁头杭高兴不起来，觉得如果他们不是共产党，如此手段有些像秦桧陷害岳飞了，尽管伏申和那义魁比不了岳飞，但胜之不武，如果真是共产党，那就不能有妇人之仁，就这样轻易放过他们。发完牢骚，连喝了几杯酒，向林白履要了那份所谓警察局文书伪造的名单，决心要查清楚，既解心头之恨，又为党国作出贡献。林白履不禁感动，承诺自己一定动员所有资源，全力在背后帮助他，而且设想有一天拿下沈乙嫔，叫她喊他一声铁头哥哥。铁头杭顿时情绪高涨，把一坛绍兴酒都喝完了。

铁头杭布置手下暗中跟踪调查名单上的每个人，重点当然是伏申，还有谭杭丽，但想不到的是，行动还没有开始，自己就遭到几个不明身份的人抓捕，幸好他心生警惕，跳下运河，潜水而逃。

林白履知道铁头杭多半是躲避到天目山中了，那里毕竟是他忠义救国军打游击的根据地，住个一年半载的，衣食无忧，安全无虞。林白履假戏真做，到《东南日报》连续几天刊登寻人启事，都没有铁头杭的任何消息。

上述比较激烈的事件，发生在林白履突然向伏申宣告自己的秘密身份之前，也是党部的人看来，他与伏申这个外乡人的争斗处于最白热化的阶段。以致后来在众安桥联络点见面时，林白履讲起这段，手舞足蹈，唾沫横飞，喜怒哀乐，溢于言表，只是遗憾谭杭丽毫发无损。

直到1945年光复以来第二年11月，铁头杭率领自封的戡乱大队出现在天目，按照已经掌握的所谓名单，数日内逮捕了一百多名嫌疑犯，直接报到临时在杭州指导工作的齐庆斌请示处置，齐庆斌特别交代不要让浙江党部的人知晓，要求先将十余名要犯处决。与会速记的蓝栀子给伏申打了电话，伏申告诉了陈治平，沈鸿烈得知后即电令铁头杭，并要求将这些所谓的要犯交予保安司令部军法处审讯，另外数十名要犯交天目父老具结领回，余下无罪释放。齐庆斌对此大为不满，与沈鸿烈力争，沈鸿烈斥责，天目父老来杭州控告他偏听戡乱大队的谎报，任意捕人，且罪及家属，抢劫人民财产，并要求即刻将戡乱大队全部解散，铁头杭予以严厉处分。最后毛教官带着郑介民局长的命令，紧急从南京赶来，暂时调开了齐庆斌。原来谭杭丽查看了所有嫌疑犯的资料，发现竟然源于自己的另一份名单，也就是那份拼凑的假名单，不由得万分愕然，赶紧联络了毛教官。毛教官亲自抓捕了铁头杭，又是刑讯，又是催眠，问他是如何得到名单的。铁头杭交代，名单是从谭杭丽中正街六号的住处偷的，那个书店的一个店员是他赤屁股时的朋友，因为觊觎保险柜里的财物，拿到了那份名单，至于密码，是看到平檐礼帽上的编号，横竖一猜，胡乱碰上了。那个店员没有发现财物，就拿那份名单找铁头杭换钱，铁头杭大喜，许诺到时候一定给他一大笔美金，同时，为了不被谭杭丽发现，又叫他马上把名单放回保险柜。毛教官为替谭杭丽遮掩，决心除掉铁头杭，但被谭杭丽阻止了，最后只得把他交给浙江保安处，关进了陆军监狱。铁头杭满心期望这次立下大功一件，获得大笔奖金，然后就可以兑现承诺，想不到最后变成一出闹剧，惹人耻笑不说，还身陷牢狱。忧闷之下，设法给林白履报信，请他打通关节，希望自己一旦出狱，报仇雪恨，再立新功。

谭杭丽大大松了一口气。

她庆幸自己当时有了防备，避免了严重的后果。她担心铁头杭以后会对自己不依不饶，会对伏申变本加厉，于是到陆军监狱找到铁头杭，给他两条路：一条是死路，不明不白死在狱中；一条是活路，他是一个有才干的人，不如申请加入中统或者甘心听毛教官指挥，名正言顺地为戡乱反共大业出力。铁头杭口头答应，心里却放不下伏申、那义魁，但想想自己现在只能先低下头来卧薪尝胆，等有机会，再公报私仇。

同时，谭杭丽也为自己曾经怀疑其他人，而感到几分歉意，不禁情绪有些波动，请伏申到楼外楼陪她喝茶吃饭，中间，突然抓住伏申的手，吻了一下，泪珠子在眼里转动，然后，又一副女儿之态，捶了他一下，你这个小弟弟，我要是连你也冤枉了，该怎么办，想想都怕。

对于此种情形，克里森对谭杭丽做睡眠治疗，诊断为轻度焦虑症。因工作压力太大引起精神紧张，睡眠不足，表现为多疑，情绪多变，身体上表现为多汗、潮热、月经不调等，性冲动的长期压抑，也是症状没有得到缓解的原因。克里森认为，中国社会的妇女中，这种病例并不少见，这与传统道德的约束不无关系，尤其像谭杭丽这样有一定地位的职业女性，通常以严苛的理性形象示人，很少有释放自己的机会。因此，1942年冬天，在沈庐洗漱间与伏申的身体长达一个夜晚的相碰，足以让她回味一生。

三　理由是天气不宜人

1945年光复以来那几年，伏申至少有一次真正想过回北平。克里森在《最忆是杭州》最后一章，专门有一段追记：他对伏的催眠中，突然看见他的眼角渗出了泪水，显然，他在睡眠中梦到了悲伤的人和事。在他零碎的梦呓中解析出，他在替父母的命运担心，尤其是父亲伏一世被处决的幻象呈现在脑海中，十分真实，伏因恐惧而导致的绝望和悲痛，使他流下了眼泪。克里森希望伏的梦境能被公平看待，希望人们相信，他绝非一个没有孝心的人，绝非像看起来那样，罔顾家人性命安危，忘记了自己的身世，忘记了芳草园，忘记了北平。

秋天的早晨，生活在杭州的男人们，又闻到了当年的桂花香，不由得重重吸着鼻子，意气风发，心旷神怡，跟着神情陶醉，满口清气，糯声笑语的女子们，不禁感叹，又一个美好的秋天来临了。

在如此美好的季节和十分宜人的气候里，伏申却令人惊愕地突然上交了请假报告，要离开杭州一段时间，理由是天气不适宜。显然，他没有提真正的原因。

其时，国共和谈趋于形式，战争随时全面爆发。如沙秘书预料的那样，任何公职人的请假都不会被理睬，当时请假往往就是辞职，就是逃避工作。果不其然，伏申的请假报告当即就被退回。

主持党部工作不久的执委赵强水知道伏申突然要请假的真实原因，也不知道怎么劝慰，随后，他提起光复之初，伏申父亲伏德魁与"满洲国"关系密切的事情突然风传，党部开始有人议论，齐庆斌他们要在北平找他麻烦，但伏申仍然在省党部暨三青团支部国庆联谊之夜，公开宣布自己辞去本兼各职，请假回北平与家人见面。党部领导和谭杭丽都不同意他请假回去，告诉他，这么做是为了保护他，希望他等风声过去，情况好转了，再请假回去不迟。

不想，这次在他父亲已经被追究查办、齐庆斌他们公开要求家人连坐的情况下，再次提出要请假回去，真是令人费解。赵强水眉头紧锁，直话直说地批评他，如果执意要走，北平不是杭州，浙江省党部鞭长莫及，管不了北平的事，到时候，父亲殃及儿子，只能看着他跟着难堪，跟着倒霉。谭杭丽责怪伏申此举让人觉得不知好歹，不解人情，党部大多数人对他不错，他岂能说走就走了？她许诺等手头的事忙完后一定陪他回去，坐飞机坐火车坐轮船，由他挑。谭杭丽所说的手头的事，当然是"大扫除"计划，不能否认，她也是充满诚意的，她相信自己如果一起去北平，就可以保护好伏申，就能帮助他解决家人的麻烦。为此，她专门打电话给齐庆斌，半是劝阻，半是警告。谭杭丽劝完之后，要帮他收回请假条，看到伏申还是没有明确态度，有些生气，不再理他了。

沈乙嫔关心的是伏申的身体。她到处替他解释，因为天气，特别是杭州的天气，对得过肺炎的伏申确实有伤害，所以他想着回北平调整也情有可原，况且，自己可以陪同他一起去的。

省党部回迁杭州，伏申住回湖滨陆军监狱隔壁的沈庐，早晚听着犯人的呼叫声，整个晚上难以安睡，遇上秋冬换季的日子，阴雨连绵不止，潮湿如地狱，忽冷忽热，感染风寒，结果得了肺炎，住进了艮山门的仁爱医院。

法国天主教修女郝格勒于1920年创办的仁爱医院，集中了一批有名的西医，设有治疗呼吸道系统疾病专科。伏申治疗了一个多礼拜，出院后，身体时好时坏，一直到年底才痊愈。对此医生也归咎于气候，认为伏申在寒冷干燥但充满阳光的北平出生长大，对于杭州阴冷潮湿的秋冬之交难以适应，如果不是身体底子好，自小营养充分，冬天恐怕是过不去的。

因为生了这场病，伏申似乎更有离开的理由了，他公开扬言，自己想念冬天的北平，想念北平的阳光了。

党部很少有人知道他住院。沈乙嫔因为到仁爱医院给克里森送光复纪念章，看到穿着病号服的伏申在花园里晒太阳。伏申以防止传染为由，远远地躲开了，她追踪到病房，护士拦住她，警告她，伏申得的是肺炎，幸好身体底子好，恢复得快，但在此之前，不能近距离接触。沈乙嫔听了，又害怕又难过。她想不到伏申居然会生病，不知道怎么办才好，脑子一乱，把送纪念章的事也忘了，眼泪汪汪地离开了医院，当天茶饭不思，躺了下来，仿佛要陪伏申一起生病。

克里森等不到沈乙嫔，就打电话给谭杭丽要纪念章，谭杭丽得知伏申生病住院的消息，要赶过去慰问，赵强水听说，拿出珍藏的雪梨膏和川贝粉，委托她带过去送给伏申。

戴着纪念章的克里森陪谭杭丽探视伏申，隔着玻璃窗交谈了几句。谭杭丽戴着口罩，头发飘落在额头上，显得有些零乱，但不停地微笑，鼓励伏申尽快好起来。伏申一副轻松的样子，催她离开，免得被他传染了。谭杭丽收起笑容，低下头，久久无语，似乎在努力平息心绪，似乎为自己没有关心伏申的身体而感到不安。她抬起头来时，眼睛闪过泪光，注视着伏申，扬了扬赵强水送他的东西，认真地叮嘱他，安心养病，回北平的事以后再说，现在不要再想了。

几天后，伏申出院，要把赵强水送他的东西还回去，理由是自己用不着，也不知道怎么吃。谭杭丽阻止了伏申，赵强水是厚道人，难得人家一片心意，顺着他吧。随后非要带他去自己的小院。屋里只有他们两个人时，不等伏申有反应，谭杭丽已经摘下了口罩，告诉他，伏申已经好了，自己不怕什么传染，真的传染了，大不了一起住院去，正好休息休息。谭杭丽说笑间，倒了一勺雪梨膏，泡了一杯川贝粉，看着他吃下。一会儿，伏申顿时觉得胸口清爽，精气神上来，问谭杭丽，自己该怎么谢谢赵强水。谭杭丽笑着推了他一把，别装世故了，赵强水刚主持党部，就要辞职，这不是不尊重他为难他吗？要谢，就好好留下来，好好工作，帮帮他。伏申要离开，谭杭丽看到已是中午，不让他走，也不让他回沈庐，要他把这里当养病的地方。之后，让他先躺在雕花床上歇会儿，自己去食堂打点饭菜回来，一块吃点。吃饭时，伏申的胃口很好，几口就把一只鸡腿都吃了，谭杭丽不想多吃，把自己碗里的鸡腿也夹给伏申吃了。

　　毕竟，伏申刚刚出院的人，饭后觉得有些困倦，就在雕花床上睡着了。醒来时，已经傍晚，他拿起床头一本新书，翻开一看，原来是新印的小说《红楼梦》，看了几页，天完全黑了，要开灯，发现停电了，于是放下书，盯着雕花床上的模糊的雕刻，看到了上面的花朵栩栩如生，顺手一按，却可以旋转，整个图案迤逦启开，露出一个口子，一摸，感到里面的深邃和开阔，再往里面摸时，手被什么东西弹了回来，刹那间口子完全闭合，图案又恢复如初，伏申看得昏昏沉沉，又摸了摸图案上的花朵，却丝毫没有动静，不禁感觉到自己是做梦，是因为身体虚弱产生的幻觉，眼前一黑，又睡了回去。

　　小角儿把伏申吵醒了。

　　窗外的阳光落在雕花床上，眼前的一切显得明亮了，床上的一个个图案，翻开了的《红楼梦》，丝绸被子上的斜纹，都清晰可辨。小角儿看到伏申睁开眼睛，停止了喵叫，安静地躺在他的身边，注视着他。

　　伏申掀开被子站了起来，一头碰到床顶上，发出嘭的一声，随后传来谭杭丽的笑声。

谭杭丽端着一杯牛奶、几块蛋糕，站在床前笑他，谁这么高，碰头了吧？她拉开蚊帐，把木盘往床边的小柜子上一放，催他吃早饭。小角儿是怎么找到这里的？伏申神情疑惑，一把抓起小角儿细看，仿佛怀疑它不是真的。谭杭丽抱过小角儿，让伏申先吃东西，又向他解释，她昨晚去了沈庐，找到了小角儿。

伏申此时发现，自己在雕花床上睡了一个晚上，这个晚上发生过什么，他全无记忆，显然自己睡死了。他几次想问什么，也没有问出口。接着，两个人一直到吃完早饭，再也没有说话，只有小角儿不停地叫。

伏申看了看手表，已经到了上班时间，又要离开，谭杭丽撕下几张日历，告诉他，今天是礼拜天，不上班了。他第一次听到，每逢周末都想加班的谭杭丽说，礼拜天不上班了。

然而，每逢礼拜天都要求休息的沈乙嫔却来上班了。

她在党部转了一圈，找不到以前都来单位加班的谭杭丽，就拿着几封电报来到了小院。

她敲门进去时，听到了伏申的声音。

伏申正在高声朗读《红楼梦》的一个章节。此前，谭杭丽想听听他悦耳的北平腔，拿着他昨晚翻开的那一回，《一场幽梦同谁近，千古情人独我知》，要求他念一段给她听。

却说秦氏因听见宝玉从梦中唤他的乳名，心中自是纳闷，又不好细问。彼时宝玉迷迷惑惑，若有所失。众人忙端上桂圆汤来，呷了两口，遂起身整衣。袭人伸手与他系裤带时，不觉伸手至大腿处，只觉冰凉一片粘湿，唬的忙退出手来，问是怎么了。宝玉红涨了脸，把他手一捻。袭人本是个聪明女子，年纪本又比宝玉大两岁，近来也渐通人事，今见宝玉如此光景，心中便觉察了一半，不觉也羞的红涨了脸面，遂不敢再问。仍旧理好衣裳，随至贾母处来，胡乱吃毕晚饭，过来这边。袭人忙趁众奶娘丫鬟不在旁时，另取出一件中衣来与宝玉换上。宝玉含羞央告道："好姐姐，千万别告诉人。"袭人亦含羞笑问道："你梦见什么故事了？是那里流出来的那些脏东西？"宝玉道："一言难尽。"说着便把梦中之事细细说与袭人听了。然后说至警幻所授云雨之情，羞的袭人掩面伏身而笑。宝玉亦素喜袭人柔媚姣俏，遂强袭人同领警幻所训云雨之事。袭人素知贾母已将自己与了宝玉的，今便如此，亦不为越理，遂和宝玉偷试一番，幸得无人撞见。自此，宝玉视袭人更比别个不同，袭人侍宝玉更为尽心。

　　谭杭丽听着，安静而紧张，好像呼吸声也停止了。而伏申的声音越来越低沉，神情好像是出现了游离。谭杭丽想问他在想什么，但最终没有打断他。她或许猜到此刻伏申的心思飘向了北平，甚至还可能想起了那个沈甲妃，但不知道他脑海里更具体更细腻的景象，不知道伏申一边读着，一边回到了十年前，想起了北平东直门炮局胡同监狱的冰冷之夜，想起了沈甲妃与他紧紧依偎，相拥取暖的情景。难忘那一刻，他感受到的是从未有过的温暖，他听着杭州的故事，进入了梦乡。他从冰冷中惊醒过来时，她拥抱了他，亲吻他，听到了她叫他别怕的话，因为她在这里。她脱下身上的大衣，给他盖好，让他顿时全身温暖。

　　沈乙嫔打断了伏申的朗读。她惊诧至极，谭杭丽居然把他藏在这里，不让他回自己的沈庐，害得自己找了一晚上都找不到。她同时也气愤至极，谭杭丽居然叫生病的伏申给她朗读这大段的小说，让他费多少元气。尽管惊诧，尽管气愤，沈乙嫔最终没有发作，因为她知道会有什么结果，谭杭丽一定理由充足，倒打一耙，把自己批得体无完肤，最主要的是伏申，会笑话她疑神疑鬼，无事生非。沈乙嫔一忍，谭杭丽云淡风轻地看完了电报，一起去了党部电讯室发回电，而伏申也正好回了沈庐。

周一上班，伏申出现在党部，仍然宣称自己回北平的想法没有变。他已经很多年没有跟北平任何人联络了，也不知道回北平应该找谁，自己应该在哪里落脚，只是自己给母亲写过几封信，但都没有寄出，相信母亲一直给他写信，一直在找他，就是不知道他在哪里。思念之情，溢于言表，听者无不同情，纷纷呼吁党部高层同意伏申请假。

他无论如何也要在当年的冬天来临之前离开。如果火车不通，他也要到上海坐海轮先到天津，然后再坐车去北平。为此，伏申开始大张旗鼓地准备行装，购置特产，逢人便发出到北平做客的邀请，就是对屠来根、林白履等人，也是客气地希望他们到北平公干时，务必与他联络，让他尽地主之谊，请他们到全聚德吃烤鸭。他们将信将疑，不知伏申是真是假。林白履关注沈乙嫔是不是会跟着去，看到伏申一个人走的架势，不禁放心，因此巴不得伏申早点离开，还对他朗诵了李白的《静夜思》，以示赞同和鼓励，语重心长道，一个人在浙江总是离乡背井，家人都在北平，当有不回去的道理？

当年的秋冬之交，伏申经受住了换季的考验，呼吸通畅，身体健康。但回北平的计划落空了，原因是工作事务脱不开，请假没有被批准。伏申在升任省党部《政治情报》主任编辑的同时，还私下里接受了省政府方面的邀请，兼职省政府新闻处科长，因此担任了庆祝中华民国成立35周年筹办处委员，尽管委员有十几个，他排名也靠后，但他要此时离开却是不现实了，至少在双十节以后，他是走不了了。

其实，沈乙嫔真实的态度完全不希望他走，因此激烈反对他辞职，对伏申产生诸多怀疑。怀疑他迫切地想离开杭州，并不是真的回北平，而是去某个自己不知道的地方，跟姐姐沈甲妃见面；怀疑他是不是想要投奔共产党，因为她认为自己失踪多年的姐姐还活着，一定在共产党的队伍里，可能在浙江某个根据地，也可能在江北，可能在延安；甚至怀疑他会去苏联，因为伏申一直关注苏联大使馆何时回迁南京的消息,后来几次去南京,也实地探访过大使馆新选的地址,尤其是对翟泫衣如此热情,很可能因为传闻中他苏联间谍背景,很可能通过他的关系找到沈甲妃。怀疑重重,无法排除。

伏申知道她的怀疑之后,一阵大笑,然后就是生气。他认真严肃地进行了否认,否认与沈甲妃有任何联系,否认知道沈甲妃的行踪,更是否认要去苏联,自己只是想回家,只是回北平,有家不回,何为人子?

为了留住伏申,沈乙嫔突然想到了又一个疑问,最后使出一招,问他,还管不管她们的父亲沈耀中的死活了?

沈乙嫔所说的她们,包括了姐姐沈甲妃,话里多少有些谴责的意思。一开始伏申就答应过,一定会帮助她们的父亲脱离危险,如果他现在离开了,那就是只顾他自己,违背当初的承诺,是自私的行为。

伏申没有回应沈乙嫔的质疑,也没有告诉她,之前自己去陆军监狱探访沈耀中,他的辞职实际上得到了沈耀中的坚决支持,而且沈耀中暗拟了口信,务请他转达。沈耀中再三叮嘱,不要告诉任何人,包括沈乙嫔。

沈耀中的口信,是传递给陈治平的,而伏申再次留下,是因为陈治平的挽留。党部这边,听到伏申与省政府私下交往的风声,由监委派人暗中监视他的行踪,虽然只见到他跟陈治平见面握手,寒暄几句而已,但怕他被人拉拢,另寻高枝,更不让他走了。

党部执委监委一致意见,驳回伏申的请假要求。总之,大家似乎舍不得他走,似乎不习惯党部少了伏申这么个人。

主持党部工作的赵强水告诫他,双十节活动的总结宣传,经费清算等善后事宜还没有搞完,就匆匆忙忙要走人,如何向党部诸位同仁交代?往大里说,如今时局动荡,国家危难,作为一个党国青年才俊拍拍屁股离开了,忠义何在?纪律何在?赵强水教训了几句之后,明确叫他收回辞呈,同时透露,等战事平息了,形势好了，全国党国优秀青年评选仍然会进行，他的参评资格依然有效，最终被评上的可能性依然很大。伏申表示稍晚离开几天可以，但去意已决，不管同意与否。赵强水患有高血压，此时见伏申这么不领情，气得满脸通红，许久说不出话来，平息之后，突然责问他，请假是不是省政府那边的意思？

赵强水提到的是一个敏感的问题，气氛顿时凝结，伏申也不免感到吃惊，因此没有及时答出话来。而赵强水因此认为伏申是心虚了，是承认了，他声色俱厉地提醒伏申不要脚踏两条船。

显然党部已经掌握了什么情况。

别什么请假了，索性辞职，本职兼职统统都辞。赵强水警告威胁的意味很重，针对性也很强。伏申本兼各职，党部工作是他本职，省政府是他兼职，他没有本职，何来兼职？

省政府在梅花碑的院落里办公，党部人员，军警宪特等部门在政府兼职的不在少数，但伏申的兼职此时居然有多处，伏申的个人档案及薪酬关系在党部，主要工作仍然是编辑《政治情报》，属于党部中层，算是秘密职务，年中又有了副主任秘书这样对外公开的身份，党部机关内对此本来就有不满的，现在知道他还有省政府那边的兼职，想必也领取一笔不菲的薪水，当然羡慕嫉妒。不知何人先出头，联名向党部监委控告伏申利用裙带关系，谋取个人利益，并将以前的旧账翻了出来，控告他一向利用工作便利，非法敛财，巧取豪夺，行贿受贿，贪污腐化，强烈要求解除他的兼职，降低他的本职。控告信还同时送到省政府，沈鸿烈批转分管的政务委员陈治平处理，陈治平清楚省党部风气不正，不乏可恶小人，象征性地作了调查，知道了大概，作出了结论，伏申一个北平人，流落江南十多载，孤身在外，举目无亲，何来裙带关系？伏申长期做的是文字工作，不管钱不管物，何从贪污？同时，坚持按时发布了对他的相关任命。

因此，伏申在党部的日子更加难过了。

伏申等赵强水平静下来，回答了他的问题，自己也不去省政府那边，保证所有职务都辞了，也不要任何安置费，只要离开就好。

赵强水劝不住，威胁要拿老办法对付他。老办法就是由党部监委出面告知他，他还有许多问题要澄清，不能就这么辞职了，也不能离开杭州，离开浙江省地界。

再次拖住伏申的，也是影响他继续晋升的是三件事，或者三大问题。

首先是所谓的道德问题，表现在对男女之事上从不设防，与女性干部不清不白，造成不良影响，连累省党部被人诟病。对此，党部也不便调查，但都知道沈乙嫔与伏申走得比较近，看起来，至少引起林白履不满，心存嫉妒，制造谣言。

再是所谓的经济问题，确实有人指责他虽然不管钱财，但仅有的经手事项，存在账目不清的问题，特别是他出手阔绰，接济他人，财源来路不明。但这也是屠来根等人暗中唆使，关于他收取不义之财的举报一直没有停止。从民国二十六年到三十七年，伏申馈赠他人的财物难以计数，其价值更是难以估量。其中1943年，党部迁移龙泉山区，当年度人员开支共计二十八万元，年底经费困难，伏申捐赠一对玉镯，帮助党部渡过年关。党部对他财源进行过一次特别调查，但难度太大，伏申撂下话，非要说清楚，叫他们先回到1908年，也就是光绪三十四年，找慈禧太后问清楚。

最后一个才是所谓的政治问题。也是在省党部驻龙泉期间，伏申曾去金华与周恩来为首的共产党巡视人员同台联欢，并且互赠礼物。事后查清，参加联欢活动的有时任省政府主席黄绍竑和党部高层，伏申不过随同，因为对方有人感冒鼻塞，随手送了一个鼻通壶。屠来根了解内情，知道不仅做不出什么文章，反而会抬高伏申，引起其他人的反感，于是鼓动林白履一起放话，伏申哪里像共产党？共产党也不会要他这样的浪子，如果要过他，他也早就被共产党开除了。后来在众安桥联络点回顾此事，林白履首次提醒伏申要警惕屠来根这个人，要小心他的各种试探，要防止被他看出破绽，"笑面虎"的绰号不是随便起的。

但赵强水认为上述问题并不能都怪伏申，劝他一心一意在党部干下去，都是党部的老人了，况且又年轻，将来前程不可限量。又提到谭杭丽对他的关心，这次她去南京，还不是专门为了争取调统室职数编制？编制数一增加，能担任副主任不好吗？避开人事纠葛，避开个人恩怨，这不是很好？赵强水暗示伏申，如果不走，如果一心一意留在党部，有可能担任调统室副主任。

伏申摇摇头，语调平和地表达了自己的担忧。听说中统局都要撤了，调统室也不会存在，到时候变成军统的了，还是算了吧。

赵强水没有反驳伏申，而是端起茶杯，一口一口地喝个不停。伏申的担忧不无道理，中统局要撤的可能性越来越大，谭杭丽争取到调统室职数的希望很小，但不会变成军统，戴笠死后，军统的寿命也快到了。伏申的一句还是算了吧，让赵强水有口难言，情绪低落。也许一切，包括党部，包括政府，有一天都会算了，也许伏申的离开是明智之举，如此，自己说什么好呢？

伏申还是留下了辞呈，给出的理由是，自己始终不适应杭州的天气，尤其是10月，秋冬换季真是很难挨。去年的10月，伏申得了肺炎，这是党部人人皆知的。10月就一个月，到了11月就是阳春，注意一点，不就熬过去了？赵强水不禁同情，但仍然不好就这么同意他辞职，离开杭州能到哪里？回北平，怎么回去？这事不要再提了，免得节外生枝，搞出事情。

当天，伏申编完《政治情报》，路过中正街的书店，看到一个欧罗巴作家的新书介绍，很喜欢作者的一段话，就买了回来，晚上抄录并修改了那段话：

> 在10月到来之前，离开这个被世人称赞为天堂的地方，如今又拖到新的一年，无论如何都要离开了，到战火熊熊、充满危险的北方，哪怕流落穷乡僻壤，在残垣

断壁中栖身；到烟瘴缭绕、人地生疏的南方，哪怕乞讨天涯海角，以野草活虫果腹；甚至到遥远的异国，改名换姓，一去不还，度过余生。

原文"伊甸园"改成"天堂"，这种心情，就像十年前的那个冬天，他迫切地要与父母一刀两断，迫切地要离开北平，迫切地一直走个不停，迫切地开始人生的流浪之旅。

这些日子，伏申无论对党部同僚，还是对以往同学，他都这么说，有自己的家却没有回，屈指一算离开父母已经十年整，怕是这辈子难以团聚；有自己的人生追求，却在艰难的环境中做事，怕是此生无法成就。让人觉得他变得牢骚满腹，性情颓废，非走不可。然而在克里森看来，这是伏申因为等不到沈甲妃终于开始失望。因为在后来的一次催眠中，伏申有一句梦呓，再不回来，我只能离开了。

谭杭丽从南京回来，看到伏申写的这段话，鼓励他，中统局计划改组，是加强，不是削弱，人员编制只会扩大，不会减少，另外，军统也要改革，也急需人才，总之，形势越严峻，调统机构越要加强，无论中统军统都会争取他，希望伏申安下心来，跟她一起完成几件十分重要的事情。

谭杭丽所说的几件大事，包括即将展开的对全省各县区中共地下组织和人员的清理和抓捕，也就是她的"大扫除"计划，等等，伏申留下来，正好帮助她，在新的一年里有所作为，就像1942年，他们共同完成了刺杀任务，再一次到达事业的高峰。为了让伏申感觉到党部的温情，赵强水提出，鉴于他的身体状况，同意他用公费到有暖气的群英饭店二楼包间住上一段时间，至少可以躲过整个秋冬之交。以此，让伏申终于有些感动，安下心来。

四　翻旧账为公还是为私

到11月底，杭州连晴了半个多月，与往年一样，呈现了小阳春景象。在中统局和浙江省党部的人看来，毛教官那段时间住在杭州不走，是假公济私。

为私，是为了与谭杭丽多见面，防备她由于寂寞，让别人乘虚而入；为公，是因为杭州有可疑电台频繁活动，怀疑共产党已经渗透到党国的后方重镇，准备在后院放火。对于谭杭丽与伏申的交往史，毛教官一直以来宽容面对，内心希望沈乙嫔与伏申早成眷属，但看到谭杭丽对自己始终冷热有度，对伏申却是关怀备至，多少有些醋意，也越来越不踏实。毛教官留在杭州，一定程度上，是针对伏申，在工作上雷厉风行，手段果决，也是为了震慑伏申。

工作很快告捷，一个可疑电台被起获，并立即对发报员进行刑讯，获得了口供，坐实通敌罪名，将主使的四明商会沈理事拘押，酷刑之下，沈理事坚不吐实，被提请判处重刑。为此，《东南日报》发表文章公布案情，为其鸣冤叫屈，声称不过是四明商会联络上海货运站的商用电台，何来通敌？伏申从沈乙嫔口中得知，军统侦查人员不仅抓人，还罚没四明商会若干房产，认为这是谋财害命，希望党部为其主持公道，党部由屠来根出面给他施压，希望他站稳立场，顾及影响，不要被外界利用，也不要因此被军统方面抓到把柄。而林白履讥笑他无非是为了讨好沈乙嫔，而能帮上忙的是他林白履，不是伏申，就他这点人际关系，只会帮倒忙。果然林白履一番奔走之后，因受刑而受伤的沈理事被转到了优待病房，也算是有了效果。舆论之下，加上国大制宪行宪之际，军统把沈理事交付浙江高等法院审理。四明商会一方面聘请律师为其辩护，一方面动员茶叶农商会和百货同业会联合向省政府主席、党部主委以及南京蒋委员长呈状申诉。最后不知到底是哪方面起了作用，高等法院主审法官到湖畔阁喝茶，向俏罗敷泄露，像沈理事这种情况，如果司法公正，真的审判公开，有可能无罪释放。

　　然而，沈理事并没有释放，而是关进了陆军监狱。原来谭杭丽怀疑沈理事虽然不在"大扫除"名单中，但很可能另有身份，很可能与沈耀中有其他关联，希望毛教官并案处理，不判不放，暗中调查，说不定查找到几个重要的骨干人物，推动"大扫除"计划顺利展开，毛教官也正好有理由继续待在杭州。

　　过了几天，一身少将军服的毛教官，给沈耀中看了一份名单，要他确定他们的身份，如果指认出一个，就免除他死刑，算是生死选择，如果继续指认出多个，证实一个就减刑一年甚至三年。沈耀中拒绝，自己并非共产党，怎么指认？再说，即便他是共产党，即便他是共产党的大官，也不可能知道这么详细，知道这么多人，共产党组织严密，纪律严格，都是单线联系，何以轻易让一个人掌握全部人员，全部机密？他还讥笑毛教官专职反共清共，不知己知彼，如此不专业。毛教官点头称是，不仅降低要求，还抬高了价码，只要求他指认他知道的人就行，说准一个，减刑十年，直到无罪开释。沈耀中仍然表示自己一无所知，不肯指认，还反问，既然有了名单，去拘人就好，又不是没有拘错过人，何必问我？不过，要是拘了不能拘的人，反过来害死自家不是不可能。

　　隔了几天，毛教官从南京带着刚从美国进口的刑具和刑讯专家，对沈耀中动了三天的刑法，一天比一天升级，沈耀中大喊疼痛的同时，不忘提醒毛教官，我指认错了不要紧，你抓错了人，小心蒋委员长要杀你头的。毛教官无奈，也不跟谭杭丽商量，就回南京汇报，要求不管抓对抓错，先抓人再说。主持保密局工作的郑介民心存狐疑，不敢把计划递交蒋介石，万一名单上有总裁的表兄堂弟阿婶阿娘怎么办？仍然主张查实后再报。在毛教官看来，这一次郑介民有点搪塞了。前面一次和谭杭丽一起向他汇报"大扫除"计划，郑介民听得还算认真，还提出了几点批评意见。一是工作重心不明确，尤其是真真假假的名单有点乱，恐怕自己都还有糊涂的地方；二是方向目标不清晰，这么久了，关起门来闭门造车，搞不出实在的名堂，恐怕共产党早就逃光了；三是重点突破不明显，光说有个名单，落不了地，见不到人，恐怕到头来一场空。谭杭丽听了这三个"恐怕"，心想这个郑局长语焉不详的，比起戴笠真是差天差地了。再一次，毛教官单独去汇报，回来向谭杭丽转达了郑介民三点建议：一是要他尽力配合，尽快落实真名单；二是对嫌疑人员加紧布控，防止失踪；三是尽早突破在押要犯，促其叛变，交代线索，取得证据，特别吩咐，万事俱备，只欠叛徒。建议简洁明了，谭杭丽信心增强，对郑介民的看法也有好转。没想到，后来郑介民的态度又来了个大转弯。原来，此时已有多名在京浙籍官员向他反映，毛教官与谭杭丽在杭州神出鬼没，暗中查这个查那个，引起了很大恐慌。因此，郑介民要求毛教官务必查实并报请总裁核准后再全面实施计划。还有一个原因，是郑局长夫人背后干涉。此前，缉私署、货运局、交通检查处等走私和缉私得来的东西，时不时地送来，为浙江一地最多，而中间人已经上门求情，希望多加关照，免得伤及无辜，断了财物来路不说，被人告个贪污受贿之罪就得不偿失了。郑局长夫人枕头风吹个不止，直言提醒，如果真是共产党也不急着抓，让别人去抓。不过，郑介民明面一番冠冕堂皇，现在形势不比1927年的清党，现在是先立宪然后行宪，顾及到国际舆论国内民情，许多事情不好随便做了，尤其是江浙沪，尤其是浙江，所以要谨慎精确，要万无一失。

所以，逼迫沈耀中成为叛徒，变得更加迫切。

腾阿大把毛教官在陆军监狱提审沈耀中，而且动了刑罚的事，描述给伏申听，毛教官威胁沈耀中，如果不反省不交代，就判他死刑。酷刑之下，沈耀中仍高呼不服，自己久居冤狱，何以交代？然而毛教官趁谭杭丽不在，翻出旧账，审问他，浙江省党部某某，私自进入监牢，与他有什么密谋？沈耀中说，某某不过寻猫而来，自始至终，与他都无话可说，况且当局经过调查，早有定论了。至此，毛教官大怒，对沈耀中再施酷刑。

腾阿大替伏申捏了一把汗，毛教官口中的党部某某，指的不就是你吗？

伏申提到此事，沈乙嫔不禁惊恐，沉默了片刻，然而又开始激动。此刻，她似乎顾不了父亲，她关心的是伏申。她有板有眼地警告，伏申如果不离开党部，离开杭州，将马上面临着三种境遇：第一，被诬陷为共产党，关进陆军监狱，她父亲非但救不出来，自己反倒关进去。听说马上进入动员戡乱时期，各部门都穷凶极恶，不用多久，就会与等待处决的政治犯，包括她父亲，不用拉到松木场刑场，就在监狱里被枪毙了。第二，就是放弃尊严去自首，把她出卖的同时，也把老大沈甲妃，还有总会找到的老三也揭发了。这样可以保全性命，与林白履、屠来根这帮党棍化敌为友，同流合污，继续在所谓的人间天堂过着自在安逸、高人一等的日子。第三，大家同归于尽，在沈庐，也是沈家三姐妹原来的家，双双殉情，死了才好，到时候杭州，还有上海，所有的报纸，图文并茂，桃色新闻满天飞。

上述内容由沈乙嫔义正词严、流利地表达出来，并非她事先准备了腹稿，而是她受到惊吓，身心处于恐惧之中，由此产生了幻觉一般的情形。

为此，林白履紧急召伏申到众安桥，一番分析之后，认为毛教官此举，最终是想从沈耀中那里查询到沈甲妃的踪迹。但也不排除要办理伏申，毛教官暗恋谭杭丽，对他心存嫉妒，趁机公报私仇，所以不可掉以轻心。商量着如何保护好自己，如何再唱一出戏。

戏码一如党部同仁司空见惯的，林白履这次因沈理事案为沈乙嫔挺身而出，以为会得到回报，结果仍然发现她与伏申形影不离，颇有谋私奔之嫌，不由得想自己向她求爱屡屡失利的窘境，心生绝望。愤怒之时，公开在多个场合提到，早在1943年初夏，抗战困难之时，伏申企图诱使沈乙嫔脱离革命队伍，私奔福建，幸好被他及时发现并坚决阻止，使得在闽地等待会合的伏申如意算盘落空，无奈之下返回浙南省党部。严重的是，伏申此举贻笑大方，使党国形象在英美等国际友好人士面前受到污损。旁人听来，原来优秀党国青年伏申是一个彻头彻尾、轻薄好色的无赖恶棍，是一个拐骗良家女子、毫无品格的不法之徒，而差点成为受害者的沈乙嫔，则像一个鬼迷心窍、不懂自重的冲动之物，是一个容易上当受骗的糊涂女人。

而伏申不堪林白履抹黑污蔑，愤而回击，对其当众斥骂，挥拳相向，在党部几个执委监委的劝解下，才避免更大的冲突。大家批评伏申，如果真的打伤了自己的同志，就不好收场了，传扬出去，尤其被其他机关的人知道了，岂不是当笑话？党部的形象受到损害，同志们的面子何在？

对此，党部多数干部话里有话，略带醋味，认为伏申一个单身现代青年，私生活开放一点，只要不违法纪，就无伤大雅，工作之余与沈乙嫔偷偷跑去邻省福建逍遥几日，没有必要上纲上线，与党国形象就更扯不上关系了。

关于林白履提到的事情，谭杭丽认为这就是挑衅。伏申正处于被推荐重用的关键时候，被林白履这样拿出来说事，造成不良影响，必须予以澄清，既还他一个名誉，又体现严格纪律，严格要求。

其实，谭杭丽早就看过中统局转来福建方面上报的调查情况，证实伏申于1943年，也就是民国三十二年6月间，至少两次到过闽北及闽东一带，其活动轨迹如下：

第一次是6月初，搭坐英国军事代表团卡车，凌晨从龙泉出发，晚八时许到达浙闽赣三省交界的福建省望县浦城，留宿代表团驻地。次日，浏览浦南书院和庙学废墟若干处，午后，参观该县古代名人、南宋宰相章得象故居遗址，至傍晚，到实际由军统局直接管控的战时货运管理局所设夜市购买货物。又一日，由英国军官摩尔少校陪同，乘车前往建阳游玩。当晚，看八十军剧团演出《木兰从军记》，次日返回浦城，又私购物资若干。午前离开浦城，摩尔少校送行，搭乘第三战区运输卡车返回浙南龙泉。

伏申解释，他的浦城之行，一是受英国朋友摩尔少校的热诚邀请，是经过请假的一次旅游交流活动。摩尔少校的母亲是法国加来人，因此会讲法语，伏申在宣武南堂小学学过法语，能与摩尔进行简单的法语交流，在异国他乡，深山僻壤，能有如此际遇，自然关系亲近。二是借机生财，为党部采购物资。伏申所谓的借机生财，就是从浦城运回数麻袋的烟叶，并以较高的价格转售给云和、龙泉等地党政军学各部门的瘾君子。伏申也是到达浦城后，才知道当地盛产上等烟叶的。自清乾隆年开始，浦城烟叶就是贡品，一直物美价高，名扬四海。按照战时经济的规定，此时已列入严禁交易私售的专卖品。摩尔主动提出用代表团的军用卡车运送烟叶以避免沿途受到检查，于是，经再三劝诱，伏申用自己的瑞士手表换回小半卡车精制库存烟叶。

伏申回到龙泉时的情景，谭杭丽记忆深刻。当时，她陪同一位从重庆来的高级干部慰问盟军受伤飞行员，夜宴刚刚进行一半，她走到门口透气，看到了身披蓑衣，头戴笠帽，忙着卸货的伏申。

当夜连绵雨水，沾满泥浆的军用卡车在盟军招待所门口停下，伏申从车上跳下来，取下笠帽脱下蓑衣，抖落身上潮湿的热气和雨水，整个人仿佛从浑水里面捞出来的。他揭开车上的帆布，用蓑衣遮盖好麻袋，分几次卸下车，放在招待所后堂的干燥处，解开袋口通风时，浓浓的烟草气息顿时弥漫四周。

伏申那一身浙闽山水间农民的装扮，是他在路上用摩尔少校赠送他的军用雨衣换的。雨衣闷热难当，而蓑衣散热透气，尖头笠帽的空间更是起到通风的效果。尽管如此，他还是落得一身的汗水。

烟瘾难耐的人们早已闻到这一股股烟叶的清香，纷纷从各处找寻过来。几麻袋烟叶很快出手，中间也无人查问，买烟叶的人也不问价格，拿了就走，其中包括省政府主席公署的主任秘书、战时货运管理局浙东管理处赵姓处长等人，都买走一斤以上。最后伏申还留下整整两麻袋，一麻袋又分成两份，一份托谭杭丽带到在云和的省党部，分送吸烟者每位二两，一份另行售卖，所得作为福利，平均分给非吸烟者的党部员工。还有一麻袋去向成谜，一说伏申走私到敌占区获得高额利润，一说换成枪支弹药送给共产党游击队以换取山珍海味，还有一说是贿赂某某长官，等等，一时谣言四起。

对此，1945年回迁杭州之后，上级有过审查建议，而且措辞相当严厉，认为伏申此举，属于倒卖紧俏商品，堪比战时走私。为此，专门举了同时间发生的类似案件中，当事人是如何受到处置的例子。也是1943年6月间，浙江缉私处查获浙大龙泉分校教师、中统人员蒋某假借筹措教育经费，在私货中夹带一百九十三万元伪钞，军统局负责人戴笠命令用专机将案犯押往重庆，予以严厉惩罚。伏申作为党部工作人员，在国难时期，倒卖烟叶，获取巨额利润，性质同样严重，同样应该受到严惩。如此比较，伏申当时就可能被枪毙了，现在事后追究，也得坐牢判刑。

当其时，问题审查到这里，似乎后果严重。不过谭杭丽认为走私伪钞与贩卖烟叶完全是两回事，没有可比性，如果要追查，责任在摩尔少校，要不是他介绍了这笔生意，提供了运输工具，伏申想不到，也做不成。谭杭丽虽然有心开脱，但还是要求他索性把问题说个清清楚楚，尤其把卖烟叶所得款项的去向交代得明明白白，这样，什么战时走私，什么投机倒把之类的罪名就安不到他头上了。

伏申的情况说明，让人无话可说。烟叶贩卖所得，其中一笔数额不详的钱，交给了郑晓沧，弥补龙泉分校膳食亏空。此事光复之初，谭杭丽派专人到浙江大学向郑晓沧求证，还翻看了当时龙泉分校的账目，很容易就查对清楚，证实伏申所言真实可信。郑晓沧对此记忆深刻，难以忘怀，得知有人控告伏申，强烈要求党部，不仅要还他清白，而且要好好表扬伏申当年的义举，如果不是他，分校当月就喝西北风了。

还有一笔，也就是那去向不明的一麻袋，伏申的记忆更为深刻，十分确定送到中国童子军理事会丽水办事处，由蓝主任接收并转赠童子军教练员训练班的女学员，用于购置毛巾肥皂和雪花膏等日常生活用品。伏申还出具了蓝主任亲笔收据，谭杭丽惊奇过去三年多了，居然保存这么完好的证据。伏申不禁得意，庆幸蓝主任当时提醒他要防备今后被人诬告，还坚持出具了凭证，不然，现在真说不清楚了。此时，蓝主任已经离开丽水来到杭州，在省妇女会负责烟花女子的从良事宜，听说此事后，不等找她，就主动跑到省党部，敲锣打鼓地给伏申送来一面锦旗，同时激动得流着眼泪，向谭杭丽和党部其他干部详细讲述了当时经过，要不是那一麻袋烟叶，面临解散的童子军教练员训练班，尤其是那些女孩子，根本熬不过后面的日子。

党部高层在后来的党国优秀青年推荐会，将此事作为伏申一个突出事例。

也许伏申记忆有误，也许蓝主任张冠李戴，也许一开始两人就达成默契，他们的回忆和描述互为佐证，简直天衣无缝，滴水不漏。因为真实情况是，这一麻袋烟叶换来的钱，其实并没有花在训练班女孩子身上，而是用于赎人了。

那段时间，伏申临时抽调到一个反省更新人员监管小组。所谓的反省更新人员只有一个人，而且是一个女军人。这个没有佩戴任何标记的女军人一个多月前刚从江西转过来，年龄与伏申相仿，走路目不斜视，从不跟人说话。伏申知道她原来是军队机要员，因为在破译电码上有一套，专门叫她过来发挥长处，协助盟军侦察敌机信号。她与几个中外情报部门的人日夜工作，吃饭都在房间里，休息时间，由伏申和一个军统干部轮流监视她，一开始夜晚出来散步，竟然还给她戴着手铐，还有带枪的军人看守跟随，好像怕她逃走，后来是外方人员出面干涉，手铐就不给她戴了，但每天自由活动的时间却少了许多。

一次偶然的机会，由于敌机轰炸，她与伏申躲在同一条溪沟下，可能是听到伏申的北平口音，有了与他交谈的兴趣。原来她以前在北平上过学，后来参军，潜入上海的日本情报机关，从事译电工作，后来暴露，投奔了新四军，三年前，国民党方面从防共到溶共再到反共，围剿新四军，她在皖南事变中被俘，因为不肯认错悔过，遭到长期拘禁。这次特别把她送过来，就是帮助盟军破译日军的电台密码，事后还是会继续受到监禁。伏申从摩尔少校那里证实了她说的话，颇感不平。国共合作，全民抗日，为抗战服务，是有功于国家，怎么能像对待犯人那样对待她？那位军统干部也有几分同情，后来就懒得多管了，还劝她努力工作，他绝不会为难她，而且会帮助她获得自由，获得新生，回到党国怀抱。她似乎并不领情，她认为自己做的是利于民族的事，是为了抗日，为此失去自由也没有什么，错的是国民党顽固派反动分子，是蒋委员长，这样的党国她是不会回去的，而且总有一天，她会替蒙冤牺牲的战友和同志报仇。

那位军统干部虽然自讨没趣，也不反驳，反而私下里对伏申开玩笑，称赞她不仅年轻漂亮，而且充满热情，他要是伏申这样的岁数，就一定帮助她逃走，甚至一块儿私奔也行。伏申笑他太不正经，但还是找机会与她交流，其间问了许多她在北平读书时候的事，让伏申兴奋和惊愕。兴奋的是，她也参加过当年的学生游行，惊愕的是她居然听说过沈甲妃，还宽慰他，沈甲妃可能像她一样，奔赴了抗日前线，跟日本侵略者英勇战斗，或者也可能在看不见的战线，为自己的信仰默默奉献，等到抗战胜利的那一天，等到革命胜利的那一天，她一定会出现在他面前。

一番话说得伏申浑身沸腾，热泪盈眶。冷静下来之后，不由得更加担心她的状况，终究意气难平，承诺有一天一定帮她离开，帮她获得自由。

后来的交谈围绕着沈甲妃，话题更进了一步，也更具体了。

她甚至怀疑沈甲妃既然是杭州人，会不会也回到南方，参加了新四军。因为在新四军，疑似沈甲妃的人有许多个。当时许多女战友突围不成，遭到关押，几经审讯甄别，其中的共产党员关押在江西上饶集中营，年轻一些的，国民党这边认为可以挽救的，押送到驻江西铅山的第三战区司令长官部，还有一部分青年学生出身的，关在赣南的青年留训所。几处地方，女新四军不在少数，里面会不会有他要找的那个沈甲妃？为此，她向伏申提到一位杭州籍女指导员，为了大家成功越狱，不惜牺牲自己的事迹。她还特别提到，1942年5月，日军占领衢州，逼近上饶，这位死里逃生的女指导员编入所谓战时青年训导团东南分团，转移至闽北，目前囚禁在建阳徐市镇。

于是后来伏申有了福建之行，而且做了一次成功的买卖。

伏申对此解释，一开始，是沈乙嫔受英国军事代表团龙泉小组的邀请，到代表团本部驻地福建省浦城县度假。

那段时间，伏申借调到美国驻华陆军总部云和救济机关工作，该机关于1943年在云和县成立，主要是救济从上海迁入的美籍侨民和美国海空军遇难人员。当时龙泉也设有盟军招待所，专门招待过境盟军和传递盟军军邮，因此，伏申一个礼拜中有一半时间住在龙泉。英国军事代表团本部驻福建省浦城县，夏秋之交设龙泉小组，沈乙嫔此时代替谭杭丽被派遣到龙泉小组充当联络员。

在外人看来，沈乙嫔与伏申交往多了，就走得近了，风言风语也多了不少。当时人在云和的林白履，三天两头也往龙泉跑，从沈乙嫔口中知道，英国人邀请她到邻近的福建浦城度假，打算陪她同去，想到一路上双宿双栖，暗自大喜，不想中间却出现了一场风波，或者说是一个插曲。

一直到颇有绅士风度的英国军官摩尔少校求爱，沈乙嫔才解释自己有未婚夫了，但又不肯明说是谁，摩尔少校猜了猜，以为是伏申，扬言要与他决斗，伏申拉上沈乙嫔向他解释清楚，摩尔少校知道自己误会了，为表示歉意，邀请她和伏申到福建浦城军事代表团总部做客。恰好中央党部要在福建召开战时党务工作东南片会，要求各省党部分管执委参加，但几个执委怕春夏之交雨水多，山路不好走，加上日本飞机轰炸比较频繁，谁都不愿与会，林白履听闻会议地点就在浦城附近的武夷山，主动要求参加。沈乙嫔知道林白履的心思，加上伏申告诉她请假不成，于是有心变卦，在出发前一天晚上突然说自己肚子疼痛难忍，告诉摩尔少校自己去不了。不想次日一早，伏申却悄悄坐上摩尔少校的卡车，沈乙嫔又想去，叫人骑上招待所的摩托车载她追赶，林白履认为她跟伏申事先商量好了，故意骗自己，怒火中烧，死活不让摩托车离开，一时引来许多人围观。几天后，伏申运了半卡车烟叶回到龙泉，林白履威胁沈乙嫔，如果以后再跟伏申明里暗里勾连，自己被骗落下笑柄不说，迟早还会成为同案犯，得个坐牢杀头的下场。

至于伏申有没有第二次福建之行，他本人始终没有提起，别人也无从查证。

这年6月中旬，一辆贴有英军标识的军用卡车在建阳徐市镇抛锚，车上下来一个英军少校和一个高个华人青年翻译，叫开挂着"战时青年训导团东南分团"牌子的集中营大门，声称要购买几升汽油。负责人看到是盟军军官，不敢怠慢，连忙赠送了汽油，不仅用茶水款待，还带他们参观了里面的设施，他们看了所有的禁闭室，包括重禁闭室、轻禁闭室，尤其是女囚室更是细细察看。所谓的女囚室分几大几小，为方便管理，上课时编成一个女生队，每人佩戴"更新"符号，称之为学员。课程有政治训练、总裁言论、本党政策政纲、谬论驳斥、时事研究等。此时，一位教官正在上阐扬三民主义的课目，讲得头头是道，唾沫横飞。好奇的英军少校对此兴趣浓厚，在青年翻译的协助下，与每个女生进行了交流询问，无一遗漏。最后了解到，不久前有一位新四军军部的记录员，浙江宁波人，二十九岁，因越狱被捕致死；一位军部政治机关机要员，浙江平湖人，二十六岁，转移途中被处决；一位文书，二十岁，江苏镇江人，意图突围为流弹所杀。除此，集中营所有女学员都全部到齐，据多次审问查证，并无一个杭州籍女学员。其间，发生了一个小插曲，一位倒茶水的女学员不慎打破了热水瓶，当即就要关禁闭，伏申见状，立即承认是自己把热水瓶碰倒了，随后掏出一沓钱，用于赔偿，但那位女学员还是被带走了。

梅雨季节，一路上雨下个不停，军用卡车一路颠簸，一有空袭警报，就得停下来，半天的路程，开了一天一夜。要不是一路上闻到了栀子花香，差点开错了方向。

后来伏申把监视那个女军人的工作一个人承担下来。那个军统干部除了落得轻松，还拿到了不少好处，除了几斤烟叶，还有一根金条。那个原本负责押送回去交差的武装看守，在得到数斤烟叶之后，把手铐钥匙给了伏申，自己索性回老家养病去了。

伏申告诉那个女军人，他没有在建阳找到沈甲妃或者疑似的人，因此相信她目前一定是自由的，一定如她所说的，在自己的某个岗位上战斗着工作着，所以，他就把她当成沈甲妃，做应该做的。

临别时，伏申突然问，沈甲妃有没有可能去苏联，她点点头又摇摇头，不敢肯定。

至于剩下的半麻袋烟叶，伏申换成了两张证明，一张是女军人死于日机轰炸的死亡证明，一张是前往浙东四明山区的通行证。去四明山区投靠沈耀中，是伏申提议的，因为他相信沈耀中在那里生意兴隆，呼风唤雨，颇有根基。不想，女军人竟然有同样的想法，她以前的一个战友在那里组织了抗日队伍，正干得风生水起，如火如荼。

对此，克里森在《最忆是杭州》中十分感慨，伏申似乎开始把自己对某个特定女性的关注转移，演变成博爱。当然，这种博爱是由之前特定的爱引起的，虽然这种博爱具有同一性，却是灵魂深处的特定的爱得到升华的体现。

林白履的戏码似乎再次有了效果。谭杭丽觉得毛教官的做法有些过火，也知道他这样做的真正原因，但她也不好明说什么，只是劝他，伏申看望或是照顾沈耀中，是为了沈乙嫔，如果真的有问题，跟共产党有关联，怎么敢明目张担、大摇大摆地去探监呢？再说，之前中统局丰主任已经调查清楚了，再把伏申牵涉进去，如果查不出名堂，不是给她的工作环境带来麻烦，给她下一步的计划实施造成阻碍吗？至于那个林白履，他是求爱不成，造谣生事，想报复伏申和沈乙嫔罢了。

毛教官想想谭杭丽的话有道理，对沈耀中的审讯不再纠缠伏申的话题了。

谭杭丽为了安抚伏申，跟他讨论他今后工作打算时，建议他考虑加入即将改组的中统机构。好处有三：一是别人从此拿他没有办法，不敢随意控告诋毁他；二是今后升迁或者深造，甚至到美国读书，都会得到优先；三是因为人员在全国统一调配，有一天国家形势好了，北方稳定了，可以申请去北平的办事处或通讯组，于公于私两利。

三条好处实在诱人。第一条，被人审讯变成审讯别人，这是一个根本性的变化，从此可以扬眉吐气，更加自由自在。第二条，当时党政军机构中许多知识青年，想继续深造，首选之地就是美国，但限制很多，竞争也很激烈。谭杭丽认为，对伏申来说，最实用的还是第三条，但伏申只是若有所思，微微点头，没有惊喜之意，也没有明确态度。谭杭丽最后鼓励他，国共斗争形势明朗了，相信伏申可以和她一起好好干一番事业了。

五　二我轩的三姐妹旧照

克里森在《最忆是杭州》中提到蓝栀子，认为她是一个非比寻常的年轻女性，在无可挑剔的美丽面容下，有着优良的品质和比同龄人更沉着的定力，猜想她的性格与沈甲妃有些相像，但可能更内敛。她与伏申的相遇和交往，有许多独特之处，比如在钱塘江共渡危险的奇异经历。总之，她有让人云淡风轻甚至难以捉摸的印象。

总之，她是个身份特别的人。

蓝栀子到重庆不久，很快就从特别速记班毕业，在国民党中央党部举办的青年人才选拔活动中，拿到了一个好名次。朱家骅知道她曾经请自己当她的入党介绍人，又是从浙江千辛万苦来到重庆，倍感亲切，亲自给她颁奖，并当众表示，中央党部需要优秀的速记员，由于中央党部工作人员一定要是国民党员，希望她争取早日入党，更好地为党国效劳。加入国民党？蓝栀子先是表现出天真和惊诧的神情，随后马上激动地询问，自己在浙江时还年轻，没有参加国民党，现在可以加入吗？对此，朱家骅流露出欣慰之色，当场交代秘书给她办理特别入党。所谓特别入党，即由三个国民党中央委员以上重要人物介绍的人，批准手续可以随时办理。几天后，朱家骅和国民党中央党部副秘书长和另一个中央委员成为她的入党介绍人，党证编号前标有一个"特"字，从此，这成了蓝栀子的护身符。虽然是特事特办，但蓝栀子仍然表现得从容不迫，仍然坚持按照严格的标准履行手续。在补写的入党申请中，她详细介绍了自己的履历和家庭情况，还特别交代了曾经去过重庆八路军办事处一事，将时间地点，事情缘由经过，以及容易引起的误解，一一予以澄清：

> 初到重庆，学校还没有正式开课，同学一起，青春年少，各处游览，偶尔吃火锅等美食，好不高兴。一天，路经八路军重庆办事处，受其游说，也有同学提议，进去看看何妨，也正好讨茶解渴。我因好奇心动，一同进去做客，彼以茶水点心招待。其间，办事处长官周恩来出面接见，使我震惊的是，周氏竟然识得我面熟，提起民国二十七年他以军委会政治部副主任身份巡视浙江，在云和县浙江铁工厂欢迎场合与我们一干学生握手，觉得其中有我，其出众的记忆力顿使我愕然不已。临别，我知道他们送一批青年去延安，内心产生了不小的波澜，于是附和其他同学，希望也到延安去学习一年。周氏一听，哈哈大笑，别说一年，去一天也不行，去了延安，国民党中央就不要你们了。而后来误传我等在八路军办事处劝导之下，曾经表示在国民党中央机关扎下去，方便今后为共产党做情报工作，当一个无名英雄云云，纯属无中生有，为妒我者臆造。

事后证明，蓝栀子为自己争取了主动。其实有关部门对特别党员审查比普通人更为严格，而且他们早知道她曾经去过八路军办事处，受到过周恩来的接见，现在她自己抢先说清楚，可信度大增，加上经过核查，证明她说的这些基本属实，从而确认她是忠诚的，作为特别党员是合格的，今后是可以在机密岗位使用的。1945年光复以来第二年春天，她随同国民政府从重庆回迁南京。

从重庆到南京，蓝栀子在中央党部实习期间，继续苦练速记，速记能力很快就超过了同学同行，加上她龙泉期间练就了一手漂亮的毛笔字，速记后整理出来的文稿字迹清秀、文字流畅，尤其是蒋介石亲自主持的杭州会报速记表现出色，乔思文认为人才难得，天堂杭州，更适宜女子，实习期满后，与朱家骅联名推荐她加入了浙江省政府秘书处，假以时日，培养她成为中央与浙江的联络桥梁。

经过几个月的试用，当年的10月，蓝栀子被正式录用为浙江省政府秘书处议事科速记员。

在蓝栀子试用期里，伏申与她交往很少，少得跟陌生人差不多。直到有一天从沙秘书口中得知，蓝栀子生了病，一直住院，他想去看望，但蓝栀子不肯让别人知道她在哪个医院。伏申向沙秘书问了病情，觉得她可能是感染了风寒，如果与自己一样是肺炎，应该住在仁和医院。伏申前去探望时，蓝栀子叫护士转告，她快痊愈了，只是身体虚弱，不便见他。

半个多月以后，伏申见到蓝栀子时，她却以一个充满朝气的、健康活泼的形象，出现在他面前。她很快提出了一个多少有些奇怪的要求，问伏申能不能安排她去参观陆军监狱，相信他凭借与腾阿大的关系，应该没有问题。

一年又将结束，杭州城自中秋节以后呈现出的年节气氛越来越浓厚了，直到霜降，遍地的常青树仍然枝叶繁茂，深秋以至冬日的颜色，依然是清绿的，尤其是水边的杨柳，风拂而舞，婀娜如初；山下的香桂，翠深如黛，芬芳似春；街心的古樟，绿衣满身，湛碧如浪。如果不是暖阳之下，北风吹落下来的法国梧桐的枯叶，在地上沙沙作响，人们还真的感觉不到冬天已经来临，感觉不到已经到了岁末季节。伏申想起北平的冬天，漫天飘雪如云，草木干枯如灰，丝毫难见青意绿色，唯有鲜活的是人，对来年春天充满希望的人，吃着冰糖葫芦，放着满地鞭炮，堆起大小雪人，最后回到温暖的屋子里，围一个炭锅，吃一顿水饺，那是真正的冬天，是真正的年底。

伏申身处南方，身处杭州，体会着周边的环境，不禁恍然如梦。回北平过年的电报来了好几封，除了母亲的，还有妹妹伏晚的，最后一封是暂时取保候审的父亲伏德魁发来的，只有八个字：来与不来，看其方便。伏申看了电报，也一直没有回复。

谭杭丽考虑到很多工作正在节骨眼上，希望他暂时不要考虑回去。后来知道，谭杭丽当时确实不好明说，因为中统局和军统局都要进行重大改革和调整，各省调统室都将迎来关键阶段，更主要的是，她得到高层信息，相信到了1945年光复以来第三年夏天，形势将出现决定性的变化，她筹备多年的行动将全面展开，成败在此一举。

直到又一年的夏天到来，伏申恍然大悟。这年7月4日，国民政府军事、政治上似乎面临危机，蒋介石问计于美驻华大使司徒雷登，得到的答复是，采取紧急措施的时刻，恐怕已经来到了。当天，蒋介石颁布《戡乱共匪叛乱总动员令》，实行戡乱救国。该动员令称政府决心动员全国力量，加紧戡乱。半个月之后，根据动员令，又在国会通过了《动员戡乱完成宪政实施纲要》，要求戡乱期间所需之兵役、工役及其他有关人力，应积极动员，凡规避征雇及妨碍征雇等行为，均应依法惩处；戡乱所需之军粮、被服、药品、油、铜铁、通信器材等军用物资，均应积极动员，凡规避征用及囤积居奇等行为，均依法惩处；凡怠工、罢工、停业关厂及其他妨碍生产及社会秩序之行为，均应依法惩处；对所谓煽动叛乱之集会及其言论行动，应依法惩处；等等。此外，国民政府还决定取消中共国大代表及国民政府委员保留名额，并将中共参政员予以除名，等等。

这也是谭杭丽观望和等待的明年，也就是1945年光复以来第三年的夏天。然而，在外人看来，把伏申绊住的，并不是谭杭丽的坚决挽留，而是因为沈耀中的官司，是因为沈乙嬚的关系。却没有人知道，真正的原因是他答应了蓝栀子参观陆军监狱的要求。

按照政协制宪会议后的法治舆论，杭州商会和四明同乡为沈耀中争取到了公开的司法审判，而不是以前那样，未经审判就秘密裁决。沈耀中在陆军监狱的处境相对宽松，待遇有所提高，腾阿大趁机自作主张，将原先一直关闭的，朝着西湖方向的小窗洞也打开了，尽管又高又窄，但风从外面吹进来，与半开的监门形成对流空气，使原先沉闷潮湿的监室变得清新通透，变得舒适宜人。

　　沈乙嫔去探监的时候，沈耀中听说沈乙嫔还在浙江大学注册读书，就希望她远离学生自治会的人，远离危险，如果有同学遭遇不测，千万不要利用自己的地位设法营救什么的。沈乙嫔也没有隐瞒，向沈耀中透露，她另有任务，不是真的去读书。沈耀中想想这个二女儿也不是静下来去读书的人，不禁恍然，但又担心万一被学生发现她的身份，也是没有好果子吃的，劝她千万要留个心眼，不要露出破绽，有疑难及时向伏申请教。沈乙嫔觉得有道理，心中一高兴，答应自己找人织件毛衣，争取冬天前能让他穿上。沈耀中又要求她，既然要织，如果有多余的材料，顺便给小角儿织块肚兜，到时候交给伏申。沈乙嫔满口答应，而且要先织肚兜后织毛衣。

　　第二天，伏申向腾阿大预约，要带一个省政府要员来参观，腾阿大没有问他带什么人，只要求他想好理由，防备以后追查。

　　伏申想了一个简单的理由，送一盆菊花给沈耀中。

　　因为监号里已经通风，花香顿时弥漫开来，一股股，一阵阵，沈耀中闭目而嗅，虽然不如沈庐的栀子花香气浓烈，但菊花黄金锦绣，蓬勃浓郁，不禁沉醉。蓝栀子帮助摆弄花盆的时候，伏申让腾阿大支走狱警，又叫他陪自己找监狱园丁拿浇花的筛壶，剩下蓝栀子和沈耀中用杭普话交谈了几分钟。

　　伏申提着筛壶过来时，沈耀中正拿着一张发黄的照片看，而蓝栀子背对着他，没有说话，仿佛正在抹眼泪。照片是一张三个人的合影，伏申曾经在沈乙嫔那里见过，照片中的沈甲妃一眼就能认得出，沈乙嫔变化虽然大一点，但如果仔细对照，还是能够比对得上，只有最小的妹妹，过去这么多年，即便人在眼前，也已经无法确认了。

沈甲妃记得，三姐妹合照一共洗了三张，一人一张。寄去四明的一张，因为母亲和小妹音讯全无，也不知道有没有收到。二我轩自己放大了一张，跟几张西湖风景照和名人照片一起陈列于玻璃橱窗。印象最深的有孙中山站在九曲桥上与许多人的合影，以及三潭印月为背景的个人照片，还有当时青年人中名气很大的周树人即鲁迅君照片，也陈列其间。杭州伪政府成立时，二我轩另迁湖滨新址开业，照样陈列之前的照片，孙中山仍然被汪伪政权奉为至尊，鲁迅以前留学东洋，活着的时候日本友人多，二我轩把他们的照片当成护身符，求得平安。三姐妹清纯女孩，可爱动人，吸引许多家庭仿照，引来不少生意，因此有继续陈列的必要，直到太平洋战争爆发，杭州接近前方，军事管制愈严，街面冷清，生意清淡，二我轩暂时关张。

伏申刚见到沈乙嫔，就问过照片的事。沈乙嫔对此只记得三姐妹的合影在玻璃橱窗里展示了很久，记得很多人包括一些老师和同学，都称赞她们是美人坯子，是未来的杭州之花，父亲出事后，二我轩一直舍不得把照片从琉璃橱窗里拿掉。沈乙嫔还多少有些得意有些炫耀地提到，后来《杭州民国日报》社会新闻还把她们跟上海宋氏三姐妹相比，称赞她们将是杭州的沈氏三姐妹。因为当时刚好宋美龄跟如日中天的国民革命军总司令蒋介石结婚，婚礼轰动全国，所以杭州人有此一比，可见三姐妹天生丽质，人人看好。

当然，最小的沈丙婕是否记得当时的情景，是否收到照片并且保存着，沈甲妃相信，她后来虽然理解了父亲当时的决绝，但始终因为姐妹情深，心有不甘。那天在平奉线火车上，曾经为此向伏申表达过自己的遗憾和痛苦，并情真意切地拜托他，有一天能帮助自己，帮助沈家，找到分离多年的小妹妹。

西安事变发生后，沈耀中本应出狱，因为不愿意所谓的坦白交代，迟迟没有得到释放，更担心当局拿家人威胁自己，逼自己悔过，于是写下一份声明，重申与家人早已断绝来往，形同路人，既无家人，自己所为与家人无关，特别与虞氏所生三女，于民国十六年六月就登报声明脱离关系，至今都未见面，岂问生死？不想原来《杭州民国日报》已经更名为《东南日报》，并成立东南日报股份有限公司，由陈果夫任董事长，年初开建的众安桥畔新馆当年竣工迁入办公，新馆设备先进，报纸日出一张四版，销往全国各地，日印四五万份，广告费因此数倍增加也是属实，但报馆借此开出奇高天价，分明有意为难他，还带话过来，如果是一份承认自己是共产党的悔改声明，可以免费刊登。原来CC系的部分干部一直认定他是当年杭州清党的漏网之鱼，中央党部等单位至今没有销案，只不过时间一久，风声一宽，加上商界联保，名人求情，使其当断不断，悬而未决，没有及时得到最严厉的惩办，放言一旦有新证据，或者发现党国高层有同党暗桩为其掩护，必然新旧账一块算，罪上加罪，坚决在肉体上将他消灭。

商界同仁有不惧怕的，也有与国民政府重要人物关系深厚的，从中帮助疏通，但各家报纸或许接到过什么通知，都不敢刊登。伏申初次探监时，沈耀中已经求告无门，更不肯写改过声明，诬陷他人，只是一心等待死亡。伏申把沈甲妃的心愿转告他时，得到的反应让伏申感到意外。沈耀中不仅没有感动之情，反而责怪沈甲妃把这种陈年家事与外人道，作为大女儿，还这么不懂事体，还这么感情用事，让他太失望了，难道非得满门抄斩，全军覆没才好吗？更令伏申心凉的是，沈耀中为了坚决阻止自己替沈家找人，还神情漠然地说出一番更绝情的话。他指着铁窗外一小片蔚蓝的天空，斩钉截铁地重申，他们父女此生缘分早已尽了，早断早了，既然断了，还找什么？再说过去这么久了，人变成什么模样了，是死是活，凭一张二十年前的照片，也找不到人，劝伏申小小年纪，人地生疏，不要多管闲事，妄生事端。

沈耀中说话的神情，让伏申突然想到小时候看过的一出《哪吒闹海》的神话戏，托塔天王对儿子哪吒就是这么绝情，哪吒就是被逼得归还肉身变成莲藕之体的，不禁替沈甲妃感到难过，感到不值。后来沈耀中出狱，伏申拿着照片向沈耀中重提此事，问他如果自己真找到人了怎么办。沈耀中神情放松，一脸安详地朝伏申摇摇头，告诉伏申，自己虽然要回四明去了，但绝不是为了圆破镜续绝缘，而是为了抗日救国，他虽是商人，但知道匈奴未灭，何以家为的道理。

对沈耀中这样的态度，沈乙嫔有自己的理解。她认为父亲一定知道妹妹在哪里，还可能见过面，至少知道她是死是活，至少知道她生活得怎么样。当年他宣布断绝和她们母女关系，为的是她们不受牵连，国共二次合作期间，他回到四明，本可以重新认亲复合，却没有那么做，一定是心有余悸，预计到国共还会破裂，自己还会受到迫害。现在果然，国民党里面的企图谋财害命的人，还是不肯放过他，还是拿共产党重要嫌犯对待他。沈乙嫔似乎终于体谅父亲这么多年来的那一番苦心，又想到姐妹都一去没有音讯，生怕今世不能再见，不禁伤心得抹了一天的眼泪。

这一年的新年刚过，刚刚回到杭州，准备重整生意的沈耀中突然再次因政治犯罪名关押陆军监狱。国共谈判破裂，内战一触即发，被怀疑是共产党资深地下组织负责人的沈耀中自以为劫数难逃，与唯一有联系的二女儿沈乙嫔也是生离死别，况且沈乙嫔探监时，对自己多有责难，沈耀中于是绕过本地《东南日报》等报纸，直接在上海的《申报》上登报声明，宣布断绝与沈乙嫔的父女关系，以期不遭连累。声明还特别提到，幼女于民国十六年，即归前妻沈虞氏，与自己的父女名分早已不在。声明没有提到长女沈甲妃，因为沈甲妃已经多年断绝音讯，值此乱世，凶多吉少，父女关系，无名无实。相关专案部门认为他是自作聪明，欲盖弥彰，反而让他们想到可以通过追究家人，要挟沈耀中。为务求证据确凿，专案机构竟然暗中派人到四明密查。负责对接的余姚党部调查室——走访，访遍户籍，证明早在共产党新四军浙东纵队北撤之前，沈虞氏就带着女儿远嫁台湾了。于是又通过南京方面联系台湾党政军调查部门，予以核实。几天后得到反馈，浙东妇人沈虞氏携一女儿改嫁台北中国银行分理处孙襄理，据查证，孙襄理未曾婚娶，与沈虞氏是青梅竹马的表亲关系，虽然分居两岸，但书信来往不断，几有可能其夫发现他们陈仓暗度，故而休妻。回头再查找长女沈甲妃去向，似乎早已石沉大海，人间消失，能查到的都是十年之前的片言只语，根本无从突破。

伏申感到突然的是，不知何人以沈耀中的名义通知远在台北的沈虞氏，希望她带着幼女回到杭州一见，而更使伏申觉得诡异的是，孙襄理居然代表沈虞氏现在的孙虞氏回电，毕竟夫妻一场，也为人之常情，近日他和爱妻及继女儿将搭乘运送邮件的飞机回杭州看望沈耀中。沈耀中从沈乙嫔口中得知此事，十分气愤，竟于狱中大骂，自己与虞氏及幼女早已断绝关系，形同路人，不应再有任何瓜葛，如此带着银行家新郎光顾监狱死囚，等于精神戕害，等于公然侮辱。沈乙嫔气得要哭，不明白父亲为何怒火中烧，为何如此绝情。伏申却表示理解，安慰沈乙嫔，沈耀中的表现，真实反映出一个男人内心的极大痛苦，其中滋味，确实不好受。

沈乙嫔找党部主委哭诉，还扬言听说宋美龄从美国回来了，要去南京找她做主。想想她到底空军英雄遗孀，如今父亲坐牢，姐妹失散，也是万分苦楚，如果她真找到挂着空军之母头衔的宋美龄，引起关注，说不定还真会把事情搞大，于是叫屠来根和林白履出面联络专案部门，希望他们适可而止，但奇怪的是专案部门是谁，却问不出来。沈乙嫔不相信，不仅认为林白履是搪塞自己，而且怀疑他早就背地里搞迫害，气得林白履要对她动手，幸亏谭杭丽拦住。谭杭丽对她安慰了半天，还好意提醒她尽快联络姐姐和妹妹，及早回家团聚，也不用她一个人事事扛着。沈乙嫔神情凄然，告诉谭杭丽，自己害怕的是姐妹早都已经不在人世了，还有什么团聚？

1937年底伏申刚到杭州，就找到了沈甲妃跟他描述过的二我轩，但因为战事在即，街面冷清，照相馆门上了大铁锁，陈列照片的玻璃橱窗已经钉上木板，贴上封条，看情形人去楼空，搬到别的地方了。1945年底伏申回到杭州，去原址寻找杭州最有名的照相馆二我轩，发现已经变成一家文具店了。问店里伙计，一说二我轩已经迁到湖滨路后面的教仁街，一说搬到了中正路，但具体门牌号码不清楚。

伏申好容易找到时，遇到了沈乙嫔。沈乙嫔在龙泉时就说过，她回到杭州第一件事，就是照美国女明星的样子，拍一张自己的艺术人像，此时她刚取完照片出来，看到伏申，喜出望外，要拉着他一起拍合影。伏申一头热汗，衣服都湿透了，哪里肯跟她一起拍，正推托不开时，穿着一身新旗袍的谭杭丽突然出现在面前，与沈乙嫔一块拉住他，两个人一边一个，硬是把伏申夹在中间拍了张三人合照。谭杭丽到二我轩并不单纯为了拍照相，而是为了查找二十年前沈乙嫔与姐妹的合影。沈氏三姐妹照片当年在玻璃橱窗陈列很久，杭州城几乎人人皆知，谭杭丽也有印象，这次党部全员审查，发现沈乙嫔亲属一栏，姐姐和妹妹都空着，只写了自己，于是询问了几次，沈乙嫔一口咬定，姐姐和妹妹很多年没有见面了，音讯全无，因此她无法填写。谭杭丽不好把沈乙嫔资料归档，又对她姐妹去向更加好奇，一心寻根问底，脑子闪过当年她们二我轩陈列的照片，试图从中找出蛛丝马迹，以此捕风捉影，查明究竟，交代清楚。

伏申陪蓝栀子参观陆军监狱的事还是被人知道了。毛教官特地赶到杭州，自称司法部人员专项巡视，虽然查不出什么破绽，但还是通报了谭杭丽。谭杭丽趁腾阿大不在监狱，作了一番调查，发现不过是伏申送了一盆菊花，别无其他。不过，谭杭丽对蓝栀子参观监狱，并可能见了沈耀中，多少有些生疑，从此开始留意她。

1947年夏天，蒋介石在杭州主持中央各相关部门联席会议，谭杭丽带领伏申协助会议保密工作。会上谭杭丽一直暗中观察做会议记录的蓝栀子，左看右看，觉得与沈乙嫔有几分貌似，但神情却差别很大。后来拿出三姐妹的照片比对，竟然与大姐沈甲妃有些神似。当晚接风酒宴上，谭杭丽略显酒酣，拿起一页纸，突然抓住伏申的手，问他，看得懂速记吗？伏申茫然，谭杭丽又问他，这位速记员蓝栀子像不像沈甲妃？

伏申一开始确实怔住了，但马上摇头否认，不像不像，十年前她就长这样了，看不出哪里像。

谭杭丽笑了笑，松开伏申的手，有啥好紧张的？小伏同志不会因为想念沈姐姐，把蓝栀子当成她了吧？蓝栀子像沈氏姐妹的风声很快传开了，在一次妇女座谈会上，省妇女会的蓝主任特地问谭杭丽，她们哪里像了？如果沈耀中是个自由身，又是大老板，像就像了，做个千金大小姐有啥不好？但现在沈耀中坐着牢，头上扣着共产党的帽子，说她像他的女儿不是平白受连累吗？做特务工作的，真是看到什么就怀疑什么，蓝栀子分明畲家女儿，根子正着呢。

蓝主任一席话，说得谭杭丽中间解释的机会都没有。

六　这是不是所谓的窘境

伏申请假回北平没有得到同意，但终于接通了芳草园的电话。

电话里的声音很长时间没有听到了。想到这个女人居然是自己的母亲，伏申既感到愕然，更觉得陌生，茫茫然恍如隔世。母亲告诉他，如果伏德魁的汉奸罪名成立，可能被判处死刑，希望他尽快赶回北平，或者悄悄到南京等待，争取与父亲见上一面。电话里母亲的声音冷峻，语气坚定，希望他务必相信父亲是无辜的，至少是被要挟被蒙骗到伪满洲国的受骗上当者。

母亲连琴瑟复述了事情的来龙去脉和详细过程。

也许没有人会相信，伏德魁之所以到长春，直接原因是受到票友、日本人二阶堂的胁迫，二阶堂在芳草园拿刀对着自己的肚子逼迫伏德魁，如果不去长春参加庆祝溥仪三十寿辰演出，他就剖腹自杀。伏德魁怕闹出人命，更担心被日本人纠缠，只好答应。次要原因是溥仪当了日本人的儿皇帝，为中国人不齿，也辱没了爱新觉罗祖宗，此去长春正好把当年慈禧太后赠送的顶戴还给溥仪，不仅了断与清王朝的旧情，更是与溥仪决裂。为了不影响四合班的声誉，长春之行只是以伏德魁个人名义，随行的也只有琴师李元人和连琴瑟两个人。二口吕到火车站接上他们，直接去了显得寒碜的"满洲国"的皇宫。溥仪见到他们，兴奋地介绍自己现在是康德皇帝，这里不过是暂住，以后回到紫禁城，绝不会亏待他们。伏德魁不为所动，递上了七品顶戴，表示物归原主，归还这顶戴，自己就是新人，以后再无瓜葛。溥仪虽然感到突兀，但还是把顶戴收下了。但是当晚宴请有记者在场，伏德魁到满洲巡回演出、"满洲国"皇帝溥仪设宴欢迎的消息还是传开了。远在上海的杜先生看到《申报》上刊载的照片，特地致电劝阻，甚至提醒伏德魁，如果满洲之行遭到不幸，或将留下美名，如果受到热情款待，恐将落下汉奸骂名，请他好自为之。但影响已经无法挽回，而且二口吕还擅自以伏德魁的名义宣布，要把四合班老老少少都接到长春，等日本人进关了，再一起风风光光回北平。对此，伏德魁是强烈抗议，坚决抗争的，他清楚地知道，如果那时候跟日本人回北平，那是叫他当汉奸，于是公开表明要尽早离开长春。

正在他们要回到北平时，二阶堂设计了一个骗局，糊弄他们说，自己将用飞机送他们回到北平，到了机场，忽然告诉伏德魁，请他们坐飞机是到日本唱戏。伏德魁愤怒至极，当即严正声明，自己决不会去日本，决不离开中国的土地，拉着连琴瑟和李元人就要离开。气得发抖的二阶堂抽出军刀，朝他们挥舞过来。伏德魁把连琴瑟和李元人推在身后，自己勇敢地迎上去，面不改色，毫无畏惧。二阶堂突然跪下，用军刀抵住自己的肚子，做出要剖腹的样子。伏德魁凛然应对，指责二阶先生是在威胁，是在强迫，在北平的时候用这种手段，自己还相信他是言而有信的君子，现在不再信任他了，反正自己死也不去日本。然而二阶堂并不甘心，最后举着刀走到连琴瑟面前，威胁伏德魁，如果爱自己的妻子，如果肯上飞机，自己一定会保证连琴瑟的生命安全。

琴师李元人不忍心连琴瑟受到伤害，劝伏德魁好汉不吃眼前亏，山穷水尽之时，去一趟日本，不过是唱几出戏，国人会理解的。伏德魁长叹一声，刚登上飞机，连琴瑟突然抢过二阶堂的军刀，就要抹自己的脖子，伏德魁一急，纵身跳下飞机，重重跌倒在坚硬的水泥地上。

当晚连琴瑟和李元人抬着摔伤双腿的伏德魁到了长春日本军部，被软禁在一间会客室里。似乎有些愧疚的二阶堂说了许多致歉的话，保证请最好的日本军医尽快为他治好腿伤，但是等痊愈了，还是要送他们去日本，因为他已经答应了东京的朋友们，让他们看到中国最好的艺术，等他们从东京回来，他会亲自送他们回北平，腿伤不要紧，伏老板的嗓子才是最迷人的。

二阶堂的话提醒了伏德魁，伏德魁向日本护士要了一大杯滚烫的开水，当时连琴瑟就感到不妙，正要阻止，但伏德魁已经把开水倒进喉咙里，张了张嘴，眼珠子一突，一头栽倒在地。他被送进长春最好的医院，第二天醒过来时，身体动了动，眼睛睁了睁，挣扎着想号叫，嘴唇哆嗦着发不出一点声音，中间一次又一次昏死过去。日本大夫后来给他打止痛针，又给他吸食鸦片，才熬过最危险最痛苦的阶段。

当时伏德魁以为自己性命不保，断断续续写好一封遗书，叫连琴瑟好好收着，回到北平后交给瞿玉郎。

伏德魁活了下来，但嗓子短期内难以恢复，经再三请求，溥仪御笔亲批了通行证，他们得以离开长春。

伏德魁看到火车冒着白烟，在关东平原上奔驰向南，不由得泪流满面，嘶哑着嗓子，似乎在不停地感叹大好河山的美丽壮观和可亲可爱。

到火车站迎接的人三三两两，明显表示了冷落，见此情景，伏德魁默然神伤，从此把自己关在芳草园，沉默不言，闭门不出。那封遗书虽然被连琴瑟一把火烧了，但伏德魁还是记得当时自己所写的话：连琴瑟与瞿玉郎更加情投意合，是天生一对，改嫁就嫁给瞿玉郎，瞿玉郎本来就是连琴瑟的真命天子，不巧他先到了一步，一步走错，步步错。

几年以后，日本人投降，伏德魁嗓子也恢复如初，正要重新登台演出之时，却被人告到北平光复委员会，并被列入拟惩办汉奸名单。乔思文特地赶到北平，劝他暂时躲一躲。伏德魁没有离开，自己不是汉奸，为什么要走？真走了，岂不是此地无银三百两？岂不是心虚？他堂堂京城一代须生，做起缩头乌龟，牵连家小，祸害戏班，颜面何在？当十几个军警冲进芳草园时，伏德魁坦然面对，束手就擒。

最初，连琴瑟的电话使伏申陷入两难的境地。

按照当时的情形，被当成汉奸的人每天一车一车拉出去枪毙，而且大多没有辩解申冤的机会，父亲伏德魁不是没有生命危险，自己赶回北平，能找到多少关系，发挥多少作用不好说，但至少能够见上父亲最后一面，也是尽了孝道。如果不是因为沈耀中被再次收押，伏申十有八九赶回北平了。

但是沈耀中的入狱打破了伏申的计划。沈耀中被罗织的罪名是共产党，很可能被判重刑，伏申觉得如果自己此时离开，任由林白履从中作梗，沈乙嫔不仅无法挽救父亲的性命，而且将被逼上一条不堪的绝路，自己最终辜负沈甲妃的托付。伏德魁不过是到长春唱了几出戏，算不得什么汉奸，况且如连琴瑟所述，有自残喉咙的壮举，相信特别法庭会依据审判，还其公道。

两难之中，伏申心里的天平向沈耀中倾斜，最终选择留在杭州，而且事实证明，他没有因为未回北平造成天大的遗憾。

拖了很久，伏德魁终于在北平受审，一开始就没有被判处死刑，而是被判十年徒刑，很快又改判一年六个月，最后改判无罪。首先由于连琴瑟救夫心切。连琴瑟每天看到一辆辆囚车开进开出，一个个背插标牌的犯人被押出去枪决，感到世界末日将临，只好向宣武门天主堂求助，一向慈祥的神父亲自主持弥撒为伏德魁祈祷，不仅发动教众声援，同时公开向政府呼吁赦免伏德魁，法庭受到来自上帝的压力，态度缓和下来。再是瞿玉郎出面，动员北平和天津梨园界联名上书担保，并且得到了广大戏迷的支持，很大程度影响了舆论。再有就是在押犯人二口吕在法庭上提供了有利于伏德魁的证据，连在苏联坐牢的溥仪，也发电报为伏德魁进行说明和辩解。最重要的，也是背后的原因，乔思文暗中斡旋之后，蒋委员长亲自批示，定性伏德魁不是汉奸，建议特别法庭办公室无罪释放，以应民意。

尽管如此，北平光复委员会和少数法官同行对伏德魁的长春之行难以原谅，在释放他之前，狠狠地进行了羞辱和恐吓。判决一宣布，伏德魁与二口吕被直接押往法场。面对一排枪口，二口吕瘫倒在地，伏德魁拉了他一把，刚刚站稳，一阵枪响，二口吕中弹倒地。如戏文传奇中所说的，在这个法场杀人情景中，伏德魁就是受惊陪斩的那一个，就是死里逃生的那一个。

伏申看到报纸对此情形的记述，庆幸伏德魁虽然鬼门关上走一遭，但到底活了下来，到底还是被他在梨园界的盛名救赎了，到底还算是清白无辜的。但伏申内心更庆幸自己当时没有去北平。面对冠以民族大义之名的国家审判，他一个地方省党部中层干部，能发挥的作用，能施加的影响，微乎其微。就亲情而言，他回到北平，也没有绝对必要，他甚至觉得，伏德魁如果被判死刑，如果面临生离死别，未必想见儿子伏申最后一面，也许因为尴尬，因为难堪，因为不知从何说起，说什么好。

从母亲连琴瑟在电话中，没有在伏德魁的遗书里发现对远在杭州、多年不见的儿子伏申有什么牵挂有什么交代，他感受不到伏德魁对他这个儿子的父爱，他感受到的是陌生和缺失，冷漠和淡忘，甚至嫌弃和决绝。

伏申在电话里只是听连琴瑟的诉说，没有表达什么态度，更没有积极的回应，最后公事公办地应付了几句，就把电话放下了。

伏申更担心的是沈耀中，经过审判或者不经审判，某一天在陆军监狱被秘密杀害，或者在松木场被公开执行枪决。为此，他一天都不能离开杭州，必须有所作为，就像那些人救伏德魁那样，确保沈耀中不被陷害，确保他性命无虞，尽管他可能孤军奋战。伏申延缓并最终错过了回北平的行程。

伏申记得不久前，在党部拥挤的饭厅里，传言即将离任的罗霞天一边擦着汗，一边向大家训话。要求在1947年入夏之前，党部所有人员必须有所作为，首先是针对共产党活动，要主动挑战，坚决出击。5月20日，杭州、上海十六个大专院校组成请愿团到南京示威游行，提出挽救教育危机的五项要求，中统南京实验区派出大批特务予以镇压，殴伤逮捕一百多人。不甘落后，罗霞天下令省调统室侦查浙江大学自治会的骨干分子俞孙一等人，如果证据确凿时机恰当，就由保安处将其抓捕。因为谭杭丽怕过于匆忙抓人，会打草惊蛇，影响"大扫除"计划，多次向罗霞天主张，暂缓行动。对此，沈耀中向伏申打探情况，希望他提供内部消息，以便找关系营救，并再三强调，他自己的事不妨放一边，俞孙一的事更紧迫，他只是一个学生，何必如此严厉？沈乙嬿在外面听到，埋怨父亲多事，自己还不知道怎么样呢，还有心思关心别人。她同时阻拦伏申，就算是党部高级干部，关系到共产党的案子，谁也不好随便说情，如果林白履、屠来根他们借此诬陷，那就麻烦了。

伏申回到党部找谭杭丽商量办法，谭杭丽以对俞孙一一案内情了解不多为由，不肯发表意见，但趁机鼓动他努力工作，争取更大进步，尤其在党调系统改革之际，积极加入，取得实际职务，他现在还是人微言轻，除非有位子，掌握实权。还假设他如果是调统室负责人员，办不办一个闹事的学生，还不是在自己一念之间，何必求别人帮忙呢？鼓动他改变观念，做好准备，加入新的中统机构。

这一年，因为内部争斗，因为军统方面的倾轧，因为在蒋介石和国民党高层的失宠，中统进入了衰退期。为了挽回颓势，中央党部决定撤销中统局改组成立中央党员通讯局，谭杭丽最早听到消息，认为这对伏申这样的青年党部干部是个机会，正如后来她传达会议精神时所言，新任局长叶秀峰大刀阔斧地改革，将为伏申这样的新人提供施展身手的舞台。按照叶秀峰的计划，对各地方党部责权利予以充分尊重，尤其看到了现行督导区制度影响省室工作情绪，增加人事纠纷，相互牵制诸多弊端，决定予以取消，同时，对提高省调统工作地位、扩大权限等也有具体有力的措施，体现了向省县基层倾斜，向业务干部倾斜。比如增设交通科，在省政府增设统计处，由通讯组长兼任，各县由省党部通讯处委派工作人员办理。同时设立视察团，团长由党部高级同志担任，团员以业务人员为主，还有各县由省党部通讯处委派工作人员办理。各县党部委员或书记长由各省通讯组推荐派充，等等。由于谭杭丽的多方调度，积极推动，不到一个月时间，浙江省党部按照中央党部会议的精神，调整基本到位。

一度传言谭杭丽将出任新的通讯组长，但很快她兼任视察团团长的任命正式公布。对此，党部只有极少数人或者根本没有人知道内中情由。谭杭丽之所以拒绝担任负责调查统计工作的通讯组长，是因为她想把此职留给伏申。

为此，谭杭丽私下里与伏申交谈了两次。

第一次是试探，她诚恳地向伏申托出自己内心的想法，自己曾产生过推荐他担任通讯组长的念头，但马上打消了，不是因为他的资历，他的年轻，而是顾虑他不安心留在杭州工作，加上毕竟是由原调统室改制的新单位，级别与职权都在那里，盯着这个位子的人太多，如果到头来他走人了，会给她造成被动，给他带来麻烦。

第二次更像在竭力挽留他。她明确告诉伏申，如果他能保证五年内不回北平，她可以绕过党部，直接向叶秀峰局长提议，按照重要地区特殊对待的要求，建议中央党通局浙江方面设直属通讯处，伏申可以暂时担任通讯处副主任，由中央党通局直接任命，一年后争取转正。她不用伏申急于表态，但不管怎么样，前面她会帮助他打好基础，让他上任的时候，有名有实，有权有物，非叫人嫉妒不可。

紧接着，谭杭丽就开始活动起来。在争取到赵强水甚至屠来根等人的口头支持后，连跑了几次南京，与中央党通局谈妥条件，并得到叶秀峰的首肯，同意浙江通讯组和直属通讯处挂一块牌子，由她具体操持筹备工作，届时相关人选也由她提议。

见此，党部其他人包括原调统室的人，都纷纷向谭杭丽套近乎，试图得到她的关照，在新机构中得到好的位子。林白履一直想以主任秘书之职兼任通讯组长，一看情形，知道抢不过谭杭丽，于是心中不满，四处散布她和叶秀峰的谣言。话传到谭杭丽的耳朵里，一开始她装作没有听到，没有马上计较，一副谣言止于智者，不予理睬的样子，但后来议论非但没有停歇，反而有鼻子有眼的，越传越神，谭杭丽才决定反击，拿着那把大号的张小泉剪刀，将林白履堵在党部门口的路灯下面，威胁如果再听到他胡言乱语，就把他的两个四处乱晃的睾丸的其中一个剪下来给厨房师傅下酒。

林白履脸色煞白，矢口否认，但保证不再提到她一个字，不议一句话。

之后一个月，谭杭丽不动声色，但实际上雷厉风行地完成了一系列工作。首先，不知道她通过何种关系，想了何种办法，使筹建中的浙江党通组，或者直属通讯处，从军统手里要回部分报刊审查权。比如主持确定了《东南日报》新的编审工作程序，尤其是制定了记者和编辑人员进出需经通讯组审核同意的内部规定，从而事实上掌握了这家报纸。

再是，创造了优越的办公条件。1945年光复以来，省调统室办公场地局促，四五个人挤于一室，审讯室、拘押室等工作性用房一直无从着落。谭杭丽与光复委员会和敌产处置办公室等部门反复协商沟通，要求将众安桥日本宪兵队驻地及周边一带房屋划归即将成立的党通组所用。抗战前这里原来是《东南日报》报址，杭州沦陷期间，成为日本宪兵队和日本特务机构驻地，同时他们还把毗邻的一大块区域圈入势力范围，耗巨资建设改造，设立了刑讯密室、随军妓院和地下水牢，设施装备一应俱全，墙高楼深，幽暗森严，很适合党通组开展特殊工作。此前已分别由省政府和军统机构接管，并正在办理产权登记手续，谭杭丽中间横插一刀，通过各种关系，先将其转移到党部名下，继而又落到党通组户头。

谭杭丽带伏申参观的时候，详细描绘了今后的场景，神情难掩得意，感叹，没有这些场所，这些设备，怎么开展工作呢！

除开这些实打实的房产和设施，谭杭丽向伏申透露，她还力争再做成几件事情，比如在建立交通科的同时，她要亲自到上海等地招募无线电专业的大学生，网罗电信人才，经过短期政治思想和专业训导，抓紧建立起全省性的电子工作团队。谭杭丽特别注重跟上时代，鼓吹心理测验等新式办案，为此，她计划请克里森担任审讯顾问，其待遇按照从优原则，由她亲自申请办理。

整个过程畅行无阻，与此有利益冲突的军统方面和浙江省政府，都是口头表达不满，敷衍了事，始终没有竭力阻挠和干涉。谭杭丽的神通广大令人惊奇，让人服帖，浙江省党部因上述工作成为全国调统系统改革的排头兵。叶秀峰看到情况呈报，不禁大喜，同时又提醒她，完成"大扫除"计划，建立大功勋的雄心固然值得嘉许，但在浙江行事要考虑周全，切不可动静过大，稍有差错，反受其害，还告诫她，与军统合作须有分寸，防止与虎谋皮，到头来功劳被抢。警告的同时，又数次要亲自到杭州召开现场会，要给她颁发奖状，都被她直接拒绝了，认为任务远未完成，还不是庆功表彰的时候。谭杭丽在夜深人静之时，给已经上床休息的叶秀峰打电话，告诉他，等到有了优秀的人选，再当面向他汇报，希望得到坚强有力的支持，说，万事俱备，只欠东风。

在谭杭丽眼里，伏申就是这个东风，只要伏申留在杭州不回北平，只要伏申答应加入，浙江省党部通讯组暨直属通讯处就可以开张了。她坚信，充满朝气且有些神秘的伏申，一口京腔且一表人才的伏申，前程可塑且前程锦绣的伏申，将是强大敌人的一个可怕对手，将是党国利益的一个勇敢守护者，将是中国国民党重振的一个希望，将是中华民国的一颗耀眼明星。

然而伏申回绝了她，没有给出更多理由。

一开始谭杭丽按好的方面猜测，认为伏申因为想回北平老家，不想因为半途离开而辜负了她。然而看到伏申迟迟没有成行，而且因为战事，交通受阻，暂时没有可能回北平之后，她又有些羞恼地猜测，他是因为厌烦舆论，厌烦林白履他们人前人后地胡说八道。中间，她确实听到过很难听的话，比如有人背地里嘲笑伏申被她骗上床，陪她睡觉，如聊斋故事里面，被狐精掏空身体的书生等等。为了不使伏申退缩，某日清晨，谭杭丽在党部门口早点摊上，突袭穿着皮带短裤吃大饼油条的林白履，用那把大号剪刀，先是一刀剪断他的皮带，趁林白履连忙丢下油条伸手去捂的时候，紧接着又一刀，剪开他的裤裆，让他黑乎乎的阳具暴露在晨曦之下。一旁屠来根连忙上前，阻止了她进一步的危险动作，厉声警告，那不是油条，剪断了还能吃，那是命根子，剪坏了要死人的。

林白履经此一吓，几天没有上班，最后跑到富阳避了半个月。对此，沈乙嫔站出来辩解，伏申不是在乎什么流言蜚语，更不是惧怕林白履造谣诬蔑，而是他自己不想走谭杭丽为他设计好的道路。于是谭杭丽又气愤地猜测，伏申一定是对党国事业没有信心，对前程不抱希望，因此松懈颓废，不思进取，更主要的是对她没有信任，是对她的苦心孤诣，对她的真实用意不在乎。

沈乙嫔哼了哼，露出轻蔑之色，试图用一句话刺痛谭杭丽，他有在乎的人。

当她知道伏申曾经到陆军监狱跟沈耀中有过交谈，十分肯定地认为，他是受了蛊惑，被洗脑了，从而认为党通组是特务组织，如果加入就会声名狼藉，就会留下污点，为人不齿。更令人警觉的是，翟泫衣以探望矮金瓜为由，可能偷偷见过沈耀中，两人非亲非故，从无交集，如果真的见了，其中必有文章。谭杭丽为此专门到陆军监狱讯问沈耀中。还没有走进监室，觉得香气扑鼻，已感到几分诧异，一进门，看到一盆盛开的菊花，绿叶露珠欲滴，花瓣晶莹如玉，再看沈耀中端坐一旁，手捧茶壶，专心看报，不由得怒火中烧，顾不得什么客套，就大骂起来，骂他一个共产党嫌犯，拿商人身份为自己开脱，换以前，早就枪毙了，不要以为现在行宪了，靠着一帮生意人为他鼓噪，买通法庭，妄想无罪释放，一个关在牢里等待判决的囚犯，还养香花，优哉游哉，装模作样，天下哪有这样的监狱？骂停了，又命令狱警把花盆没收，狱警不肯，她又跑到腾阿大那里，警告要检举他，腾阿大监狱长似乎知道她是因事迁怒于人，就好言劝她，今天没收了，明天还是有人送，不过一盆花，大家都闻到香气，也显得监狱管理上的开通文明，体现人道主义，再说沈耀中以后出去了，还有一份这么大的家业，还是一个大老板，在杭州在浙江都很有威望，不好为了一盆花得罪他，被他记恨。

谭杭丽平静下来，再回监室询问见翟泫衣的事，沈耀中与腾阿大的说法一样，矮金瓜鼓动翟泫衣特地看望沈乙嫔的父亲，也就是伏申可能的老丈人，毕竟是富商，趁其落难时巴结人家，日后出狱东山再起，岂不是有回报？沈耀中还告诉谭杭丽，其实自己一直在劝伏申，要他明白她的用心，听从她的建议，争取在党通组的位子好好干一番事业，既为自己的前程，又能帮助到更多善良的人，何乐而不为呢？

听到此话，谭杭丽恢复了端庄贤淑的状态，为了给自己找台阶，还拿起筛壶给花浇了浇水，又嗅了嗅香气，莞尔一笑，不禁赞许，虽然只是一盆花，养好了，也能增添许多情趣。

或许是谭杭丽听了沈乙嫔所说的，不应该勉强伏申，伏申真的不太合适做特务工作，或许最终的结果证明屠来根所说的，叶秀峰改变主意是因为林白履走了二陈的门路，由党部主任秘书兼任了党通组代理组长。

伏申没有回北平，继续在党部编《政治情报》，但随后发生的事实证明，伏申没有加入党通组是一个错误，这个错误导致他没有更好的办法营救同学矮金瓜和翟泫衣，没有能力帮助浙大学生俞孙一。

这年秋天，出狱不久的铁头杭抢在"大扫除"计划实施之前，主动出击,积极查办,得出了俞孙一是共产党的结论,报请下令逮捕。伏申此时正负责联络学校方面,觉得此举会遭到师生反对,引起更大学潮,主张暂时放一放。铁头杭不甘心,暗中报告谭杭丽请其施加压力,甚至不惜让出一部分功劳,告知毛教官,希望联合行动。伏申找到陈治平,希望政府出面阻止,沈鸿烈不得已,下令保安处出面,先一步抓捕俞孙一。知道俞孙一被捕并有可能被杀害的消息后,伏申找谭杭丽询问。谭杭丽尽管对铁头杭擅自行动十分不满,但事已至此,俞孙一不得不抓,只好脸一沉,拿一番大道理批评伏申,不要以为平时对他不错,就可以不讲政治原则,托关系找人情,国共两党从来你死我活,宁可错杀一千,也不会放过一个。伏申不禁愕然,难道真要枪毙一个学生不成?

学生就不会是共产党了?她猛地给了伏申一拳,而且还提醒说,他是负责监视俞孙一的,要论功劳,铁头杭算什么?他和沈乙嫔才是最大的。她已经把俞孙一被捕的功劳算在伏申头上,并且上报南京为他请功。更使伏申感到突然的,原来准备释放的矮金瓜交代自己在龙泉时就参加了共产党,如果真是这样,等待他的将是和俞孙一同样的命运。伏申是后来才知道翟泫衣也被关进陆军监狱,但他只承认参加过国民党,而且咬定矮金瓜与他同批加入的,可能是关的时间久了,脑子混乱,出现错觉,分不清共产党和国民党了。为此,克里森专门给他们催眠,结果和翟泫衣说的一样。睡眠中两人的说法基本一致,供述如下:

> 当天他们为避免日本飞机的轰炸,在一个瓷窑里完成了入党手续,三个介绍人都到场了,分别是礼泉方丈、赵姓青年和浙大龙泉分校物理教师蒋某。手续本来就是多余的,但蒋某坚持要举行,要跟共产党入党宣誓那样,要有神圣感、仪式感。礼泉方丈也同意,认为至少要像礼佛那样,有形式感,以备终生不忘。赵姓青年也要求加入他们的行列,补上庄严的一课。

赵姓青年已经身故，浙大龙泉分校教师蒋某也于1943年6月间因走私伪钞，在重庆被枪毙了。活着的只有礼泉方丈，在毛教官的要求下，谭杭丽勉强发了电报询问，结果礼泉方丈复电，事情过去多年，需要好好回忆回忆。

七　厄运中家人来不了杭州

早在 1937 年 12 月，伏申到杭州不久，就开始害怕这里的天气。在这里生活一段时间之后，他体会到杭州完全不同于他出生的北平，儿时的北平，天空有时是灰色的，但更多的时候是洁白的。而杭州四季分明，要么就是明亮的炎炎烈日，阳光如燃烧的火球，烤炙得人类和牲畜，甚至水中的鱼蛙都几乎枯焦；要么就是连绵的梅雨季节，闷热和潮湿浑然一体，蒸煮得树木和花草，甚至地上的苔藓都无法喘息。

只是因为晚春 5 月和深秋 10 月这两个美好的时段，让人挥之不去，让人欲罢不能，让人勾留难舍。

伏申难以忍受的，是在北方万里白雪的时候，这里却是阴晦和灰暗，如冰似霜的雨点不停地发出滴答声，滴得整个身心都是冰冷冰冷的。早在 1937 年 12 月，伏申到杭州不久，就开始害怕这样的天气。从他到达的那一天开始，从月初到月底，昼夜不停地下着冰冷的雨，但每天显示的气温并不高，他因而放松警惕，少穿了衣服，受了寒湿，生平第一次得了感冒，第一次住进了医院。自此，他对杭州 12 月的阴雨始终怀有戒心，从不敢随便减脱衣服。

如今，又到了 12 月，伏申对坏天气的感受远远大于对好天气的记忆，要不是沈耀中再次被捕入狱，他可能真的在这样的天气里离开杭州了。之前他决定离开的主要原因，并非天气，而是突然接到了母亲从北平打来的电话，这辗转而至的电话由于通话时间过长，被侦听部门注意到了，通报了党部。因为屠来根知情后，泄露给了林白履，由于林白履的散布，早于国民政府开庭公审文艺界汉奸公报正式发布，伏申父亲伏德魁因为汉奸罪在北平或者南京特别法庭接受审判的消息，在杭州党政军各部门不胫而走。

与此同时，《东南日报》不仅刊登了伏德魁当年到长春为伪满洲国皇帝和日本高官献演的报道，而且还发表了强烈要求将汉奸之子伏申清除惩戒的读者来信。与此同时，省政府、省党部相关部门还收到揭发材料，举报伏申拥有坐落于西湖畔的沈庐，并藏有巨额财富，应该作为日伪逆产予以坚决查缴。鉴于事情的影响，也为了给伏申一个说法，省党部召开联席会议，一方面决定伏申暂时停职，一方面成立由屠来根牵头，三青团浙江支部、中央党部驻浙调查统计室派员参加的特别小组，对伏申进行内部调查，如果情况属实，交由党纪国法处置，如果查实是诬陷，尽快还其清白。

屠来根领导的特别小组雷厉风行，次日，一伙人直奔沈庐，明里上门询问，实则抄家搜证，林白履请来帮忙的保安处独臂组长还借来一条日本秋田犬，楼上楼下每个角落嗅遍了，最后军统技术人员连美国进口的金属探测仪都用上了，屋顶阁楼全部查遍，箱笼书柜一一检索，连地板柱壁都撬开翻验，折腾了整整一天，除了几根党部历年奖励的小金条，并没有重大发现。湖畔阁茶楼的俏罗敷看到林白履戴着墨镜躲在巷口暗中观察，正要过去揭穿他，不想早有一个瘦健男子闪现，突然对他拳打脚踢，不等林白履反应过来，瘦健男子已经瞬间消失了踪影。林白履知道此人是为伏申出头，只是碍于自己不是特别小组成员，其时出现在那里有些偷偷摸摸，因此被人打了，也不好声张。但林白履到底咽不下这口气，与屠来根商议后，带人突袭了延龄路百货商店，又对沈耀中进行突审，意图查清沈庐交易过程中的诸多疑点。

沈耀中当着特别小组所有的人，供称自己当时关在陆军监狱，伏申到狱中与他商谈，证明伏申于1937年11月以父母所提供的十根金条购买沈庐，时间远早于伏德魁到长春演出的1940年。至于林白履提到藏宝的紫色小皮箱，包括沈乙嫔等多人证实为伏申初来杭州就有的旧物，其中所装的都是衣服及日用品，并没有什么金银珠宝。

最后使伏申渡过难关的，是乔思文从南京专门致信浙江省党部，证明十年之中，伏申并没有与伏德魁见面，也没有任何通信往来，不应该受到任何牵连。调查没有任何结果，党部也不好作出结论。直到一年后，省政府要调伏申担任新闻处科长，省党部才出面正式为他澄清。

杭州沦陷期间，因为日租界的历史渊源，城北运河两岸众多商家，格外地红红火火，车水马龙，可谓财源茂盛达三江，生意兴隆通四海。中日甲午战争后，《马关条约》写明，新辟杭州作为通商口岸，日本驻上海总领事珍田舍得到杭州，要求在西湖旁边的涌金门开辟租界，遭到拒绝，几经协商，只允许在十里之遥的城北拱宸桥以北、大运河东岸划为外国人居留地，浙江巡抚衙门保留管理权，并建立海关。最终签订杭州日本租界章程，勘定武林门外运河东岸拱宸桥之地，通商地域一千八百亩，北半部约九百亩，每亩租金二元，租期为二十年。短短一二十年里，即通达江墅铁路，修建新式马路以交通城区，开办报纸、警署、商店、邮局、银行等以促进兴盛，同时开设烟馆、妓馆、赌馆和戏馆、茶馆、菜馆所谓六馆，以显示繁荣。1926年租界期满，日方要求继续租用，但迟迟得不到答复。一直拖到1935年，鉴于中日日趋紧张的形势，国民政府外交部发表声明，允许再租用三十年，但性质不再是租界地，而是普通租用地，规定日本人居留区改为日本专管租界。1937年七七事变发生，日方有计划有步骤地撤退企业及重要设施，同年12月，日军侵占杭州，重新恢复租界，并在此设立大本营，驻扎宪兵队队部。在此中间，养蚕育种基地、华丰造纸厂等中方企业悉数被占。又于1943年，汪伪政府接收日租界，一直到1945年9月5日，驻杭日军所部在拱宸桥投降，驻杭领事馆降旗，领事松村雄藏撤离回国，日租界由杭州市政府代管。

在日租界，伏记火腿厂和伏记粮油加工坊并不起眼，但在沦陷期间，都没有出现较长时间的停工或者歇业状况。也许是因为不起眼，日方和汪伪没有进行过什么侵占或者干扰，其境遇与生意兴隆、效益显著的养蚕育种基地、华丰造纸厂完全不同。它们被侵占后，几乎变成了日方企业，因为反抗不断，因此风波不停，还发生了中国工人炸毁蒸汽缸，致使工厂停工，造成租界混乱的极端事件。而这两家始终挂着伏记两字的产业，犹如默默做着针线活的女子，静如止水，而目光流盼，双手不停，成就了一件件花团锦簇。冬去春来，伏记火腿厂每间屋宇的天花板下，挂满了一条条发酵的火腿，密密麻麻，从不空置，以至到了光复以来第二年的年底，依然是摘下熟的，换上生的；三百六十五天中，伏记粮油加工坊的每个门面里，传出的阵阵浓香，弥漫街河，久不散去，以至到了光复以来第二年的年底，那香气依然是新鲜的，是当天的。

1945年光复之后，原业主是日籍的，先后被遣返回国，中国人的股东、经理，唯恐以汉奸罪被查办，纷纷将名下产业关停或者低价转手。一段时间里，拱宸桥下，河船之上，商店凋零，门可罗雀，厂房萧条，杂草丛生。接收部门诸事繁忙，对此不入法眼，甚至连重新登记都顾不上，只能任其闲置。那些与国民政府同时回迁的本行同业，本来有心接手盘活，又怕旧股东不明，产权不清，今后难免纠纷，因此观望。铁头杭带领忠义救国军试图接管，但到底不是正规国军，日军不予配合，遭到排挤。

到了年底，此地多处有主产业相继复工生产、开门营业，桥东重现生机，桥西也跟着起色。那天也是铁头杭合该遇到财神，他到拱宸桥下抓赌，看到原本以为无主的伏记火腿厂和伏记粮油加工坊有开张迹象，便费心调查，一番周折，竟然找到了原始契证，发现上面的大股东于1938年由连琴瑟改成伏德魁，注明籍贯北平，铁头杭眼熟，疑虑顿生，求问林白履。林白履看了看，十分肯定地认为，这个伏德魁就是北平名角，就是伏申的父亲，如果这两个厂子是伏德魁的，那就属于逆产，应该予以没收。他不禁豁然，伏申向来有钱，原来钱是从这处来。铁头杭与林白履商量如何占为己有，并说好事成之后，一分为二。林白履觉得并非易事，一则伏德魁的汉奸罪还没有定案，现在没有理由强取；二则伏申不好对付，一旦对簿公堂，没有十分胜算；三则万一事情闹大，接收部门势必关注，必然参与进来，巧取豪夺，到头来什么都捞不着。

铁头杭一肚子不甘心，想了几天，仍然不肯放弃，天天找林白履抱怨，大家都是抗战功臣，看看人家都发了横财，自己出生入死的，却得不到真正的实惠，买个好房子还钱不够，喜欢个女人还要省着花，在杭州地界上实在没有面子。林白履认为铁头杭庸人自扰，太过着急，劝他再等等。铁头杭却拿定主意，非做不可，现在不下手，以后没有机会了，如果哪天共产党打过来，逃到天南海北，没有钱怎么生活？

林白履想不到铁头杭看得这么远，顿时醒悟，是呀，现在不捞一把，更待何时？而且此事做成了，好处实在太多，一来获得巨额财富，二来可以收拾伏申，两全其美。在沈乙嫔那边，也是一举两得，一来让她看伏申的笑话，从此远而避之，二来知道他林某贵且富，自然会动真心真情，死心塌地跟自己上床。这样一想，林白履志在必得，立即行动。但开头不利，因为想争取罗霞天的支持，不但遭到拒绝，还奉劝他不要牵涉其中，影响党部的声誉，警告他不要为财而亡命。铁头杭怕他退缩，列举了私下与接收大员合伙的几件事情，鼓励他不要泄气。林白履很快振作起来，想把刚刚兼任了监委的屠来根拉进来。屠来根明面上没有态度，但心还是一动，暗中以考察船行分党部工作为名，到拱宸桥下转了转，发觉林白履所说的两处地方，规模条件比想象的要好很多，尤其是伏记粮油加工坊，如果全面恢复生产，盈利将十分可观，而伏记火腿厂面积不小，厂房高大，也值不少钱，两地算下来是一笔大数。当天，屠来根心绪波动不已，回来之后回复林白履，答应参与谋划，等北平那边伏德魁汉奸罪判决下来就加紧落实。屠来根设想的是，一旦伏德魁定罪，两处资产定性为逆产，铁头杭作为党部地方分部负责人，就地先行接收。当晚三个人商定股东股份，看时机完成工商登记，如此神不知鬼不觉，事情悄悄成了。对于伏申，屠来根胸有成竹，早有对策。总之，伏申受到汉奸父亲的牵连，自身难保，与他关系亲近的人也不好再为他说话。合同拟好后，屠来根看了，提出要三三四分成，林白履和铁头杭各三成，他四成。铁头杭一听气呼呼地要发作，林白履脸上也挂不住，正欲说出难听的话，屠来根却是满脸堆笑，不紧不忙地说明理由。他之所以要这样分，是因为铁头杭是起头跑腿的，林白履是从中协调的，虽然辛苦，但不比他要出的大力，而且这大力是决定性的。

屠来根所说的出大力，是在北平方面，伏德魁被当成汉奸处置，必须要光复委员会鼎力相助，而北平光复委员会，他有办法说得上话。屠来根突然严肃起来，这不是决定性是什么。如果定不了伏德魁的汉奸罪名，前头做的都是枉然，后面的都是空谈。林白履和铁头杭相互看看，同意了屠来根的要求，但书面协议要稍后再签。

但这个缜密的计划最终还是失败了。

他们三个在会议室商量的话被沈乙嫔听到了。此前，罗霞天看到沈乙嫔从办公室门口经过，喊住她，问她有没有空，有空的话，让她去帮忙找一找自己戴的白色 Straw Hatguh 牌平檐礼帽，不知道落在哪儿了，他明天去南京开会要戴，那是上峰赠送的，不能丢了。沈乙嫔连忙楼上楼下地跑，食堂过厅找了个遍，也没有找到，后来想起后院的党部执委会议室还没有找，找过去时，门关着，听到里面有人说话，她以为是在开会，就绕到后面窗户边看看到底是什么人,结果发现屠来根、林白履和铁头杭三个人坐没有坐相,站没有站相,靠得很近,显然不是谈论什么正经的公事,铁头杭一只脏脚还搁在会议桌上,一只手握着长嘴烟斗,还顺手将烟灰弹到一顶白色平檐礼帽上。情急之下,她刚要发声阻止,突然想到谁说过,大白天三个以上有一定年纪的男人凑在一起,鬼鬼祟祟,嘀嘀咕咕,小则商量谋财害命的勾当,大则密议政变造反的阴谋,看这三个人都是平常与伏申有过节的,十有八九是在谋划对他不利的计策,这样一想,沈乙嫔顿时警惕,猫下腰在窗台偷听了一会儿,果然发现他们是在暗算伏申。沈乙嫔不敢惊动他们,悄悄离开,告诉罗霞天,白色礼帽没有找到,会不会在会议室?她刚才过去找了,看到里面不知道什么人在开会,不方便进去。经此提醒,罗霞天似乎猛然记起,点了点头,自己忘在会议室了,说着,就下了楼朝会议室走去,正好看到三个人先后出来,于是盘问他们,开什么会呢?林白履正要说话,屠来根抢先回答,中央党部想调研拱宸桥日租界经济恢复情况,他们向基层的同志先了解一下。罗霞天也没有多问,先进了会议室,等他戴着礼帽出来时,三个人都已经不见了。直到第二天上车时,夫人发现礼帽被烧穿了一个大洞,罗霞天大怒之下,返回党部,找沈乙嫔盘问,沈乙嫔趁机反映当时自己看到的和听到的情况,十分确定是铁头杭的烟灰惹的祸。罗霞天知道他们不听自己的劝告,心里更加窝火,决定从南京回来马上开一个会,在会上要严厉训斥林白履,并且点名警告屠来根。几位暂时罢手,但至此,对伏申的两份产业仍念念不忘。

　　与此同时,在北平光复委员会逮捕伏德魁的前几天,那义魁从北平匆匆赶回杭州,到沈庐几次,都是大门紧闭,暗中去党部转悠都没有看到伏申,又不便找沈乙嫔。后来俏罗敷出面,但她到党部时屠来根拦住她,跟她说,沈乙嫔可能跟去南京开会了,俏罗敷又打听伏申行踪,屠来根打了个马虎眼,骗她说,党部还有一批文件没有从龙泉迁回,伏申可能去那边办事了。

兼任经理的日方股东回国在即,匆忙之中,那义魁只好按照商定好的预案,将伏记火腿厂改名为京记火腿厂,将伏记粮油加工坊改名心记粮油加工坊,股东均改成伏申妹妹伏晚。伏申回到杭州,知道母亲的原意是把这两份产业写到他的名下,又怕今后细究起来会受到牵连,因此暂记在年仅十岁的妹妹名下,再说总是盼望他回北平团聚的,杭州的财物可有可无,可以忽略不计的。伏申此时才想起伏家还有这两家实业,任由那义魁去管理,不管有利无利,他都不会在乎,不会插手的,只当是与自己没有丝毫关系。

没过多久,伏申改变了想法,两份产业,一份叫那义魁处置。其实他知道那义魁早已秘密参加了天目游击队,多次与俏罗敷暗中商议经费筹措事宜,任其开支或变卖,正好资助他们。不想那义魁觉悟很高,表示他们那里困难可以克服,建议把钱花在积极开展斗争的杭州革命群众组织身上。一份伏申计划赠送给学生自治会,但暗中交涉后,没有人愿意接受,俞孙一直接拒绝了,声明学生组织是为了好好学习,为了自由,为了光明的未来,不是为了钱,也不需要钱。沈耀中得知此事,也加以阻止,通过腾阿大告诉伏申,他这样做,被当局抓住把柄,会害了自己,也害了学生自治会。此事不了了之,腾阿大开他的玩笑,说自己贪财,不如留给他,伏申帮他,他可以帮伏申做很多事。

伏德魁急着要来杭州演出,但不久前生了一场病,身体一直没有恢复如前。伏申从那义魁口中得知,那天在广德楼戏院演出,许多观众看到,戏台上的伏德魁脚步颤抖,大汗淋漓,中间跌倒了几次,唱对手戏的瞿玉郎,有几次想去搀扶,他拒绝了,坚持唱完最后一段,支撑着下了场。半夜请来中医师急诊,诊断是感染风寒,加上身心焦虑,毒气攻心,需调养数日,方可登台。不等情况稍好,伏德魁坚持启程到杭州,本来要上火车了,却在前门车站晕倒了。他还怕大家认为自己装病,几次想起床,但都无力躺倒,索性连话都不想说了。

连琴瑟看到伏德魁如此状况，不由得担心，叫瞿玉郎来劝他。夜色中，瞿玉郎脚步沉重，从黑暗中走来走去，就是不肯过来，看到连琴瑟，连忙问伏德魁好点没有，连琴瑟眼中含泪，叹口气，他能好吗？瞿玉郎也不进门，叫连琴瑟转告伏德魁，让他放心，自己这次不去杭州了，让他一家人去，我不去，你们夫妻双双故地重游，多自在，多好。连琴瑟听了瞿玉郎的话，欲言又止，也没有再理会他，挥挥手，叫他离开，原本叫他来劝人的，不料说出这样的话，真是岂有此理。她走回几步，又转过身来，指着瞿玉郎责问，德魁几时说过不愿意一起去？花旦不去了，让他一个须生唱单身汉老鳏夫？然后哼了一声，不去也好，免得伏申见到了，理也不是，不理也不是，再不见面，真成了陌生人了，多好。

瞿玉郎听闻，站在月光下一动不动，变成了一个木头人。

连琴瑟回过头来，早晚坐在床边伺候，安慰伏德魁，病得这么重，先不去杭州了。伏德魁其实知道连琴瑟急着想早日到杭州见伏申，于是对她发了重誓，好一点儿就去，只要不死，爬也要爬去。连琴瑟听到这样的话，不禁潸然泪下，劝他，往后的日子还长着，等路上平安一些，等身体健壮了，他不肯去也要催他去。

在连琴瑟的心里，杭州之行还必须带上女儿伏晚。女儿好动，经常在外头，看到北平女校的学生革命，她也要革命，看到芳草园的孩子当中，参加革命的态度并不坚决，她就扬言一个人去，要像真正革命的样子。一次，在梦中，梦见一群大哥哥大姐姐在学校门口集合准备游行，她要加入进去，但遭到拒绝，不禁难过得哭了起来，直到一个大姐姐过来安慰，告诉她，组织上有更重要的任务交给她，她才破涕为笑，大姐姐教育她，年纪不小了，出身于梨园世家，有许多有利条件，组织上决定让她留在家里好好学戏，团结更多梨园人士，加入到全国统一战线上来。

伏晚听了频频点头，于是汇报了自己要去杭州，要见到哥哥的事情，大姐姐听了，十分激动，告诉她，自己认识她的哥哥，如果去杭州，伏晚其中的一个重要任务，就是要想办法让哥哥平安回来，并现身说法，揭露国民党反动派的罪行，揭穿假和平真内战的阴谋。

伏晚醒过来时，想起梦里的事，更加急切地想去杭州，想去看望从未见过的哥哥。她稚气的脸上充满期待，仿佛对伏申很熟悉，很骄傲。伏德魁看到女儿如此状况，又是一脸的担心，一边告诉连琴瑟，他何尝不想马上去杭州，即便路途艰辛，病倒了，死在杭州，可以当面把伏晚托付给她的哥哥，让她多一个依靠的人，也是好的。连琴瑟再也不忍，眼泪夺眶而出，埋怨丈夫，不用担心伏晚，她有我这个母亲呢，再说，伏申是亲哥哥，什么托不托的？你别胡思乱想，说这些没用的话，你这身体一定比我活得长，以后的日子我们都得靠你。一番话说得伏德魁一夜无语，精神也稍好起来。

第二天一早，伏德魁起来吃了油饼豆浆，吃到一半，缓步走到戏箱前，慢慢打开，取出几张没有折叠过的契约，递给连琴瑟，嘱她到杭州时带上，同时告知她，他想把这两家商号记在伏晚名下。连琴瑟没有细看，劝伏德魁身体要紧，功名利禄，金银财宝向来由别人去惦记，谁愿意去操心？日后再说吧。

经再三劝说，伏德魁去看了一次西医，查到病根是血压高了，医嘱不能太过劳累，不能太过激动，不能多吃油腻食物，安心静养，暂时不要登台。伏德魁看看一时去不成杭州，又听到光复后一些接收大员在各地的行为，心有不安，就与连琴瑟商量，为避夜长梦多，不如让那义魁先回杭州，抓紧把两家商号的过户手续先办了，在明面上切断与自己的瓜葛，也不至于连累到伏申，他毕竟是党国干部，算是衙门中人，身家太多，容易被人盯上，蒙上不白之冤。连琴瑟听了这番话，顿时豁然，接着感动，原来伏德魁是真心为伏申着想啊，点头答应，把两家商号改在伏晚名下，如此杭州那边也不知道是何人，也无从查证。

令人宽慰的是，女儿伏晚年纪虽小，却知道替母亲到医院照看父亲，伏德魁和连琴瑟相视而笑，想起杭州坊间有言，女儿是父母贴心小棉袄，盖如是也，生女如此，夫复何求？伏德魁精神一振，血压降下许多。

后来，林白履在众安桥联络点约谈时，针对伏记粮油加工坊改名心记粮油加工坊，就股东为伏申妹妹伏晚一事，提出批评，现在实业多值钱啊，最好由他出面改成伏申的名字。同时，为了避开别有用心的人趁机抢夺，应该迅速出售，所得暂时存放党组织的秘密户头，今后，由他和即将回来的沈甲妃负责监管。如此，伏申就立了大功，算是递交了投名状。届时，等沈甲妃回来的那一天，好好表扬你吧。

没有想到，屠来根一直在关注这两份产业，多次主动找到伏申，表示自己愿意帮助他澄清对他家庭的相关指控，找到来头大、出价高的下家，安全地拿到一笔钱，但条件是，伏申暂时把这笔钱先借给他，用于投资钱塘江边老家的围田。他算了一下，江边围田约五十公顷，届时他将成为萧山县的最大地主，对伏申自然感激，围垦成功后，会分他一份。

有一种说法，后来林白履之所以下场不堪，与屠来根有关。

因为此事，屠来根与林白履真正决裂了。

原来拖到最后，屠来根发觉林白履从中死活阻拦，一气之下，终于把林白履与齐庆斌合谋陷害伏申的事捅了出来。而且不得不让人相信的是，屠来根提供了证据，几段录音和几封不太像是伪造的信件。屠来根告诉伏申，这两个人因为一直想对付他，又对付不了他，因此怀恨在心，撒下弥天大谎，布下天罗地网，设置死亡陷阱，一步一步把他诱骗成共产党，损其誉，毁其爱，谋其命，夺其财。

然而，从屠来根最终没有借到钱的情况看，伏申要么不太相信屠来根的话，不认为自己上当受骗，要么他有自己的想法，有自己的计划，不过是在等待最佳时机。从后来似乎比赛跑步那样，抢先一步，抢先一秒，检举了林白履，并同时使他被捕，后来又使他进了精神病院的情况看，显然是后一种情况。

然而，真相可能是另一种。

当天，由蒋介石在杭州召集了一次重要会议，参与速记的蓝栀子听到负责首都使馆区保安的宪兵副司令发牢骚。原军统老将齐庆斌为了在保密局谋取高位，根据铁血盟友林白履提供的情报，次日准备在大使外出之机，擅自闯入苏联大使馆抓捕一个名叫沈甲妃的杭州女子。在杭州的林白履同时发力，逮捕在浙江省党部的同案犯伏申。然而后来据说蓝栀子透露给了乔思文，不想乔思文告知了苏联大使馆，大使当晚就向国民政府外交部提出严正交涉，要求保证大使馆的绝对安全，约束和阻止企图肇事的不法之徒。

后来据说，乔思文当晚告知了伏申。不过伏申抢先一步，已在当天早上向南京的丰组长检举了林白履。丰组长当晚赶到，就在众安桥联络点抓捕了林白履和他的表姐。

最后，苏联大使馆正式提交了抗议，惊动了国民政府最高层。蒋介石批示，要求严办相关不法之徒。杭州方面，谭杭丽和毛教官联合丰组长三堂会审，严刑拷问。林白履一口咬定这一切虽然有齐庆斌个人泄愤的原因，但伏申想加入共产党，企图通过他寻找中共党组织是真，指控伏申这么多年一直没有死心，一直都在暗中帮助沈耀中，一直都在等待很可能已经是资深共产党员的沈甲妃，从中联络，颠覆政府的图谋十分明显。至于伏申控告自己是共产党一事，林白履从容申辩，自己之所以假借身份，分割自我，经年累月，苦心孤诣，不遗余力，想方设法让伏申中计，就是为了顺藤摸瓜，盯住一人，带出一串，最后将他们一举抓获，给党国一个清一色的浙江。

后来，经过克里森催眠审讯，很快有了初步结论。林白履有关说法，应该都是他臆想出来的，是他幻觉中才出现的世界，有如人在梦中，所见的人和事和物，不能说都是虚构的，现实中或许有影子，但影子毕竟是影子，是不真实的，甚至与现实相反。总之，林白履陷入如此迷幻的境地，多半是由实际情形中的执念导致，也可能是遗传于家族。克里森诊断，林的病情已经十分严重，建议马上住院治疗。

要命的是，屠来根不顾一身泥浆，从萧山钱塘江边的围田工地赶回杭州，证明伏申的清白，并拿出事先整理好的一大沓材料，将林白履批驳得体无完肤，十分不堪。沈乙嫔随之作证，回顾种种细节，声泪俱下，还原了事实。只有那位亲表姐，坚信林白履所作所为，是正义的，是为了杭州人民大众而不顾牺牲的。

齐庆斌得知林白履被送到南京精神卫生医院，也索性把事情都推到他的头上。承认自己因为对他过于相信，加上抓人心切，因此在他推波助澜之下，才铤而走险，引起外交纠纷。

克里森在《最忆是杭州》一书中不太确定地提到，据说当时向苏联大使通风报信的是乔思文，把一个女子转移走的也是乔思文。当然，这只是听说，后来一直没有得到证实。

八　还原真相不仅是为了他

之前一段时间，谭杭丽多次提议伏申加入浙江省调统室，中统局和省党部没有不同意，但对下一步继续重用，如擢任调统室副主任，还是有不同声音，而且比较激烈。赵强水做事瞻前顾后，显然没有罗霞天的魄力，犹犹豫豫地要求谭杭丽严格把关，自己去想办法平息反对的声音，否则调动调出矛盾来，提拔提出麻烦来，对党部不利，对伏申更不利。尤其是北平特别法庭即将开庭公审汉奸，伏申父亲如果出庭受审，关系就公开了，那还不是舆论汹涌，有人趁机煽风点火，质疑为何重用汉奸之子，其时不用说浙江省党部，就是中统局，就是中央党部，都会受到牵连，受到损害。他希望谭杭丽缓一缓，等待形势变化，等待国共矛盾激化，党国军政的重心转移，南北民众不再注意，那时候再运作此事，水到渠成，波澜不惊，皆大欢喜。

但谭杭丽不想再等了，她集聚人才，组织力量，为的就是早早应对形势变化，应对国共矛盾激化，她急需像伏申这样年轻有才干又亲近信赖的人，共同实施她的计划，与什么审理汉奸相比，与所谓舆论相比，清除共产党在浙江境内的地下人员，整顿好后方政治秩序，孰轻孰重，时至今日，其实已经很清楚了。

为此，谭杭丽极尽所能。

先是要挟赵强水和中统局。如果在伏申的事情上拖泥带水，她就建议他投奔陈治平。其实这不过是一种逼迫而已。谭杭丽非常详尽地了解到，尽管陈治平暗中反蒋，但蒋介石仍然对他予以重视，与陈立夫一起约见了他。一见面，蒋介石就紧紧握着他的手，赞扬他是国民党的老同志，希望他参加国大竞选。但陈治平称自己年老体衰，顾不了这么多事情了。蒋介石却认为他正值壮年，精神得很，再说眼下正是党国用人之际，如果答应的话，可以委任更重要的职务。陈治平知道蒋介石是在极力笼络自己，但还是直截了当地回绝了。谭杭丽觉得，陈治平如此怠慢，如此不通人情，将来没有什么好下场，跟着他的人也不会有好结果，她怎么能把伏申往他身边推呢？果然一年多以后，沈鸿烈辞去浙江省主席一职，陈治平也跟着辞去了一切职务。与国民党彻底断绝了来往的同时，却主动联系到中共，参与策反了不少部队。1945年光复以来第四年，杭州解放前夕的春天，蒋介石下达密令逮捕了陈治平，随后将其秘密处决。

让赵强水感动的是另一件事。

他私下里告诉伏申，谭杭丽从北平弄到了一份报告，详细记述了他父亲伏德魁赴长春为"满洲国"皇帝溥仪演戏的全过程以及前因后果，以期求得谅解。伏申向谭杭丽求证，她承认有这么回事，但一直没有给伏申看报告的全文，只是透露了其中的一些内容，然后提醒他，不要过度在意，儿子是儿子，父亲是父亲，本职工作不受影响，大好前程不受影响，党部上下，省政府机关在内，各部门认识他的同志，都不会因此改变对他的看法。伏申确实表现平静，他对谭杭丽连一句客套的感谢话都没有，就潇洒作答，原来对他看法好的人自然会坏一点，看法坏的人自然会更坏一点，他不会去计较，不会太在乎。谭杭丽故意吃惊地张了张嘴，感叹伏申说话像个哲人了，变得有城府了，像个老练的国民党干部了，可喜可贺。

比较起来，沈乙嫔仍然显得不够老练，甚至幼稚，她听到这些风言风语，又每天收听北平的消息，不免担心和焦虑，就数次安慰伏申，还努力想为他分忧，自告奋勇地希望他尽快找到机会，她可以陪他一起去北平，看望面临审判的伏德魁，公开表达声援和支持。

看望伏德魁？伏申默念着这三个字，神情生疏，似乎在问，伏德魁是谁？沈乙嫔急了，高声喝道，伏德魁是伏申同志的父亲。但在伏申看来，沈乙嫔如此关心显得有些过度，至少不够恰当，换成与伏德魁熟悉的沈甲妃，如果有这样的反应，尚可理解，因为她有过在芳草园居住的经历，尽管父亲伏德魁留下的印象不如瞿玉郎生动和深刻，但毕竟知道伏德魁是真正的主人，知道他从来没有对她下过逐客令。如果是沈甲妃，此时愿意陪他去北平，对伏德魁表达声援和支持，就自然多了，他也就毫不犹豫地跟着她去了。可惜，沈乙嫔不是沈甲妃。

伏申没有把话说出来，但似乎惊醒过来，点点头，仿佛恍然大悟，伏德魁是他的父亲，已经过去十年了，在他的脑子里，印象依旧清晰的是北平的一些场景，某几条街道胡同，某几处特别的地方，包括监狱看守所，更抹不去的，当然是芳草园的院落，首先是他住的屋子，沈甲妃寄居过的前院东厢房，接着就是后院的练功房，还有中院的石榴树，当然还有亲人，母亲连琴瑟的模样，至今还停留在她年轻的时刻，停留在告别时的最后一面，后来，就是通过照片认识的妹妹，甚至还有他很不愿意见到，很不愿意去想起的瞿玉郎，都历历在目，时时浮现。

唯独，父亲伏德魁是模糊不清的，多年以后，想必父亲也不想他出现在法庭，不想他看到自己可悲可怜的受审的样子。

正如谭杭丽向上峰谈起的，伏申之前在北平的时候，在童年及其少年的记忆里，父亲就有些若即若离，模糊不清，随着距离的遥远，随着时间的推移，伏申对父亲的生分已经到了一个极限，更多的情况下，这个父亲似乎并不存在了。要不是这场即将轰动全国的审判，他几乎已经遗忘了自己有一个不仅是名义上，而且是真实存在的父亲。

后来，伏申在谭杭丽获取的报告中，以自己的眼光，以自己的人生阅历，以一个陌生人的判断，切切实实加深了对这个父亲的认识。

报告是从中统局通过机密渠道以绝密邮件转来的，但提供报告的却是改组中的军统北平站一位督察和长春站一位专员，这两个人都是谭杭丽在1937年上半年南京洪公祠特训班的同期学员。他们对谭杭丽的青春美丽和矜持沉静记忆犹新，对她的所托所请喜出望外，自然有求必应，格外卖力。为此，还专门使用了公用经费，动员了精干力量，迅速快捷地提供了一份没有杜撰成分、没有主观分析的完成度极高的报告。

第一部分是关于伏德魁长春之行的起因，显然是由北平站那位观察入微、行笔细腻的督察撰写。

时间是1942年5月7日，地点是在广德楼戏院，伏德魁正在演出成名作《借东风》。据观众的目击证言，戏已经开场了，之前空着的雅间突然出现了几个贵宾，其中一个穿长袍马褂的男子摘下墨镜，扫视台上，使得通常守在台边的伏德魁夫人连琴瑟注意到这个人，她的表情像是见到熟人但一时想不起来的样子，她同时发现准备登台的伏德魁神情不安，上前询问他，是否身体不舒服？伏德魁稍加镇定，嘱咐连琴瑟赶紧过去瞧瞧清楚，雅座里那个穿马褂的人到底是谁。连琴瑟借着送点心上去，掀起帘角，细看了几眼，回来告诉丈夫，此人正是溥仪当宣统皇帝时的管家二口吕，难怪是好像见过的熟人。伏德魁面部一抽，又吩咐连琴瑟，他想知道二口吕旁边的那位是谁。不等连琴瑟反应，伏德魁上台唱完一段，匆匆下了场，自己上去查探了。不想二口吕旁边那位居然是好久不见的二阶堂，此时一身长袍马褂，完全是中国人的装束，所以连琴瑟一时没有认出他来。二口吕介绍，二阶堂因为受伏老板影响，对京戏非常入迷，对中国十分友好，现在已经不当医生，在"满洲国"专门研究中国传统文化，同时还兼任康德皇帝溥仪的文化顾问。

演出结束之后，连琴瑟叫过瞿玉郎一起见了二阶堂，二阶堂恭敬地行礼，表示今夜与他们在戏楼重逢，深感荣幸。瞿玉郎爱理不理，微微点头，便转身离开了。二阶堂略显尴尬，跟了过来，郑重转达了溥仪向他们的问候，然后认真地表明了来意。他这次专程到北平，是受溥仪委托，请他们二位到长春，在祝贺他的生日的晚宴上演几出大戏。

关于这一段，那位北平督察对瞿玉郎的描述显然引用了当时报纸上的新闻：

> 瞿氏正式表明立场，曰：要看戏不是不可，请溥仪到北平来，这么多戏班子，他想看多少出就看多少出，想看多少天就看多少天。于此正气凛然，连发三问：北平不是他大清国的京城吗？他在自己家里过生日不好吗？难道他不敢来吗？

二阶堂明明知道瞿玉郎是有意抗争，仍然希望他理解并答应，词穷之际，解释他们的皇上庆祝生日演出，是私下里邀请，跟政治没有关系，再说，"满洲国"的百姓也十分欢迎他们去。

关于伏德魁的表现，当时报纸有过报道：

> 其始，伏氏态度是坚决的，一味对二阶堂感叹，难啊难啊，皇上离开北平，跑到东北，搞起满洲国，和大清国列祖列宗割断了，与天下百姓割断了。叹毕，又婉然而曰，既然皇上要过生日，自己这里备下一份礼物，请捎带回去，四合班戏约太多，暂时去不了。然而，接着发生了戏剧性的情景。二阶堂突然跪下，抽出一把日本短刃，对准自己的腹部，高声而呼，自己有辱使命，无法回长春向他们曾经的皇上交代，不如以死谢罪。伏德魁情急，走过去，突然腿一抬，轻轻一脚，将二阶堂

手中的短刀挑起，抓在自己手中。

当天，有许多人看到了这一幕，随即奔走相告，一时间舆论盛赞伏德魁。

然而，北平各报很快刊登了四合班即将赴长春演出的消息。

为此，二口吕曾希望瞿玉郎以身体不适为由作一下解释，既不得罪二阶堂，也不使得皇上难堪，然而瞿玉郎不肯妥协，解释啥呀？他不去满洲，不跟他们掺和，堂堂正正地回绝，登报声明，用不着装病。

同一天，《华北日报》上刊登了瞿玉郎的声明：

本人因身体不适，暂时不接任何戏约，因此绝无赴满洲演出一事，敬请各界人士明鉴。瞿玉郎。

伏德魁显然迫于二阶堂的苦肉计，同意亲自去长春，但中间关于在长春停留时间的长短又费了一番口舌。他坚持说定一月为期，时间一到，就回北平。二阶堂担心长春戏迷会强烈留住他，那一个月就不够了，而二口吕不想伏德魁态度生变，答应了一月之期。

当时的情形是，伏德魁看了事先拟好的合约，突然站起来，打开戏箱，取出七品顶戴，声明他要带到长春，把它还给溥仪，随即提出三条：一是戏金一分不能少，但绝不收赏赐；二是唱戏一个月为期，一天不能少，但一天不能多待；三是替梨园先人给溥仪磕一个头，但他不能磕头。总之，不收赏赐，不多待，不磕头。

伏德魁离开北平前，有点像诀别。曾有人看到，在西郊梨园墓园的早晨，连琴瑟扶着伏德魁下了马车，一起走进荒芜的墓园。

连琴瑟把祭品放在墓前，然后点起香火递给丈夫。夫妇一起跪拜祖宗墓地，口中喃喃，良久不起。烧香祭拜完之后，听到不远处传来凿石头的声音，夫妇循声过去，看到一个石匠正在雕刻墓碑，等石匠停下来，伏德魁上前询问，师傅能不能为我刻一块墓碑？石匠也不抬眼看人，指着一堆石板，叫他自己挑一块。

伏德魁看了一遍，指指其中一块。石匠停下来，随手递上一张黄表纸和一支画线笔，叫他写上姓名、生卒年月、何方人氏、有甚称呼、头衔等等。

伏德魁拿过纸笔，坐在青石板上工工整整地写了起来，写好后递给石匠。石匠这时才认真地看了看他们夫妇，多少有些不安，问了一句，是给自己的？

伏德魁点点头，指着远处的墓地，那儿的空地，都已经买下了。石匠摇摇头，劝他，自个儿要用，还早着呢。

伏德魁淡然而笑，反问一句，人生无常，说不定哪天就用着了是不是？然后仿佛早有准备，从身上取出一封银元交给石匠。石匠接过银元，叫他一个月后过来验看。

半路上，连琴瑟终于开口，安慰伏德魁，一定能活着回家，回到北平。

伏德魁临走，给连琴瑟留下一封信：

> 溥仪请的是我，并非请玉郎，溥仪如果觉得被欺，玉郎恐遭不测。我年纪已大，事已至此，也只能只认戏，不认朝代了。这千古骂名，由我来承担。再者，想借此机会，痛责溥仪，把四合班与大清的旧账作个彻底的了结。戏班就由你和玉郎多操心了。

出自长春那位专员的报告，文风比较口语化，为了有说服力，还附上二口吕的口头交代：

到了长春伪满皇宫，二口吕停下来，催促伏老板，快呀，别让皇上等急了，一会儿按旧例还叫他皇上，知道吗？伏德魁手中捧着七品顶戴加快了脚步，跟着进了接见厅。

溥仪端坐中间，旁边站着二阶堂等人，再往里间，坐着几个妃子。伏德魁进门，直眼看着溥仪，溥仪笑了，问他怎么不认得我了，我可是一眼就认出你来了，听说你不太好请，不过，来了就好，而且你还叫我皇上，现在我是康德皇帝。

伏德魁没有多话，递上七品顶戴，告诉溥仪，物归原主。溥仪大笑起来，笑伏德魁还把它当宝贝呢，大老远带来，还要还回来，为什么？

伏德魁一脸认真地回答，还了这七品顶戴，自己也是新人了，大家说话来往也方便多了。溥仪怔了半天，叫二口吕收下了顶戴。

灯火通明的大厅摆满了酒桌。溥仪与几个日本贵客，还有二阶堂同坐一桌。前面一段是伴着樱花曲，日本艺伎表演的节目。急不可待的二阶堂站起来，一边鼓掌，一边走到伏德魁桌前，大声邀请，请伏老板来一段！看到伏德魁没有动静，二口吕跟着催促，伏老板来一段。伏德魁起身，低声告诉二口吕，来一段《击鼓骂曹》怎么样？我大老远地见皇上图啥呀？图的就是今晚这样一个场合，当着你们和日本人的面，来一顿酣畅淋漓的痛哭。二口吕急了，伏老板想做一个慷慨受死的义士啊？我可警告你，你就不怕惹怒了日本人，把你关进监狱去？

那位长春专员记述比较详尽，似乎对戏文比较在意，提到伏德魁把架子一摆，一把拉住二口吕，低声道，委屈你了，那就骂你吧。然后记录了唱段：

> 毛延寿，我把你这卖国的奸贼！
> 未开言不由我这牙根咬恨，
> 骂一声毛延寿你卖国的奸贼。
> 你祖先食君禄你应该把忠尽，
> 为什么你投番邦你丧尽了良心。
> 今日里在北番我纵然丧了命，
> 为国家一死方显我是忠臣。
> 死是汉家的鬼，活是汉家的臣。

落一个青史名标万古就美名存。

二口吕松了口气，指着自己的鼻子，对着二阶堂自嘲，是骂他二口吕的。

伏德魁继续唱下去：

想这等害天理岂无有报应，
常言道暗昧亏心圣目如电……

溥仪看到二口吕窘迫的样子，反而得意，差点笑了出来。
伏德魁看着溥仪，做出一个指责上天的架势：

那时间千刀万剐一旦就化灰尘。
骂奸贼骂得我这牙根咬恨……
今日里纵一死万古留名。

二阶堂自然是懂戏的，率先鼓起掌来，溥仪跟着鼓掌，在场的日本贵宾也一齐鼓掌。

二口吕满脸自嘲，伸出拇指称赞伏德魁，连声说好，伏老板骂得好啊。

二阶堂站起来，热情地与伏德魁握着手，也称赞伏德魁骂得好，作为一个日本人一点都不生气，因为骂的是中国人，借古讽今，指桑骂槐，他能理解，不骂一下，回去也不好向北平的戏迷交代。二阶堂大度完毕，随即又一本正经地警告伏德魁，绝不能骂他们日本人，他们大和民族没有毛延寿，所以不许骂，不然，在座的日本贵宾就会发火，到时候他也帮不了。

除了满洲"皇宫"这场戏，二口吕还交代了伏德魁在长春戏院公开演出的情景，一样的都是溢美之词，把伏德魁说成一个具有气节的梨园义士。

面对普通观众，伏德魁演得十分认真，十分起劲。不过，每天二阶堂都陪同溥仪和几个日本贵宾前来观看，每场都有满洲官员送上花篮，每场谢幕时溥仪都要上台合影。如此快到一个月时，伏德魁摆了一桌酒宴，谢过当地和他配戏的同行，然后向溥仪和二阶堂辞行。二阶堂让二口吕出面挽留，甚至有意派人到北平，把伏德魁的家眷和四合班老老少少都接到长春来，让他从此在长春安下心来，为"满洲国"的艺术繁荣作出表率，为日满文化交流作出贡献。

但伏德魁决意离开，一月期满那天，二口吕在火车站拦住了他，劝他进宫，要走，也要向皇上正式告辞一声，怎么不声不响就走了？戏金还没拿到，戏院的分账也还没结，怎么就白白唱了那么多天的戏？那一刻，伏德魁听了二口吕的话，犹豫了一会儿，问他，真的能拿到戏金？二口吕抓住他的手，要他随自己去，保证要到应有的，一分不少。临行，伏德魁突然站住，向二口吕提出自己的想法，能不能帮他请报馆记者到场见证，或者拜托他帮自己登报声明，他伏德魁今天离开长春，启程回到北平。

然而在二阶堂的供词中，出现了不同的说法，不同的情形：

二阶堂讲到，伏德魁离开长春，是由他送行的，但去的地方不是火车站，而是郊外的机场。一路上，他和伏德魁坐在奔驰的汽车上，后面跟着许多辆护送的摩托车。伏德魁看看外面，发现不是去火车站的路，不禁怀疑，二阶堂连忙解释，看看长春的景色也不错呀。说话间，汽车已经开进了机场。

伏德魁不肯下车，质疑二阶堂，难道要坐飞机回北平？二阶堂只得实话相告，他要请他登上日本贵宾专机到日本演出，因为在那里，无论是东京还是别的城市，他会大受欢迎，他会遇到知音，他会乐不知返。对于二阶堂这番动人的描绘，伏德魁没有任何犹豫就加以回绝，话虽不多，但语气坚决。

伏德魁当时说的话是，不行，自己不会去日本的，自己绝不离开中国的土地。

二阶堂也不容商量，劝他赶快登机，飞机马上就要起飞了，而且飞机上都是日本军部的高级军官和东京来的贵客，他们都看过伏老板的戏，对他会很友善的，但也不能让他们久等了。伏德魁不由分说，就要夺路而去，二阶堂拦住他，催促他赶快登上飞机。伏德魁不顾几个日本兵用枪刺阻挡，坚决要求离开。此时二阶堂走到伏德魁面前，抽出军刀，挥舞了几下，突然跪下，用刀尖抵住自己的肚子，仰头高声疾呼，伏老板太让人失望了。

　　伏德魁显然认为二阶堂是故伎重演，因此不为所动，并严正相告，二阶先生，请不要威胁我，伏某绝不会去日本的。

　　二阶堂似乎来真的了，神情悲伤而绝望，一副以死谢罪的样子。

　　这时，飞机上的日本高官和贵客们纷纷走出机舱观看，虽然没有人说话，但造成的凛厉和森严，压迫着伏德魁。面对困境和孤独，他的神情同样是悲伤而绝望的，他仿佛进行最后的挣扎，声音严厉但近乎哀求，请二阶先生不要强迫自己，在北平的时候，他也用这种手段，但那时候自己还相信他是言而有信的君子，现在，自己不再信任他了，总之，自己死也不会去日本的。

　　二阶堂气急，突然跃起，用军刀指着伏德魁的脖子，声音大得变了腔调，不过请他伏老板去唱京戏，又不是去死！

　　最后，在日本高官和贵客们用日语的大呼小叫声中，伏德魁被送回了长春。但二阶堂并没有死心，仍然希望伏德魁想明白之后，自己亲自送他去日本，因为自己已经答应了东京的朋友们，让他们欣赏中国的京剧，欣赏最好的艺术家表演最优美的节目。

　　当晚伏德魁独居一室，若有所思，一言不发。快天亮时，二阶堂送来热水瓶，心有不甘地再次进行劝说。后来可能是二阶堂的一句话提醒了伏德魁，让他下定了近乎毁灭自己的决心。二阶堂看到他干裂的嘴唇，端着一大杯开水，慢慢地走到他面前，叫他喝一口润润嗓子，唱戏的人最要紧的是嗓子，尤其是伏老板的嗓子是最珍贵的，最迷人的。

二阶堂刚说完，看到伏德魁盯着陶瓷水杯冒着的腾腾热气，神情发愣，突然感到不妙，刚要收回杯子，但已经被伏德魁夺过去，一下子把一大杯开水倒进喉咙里。二阶堂连忙抢夺杯子，而伏魁德想说什么时，已经发不出一点声音，随后眼珠子一突，晕倒在地。

二口吕带着连琴瑟和李元人看望时，医生已经给他打了一针让他昏睡过去了。连琴瑟想催促他醒来，希望他能叫唤一下能减轻痛苦，更担心万一真的就这样死过去了怎么办。二口吕劝连琴瑟，如果伏老板醒着，那疼痛神仙都受不了，他的嗓子、肚子都烫成什么样了，还能叫唤呀？二阶堂一脸的自责，说看到一代名伶极其难受的样子，心里特别难过，还抹着眼泪对连琴瑟安慰了许久，就离开了。一直到伏德魁醒过来，满脸愧疚的二口吕表示，自己对于如何减轻他的痛苦，一直想着办法，现在想到有一味药方，可以使他不那么疼。伏德魁泪眼闪了一闪，有些期待地看着二口吕，二口吕附在他耳边，告诉他，其实很简单，要不疼，就得吸鸦片，这味药就是贵了点，得花钱，没完没了地花钱，而且日本人对鸦片管得严，黑市价很高，所以他也是有困难，有风险的，但他一定替他想出办法。

伏德魁听了，转过脸去，似乎不愿接受他的建议。但连琴瑟替他作了决定，催促二口吕尽快拿到鸦片。

二口吕回到了皇宫，偷偷进入了一个妃子的卧室，伺机盗取。等这个妃子吸食完鸦片睡熟之际，二口吕抓起桌上的鸦片塞进胸口，匆匆离开皇宫，回到医院，帮助伏德魁吸食。看着他闭眼睡下后，二口吕不禁得意，希望连琴瑟替伏老板好好谢谢他吕某人。李元人突然怒从中来，大骂二口吕，金山银山几天就吸完了，日子久了伏老板再扛不住，该怎么办？这是在毁灭他呀。

等伏德魁身体状况好转，二口吕通知他们，皇上恩准了，御笔亲批的通行证拿到了。二阶堂也告诉连琴瑟，只要伏老板在北平艺人中日友善保证书上签字，就可以走了。伏德魁没有说话，点上鸦片，吸了几口，舒服了很多，拉住连琴瑟的手，突然发出声音，只要咱们能回北平，怎么都行。

那份北平艺人中日友善保证书很快刊登在满洲和平津的各大报纸上。伏德魁一回北平，每天都有各界人士上门抗议。

那位督察在报告里写到当时的情景：虽然大门紧闭，但外面的声音仍然大得能传到百草园的每间屋子。

伏德魁给北平梨园界丢人啊。他听得出，喊叫这句话的分明是一个响当当的同行。

伏德魁在台上唱得风风光光，一派正人君子，想不到竟然是没有大是大非，没有民族大义的伪君子。他知道，这是一个老友跟他翻脸了。

也有自称戏迷的代表，整天在门墙外哭骂，伏老板啊，咋就糊涂了呢，都一个多月了，没见着你在北平唱戏，原来是去"满洲国"，为溥仪，为日本人献丑去了。

同时还有激烈的青年代表，扬言要封锁戏场，坚决不能让他在北平观众面前招摇撞骗。到了年底，瞿玉郎有意与伏德魁一起重新在广德楼戏院登台，然而报纸总是旧事重提，总是听到报童们铺天盖地的吆喝声：伏德魁到满洲巡回演出，"满洲国"皇帝溥仪设宴欢迎！

瞿玉郎只得告诉伏德魁，票一张都没有卖出去，今晚的戏不唱了。

伏申读完报告，谭杭丽问他有什么体会，他想了想，突然笑了，谭杭丽问她笑什么，他指着报告问她，他们有没有给她写过情书？谭杭丽一愣，也忍不住咯咯咯笑得停不下来。过了一会儿，她专心地望着伏申，嗲声而语，真服了他了，冰雪聪明，她也是看到报告才发现的，当年有好多封男同学写给她的信，因为署了名，晓得是啥人写的，唯独有两封是匿名的，猜不到是谁，这会儿总算晓得了。最后严肃地说，她这样做，都是为他好，希望他要好好回报，帮助她的工作。

471

1945年光复以来第三年或是第四年的春天，可能离开杭州的谭杭丽做了两件事，带伏申去了中正路六号，让他看了保险柜里的一个酱油色封皮档案，里面是极其重要的人员名单，谭杭丽自己也在其中，并且标注有她的代号，以及她今后的职业和工作地点。

另外一件事，她兑现之前的话，说以后要把雕花床运到沈庐，放在他的卧室里，反正他今后就在杭州住着了，就住得再像样点，睡得再安稳点，总有一天，他会喜欢这张床，以后万一再遇到什么事，也不用再挤洗漱间了。

关于这张雕花床，克里森在治疗她的失眠时，多次听到她在梦中念叨。克里森在《最忆是杭州》中作为一个病例记载：很显然，从谭的身体的姿势和迷离的神情看出，她当时做春梦，梦境显然是这张雕花床，在她这个年纪，做春梦是最正常不过了。但在她的梦呓中听出，她仿佛十分害怕春梦中的伴侣知道床上的秘密，哪怕是在高潮之际，都在竭力压制自己对伴侣说出奇花异卉，说出肉眼难见的暗格。然而，最后一刹那，她还是说了出来。谭梦醒后，试图知道自己说了什么梦话。他告诉谭，她梦里还在说工作，这正是她失眠的原因。

谭说到了伏申的名字。因此，后来他告诉了伏，但没有提谭的春梦，而是顺便提到了谭努力隐藏的秘密，如奇花异卉和肉眼难见的暗格。其实，谭杭丽睡眠中有梦呓，而且还有肢体动作，她像蛇一样地扭动着身体，手中仿佛挥舞着利器，要刺向什么人，同时愤怒而又痛苦地斥责着，你这个蛇精，你这个白蛇精。克里森诊断，谭显然是在梦中见到了自己的情敌，并把这个情敌看作西湖断桥传说中的蛇精白娘子了。

九　山核桃好吃也有诀窍

1945年光复以来第二年制宪大会开完不久，即传出最迟将在两年后的春天，召开行宪大会的消息，以推动实施《中华民国宪法》，选举国民政府总统、副总统等重大事宜。果然到了12月，各地开始举行国大代表选举，一时间，省党部门庭若市，希望得到提名的各县国民党籍参选代表，纷纷寻找关系，争取支持。收受过好处的党部机关干部自然人情难却，明里暗里为他们助选。与参选人无亲无故的伏申得以清静，每天骑着自行车到湖滨逛上一圈，然后到湖畔阁茶楼喝一会儿茶。

伏申指着陆军监狱的灰色房顶，告诉俏罗敷，沈耀中一定会改判，不仅不会判处死刑，而且可能无罪释放。

行宪大会即将召开，国大代表选举如火如荼。虽然国共谈判破裂，共产党被排除在行宪大会之外，但既然要进行民主选举，社会各界要求释放政治犯的呼声越来越强烈，被再次关押的沈耀中自然引起关注，尤其是杭州商界三番五次呼吁公开审理，尽快使其获得自由。

浙江省地方国大代表选举发生的一起纠纷，给沈耀中一案带来重大转机。

天目新世界事业建设协会代理会长严祥和，在原天目山忠义救国军游击总队铁头杭的策动支持下，顺利获得提名，并由浙江省选举事务所上报南京总选所,由国民党中央党部圈定为候选人。但是全县共有六个人参选,竞争趋向激烈,志在必得的严祥和为了获胜,在天目各地大摆筵席,公开许诺投一票供应一碗玉丝面,半斤山核桃,外加一张理发票。铁头杭带领一班原忠义救国军的弟兄,坐着军用卡车亲临天目,帮助维持选举秩序。严祥和还向公家捐献稻谷三百担,山核桃一百斤,争取到了县党部书记长、三青团县干事长也为其辅选。选举结果,全天目选票七万三千张,严祥和得四万零九百余票。

名列第二的是一位老同盟会员,叫赵公望,曾担任浙江和江西两省的副参议长,也是作为国民党代表参选,也是志在必得,得知自己竟然落选的消息,到处发表声明,张贴公告,指控严祥和贿选,在宣布自己胜选的同时,扬言要到省党部甚至南京中央党部控告。铁头杭一班人要强行将抗议人群驱离,反而遭到其铁杆选民的围攻,遭到扣押,最后寡不敌众,逃回杭州。

赵公望坐着四人抬的轿子到杭州,向浙江省选务所申诉,要求取消天目选举结果,法办严祥和,承认自己为当选代表。选务所只是敷衍,要他去省党部告状。赵公望凭着自己老资格,向来在省党部直进直出,一进门就大声对党部高层人员指名道姓,叫他们出来招待他。当天早就知道他要来党部的执委和监委,都已借故离开,留下来的人不认识他,自然也就没有理睬他。

看看没有人出面应付,恰好无事的伏申接待了他,并因此得到了一包天目山核桃的赠礼。

赵公望见伏申俊朗青年,一表人才,又听他一口京腔京调的北平话,不禁脸色缓和下来,夸赞伏申有他青年时代的风采气度,一边问长问短,问北平掌故,一边坚牙利齿地咔咔几声,咬碎一个山核桃,教伏申吃法。伏申如法咬碎了几颗,吃得停不下来。赵公望提起当年自己教孙中山吃山核桃的旧事,更让伏申肃然起敬,满口答应把控告信转呈给党部首长。赵公望一高兴,派随从取来一大麻袋山核桃,叫伏申给党部关系不错的同事分一分。

伏申第一次看见或者吃到杭州天目特产山核桃，是在 1937 年 12 月，等待过钱塘江大桥的那个下午。

飕飕的寒风之中，一个行商在桥头摆下一个摊子，以高价向逃离杭州的难民售卖如弹珠一样的山核桃。这位名叫严祥和的行商将一篾筐灰白色的山核桃倒进一口铁锅，然后用双手不断翻炒，不一会儿，山核桃变成黑色，发出焦焦的香气，实在诱人。一个纸包半斤不到，却要价五元，由于太贵，只有极少数人会买，而伏申是极少数人中的一个。严祥和听出他是北方人，就教他怎么吃，伏申模仿着咬了一个，结果满嘴的硬壳和果肉混在一起，不知道怎么下咽，咬完了一整包，才学会应该怎么吃。伏申把最后一锅炒熟的山核桃都买了下来，送给一群嘴馋的学生。口水直流的学生们把整颗山核桃往嘴里一塞，舌头拌了拌，吞下去的是果仁，吐出来的是壳皮，吃得清清楚楚的。其他商贩见严祥和得利丰厚，指责他乘人之危，哄抬价格，诱使伏申他们当冤大头。严祥和不以为然，反唇相讥，还向伏申夸口，自己每年将天目当地所产的山核桃全数收购，只此一家，别无分店，人称天目头牌，绝对物有所值。

天目头牌？一听与戏班名角儿称呼一样，伏申不禁印象深刻。严祥和告诉伏申，当年一位享誉全国的京戏武生到杭州演出，尝了他炒制的天目山核桃，称赞是天下干果中的至尊美味，亲题"天目头牌"竹匾赠送，于是天目头牌称号入乡随俗，传遍天目甚至传到杭州。严祥和还热情地向伏申介绍，山核桃长在几十米高的大树上，高耸入云，冒险采撷，只因为其香其美，食之有味，只因为还有一个名字叫长寿果，食之大补。伏申当时听了半信半疑，及至几年之后，伏申从龙泉去杭州刺杀谭书奎，来回路过天目山，亲眼看到了遮云蔽日的山核桃树，奋力攀登至树梢，低头下望如百丈深渊，回想起来，严祥和所言不虚。

伏申没有想到，自己与这位天目头牌的山核桃行商严祥和会一再交集。

赵公望到省党部受到伏申接待，一见如故，相谈甚欢，于是大谈竞争对手严祥和的种种劣迹，其中说到1927年陷害杭州延龄路百货店老板沈耀中一事，顿时让伏申绷紧神经，细细追问。

1927年7月，沈耀中从萧山洽谈消暑冷饮供应事宜后回到杭州，在江干码头遭到军警扣押，起先以为误会，以为解释几句便能放行，但对方以生辰年月等详细记录和照片再三比对，确认沈耀中正是他们通缉追捕的要犯。沈耀中据理力争，当场抗拒不成，被立即戴上手铐，押上囚车。同行的店员惊愕之余，试图拦截，也遭到逮捕，被一同押往临时拘留所，几天之后才得释放。杭州商界知道并非黑社会绑架索要赎金之举，而是政府行为，把沈耀中当成共产党关押，深感震惊，得知被关在陆军监狱，纷纷前去探望，遭到拒绝后，百货行率先联名铺保，随后联络杭州所有商家在《杭州民国日报》刊登声明，要求释放沈耀中。

在各报发表声明、为其喊冤的同时，由小热昏名家即矮金瓜的父母将此事编成故事，在羊坝头、武林门、梅花碑等人多的地方，说唱数天，唱沈耀中今日关在小车桥陆军监狱，堪比岳飞身陷南宋大理寺狱。从八百年前，即1142年冬天，抗金英雄岳飞被毒杀于狱中说起。南宋亡后，元明清七百余年中，小车桥都是监狱，前清按狱署旧址，几丈高的落地砖双层围墙，东北西北有岗楼，五重大门，一排木桩，用于捆绑人犯，民国期间，架设电网，加固铁门，特设刑场，不少仁人志士牺牲在这里。如若为商仁义、乐善好施的沈耀中不幸遇难，乃是生意人第一，如此某一天，无辜的农工市民，三百六十行，行行都会有人被无端投入狱中。

小锣锵锵，夫说妻和，听者无不唏嘘落泪，一时街谈巷议，皆予同情。

迫于舆论，沈耀中的死刑判决暂缓执行。由此，他对自己的案情也有了申诉的机会。原来4月中旬，杭州与上海同时开始清党，外界看来，沈耀中头尾都是一个商人，与政治无关，不料竟被生意伙伴举报，说他四五月间以中共浙江省委特派员身份，到余姚等地组织农民协会，六七月间，又被派往萧山，秘密建立党组织。对此，清党委员会不得不重视，立即派人追查，于是就有了沈耀中在江干码头被逮捕的一幕。

为了让人相信，赵公望向伏申透露，他是1927年杭州清党委员会的领导成员，参与过问了沈耀中一案，对内情十分了解。他清楚记得，沈耀中在审讯中辩称，概因天目籍生意伙伴欠钱不还，出此阴毒之计，置他于死地，如此可赖去历年欠债六千元，可吞没本年度预付收购山核桃款项四千元。为共计一万元而陷害于他，令人不齿，毕竟数目不小，也让他难以释怀。原先杭州清党委员会的调查对沈耀中十分有利，几可澄清事实，准许铺保，但该天目籍生意伙伴花钱从余姚、萧山请到几位证人，证明沈耀中有过秘密开会和公开演讲等行为，而且农民协会的一位骨干成员改变口供，证实沈耀中亲自拟写标语口号，意图组织农民暴动，更想不到的是，萧山百货店经理在审讯中供认自己是当地党组织联络人，并指证沈耀中是他的上级，所谓洽谈冷饮销售只是一个借口，一个掩护。

赵公望还提示伏申，可以查找当年文件予以佐证，审讯记录在清党委员会档案中应该还有保存，一查便可以知道事情详细经过，可以认清严祥和的恶劣品质，揭穿其丑陋面目，如果共产党有可能参加行宪国大，他们追究起来，会给浙江省党部带来很大麻烦，给国民党政治形象带来重大损害。赵公望还气愤地揭露，当年严祥和不仅图取了钱财，还在政治上得到极大好处。1927年秋，中国国民党浙江省党部指派自己筹建国民党天目党部。筹备委员会委员九人，严祥和居然与自己及天目中学校长三人同列为常委，委员会下属组织、宣传、总务三股，此人妄想全部都成为他推荐的人，结果没有得逞。次年12月，天目党务指导委员会成立，委员十二人，常委五人，组织、宣传训练部、训练干事各一人，秘书二人，干事十三人，助理干事一人，录事一人，自己推荐的人选占据多数。1939年8月以后，国民党天目党务指导委员会改为国民党天目党部，严祥和因为有铁头杭的忠义救国军作为靠山，抢了党部书记长位子，执委主任委员、监委主任委员，及党部所有委员、常委，总务及组训干事、宣传委员、助理干事、录事全都变成严祥和的人马，无非同宗同族，利益往来。天目政商勾结，贿选成风，乌烟瘴气，根源就在严祥和。

伏申找到沈乙嫔，希望她作为冤主家属据此理清原委，讨回公道。沈乙嫔却感到畏难，因为省党部档案至今基本上都还留在龙泉，不知道什么时候才能运回杭州，要找，除非到龙泉，过去这么久了还不一定能找到，再说，找到了又有什么用？那个同盟会员不过是为了当选国大代表，也是别有用心，利用此事搞倒竞争对手，何必上当呢？伏申不甘心，一边准备请假去龙泉，一边急于求成，就在党部各个角落翻找，不想功夫不负有心人，竟然在食堂柴房的一堆杂物中发现了当年遗留下来的一捆档案，拆开一看，除了食堂米面肉菜账目，竟然真的还有几页清党委员会记录。党部历年档案既然都留在龙泉还没有运回杭州，这些零散不全的文件，可能是党部南迁时由于匆忙，造成遗漏，恰恰这几页就这样被人与伙食账目混淆丢在这里，准备当作柴火烧毁。奇怪的是日本人和汪伪占据党部时也把它当成废弃的杂物，没有进行过清理，也没有当柴火烧了。更意外的是，伏申从残缺不全的几页档案中居然找到了沈耀中亲笔写成的一份自我声明。

沈耀中在这份自我声明中，首先坚决不承认自己是共产党，但同时也明确表示，自己作为略有财产的商人，赞赏均富主张，反对剥削压迫，所发表的言论和与人交往，代表个人政治主张，纯属个人行为，思想上完全源于中山先生的大同主张，与任何共产党组织和宣传无关，自己既无上级更无什么下级，不想阴险小人，无良商人，如此不择手段，谋财害命，天理不容，然自己坚信岳武穆之天日昭昭，于少保之人间清白。

于少保指的是生在杭州的于谦，因为官至少保，所以世称于少保。明英宗时，因入京觐见不向权臣王振送礼，遭诬陷下狱，因两省百姓、官吏乃至藩王力请而复任。土木堡之变后，英宗兵败被俘，于谦力排南迁之议，坚请固守，升任兵部尚书。明代宗即位后，于谦整饬兵备，部署要害，亲自督战，师列阵北京九门外，抵御瓦剌大军。瓦剌大军先挟英宗逼和，然而于谦以"社稷为重，君为轻"这句话，坚决拒绝。也先无隙可乘，瓦剌大军被迫释放英宗。英宗复辟，大将石亨等诬陷于谦，致使其含冤遇害。史上称赞其"忠心义烈，与日月争光"。因他归葬西湖，与岳飞、张煌言并称西湖三杰。

所谓"清白"二字，源于他的诗作《石灰吟》：

千锤万凿出深山，烈火焚烧若等闲。
粉骨碎身浑不怕，要留清白在人间。

当晚伏申到群英饭店找到赵公望，希望他能更详细地回忆当时的情景。赵公望说起二十年前的事情，显得历历在目，记忆深刻，清楚地回忆沈耀中当时原想托前来探望的商界代表把自我声明带出陆军监狱，争取在《杭州民国日报》上登载。《杭州民国日报》原由中央党部、浙江省党部和报纸同仁公私合营，属国民党办的党报，之前省党部宣传部长、共产党员身份的宣中华任主委，同样是共产党员的杨贤江为主任编辑，而沈耀中以广告形式对该报多有赞助。所谓清党之后，报刊领导权易人，也就不用顾及沈耀中的旧日情谊，对他暗中托人转交的自我声明不仅置之不理，而且交到清党委员会手中。陆军监狱得到指令，对沈耀中看管更加严格，审讯更加严厉，数次戴上枷锁脚镣，陪同死囚游街，押赴刑场陪斩。

赵公望义愤填膺地告诉伏申，自己因为不同意"宁可错杀三千，不可放过一个"这样残酷无情的主张，主动退出了清党委员会，而且公开为沈耀中鸣冤叫屈，多次将沈耀中的处境及其冤情通报杭州四明商会与杭州百货行商会，鼓动他们联合在《杭州民国日报》上刊登启事。此后，包括南北货店主在内的五十多个同业商号署名铺保，认为沈耀中乃合法商人，本无关政治，然为人构陷，造成名誉和经营严重损失，恳求军事法庭明察实情，秉持公义，依法判案，使其获得自由，以应人心，以顾人情。赵公望认为，在当时的白色恐怖形势之下，沈耀中没有被枪毙，一则原来的证人非死即逃，如那位农民协会的骨干在狱中暴病而亡，不死不逃的也改变了口供，如那个萧山百货店经理生怕自己名誉损坏以后不好做生意，法庭审讯时，坚称自己不过是沈耀中的分销商，是生意上的下家，根本不是什么上下级关系；二则就是自己出于正义感，不惜名誉，不宥政见，不计风险，挺身而出所致。

其实赵公望是老谋深算之人，他看到伏申对沈耀中如此关心，多方打听，联想起当年听说过沈耀中有三个女儿，面容姣好，必有一个与伏申相匹配相适合，或许有儿女私情，恋爱相好。对于这个问题，伏申迟疑片刻，如实回答，一个女儿在北平与自己相遇，他心中承诺过，想通过中央候补执委乔思文的关系，努力帮她父亲脱离困境，一个女儿与自己是党部同事，关系良好，理应帮助，不想无能为力，只能探视关心而已。

赵公望认为冤有头，债有主，既然知道严祥和是迫害沈耀中的始作俑者，就要把账算算清楚，不然就是于谦岳飞的下场，放任严祥和这样的恶人之前谋财害命，现在春风得意，岂能甘心？伏申既有承诺，自应为其弱女两肋插刀，伸张正义，冤仇得报。一番话说得伏申坐立不安，特地去了一趟天目，找到严祥和，确认就是当年在钱塘江卖山核桃的行商，于是代表沈乙嫔，要求他归还当年欠沈耀中的一万元钱。严祥和怎么也不记得他是当年钱塘江桥头自己教吃山核桃的人，见他是省党部的人，生怕对自己当选造成麻烦，就跟着伏申到了杭州，当天在中国银行与沈乙嫔兑付清楚。赵公望不想伏申就此妥协，提醒伏申，二十年前的一万元算上利息何止十万元？再说严祥和真当上国大代表势必会反攻倒算，今天打蛇不死日后必被蛇伤。严祥和平白拿出了这么多钱，郁闷不已，于是向铁头杭诉苦，铁头杭跟着生气，但因为自己正被通缉，不敢出头，就鼓动林白履向党部告状。屠来根与赵强水商量一起出面约谈伏申，警告他不要被人利用，不得卷入地方选举，否则会受到党纪处分。最后伏申还从他们那里知道赵公望的一些底细，例如二七年清党时如何积极主动，抗战时与汪精卫如何私下来往，在天目如何侵占山核桃林等等，最使伏申愕然的是，赵强水无意间提起，当年因为浙江省方面没有马上枪毙沈耀中，赵公望可能还向蒋委员长告过状。

沈乙嫔得此巨款，又喜又怕，喜的是以后与伏申成家立业手上宽裕，不会坐吃山空，怕的是严祥和毕竟天目地头蛇，今天被迫拿出钱来，不保以后暗中报复，对她和伏申不利。于是到陆军监狱，把严祥和退还一万元钱的事告诉沈耀中，沈耀中不置可否，只叹了一口气，发了一番感慨，时过境迁了，钱财他早已不放在心上了，当年提议清党的，主张杀光异党的，多的是，道貌岸然，好像就是国民党革命，好像就是国民党正确，今天他们又各说各的，到底真相如何，不好说。及至伏申探监，沈耀中说出自己想法，天目国大代表选举牵涉到中央党部，如果旧事重提，引发反共势力，反而不利于判决，再说，那个严祥和为了赖账陷害他沈耀中的事情也未必是真的，而那个赵公望当年为了夺严祥和的山核桃林，指控他们表面上生意来往，其实是同党的传言，也不一定是假的。

之后，伏申介入对沈耀中案的审讯，争取延缓判决时间，力图为其翻案，甚至无罪释放。

1945年光复以来第三年秋，在低迷、消沉的气氛中，由中统局改组的中央党员通讯局正式成立。谭杭丽提前回杭州作了会议传达，意在促进浙江省党部在这方面先行一步。谭杭丽专门向执委监委作了汇报，一是强调了局长全面主持局务，副局长二人襄理，同时设立一名主任秘书和若干名秘书，也是主要承局长之命办理日常事务。二是各省市党部设置党员通讯组，直接指挥并受党部主任委员指导，希望浙江省党部抓紧进行。三是落实会议特别提出的举办通讯技术训练班事宜，务必重视，尽快启动。会后，她把文件交给沈乙嫔，叫她把党通局组织机构制成图表，且字分成几种颜色，标明指导处、研究处、交通处、秘书室、人事室、会计室、督察室等名称及职能，以及正副处长、室主任、科长、总干事、干事助理、干事佐理、设计委员、专门委员、编审、督察专员，职数设置及工作责任等，一目了然。比较意外的是，一向被看好的谭杭丽不仅得不到党通局重用，而且在内部会议上遭到了训诫，为了否定她的"大扫除"计划，用了一连串的成语，什么好高骛远，什么志大才疏，什么贪心不足蛇吞象，要多难听就多难听。谭杭丽不得不同意限期尽快移交有关"大扫除"的所有名单和资料，看上去，消耗了她将近十年时间和精力的"大扫除"，将寿终正寝。当然，谭杭丽移交出去的是那份假名单，如毛教官所说的，不管谁接手，都是大麻烦。

表面上看来，为求过关，不被继续追究，谭杭丽还自请了一个处分。但她并未泄气，接下去，因为中间伏申帮她做了许多具体事务，她决心要为伏申正式加入党通队伍创造条件，为了让他熟悉业务，就让他代表她，参加了党通局召开的京畿附近各单位联动工作会议和紧接着召开的京畿附近各单位审讯工作检讨会。

让谭杭丽稍感意外的是，伏申没有拒绝。

会上，制定了《审理工作改进方案》《行宪后之人犯逮捕问题》，重点对中共被捕人员的《自首自新分子之管训运用问题》等一系列办法文件，高层还亲自到会作了长篇讲话，从审讯工作入手，论及内部存在的种种问题，表达了严重不满，要求各地要想方设法，以我为主，操控对共产党要犯、嫌犯的审讯工作。伏申回来之后，把文件交给谭杭丽，然后要求重新审理沈耀中案。

对此，谭杭丽没有感到意外，认为伏申提出这样的要求有很多原因，至少看起来是为了沈乙嫔。

沈乙嫔不仅得了一万元钱，还发现父亲是因为生意上的事被人陷害的，顿时有了胆气，一改以往在父亲问题上不敢多言的态度，开始逢人便讲父亲如何如何被冤枉的，不仅托沙秘书向沈鸿烈反映，还写信到南京，向罗霞天和乔思文他们求助，甚至还扬言要向宋美龄申诉。

沈乙嫔的这些举动，无疑为伏申争取沈耀中案的开庭审理，提供了一个不错的借口。如果公开审理，沈耀中就有可能活下来。

但沈耀中自己却视死如归。

中间发生的两个突然事件，让沈耀中的处境更加危险，甚至面临绝境。一个是在腾阿大的帮助下，俏罗敷和矮金瓜、翟泫衣越狱，沈耀中承认是自己主谋，但当事人并不承认，俏罗敷还认为他得了癔症，胡言乱语。为此，相关部门请来克里森对他进行催眠审讯，如果属实，那将证明他是地下党首脑人物，罪上加罪，难逃一死。

与此有关联的第二件事，是那义魁劫囚车失败，而且现场的遗物证明是受沈耀中指使。为响应制宪和行宪舆论，高等法院开庭审理越狱人犯，在押送途中，那义魁带领若干天目游击队员突然出现，混乱中，俏罗敷本已脱险，但她看到沈耀中和其他几个人没有得救，坚持与那义魁返回救人。经长久交火，只有腾阿大成功脱逃，那义魁为掩护天目游击队员，且打且退，受困于钱塘江边。已经参加毛教官别动队的铁头杭带着数十人追赶至此，扬言活捉那义魁，割下他的舌头，祭奠"服务生"。

不会游泳的那义魁奋身跳入江中，直到三天之后，尸体在对岸的萧山一条河汊里被发现。那义魁跳进钱塘江的那一刻，或许想起伏申曾经劝告过他，到了河流遍布的江南，到了水城杭州，一定要学会游泳，北人善骑，南人善水，懂不懂？不然何以存活。

483

十　满城桂花开了几遍

谭杭丽也被钱塘江春潮卷走了。

东西南北纷乱之际，杭州城总是平静的，气氛总是惬意的，人们总是沉浸在有节制有张弛的忙碌里，沉浸在有派头有调性的生活中。

东北和江淮、中原及西北传来各种各样战时的讯息，在杭州大多是无感的。因为遥远，因为头顶上方还有长江，还有世界大都市上海，还有中华民国首都南京，前方胜利或是失利的消息，如同源于西伯利亚的冷空气，不管前锋如何凌厉，气温如何骤降，侵入中国大地，肆虐整个北方，但是由于淮河地理分界线和长江天堑的过滤和阻挡，到达江浙时，已经温和许多，到达杭州时，最多变成了缓缓气流和习习凉风。

正如天目老同盟会员赵公望所言，偏安东南，既是历史政治形成的概念，又有地理气象学上的意义。

伏申此时已经观察到，杭州普通居民得到最快的，也是自认为最可靠的消息，往往来自上海。对于往来沪杭的生意人和旅游者，这是他们生活和事业的最大半径，是最合适名利和亲情的场所。比之华北的京津两地却不完全恰当，因为南京更像北平，既是京城，又是六朝古都，而上海与天津既像又不像，怎么比较都不恰当。但有一点似乎可以肯定，热爱金钱也热爱生活的上海人更向往杭州，而不是南京，上海真正的有钱人大多来自浙江，他们通常拥有山海之利，面对外界毫不隐瞒自己的出处。对他们来说，南京是现实政治，而不是美好生活。上海意味着源源不断的财富，意味着现代和时尚，杭州没有完全从农商社会脱胎，但上海人称杭州人是乡下人之类有些矫情和赌气的话，实际上从未真正伤害到杭州人，究其原因，一口一个叫杭州乡下人的上海人，都是过了一辈子穷日子的低收入阶层，和他们的后代，以及同样长期生活拮据的亲戚朋友们。而对乡下人称谓敏感到愤怒、耿耿于怀的人，也基本上是从人多地少的会稽、四明等地迁入的后代，或者略有本钱的商户之家既自卑自尊又充满血气的年轻一辈，他们算是新杭州人，不是传统老杭州人。行为正常、性格平和的杭州人，对十里洋场充满向往，愿意把子女和财富送到上海，从那里展望未来，走向世界。事实摆在面前，例子不胜枚举，而今尤盛。他们以自己的真实感受和切身体会，言之凿凿地告诉身边熟人和遇到的所有人，看看上海吧，更加热闹繁华了，外国人更多了，钞票更好赚了，时至今日战争即便开始了，还仍然如同以往，认为打仗与上海无关。

而在党政军各部门任职的公家人，获得消息的正规渠道除了上海，还有南京，综合官方或半官方的讯息，总体感觉是，国共战场离南京、上海、杭州仍然很远，国军在前方打得比预想的要辛苦，但仍然掌握着主动权，仍然不太可能惊动杭宁沪人民的生活，仍然会最终取得胜利，所以不要太过关心，不要太多猜测，不要庸人自扰，总之，就当它没有发生一样。然而，这其实是在刻意掩饰不安，也是唯一令人不安的。因为，胜利不会马上到来，预期的胜利可能不是真正的胜利，得到的胜利可能是打折扣的胜利，想到这里，没有人愿意再想下去，至少暂时没有必要再往下想，譬如，胜利不小心会变成失败，当时在浙江党政干部人员中，还没有人萌生这样的想法，更不会去故意讨论这样丧气的话题。

除了伏申。

伏申没有特别的情报来源，也没有世外高人指点天下大势，当然如他自嘲的那样，蒋介石、毛泽东绝不可能私下里分别给他打电话，或者写信告诉他，国共内战最后是什么结果。根据工作中接触到的文件，伏申分析出如下情况：前者信心满满，做梦都没有想过自己会败在共产党手里，至少在1945年光复以来第三年年中，还是绝对认为，失败对国民党来说，都是没有必要去预料的前景，没有理由去假设的问题。后者则是殚精竭虑，无暇空想，虽然预计在十年之内打败国民党，但到底只是一个单方面的设想，而这种设想一经披露，人们基本上姑且听之，基本上没有人真正相信，因为，基本上连国共双方各占一隅，或是划江而治诸如此类的构思，都令人难以置信。至少在杭州，至少他的同事，没有人真正想象过，猜测过，论证过，谋划过此类前景。

初冬的杭州，开了三遍的桂花已经飘零，满城萦绕的花香已见稀薄，但是，明媚温煦的小阳春如期而至，浮云孤日的大晴天连续不断。富足积善府第，小康殷实门楣，即便叫卖摊贩，工友伙计，家家户户都相约西湖之滨，孤山之阳，晒日头，喝黄酒，熏暖风，说家常，千般自如，万般松懈。

伏申记得沈甲妃讲过的杭州中秋之美，果然如是，不禁极想跟她分享自己的感受，却不见人影，只是希望她月圆之夜请他到平湖秋月吃杭式月饼的允诺总会算数。

这天，天目老同盟会员赵公望到党部找伏申闲聊，从午时一直到吃晚饭时间，兴头依旧，索性到群英饭店登记住宿，第二天又跟着伏申到湖畔阁喝茶吃点心，谈话间，赵公望指着外面景色，发起感慨，以天目方言，吟宋人林升诗句：

山外青山楼外楼，西湖歌舞几时休？
暖风熏得游人醉，直把杭州作汴州。

吟毕，忽然提到北方战事，一阵唏嘘。到了夜间，由于电厂供电照常，不仅湖畔，延龄路，中正街，清河坊，吴山下，直到运河两边，拱宸桥头，灯火点点，把湖、河、江之间的城池，照得如同满天星辰，天上人间。赵公望又发感叹，吟起唐人写南京诗句：

烟笼寒水月笼沙，夜泊秦淮近酒家。
商女不知亡国恨，隔江犹唱后庭花。

原来他昨天得到消息，他的次子，一个国军中校督察，不久前在豫东战死了。临上阵，还写过一封家书，不知有没有寄出。赵公望生有三男，皆在军中充任骨干，然而其遭遇恰如杜工部《石壕吏》中言：

三男邺城戍，一男附书至，二男新战死。存者且偷生，死者长已矣！

赵公望是一个既有近忧更有远虑的智者。作为一个忠诚的老国民党员，他一辈子追随孙中山，笃信三民主义，如果江山易主，他是绝不会投降当贰臣的，党国危难，他反而要学习越王勾践，十年生聚，十年教训。说到此，赵公望强调自己的策略是要学共产党，上山打游击，以天目之地，从农村包围城市，简单概括，就是巩固基层四个字。

谈到后来，伏申终于明白，赵公望所谓巩固基层，言下之意，就是他要趁机出山，重掌天目党部，还私谓伏申，一旦杭州有失，可奔天目周旋，与他一起共图大事。就当时的情形，赵公望说得言正意切，似乎不着边际，其实却有远见。

况且，赵公望提出这个计划，不是没有根据，不是没有基础，也不是没有历史的。

再一次批评了严祥和的种种不是之后，赵公望拿出一份书面计划让伏申过目。除了军事部分比较空洞，党务部分因为是赵公望强项，相对详细周密。按照计划，首先在天目县区、乡、保及一些单位发展建立基层党组织，将全县划为八个党务督导区，三十二个乡区党部和一个县属机关区党部，共三十三个区党部。区党部设在乡公所，书记由乡长、副乡长、乡公所职员或声望较高的小学校长担任，极少数由小学教员担任。全县各中心国民学校、部分乡公所、保公所和党员人数较多的国民学校、民教馆、商会等均设区分部，全县共设一百多个区分部，区分部书记多由保长、小学校长担任，少数由所在单位其他人员担任。此外，民教馆、县税捐稽征处、一中、县府、县府直属第四、第六区分部、田粮处、县党部、县商会、县教育局等十数个单位设有县党部直属区分部。

赵公望积极行动，连劈了三斧头。一是发展党员。主要是通过组织成立民众团体和各镇商会，发展国民党员数百名。再是召开党代表大会以扩大影响，并以办教师会、保甲人员训练班、乡政人员训练班等手段，要求保甲人员、中小学教师集体入党，把各分部所在地人员户口册十八岁以上男性国民，一律造册上报，发展为国民党员。不到半个月，共发展新党员一千余名。二是扩大组织。通令全县各乡公所、学校、单位组建和改选区分部，重建基层分部二百余个，并从县党部到区分部均增加监察委员会机构和监察委员，以监督各地负责人的活动。三是实际行动。重点是破坏地下活动，严办所谓进步人士。赵公望后来宣扬的业绩表明，他亲自带人破获中共地下天目组织，逮捕疑犯三十余名，通过追踪，拘押激进人士和学生十余人。天目中学分部积极配合县党部阻止学生所谓"要和平，反分裂，要读书，反内战"的运动，监视进步师生，张贴标语，逮捕激进青年刘某某等。其中还举出了三个典型案例：

之一，地下党嫌疑高某某，以乡镇民会主席名义，纠集群众向乡长提出清算账目，意图造反。党部立即指示警察局中的党员将高某某击杀于河边。之二，某分区新任书记被诬强拉壮丁，贪污敲诈，奸淫妇女，意图制造混乱，新任县府指导员、区党务督导员、县党部执委郭同志果断出击，逮捕闹事者近百人。之三，天目游击队副大队长、中共党员韩某暗中回乡，县参议员伊同志与区党部组训委员、行政指导员黄同志及区党部执行委员、警察所秦所长，将韩某与同村地下党贾某扭送县政府后转浙江保安司令部。

省党部及相关部门传阅材料后，却不以为然。赵强水透露，这些都是特务机构的成绩，赵公望这是贪天功为己有。谭杭丽更是讥笑有加，告诉有些茫然的伏申，天目是省里各部门工作基础最扎实的地区，何须他老人家这么费心费力？后来伏申听蓝栀子讲起，中央和省两级，在天目境内建立的中统组织就有三个，中统外围组织有五个，笼络的核心分子七十多人，军统在天目设立特务组织二十个，发展特务超过百人，内部号称一百单八将。

蓝栀子讲起这件事时，悄悄告诉伏申，在省主席沈鸿烈主持的联席会议上，据称与赵公望同事过的一位高层揭露，他所谓的三个儿子在军中前线一事，完全是杜撰的，因为他一直没有结婚，也从无女性伴侣，哪来的儿子？伏申疑问，会不会是义子？蓝栀子点点头，连声说有可能有可能，然后笑个不停，讽刺伏申，难不成要做他的义子？

伏申找腾阿大吃饭，顺便探监，沈耀中听了此事，沉吟半晌，叹口气，天目如此周全的特务分布，不过被赵公望利用罢了。临别，沈耀中苦笑一声，对伏申耳语，赵公望人精也，此人不除，对共产党，对国民党都是隐患，国民党除不了他，以后共产党一定会除他。

伏申因为在《政治情报》的通讯调查中附上了赵公望的计划，得到中央党部高层的批示赞扬，受到省党部的额外表彰，人事部门因此调高了他的薪资级别，如此与之前在岗位上的林白履相差无几。

记得之前有一次，林白履因为不服气，也要到天目搞试点调研，但因为严祥和撂了挑子，赵公望不予接待，于是又改成富阳，并借此理由天天往富春江边跑，吃住都在游船上，自觉快活得很，几次叫沈乙嫔一起过去，许诺作为同一个组的成员，在调研报告上署上她的名字，晋升加级都优先考虑给她，但沈乙嫔怎么也不肯答应。恰好屠来根去富阳视察，要带机关的一批人同去，有意点了沈乙嫔的名，她这才勉强跟着到富阳住了几个晚上，但其间绝不肯听从安排在船上留宿。后来富阳的调研不了了之，调研报告也就没有写成，差旅费却报销了十几元，党部上下对此多有批评。林白履为了有所交代，连抄带编草草凑了一篇，内中掺杂了这几年富春江景象的变化及其感受。别人看了，倒觉得有点新意，后来在年终总结会上得到通报表扬。这时，林白履被送到南京精神卫生医院的消息已经在富阳等地传开，说起之前种种光景，都有几分唏嘘。

第二天一早，伏申听到群英饭店发生了未遂杀人事件，传言刺客大摇大摆进入房间，一顿乱枪之后，扬长而去，但是门口的巡逻警察和机动宪兵置若罔闻，任其离开。当晚月黑，伏申离开梅花碑，突然间，赵公望将他堵在昏暗角落，问他借一笔数目不菲的钱，作为以后回天目打游击的费用。赵公望借机还埋怨伏申，如果不是他把自己的计划报到上面，惹怒了中统和军统，他就不会遭到刺杀，也不用如此狼狈地回到天目。他还担心，等不到共产党打过来，严祥和就会趁机和特务们联手对付他，置他于死地，就此，只得花钱消灾，谋好出路。

此时伏申手头没有更多的钱，只得把刚发的五百元奖金都给了赵公望。

谭杭丽一上班，知道伏申把奖金送给赵公望后，气得大骂，骂他是小北佬，是十三点，还回北平探什么亲，索性去天目孝敬赵公望算了，骂得十分难听。直到下班，她平静下来，拉着伏申去奎元馆吃了碗虾肉面。饭后点了糕点喝茶，谭杭丽告诉伏申，她是怕他受连累。赵公望得罪了不少人，毛教官几次都要派人动手了,他拿一条老命拉上别人,比如糊涂的小伏同志,成就他的私心,太可恶了。

赵公望在天目的所作所为,在某种程度上,是导致"大扫除"档案被迫移交并终止的最后一个破坏因素。

一开始,毛教官怀疑有人把情报泄露给赵公望,而且可能是伏申。谭杭丽不相信,她为伏申辩解自有她的道理。伏申虽然一直跟自己接近,也知道自己有一个"大扫除"计划,但从来没有接触到那份真实名单。从这次赵公望抓的人看出,他是无端抓捕,并没有真正的情报来源,无非是清除异己,扩张自己的势力。赵公望所谓破获中共地下天目组织,逮捕的三十余名疑犯,一个都不在名单上,却因此打草惊蛇。后来浙江保安处联络毛教官按照档案上的名单仓促动手时,许多在名单上的人早已闻风而动,逃之夭夭了。尤其令人恼火的是,所谓的三个典型案例,其中被击杀于河边的地下党嫌疑高某某,是毛教官派去协助谭杭丽执行任务的人,不想反受其害;所谓的某分区新任书记是谭杭丽秘密安插的调统干部,如今只得被迫中止行动,离开天目;所谓暗中回乡的韩某、县参议员伊同志、行政指导员黄同志以及韩某同村贾某不仅根本与地下党无关,而且是清除计划实施后,该地党部的拟用人选。

谭杭丽担心伏申不小心错上了人家的船,劝告他以后不要跟赵公望走得太近了,此人老奸巨猾,趁早断绝来往得了。伏申点了点头,自从知道有人在乙种会报会上揭露赵公望杜撰三个儿子在军中前线的事,他就决定对他敬而远之了。后来,沈耀中听到赵公望的死讯时,并不感到高兴,甚至责问伏申,是不是他杀的。

更多的人怀疑伏申为了谭杭丽杀人。后来,伏申把自己的想法告诉了谭杭丽,仿佛一切都针对她,针对党部,跟共产党八竿子打不着,一定是自己的人从中作梗,看她好戏,拆她和毛教官的台,林白履和屠来根他们为了自己,哪顾得着党国利益。因为赵公望的死,谭杭丽心里爽快,笑着推了他一下,小伏,这可是挑拨，别人那里可不要乱讲了。其时气氛沉静，能听得见他们彼此的呼吸，谭杭丽仿佛思考再三，终于告诉伏申一个重大秘密，她移交出去的那份"大扫除"档案是假的，至于假到什么程度，她没有细说。

不过，在旁人看来，谭杭丽受此挫折，加上疑虑并没有完全消除，因此仍然常愁眉不展。毛教官不禁心疼，几次过来看望她，帮她梳理思路，搜索细节，其中提到，伏申对赵公望杜撰三个儿子的事颇有看法，毛教官抓住不放，追问伏申怎么会知道乙种会报会上的内容的，是谁向他透露的？谭杭丽由此细想，神情一紧，不是蓝栀子还能是谁？

但调查结果不尽如人意。原来会报会议还没有结束，一份会议记录不知何以泄密，被报纸刊载，尽管迅速查封，但影响已经造成。这份会议记录是沈鸿烈关于如何办好教育的讲话，讲话内容本身并不负面，让外界看到也无大碍，问题在于将极具讽刺甚至充满恶意的讨论一并泄露，从而将浙江省政府在经费问题上与国民政府教育部，特别是财政部的内部矛盾向公众暴露。

对此，罗霞天严令追查，除正式与会的各地代表和党部大员，凡工作人员，全部留置，人人过关。担任会议速记的蓝栀子本来列入重点审查对象，但由于数位大员的证明与担保，并经过核实，嫌疑很快被排除。最后，沙秘书承担了责任。原来《东南日报》的记者到他办公室索要墨宝，看到了正待誊抄清楚的会议速记，由于这位记者也是懂速记的，就偷偷抄录，其中记录的一则关于赵公望的内容，已经被红笔划掉，但这位记者改成花絮发表。

此事因为人事关系复杂且没有任何实质证据，最终不了了之。

此后的时间里，蓝栀子参加了国民党高层在杭州召开的所有重要会议，何应钦、白崇禧、陈诚的讲话和发言，尤其是蒋介石的言行都由她记录。蒋介石鉴于内部失密的教训，每逢讲到绝密的军政问题时，总是突然下令，这段不许记，把笔搁起来。这时，蓝栀子会搁下手中的笔，悄悄离场，而不是像毛教官推理的那样，她仔细地在心头默记，等到休息的时间，便马上佯装去厕所，速记在草纸上。

毛教官一直心存怀疑，也一直暗中追查，但始终只是怀疑，没有发现任何破绽，中间曾经想冒险一回，把蓝栀子秘密拘留，突击审讯，只是事先征求意见时，谭杭丽却自作主张，请克里森给蓝栀子施行催眠术，结果发现，蓝栀子睡梦中提到的都是伏申，哥哥长哥哥短的，没有任何有价值的线索。

谭杭丽忍了许多天，终于问伏申，蓝栀子暗恋他，知不知道？不想伏申坦然自若地回答了一句，蓝栀子情窦未开，遇事认真，却不谙世事，还是不要打扰她吧。最后，又说了一句，自己和蓝栀子最多只是过江之谊。

毛教官认为过江之谊的说法是搪塞，是敷衍，决定在杭州多待些日子，对蓝栀子查个水落石出，但是谭杭丽又一次阻止了他。

谭杭丽准备离开的最后那段日子，她断定伏申不会离开杭州，不外乎在等什么人，明知道等不到人，还是要等，就让他等吧，她断定沈甲妃不会回杭州的，伏申等也是白等。不过，谭杭丽仍然为伏申做了一件事，目的是让他以后取得共产党的谅解，可以平安地在杭州待下去。此时，她也已经怀疑上了蓝栀子，断定她即便不是共产党，也正在被共产党利用，只是没有任何证据，现在形势越来越混乱，有的人有的事都顾不上了，对蓝栀子的怀疑也没有更好的办法去证实了。她请毛教官放过蓝栀子，是为了让别人看起来是伏申保护了她。她这样做，或许希望未来的共产党政权因此信任伏申并且给他记功，就像1942年的那次。"大扫除"计划失败，让她有点心灰意冷，但心境变得如此，几乎丧失信仰，让毛教官感到无奈，想想党国穷途末路之际，她还如此为伏申着想，又不禁一阵酸楚，多少有些嘲笑她，要是他们金童玉女，成双结对，你还要祝福呀，你欠他们什么了？！

谭杭丽为伏申做的另一件事，在之前的某个阶段早就开始了，只是没有做成，现在只能永远保守秘密，不能让任何人知道了。

在伏申听来，这件事似乎过于越界，过于奇怪，让人不敢相信，甚至后来的结果表明像是谭杭丽的一个计谋。

谭杭丽私下警告过伏申，毛教官怀疑伏申买通腾阿大，为矮金瓜、翟泫衣、俏罗敷和沈耀中越狱创造条件和机会，后来沈耀中担心人太多，目标过大，坚持只让他们三个人逃走，自己留下来面对死亡，还临别赠言：吾已届衰年，死不足悲，尔等青年俊杰，生命可贵，之于将来的伟大事业，后继有人。

而在谭杭丽看来，沈耀中这种举动，虽然像共产党人的行事风格，但也不排除他是为了俏罗敷，是心中对她有情，还债而已。

没有人知道，陆军监狱的下水道虽然狭窄，1942年那次经腾阿大拓宽，已经变得通畅，能够挤进一个人，加上预先囤积的污水像洪流一样泄出，能把人冲到位于西湖的出口，而出口的铁条栅栏也在1942年那次被偷偷撤除后，再也没有装上过。

越狱的失败是因为毛教官。

日落时分，毛教官邀请谭杭丽到湖滨慢跑，察觉到了这个漏洞，于是派人暗中装上了铁丝网。最后一刻，在湖边佯装钓鱼准备接应的腾阿大发现，感到事情可能败露。为了避免他们堵在出水口进退不得的惨烈悲剧，他立即赶回监狱，把浑身污水的三个人从下水道里拉了回来。其实他们已经在下水道迷路了，带他们出来的是小角儿。小角儿年岁渐大，加上被服务生惊吓过，已经不如之前灵活敏捷，但它还是不遗余力地嘶叫着，漠视成群成群老鼠的挑衅，把他们带了回来。

保安处军警押着三个人与戴着手铐的腾阿大对质。腾阿大声明，他们三个人年轻无知，本就无辜，是受到自己鼓动，而自己出于同情，也为了钱财。而三个人异口同声，声明此事与腾阿大无关，是他们自己想办法越狱的。参加审讯的毛教官很快就判定，三个人跟腾阿大是一伙的，都是共产党。谭杭丽把小角儿抱回来交给伏申。小角儿因为看到俏罗敷与俞孙一、矮金瓜、翟泫衣这些最熟不过的人受刑，受到惊吓，从此失声。

沈耀中是陆军监狱东南角刑场里最后一个受刑的。在他前面的是腾阿大，腾阿大临刑时狱卒们请他吃了一顿饱饭，他喝了大约两热水瓶的黄酒，却依然清醒，最终看着自己吃了三颗子弹。沈耀中抬头看看天色，在枪声响起的瞬间，说了一句，好天气，正准备缓缓倒地，不想冲出来几个人把他拖回了监房。

沈耀中没有被处决。

毛教官回杭州与谭杭丽商议，终于想到了让沈耀中开口的好办法。

第一个就是拿他女儿威胁逼迫他。人总有软肋，像沈耀中这样的人无非不动声色罢了。毛教官把事先准备好的材料放在沈耀中的面前，告诉他，你三个女儿都在我们掌握中，如果不配合，她们的生命随时都会有危险。而沈耀中回答，自己与她们早已脱离父女关系，如同路人，没有来往。毛教官不置可否，又问，二女儿暂且不说，小女儿的前途安危就不关心吗？沈耀中摇头，所谓小女儿，恐怕见面都不认识了，再说，她人在何处，是死是活，他根本不知道。毛教官面色得意，故作神秘，说，我们很快就会找到她，到时候顺藤摸瓜，一个都跑不了，是你女儿连累了别人。沈耀中摇头，说，如果无端祸及无辜之人，现今的党国，现今的百姓，会答应吗？再说，有一天，你们真的找到她，真要关她，甚至枪毙她，我自身难保之人，哪里还有什么办法保全她？黄泉之下，能续父女之缘，也未可知。

毛教官正想对策，谭杭丽进来，告诉沈耀中，沈老板大女儿沈甲妃要回杭州了。

沈耀中愣了愣，许久，他似乎精神松弛下来，往床上一坐，揭穿谭杭丽，你不用讹诈了，我这个大女儿怕是早已投了胎，做了别家的人，现在做猫做猪都未可知。

谭杭丽笑了，有你这样诅咒自己的亲生女儿的吗？放心吧，有这么多人等她回来，她能不回来？毛教官一旁补充，沈甲妃已经在回杭州的路上了，我们抓住了一个重要人物，他全部交代了。

沈耀中闭上眼睛，不再说话。一阵寂静之后，他问了一句，名单呢？谭杭丽从档案袋里抽出名单，拿在手上，一页页地翻给他看。过了一会儿，他又要求看了一遍。最后，毛教官问他，看清楚了没有？他沉吟片刻，说，怕自己屈打成招，记忆有误，指错了人，必须再想想。

毛教官布置南京带来的人，二十四小时分成两班，与沈耀中同住一室，日夜监守，任何人不许接近。傍晚时分，毛教官约谭杭丽到西湖边散心，说起沈耀中听到沈甲妃时的态度，谭杭丽认为，沈耀中很在乎这个大女儿，十分渴望能再见到她。自己真不想林白履是胡言乱语，自己真想他们父女能见面，看一看今天的沈甲妃是一个什么样的人。

此时，林白履正在著名的南京精神卫生医院接受治疗。

后来，沈耀中为了表达抗议，开始绝食，说，拿女儿逼迫他没有用，人各有命，自己无凭无据，无法指认任何人。

毛教官看到拿沈耀中的女儿们胁迫没有作用，就与谭杭丽商定，决定采用最后一招，也是最科学最有用的办法，请克里森审讯沈耀中。此时，克里森去上海巡诊了，回杭州时，沈耀中已经绝食五天了。虚弱之中，喃喃自语，有如梦呓。克里森没有费什么力，就开始催眠。过程十分漫长，监守的人尽管几班轮换，到了后半夜，都无聊得打起了瞌睡，因此这个时间段里，梦中的沈耀中说了什么，也没有被记录下来。克里森也借机离开了一会儿，到沈庐喝咖啡解乏，还把沈耀中的梦呓告诉了伏申。克里森私自离开一事，毛教官后来怀疑过，但克里森拒不承认。接下去警戒加强，毛教官一步不离，一直盯着克里森对沈耀中的催眠审讯。几天后，沈耀中似乎突然恢复了元气，人特别清醒，让毛教官和谭杭丽特别欣喜的是，按照克里森的说法，这是被审讯者即将吐露真言的征兆，接下来的催眠将达到预期效果，沈耀中的意念虽然坚决但已经难以支撑，坦白实情就在今天夜里。

沈耀中也似乎意识到，自己的意志即将在睡眠中崩溃。沮丧之下，神情突然变得怪异，变得空洞，眼神泛出对生命失去兴趣的暗光。毛教官和谭杭丽感觉到，沈耀中想求死了，在他开口之前，必须防止他自尽。自此，所有参与的人，包括毛教官和谭杭丽挤在监号里，一步不离。现场没有人说话，没有人大声呼吸，只有一只老鼠悄无声息地窜进窜出，然后有一只猫也是悄无声息地来回追赶。最后，老鼠挣扎着倒地而亡，显然是吃了鼠药，而不是死于猫的追杀。当大家的注意力被濒死的老鼠吸引时，那只猫悄悄扑在沈耀中身上，沈耀中抱着猫，抚摸了片刻，然后轻轻放下。

谭杭丽认出这只猫就是小角儿，发现小角儿戴着新肚兜，猛地醒悟过来时，小角儿已经蹦跳着跑离了监号。与此同时，毛教官也感到不对劲，带着人把小角儿抓回监号，拆开它身上的肚兜，仔细摸了一遍又一遍。

后面的事情，几乎是在同一时间发生的。沈耀中没有更多地去关注小角儿，而是不经意地捂着肚子，面不改色心不跳地坚持了一会儿，然后对克里森淡然而语，开始吧，说着躺了下来，不一会儿，仿佛进入睡梦之中。克里森问了几句，沈耀中嗯嗯着，长长吐出一口气，就没有了一丝气息。

事后检验，沈耀中服了剧毒鼠药，然后又刻意不让发现，似乎不想被抢救。至于鼠药是什么人，用什么方法带进来，沈耀中是什么时候服下的，一时只有推理，没有实据。毛教官怀疑问题出在猫的身上，但与谭杭丽反复演算，又觉得匪夷所思，不太可能。最后还带着小角儿的新肚兜到南京化验，也没有查出任何疑点。

紧接着让毛教官和谭杭丽感到难堪的是，名单中已经确定的人，都在短短几天内消失了，仿佛人间蒸发，仿佛整个浙江根本没有这些人存在过，所有的抓捕行动都晚了一步，都一无所获，至于为何如此快速地通知到每一个人，也无从查证。显然，这份所谓的几乎已经坐实的名单完全泄露了。郑介民局长要求毛教官不要再追究了,权当没有参与过,如果有什么后遗症,就留给谭杭丽,留给党通局,这事原本就是他们自找的。

后来在一次蒋介石主持的内部检讨会上,郑介民放了一个马后炮,这件事失败,是因为没有争取到一个叛徒,如果沈耀中,还有俞孙一当了叛徒,结果将大大不一样。与会者听了,深以为然,纷纷鼓掌。蒋氏有所感慨,想不到沈耀中会一心寻死。

数年以后,克里森在《最忆是杭州》回忆,这只叫小角儿的猫似乎通灵,在沈和伏之间传递信息,甚至可能把某些东西送进了戒备森严的监号,而不被发现,比如毒性加倍的鼠药。至于那个肚兜,克里森承认自己到沈庐喝过一杯咖啡,至于给小角儿换肚兜的事,是沈耀中让自己转告,之前他叫二女儿沈乙嫔织过一块肚兜,织好后交给伏申,说好等天气一变,就给小角儿换上。伏申找出那个新肚兜,给小角儿换上了,仅此而已。

数年之后,克里森那封写给伏申的信中,有一段划去的内容,上面写到,自己尽管远在欧洲,但非常关心他在"解放以来"的命运,担心他因为复杂的省党部工作经历受到误解,遭遇不公,表示有必要赶到中国为他作证。克里森清楚地记得,在沈耀中遭到刑讯和催眠的极其短暂间歇里,自己以喝咖啡为由去了趟沈庐,向伏申转达了沈耀中梦中所语。伏申显然不负所托,冒着极大的凶险找到重要联络人,从而通知到了面临立即被捕的人。他十分佩服沈耀中在梦境中的机智和坚强。催眠到最后,沈耀中讥笑"大扫除"名单的混乱和虚假,同时流露出自己知道真正名单的可怕信息,并且极其艰难,一个一个地吐露出来,不过,一开始都是那义魁、腾阿大、俏罗敷、矮金瓜、翟泫衣、俞孙一等已经失踪或者已经被关押甚至被枪决的人。也许意识到梦中的自己即将崩溃,在最后一刻说出最关键的名字前,他竭力掐断梦境,赢得了片刻的清醒,并拜托克里森成全他两件事,一是帮助其死亡,二是联系上伏申。

克里森坚信伏申没有辜负沈耀中,至于伏申是怎么做到的,找到了什么人，显然是秘密。克里森断定，如果沈耀中不及时死去，那么，在毛教官他们在场的情况下，一定会吐出意想不到的，不在所谓"大扫除"计划名单上的名字，比如蓝栀子，还有省妇女会蓝主任，省政府沙秘书，等等，至于会不会说到伏申，甚至乔思文，那就不知道了。

谭杭丽似乎一直没有真正承认"大扫除"计划失败了。

后来的某一天，她叫上一辆道奇卡车把雕花床运到了沈庐，安放好后，拉住伏申的手，一起触摸着床壁上的奇花异卉，打开了暗格，说，打开它的，除了我就是你，也许还有我们不知道的什么人。伏申摇了摇头，似乎想说，他根本没有触摸过奇花异卉，打开过暗格。

为了散心，谭杭丽等不到这年秋天带伏申去海宁盐官观潮，就约他到钱塘江大桥下面看看春天的潮水。紧随其后赶来的沈乙嫔看到，谭杭丽被突如其来的巨大的浪潮卷走了，毛教官跳入汹涌的江水中救她，不幸一起消失在黄色的漩涡里。伏申站在堤坝上，任凭潮水扑打在身上。其实，沈乙嫔在之前看到，一开始，是毛教官猛地把伏申往浪潮里推了一把，伏申一个趔趄，结果撞上一旁的谭杭丽，谭杭丽猝不及防，往前一倒，直接被潮水卷走了，然后，深感意外的毛教官只能跳江救她了。

克里森在《最忆是杭州》中深感悲哀，同时十分肯定，他们是绝望所致，他杀和自杀，意外和故意，都是他们所求所要的。

尾 声

到1945年光复以来第四年的5月初,中国人民解放军即将攻入杭州前某一天,一对气度不凡的青年男女佯装过桥,其中,穿着白色中山装、戴着粉蓝色平檐礼帽的男子给国民党守桥部队长官黄少尉送了一百银元,而那位长相姣好的女子晓之以理,喻之以义,说动了黄少尉。后来,黄少尉不仅将炸桥的炸药包减少到两捆,而且将多包炸药的药粉改用沙子代替,起爆时,又将其中一捆砍断了导火索,一捆虽然爆炸了,大桥并未受到任何实质上的破坏。至于这位长相姣好的女子,可能是惊魂未定的沈乙嫔,如果真是她,她的此番表现也是超水平发挥,也可理解为,她这样做是为了父亲沈耀中。

后来,有人看见,伏申还和同样年轻同样长相姣好的女子在完好无损的钱塘江大桥上缓缓来回,仿佛欣赏不尽大江的壮丽和广阔,仿佛在重续1937年12月23日的过江之谊。其时,虽然不是秋天月圆之时,但钱塘江波涛汹涌,有如阵阵滚雷的大潮水,将两人之间的对话淹没了。挟着水珠的江风,把礼帽吹走,飘落在江面上,卷进退却的潮流,眨眼间就不见踪影。

但还有人认为,这位长相姣好的女子另有其人。

目击者分不清到底是哪一个。总之,伴随他的,是一位杭州女子。

这一年，也就是后来杭州人说的解放以来第一年，5月的一个夜晚，庆祝杭州解放联欢会在大华电影院举行，众多地下党员公开了自己的身份，兴奋之情溢于言表。有的上台表演了多个文艺节目，会场不时爆发掌声。一位疯病尚未痊愈，自称与沈耀中单线联系的地下党员，在一位自称是丁香姑娘真身的妇人陪同下，上台朗诵了戴望舒的名诗《雨巷》，引起欢笑，赢得鼓掌声。还有自称受反动政权迫害的卖鱼桥船行一干进步群众，集体控诉了国民党在1945年杭州光复以来几年中的种种恶行，在场全体军民义愤填膺，高呼口号。

当天黄昏时分，伏申锁好沈庐所有的门，叫上一辆黄包车，前往梅花碑登记报到。进门之后，一身汗味的伏申发现，院子里挤满了军人，还有一些人在中间的戏台上铺了铺盖准备睡下，如此情景，恍如隔世。

自己原来的办公室已经有人办公了。

门开了，随着笑声，一个女子一手拿着封电报，一手提着一小壶黄酒，出现在门口。

伏申兴趣不在酒上，抱起戴着鲜红色新肚兜的小角儿，往她怀中一放，告诉她，他希望继续留在杭州。

女子扬了扬手中的电报，问他，到底在等谁？

此时伏申的表情很难描述，当然不过是沉默，而不是犹豫。人生不就是一场等待，只是到最后，不知道应该等待什么，等待谁。只是到最后，等待的是自己的灵魂吧。

      2022 年 7 月 16 日初稿于杭州
      2023 年 5 月 15 日再稿于杭州
      2023 年 11 月 12 日三稿于杭州